김석범 대하소설

火山島

10

김환기·김학동 옮김

보고사

차례

제 22 장

1

　이방근은 밤 아홉 시가 지나서 도착한 열차로 서울역에 내렸다. 만원 열차 안은 땀이 밸 정도였지만, 서울의 밤은 이미 깊은 가을 냄새를 풍겼고, 먼지로 희뿌연 데다 소변을 본 자리에서는 암모니아 특유의 악취가 넘실거리는 혼잡한 구내를 빠져나와 역 앞 광장으로 나오자, 쌀쌀한 냉기가 밤하늘에서 흘러내렸다. 아직도 변함없이 보스턴 백 하나를 노리고 지게꾼 두세 명이 쫓아오는 것을 뿌리쳤다. 손잡이를 확실히 쥐고 있지 않으면 지게꾼이 낚아채듯 짐을 챙겨 앞장서 걷기 시작하는 것이다.

　구내만이 아니라 역 바깥에도 제복을 입은 경관들이 지키고 있었다. 통행인의 짐을 검사하거나 그에 항의하며 싸우는 남자도 있었다.

　이전에 서울역에 내려선 것은, 강한 석양이 눈을 찌르는 한여름의 8·15 직전이었기에, 이미 두 달 가까이나 지났고 서울을 떠난 뒤로도 벌써 한 달 남짓 지나 있었다. 동쪽 하늘에는 투명한 반달이 떠 있었다. 그 달빛 물보라가 흩어지는 속에서 본 유달현의 무서운 형상과 지금까지 들어 본 적이 없는 으르렁거리는 듯한 큰 목소리가 떠올랐다. 그 달빛 물보라는 무엇이었던가. 숙취에는, 아니 낮술에는 흐린 날의 오후 빛조차도 눈에 스며들어 눈부신 것처럼, 그날 밤의 달빛이 물보라가 되어 흩어져 간 것은 다분히 술에 취한 탓이 아니었던가. 꿈속의 상이 현실의 기억처럼 떠올라, 가령 그 달빛 물방울이 흩어지는 비말이 취한 눈 탓이었다고 해도, 달밤의 광경은 그대로 되살아났다. 어라? 갑자기 역 건물의 침침한 그늘에서 어떤 시선이 다가오고 있는 것을 느꼈다. 뒤돌아보니 한 남자의 그림자가 보였다. 아주 잠시였지만, 이방근은 그 그림자를 응시했다. 사복경찰, 틀림없었다. 그림자는 움직이지 않았다. 이방근은 걸었다.

역전 광장 너머에 늘어선 3, 4층 빌딩의 대부분은 불빛이 없었지만, 남대문 근처 한 모퉁이 대학병원 건물의 몇 갠가 되는 방 창가에 빛이 깜박이듯 서성이고 있었다. 병동 대부분이 어두운 것은 이미 소등 시간이 지났기 때문일 것이었다.

빌딩과 대학병원 사이의 도로 모퉁이가 유달리 밝은 곳은 남대문경찰서였다. 나영호가 일제강점기 때 잡혀 있던 곳으로, 그의 왼팔이 불편한 것은 저 건물 지하실에서 받은 고문 탓이었다. 내가 서대문형무소에 가기 전에 잡혀 있던 곳은 종로서이다……. 역 안팎에 경찰이 깔려 있었고, 역전 경찰서 주변으로 경찰의 모습이 보이지 않는 게 왠지 묘한 느낌이었다.

경적을 울리고 노면전차가 폴에 불꽃을 튀기며 정류장으로 들어왔다. 사람들이 달린다. 이방근은 공중전화로 숙부에게 전화를 걸었다. 전화를 하면서 주위에 시선을 돌렸지만, 조금 전의 사복경찰 같은 사람이 미행하는 기척은 없었다. 유원이 전화를 받았다.

"아이고, 오빠……. 오빠는 지금 도착한 거예요?"

"그래……."

바로 얼마 전에 헤어졌는데도, 반가운, 아니 생기 있고 들뜬 목소리였다. 집 문 밖까지 나온 아버지에게 갑자기 안겨 울던 모습이 눈에 떠올랐다. 아버지가 서울로 온다면 모를까, 여동생이 일본으로 가기 전에 다시 아버지와 만나는 일은 없을 것이었다.

"바로 오시는 거죠?"

"공복이기도 하고, 간단히 한잔하고 가려고 해. 건수 숙부는 계신가?"

"예―, 계세요. 짐을 들고 밤거리를 어슬렁거리지 말고, 바로 오세요. 술을 마시거나 하면 늦어지니까. 식사는 지금부터 준비해 둘게요. 그러니 다른 곳에 들르지 말고 제대로 숙부님께 먼저 인사하셔야 돼요."

"아니 이런, 오빠 어린애가 아니야. 그런데 그동안 별다른 일 없었나?"

"아니요, 지금 전화로 특별히 말할 만한 일은."

특별히……라니. 그동안이라고 해도 열흘 정도였다. 별다른 일이란 문난설과 만났든가 하는 간접적 표현이지 다른 일은 아니었다. 정말 눈치 없는 녀석이다. 이 녀석은 역시 어딘가 한군데 모자라는 게 아닐까. 오빠의 마음을, 이 마음의 움직임을 딱 알아채지 못하는 건가. 이방근은 혀를 차면서 웃었다.

이방근은 택시를 잡았다.

달리기 시작한 택시의 차창으로 조금 전 역 건물의 그림자 주위를 살펴보았지만, 꽤 떨어져 있는 데다가 사람들의 왕래에 막혀 알 수가 없었다. 남대문 쪽부터 바로 태평로를 달리면서 뒤돌아보았지만, 미행하는 차 같은 것은 없었다. 무엇보다 미행당할 까닭이 없었다.

이방근은 운전석의 사냥모를 쓴 사십 대 남자의 등을 향해서, 왜 역에 경찰들이 깔려 있는지 물어보았다.

"어디에서 오셨나요?"

"제주에서요."

"호오, 참으로 먼 곳에서 오셨네. 제주도는 해상봉쇄를 해서, 도항 금지라는 얘기를 들었는데. 제주 양반입니까?"

"그렇소."

"그럼 손님은 보통사람이 아닌 모양이지요. 요인 되십니까? 제주도는 폭도들의 동란으로 큰일이라고 하지 않습니까."

"그 얘기를 하고 있는 게 아니잖소."

"예—, 예—……. 서울도 어수선하고, 큰일입니다. 요인 암살 계획
이 발각되어 체포되기도 하고, 어젯밤에는 삐라를 뿌리고 있는 현장
에 급히 달려간 종로서 경찰이 권총에 맞아. 한 명이 즉사. 정확히
심장 한가운데를 관통해서 말이죠. 다른 한 명은 입원 중인데 중태고
요. 운이 나빴죠. 삐라를 뿌리고 있었는지, 붙이고 있었는지 모르지
만, 오늘 석간에 실린 걸로는 삐라를 뿌리고 있었다고 나와 있어서
말이죠. 음, 틀림없이 그렇습니다, 손님. 그것을 발견한 인간이 일부
러 경찰에 신고했기 때문에, 경찰서에서 뛰쳐나가 검문을 하다가 맞
았다는 것인데, 운이 나빴던 거지요. 신고가 있었던 탓에, 그렇잖아
요. 물론, 신고는 시민의 의무지만, 죽은 경찰이 불쌍하다는 걸 말하
고 있는 것뿐입니다."

"삐라를 뿌리는 남자가 권총을 갖고 있을까요?"

"이 시국에 삐라를 뿌리는 것도 목숨을 거는 일이죠. 경찰이 권총을
가지고 있으니까요."

"흐음, 그렇군요……."

경찰이 권총을 가지고 있으니까. 운전수의 대답이 왠지 묘하게 설
득력 있게 들렸다.

중앙청 앞 광화문로 일대는 엄중한 경계망이 깔려 통행금지 상태라
도중에 종로 길을 동대문 방향으로 우회전하여, 1가 교차로의 화신백
화점 모퉁이를 북상, 안국동의 좁은 언덕길로는 들어가지 않고 그 입
구에서 내렸다.

올라가는 좁은 언덕길에서 차가운 바람이 불어왔다.

"도중에 다른 데 들른다고 했더니, 제대로 먼저 인사를 해야 한다고
유원이가 말해서요."

보스턴백을 내려놓은 이방근은 웃으면서 건수 부부에게 인사를 했다.

"그건 집에 와서 제대로 된 식사를 하라는 말이겠지."

온통 마맛자국으로 여름 귤 같은 얼굴이라고 할 만한 추녀지만, 마음은 부처처럼 선량한 숙모가 유원을 보면서 말했다.

이방근은 상의와 와이셔츠를 벗고 속옷 한 장 차림으로 세면장으로 갔다. 열 두세 시간의 기차 여행으로 땀이 식은 더러운 얼굴은 끈적끈적했지만, 서울역 세면장은 천천히 얼굴이나 씻을 수 있는 상태가 아니었다.

술을 잘 못하는 이건수는 유리컵에 따른 맥주를 한 모금 마시고는, 그저 탁자 위에 올려 두고만 있었다.

화제가 그저께인 10월 1일에 예정대로 창간된 국제신문에 이르자, 숙부는 창간호부터 3일간의 신문을 꺼냈다. 창간호만은 4쪽이었지만, 그 이후는 다른 신문과 마찬가지로 2쪽짜리였고, 1일 자의 반절은 창간을 축하하는 광고와 이후의 방침, 기획, 그리고 선전기사들로 채워져 있었다. 정론구현, 사회직시, 인간존중의 뜨거운 가슴으로 비판정신을! 등의 특대활자가 춤을 추고 있었다. 다른 신문의 추종을 불허하는 국제통신망을 가진 유일한 신문……. 당연한 일이지만, 연재 예정이었던 나영호의 제주도 게릴라 기지 잠입기는 없었다. 만약 그가 썼다고 한다면, 게릴라 지대에 들어갈 수 없었기 때문에 창작이 될 것이다.

이방근은 대충 표제만 골라서 읽었는데, '험악해지는 제주도 사태를 우려한다'라는 논설이 있었고, 우여곡절 끝에 국회를 통과한 반민족행위특별조사위원회 설치와 반민족행위처벌법에 관한 문제가 특집으로 연재되고 있는 것이 눈길을 끌었다. 민족정기의 구현이야말로 조국 통일의 담보, 철저한 반민족행위처벌법을! 반민족행위처벌법 문제는 정부 여당의 입김이 들어간 신문을 제외하면 모든 신문이 해방 후 억눌려 왔던 민족정기의 고양에 힘을 쏟아 붓고 있었다. 하지만 국제신문이 지나치게 앞서가면, 편집국장 격인 황동성 자신이 이전에 일본 메이저 신문의 경성 특파원을 지냈던 경력 때문에, 친일파로서 충분히 법 적용 대상이 될 우려가 있었다.

잘못하면 도끼로 제 발등을 찍는 꼴이 될지도 모르지만, 정론의 장인 신문이 피해서는 안 될 문제를 정면 돌파하려는 것은 훌륭하다고 생각했다. 당중앙, 당중앙, 당중앙……, 이방근 동지, 동지, 동지……. 귓구멍 입구에서 이 좋지 않은 느낌을 주는 황동성의 목소리가 서로 다투는 것을 들었지만, 그것은 차치하고 그의 일이기에, 반민족행위특별조사위원회의 손길이 자신에게도 미치는 것을 각오, 계산하고 있을 것이다. 그리고 친일파 비판을 전개하는 편이, 그가 반민족행위특별조사위원회의 특별법정에 섰을 때, 오히려 심리에 유리하기도 할 것이었다. 한편, 친일파 세력으로부터 커다란 반동이 머지않아 올 수 있다. 그러나 현재 가장 민족적인 관심사가 되어 있는 친일파 처벌 문제에 초점을 맞추는 것은 많은 독자를 획득하는 조건이기도 했다. 서 회장은 무소속이면서 여당계 국회의원이지만, 전쟁 전부터 의지와 신념이 강한 민족주의자였고, 친일파는 아니었다.

"아하, 이거로군……."

국제신문은 조간지였는데, 오늘아침 신문 2면에 2단표제로 '계동(桂洞)에서 순경 한 명 피살, 삐라 살포 검문 중에 돌연 발포'라고 나와 있었다. 택시 운전수가 말한 사건일 것이다. 삐라 붙이기가 아니라, 표제로 보자면 살포가 된다. 장소는 계동의 창덕궁 근처니까 여기에서 멀지 않았다.

'경북에서 무장봉기, 경찰대와 충돌, 쌍방에 피해'……. '제5관구 경찰청에 들어온 정보에 의하면, 지난 1일 미명, 군위군 악계면과 달성

군 팔공면 경계 팔공산 기슭의 부락에서 다수의 무장 군중이 출현하여 무장 경찰대와 충돌, 교전, 쌍방에 약간의 피해를 냈다. 상세한 내용은 현재 조사 중이라고…….'

"여기저기 어수선하군요. 서울역에도 경찰들이 깔려 있었습니다. 그건 그렇고, 숙부님 쪽의 건국일보에는 영향이 없습니까?"

"별로 없어." 자신이 있는 듯한 대답이었다. "선전은 꽤 잘 하고 있고, 광고주도 제법 좋은 곳을 잡고 있는 모양이야. 이쪽은 영업 책임자로서 그 부분은 만만치 않을 거란 느낌이 없는 것도 아니야. 최근에만 신문 두 개가 강제 폐간에 몰렸기 때문에, 그 독자들은 새로 나온 국제신문에 상당히 흡수된 게 아닐까. 그런데 방근이, 너에게 국제신문 부편집장을 맡긴다는 말이 있는 거 같던데."

"어디서 그런 얘길 들으셨습니까. 얘기는 전부터 있었지만, 전 하지 않습니다. 제게 어울리지도 않고요."

현관 쪽 방에서 전화가 울렸다.

유원이 일어섰다.

"아이구, 그래그래, 그 여자……." 숙모가 말했다. 이방근은 움찔하며 전화 쪽을 보았다. "일전에 방근이와 함께 제주에 갔다 온 문난설이란 여자한테, 오늘 점심 전에 전화가 와서는, 아직 이쪽으로 오시지 않았냐고 물었어."

유원이 밝은 목소리로 대화하는 상대는 문난설임에 틀림없었다. 자리에서 일어나 옆방으로 간 이방근이 가슴이 아픈 것처럼 심장에 살짝 손을 대고 전화를 받았다. 심장 주변이 조여드는 느낌이 들었던 것이다.

"여보세요……."

잠시 말이 멈췄다.

제22장 **13**

"아이구, 선생님, 잘 오셨어요."

오랜만에 듣는 목소리다. 장거리와는 달리, 잡음도 없이 아주 가까이 울리는, 마치 그녀의 숨결이 짙게 묻어나는 육성이었다. 여러 사람의 이야기 소리가 들리는 것이 방 안에 그녀 혼자만 있는 분위기가 아니었다.

"거긴 아직 신문사입니까?"

"예一."

"오늘은 일요일인데요. 음, 그렇지, 관계없을지도 모르겠군(그녀의 피식 웃는 기색이 전해졌다). 당신은 완전히 여성 기자가 된 겁니까?"

"아니에요, 지금 잠시 돕는 거예요……."

이방근은 지금 당장이라도 그쪽으로 달려가고 싶다고 말하고 싶었지만(모두가 있는 곳이 아니라, 단지 그녀만이 있는 곳으로), 옆방에 있는 여동생 앞에서 그럴 수는 없었다. 상대편인 문난설도 혼자가 아니었기 때문에, 이야기가 사무적으로 흘렀다. 지금 황동성 편집장은 없지만 내일 그쪽으로 전화가 갈 것이라 하고, 한번 만나 뵙고 싶다고 일시도 장소도 정하지 않고, 내일 낮쯤에 전화를 하겠다는 말을 한 뒤 나영호를 바꿨다.

그는 입을 열자마자, 국제신문 읽었나? 결국 제주도 게릴라 회견기(會見記)는 기사로 할 수 없었지만, 반민족행위특별조사위원회 연재 기사는 내가 담당해 쓰고 있어, 꼭 읽어 주게, 라고 했다. 그리고 당연한 일처럼 내일 신문사에 얼굴을 내밀라고 덧붙였다.

"난 그쪽엔 가지 않아."

"왜 그러는데?"

"왜 그러냐고? 무슨 말인가. 갈 일이 없어. 난 국제신문사의 일로 서울에 온 게 아니야."

"모가 난 말투로군."

"모난 게 아니잖나. 내가 꼭 그쪽으로 가야 한다는 자네 말투가 이상한 거지. 어찌 됐든 한번 만나자구."

"자넨 까다로운 사람이야. 그러나 분명히 그렇긴 하지. 황동성 씨가 자네가 올 거라는 말을 했기 때문일세. 그러면 내일 저녁, 난설 여사와 셋이서 만나기로 하세."

"음, 그것도 좋겠지……."

이방근의 말 처리가 서툴렀다. 그것도 좋겠지……가 아니었다. 우선 문난설과 단둘이 만나고 싶다. 그리고 강렬하게 안고 싶다. 그렇다면 나영호는 방해물이다. 서울에는 그 때문에 온 것이다. 여기는 제주가 아니다. 그녀는 손을 뻗으면 닿을 곳에 있다. 그 살아 있는 육체로 나를 받아들일 것이다. 서울에서 나의 포옹을 기다리고 있겠다고, 그때 성내의 집 서재에서 끄덕였던 것이다.

둘만의 시간이 온다면 그녀는 포옹을 거절하지 않을 것이다. 이 두 팔 안에 틀림없이 안길 것이다. 설마 서울까지 온 나의 팔 안에 일단 들어오고도 슬쩍 도망치는 일은 없겠지.

이방근은 전화를 끊고 방으로 돌아오자, 숙부의 조금 장난기 섞인 시선과 마주쳐 무심코 문난설을 포옹했던 속마음을 들킨 것 같아 당황스럽고 격에 맞지 않게 얼굴이 붉어지는 것을 느꼈다.

이야기는 다시 이방근이 집을 나와 하숙생활을 하고 있는 것에 이르렀다. 그는 그 이야기를 화제로 삼고 싶지 않았기에, 단지 건성으로 듣고 있었는데, 숙부는 이방근의 별거를 힐문하지 않았다. 지금까지의 생활과 다르지만, 불편을 감수한다면, 그런 생활도 좋지 아닐까, 라고 아버지 앞이었다면 하지 않았을 말을 했다. 숙모는 역시 납득이 가지 않는 모양이었다. 부자가 원수 같은 관계라면 모를까, 무엇보다 집은 넓은데 사는 사람이 없어지면 아까울 뿐만 아니라 집이 망가지기 쉬우니까, 사람이 살고 항상 집안사람의 숨결이 집 벽과 마루와 창호와 여러 곳에 닿아야, 그야말로 그것이 집이라……며 아쉬워했다. 그렇다고 해도, 이런 말을 하면 아버지께 혼날지도 모르지만, 방근이는 대단해. 보통 사람이라면, 일부러 그런 번거로운 일은 하지 못하는데 말야. 누구라도 편한 쪽을 택하고 싶으니까……. 그리고 아버지가 외로우시겠지만…… 하고 숙모가 말하자, 계속 말없이 듣고 있던 이방근이 한마디 했다.

"생각해 보세요. 세상 체면이 어쩌고저쩌고 하지만, 전 어린애도 아니고, 아버지가 외롭다니 당치도 않습니다. 새어머니도 있고 그 뱃속에 자식이 있는 것만으로도 충분합니다."

"어험, 어디 양반가 자제가 그런 예의 없는, 노골적인 표현을 하는 경우가 있나."

숙부가 눈썹을 찌푸렸다.

"예ㅡ." 이방근은 약간 얼굴을 일그러뜨려 웃고는 말을 계속했다. "게다가 말입니다, 어차피 집으로 돌아올 맘이 없으면, 서울에 이사라도 가는 게 어떠냐고까지 말씀하셨으니까요."

"후후, 형님이 정말 그런 말을 했다고?"

"뭐, 귀찮은 존재를 내쫓을 생각인지도 모르겠지만, 아버지도 변하신 거겠죠."

"이번에야말로 결혼을 해야 돼. 일전의 친족회의에서 방근이는 양자를 들이라느니 바보 같은 말을 입에 담았지만, 말도 안 되는 소리야. 재삼 반복하게 되지만, 방근이는 우리 문중의 종손이니까. 본인의 생각이 어떻든 간에, 거기서부터 어긋나선 안 돼. 친족회의 석상에서 조금 전에 전화한 문난설이란 여자와 결혼한다고 폭탄선언을 했기 때문에, 친척들이 놀라서 반대했고 회의가 혼란에 빠져 중단됐잖아. 그러나 네가 그럴 마음이 있다면 난 반대하지 않겠어. 이번에 서울로 온 건 여러 사정도 있겠지만, 결혼 문제도 구체적으로 얘기를 진행시키는 게 어때. 중매인을 세워야 한다면, 상대방 사정을 조금 알아보고 내 쪽에서 움직이도록 할 테니까. 태수 형님이 너에게 서울로 이사가서 살라고 한 건, 문 씨와의 결혼을 짐작한 깊은 의미가 있을지도 몰라."

"뭐라고요?" 이방근은 숙부의 마지막 말에 깜짝 놀라, 자신도 모르게 기가 막힌다는 듯이 웃었다. 아무래도 이야기가 너무 그럴듯하지 않은가……? "숙부님은 설마 전화로 아버지와 뭔가 상의라도 하신 거 아닙니까. 헷헷헤, 도대체가."

"뭘 웃고 있어. 어처구니가 없군. 도대체가라니 뭐가 말야."

건수 숙부도 제법 쑥스러운 웃음을 띠우고 말했다.

아니 이건, 이런 곳에서 그때의 허언이, 결과로서 구속력을 발휘하기 시작하다니…… 전혀 예기치 못한 곳에서 무언가 묘한 현실성을 갖기 시작한 것이 아닌가.

"양자 운운한 건, 제가 말을 꺼낸 게 아닙니다. 문중회의에서 친척분이 처음으로 얘기를 꺼낸 겁니다. 뭐, 일종의 저에 대한 협박이었지요."

"협박이든 뭐든 현실성이 없는 얘기야. 당사자인 방근이가 실제로 생존해 있는데 바보 같은 말야. 이번에야말로 결혼을 해야 돼……."

이방근은 건수 숙부에게 그때 문난설과 결혼 운운한 것은 친족회의에서 결정한 강제 맞선을 피하기 위한 방편이었다고 말할 수는 없었다.

가령 결혼식이라는 세리모니에 몸을 맡긴다고 하자. 한창 식을 올리는 도중에 견딜 수 없어 나는 도망칠지도 모른다, 혼자서……?

이방근은 곧 다른 방으로, 여동생 방 옆에 있는, 언제나 그가 사용하던 방으로 옮겼다.

독상에는 사발 가득 흔들리는 아름다운 호박색의 맑은 막걸리 윗물인 청주와, 반쯤 말린 옥돔구이, 김치, 그리고 물김치 등이 곁들여 있었다. 유원은 오빠와 마주 앉아 얼음을 넣은 컵에 반 정도의 위스키를 맛보듯이 마셨다.

외국산(미군매점에서 흘러나온) 양주병이 몇 병이나 있었는데, 그것은 이건수가 사 둔 것이 아니고, 외부에서 보내온 것으로, 본인이 마시지 않기 때문에 그대로 보관해 놓고 있었다. 오늘 밤은 청주를 마시고 있지만, 이방근이 있는 사이에 이 술들은 결국 모습을 감출 것이다. 숙부 부부는 술의 청소 담당인 이방근에게 그것을 기대하고 있었다.

"후후, 건방지게."

이방근은 양손으로 사발을 들고 크게 두 모금 정도 차가운 술을 흘려 넣었다.

"하지만 아주 조금인 걸요. 오빠는 위스키보다도 청주를 좋아하니까." 여동생은 양손으로 컵을 들고 가볍게 마셨다. "오 동무는 이쪽으로 돌아오지 않는데, 오빠는 그와 만났어요?"

"만나지 않았어."

"그럼 역시 산에 들어간 거야. 그렇지요?"

"글쎄 오빠가 알 리 없잖아. 연락이 없으니. 오빠는 감쪽같이 당한 거나 마찬가지야."

"오빠, 그런 말씀하지 마세요. 집에서도 그런 말을 하고, 그 이야기는 없던 일로 했잖아요. 게다가, 문난설 씨 덕분에 그 문제는 해결됐고요."

"문난설, 문난설 하지만, 그만큼 오빠의 그녀에 대한 빚이 늘어난 거지." 분명히 그랬지만, 이방근은 그저 그렇게 말한 것뿐이고, 가령 그녀가 자신에게 많은 빚을 진 경우와 마찬가지로, 적어도 지금 그것은 고통이라기보다 어떤 일체화를 가져오는 기쁨으로 느껴졌다. "남주 얘기는 이제 그만해. 네가 그런 걸 말해 봤자 마음만 아플 뿐야."

"오 동무가 이쪽으로 돌아오지 않아서, 지금 서울에서는 학생들이 그룹을 만들어 제주도로 잠입하려 한다는 이야기가 있어요."

"뭐라고, 잠입? 그것은 네가 하는 말이냐, 학생들이 그렇게 말했던 거냐? 음, 그건 됐다." 이방근은 갑자기 수중의 물고기 그림자처럼 문난설의 그림자가 유원과의 사이로 지나가는 것을 보고, 문득 여동생의 노란 스웨터의 풍성한 앞가슴에 멈춘 시선을 돌려, 한 손으로 사발을 들었다. 사발의 술이 부자연스럽게 흔들렸다. 부산에서도 동향 출신 청년들이 의용대를 만드는 움직임이 있다는 소리를 들었지만, 항구도시인 부산과 서울은 사정이 전혀 다르다. "넌 그들과 접촉하고 있는 거냐. 네 뒤에 종로서의 경찰이 미행하고 있을지도 모른다는 걸 잊지 마라. 너뿐 아니라 숙부도. 그러니까 이 집이 말이다. 건국일보 자체가 감시를 당하고 있기 때문에, 그 간부들의 행동이 감시당하고 있을 가능성이 있어. 이번에 무슨 일이 생기면, 뭘 해도 안 돼. 곧 여기를 떠날 몸이야. 알겠지. 그렇다고 동향 학우회에서 손을 끊으라는 게 아니야. 아마도 지금의 얘기는 실현되지 않을 게다. 실현돼서는 안 돼. 무모하기 짝이 없는 짓이야. 마음의 표현은 되더라도, 결론이 그렇게 되겠지. 앞으로 2, 3일 안에 그쪽 상황을 보면서 대학의 하 교수와 만나야겠다. 내일 대학에 가거든, 교수에게 오빠가 와 있다고 말해 두는 게 좋아. 월말에 아버지가 이쪽으로 오신다잖아. 일본은 여기와는 달리 지금이 2학기니까, 편입이 늦어지면, 이미 늦었지만 3학기 편입은 어려울 테니 내년 4월로 연기된다. 아버지가 이쪽으로 오시기 전에 출발하는 게 좋아. ······이상한 표정 짓지 마. 아버지와 이별할 각오는,

아니 이미 결별을 하고 왔을 터. 오빠는 지금으로선 아마 함께 일본으로 가긴 어렵겠지만, 어쨌든 그땐 한대용의 배를 이용할 테고, 부산까지 오라고 할 거야. 그건 아직 나중 일이다. 그 전에 할 일이 있어. 후후, 그런데 유원아, 오빠도 배를 한 척 사게 될지도 모른다……."

"오빠가 배를?" 유원이 놀라서 오빠를 쳐다봤다. "그거 진짜예요? 오빠가 배를 사다니……. 뭘 하려고요. 오빠가 밀무역을 하는 거예요? 설마 그런 일이. 양반가의 사람은 옛날부터 뱃사람이 되지 않는다고 하잖아요."

"너는 이상한 말을 하는구나, 음."

"아버지가, 문중 사람들이 허락하지 않을 거예요."

"그런 건 신경 안 써. 친척들에게 돈을 빌리는 것도 아니고. 배는 아직 어쩔지 모르지만, 지금 생각 중이야. 아직 앞으로의 일이지. 어쩌면, 오빠도 손에 넣은 배로 일본에 갔다 오게 될지도 몰라. 그러니까 네가 먼저 일본에 가더라도, 어차피 오빠와 일본에서 만나게 될 테니까 쓸데없는 걱정은 하지 마."

"하지만 선원 경험도 전혀 없는 오빠가 통통배를 입수해서 일본과 제주도 사이의 바다를 왕래한다고요? 왜 그러는지 모르겠네. 하숙생활을 시작한다 싶더니, 그런 위험한 말씀을 하시네요. 국제신문사 일도 있는데. 오빠는 돈벌이를 하실 작정인 거죠. 무엇 때문에 그런 일을 하시려는 거예요? 바다가 그렇게 좋은가요."

유원은 너무 어이가 없고 의외였는지, 눈물을 글썽이다가 나중에는 거의 울음이 섞인 목소리까지 내었다.

"뭐냐, 한심하게. 눈물 따윌 글썽이고. 오빠도 뭔가를 해야지. 무엇 때문인지……는 둘째 치고 말이다. 바다도 싫지는 않아. 섬사람이 바다를 싫어하면 안 되지. ……그것보다 중요한 것은, 결혼의 약속 문제야. 최용학과도 만나야겠지. 한 번이 아니라, 두세 번, 어쩌면 그 이상으로……. 우리들은 아버지에게 연명으로 결혼의, 결혼이란 글자는 들어가지 않았지만, 서약서를 써 드렸어. 지장을 찍어서 말이지. 그러니까 일단 약속한 혼약, 아직 정식으로는 결혼하지 않았지만, 어쨌든 약속의 파기, 파혼을 상대 쪽에서 하게 할 필요가 있다. 이건 너로서도 계산이 끝난 얘기다. 그때는 상당히 공황을 일으키겠지만, 그것으로 끝나는 거다. 어쨌든, 좋아, 지금 여기에서 끝낼 얘기가 아니야. 최용학에게 뭔가 연락은 있었나? 있을 거야. 아마 집요하게, 음."

"예ㅡ. 근간 서울에 출장으로 상경한대요. 자주 전화를 걸어 와요. 편지도. 그게 너무 싫어요……."

"음, 상대에게는 안됐지만, 어쩔 수 없어. 그는 지금부터 미래의 네 남편이라는 생각으로 있을 거야. 아마도."

"오빠는 언제까지 서울에 계실 거예요?"

"아직은 몰라. 네가 여기를 출발하는 걸 끝까지 지켜볼 수 있으면 좋겠지만, 한 달 이상은 있을 수 없을 거야. 다시 한 번 나온다고 해도 말이지. 월말에는 아버지도 오실 테고……."

"아버지가, 오빠한테 서울로 이사 가라고 하신 게 사실이에요?"

"그래, 오남주 일도 경찰로부터 여러 가지 정보를 얻고, 게다가 남승지가 중학교 교사를 벌써 그만두었다는 사실이 들통 났잖아. 이전부터 의심하고 있었기에 알아본 것이겠지만. 집에서는 아버지가 마음에 들어 하는 양준오 역시 의심하기 시작할지도 몰라. 지금은 남승지를 지하 '공산당'으로 보고 있어. 오남주도 그렇게 생각하고 있을 거야. 아버지는 이 아들에 대해서도 기도하듯이, 네가 오남주의 '배후인물'만 아니라면…… 하고 안쓰러울 정도로 되풀이하고 계셔. 결국은 그렇지 않은 것 같다고 안심하고 있겠지. 그렇지 않으면 이번에는 쉽게 올 수 없었을지도 몰라. 오남주의 도항증명서 문제가 이쪽에서 해결되었다고 해도 현지에서는 달라. 오빠 참고인으로 경찰서에 출두도 했지만, 뒤에서 아버지가 힘을 썼던 거야. 이쪽 국제신문사의 황동성 씨가 바로 증명서를 만들어 보내겠다고는 했지만, 마음이 내키지 않았어. 그런 만한 사정이 좀 있었지. 음, 아까도 이야기했지만, 앞으로 자식이 옆에 있으면 무슨 일이 일어날지 모르니까, 늦기 전에 내쫓는다는 의미도 있었을 거야. 모양새 좋은 섬 밖으로의 추방이지. 자식의 주변은 모두 '공산당'이라는 거야. 건수 숙부는 문난설과의 결혼을 생각한 깊은 사려가 작용한 것처럼 말씀하시지만, 너도 들었잖아, 말도 안 돼. 설령 그렇다고 해도, 그 이전에 내가 지금 말한 것처럼 다른 깊은 사려, 먼 장래까지 생각한 계획이 있는 거야. 참으로 낙관적인 숙부이시지. 이제 와서 새삼스럽게 말할 것도 없지만, 아버지도 깊이 생각했을 거야. 대단한 아버지야, 후후, 무섭다. 물론, 나에게 원인이 없다고 말하고 싶지는 않아. 그러나 그것은 한마디로 말해서, 어떻게 할 수 없는 것으로, 아버지와 친족이 강제로 결혼하라는 데 응하지 않은, 또 아버지의 생각, 사상과 나의 그것이 다른, 그러니까 오빠가 타협하는 건, 내가 자유롭지 않은 인간이 된다는 것밖에 안 돼. 아버지와 타협하지 않으면, 적대하는 것이 되고 말아, 아버지에게 있어선……. 두고 봐, 아까도 들었겠지만, 여기에 와서도 종손이 어떻다, 결혼이 어떻다……며, 건수 숙부는 친척 중에서는 좀 나은 사람이지만, 문중의 일이 되면 양보하지 않아. 음, 술을 한 잔 더 가져다주지 않을래."

이방근은 사발을 크게 기울여 바닥의 맑은 술을 비웠다.

유원이 방에서 나가자 이방근은 담배에 불을 붙이고 창문을 열었다. 정원수가 있는 담 너머로 하늘을 보았다. 달이 중천에 떠 있었다. 달빛의 물방울이 비말이 되어 흩어지는 꿈같은 광경은 아니었지만,

밤이 두껍게 층을 이루어가면서 달은 푸르스름하게 또렷해지고, 윤곽이 칼처럼 두드러졌다. 그는 고개를 흔들었지만, 그 흔들려 움직이는 머릿속에 점멸하듯이 문난설의 그림자가 들러붙어 따라다녔다. 차가운 밤공기가 취기의 열이 밴 볼을 식혔다.

술 향기가 콧구멍에 스며든다. 좁쌀떡으로 만든 오메기술도 맛있었지만, 청주가 좋은 점은 도수가 꽤 있어 끈적거리지 않고, 그 달콤새콤한, 어딘지 모르게 가을을 느끼게 하는 맛이 더없이 좋았다. 먼저 맥주 한 병, 그리고 사발 한 잔의 청주를 마신 정도이지만, 취기가 전신을 가볍게 적신 느낌이었다. 담배를 재떨이에 끄고 향기 나는 술을 입으로 옮겨 목구멍으로 흘려보내고, 다시 한 모금 연이어 보내 위장으로 떨어뜨렸다.

"오빠는 정말 결혼할 생각인 거예요, 난설 씨와?"

"바보 같은 소리 하지 마. 왜 그녀와 결혼한다는 거야. 친족회의 때 일은 너도 알고 있잖아. 도움을 요청했을 뿐이고, 오빠도 물론이거니와 그녀 쪽에도 그런 뜻이 있을 리 없어. 진지하게 그런 얘기가 이루어지고 있다는 걸 알면 그녀는 화를 낼 거야."

"하지만 난설 씨 일은 모르겠어요. 오빠는 난설 씨를 싫어하지는 않잖아요. 난설 씨도 오빠에게는 호감을 가지고 있는 것 같아요. 존경하고 있다고 했어요."

"후후, 그랬나. 그러나 호감과 결혼은 달라."

'오빠에게'가 아니라, '오빠에게는'이라고 보다 한정된 강조가 여동생의 인상을 반영하고 있는 것 같아서, 그 미묘한 뉘앙스의 차이가 이방근의 마음을 유쾌하게 자극했다.

"오빠는 결혼해서 서울에서 살게 되고, 여동생은 서울을 떠나 버리다니……. 이게 무슨 일이람. 여동생이 오빠의 결혼식에도 참석할 수 없잖아요. 속상해요. 하지만 나는 찬성이니까, 난설 씨라면. 근사한 사람이에요."

"어째서 이씨 집안사람들은 이리도 지레짐작이랄까 억측이 심한 것일까. 게다가 결혼식이라느니, 설령 말이다. 문난설……, 아니 아니지, 그 누구와 오빠가 혹시 결혼 자체를 하게 되더라도 식만은 절대 올리지 않는다, 식을 올리는 그런 결혼, 그 자체를 하지 않는다는 말이야. 으음, 그러니 상대도 그걸 이해할 수 있어야 한다는 거지. 그러면 웬만해서는 그런 여자를 찾기는 힘들 거야."

"하지만 난설 씨라면……"

"뭐, 난설?" 이방근은 반사적으로 거친 목소리를 냈다. "난설, 난설, 적당히 그만 좀 해!"

"……오빠는 바로 화를 내고 소리 지른다니까, 사람 이야기를 끝까지 듣지도 않고."

"듣지 않는 게 아니야. 아까부터 그런 얘기뿐이잖아. 건수 숙부부터 시작해 말이다. 너는 문난설이라면 그런 것에 구애받지 않을 거라는 말이겠지. 그러나 그런 여자일수록 화려한 식을 바랄지도 모른다(난설의 이야기를 그만하라고 하자마자 난설이 튀어나온다). 아아, 이렇게 있지도 않은 일을, 이러쿵저러쿵 얘기하고 있는 거다. 머리가 이상해진다. 결혼식이라느니 서울이라느니, 아무 일도 없는 걸 지금부터……. 넌 오빠가 서울에서 살 거라고 생각하는 거냐?"

"……" 다소 불쾌하다는 듯이 얼굴을 조금 비스듬히 기울인 유원은, 말을 해야 할지 말아야 할지 순간적으로 주저하는 듯했다. "하지만, 아버지가 서울로 가라고 말씀하셨잖아요. 오빤 뭐라고 대답한 거예요?"

"예―, 생각해 보고말고요……라고 말했어. 이번에 올 때도 무얼 하러 서울로 가느냐고 물으셨지. 그래서 오빤 말했다. 서울로 이사 가는 것도 생각 중이어서, 미리 알아볼 것도 있고……라고 말이지. 묘한 표정을 지으시더구나. 오빠라고 좋은 기분은 아니야. 나이를 먹으면 자칫 그렇게 되기 쉽지만, 아버지의 방식은 정직하지 않아. 너와는 여러 가지 의견도 맞지 않고, 어차피 집을 나갔으니 아버지 눈에 거슬리지 않도록 깔끔하게 제주도에서 나가는 게 어떠냐……고, 한마디 덧붙이면 좋잖아. 부모라면 말할 수 있는 말이야. 그러면 오빠 부모의 기대를 저버리는 일이 없이, 그 말에 따라 서울에라도 올지 모르지. 그걸 아버지는 애매하게 남들 대하듯 말을 흐리는 거야. 음, 그러나 아버지 말씀에 따른다고 해도 제주도를 떠날 순 없어. 자식이 같은 성내에 있는 게 꼴사납다면, 어딘가 섬 안에서 멀리 떨어진 곳으로, 서귀포 근처에라도 가서 살면 되니까, 음."

"마치 정말 남인 것 같네요. 오빠는 거짓말을 한 거잖아요. 아버지가 솔직하지 않아서 그런 건가요. 하지만 오빠는 왜, 그렇게까지 제주도에……." 유원은 날개처럼 뚜렷하게 뻗은 아름다운 눈썹을 찌푸리며 오빠를 쳐다보았지만, 갑자기 표정을 누그러뜨리며 생긋하고 어울리지 않는 느낌의 미소를 띠더니 시선을 떨구었다. "뭔가 이상해서……. 뭔가 이상해요. 그렇잖아요." 그렇잖아요, 라고 악센트를 올려서 말한 순간의 목소리가 떨리며 거의 울음이 되어 있었다. "나는 싫으니까. 이제 빨리 일본으로 가 버리는 게 좋겠어요."

유원은 콧물을 훌쩍이며 울기 시작했다. 그리고 일어섰다.

"뭐야. 이 울보가. 너 취하기라도 한 거냐. 핫핫, 그 예쁜 얼굴이 울겠다. 아니, 벌써 울고 있는 거야. 문난설보다 예쁜 얼굴이."

"싫어요. 문난설, 문난설 하며, 오빠야말로, 난설 씨 이야기만 하고 있잖아."

유원은 갑자기 발끈하더니, 발꿈치를 울리기라도 하듯이 재빨리 방을 나갔다.

"앗, 핫, 핫하아…….."

이방근은 여동생에게 들리도록 웃었다.

옆의 여동생 방의 문이 열리고, 조절을 하는 것 같으면서도 꽤 세게 닫히는 소리가 났다. 거 참, 조금 있으면 돌아오겠지. 밥상 뒷정리도 해야 하고, 이 오빠를 위해서 잠자리도 펴야 한다. 오지 않으면 부르면 된다.

다음날, 점심때가 다 되어 전화벨이 울렸다. 황동성이 전화할 가능성도 있었지만, 낮에 전화를 하겠다고 한 문난설의 연락을 은근히 기다리고 있었기 때문에, 방을 나온 이방근은 부엌에 있던 숙모를 제지하고, 수화기를 들어 귀에 댔다. 그때, 어둠처럼 무겁게 다가온 침묵이 가로놓였다 순식간에 사라지며, 여보쇼, 이건수 선생 댁입네까, 라고 평안도 사투리의 굵은 목소리가 울렸다.

"예, 누구십니까?"

불안이 뇌리를 스쳤다.

"음, 이건, 혹시 이방근 선생 아닌가요? 아니라면 실례를……. 이쪽은 종로경찰서 사찰계장인 장(張)입니다. 이야, 역시, 오랜만입니다."

이방근은 정말이지 옆에서 벼락을 친 것처럼 심장이 뛰어오르는 것을 느꼈다. 무슨 일입니까, 도대체! 그러나 그렇게는 말하지 않았다. 어쩐지 스스로도 그런 놀라움의 동요를 나타내는 목소리를 내지 않았다. 단지 성대 하나의 진동 차이로, 마음의 소리를 억제했던 것이다.

"아하, 아니 이거, 오랜만입니다. 참으로 놀랐습니다."

"일전에는 일부러 서울까지 오셔서 수고가 많으셨습니다."

8월에 유원의 석방 때의 일을 가리키고 있었다. '서북' 출신의 사상

계, 고문대장 중의 한 사람치고는 상사에게 대하는 듯한 정중한 말투였다. 여동생은 12일간 유치로 석방되었지만, 사상 담당인 이 남자는 이방근이 상경하기 전에 이면공작을 하고 있던 건수 숙부로부터 상당한 금품을 받고 있었다.

"무슨 말씀을요. 저야말로 신세를 졌습니다(이게 무슨 말인가. 여동생이 들으면 격노할 것이다). 이건수, 제 숙부께 무슨 용건이라도?"

이방근은 새로운 불안에 쫓기면서 말했다.

"아니요, 그런 게 아닙니다. 그냥 이방근 선생이 서울에 오셨다기에, 오랜만이라서 전화로라도 인사를 드리려고 생각했을 뿐입니다."

말은 정중했지만, 그 목소리 밑바닥에 사람을 압박하는, 계기만 있으면 금방이라도 폭언으로 뒤바뀔 것 같은 기백이 엿보이고 있었다.

"인사라고요? 제가 온 걸 또 어떻게?"

이방근은 숙부에 대한 용건이 아닌 것에 안심하고 말했다. 역 건물의 어두운 그림자가 이쪽을 가만히 보고 있던 사복경찰인 듯한 남자의 모습이, 머리에 떠올랐다. 아니, 그것과는 관계가 없을지도……

"그 일은 이 선생 자신이 알고 계시겠죠. 당연히 제주경찰서의 출항허가를 받고 오셨으니, 제주경찰서 당국에서 이쪽으로 연락이 옵니다. 목포경찰서에서 몇 시 몇 분 열차를 탔다는 연락이 옵니다. 어젯밤 아홉 시 5분에 서울역에 도착하셨지요. 그렇겠지요."

"미행을 한 겁니까?"

"아니요, 미행은 하지 않았습니다. 우리는 이 선생을 신뢰하고 있기 때문에 그런 일은 하지 않습니다만, 예정대로라면 21시 5분에 하차라는 걸 말하고 있는 것입니다. 열차는 자주 늦지만요. 예정보다 빨리 도착한 예는 지금까지 없었습니다. 아니 아니지, 그래서 전화로 인사를 하고 있습니다만, 어떻습니까. 이번에 오신 김에 서청(서북청년회)

고영상 사무국장과도 만나시는 것이. 고 사무국장은 환영할 겁니다."

전화는 그뿐이었다. 이방근은 한숨이라고도 할 수 없는 큰 숨을 토해 냈다. 아니 아니지가 아니라, 이것이 작금의 현실인 것이다. 그걸, 제가 온 걸 또 어떻게? 라고 진지하게 되묻는 둔감함은 또 어떻게 된 것인가. 반문을 받은 상대방 쪽이 놀랐을 것이다. 제주경찰서에서 서울과 목포의 경찰서로 연락이 가고, 목포에서도 상륙 시에 검문을 하기 때문에 수도경찰청으로, 그리고 이건수가 사는 안국동을 관할하는 종로서로 연락이 간 것은 당연하고, 그것을 생각하지 않은 것은 아니지만, 넋을 놓고 있었다는 느낌이었다. 종로서에서는 먼저 보안계로 연락이 가고, 사찰계로 들어간다. 즉 사상 담당 경찰의 사찰 관계 리스트에 올라 있다는 점, '요주의 인물'의 명예를 짊어지게 된 것이다. 흡사 일제강점기의 '요시찰 인물'처럼.

인사라고……. 무엇 때문에 전화를 한 것인가. 한가한 놈들이다. 아니, 심심풀이로 한 것은 아니다. 일종의 시위, 견제이자, 또 한 가지는 고영상과 만나라는 것일지도 모른다. 이미 고영상의 귀에 이방근의 상경이 보고된 것이다. 그리고 금일봉, 뻔뻔스러운 돈 요구가 있을 수 있다. 우리들은 이 선생을 신뢰하고 있기 때문에……라는 하는 것은 완전히 빈말은 아니다. 그러나 미행을 하지 않는다는 것은, 어젯밤은 어찌 되었든 그렇게 말했을 뿐이고, 상대도 이쪽이 믿는다고는 털끝만큼도 생각하고 있지 않는 것이다. '신뢰'를 받고 있는 사이에, '신뢰'하게 할 필요가 있다. 그런데 어째서 리스트에……. 나의 교분 탓인가. 교분이라고 해도 '움막' 생활자이면서 여기저기에 걸쳐 있었고, 특정의 좌익에 기울어진 것도 아니다. 그들, 함병호 '서북' 제주도 지부장 등에 따르면 이론적인 '반공주의자'이고(실제로 나는 조직 비판자이고, 근본적으로는 그것을 부정하는 것으로 통할지도 모르지만, 그들이 말하는 반공주의자는 아니다), '서북 협력자'이기도 하지만, 그래서 리스트에 올랐다……? 게다가 아버지 이태수는 '친일파'이고, 말 그대로 공산주의에 공포를 느끼는 반공주의자다. 그렇지 않으면 영문 모를 자유주의자, 위험분자로서? 의외라면 더 없이 의외지만, 혹은 오남주의 일 등으로 일시적인 마크를 하고 있는 것인가.

이방근이 조식을 겸한 점심을 먹고 난 다음에도 황동성으로부터, 그리고 문난설로부터 전화가 없었다. 한번 만나고 싶다……. 내일 점심 무렵이라는 것은 낮의 몇 시에 해당하는 것인가. 정오도 점심 무렵이고, 오후 한 시에 걸려 와도 점심 무렵이겠지만, 정오 전 역시 점심 무렵이 아닌가. 종로서의 장 사찰계장이 열차는 연착을 할지언정 여태껏 예정보다 빨리 도착한 예가 없다고(열차의 연착으로 뭔가 험한 꼴을 당했던 적이 있을 것이다), 쓸데없이 엉뚱한 말을 지껄였는데, 전화는 일찍이라도 가능할 터였다. 갑작스러운 데다가 기분 나쁜 전화를 받은 후였기 때문에, 문난설의 전화가 한층 더 기다려졌다. 마침 숙모도 외출해서 전화로 이야기하기에는 상황이 좋은데, 한 시가 지나도 전화벨이 울리지 않았다.

화가 치밀 것까지는 없지만, 도대체 어떻게 된 일인가, 무슨 사고라도 생긴 것인지 걱정이 된다. 설마 기대를 갖게 하려고 사람을 애태우는 것은 아니겠지. 아무튼 보통 여자는 아니다.

나영호는 오늘 저녁에라도 셋이서 만나자고 했으니, 그가 전화를 걸어도 좋을 것이다. ……내가 일방적으로 열을 올리고 있는 것일지도 모른다. 성내 집에서의 사랑의 속삭임(분명 사랑의 속삭임이었다), 뜨거운 포옹, 그 풍만하고 모양이 예쁜 유방, 둔부의 깊은 굴곡, 그리고 그녀의 육체가 발하는 향기로운 냄새, 감미로운 입술 사이에서 뿜어내는 숨결에 담긴 관능적인 냄새……. 어둠 속에서, 그녀는 분명히 반응하고 있었던 것이다. 그것은 단지 그 장소만의, 문난설의 '여행지'에서 한때의 사건이었던 것일지도. ……안 돼요, 안 돼요. 여기에서는 맞이할 수 없어요. 서울에서……. 서울에서……. 이것도 그 자리를 모면하기 위한 구실이었던 것인가. 친족회의 석상, 임시방편으로 그녀를 결혼 상대로 꾸몄던 것처럼. 그날 밤, 결국 선을 넘지 못한 것이 좋지 않았다. 그때를 놓치면 안 되는 것이다. 좀 더 세게 강행했어야 했다. 아니, 그때는 그걸로 정말 좋았던 것이다. 그것이 나의 사랑이었다. ……사랑? 뭐야, 사랑? 어젯밤, 설사 전화 주위에 아무리 사람이 있었다고 해도, 한번 뵙고 싶다……라니, 너무 사무적이지 않았나. 그리고 점심 무렵에 전화한다는 것이 이 모양이다.

머릿속에서 망상이 날개를 펴기 시작해, 그녀에게 반한 듯한(이제는 스스로도 그것을 인정하고 있었다) 자신이 부끄러워지고, 의식의 흐름 자체가 문난설 이외는 없는 것 같은, 오직 그녀에 대한 생각으로 점령당하고 있는 자신이 우스꽝스러워져, 그녀를 애타게 기다리는 마음이 차츰 불쾌감으로 바뀌기 시작했다. 본래 그는 자신이 사랑을 한다는 것을 자연스럽게 받아들이지 않는 인간이었다. 그는 사랑 같은 것(사랑이라고는 확실히 단정하고 싶지 않은 것이다)을 자각하면 자각할수록 자신의 어떤 자존심이 무너지는 것을 의식하는 것이었다. 그가 방탕 생활을 계속한 것도, 전부는 아니지만, 그런 표현의 하나일 것이다.

이방근은 연달아 몇 대인가의 담배를 피우면서 안정을 잃고 방 안을 우왕좌왕하고 있었다. 때마침 숙모가 집을 비워 주었다. 서울에 무얼 하러 왔단 말인가. 나는 그 여자의 육체를 쫓고 있는 것인가. 그는 침착하지 못한 자신을 깨달은 순간, 자신에게 화가 나서, 어험…… 하고 잠시 안정을 되찾는 척해 보였지만, 어느 샌가 담배를 비벼 끄고 현관 옆방의 전화 앞에 서 있었다. 그리고는 벽기둥의 전화함을 가만히 쳐다본다. 갑자기 눈앞에서 전화벨이 격렬하게 울린다면, 그는 놀라서 심장이 튀어나와 그 자리에 고꾸라질 것이었다.

시각은 한 시 10분을 지났다. 잠시 후에까지 전화가 없다면 더 이상 기다릴 필요는 없었다. 조바심과 가슴을 치고 드는 절망감. 만일 특별한 이유도 없이 연락을 하지 않은 것이라면 모든 것은 끝나게 된다. 아니, 뭔가 일이 있을 것이다. 그러나 오후 한 시가 지나고 있다면, 아직 점심 무렵이라고 생각할 수도 있을 것이다. 그렇다고 해도 어찌 된 일인가. 이방근의 마음이 점차 분노의 감정으로 물들기 시작했다.

그는 담배를 한 대 피우고 마음을 가라앉혀 국제신문사로 전화를 걸까도 생각했다. 문난설에게 하는 건 아니다. 그녀의 아파트에 전화가 있다면 전화를 했겠지만, 지금 그녀가 신문사에 있으면서 전화를 하지 않는다고는 생각할 수 없었다. 설마 어젯밤, 이른바 '세련'된 여성들의 집합소인 낭만클럽에라도 죽치고 있으면서 약속을 잊어버린 것은 아닐까. 이방근은 웃었다. 혹시 숙취로 누워 있는 것은……

그의 망상을 날려 버리듯 사람을 내모는 전화벨 소리가 집안에 울려 퍼졌다.

이방근은 방을 뛰쳐나왔다.

2

전화 목소리가 문난설이기를 바라면서도 배신당하는 것이 두려워 그렇지 않기를 기대하는, 순간적인 마음의 동요를 의식하면서, 손에 든 수화기를 잠자코 귀에 댄다. 여보세요 하며 날아든 것은, 여자의 목소리, 아니 문난설이었고, 그 목소리는 몸속 깊은 곳에서 반응하는 느낌으로 귀 안쪽에 스며들었다.

"……예-."

"아이고, 이 선생님이신가요? 저, 난설이에요."

"예-……." 선생님이고 뭐고 필요 없었다. 오가는 자동차와 노면전차의 경적 소리가 수화기에 섞여 들었다. 이방근의 반응은 다소 냉담했다. 도대체 어찌 된 일입니까! 그러나 그렇게는 말하지 않았다. "지금 어디입니까?"

이방근은 분노인지 기쁨인지 아니면 실망인지 알 수 없는 목소리를 내고 있었지만, 난설이, '문난설'이 아니고, 난설이라는 한 마디가 두 사람의 거리를 한층 더 세게 끌어당기는 걸 느꼈다.

"……" 잠시 말이 막힌 듯한 느낌이 전해져 왔다. "좀 전에 아파트를 막 나와, 지금 서대문 우체국에서 전화 걸고 있어요. 선생님, 무슨 일 있었어요?"

이 선생님에서 이가 떨어지고, 그것이 조금 허물이 없는 친근한 느낌을 준다.

"아니오, 왜요?"

이방근은 시치미를 떼며 되물었다.

"선생님 목소리가 이상한 걸요."

"아아, 목소리가 이상해요……?"

"무슨 일이 있었던 것 같은 목소리에요."

"흐-음……."

이방근은 놀랐다. 그 자신이 의식하지 못한 목소리의 이상을 감지한 것은 좋지만, 그것이 무엇 때문인지 느끼지 못한다는 것은 절망적이지 않은가. 여동생 이상으로 둔감했다. 아니면 새침데기인가. 이방 근은 오로지 점심 무렵에 전화를 기다리고 있던 그 시간의 초조함을 그녀가 알아주지 못하는 것에 실망하면서, 그러나 그녀의 늦은 전화 가 다른 뜻이 있어서도, 자신에 대한 마음이 엷어진 탓도 아닌 것 같 아 안도했다. 늦어진 것을 신경 쓰는 기색이 없었다. 웃음이 나왔다. 오후 한 시 15분은, 그녀가 말하는 점심 무렵에 속하는 것인가. 그러 나 전화로 그녀 자신을 난설이라고 부르는 가시 없는 부드러운 목소 리의 울림을 듣고 있는 것만으로, 이방근의 마음은 이미 누그러져 있 었다. 그리고 선생님, 뵙고 싶어요⋯⋯라고, 뜨거운 입술을 피부에 대는 듯한 한마디가 이방근의 귓불에 숨결을 불어넣는 것처럼 닿았을 때, 그는 모든 응어리가 녹는 것을 느꼈다. 미안, 미안⋯⋯. 그는 전 화벨이 울리기 조금 전까지의, 그녀에 대한 이런저런 절망적인 기분 마저 섞인 비루하기 짝이 없는 망상을 부끄러워했다.

"선생님 지금 뭐라고 말씀하신 거예요?"

"⋯⋯아아, 나도 만나고 싶소." 이방근은 계속했다. "난설 씨 사정 이 괜찮다면, 지금 당장이라도. 어젯밤에 난설 씨가 전화했을 때 그 랬잖소."

만날 수 있다면 지금 당장이라도 집을 뛰쳐나가고 싶은 마음이었다.

"어머⋯⋯." 한순간 밝은 웃음소리가 튀듯이 귀에 울렸다. "저도요. 하지만 시간을 낼 수가 없어요. 지금 혼자세요?"

"그렇습니다. 지금 어디로 가는 건가요? 신문사로 직행하는 건가요?"

그녀는 그렇다고 대답하고 오늘 밤 만나고 싶다고 했다.

"오늘 밤?" 고혹적인 말이다. "어젯밤, 난설 씨와 통화한 후 나 동무 가 전화로 오늘 밤 셋이서 만나자고 했는데, 듣지 못했나요?"

이방근은 가슴의 고동이 심하게 울리는 것을 느꼈다.

"괜찮아요. 영호 씨는 늦게 출근하는 숙직이라서, 어떻게든 다른 사람과 바꾸려고 했지만, 무리였어요. 오늘은 저뿐이라 유감이네요."

"……네, 유감입니다, 대단히 유감이고말고요, 핫핫하아."

약속은 오후 일곱 시, 명동 근처 충무로의 팔러에서 만나기로 했다. 팔러는 세 번째가 된다. 첫 번째는 나영호와 만날 예정으로 나갔는데, 본인은 늦어 모습을 보이지 않는 대신에, 문난설이 그에게 권유를 받았다며 와 준 것에 놀랐었다. 두 번째는 그리고 나서 며칠 지난 후 둘이서만 만났다. 그것은 농밀한 밤빛 장막이 두 사람을 감싼 최초의 만남이었다.

그녀는 나영호한테 전화가 오더라도 오늘 밤 만나는 것은 이야기하지 말라고 했다. 그럼 뭐라고 하는 것이 좋을지 바로 생각을 정리하지 못하고, 그가 셋이서 내일이나 모레라도 만나자고 하면 어떠냐고 되묻자, 그때는 선생님 형편만 닿는다면 좋지 않겠습니까, 그럼 저는 선생님과 또 만날 수 있는 걸요. 영호 씨는 어차피 제게 상의할 테니까, 그 일에 대해서는 오늘 밤에 만나서 말씀드릴게요…….

이방근은 적잖이 감탄하며 전화를 끊었다. 나와 그녀의 생각이 뜻밖에 일치하고 있어. 어젯밤 전화로 나영호가 내일 저녁 문난설 여사와 셋이서 만나자고 했을 때, 음, 그것도 좋겠지, 라고 말했지만, 그것으로 좋겠지……가 아니었다. 먼저 문난설과 둘이서만 만나고 싶었다. 그렇다면 나영호는 방해물인 셈이다. 그녀와 단둘이 만나서 강렬하게 안고 싶다. 그것을 이룰 수 있을지 없을지는 오늘 밤 결정된다. 흐―음…….

이방근은 방으로 돌아온 뒤, 제주도에서의 사랑을(분명히 사랑이다) 재확인한 기분이었다. 그것은 언제 변할지 모르는 일이지만 거짓은 아니었다. 그녀의 나에 대한 마음은 변하지 않은 듯했다. 이방근은 가슴에 뜨거운 것이 쫙 흐르고, 하반신에 강한 팽창감을 느꼈다. 딱딱해져 온다. 팔러에서 만나 어떻게 할까……. 바보 같이, 팔러에서 만나는 거다. 만나는 것만으로도……. 만나고 나서……. 전화벨이 울렸다.

황동성이었다. 그는 전화를 받은 것이 이방근임을 확인하자, 아까부터 전화했는데, 오랫동안 통화중이라서……라고 말했다. 그럴 리는 없다. 긴 통화는 아니었다.

"어젯밤에 도착하셨다고 하던데, 정말 잘 와 주셨습니다. 기다리고 있었습니다. 전화로 긴 얘기는 할 것 없이 다른 얘기는 생략하기로 하고, 언제 신문사에 오실 수 있는지요. 우선 신문사에 한번 오셔서 '구경'을 해 주셨으면 하고, 그 후에 식사라도 함께 합시다……."

잘 와 준 게 아닐 것이다. 특별히 그를 위해, 국제신문사를 위해 온 것은 아니니까. 벌써 이 말 한마디부터가 그에게 포박당할 가능성이 있었다. 역시 그에게 도항증명서를 보내게 하는 폐를 끼치지 않아 다행이라고 생각했다.

이방근은 어젯밤 나영호로부터의 전화에서도 신문사 방문을 거절했기 때문에, 황동성이라고 해서 쉽게 얼굴을 내밀 수는 없었다. 무엇보다도 이야기의 내용, 즉 용건은 서로 알고 있는 것이고, 상대는 어떻게 이방근을 수중에 넣을지, 이방근은 어떻게(이미 거절한 일이지만) 다시 거절할지 그뿐이었다. 그러나 한 번은 '구경'도 할 겸 얼굴을 내밀어야 할 것이다. 구경을 하는 것이 인사도 되는 것이다.

이방근은 2, 3일 중에 이쪽에서 연락한다고 하고 전화를 끊었다. 그 순간, 그 자리에서 한 걸음 벗어날 틈도 주지 않고 다시 전화벨이 울렸다. 나영호였다.

그는 문난설이 이야기했던 대로 오늘 밤 셋이서 만날 생각이었지만, 숙직인 것을 깜빡 잊고 있었다. 문난설의 사정을 물어보고 내일이나 모레라도, 2, 3일 중에 만나지 않겠느냐고, 이것도 문난설의 예상했던 그대로 말을 했다. 거리의 소음이 수화기로 끼어드는 것으로 보아 신문사는 아닌 듯했다. 그는 어차피 오늘 밤은 만날 수 없을 텐데, 이 동무의 오늘 밤 일정은 어떤가, 어디 외출할 일이라도 있는가, 하고 물었다. 이방근은 그것을 문난설과 단둘이 만나는 것에 대한 의심으로 생각하고, 오늘 밤은 당장(이것은 전혀 쓸데없는 말이지만), 여동생의 대학교 하 교수를 만나야 한다고 말을 돌렸다. 이번에 서울에 온 목적은, 여동생의 일이 있어서 말야…….

이방근은 전화를 끊고 나서 기분이, 자신에 대해서 기분이 좋지 않았다. 문난설이 얽히지 않았다면, 여동생 학교의, 혹은 대학 선생이라고 말했을 것이다. 하 교수라는 식으로 점잔을 빼듯 말하지는 않았을 것이다. 구체적으로 말해서, 순간적인 거짓말에 신빙성을 갖게 하고 싶었던 것이다.

이방근은 이제 어느 정도 납득할 수 있었지만, 오전 중에 있을 터였던 황동성의 전화를 비롯해, 점심 무렵이라고 말했던 문난설의 전화, 그리고 나영호의 경우에도 전화가 오후에 집중된 것은, 모두 밤이 늦어서 일거리를 들고 집으로 돌아갔기 때문일 것이다. 책임자인 황동성의 경우는 다소 사정이 다르다 해도. 그렇다면 문난설이 점심 무렵이라고 한 조금 전에 온 전화를 늦었다고 책망할 일은 없는 것이었다. 이방근이 초조해하고, 절망하고, 분노의 감정조차 느꼈던 것은, 그의 애타는 사랑의 감정에서 우러나온 것이라고 해야 한다. 애타게 사랑한다……. 마음속의 움직임을 충분히 의식하면서도, 언어로써 정착되는 '애타게 사랑한다'에 그는 눈을 돌리고, 이것을 스스로 인정하려 들지 않았다. 그러나 그녀의 전화를 기다리는 사이, 아니 지금부터 오후 일곱 시까지 시간을 어떻게 보낼까, 기다릴 수 없을 것 같은 마음이 간헐적으로 가슴을 푹 찔러오는 것도 애타게 사랑하고 있다는 증거가 아닌가. 이건 어찌할 수가 없어. 핫핫하, 역시 반한 거야…….

이방근이 부엌에서 맥주를 한 병을 가지고 와, 방의 앉은뱅이책상 앞에서 마시고 있자니, 현관문이 열리는 게 숙모가 돌아온 모양이었다. 이어서 또 한 사람이 들어왔다.

"아이고, 유원아, 무거웠지. 덕분에 살았다."

남대문시장까지 장을 보러 나갔던 숙모가, 전차 안에서인지, 전차에서 내려 돌아오는 도중에 유원을 만난 모양이었다. 숙모와 함께 일단 부엌으로 간 여동생은 가방을 든 채, 오빠, 다녀왔어요, 라고 오빠 방을 들여다보며 말한 뒤, 오빠는 술만 있으면 딴 것은 아무것도 없어도 괜찮은가 봐……라며 웃었을 뿐, 책망은 하지 않았다.

"달랑 맥주 한 병이야. 다만 오빠는 알코올중독은 아니니까, 그것만은 오해하지 마."

"스스로 그런 걸 강조하는 건 이상해요. 오히려 더 이상하게 생각되는 걸요."

전화로도 그랬지만, 나는 아까부터 쓸데없는 말만 하고 있다. 유원은 자신의 방으로 돌아가 가방을 내려놓더니, 다시 눈앞의 복도를 지나 부엌 쪽으로 모습을 감췄다. 잠시 후 그녀는 껍질을 얇게 벗겨 여섯 조각을 낸 큼직한 감을 가지고 왔다. 숙모가 시장에서 막 사 온 것이라고 했다.

"음, 맥주를 마실 때 감을 먹으면 취기가 오지 않아."

"맛있어 보이죠, 보세요. 숙모님이 무거운 걸 남대문시장에서부터 들고 오신 거예요." 유원은 오빠의 말을 받아 주지 않았다. "있잖아요, 오빠는 고독에 강한 사람일까. 약해서 술을 벗 삼는 걸까. 문득 생각하게 되네요. 오빠는 고독을 아무렇지 않게 여기는 사람이라고 생각하지만, 모르겠어요."

"뭐야, 또 새삼스럽게. 술은 좋아서 마시는 것뿐야. 넌 고독이란 걸 알기나 해?"

"말이 지나치시네. 오빠만큼은 아닐지도 몰라요. 오빠의 고독이란 어떤 걸까. 하지만 난 만일 오빠가 없었다면 견딜 수 없었을 것 같아……."

"무슨 말을 하는 거야. 넌 앞으로 일본에서 혼자 생활해야 해."

현관 쪽 방에서 전화가 울려 퍼졌다. 아침에 종로경찰서를 시작으로 정말 전화가 많이도 오는 날이었다. 유원은 서둘러 방을 나갔다.

연한 청자무늬 접시에, 방금 깎은 나이프의 흔적이 예리하게 남아 있는 싱싱한 감의 색깔이 아름다웠다. 은빛 작은 포크까지 신기하게 고요하고, 안정되어 있었다. 문득 유원이 남승지에게 준 벽돌색 스웨터가 머리를 스쳤다. 피와 같은 흙색의 스웨터. 스웨터의 색깔을, 유원은 남승지의 앞에서 그렇게 말하고 있었다.

어라, 여동생의 전화 받는 모습이 이상했다. 이방근은 잠시 귀를 기울였다. 방문이 열린 채 복도 맞은편의 현관 쪽 방에서, 사무적이고 정중하며 수동적인, 다소 냉담한 어조의 여동생 목소리가 들려왔다. 아무래도 최용학인 듯했다. 이방근은 자리에서 일어나 전화가 있는 방으로 갔다.

"……용학 씨는, 언제 서울에 오신다고요?"

전화의 맞은편에서, 주절주절 이야기하고 있는 모양이었다. 이방근은 자신 쪽을 본 여동생을 향해 손짓을 병행해서, 오빠가 서울에 와 있는 것을 알리지 말라고만 말하고, 곧바로 방으로 돌아왔다.

전화는 끊어지지 않았다. 여동생은 거의, 예—, 예—……, 하며 상대의 이야기를 일방적으로 들어주고 있는 것 같았다. 이것은 직접적으로는 이 오빠의 강제에 의한 것이지만, 상당한 인내와 결의가 전제되어 있었다. 그 성격으로 볼 때, 최용학 같은 남자의 수다를 가만히 듣고만 있을 유원이 아니었다. 상대는 무얼 그리 장황하게 말하고 있는지 모르겠지만, 설마 직장인 은행에서 그런 내용의 장거리전화를 할 수는 없을 것이다. 그렇다 하더라도, 만일 광주, 그것도 우체국에서라면 일단 신청을 해야 하기 때문에, 제주도와는 사정이 다르다고 해도, 바로 연결되기는 어려울 것이다.

이방근은 맥주를 목구멍에 쏟아부으며 짜증스러운 기분을 억누르고, 최용학의 유원에 대한 뜨거운 마음으로 생각을 옮겨 보았다. 이 남자는 다른 여자에 대해서도 이것저것 꼴사납게 끈질길지도 모르지만, 그러나 결혼 상대로서는 유원에게 한결같이, 말하자면 홀딱 반한 것이 틀림없었다. 어쩌면 나의 의식이 문난설에게 점령당한 것처럼, 그 남자의 의식이 유원이 되어 버리고, 그 마음에서 한시도 유원의 그림자가 떠나지 않는 것일지도……. 아마도 밤낮으로 애타게 그리워하고 있는 모양이었다. 유원에게서 어떤 뜨거운 반응도 얻을 수 없는 채로, 그리고 머지않아 찾아올 절망의 날을 향해서.

이방근은 지금 맥주를 마시면서 문난설과의 밀회를 기대하고 있는 자신을 생각해 보았다. 앞으로 어떻게 될지 모르겠지만, 목적은 우선 오늘 밤의 밀회를 성공시키는 것이었다. 문난설은 제주도에서 거의 내 수중에 들어왔던 여자다. 그렇다고 오늘 밤 어떻게 될지 알 수 없는 일이었다. 여자는 익은 음식. 예로부터 그러한 것이라고 누군가가 말했었다. 불을 가해 다시 요리를 할 필요가 없는, 그 자리에서 먹을 수 있는 '음식'. 모든 남자에게 그 유혹의 구멍을 들이대는 유동적인 존재……. 젊은 사람에게는 다소 이해하기 어려운 말이었다. 여자는 익은, 불을 가할 필요가 없는 음식……. 이방근은 처음에는 바로 그

의미를 파악할 수 없었지만, 여체의 살처럼 생생한 말이었다……. 여자는 위험한 것. 제주도에서 그녀에게 기울며 깊어지는 마음. 이번에 만나면, 서울에서 만나면 헤어지기 힘들어질지도. 이런 생각이 지극히 싫었다. 그때가, 상상속이 아닌, 현실의 시간이 지금 눈앞에 시시각각 움직이며 압박해 오고 있었다. 최용학은 불행하고 가련한 남자다. 적어도 지금 환상을 계속 품고 있는 것이 좋을 것이다. 유원도 잠시만, 적당히 대응해 두면 된다. 아니 아니다, 그것이 그녀에게는 불가능한 일이다. 할 수 없는 일을 그녀는 계속해 왔다. 최용학에게 환상을, 거짓의 현실을 계속 믿게 만든다. 그것은 도리어 '죄'를 무겁게 하는 것으로, 결과적으로 그에게 더욱 큰 고통을 주게 될 것이다.

전화가 끊어진 모양이었다.

유원은 진절머리가 난 표정으로 방에 돌아왔는데, 입가에 미소를 띠우더니, 그것이 전화 저편에서 사라진 최용학이라도 대하듯이 오만한 표정을 띠었다.

"오빠는, 감 안 드세요?"

전화에 대해서는 언급하지 않는다.

"접시 색깔과 감 빛깔이 잘 어울리는 게 예뻐서 바라보고 있었어. 이게 진짜 청자였다면, 여기에 좀 더 깊은 가을빛이 비치고 있겠지. 하지만 칼이 들어간 자국이 없어지면서, 둥그스름해지기 시작하는구나. 먹으라는 신호일지도. 그럼 하나 먹어 볼까." 그는 포크로 감 한 조각을 천천히 찍었다. 지그시 오빠를 보고 있던 유원이 웃었다. "그런데 대체 무슨 통화가 그렇게 긴 거냐?"

"오빠, 저는 불쾌해요. 기분이 나빠서. 앞으로 잠시만이라고 생각해서 참고 있지만, 항상 같은 이야기를 이것저것, 성내에서 함께했던 식사는 맛있어서 잊을 수 없다는 등, 자신의 가구 취향은 이러저러하다는 둥, 장황한 데다 이야기가 정말 저급해요. 내가 서울로 돌아와 아직 보름도 지나지 않았는데 3, 4일에 한 번 꼴로 전화가 오니까……. 그게 나를 위해 전화하고 있다. 애쓰고 있다고 생각하는 것 같아요. 목소리를 들으면 위가 아파와요."

유원이 내심 다소 흥분하고 있는 것 같았지만, 참고 있다는 것을 그 어조로 짐작할 수 있었다.

"어디에서 전화를 한 거야. 설마 직장에선 아니겠지."

"오늘은 목포 출장이래요. 3, 4일 있으면 상경한다는데, 왜 내가 만나야 하는 거죠. 그는 만나는 것이 당연한 나의 의무라도 되는 것처럼 말하고 있어요. 마치 그의 권리라도 되는 것처럼, 도대체가, 흥."

"오빠가 말했잖아. 이미 우쭐해져서, 벌써부터 멋있는 미래의 남편, 즉 너를 아내로 여기고 있는 거야. 네가 전화를 받고 있는 동안 좀 생각해 봤는데, 그 남잔 네게 홀딱 반한 거야. 게다가……."

"오빠, 그만해요!" 유원은 격한 말투로 내뱉듯이 말하고는 느닷없이 일어섰다. 이방근은 허를 찔린 듯이 놀라서 여동생을 올려다보았다. "그런 말, 너무 싫어. 싫다고요. 이제 적당히 좀 하세요. 그가 서울에 와도 만나지 않을 거니까. 아버지가 아무리 말씀하셔도 싫은 건 싫다고요. 이제 끝이에요."

유원은 감색 교복 차림의 등을 획 돌려 자신의 방으로 가 버렸다.

아아, 입을 너무 가볍게 놀렸나. 네게 홀딱 반한 거야……. 가벼운 농담으로 한 말이 아무래도 여동생의 기분을 상하게 한 모양이었다. 수준이 낮은, 최용학과 같은 수준의 추잡한 말투다. 아니, 그것도 모자라서, 그는 거의 너의 피앙세야……라고 하마터면 쓸데없는 말을 더 지껄이려다 그만두었던 것이다. 거기까지 입을 놀렸다면 농담으로 끝나지 않고 큰일이 날 뻔했다. 이방근은 이제 와서 이마에 식은땀이

제22장 **41**

배어 나오는 것을 느꼈다. 이번 일은 내가 사과해야겠군. 그는 잠시 뒤 자리에서 일어났지만, 갑자기 피아노 소리가 울려서 다시 앉았다. 핫핫하아, 맥주도 끝이다. 최용학이 서울에 와도 만나지 않겠단 말이지. 그렇게는 안 된다. 유원아, 영원히 만나지 않기 위해서 만나야만 한단다…….

3, 4일 안으로, 라는 것은 이번 주 중이라는 말이다. 그 전날쯤 전화가 올 것이 틀림없었다. 가능하면 출장(틀림없이 출장이겠지)을 토요일부터 일요일에 걸치도록 해 서울에서 1박, 그 전에 유원이 살고 있는 이곳으로 찾아와, 숙부 부부에게도 인사하고, 서울의 다른 곳이 아닌 바로 이 집에서 1박을 하고 싶은 것일 게다. 최용학은 유원의 오빠가 서울에 와 있는 것을 알면, 우선은 겁을 먹고(내심 대면을 피하고 싶어 하면서), 다음은 그것을 극복하기 위한 전신을 꾀해, 예전에는 원수라고 욕하던 놈이 일전에는 형님, 형님…… 하며 친근한 척 바싹 다가왔듯이, 꼭 형님에게 경의를 표하고 싶으니까 만나고 싶다고 나올 터였다. 유원과 결혼을 성사시키기 위한 열쇠를 가지고 있는 사람은 아버지 이태수가 아니라, 그가 내심 증오하고 있는 '무뢰한' 이방근이라는 것을 알고 있는 것이었다.

문제는 유원을 여기에서 언제 출발시키는가였다. 거기에 맞춰서 여동생이 최용학과 만나 계획대로 일을 진행해야 한다. 커다란 파란을, 파멸적인 사태마저 일어날 수 있음을 각오하고서. 여동생에게서 하교수의 일정을 아직 듣지 못했지만, 어젯밤 여동생의 이야기로는 대학 쪽의 추천장과 그 외의 서류, 그리고 개인적인 소개장도 문제가 없다는 것이었다. 일전에 만났을 때 이야기하고 있었는데, 애제자를 외국에 보내는 하동명은 유원에 대해 어떤 커다란 기대를 하고 있는 듯했다.

최대의 난관, 아니 관문이라기보다, 관문은 억지로 뚫고 나가는 것이기에, 심각한 문제는 아버지의 분노와 슬픔, 절망……. 그리고 그 입장이었다. 어차피 사후승인의 형태로, 아버지 자신의 체념을 얻어내야 한다. 우선 최용학과의 파혼에 대한 간접적인 신호는(종로경찰서에 8월 초부터 12일간 유치되었던 사실의 '고백'. 그리고 상대로부터의 결혼 취소 구실을 이끌어낸다), 즉시 그의 아버지 최상규와 그것을 극비로 해 왔던 아버지 이태수의 귀에도 들어갈 것이다. 게다가 소문이 되어 세간으로 퍼져 나갈 것이다. 게다가, 거듭되는 유원의 일본으로의 출발……. 이방근은 각오는 하고 있지만, 그 현실 사태의 접근을, 그 일을 추진해 온 자신과 앞으로의 행동을 생각하자, 아버지의 얼굴이 크게 부각되며 다가와 갑자기 숨이 막힐 듯 괴로워졌다.

　더욱이 건수 숙부는 어떻게 될까. 어젯밤 막 도착했기 때문에 이야기는 나오지 않았지만, 조만간 분명하게 밝혀야 한다. 유원의 출발을 결과적으로 묵인한 것이 될 숙부의, 아버지에 대한 유원의 후견인 대리로서의, '감시'역으로서의 책임은 어떻게 될까. 친척들, 사촌 형제들의 사이가 깨지기 쉬울 것이다. 모든 책임은 이방근에게 있다고 하더라도, 그리고 그 대가로서 이방근 자신이 '결혼'을 해 '집안을 계승한다'는 약속을 하더라도(그럴 마음이 없는 그에게 있어서는 이것도 입에 발린 말 밖에 되지 않을 것이다. 더구나 이미 아버지에 대한 유원의 결혼 서약이, 상대로부터의 파혼 신청에 의한 것이라 할지라도 결과적으로는 깨지게 된다), 사태가 이방근의 일에만 국한되어 수습되지는 않을 것이었다. 그리고 이제 아버지는 변했다. 어서 제주도를 떠나 서울에라도 가서 살아 달라고, 자신의 보신을 위해 자식을 내쫓기에 이르렀다.

　마지막 순간에 건수 숙부는 어떻게 할까. 그 태도도 문제였고, 모든 것이 파란을 동반하고 있어, 어쨌든 관념 속에서는 일이 진행되면서도, 일단 현실에 엉킨 실타래가 풀리기 시작할 때는, 어떻게 될지 알수 없었다. 알 수 없으면 곤란한 것이고, 일이 진척되지 않는다. 일은 매우 번거롭고 복잡했다. 당장 유원이 여기에 머물게 되면 최용학과의 결혼 강요에 숙부 자신이 가담하게 되고, 그렇게 되면 유원 자신이 이 집에서 뛰쳐나갈 가능성까지 생기게 된다. 아니, 그녀는 나간다. 그리고 아버지가 가장 꺼리고 두려워하는 정치 활동에 관계…….

이 섬은 어떻게 될 것인가. 이방근은 서울 안국동의 숙부 집에 있으면서도, 지금 장판에 몸을 비스듬히 누이고 있으면서도, 이 섬은…… 하고 생각한다. 그럴 것이다. 저 섬에서는 있을 수 없는 것이다. 게릴라의 패배란, 어떤 형태로 이루어질 수 있는 것인가. 다른 나라의 패배가 아니라, 이 섬에서의 그것이……. 소문대로 대공세가 전개될 경우, 암살당한 박경진 토벌대장의 강행에 의한(물론, 미군의 작전명령에 의한 것이었지만) 6월 초토작전의 신판은, 그리고 새로운 학살은 어떤 양상을 띨 것인가…….

맥주 한 병으로도 취기는 왔다. 조촐한 취기는 밖의 밝은 한낮의 빛이 부끄러운 듯 작은 전율의 파동을 일으키며 안으로 스며들었다. 기분 좋은 피로. 가슴이 부풀어 오르는 상상 너머의 저녁 어스름 속에서, 오후 일곱 시 팔러에 나타날 문난설의 모습이 시간보다 먼저 지금 이쪽으로 찾아왔다……. 그는 감은 눈을 떴다. 창밖으로 보이는 가을 하늘이, 투명한 구름의 반짝임이 눈에 가득 눈부셨다. 하하, 나는 지금 이렇게 그녀에게 정신을 빼앗기고 있다는 것인가.

게릴라 투쟁에 대한 비관적인 견해……. 기적과 요행을 바라는 것밖에 길이 없다는 것은 비관적이라는 것 외에 아무것도 아니다. 패배주의, 그것은 패배주의다! 강몽구는 그렇게 외칠 것이다. 강몽구만이 아니다. 당 조직이 그렇게 단죄한다. 성스러운 투쟁이 한창일 때, 적진을 앞에 두고 그것은 패배주의, 적 앞에서 도망, 당과 혁명에 대한 배신. 이것은 혁명정신의 결여다. 혁명 전선으로부터의 이탈인가. 혁명의 페스트균. 철저한 자기비판, 혹은 반혁명분자로서 처단대상이 되기 쉽다. 게릴라들은 아래쪽 항간과는 달리, 승리를, 혁명의 승리를 믿고 있다. '혁명적 낙천주의', 유달현의 입버릇인 원칙론, 아니 그 개인이 아니다. 그것은 조직 자체였다. 툭하면 녀석은 그것을 내세워 나를 협박했다. 아마도 지금은 그의 입에서, 이 말은 나오지 않을 것이다. 그 자리를 모면하기 위한 임시방편의 거짓말이 아닌 한…….그저께 밤에 떠나왔을 뿐인 제주도의 광경이, 바다의 빛과 읍내 모퉁이의 모습과 오름의 나무들 모습이 눈앞에서 아른거렸다. 그는 기분 좋은 나른함 속에 자신을 맡기고 있었는데, 어느새 자신의 팔베개로 선잠에 빠진 것 같았다.

캄캄했다. 지하세계처럼 어둡고 차갑다. 이방근은 어딘가 병든 몸으로 침대 위에 누워 있는 느낌이었다. 주위에 향내가 퍼지고 있었다. 그때 어둠 저편에서 눈에 보일 리 없는 검은 인간이 다가오는 느낌이 확연했다. 갑자기 주위가 밝아지고 양초의 불꽃이 좌우로 타오르는 가운데, 검고 큰 인간의 그림자가 천천히 큰 걸음으로 다가 왔다. 어둠 속 공간의 이방근은 침대에서 벌떡 일어나면서 공포로 목 언저리를 세게 조이는 것 같은 비명을 지르며 일어났다.

꽤 소리가 컸던 모양이다. 피아노를 치던 여동생이, 그리고 깜짝 놀란 숙모가 방으로 뛰어 들어왔다.

선잠은 불과 몇 분간이었을 것이다. 꿈은 한순간이었다. 이방근은 몸이 흠뻑 젖은 느낌이었고 이마에 땀이 뿜어져 나와 있었다. 결코 가위에 눌린 것이 아니었다. 그것은 분명 저승사자였다. 어둠 속 양초의 촉광에 비친, 얼굴 생김새도 모습도 알 수 없는 검은 인간의 그림

자. 인간인지 아닌지 알 수 없는, 그러나 크고 중량감 있는 검은 그림자. 설마 저승사자가 나에게……. 이방근은 여동생에게 수건을 가져오라고 이르고, 그저 기분 나쁜 꿈에 시달렸다는 말로 적당히 그 자리를 얼버무렸다. 나는 병이 들거나 한 게 아니다. 그것이 저승사자라면 도대체 누구를 데리러 왔다는 말인가……. 여기 있는 나를? 아니, 내 비명에 저승사자 쪽이 기겁을 하고 달아나지 않았나.

"얼굴이 창백해요. 이불도 덮지 않고 차가운 장판 위에서 자니까 그런 거예요. 이제 여름이 아니에요. 오빠, 요즘 좀 이상한 것 같은데, 어디 몸이라도 안 좋은 거 아니에요? 의사한테 가 보는 게……."

"오빠 얼굴이 그렇게 창백한가, 헷헷, 무슨 일이람, 한심하군. 그냥 꿈을 꾼 거야. 꿈, 악몽이란 거지. 자아, 이상한 일로 소란을 피워 죄송합니다, 숙모님도 그리고 너도 방으로 돌아가렴."

눈앞은 지하의 어둠 속 공간이다. 향냄새와 축축한 물의 냄새. 똑똑히 보인다, 좌우 촉광 사이의 검은 그림자……. 저승사자라면 왜 검은 모습인 걸까. 이방근은 두 사람 앞에서 고개를 흔들고, 오싹하고 전신에 소름이 돋았다. 왈칵 무언가가 몸에서 흘러나오는, 피곤한 느낌이었다.

백주에, 이상하게 기분 나쁜 꿈이다. 확실히 죽음을 앞둔 인간이 꾸는 꿈이 아닌가. 정말로 나에게……. 스스로는 아직 알 수 없는, 무언가 죽음에 이르는 병이 내 안에 숨어 있는 걸까. 아니, 꿈에서 병든 몸이었던 것은 꿈의 주제가, 꿈의 의지가, 아무렇지도 않은 이 이방근을 병든 몸으로 만들어 놓은 것이었다. 어둠 속 침대에 누워 있던 것은 내가 아니다. 그것은 제주도, 제주도가 아닌가. 나의 선입관이 꿈에 형태를 만들어 나타난 것이다……. 이방근은 그렇게 생각하려고 했다. 병든 몸의 제주도. 아아, 아아, 혼자가 된 이방근은 머리를 강하게 흔든다. 가로 젓던 머릿속에서 뇌수 덩어리가 공중에 매달린 것처럼 소리를 내고 메아리치면서 흔들렸다.

그는 꿈이면서도, 저승사자가 그와 같은 형태로 나타난 것을 똑똑히 본 느낌이었다. 동물이 아니라, 인간 앞에 나타나는 저승사자의 실체가, 그와 같은 모습을 하고 있는 것이 아닐까. 꿈이라고 해도……가 아니다. 그것은 현실이었다. 인간 앞에, 병자 앞에 저승사자가 나타나는 것은 항상 꿈, 꿈과 같은 상태이고, 보통이 아닌 의식 상태에서만 보이는 것이다. 그것은 건강한 인간이 지닌 의식의 스크린에는 비치지 않는 그 촉광과 지하의 냄새 속 검은 그림자야말로, 죽음을 눈앞에 둔 인간 앞에 나타나는 저승사자의 모습, 그 이외에는 볼 수 없는 저승사자의 진짜 모습일 것이다.

그렇다면 말이다, 언젠가 먼 장래일지 가까운 내일일지는 알 수 없지만, 내 앞에 다시 그 검은 인간, 검은 그림자가 나타나게 될 것이다. 그러나 내가 과연 꿈속에서처럼 현실에서 병든 몸을 침대에 누이고 죽음을 기다리는 때가, 저승사자를 나의 송장이 썩는 냄새로 불러들이는 그런 때가 있을 것인가. 저승사자에게 불의의 습격을 당해서, 그 검은 그림자의 도래를 보는 일 없이 죽는 것 또한 가능할 것이다.

그건 그렇고, 왜 그와 같은 꿈을 꾼 것일까. 기분 나쁜 꿈이었다. 아니, 그저 단순한 꿈, 우연히 본 것이 새빨갛게 타오르는 촉광과 검은 그림자인 것이다. 아, 그리고, 충만한 향내와 축축한 물의 냄새. 죽음의 냄새.

이방근은 해질녘 집을 나설 때까지도 백주의 꿈의 그림자가, 지하의 냄새가 나는 어둠의 공간에 휩싸여 있었다. 단지 꿈이라고 생각하면서도, 그 꿈의 형상의, 마음에 초래한 작용은 꿈이 아닌, 현실의 것이었다. 갑자기 눈앞이 어둠에 젖어들고, 꿈속의 검은 그림자가 다가

와, 갑자기 구역질을 할 것처럼 개운치 않은 뒷맛이 되살아났다. 다발로 타오르는 향냄새가, 지금 이 방에, 주위에 감돌고 있는 시체 썩는 냄새를 지우기라도 하듯 향냄새가 나는 바람에, 이방근은 조용히 부엌으로 가서, 소주를 컵 한 컵을 들고 나오기 전에 사발에 물을 퍼 마셨다. 한입 머금자마자 꿈속의 물 냄새가 되살아나, 물을 봉당에 뱉어 냈다. 방으로 돌아온 그는 알코올로 사악한 기운을 누르기라도 하려는 듯 소주 한 잔을 다시 마셨다.

어떻게 된 일인가. 오늘 밤 문난설과 만나는데. 어쨌든, 무슨 일인지 모르겠지만, 조심하는 편이 좋을 것이다. 단순한 꿈이라고 거듭 생각하고, 그 구애되는 마음을 자조하면서, 같은 하나의 머릿속에 문난설의 모습과, 예의 검은 그림자가 나타났다 사라졌다 하는 것이, 화가 나고 기분이 좋지 않았다.

문난설이 검은 그림자의 실체일까? 핫핫하아, 무슨 소리를! 도대체, 말도 안 되는, 그러니까 이런 것을 망상이라고 하는 거지. 아이들의 유쾌한 공상처럼……. 검은 그림자의 실체가 정말 그녀라면, 이건 즐거운 일이 아닌가. 그녀의 미모 앞에 저승사자는 그 형태를 갖추지도 못하고 빛이 바래 어디론가 사라져 버릴 것이다. 그리고 어둠에서 빛 속으로, 그저 빛날 뿐인 알몸의 여신이 나타난다. 성내의 집 어둠 속에서 그녀를 안았을 때, 그것은 그림자 쪽으로 몸이 조여든, 그저 손에 닿는 그림자, 몸에 닿는 그림자의 덩어리였다. 그리고 그것은 아득한 어둠 속으로 용해되었다.

외출할 때의 이방근은 크게 즐거워져서, 양복에 넥타이를 매고 차분한 기분으로 오후 일곱 시의 약속 장소로 향했다. 안국동 집 앞의 완만한 언덕을 다 내려왔을 때는 신기하게도 가벼운 콧노래까지 흥얼거리고 있었다. 물론, 어디 외출하시는 거예요? 라고 묻는 여동생에게도, 문난설을 만나러 간다고는 말하지 않았다. 볼일이 있어, 사람을 만나는 중요한 일이 있어…….

황혼의 거리로 나온 그는, 화신백화점의 그림자가 우뚝 솟은 종로 1가까지 걸어가서는, 교차로를 건넌 다음 종루 앞에서 남대문 방면의 만원 전차를 타고, 종로까지 걸어온 것과 같은 정도의 거리인 한국은행 앞에서 내렸다. 쌀쌀한, 해질녘 바람이 차가웠다. 통행인 중에는 코트 차림도 보였다. 당연히 제주도보다 여기가 춥다는 것을 알고 있으면서도, 코트 입는 것을 잊어버리고 상경했다. 아직 '축 대한민국 정부 수립'이라는 커다란 현수막이 내걸린 동화백화점과(방금 지나친 화신의 사장도 그렇고 동화의 사장도 그렇고, 이미 성립된 반민족행위처벌법의 대상이 되는 '친일파'로서 항간의 소문에 올라 있는 인물이었다), 중앙우체국 사이를 왼쪽으로 끼고 돌아 이미 가로등과 상점가 네온사인의 조명이 밝은 충무로의 인파 속에 들어갔다. 그런데 팔러에서 나와 어디로 가면 좋을까.

전신주 아래와 같은 곳에 부랑자들이 모여 있는 지상은 밤기운이 감돌고 있었지만, 하늘에는 가로로 길게 흐르는 낮의 잔광이 새벽녘처럼 훤했다. 팔러로 가는 도중에 명동으로 통하는 사거리의 열린 공간에서, 부근의 건물 너머로 석양에 아름답게 빛나는 명동 대성당의 높은 첨탑이 보였다. 이 근처까지 오면, 도중에 명동 번화가로 통행인이 빠져나가기 때문에, 혼잡한 상태도 수습이 되고 전방이 탁 트여 앞을 내다볼 수도 있었다. 오른쪽 멀지 않은 곳에 위치한 팔러의 조명을 반사하는 윈도우가 보였다. 순간 가슴이 죄어드는 것처럼 아팠다. 그리고 두근거리는 심장 고동이 못을 박는 것처럼 울렸다. 두근거림이라는 것인가. 이것은 정말이지 내 의지로는 어찌 할 수가 없다. 지금 한발 한발 다가가는, 저 팔러에서 이루어지는 그녀와의 첫 만남은 이미 한 달 반이나 되겠지만, 정말로 놀라움 그 자체였다.

팔러에서의 두 번째 만남과, 이제 앞으로의 만남 사이를 제주도에서 맞이했던 농밀한 밤이 채우고 있었다. 채우고 있을 터였다. 팔러를 나와서 어디로 갈 것인가. 둘이서 밖으로 나올 때 그것은 정해질 것이다. 손목시계를 보니 정확히 일곱 시가 되려는 참이었다. 이런 점에서 그는 스스로를 정직한 사람이라고 생각했다. 일부러 조금 늦는다든가 하는 그런 번거로운 일은 할 수가 없었다.

그는 숨을 한 번 크게 들이마셨다 토해 낸 후, 팔러의 밝은 가게 안으로 들어갔다. 그의 눈은 순간적으로 가게 안의 상태를 파악하면서 두리번거리지 않았다. 꽤 넓은 홀에 몇 개인가 사람 키 정도의 관엽식물이 놓여 있었지만, 이방근은 한가운데쯤 인도고무나무 옆 둥근 테이블에 앉았다. 요전에는 바로 옆자리였는데, 젊은 아가씨 세 사람이 차지하고 있었다. 복장이나 화장으로 보아 학생은 아니었다. 사무원일 것이다. 빨간 입술에 꽉 끼운 빨대로 각각 색이 다른 주스를 빨아들이며 재잘거리고 있었다. 귀여운 얼굴로, 영양 상태도 나쁜 것 같지 않았다. 새처럼 고개를 좌우로 갸웃거리며, 남의 얼굴을 힐끔힐끔 쳐다보면서 끊임없이 수다를 떨었다. 핫하아, 대한민국의 미래는 밝군. 문난설은 아직 와 있지 않았다. 지금 막 일곱 시를 2, 3분 지나고 있었지만, 조금이라도 자신보다 먼저 얼굴을 내미는 것은 어떨까 하는 생각이 고개를 들었다.

커피가 나왔다. 조금씩 시간이 지날수록 자존심이 욱신거리기 시작했다. 차라리 내 쪽이 느긋하게 나와서 기다리도록 만들어야 했다. 점심때쯤에 전화를 한다……는 것과는 사정이 다르다. 일곱 시는 정해진 시간이다. 뭐, 어차피 온 거니까 천천히 기다리기로 하자. 상대방은 일을 하는 사람이다.

담배를 몇 댄가 피우고 커피 잔을 비웠다. 두 잔째를 부탁하는 것도 마음이 내키지 않았고, 약속시간이 십몇 분, 20분 가까이 지나면서 마음이 초조해졌다. 그때 이방근은, 등에 뭔가 사람의 따뜻한 기척이 향수 냄새와 함께 다가온 것을 느꼈다. 희미하게 뭔가 가죽 냄새가 흘렀다.

"아이고, 선생님, 여기에 계셨네요."

뒤쪽에 문난설 같은 여자의 목소리가 나고, 동시에 이방근의 양어깨에 그녀의 양손이 사뿐히 덮이듯 놓이자 이방근은 놀라서 뒤돌아보았다.

"아아, 난설 씨, 어디서 온 겁니까?"

"어머…… . 어디에서일까요?"

검은색 얇은 가죽점퍼와 베이지색 바지를 입은 문난설은 다소 장난기 어린 웃음을 지으며 말했다.

어디서라고 해도 이상했다. 출입구는 충무로로 통하는 쇼케이스가 있는 정면 현관뿐이었고, 그는 투명한 유리문이 여닫히는 것을 주의 깊게 쳐다보고 있었던 터였다. 언제 그물망을 뚫고 들어온 것인가.

문난설이 어리둥절해하고 있는 이방근에게, 오늘은 2층에서 만나기로 했다고 말하자, 그는 거의 괴상한 비명을 지르며 놀랐다.

"그럼, 당신은 2층에서 날 기다리고 있었던 겁니까?"

"예-, 선생님이 오시지 않아 혹시나 했더니 예상대로였어요."

"자, 앉아요. 으-음…… ."

"2층에 가서 전표를 가지고 올게요."

그렇다면 내가 이 자리에 도착하기 전에 이미 저 출입구로 들어와 2층으로 갔다는 말이 된다. 늦기는커녕 나보다 먼저 와 있었던 것이다. 가슴이 뜨겁게 뛰었다. 그건 그렇고, 왜 1층과 2층을 혼동하고 착각했던 것일까. 처음도 두 번째도 관엽식물이 있는 이 주변 자리에서 만났었기에, 약간의 고정관념 같은 것이 생겨 버렸는지도 몰랐다. 조금 전에도 가게 출입구에 가까운 곳에 있는 칼 모양 녹색 잎사귀의 관엽식물 그늘에서 모습을 드러내듯이 여자 손님이 이쪽으로 걸어오는 것을 보고 있었다. 문난설도 그와 같이 아름다운 모습이었을 것이다. 그 첫 번째의 놀라운 만남의 장면을, 나영호가 온다고 생각하고 있던 이방근의 눈에, 여러 개의 커다란 천장 프로펠러가 일으키는 바람으로, 관엽식물이 가볍게 부딪히는 소리라도 내듯 흔들리고 있는 나뭇잎 그늘에서 갑자기 문난설의 모습이 눈에 들어왔던 순간을 떠올리고 있었다. 낮에 꾼 지하세계의 검은 저승사자 꿈이 머리와 가슴을 교란시켜 약속의 기억을 지우고, 고정관념화된 일층 관엽식물 옆으로 다시 끌고 온 것인지도 몰랐다. 그러나 20분이나 기다리면서도 이상했다. 2층이라도 올라가 볼까 하고, 왜 머리를 굴리지 못한 걸까.

세 명의 젊은 아가씨가 문난설의 출현에 한순간 눈을 크게 뜨고 쳐다보았는데(그녀의 동작뿐만이 아니라, 그 아름다움에), 그녀가 2층으로 모습을 감추자 이쪽을 보고 키득키득 웃었다.

"왜 웃는 거야. 우스운가?"

기분이 좋아진 이방근이 그쪽을 향해서 말을 걸었다.

"예ㅡ." 유쾌한 세 아가씨의 합창이다. "그래요. 우스워요."

"그쪽은 이런 실수를, 일종의 엇갈림이지만, 한 적이 없나?"

"예ㅡ. 있어요."

"전 없어요. 왜냐하면 그럴 상대가 없거든요."

"타인 앞이라고, 진심을 말하네."

"난 특별히 남자 친구 얘기를 하고 있는 게 아니야. 같은 여자 친구끼리도 실수를 할 때가 있잖아."

"하지만 지금 선생님의 동행은 여자분이잖아요. 그래서 우스워요."

"흥, 내 쪽이 얼간이라는 거로군."

이방근은 한잔 마신 것처럼 말이 술술 나왔다. 젊은 여자들이 일제히 웃었다.

문난설이 돌아왔다. 옆 자리의 그녀들은 입을 다물었다.

"여기를 나갈까요?"

이방근은 테이블 옆에 서 있는 문난설을 보고 말했다. 큰 몸집을 꽉 조이고 있는 가죽점퍼와 바지가 잘 어울렸다. 그 표정도 더욱 단정했다. 옆 자리에 앉은 세 아가씨가 안 그런 척하면서 슬쩍 쳐다보았다.

"예ㅡ, 가시지요."

이방근은 의자에서 일어섰다.

"그럼, 먼저 실례해요."

이방근이 수다스러운 세 사람에게 가볍게 인사를 하자, 그녀들도 웃는 얼굴로 잘 가세요, 라고 인사를 했다. 두 사람은 함께 가게를 나왔다.

"선생님은 처음 보는 옆 자리의 여자들에게 말을 걸기도 하고 그러세요?"

문난설의 표정이 의아하다는 듯 조금 어두워졌다. 이 선생님도 그런 짓을 하느냐는 듯이, 그러고 보니 어딘지 까다로운 남자인 이방근이 그런 짓을 한 적은 거의 없었는데, 오늘은 사소한 계기가 그를 즐겁게 만든 것이었다.

"아니오, 아까는 엉겁결에⋯⋯." 일일이 설명할 것도 없는 일이다. "당신이 2층에서 내려온 게 말이오, 하늘에서 내려온 것처럼 나타난 게 기뻐서 말이오."

그녀가 손을 댄 머리카락 사이에서 하얀 귀가 보이고, 금빛으로 귀걸이가 빛났다. 그녀는 웃었지만, 약간의 질투를 하고 있는 것이 아닐까. 조금이나마 문난설에게 질투를 받는 것은 즐거웠다. 그것보다도 이제 어디로 갈까. 두 사람은 약속한 것처럼 충무로 1가 쪽으로, 아까 이방근이 왔던 방향으로 발걸음을 옮기고 있었다. 하늘은 무겁게 저물어가고, 지상의 빛은 밝기를 더해가고 있었다.

"선생님." 문난설이 나란히 걷는 이방근 쪽을 보고 말했다. "만약 아까 그 시간에 제가 아래로 내려오지 않고 바보같이 2층 테이블 앞에 꼼짝 않고 있었다면 어떻게 되었을까요? 선생님은 2층을 살펴볼 마음이 생기지 않았을까요?"

"핫하아." 핫하아……가 아니다. 이방근은 가슴이 철렁하며 말했다. "그, 바보 같다는 건 바로 나로군. 그렇겠지. 지금 생각하면 식은땀이 나네."

"왜요?"

"왜냐고? 글쎄, 잘 모르겠군."

"조금 더 늦었다면, 선생님은 화가 나서 그대로 가게를 나가지 않았을까요. 아이고, 그건 정말로 무서운 일, 그렇잖아요. 설마, 1층에 계실 줄은 모르고. 뭔가 사고라도 생겨서, 선생님이 오시지 못한다고만 생각하겠죠. 그래서……."

"응, 그래서……?"

"댁에 전화를 하고, 선생님이 어떻게 되신 건가 해서……."

아아, 어찌 이리도 둔한 겁니까. 나는 유원에게도 비밀로 하고 나왔단 말이오.

"이거, 정말로 미안하오. 나도 말이오, 어쩌면 돌아가기 전에 2층을 살펴봤을지도 몰라요."

그러나 자신은 없었다. 좀 더 기다렸다가 그녀의 모습이 보이지 않

앞으면 어떻게 했을까. 어쩌면 여점원에게 뭔가 메모를 건넸을지도 모르고, 그대로 나와 버렸을지도 모른다. 그 시간이 돼서 2층을 살펴보는 일은 거의 없을 것이다.

인파 속에서 조그만 아이가 이방근에게 달려드는 것을 문난설이 재빠르게 발견했다. 그녀가 이놈――, 하고 소리 지르는 것과, 이방근의 상의 자락이 당겨지는 것이 동시였다. 얼굴도 새까맣게 더러워진 부랑아가, 혹은 거지 아이가, 밑에서 이방근을 올려다보았다. 마치 아기 원숭이처럼. 섣불리 신사의 양복 따위를 잡아당겼다가는 순식간에 발에 차일 것이다.

"이놈, 이쪽으로 와. 더러운 손으로 선생님 양복을 만지지 말고, 응! 자, 이걸 가지고 가."

그녀는 멈춰 서더니, 열린 숄더백에서 얼마간의 동전을 꺼내 아이의 더러운 손에 쥐어 주었다. 응, 아이는 고개를 끄덕이듯 숙이고서 달아났다.

공복이었다. 아직 식사를 하지 않은 것을 잊고 있었다. 식사도 식사지만, 어디서든 우선 한잔 마시는 것, 술로 목을 축이는 것이 먼저 머릿속을 차지하고 있었다. 어쨌든 식사를 하자.

"그럼, 어디로 갈까? 우선 식사를 해야겠지."

"선생님은 무엇을 드시겠어요?"

"나는 뭐든 괜찮소, 술과 함께라면. 난설 씨 하는 대로 따르겠소. 어쨌든 땅거미가 지면서 목도 함께 말라서……. 잠시 걸어서 충무로를 벗어납시다."

충무로 입구로 나왔다. 한국은행과의 사이의 왼쪽으로 휘어진 넓은 남대문로 일대는 삼각주 모양의 커다란 하구처럼 펼쳐졌고, 오가는 노면전차와 자동차의 라이트 위로, 밤이 산산이 부서지면서 깊게 덮어오고 있었다.

두 사람은 잠시 지하도 옆에 서 있었다. 이방근은 나란히 서 있는 문난설의 오른손을 살며시 잡았다. 싸늘한 바람이 두 사람의 볼을 스치고 갔다. 그녀의 손가락이 펴지고 이방근의 왼손에 맡겨졌다.

자동차의 소음을 앞에 두고 두 사람 사이에, 어떤 종류의, 그리움이라고도 할 수 있는, 조금 전까지는 생각할 수도 없었던 정감이 부풀어올랐다. 팔러에서의 사소한 엇갈림이 초래한 작은 이야기가 여기까지 오는 사이에 조금씩 정감을 키우고(마치, 긴 시간을 들인 것처럼), 그것이 두 사람의 마음을 고양시키고 있는 듯했다. 팔러에서 바로 얼굴을 맞대고 테이블에 앉는 것보다, 그 또한 좋았겠지만, 지금 이렇게 여기에 있는 쪽이, 훨씬 이방근의 마음에 행복감을 가져다주고 있었다. 두 사람의 손이 땀으로 촉촉해지면서, 이방근의 손에 상대의 맥박이 또렷하게 전해지고 있었다.

두 사람은 신호등까지 걸은 뒤 큰길 맞은편으로 건넜다.

이방근이 손을 들어 택시를 세웠다.

3

"어디로 가시게요?"

"종로 뒤쪽에 맛있는 곳이 있소. 거기 가서 식사라도 합시다."

택시의 창밖으로 보이는 서울 중심부의 큰길은 차와 노면전차의 라이트, 거리를 수놓은 조명으로 빛이 범람하고 있었다. 라이트를 끈차 안은 차 밖의 반사된 빛이 스칠 뿐 어두웠다.

이방근은 창밖에 시선을 두면서 잡고 있던 난설의 왼손을 놓고, 두 손이 놓여 있던 바지 차림인 그녀의 허벅지 위에 그 오른손을 놓았다. 손바닥이 한동안 바지 아래 그녀의 육체의 고동을 전해 듣고 있었다. 택시를 타고 문난설의 손을 다시 잡았을 때, 그녀는 거부하지 않았다. 혹시나 하고 걱정했지만, 당연하다고 생각했다. 그는 배회하기 쉬운 증기처럼 흔들흔들 어딘가로 사라져 버릴지도 모르는 사랑의 감정이 움직이는 상황을, 그 손의 반응으로 확인했다. 손을 놓는 순간, 물처럼 손가락 사이에서 흘러내려 버릴지도 모르는 무형의 정체를 알 수 없는 감정. 여자의 마음. 택시가 흔들렸다. 그는 하반신을 약간 이쪽으로 돌려 가지런히 모은 그녀의 넓적다리 안쪽으로 손을 살짝 밀어 넣다가, 그 손을 부드럽게 덮듯이 가로막아선 그녀의 손을 한 번 더 강하게 잡고 나서, 숨이 멎는 것 같아 놓았다.

이방근은 성내 집의 어둠 속에서, 끝까지 거부하던 그녀와의 포옹을 떠올리고 있었다. 그래, 지금 이렇게 마음이 떨리면서도 머뭇거림 없이 손을 뻗을 수 있는 것도, 그때의 담보가 있기 때문이다. 일전에 서울에 왔을 때 팔러에서 두 번째로 만났던 날 밤, 약간 취한 가운데 긴 시간 함께 택시를 탔지만, 그 택시 안에서는 이런 일이 없었다. 그때와 지금 사이에는 제주도의 밤이 있었다. 사랑이란 감정의 덫에 걸린 자는, 늘 불안에 몸을 졸인다. 기체처럼 흔들려 눈에 보이지 않는 종잡을 수 없는 마음. 사랑은 늘 서로 확인하지 않으면 불안하다. 불안은 항상 떠돈다. 물의 흐름처럼 움직임을 멈추지 않는다. 서양인 은 그래서 언제나 서로 대화로라도 사랑을 공공연히 확인하고, 머쓱 해질 정도로 영원한 사랑을 서로 맹세하는 것일 게다. 유교 나라의 인간은 그 방법을 모른다. 여자는 당연히, 아니, 아내는 남편에게 정 숙하게 그저 복종해야 한다는 전제가 있다. 그러나 그릇에서 흔들리는 물처럼, 물결이 일면 흘러넘칠지도. 그 때문에 저수지를 만들어 여자의 마음의 흐름을 막는다. 여자는 익은 음식……. 불을 가하지 않아도 바로 먹을 수 있는 것, 유부녀 역시 여자인 것은 마찬가지다. 결혼은 여자를 묶어 두기 위해 필요한 제도……. 정조대. 옛적부터 남자들은 그렇게 생각하고, 그렇게 해 왔다.

눈 깜짝할 사이에 택시는 종로 뒤편 인사동 거리 안쪽 근처까지 와서는 멈췄다. 신호 대기를 포함해서 10분 안팎의 짧은 시간이었지만, 두 사람은 거의 이야기를 나누지 않았다.

두 사람은 택시에서 내렸다.

헌책방과 골동품 가게, 붓, 벼루 가게 등이 눈에 띄는 거리의 여러 골목 중 하나를 종로 쪽으로 좌회전했다. 스쳐 지나간 일행인 두세 명의 남자들이 순간 문난설을 돌아보았다. 잠시 걷던 두 사람은 다시 골목으로 들어갔다. 구불구불하고 돌이 깔린 길 양쪽은 모두 담을 둘러친 구조의 집이 늘어서 있었지만, 가로등 불빛이 골목을 비추고 있는 정도였고, 대문에 가로막힌 집들의 불빛은 바깥으로 새 나오지 않았다. 군데군데 대문에 달아 놓은 등이 주위에 빛을 던지고 있을 뿐이었다. 차가운 밤공기 속에서 향기로운, 콧구멍에서 머리의 심지까지 은은하게 관능적으로 스며드는 냄새가 곁에 있는 문난설의 몸에서 나고 있었다.

"쉬는 날이 아니면 좋을 텐데."

가로등 빛을 받은 두 사람의 그림자가 늘었다 줄었다 하며 움직이고, 골목의 돌바닥을 딛는 구두 소리가 울렸다.

"그 가게는 자주 쉬나 봐요?"

"아니, 그런 게 아니라, 모처럼 왔으니 어떤 우연에 걸리지 않았으면 하는 것이오."

어떤 우연……. 좋지 않은 우연……. 이방근은 스스로 이런 말에 마음이 걸리는 것을 느꼈다. 두 사람은 골목 안쪽의 서너 단 낮은 돌계단 앞까지 왔다. 담 너머로 새까맣게 커다란 나무 그림자가 보이는 그 가게의 대문에는 간판도 없다. 이방근이 해방 후 한동안 서울에 있던 시절, 자주 드나들던 곳으로, 그 뒤로도 서울에 오면 가끔 식사하러 들르곤 했다.

옆문을 열고 들어간 두 사람이 인기척은 있지만 아무도 없는 안뜰로 접어들자, 오른쪽 건물의 객실 하나에서 큰 쟁반을 든 젊은 여종업원인 듯한 여자가 나오더니, 잠시 기다리라는 말 한마디만 남기고 서둘러 반대편 건물 안 부엌 쪽으로 정원을 가로질렀다. 꽤나 쌀쌀맞지만, 여기는 기생을 두는 요정이 아니다. 완전한 조선식 한식당이었다. 주방에서 흘러나오는 따뜻한 음식 냄새가 안뜰에 감돌고 있었다. 뜰 한가운데에 몇 개나 나란히 놓여 있는 김치 항아리가, 여러 방에서 나오는 빛에 반사되어 어둠 속에 도드라져 보였다. 이방근은 공복이었다.

두 사람은 오른쪽 건물의 커다란 나무 그늘이 짙은 구석방으로 안내되었다. 여자는 무뚝뚝하고 화장기도 없는 소박한 용모였지만, 태도는 정중했다. 부엌용 치마저고리 위에 앞치마를 걸친 그녀는, 식당 여종업원이라기보다 이 집 가족의 일원이라고 하는 편이 딱 맞을 것이다. 자그마한 몸집의 여자지만, 이방근은 문득 부엌이를 떠올렸다.

인삼차를 담은 찻종을 식탁 위에 놓은 그녀는 정식과 그 외의 주문을 받고나서 정중히 장지문을 닫고 물러갔다. 온돌 바닥이 따뜻했다. 겨울이 다가온다. 엄동의 서울. 제주도에도 겨울이 찾아온다. 게릴라들이 들어가 있는 눈 쌓인 한라산……. 두꺼운 자수가 들어간 비단 방석에 두 사람은 마주 보고 앉았다. 세 평 정도의 방은 벽지도 장지문 틀과 문살도 바닥 장판 색에 가까운 엷은 갈색이어서, 이방근은 왠지 그 단조로움에 조금 신경이 곤두서는 느낌이 들었다. 세간은 없었고, 방구석에 서양식의 키가 큰 코트 걸이 하나가 달랑 서 있었다. 이방근은 새삼스럽게 천장을 바라봤다. 문난설도 따라서 이방근의 시선을 좇았다. 기분 탓일까, 전등갓에 가린 천장도 엷은 갈색이었다. 갈색의 분위기 속에서 문난설의 검은 빛이 묘하게 두드러져 보였다.

문난설이 자리에서 일어나 코트 걸이 앞에 가더니, 다갈색 스카프를 천천히 풀고 나서 점퍼를 벗었다.

이방근도 일어나서, 마치 그녀의 검은 빛에 이끌리듯 일어나 그녀의 등 뒤로 다가갔다. 아이고, 선생님…… 하고 놀란 그녀로부터 점퍼를 받아들듯이 손을 내밀며, 검은 계통의 스웨터 차림인 그녀의 상반신이 드러나는 것을 보면서 함께 벗기고, 한 손으로 그것을 코트 걸이에 걸었다. 스카프가 미끄러져 장판에 떨어졌다.

이방근은 왼손으로 그녀를 뒤에서 안은 채였는데, 이제는 양손으로 다시 그녀를 고쳐 안고, 여자의 목덜미를 덮은 머리카락을 얼굴로 헤집듯이 흔들어 치우며 요염하게 떠오른 하얀 피부에 뜨거운 숨결을 머금은 입술을 댔다. 갓 잡은 물의 향기가 나는 물고기. 그녀의 체취일까, 향수일까, 향기 속에 얼굴을 묻었다. 그녀의 목덜미가 경련을 일으켰다. 그녀의 상반신이 몸부림치듯이 두세 차례 흔들려 움직이고, 그는 큰 추억을 더듬듯이 그 풍만한 두 개의 가슴 융기에 양손바닥을, 거부당하면서도 감싸고 있었다. 손바닥의 감촉이, 까슬까슬한 검은 스웨터의 불룩한 탄력을 통해 유방 안으로 녹아 사라졌다. 그리고는 꽃이 피듯 되살아났다. 눈 속에서 반짝 하고 빛을 내던 백금 목걸이가 혀끝에 감겼다. 이방근은 그것에 살짝 이를 댄다. 희미한 소리가 난 듯하다. 아이구, 그만하세요, 선생님, 그만해요……. 그는 그녀의 몸의 방향을 바꿔서, 아니, 스스로 방향을 그의 팔의 움직임에 맡기듯 바꾼 그녀를 끌어안고 입을 맞췄다. 그녀는 얼굴을 돌리고 몸을 크게 젖히면서도 입술은 피하지 않았다. 그의 눈 아래에서, 그녀는 황홀하게 눈을 감고 있었다. 그녀의 눈가와 떨어진 입술에 어렴풋이 정체 모를 웃음이 눈물처럼 번지고 있었다. 두 개의 입술이 한동안 숨이 막힐 것처럼 서로 포개졌다.

"아이구, 사람이 와요."

그는 깜짝 놀라 입술을 뗐다. 인기척은 없었다. 아직 시간이 걸릴 터였다. 아직 오지 않는다.

"당신은 거짓말쟁이야." 그는 금색 귀걸이의 차가운 감촉을 입술에 느끼며, 속삭이듯 말을 이었다. "오늘 밤, 갈 테니까……."

"……어디로? 어디로 가신다는 거죠?"

그녀는 작은 목소리로 진지하게 되물었다.

"그래, 오늘 밤 늦게 당신 방으로 가겠소……."

"아이구, 선생님도 참, 여기는 서울이에요, 싫어요, 농담을 하시고. 어디로 가시나 했더니."

"농담이 아니오. 오늘 밤, 난 갈 거니까……. 아니요, 안 돼요, 아니요, 안 돼요……라고 해 보시오."

"……아니요, 안 돼요. 안 돼요."

"아아, 이 얼마나 짓궂은 여자인가."

이방근은 웃으며 자리로 돌아갔고, 그녀도 뒤따라 자리에 앉아 서로 아무 말 없이 인삼차로 목을 축였다.

맥주와 도기로 된 찻주전자에 넣은 인삼주, 그리고 인삼 김치, 잣죽이 나왔다. 술을 마시기 전에 잣죽으로 가볍게 배를 채워 두면 위장을 보호하는 약효가 있다고 한다. 어쨌든 조선요리는 의식동원(醫食同源), 즉 자연의 약효가 배분되어 있다.

두 사람은 맥주를 따른 컵을 서로 마주친 뒤, 이방근은 단숨에 비우고, 문난설은 천천히 그러나 깨끗이 비웠다. 이방근은 만족했다. 숟가락으로 자연의 향을 되살린 고소한 죽을 입에 넣었다. 잣은 잘게 부수어 죽 그 자체가 되어 있었다. 비스듬히 가늘고 길게 자른 인삼의 연한 핑크로 물든 조각은 미끄러질 듯 윤기가 났고, 거기에 고춧가루가 빨갛게 점점이 묻어 있는 것은 보기에도 산뜻하고 청결했다.

이윽고 차례차례 식사가 연이어 들어왔다. 처음에 방으로 안내한 여자가 쭉 혼자서 방과 부엌 사이를 몇 번인가 왕복했다. 이방근은 내심 그녀에게 팁을 줘야겠다는 생각을 했다. 크고 작은, 모양이 각각 다른 용기에 담긴 음식으로 채워진 교자상은, 그야말로 상다리가 부러질 듯해, 어지간한 제사음식에도 뒤지지 않았다. 여러 종류의 김치와 생선, 전복 찜, 고기 찌개, 해산물의 회, 조기를 말린 일품 굴비, 산나물 등의 무침, 도라지 된장 절임, 기타. 잠시 뒤에 인삼이 들어간 영계백숙인 삼계탕이 나온다고 한다. 십여 종류의 품목이 죽 차려졌는데, 공복이라고는 해도 도저히 다 먹을 수 있는 양이 아니었다.

문난설이 이방근 앞에 놓인 술잔에 인삼주를 따랐다. 공기에 닿은 술이 향기를 풍겼다. 입에 대자 혀를 단단히 조이듯 강하고, 떫으면서도 고귀한 맛과 향을 풍겼다. 그러고 보니 술잔의 인삼주도 투명한 갈색, 호박색으로 흔들렸다. 이방근은 자신도 모르게 웃었다. 그것만이 아니었다. 지금 식탁 테두리에 가려져 보이지 않지만, 문난설의 바지도 연한 갈색, 베이지색이었다. 설마……. 이방근은 자신의 상의를, 상의 소매를, 바지를 보고 회색이었다는 것에 안도했다. 갈색 계통의 신사복도 있었지만, 지금 그 옷을 입고 있었다면, 정신이 이상해졌을지도 몰랐다.

"선생님, 왜 그러세요?"

"아니오." 이방근은 고개를 흔들고 말했다. "아무 일도 아니오."

인삼주를 꿀꺽 단숨에 비우고 잠시 지나자, 위벽에 둔한 일격이 울리는 것을 알 수 있었다. 이방근은 오늘 밤은 너무 마시지 않겠다고 스스로 경계하면서 술을 마셨다.

그는 일어나서 정면의 장지문 맞은편 벽의 조그마한 장지문 창을 열었다. 갈색 세계에 네모난 어둠이 들여다보였다. 냉기가 흘러들면서, 온돌방의 공기에 섞이는 것이 피부에 전해져 기분이 좋았다. 이방근은 상의를 벗어 코트걸이에 걸고 자리로 돌아왔다.

"난설 씨, 저 점퍼는 일할 때 입는 옷입니까?"

일전에 팔러에서 그녀를 만났을 때 양장(여름이었기 때문이기도 했지만, 연한 팥죽색의 큰 당초무늬가 들어간, 살갗이 어렴풋이 비쳐 보이는 원피스였다)과, 지금과는 전혀 다른 조선식으로 동여매어 뒤로 묶은 머리 모양을 떠올리며 말했다. 조금 의외였던 것이다. 그때는 분명히 손가락에 핑크색 매니큐어를 칠하고 있었다.

"예ㅡ. 왜요? 좋지 않나 봐요."

"아니, 그런 게 아니고, 매우 잘 어울려요."

"정말요? 옷 갈아입을 시간이 없어서."

"아니, 그것이 훨씬 좋소. 아까 팔러에서 뒤를 돌아봤을 때 순간 누군가 생각했을 정도로 좀 의외의 느낌이었지만, 너무 인상이 달라서……, 그 검은 스웨터도……." 이방근은 그녀의 앞가슴의 두 개의 봉긋한 가슴으로 빨려드는 시선을 돌리며 말했다. "매우 차분한 게 단정해 보이고, 검은, 아니, 나쁜 귀신이라도 도망칠 거요……."

"……" 문난설은 도톰하게 모양이 예쁜 입술을 움직였다. "나쁜 귀신……? 지금 뭐라고 말씀하신 거예요?"

"아아, 나쁜 귀신이라도 도망친다, 그렇게 말했소."

검은 귀신, 낮에 꾼 꿈속의 검은 그림자, 지하의 어둠 속 촛불에 비친 저승사자의 그림자가, 문난설의 검은 스웨터의 가슴에 겹쳐지는 것을 보았는데, 그 눈이 묘한 빛을 발하고 있었다. 검은 외투와 두건을 쓰고 벌떡 일어선 문난설, 그것은 검은 저승사자가 아니라, 루주를 바른 입술이 아름다운 얼굴이었다.

그는 갑자기 상반신을 앞으로 내밀 듯한 기세로, 그 검은 그림자의 정체를 파헤치듯 그녀의 검은 스웨터를 가슴의 융기된 골짜기에서 딱 둘로 찢어서, 안에 숨겨진 하얀 육체를, 빛나는 여신과 같은 육체를 빛 속으로 끌어내고 싶은 충동을 느꼈다. 그는 치밀어 오르는 격정을 누르고 큰 숨을 토해 냈다. 여기가 식당이 아니었다면, 꿈속의 침대에 누워 있던 자신에게 다가온 저승사자처럼, 당장에 그녀에게 덤벼들었을지도 몰랐다. 동시에 무서운 비명과 함께, 덤벼드는 검은 저승사자의 숨통을 끊듯이, 문난설의 스웨터를 거칠게 벗겼을 것이다.

"선생님……."

이방근이 자신도 모르게 일어섰을 때, 깜짝 놀라 방어 자세를 취한 듯한 문난설은 망연히, 겁을 먹은 것처럼 그 자리에 옴짝달싹 못하고 있었다.

이방근은 그녀를 거들떠보지도 않고, 안뜰과 접한 장지문을 열었다. 갈색의 분위기가 깨지고, 밤공기를 머금은 부드러운 바람이 방을 빠져나갔다.

"선생님." 문난설이 낮고 탄력 있는 목소리로 말했다. "무슨 일 있으신 거예요?"

"아니오."

무뚝뚝하게 대답한 그 목소리는 쉬어 있었다. 그는 넥타이의 매듭을 조금 풀더니, 바지 주머니를 뒤적거려, 마침 거기에 있던 담배와

성냥을 손에 들었다. 검은 스웨터에 이방근은 숨 막힐 정도로 그녀에
대한 욕망을 느끼고 있었다. 술기운이 한꺼번에 머리로 올라왔다가,
단숨에 깨는 것 같았다.

　그는 담배를 입에 물고 불을 붙였다. 방에서 툇마루로 나와 두세
모금 빨고는 큰 숨을 코에서 연기와 함께 토해 냈다. 이윽고 머리가
핑 돌았다. 밤하늘의 어둠은 이미 깊었다. 이방근은 한 번 더 숨을
천천히 들이마셨다가, 눈을 감고 연기를 콧구멍에서 밖으로 내보냈
다. 가벼운 현기증이 일었다. 그는 떠다니다 사라져 가는 희뿌연 담배
연기를 보면서, 낮에 집에서 먹었던 깊은 가을 색감이 어렴풋이 머릿
속에 떠오르는 것을 보았다.

　오빠, 요즘 좀 이상한데, 괜찮으신 거예요.……라고 동생이 말했지
만, 나는 오늘 어떻게 된 것인가. 어찌 이리도 검은색이 마음에 걸리
는 것인가. 감이 사라진 머릿속에서, 전화벨의 울림이 들렸다. 여동생
에게 전화를 해야 한다……. 오늘 밤은 돌아갈 수 없다. 아니, 안뜰
맞은편 계산대의 전화 소리일지도……. 이미 전화 소리는 들리지 않
았다. 여동생에게 전화를 할 필요는 없다, 오늘 밤은 집에 돌아갈지
도……. 이방근은 이상하게, 오늘 밤은 문난설을 안을 수 있다고 생각
했던 자신감이 조금 전 포옹하던 중에 흔들리는 것을 느꼈다. 도땅,
땅땅, 도땅땅……. 참으로 하늘과 땅이에요. 어디에선가 날아든 목소
리다. 명선관 2층. 아이구, 이 무슨 일이람! 갑자기 침상에서 일어난
여자가 베개를 손에 들고, 절망과 분노의 목소리를 내면서 힘껏 이불
위로 내던졌다. 베개가 튀어 올라 멀리 날아간다……. 아침까지 쉬자
구요. 그리고 한 번 더……. 그리고 새벽녘 새들의 지저귐 속에서 어
젯밤과는 다른 천상의 희열을 느끼는 소리. 불능…….

　방에 들어간 그는 장지문을 닫고, 온돌과 술 탓으로 조금 현기증이

났다……고 둘러대면서 자리에 앉았다. 갑자기 날아든 불능이란 한마디가, 의식에 파고들었다.

"괜찮으세요?"

검은 스웨터의 풍성한 가슴에 하얀 얼굴이 도드라져 보이는 그녀가 의아한 듯이 말했지만, 뭔가를 수상히 여기고 있는 것은 아니었다.

"아니, 모르겠어……." 이방근은 자신에게 한다는 말이 입 밖으로 나와 버렸다. 그리고 남의 일처럼 가볍게 웃었다. "괜찮아요. 뭐가 괜찮냐는 것인지 해서……. 핫하아."

"오늘 댁에 무슨 일 있었던 거예요?"

"아니오."

"지금, 뭔가 모른다고 하시지 않았나요……?"

"좀 현기증이 나서 말이오……. 그러고 보니 꿈을 꿨소."

"꿈을? 왜 또 꿈을."

"왜라니, 꿈 말이오……."

"아니에요, 죄송해요. 어떤 꿈을 꾼 거예요?"

"기분 좋은 꿈이 아니라서. 지하의 어둠 속의 꿈이오. 다음에, 마음이 내키면 얘기하겠소."

"지하의 어둠 속의 꿈? 듣고 싶어요."

"으음, 다음에……. 내가 말이오. 지금 좀 이상하다면, 오랜만에 난설 씨와 단둘이 만난 탓도 있는 거요. 정말로."

"어머……. 하지만, 만난 탓도, 라고요? 만난 탓이 아니라……."

"아니오, 만났기 때문이고말고."

두 사람은 웃었다. 그녀는 술기운으로 볼을 희미하게 물들이며 이방근에게 인삼주를 따랐다.

"당신도 받아요."

이방근은 쾌활하게 식사를 하고, 그녀도 즐겁게 응했지만, 말은 많지 않았다.

　　그러나 그는 식사를 하면서 내심 그녀에게, 자신 안의 그녀에게 겁을 내고 있었다. 그녀와 약속한 것은 아니었지만, 만일 그녀와 잠자리를 함께하더라도 오늘 밤은 불능…… . 갑자기 엄습해 오는 공포의 관념이었다. 명선의, 나중에 명예회복은 했지만, 그 이불에 내던져진 베개의 무서운 일격. 명선과의 일뿐만 아니라, 해방 후 한동안 불능에 시달리던 때의 기억이 되살아나, 그것이 그 자신을 위협하고 있었다. 그만큼 문난설을 원하면서도 마지막 순간에, 이류 불능이 된다면…… . 불능. 의식할수록 불능이란 관념은 날개를 크게 펼치고, 술을 억제해야만 한다고 하면서도 관념 그 자체가 해면체가 되어 술을 빨아들였다. 오늘 밤은 처음부터 안지 않는 편이 좋을 것이다. 포기하자. 아아, 이 무슨 일이람! 그는 연거푸 잔을 기울인다. 여기는 제주도가 아니다, 서울이다. 눈앞에 함께 있으면서 오늘 밤은 난설을 안지 않고 보낼 수 있을 것인가. 이번만은 요전과 같은 '일신상의 사정'이 있다 해도, 강행해야만 한다. 그건 언제 일이었나. 여동생 방의 어둠 속에서의 포옹…… . 이방근의 등줄기에 차가운 것이 내달렸다. 오늘은 며칠인가, 10월 4일…… . 9월 초에 문난설은 제주도를 떠났으니 마침 한 달이 되는 지금쯤은 그녀의 주기가 아닌가. 그런 것은 아무래도 좋다. 문제는, 바보 같은…… . 불능, 임포, 임포텐츠…… . 불능이라는 관념의 날개는 의식하면 할수록 번져서 전신을 덮으려고 했다. 잠 못 이루는 밤을 의식하듯이.

　　"선생님, 무얼 생각하고 계신 거예요?"

　　술기운을 조금 머금은 문난설의 두 눈이 반짝이며 촉촉하게 빛났다.

　　"응? 아무것도 아니오."

이방근은 덜컥 놀라 목소리를 냈다.

그녀가 도자기 찻주전자를 양손으로 잡고 허리를 반쯤 들어 올려 이방근에게 따랐다.

정식이라서 그렇기도 하지만, 요리가 제법 남았다. 그녀는 처음에 나온 잣죽과 다음으로 나온 정식 외에 삼계탕을 먹은 것만으로도 배가 부르다며, 요리를 하나씩 주문할 수 있으면 좋을 텐데……라고 중얼거리며 물김치를 입에 떠 넣었다. 볼의 피부 빛깔이 인삼김치 조각의 표면처럼 반들반들한 게 요염했다.

이방근이 식탁 아래로 한쪽 다리를 뻗었을 때 뭔가에 닿았는데, 장판 위로 나와 있던 그녀의 따뜻한 다리였다. 그녀는 아주 희미하게 '앗' 하고 바람이 볼을 스친 순간처럼 표정을 바꿨지만, 발을 치우지는 않았다. 이방근은 일단 떼고 나서 그녀의 모은 다리 사이로, 이를 드러내지 않고 입속으로 웃으며 자신의 발끝을 밀어 넣었다.

문난설은 아이처럼 장난스럽게 히죽 웃으며, 두 발로 이방근이 뻗은 발을 힘껏 꼬집듯이 끼웠다. 그리고 너무 놀라 다리를 거둬들인 이방근을 보고, 비로소 소리를 내서 웃었다.

한 시간 정도 지나 식당에서 나왔지만, 다음에 어디로 갈 것인지 행선지를 정하지 못하고 있었다. 잠시 시간이 지나고 차가운 밤공기를 쐬니 불능의 관념도 펼친 날개를 조금 쉬었는지, 공포도 사그라진 느낌이었다. 많이 취한 것은 아니었지만, 적잖이 취해 있었다.

앞이 보이지 않는 꼬불꼬불한 골목은 눈앞의 모퉁이에서 통행인과 딱 마주칠지도 모르지만, 이방근은 조금 전 길로 나오는 도중에, 집과 집 사이의 좁고 움푹 팬 길로 문난설의 손을 잡고 들어가, 가로등 불빛이 미치지 않는 곳에서 그녀를 안았다. 그녀도 이방근의 가슴에 얼굴을 묻고 볼을 비비며, 숄더백이 어깨에서 떨어지는 것을 막으려는 듯 양손을 이방근의 목에 감았다. 그녀의 허리에 손을 감은 이방근은 포옹을 방해하며 흔들리는 숄더백조차 사랑스러운 느낌으로, 그녀의 어깨에서 미끄러져 떨어지지 않도록 신경을 썼다.

밤하늘에서 꽃향기가 내리고 있었다. 바로 옆에서 농후한 금목서(金木犀)의 관능적인 향기가 났다. 마치 꽃향기의 바다에 두 몸을 빠뜨린 것처럼 포옹을 계속했다. 돌바닥에 남자 여러 명이 두런거리는 소리와 함께 구두 소리가 났다. 그는 숨을 죽이고 민가의 벽 구석으로 문난설을 안은 채 밀어붙였다. 벽 구석의 판자문 너머에 풍성한 금목서 가지의 그림자가 새까맣게 이쪽으로 뻗어 있었고, 밤눈에도 온통 밀가루를 뿌린 것 같은 꽃들이 보였다. 잔별 같은 작은 꽃이 하나 둘 두 사람 위로 떨어졌다. 의식하자, 향기가 한층 머릿속을 마비시키듯 올라왔다. 머리 위에서 떨어지는 향기는 두 사람을 적셨다.

"아아, 대단한 향기로군."

"……"

"난설 씨." 이방근은 계속해서, 그녀의 귀에 뜨거운 숨결을 불어넣으며 속삭이듯 말했다. "이제 어디로 가지? 어디로 갈까……."

"……"

대답이 없다.

"오늘 밤은 함께 갑시다. 함께 묵어요. 자고 싶소."

그녀는 고개를 가로저었다.

"무슨 소리를 하는 거요." 이방근은 발끈하여 얼굴을 떼고 껴안은 채 그녀를 쳐다보았다. 그리고 애원하듯이 말한다. "왜……? 오늘 밤은 가는 거요. 놓아주지 않겠어."

두 사람은 뜨거운 포옹에서 떨어져 골목으로 몸을 내밀었다. 이방근은 그녀와의 잠깐 동안의 포옹에도 하반신이 뜨거워지고 팽창하는 것을 느끼고 있었다. 이 새로운 충동이 조금 전의 공포를 옆으로 밀어냈다.

두 사람은 거리로 나왔다.

술기운은 조금 진행되었고, 배도 불러서 지금 곧바로 이어서 술을 마실 기분은 나지 않았다. 가능하다면 이대로, 어디인지는 모르지만 그녀의 서대문 아파트에라도, 아니면 어디 여관에라도 직행하고 싶다. 그러나 어쨌든, 잠시 걸어야 한다, 걷는 편이 낫다. 지금 조금 배를 편하게 하고 나서 한군데쯤 더 들러서 가볍게 한잔 마시는 편이 나을 것이다.

두 사람은 택시로 들어왔던 인사동 길을 종로 쪽을 향해 걸었다. ……그러나 많이 마시지 마라. 그 깊은, 비참한 패배감은 맛보고 싶지 않았다. 게다가 상대에게 승리의 감정을 주는 것이 아니라, 커다란 공허와 실망과 초조감을 주면서, 경멸과 동정심을 불러일으킨다……. 이런, 이런, 또 생각하고 있다. 그 관념의 날개를 때려눕혀라. 의식하지 마라……. 지금 잘 되어 가고 있다. 그녀에게 사랑이 있는 것이다. 그는 담배를 물고 문난설에게 손을 뻗어 권했다.

그녀는 괜찮다고 했는데, 그럴 것이다. 여자가 길을 걸으면서 남자와 함께 담배를 피운다는 것은, 술집여자도 아니고, 그건 모양새가 좋지 않을 것이다.

종로 모퉁이 YMCA 빌딩 앞까지 와서, 두 사람은 왼편 파고다공원 쪽으로 걸었다. 시각은 아홉 시를 지나고 있었다. 노면전차 바퀴의 레일을 삐걱거리는 소리가 이미 낮의 상태와는 달랐다. 잠을 청해 하루의 끝을 알리는 적적한 울림으로 변해 있었다. 가을밤 탓일 것이다. 상점들 대부분은 닫혀 있었고, 종로의 번잡함은 사라지고 있었다. 가로등에 희미하게 빛나는 울창한 수목이 우거진 파고다공원 안이 깊은 숲의 동굴처럼 텅 비어 있었다. 공원으로 향하고 있었지만, 앞을 지나치고서 마침 전방에서 다가오는 택시 라이트를 향해 손을 들었다.

"난설 씨, 한군데 더 들립시다."

문난설은 응했다. 그리고 이번에는 자신이 대접하고 싶다고 했다. 택시가 멈췄다. 자, 일단 탑시다.

아까는 왜 그렇게까지 식당 방의 갈색에 예민했던 걸까, 이방근은 차 안에서 생각했다.

다음날 아침 늦게, 여관이 있는 동대문 근방에서 식사를 한 뒤, 문난설을 택시로 을지로의 국제통신사 건물이 멀리서 보이는 근처까지 배웅하고는 집으로 돌아왔다. 식당에서 해장술을 겸해 마신 맥주의 취기가 여운을 남기고 있어서, 어디서 전화가 오더라도 깨우지 말라고 숙모에게 부탁하고 잠자리로 기어들었다. 여파가 남아 있는 것은 술만이 아니었다. 그는 만족한 기쁨의 감정이, 넘실대는 파도처럼 몸에 여운이 남아 있는 것을 충분히 의식하고 있었다.

어젯밤 명동의 바를 나와 잠시 걸으면서, 문난설은 서울에 묵는 것은 싫다고 했다. 서울을 멀리 벗어난 곳으로 가고 싶다고 했다. 그러나 서울이라고는 해도 동서남북, 끝에서 끝까지 넓고, 서울에서 나가는 것은 그리 간단하지 않다. 지금부터 제주도에 갈 수 있는 것도 아니고, 앞으로 한 시간도 못돼서 '통금'이 되는데, 그럼 어디로 갈 것인가. 되도록 서울 중심부에서, 그리고 그녀의 아파트가 있는 서대문 근방에서 많이 떨어진 동대문 근처 여관의 건물 별채로 방을 잡았다.

유원이 학교에 가고 없는 것이 다행이었다. 수면 부족으로 피로가 역력한 모습을 하고 아침에 돌아오는 것을 여동생에게 보이고 싶지 않았다. ……지금, 옛 친구인 박 군과 만나고 있는데 오늘 밤은 돌아갈 수 없을 것 같구나. 오빠는 어디에서 잘 거예요? 친구 집이나 '통금'에 걸리면 함께 여관에라도 들어가지 뭐. 난설 씨와는 언제 만나시는 거예요? 뭐라고, 그래, 난설이, 문난설? 전화라도 왔었나? 아니요. 아아, 알았어, 내일이라도, 금명간 만나기로 할 테니까. 그리고 너희 학교 하 선생과 만나는 것은 내일 밤이었지. 그러면 문난설은 내일 만날 수가 없겠군…….

이방근은 아직도 몸이 저렸다. 어둠 속 감촉의 기억밖에 없는 그녀의 육체를, 어둠의 옷을 벗기듯 눈으로 그 빛나는 육체를 확인할 수 있었던 포옹. 그의 상상 속에서 그녀의 육체를 뒤덮었던 어둠의 베일이 벗겨진 것이었다.

검은 스웨터 앞가슴에 얼굴을 묻고, 스웨터 속에 있는 그 육체를 만지작거리고, 자신의 손으로 그녀의 스웨터를 벗겼다. 형용하기 어려운 하룻밤. 기적적인 기분이 계속 사라지지 않는 것이 이상했다. 문난설과 몸을 섞는 일이 그토록 어렵고 진기한 일인가. 이미 성내 집의 어둠 속에 완전히 품을 수는 없었지만, 그래도 포옹 속에서 애무는 할 수 있었고(서재를 사이에 두고 온돌방에서 자고 있는 나영호에게, 그리고 집의 누군가가 눈치 채지 못하게 하려고 전전긍긍하던 포옹), 그때 만일 생리만 아니었다면 이미 상호간의 교합은 이루어졌을 터였다. 결국 '보류'를 당한 꼴이었던 것이 비로소 실현되었지만, 그러나 두 육체를 섞는 것이 한편으로는 당연한 듯하면서도 지극히 기적적인 느낌이 들고, 그 여운이 마치 무언가에 취한, 술에 취한, 뭔가 상쾌한 취기처럼 나중에까지 남아 있었다.

이 기적적인 기분은, 이방근을 갑자기 공포로 밀어 넣었던 불능이라는 관념의 날갯짓이 그녀와의 대화와 포옹 속에서 사라짐으로써, 마지막까지 포옹하고 목표를 달성했기 때문일 것이었다. 자신 안에 있던 그녀에 대한 공포를, 그녀가 주는 자극이 이긴 것이었다. 핫핫, 베개를 내던지지 않고 끝난 것이다.

난설이, 그날 밤, 난 얼마나 괴로웠던지. 난설이의 비밀 편지를 깜빡 서재 바닥에 떨어뜨려 버려서. 지금 생각해도 얼굴이 달아올라……. 선생님, 그 이야기는 그만하세요. 난설이 있는 곳으로 가려는 걸 거부당하고, 난 아침까지 몸부림치며 괴로워했으니까. 그 이야기는 그만하세요. 난설이는 지금 이렇게 선생님과 함께인 걸요……. 문난설은 자신의 입술을 이방근의 입술에 포개 그 입을 막았다.

열린 두 입술 사이에서 발하는 거친 숨결이 머리의 심지까지 현기증을 일으키며 올라오는 따사로운 향기. 언젠가 손바닥에 묻어서 사라지지 않던 그녀의 향기 나는 체취…….

문난설은 꿈, 지하의 어둠의 꿈 이야기를 해 달라고 졸랐다. 그것은 백일몽, 아니 선잠을 자는 사람을 일순 덮친 악몽이었다. 이야기해 주세요. 지하세계와 같은 차가운 어둠의 어딘가 침대 같은 곳에서, 몸이 아픈 듯한 내가 누워 있었소. 주위에 향냄새가 흐르고 있는 가운데, 눈에는 보이지 않지만 무언가의 낌새, 검은 인간의 그림자가 다가오는 기색이 느껴지고, 갑자기 주변이 밝아지면서 양초가 타오르더니, 좌우의 양초와 양초의 불꽃 사이를 검은 그림자가 천천히 침대를 향해 다가올 때 비명을 지르며 벌떡 일어났소. 아, 기분이 나쁘네요, 검은 인간, 그 검은 그림자는 무엇일까요? 설마, 저승사자……? 그렇소. 어머, 무서워요, 선생님, 싫어요, 그런 꿈 이야기 따위, 싫어요……. 저승사자임에는 틀림없겠지만, 핫하아, 너무 크게 비명을 질러서 상대방은 도망가 버렸소. 선생님이 왜 그런 꿈을? 누구라도 꿈을 꾸는 것이고, 어떤 꿈이라도 꾸는 법이오……. 하지만 그런 저승사자 같은 건, 몸져누운 병자의 꿈에나 나오는 거잖아요. 나쁜 귀신이라고 하셨는데, 그것은 꿈속의 검은 그림자를 말씀하신 건가요……? 이방근의 손바닥 아래에 놓인 문난설의 넓적다리에 소름이 돋고 있었다. 소름을 달래려고 손을 넓적다리 안으로 뻗으며, 이방근은 그녀에게 입술을 포갰다. 여자의 입술이 뾰족하게 솟아올랐다.

따뜻한 온돌방의 불빛이 꺼진 어둠 속에서 문난설은 자신 안에 이방근의 꿈을 재현하고, 그와 악몽의 기억을 공유하려 했다. 선생님, 전 칠흑 같은 어둠 속 어딘가의 침대에서 선생님과 함께 누워 있기로 할게요. 설령 지금 어둠 속에 양초의 불이 타오르고 무서운 그림자가 나타나도……. 선생님, 향의 냄새까지 나다니, 지금도 꿈속의 그 냄새가 되살아나는 거예요? 그렇소, 확실히 냄새가 풍겨 와, 꿈을 생각하고 저승사자의 그림자를 눈에 떠올리면 냄새가 풍겨 와요. 미안해요, 검은 그림자, 저승사자라는 말, 싫어요, 하지만 함께라면 무섭지 않겠죠, 그렇잖아요. 문난설은 아이들 놀이처럼, 어둠 속에 다시 생긴 지하의 어둠 속에 이방근과 함께 자신을 밀어 넣고 있었다.

이방근은 그녀의 말대로, 그 자신의 꿈을 재현하면서 어둠 속 지하 세계의 침대 위에서, 그녀와 함께 몸을 뉘였다. 그녀와 꿈을 공유하는 격렬한 포옹이 불능의 관념을 어딘가로 사라지게 만들어 버렸다. 그녀는 귀걸이를 빼면서도, 무슨 부적 대용인 양 백금 목걸이를 알몸에 걸고 있었다. 그것이 한층 이방근의 욕망을 불러일으켰다. 그러나 그는 그녀의 눈에는 보이지 않는 하얀 육체 위에, 저승사자의 그림자를 확실히 새기면서 그녀를 안았다. ……선생님, 어둠 속에서 향냄새가 풍겨 와요. 정말로요, 정말로……. 그녀는 고개를 힘껏 옆으로 흔들었다. 그녀의 육체가 격렬하게 향기를 풍기고 있었다.

이방근은 한 시간 정도 지나 잠에서 깼다. 무언가 꿈을 꾼 것 같았지만, 마치 안개에 싸인 것처럼 확실한 상(像)이 떠오르지 않았다. 어젯밤의 일을, 틀림없이 문난설과의 일을 떠올렸지만, 그것은 꿈만 같았다. 문난설이 꿈에 나온 것이라면 되살려 보고 싶었다. 어제 이 시간쯤이다. 왜, 저승사자의 꿈을 꾼 것일까. 쇠약한 병자의 의식에만 새겨지는 그런 꿈을. 지하의 어둠 속 침대에 누워 있던 병자 같은 내가 제주도라고 하더라도, 그것은 억지로 끼워 맞추는 것에 불과한 것이다. 여자는 익은 음식…… . 아무 맥락도 없이 그 말이 떠올랐다. 그리고 그 맞은편에서 문난설의 하얀 몸이 배처럼 다가온다. 여자는 익었다, 불을 가할 필요가 없는 음식…… . 여자를 인간 취급하지 않는 즉물적인 말. 그러나 이방근은 지금 이 생생하게 자극적인 언어의 맛을 음미했다. 그녀와 함께했던 어젯밤, 몸을 섞으면서 그 말의 편린도 떠오르지 않았던 것은 이상했다.

해질녘, 여동생의 담당교수인 하동명과의 약속으로 예전에 만났던 적이 있는 종로의 음악다방 백조로 나가려던 참에 전화가 울렸다. 현관 쪽 방까지 나와 있던 이방근이 수화기를 들자 교환수가 시외라고 했다. 그는 자신의 방에서 나온 여동생을 향해 으흠…… 하고 고개를 끄덕이며, 최용학일지도 모른다, 그리고 그러면 기절초풍할 그 전화를 자신이 받기로 했다. 그렇지만 어제도 전화를 하지 않았던가. 집념이라 해도 이건 너무 집요하다. 아니, 이거야말로 정열인가.

"여보세요―, 이건수 선생님 댁입니까."

들은 기억이 있는 별스럽게 점잔을 뺀 목소리였다. 기생오라비처럼 나긋나긋한 얼굴과 마찬가지로, 목소리도 어딘가 사탕 맛이 났다.

"예―. 그렇습니다만, 누구시죠?"

"……" 깜짝 놀라는 기색이 즉시 전해지고, 상대편의 말문이 막혔다. "광주의 최용학이라고 하는 사람입니다만…… . 이건수 선생님이십니까?"

최용학의 목소리가 부정맥처럼 단속적으로 떨리고 있었다. 이 자식, 뻔뻔스럽게 이건수 선생입니까, 라니. 전화라 하더라도, 내 목소리를 확실히 기억하고 있을 것이다.

　"아니요, 이방근이오만. 최용학 씨. 아아, 오랜만이오."

　"아이고, 이게 어떻게 된 일입니까. 형님이십니까. 형님이시군요. 놀랐습니다. 서울에 계셨던 겁니까. 저는 전혀 몰랐습니다. 형님이 서울에 계시다니, 이거 마침 잘됐습니다. 예상치 못했는데 형님 목소리를 들을 기회가 생겨 매우 기쁩니다. 인사가 늦었습니다만, 형님도 건강하시고, 제주에 계신 아버님 어머님도 건강하신지요?"

　"예, 건강합니다."

　"그 말씀을 들으니, 기쁩니다……."

　이방근은 평소의 무뚝뚝한 태도를 고쳐서, 온화하게 대응했다. 유원의 오빠라는 존재에 겁을 먹고 상경을 늦추거나 포기하게 하면 안 될 것이다. 쓸데없는 말은 하지 말고 모두 여동생에게 맡겨 두면 된다. 진절머리가 난 듯한 여동생이, 오늘은 꽤 상냥하네, 라는 듯한 얼굴로 오빠를 보았다. 바로 어제 전화할 때는 여동생에게 오빠가 서울에 와 있다는 것을 말하지 말라고 했었다.

　"여동생을 바꿀까요."

　주절거리는 말을 계속 상대해 줄 순 없었다.

　"예─, 계신다면 부디 부탁드립니다. 그럼, 형님, 다음에 다시 뵙도록 하겠습니다……."

　이방근은 수화기를 놓고 전화에서 떨어져 여동생에게 작은 소리로 말했다.

　"오빠의 기분이 나쁜지 어떤지 물으면, 매우 좋다고 말해야 돼. 그는 반드시 물을 거야. 어차피 상경을 염두에 둔 얘기겠지. 오빠를 무서워해서 망설이게 해선 안 된다. 그리고 집에 인사를 겸해 찾아오고 싶다고 해도, 그것은 말을 잘해서 거절해. 자신의 독단으로는 안 된다든가, 오빠와 상의해야 한다……든가. 우선은 네가 만나는 거다. 밖에서. 오빤 시간이 없으니까 나갈게."

"아이구, 또 위가 아파."

유원이 수화기를 들었다.

"이런 식으로 연일 전화라니, 으흠……."

이방근은 혼자 중얼거리고 외출에 나섰다.

하동명과 만나서 특별히 할 이야기는 없었다. 유학에 대해서는 대학에서도 준비가 돼 있었다. 오늘 밤은 식사라도 하며 감사를 표하고, 참고가 될 이야기를 듣게 되겠지만, 이제 출발은 이쪽 사정에 달려 있었다. 이번 달 12일쯤을 목표로 하고 있지만, 그것이 결정적이라고 말할 수는 없다. 배의 사정, 날씨, 집안 사정, 즉 아버지와의 문제, 그리고 최용학과의 '파혼', 모두가 유동적이었다.

생각해 보면 최용학에게 미안한 마음이 들었다. 저 정도로 홀딱 빠지면 때로는 여자의 마음도 기우는 법. 백 번 찍어서 안 넘어갈 나무는 없다고 한다. 내가 문난설에게 빠져서(빠져 있는 것이겠지. 아니면 뜻을 이룬 뒤에는, 남자의 에고이즘으로 다소 식는 것일까. 아니, 그렇지도 않은 듯하다), 기적적이라는 생각의 여운이 감탄의 목소리를 내고 싶을 정도로 여전히 남아, 마음도 몸도 충분히 만족하고 있는데, 최용학은 어떤가. 걷고 있자니 이상하게 양 다리가, 대퇴부 주변이 당기는 느낌이 들었는데, 이것도 어젯밤의 여운이었다. 오랫동안 없었던 일이지만, 지금 내 마음은 뛰고 있다. 신기한 일이지만, 그러한 까닭에 화가 날 정도이다. 그래, 전화로 그 녀석에게 전에 없이 상냥하게 대응한 것은, 그 탓도 있을 것이다. 빠져 있을 뿐이고, 보답이 없을 최용학이여, 가엾구나.

 으―흠, 이방근은 만일 자신이 존재하지 않았다면, 최용학은, 친척들, 그리고 아버지의 엄명과 계모의 간질한 부닥에 끼인 유원과 아마도 결혼할 수 있을 것이고, 아니 이미 졸업 후의 결혼을 기약하고 정식 혼약을 마쳤을 것이라고 생각했다. 그야말로 최용학에게 오빠라는 사람인 이방근은 틀림없는 불구대천의 원수인 셈이었다.

 이방근은 황혼 속에 종로까지 내쳐 걸으면서, 문난설의 육체와 목소리, 그리고 대화를 떠올려, 어젯밤을 되새김질했다. 땅거미가 지는 시각이 체내시계처럼 위에서는 사인을 보내오고 갈증을 불러일으켜, 깰 틈도 없이 또 술을 불렀다. 끊임없이 달아오르는 그녀, 그리고 불능의 공포가 사라진 사이의 필사적인 포옹. 이방근은 길 위에서 격한 욕정을 느끼고, 다시 당장이라도 문난설을 안고 싶은 충동에 휩싸였다. 다음 밀회의 약속은, 우선 요 며칠 안에 나영호와 셋이 만나는 번거로운 일부터 시작해야 한다. 셋이 만나서, 그녀와의 사이에 풍기는 뭔가의 냄새가 나영호에게 전해지지 않을까. 그녀의 몸에 옮겨진 남자의 냄새가, 그녀와 가까운 자리에 있는 사람에게 풍기지 않을까. 그것이 여자에게라면 냄새가 날까. 그녀는 아직 신문사에 있을 것이다. 지금 무엇을 하고 있을까. 종로에서 10분만 걸으면 그녀가 있는 곳에 도달하게 된다. 어찌 된 일인가, 사랑스러운 생각이 점점 더해간다. 눈가에 생긴 기미에 연하게 화장을 하고 있었는데, 직장에서 뭔가 눈치 채거나 하지는 않을까. 걸을 때 무릎과 가랑이가 당기지는 않을까.

 이번에 서울에서 그녀와 만나면, 떨어질 수 없게 되는 것은 아닐까……. 이방근은 그렇게 생각했지만, 그것이 본의가 아닌 느낌이어서 싫었다. 견딜 수 없을 정도로 싫고, 있을 수 없는 일이지만, 떼어

내기 힘들 것 같은 생각, 그것이 현실이 되어 버릴 것 같았다. 앞으로 어떻게 한다, 어떻게 되나.

폭력과 살의의 마굴, '서북' 간부의 숙소에서 처음으로 언뜻 그녀의 모습을 본 순간, 자신도 모르게 눈을 크게 뜬 이 아름답고 교양 있어 보이는 여자는 도대체 뭐하는 사람인가 하고, 그 장소에 어울리지 않는 인상에 충격을 받았었다. 그리고 테이블에 커피를 두고 간, 몸집이 크지만 날씬한 자태를 한 여인의, 풍만한 허리선이 움직이는 뒷모습을 시선 끝으로 붙잡으면서, 저 여자는 아이 엄마인가, 석녀인가, 피임 용구는 사용하는가, 필요 없는 건가, 하고 아무런 상관도 없는, 그저 망상과 같은 생각이 몇 분의 1초도 안 되는 빠르기로 머리를 스쳤던 것을 지금도 확실히 기억하고 있다. 그녀가 석녀인지 아닌지는 모르지만, 불감증은 아니었다. 그리고 동시에 피임 용구도 준비하지 않고 있었다. 그 스쳐 지나간 여자를 향한 찰나적인 망상의 조각이, 흘러가는 뜬구름 조각의 물방울이, 지금 살아 있는 그녀가 전체로서 눈앞에 있다니. 불가사의한 느낌이 들었다.

문난설은 제주도에서 약속한 대로 그 살아 있는 육체에, 익은 음식과 같은 육체에 나를 받아들였다. 충분히 받아들였다. 그녀는 떨어질 수 없다는 말은 하지 않았지만, 격렬한 포옹의 기쁨에 젖었다. 그 숨결은 관능적인 냄새를 띠고 있었지만, 몸을 섞으면서 입을 맞춘 그 목 안쪽에서 토해 내는 냄새는, 마치 거기가 하반신의 개구부에 그대로 이어져 있는 것처럼 얼굴을 덮었다. 그녀는 향기가 나면서도 대리석처럼 냉정했다.

이방근은 그녀의 일신상에 대해서는 일절 물으려 하지 않았다. ……선생님, 저에 대해 알고 싶으시죠. 아니오, 무리하게 알고 싶다곤 생각지 않지만, 난 어느 쪽이든 상관없소, 여기에 이렇게 문난설의 존재가 있으니까, 오히려 아무것도 모르는 쪽이 좋을지도. 냉정한 분이시군요, 저를 좋아하세요? 좋아하고말고, 매우……. 기뻐요. 좋아하는 사람의 일은 알고 싶은 거잖아요……? 전 결혼을, 아주 오래전에 한 적이 있어요. 그렇겠지, 나이를 보더라도 그건 알 수 있소. 처녀가 아니라서? 그런 것이 아니오, 처녀는 싫소, 죽을 때가 가까운 노인들이 처녀, 처녀라며 말이 많소. 집에서는 친척 모두가 처녀와 결혼하라고 시끄러운데, 어리석은 일이오. 알고 있어요. 나도 이혼 경험자요. 난설 씨는 몇 살일까, 막연히 서른 정도라고 생각하지만, 알 수 없으니까. 전, 이미 아줌마에요……. 무슨 말을 하는 거요, 이 멋진 몸을. 선생님은, 몸 이야기뿐이네요.

　몸 이야기뿐……? 이방근은 뭔가 쩍, 하고 희미하게 균열이 생기는 것을 느꼈다. 그녀는 세는 나이로 서른 살이었다. 반년 만에 결혼 상대와 헤어졌다고 하는데, 그 한마디뿐, 구체적인 이야기는 아무것도 하지 않았다. 그리고 일본어를 사용해도 괜찮은지 물어서 이방근을 놀라게 했다. 선생님은 친일파가 싫으신 거죠……, 그녀는 유창한 일본어로 말했다. 저는, 지금 큰 문제가 되고 있는 친일파의 딸이에요……. 그리고 북조선의 평안남도 식산부장을 하고 있던 아버지는 해방 후, 적극 친일분자로 토지, 가옥 등의 재산을 몰수당하고 행방불명이 되었다고 했다. 자세한 이야기는 하지 않았지만, 친일민족반역자라는 딱지 위에, 다시 계급의 적으로서 처단된 것 같았다. 나영호도 모르는 일이었다. 형제는? 남동생이 어머니와 함께 평안북도 신의주로 이주당했다는 것까지는 알고 있지만, 그 후 소식은 몰라요. 만일 살아남았다고 해도, 중국과의 국경인 압록강 연안이라서, 거기에서 서울까지는 도저히 도망쳐 오지 못할 거라며, 그녀는 이를 보이며 희미하게 웃었다. 과거를 덮는 그늘진 웃음이었다.

난설 씨는 해방 전부터 계속 서울에 있었지요. 예ー, 우리 나이로 열네 살에 여학교에 들어가면서부터 쭉 있었어요. 그녀는 고개를 끄덕이면서 이번에는 조선어로 대답했다. 선생님, 난설 씨라고 씨를 붙이지 말고, 난설이라고 이름만 불러 주세요. 그럼, 방근이라고 불러 주겠소, 서로 간에. 난설이, 난설이……. 아아, 선생님, 방근이, 방근이……. 이상해요, 선생님. 어떻게 그렇게. 선생님은 제가 그날, 처음으로 만난 선생님이 어떻게 될까 봐 두려워 몸서리를 친, 잊을 수 없는 날에, '서청(서북)' 숙소에 있는 것이 이상해 견딜 수 없었다고 하셨죠. 이상할 것도 없어요. 육촌 오빠가 '서청' 간부이고, 고영상 사무국장의 친구라서, 마침 일이 있어서 갔던 것뿐이에요…….

이방근은 그녀가 언젠가, 아니, 일전에 팔러에서 두 번째로 만났을 때, 일본 요리인 초밥 집으로 안내하겠다면서, 자신을 친일분자…… 운운하던 것을 떠올렸다. ……친일분자가 하는 말이라 비위에 거슬리는 거 아니에요……? 그때, 뜻밖이라고 생각하면서도 특별히 마음에 두지 않았지만, 당돌한 느낌이 들었던 만큼 기억에 남아 있었다.

그녀는 왜 일본어로 이야기한 것일까. 내가 친일파를 싫어한다는 것을 알면서 왜 내 앞에서 일본어를 사용한 것일까. 이 사회에서 일본어가 없어지지 않았기 때문에, 때로는 일본어가 나와도 이상한 일은 아니었지만, 이제 막 귀환한 재일동포라면 몰라도, 좀 의외라는 느낌이 들었다. 아니면 나에 대한 뭔가의 도발인가. 그러나 이상하게도 그때 그녀의 일본어는 내 안에 날을 세우지 않았다. 아니, 그 일본어는 이방근을 앞에 두고, 자신 안의 '친일파'를 향한 칼날, 자학적이고 굴절된 감정을 동반한 것은 아닐까. 그리고 응석……. 하지만 그 깔끔한 표준어 발음에 특별히 놀랄 일은 아니었다. 나도 그렇고 유원도 역시 식민지 지배하의 교육을 받았기 때문에 당연한 것이고, 유원의 일본어도 상당한 수준이다. 오히려 일본어를 너무 잘 하는 것이 문제일 것이다. 그것은 부아가 치밀기까지 했다. 문난설은 그 이상은 말하지 않았다.

하동명과는 여섯 시 반에 다방에서 만나, 커피를 마신 후 명동에 있는 중화요리점의 방으로 장소를 옮겨 식사를 했다.

오랜만에 마오타이주를 마신다. 입안에 퍼지는 강렬한 휘발성의 향기로운 냄새. 이방근은 하동명을 앞에 두고, 어젯밤 문난설과의 정사를 떠올리고 있었다. 마오타이주의 맛이 혀에 스며든 밑바닥에서 물씬, 게다가 배어 나오듯 어떤 특징이 있는 성적인 냄새가 콧구멍으로 기어 올라왔다. 이방근은 거의 무의식적으로, 다 마신 빈 잔을 가만히 코끝에 대고 냄새를 맡아 보았다.

"마오타이는 왠지 성적인 냄새가 나는군요."

이방근은 불경스럽다는 것을 알면서도 말했는데, 하동명도 그렇게 생각하고 있었는지 빙그레 웃었다. 설마 이 남자도 어젯밤 있었을지도 모를 와이프와의 정사를 떠올리고 있었던 것은 아닐까. 아내를 사랑하고 있다면 말이다.

연장자인 남자의 웃음은 점잔 뺀 떨떠름한 얼굴보다 좋다. 그는 허물없는 어조로 모교인 동경 M음악학원의 학장과 서신 연락이 되어, 서류심사와 대강의 실기 테스트를 하고(테스트라기보다도, 유학생의 실기 레벨을 보는 것뿐이지만), 받아들이기로 돼 있다고 전했다. 단지 일본은 4월이 신학년도라서, 편입학은 내년으로 넘어가기 전에 빨리 하는 편이 좋다고 하는, 그쪽의 의향도 덧붙였다. 아버지와의 심각한 트러블, 여동생의 결혼 문제 등에 대해서는 이야기할 필요도 없었지만, 하동명도 알고 있는 아버지의 반대에 대해서는, 지금 잠시 시간이 필요하다고 말해 두었다. 하동명은 예술가답게, 아버지가 서울에 있다면 자신이 부탁해서 설득하고 싶다고 열정을 담아 말했다. 고마운 일이다. 많은 학생들이 조국을 등지고 일본으로 건너가고 있는데, 혁명을 위해서라든가 다른 이유라면 모를까, 오로지 결혼, 그것도 저속한 결혼 때문에 딸의 유학을 필사적으로 반대하는 것은 잘못이지 않는가.

술을 라오주(老酒)로 바꿨다.

이야기가 우연히 현재 여론이 들끓고, 국회 내외에서 찬반 공방이 펼쳐지고 있는 반민족행위처벌법과 친일파 처단 문제로 이어졌다. 이방근은 적어도 '북'에서는 '친일' 문제가 청산되었는데……라며, 친일파 청산을 주장하는 자들의 통념이자 결코 특별하지도 않은 한마디를 흘렸는데, 방근 씨는 정말로 '북'을 믿고 있습니까? 하며 의외로 하동명이 말을 가로막았다.

"……" 이방근은 순간 술이 깨는 기분으로 간신히 상대방의 말을 받았다. "적어도 친일파 청산은 돼 있겠죠."

"그렇습니다. 원칙적으로 그렇습니다. 그렇지만 월북 음악가와 예술가들도 과거에 친일을 하지 않은 사람은 거의 없죠. 시대가 그랬어요. 그래서 그들은 자기비판도 해서 형식적으로는 친일 청산을 했지요. 방대한 자기비판서에, 미주알고주알 추궁을 당하면서, 이것저것 세세한 친일적 언동을 기입하고 규율위원회에 제출하여 문서로 남겼지만, 이것이 전부 약점으로 잡혀 무슨 일이 있을 때마다 그 청산했을 터인 과거가 따라다니고 있는 겁니다……."

깡마른, 피아니스트다운 뼈가 앙상하게 드러난 손으로 덥수룩한 머리를 쓸어 올리면서 사십 대인 하동명은, 일전의 건수 숙부 댁에서는 생각지 못했던 정치적인 발언을 했다.

예전 학우이기도 한 음악과 교사가 있다며, 일제강점기에 함께 민족운동에 가담한 친구 이야기를 했다. 그는 해방 후 서울에서 고향인

황해도의 시골로 돌아갔는데, 무상몰수의 대상인 5정보도 안 되는 대단한 지주가 아님에도 불구하고, 해방 전에 면소재지의 일본인 경찰서장을 초대해 술과 음식을 대접한 일이 친일, 반동분자로서 추궁당해 토지를 빼앗겼다고 했다. 이것은 일례에 지나지 않는다며 말을 이었다. 이적, 반동분자 사냥이 당리당략으로 이루어져, 어제까지의 소작인과 머슴이 인민위원회와 농촌위원회의 지도하에서 지주들을 인민재판에 붙이는 것이 당연한 일이 되었다고 했다. 동료의 이미 늙은 양친은 '자기반성'의 결과, 타지방에서 직접 농사짓는 소작농 정도의 작은 토지를 배분받아 다행히 처단은 면한 듯한데, 동료는 곧 서울로 다시 월남해 왔다고 했다. '남'에서는 빨갱이, '북'에서는 반동분자, 이 낙인이 찍히면 끝장입니다. 뭔가의 계기로 반동분자가 되면, 그 인간의 인생은 이제 끝입니다. 모두가 당, 당원입니다⋯⋯. 당중앙⋯⋯. 이방근의 머릿속 공간에서 메아리치는 울림, 아니 황동성의 마루를 밟은 구두 소리와 함께 울렸던 목소리였다. 당중앙⋯⋯.

이방근은 잠자코 듣고 있었다. 당과 조직을 위해 부모 형제를 밀고하는 사회가 될지도 모르는 것이다. 경찰서장을 초대해 술을 마시게 한 것이 친일반동분자인가. 그럴 것이다. 그러나 적극분자가 있는가 하면, 그렇지 않은 경우도 있다. 나의 아버지, 이태수는 어떻게 될까.

"⋯⋯방근 씨, 저는 해방 후 한동안 좌익계의 음악가동맹에 가입했는데, 지금은 대부분의 멤버가 월북했지만, 저는 당 조직의 문화정책에 따를 수 없었습니다. 인민을 위하기보다도 '당'을 위한 예술이고(이것이 인민을 위해서라고 돼 있지만), 당 방침 때문에 음악활동을 하고 붓을 들고 문학 활동을 합니다. 한마디로 말하면 지금 필요한 혁명을 위해서 포스터를 걸고, 예술은 정치에 절대 종속하는, 예술성의 주장은 당 위에 예술을 두는 반동사상, 예술주의라고 비판되고 매도당합니다. 모두가 프로파간다가 된다는 것인데, 이것이 견딜 수 있는 일일까요. '북'에서는 그것이 국가의 통제하에서 이루어집니다. 음, 무서운 일입니다……. 예술에 대한 정치적 통제는 죽음의 선고입니다. 이 대한민국도 다르지 않습니다. 방근 씨, 이런 이야기에 거슬렸습니까. 저도 웬만해서는 이런 이야기는 하지 않습니다만."

이방근은 상대방의 말에 가타부타 하지 않았지만, 지금 바로 해야 할 한마디가 입술을 뚫고 나오지 않았다. 더 이상, 이야기를 진행하지 않아야 한다고 생각했다. 이방근은 제자인 유원을 극구 일본으로 유학시키려고 하는 그의 열의가 언외로 전달돼 오는 것을 느꼈다.

하 선생과는 간단히 2차까지 마치고 돌아왔는데, 유원의 말에 따르면, 최용학은 서울에서 토요일 오전 중에 일이 있어서 금요일 저녁에 도착하는데, 곧장 유원과 만나고 싶다는 것이었다. 다만 오빠가 있다고 하는 예상 밖의 상황 변화에 그 나름의 대응 방법을 생각하고 있을 것이다. 사흘 뒤인 금요일, 10월 8일……. 10월 20일.

"……어땠어? 그가 오빠 기분이 어떠냐고 묻지 않더냐?"

"정확해요. 놀랐어요. 어떻게 오빠는 그걸 예측할 수 있는 거죠. 마치 투시술처럼. 오빠와 서울에서 다시 만날 수 있어서 정말로 기쁘대요. 오빠, 이건 거짓말이죠. 하지만, 오빠가 '결혼'에 협력하게 된다면 완전히 달라지겠지만. 형님은 요즘 어떠십니까, 건강하신 것 같은데……. 그리고 눈치를 살펴요, 이것저것. 형님, 형님, 뭔가 살에 찰싹 들러붙는 것 같아서 정말로 짜증나는 말투, 언제, 형님이 되었다고 생각하는 걸까요."

"내버려 둬, 지금 잠시 동안, 금요일까지야."

"전, 오빠 기분을 묻기에, 우스워서 혼자 웃어 버렸어요. 지금 막 집을 나간 오빠가, 어딘가 전화 너머로 돌아가 그에게 지도라도 하고 있는 것이 아닌가, 하고 착각할 정도였어요. 어떻게 그의 입에서 나올 그 말을 알았어요?"

"넌, 오빠가 이상하다, 이상하다 하지 마. 오빤 똑바로 잘 하고 있으니까. 별로 어려운 일이 아니야. 그 남잔 그런 인간이라는 거지. 그것뿐. 그 정도는 알 수 있지."

"으-음……."

"위의 통증은 나았나."

"앗, 잊고 있었어요. 하지만, 금요일에는 또 아플 거예요."

사흘 후로 다가온 최용학의 상경에 대비한 대책, 그래 봤자 이미 정해진 대로 일을 추진하는 것뿐이었지만, 20일쯤으로 출발을 예정한다면, 이 기회를 놓칠 수는 없었다. 아버지 이태수에 대한 모반, 배반의 행동이 시작되는 것이었다.

그날 저녁, 이방근은 나영호가 문난설과 셋이서 금요일에 만나자는 것을 다음날로 미루고, 유원과 함께 집에서 대기했다.

여섯 시 전에 최용학으로부터 전화가 와서, 명동의 어느 다방에서 여동생과 만나게 되었다. 오빠, 왠지 가슴이 두근거려서 괴로워요……. 유원은 갑자기 창백한 얼굴로 변해 갔다. 바보 같은 소리 하지 말고, 정신 똑바로 차려. 오빠가 있잖아, 나머지는 오빠에게 맡기면 돼. 이방근은 현관 밖까지 여동생을 배웅했다.

"왠지, 아버지가 함께 있는 것 같은 느낌이 들어."

"적당히 좀 해. 너 설마 떨고 있는 건 아니겠지. 본인의 아버지라면 모를까, 왜 우리 아버지가 그의 옆에 붙어 있어야 하는데. 마음 단단히 먹어라. 그리고 주의해. 놈은 충격으로 발작을 일으킬지도 몰라. 뭐, 어지간히 이성을 잃지 않는 한, 눈앞에서 위해를 가하거나 갑작스러운 폭력은 불가능한 남자다. 아마 그는 오빠에게 전화를 한다거나 만나고 싶다고 할 테고, 그럼 전화를 하도록 하면 돼. 무슨 일 있으면 너도 바로 전화를 해야 한다."

유원은 황혼 빛이 감도는 집 앞의 완만한 언덕길을 내려갔다. 도중에 뒤돌아보고 살짝 손을 흔들었는데, 저물어 가는 노을빛을 반사하는 표정은 밝았다.

4

저녁에 반주를 한 취기가 남아 있어 머리에 열기가 가득 찬 느낌이었다. 담배 연기가 고개 숙인 눈에 스며들었다. 최근 2, 3일 신문의 제주도 관련 기사를 다시 읽고 있던 이방근은, 장판에 놓인 재떨이에 담뱃불을 비벼 껐다. 온돌의 딱딱한 장판에 직접 앉은 엉덩이가 뜨거웠다. 이방근은 옆에 있는 방석을 끌어당겨 엉덩이 밑에 깔았다. 바짓가랑이에 땀이 배어 근질근질한 것은 따뜻한 장판 탓이었다. 소파는 여름이라면 모를까 이런 일은 없었다.

이방근은 장판 위에다 서너 종류의(모두 앞뒤 두 쪽이지만) 신문을 펼쳐 놓고 읽고 있었다. ……정말로 시작된 것 같은데, 큰일이, 커다란 동란이 될 것 같군. 정부는 세간의 목소리에 개의치 않고, 토벌을 멈출 생각이 없어. 제주는 우리의 고향이 아니라, 머잖아 전쟁터예요. 육지 사람에게 점령당해서. 섬 전체가 불바다가 되지 않으면 다행이에요. 여보, 거기서 살고 있는 고향 사람들은 어떻게 되는 걸까요. 친척들과 마을 사람들…… 당신은 다 아는 뻔한 얘기를 군이 왜 하는 거야. 고향이 아니면, 어디라는 말인가. 불안해서 하는 얘긴데…….
알고말고요, 아이고, 이놈의 세상은……. 건수 숙부 부부가 저녁식사
자리에서 주고받은 대화의 단편이었다.

숙부는 제주도의 아버지에게 장거리전화를 걸고 있었다. 사촌 형에
게 인사를 겸해 현지에서의 보도가 오늘 중앙지에 나와 있는데(지금은
제주도까지 4, 5일에서 일주일 늦게 도착하는 날이 대부분이라 아버지는 최근의
신문 내용을 모른다), 불명확한 부분도 많아서 현지 실정은 어떠한지 묻
고 있었다. 실제로 쌍방의 충돌이 있고 전투가 개시되었다, 이제 곧
며칠 안에 제주도 경비사령부가 설치되고 군, 경, 해군함정을 통합
지휘하에 둔 대토벌 공세로 나갈 작전인 것 같다고 했다.

아버지 이태수는 아들은 무시하면서도 딸인 유원의 일을 물은 듯했
다. 전화를 바꾸라고 했을 것이다. 지금은 집에 없는데, 광주에서 상
경한 최용학을 만나러 간 것 같다고 하자, 아버지는 기분이 좋았다고
했다. 아아, 숙부가 전화를 했기 때문에, 이 기분 좋다는 한마디가 쓸
데없는 부담이 되었다.

'치안에 적신호──제주에 수도청(경찰) 응원대 급파' 뒷면에 2단 표
제어의 4단 기사. "어제 보도대로 한때 평온했던 제주도에서는 다시
소요가 발생하고 있어서, 수도청에서는 유(柳) 경감 인솔하의 지원부
대를 현지에 급파했다. 한편, 통신은 제주읍 관내 13구장과 북제주군
내 5면장이, 생명의 위협과 경제적 타격에 견디지 못하고 사표를 제
출했다고 하면서, 제주도 사태가 다시 악화되고 있음을 보도하고 있
다. 윤(尹) 내무장관은 제주도뿐만 아니라, 남한 일대의 치안 상태에
관해서, 국회에서 다음과 같이 발표했다.

……계동 부근에서 경관 두 명의 피살사건이 발생했다. 가두에서
불온 삐라를 뿌리고 있는 것을 순찰중인 경관이 발견하고 정지를 명

한 바, 청년이 즉석에서 권총을 발사한 것이다. 돈암동에서는 권총과 탄환 등 60여 점을 압수, 인천에서 발생한 경관 살해 사건 등을 포함하여, 지난 ×일 오후 일곱 시를 기해 총공격을 실시하고 있는 제주도에는, 바로 국방군 간부가 급거 비행기로 출동하게 되었다."

삐라를 살포한 청년이 피스톨을 발사했다는 것은 이방근이 서울에 도착한 날 밤, 택시 운전수에게 미리 듣고 있었지만, 그것을 보도했던 신문 기사도 한 명 즉사, 한 명 중태로 입원이라 했으니까, 입원 중인 경관은 죽은 것이 된다. 제주도 정세는 서로 간에 움직이기 시작한 모양이었다. 이런 움직임에 대해 현지의 한라신문에서는 정부 측의 공식발표 외에는 보도되지 않았다. 이방근은 총공세라는 활자를 눈으로 확인했을 때, 마침내 정부 측이 꽤 오래전부터 거의 의식적으로 정보를 흘리고 있던 대공세로 나온 것인가 하고 착각했지만, 기사 내용은 게릴라 측의 공세라는 것이었다. 정부 측의 대공세에 대비해서 게릴라 측이 훈련, 식료품 준비, 방어태세를 취하고 있었던 것은 이방근도 들어서 알고는 있었지만, 게릴라 측에서 총공세라니……. 이마저도 반복되는 정부 측의 과장 발언일지도 모른다. 지난달 하순의 '일주간한라산작전'에서는 한 명의 게릴라도 망에 걸리지 않아, 활동을 멈췄다고 하는데, 어떠한 총공격을 게릴라 측이 시작했다는 말인가. 선수를 쳤다고 하면 마침 내가 제주도를 출발하고 나서 시작되었다는 이야기인데, 설마 게릴라 대장 김성달이 '북'에서 돌아온 건 아닐 것이다. 설마……가 아니다. 당연히 있어야 하는 일이었지만.

"다섯 명 사상——제주도에서 경찰대 귀임. 수도관구경찰에서 제주도 경비에 파견된 경비응원대가 서울에 귀임했는데, 그중에 중부서 대원 한 명이 사망하고, 중상자는 네 명이라고 한다."

실제로 전투가 일어나고 있다는 것일 게다. 그러나 같은 날짜의 또 다른 신문은 '제주 치안, 평온'이란 표제로, 치안의 평온을 전하고 있었다.

"이미 보도한 대로 제주도 소요사건에 관해서는 아직 현지에서의 보도가 없기 때문에 상세한 것은 알 수 없지만, 내무부에 들어온 무전 보고에 의하면 폭도는 민가 110호를 불태우고, 경찰 네 명을 포함한 여덟 명을 살해한 후, 네 명을 납치해서 산속으로 모습을 감춰 버렸다고 한다. 4일 현재 제주도의 치안은 거의 평온 상태에 있다고 한다."

110호나 불태웠다면, 마을의 전체인지 부분인지는 모르겠으나, 상당히 큰 부락일 것이다. 게다가 장소가 명시되어 있지 않았다. 게릴라 측이 아마도 해안 근처 부락의 민가 110호를 불태운다고 하는 자멸 행위는 있을 수 없는 일이라서, 이방근은 반사적으로 고개를 옆으로 젓고 있었다. 민가 소각이 사실이라면, 110호인지 50호인지는 모르지만, 토벌대가 틀림없이 다시 부락 소탕작전을 개시했을 것이었다.

경찰을 포함해 여덟 명을 살해하고 산속으로……. '서북' 출신 토벌대 살해……라고 발표되지 않은 것에 안도했지만, 안도할 수 있는 일은 아니다. 장소가 어딘지 모르지만, 이방근은 혹시 오남주가 속한 게릴라들이 아닐까 하는 생각이 머리를 스쳤다. 그러나 만일 그렇다고 하더라도, 그것은 이미 이방근이 개입할 여지가 없는 일이었다. 이방근은 마음 한편으로, 가능하면 그의 여동생 '남편'의, 왜 그런지 그 이름을 바로 외워 버린 양대선이라는 '서북' 출신 하사관을 살해하지 않는 편이, 여동생을 위해서도 모친을 위해서도…… 라고 생각하면서, 오남주 등이 '서북'을 살해했을 경우 불똥이 자신에게로 튀는 것을 염려하고 있었다. 그렇지만 그건 별개의 일이었다.

신문을 훑고 있던 이방근의 머릿속에는 다방의 테이블을 사이에 두고 앉아 있는 유원과 최용학의 모습이 떠오르고 있었다.

종로 사거리 종각 앞에서 만나기로 했으니까 어딘가 다방에 들어갔을 것이었다. 어쩌면 2, 3일 전에 내가 하 선생과 만났던 음악찻집 백조일지도 모른다. 아니면 곧바로 어딘가 식사라도 하러 갔을지도. 그러나 그건 알 수가 없다. 여섯 시 전에 전화가 있었으니까, 외출 준비를 하고 걸어서 종로까지 가는 것만으로도 시간이 빠듯해서, 집에서 식사를 할 여유가 없었다. 유원은 최용학과 술을 마시면서 식사하는 것을 싫어해서, 특히 오늘은 다방에서 이야기를 끝내려고 마음먹고 있었다.

시각은 여덟 시를 지나, 슬슬 전화가 와도 좋을 시간이었다. 이방근은 당연한 일이지만 결렬의, '파혼'의 계기가 될 기별이 오기를 기다리고 있었다. 유원은 상대의 이런저런 밑도 끝도 없는 이야기에, 오늘이 끝이라 생각하고 참으며 중대한 이야기를 못 꺼내고 있는지도 모른다. 혹은, 설마……. 이야기를 했는데, 상대의 반응이 이쪽에서 생각했던 것처럼 심각하지 않은 건가. 그래서는 곤란하다. 그럴 리는 없다. 그와 같은 결말은 전혀 고려하지 않고 있었기에 그렇게 되면 예상이 빗나가게 돼 수습이 어렵게 된다.

설마, 유원이 종로경찰서에 12일간 삐라를 붙인 사건(이 경우 삐라라고 하면 반정부임에 틀림없다)으로 유치되었던 사실을 안 그가, 아니, 그런 것은 문제가 안 됩니다. 저의 사랑은 그런 것으로 무너지지 않습니다, 제발 결혼해 주십시오, 라고 말할 수 있을까. 그 자리에서 기겁까지는 하지 않더라도, 평정을 유지할 수는 없을 것이다. 장래의 아내가 '빨갱이'라는 것을 알면, 아니, 기겁을 할 것이다. 지금 이미 심각한 사태로 진행되어, 최용학은, 그리고 유원도 식사할 상황이 아닐지도 모른다.

여동생으로부터 연락이 없어 계속해서 애가 타고, 뭔가 사고라도 당한 건 아닌지 새삼 걱정이 되었고, 아직 백조에 있는지 어떤지, 거기에 갔는지 어떤지도 모른 채 전화번호를 찾아 호출이라도 해 볼까 생각하던 참에 전화가 걸려 왔다. 아홉 시였다. 누굴까? 최용학 자신이 직접 전화를 한 것은 아닐 것이다. 유원이었다. 옥외의 공중전화인 듯하다.

이방근은 수화기를 들자마자, 여태 무얼 하고 있었냐고 거의 호통을 치고 있었다.

"사고라도 당한 줄 알았잖아."

"이제 돌아가려고요."

"지금 어디냐?"

"명동."

"명동? 명동에서 뭘 하고 있었던 거야?"

"다방에서 이야기를 했어요."

"명동의 다방에서……? 그와 함께 있나."

"아니요, 헤어졌어요. 전 남대문로의 전차 길로 나왔어요."

여동생의 목소리는 냉정했다. 알코올이 들어간 기색은 없었다.

"식사는 했어?"

"아니요."

"뭐라고……?"

"지금부터 함께 식사를 하자고 했지만, 늦었다며 헤어졌어요."

"무슨 남자가 그러냐. 지금까지 무슨 얘길 한 거야."

역시 그랬나 보다. 그때부터 아홉 시 가까이까지, 식사도 하지 않고 커피 잔을 앞에 두고 이야기를 하다니, 상상하기 어려웠다. 어찌 된 놈인가. 아니, 식사할 상황이 아니었을지도 모른다.

"싸우고 헤어진 거냐?"

"아니요, 내일 다시 만나기로 하고."

"뭐라고, 내일 다시 만나. 넌, 얘길 한 거냐⋯⋯."

세내로 그 이야기를 한 거냐고 명확하게 말해야 할 내목을, 어조를 낮춰 말했다. 옆 거실에 있는 숙부가 혹시나 눈치 챌 것을 염려했던 것이다. 숙부는 종로경찰서에 유치되었던 일을, 유원이 상대에게 이야기할 것이라고는 털끝만큼도 생각하지 않고 있었다. 어차피 나중에 알게 될 일이지만, 계획적으로 일을 진행하고 있다는 것을 눈치 채서는 안 된다.

"예-, 분명하게 얘기했어요." 유원은 알아듣고 말했다. "한 번 더 만나 이야기하고 싶다고 해서⋯⋯."

"후후, 꽤 침착하군." 이방근은 순간 자신이 무시당한 것 같은 생각에 사로잡혔다. 내일 만나서 무엇을 이야기하고 싶다는 건가. 어땠어? 꽤 기겁하지 않더냐고 물어보려다 그만두었다. "왜 도중에 전화를 하지 않았지?"

"왠지 지금 이야기하고 있는 것을 보고라도 하는 것 같고, 어린애 같잖아요. 그 사람은 자리에서 일어나 전화 건 걸 알면, 그걸 꼬치꼬치 어디에 전화했느냐, 집에 했느냐, 물을 사람이잖아요."

"그 사람이란 표현은 쓰지 마라. 알았으니 전차를 기다리지 말고, 택시를 잡아서 바로 돌아와. 차비는 오빠가 줄 테니까."

건수 숙부는 유원이 최용학과 만나는 것을 아내에게 들어서 알고 있지만, 단지 만나고 있다는 정도로 밖에 생각하지 않고 있었다. 결혼 문제가 결렬되고 나면, 유원이 상대에게 사실을 숨기는 것이 꺼림칙해서, 문득 입 밖에 낸 것이 발단이었다는 식으로 이야기를 진행할 생각이었고, 여동생에게도 그렇게 알아듣도록 강조해서 말해 두었다. 결렬은 우발적인 것이지, 결코 미리 계획되었던 것이어서는 안 된다.

유원은 '명동빵' 봉투를 안고 돌아왔다. 공복인 것을 숙모가 알게 하고 싶지 않은 것이었다. 설마, 약혼하게 될 청년과, 게다가 자산가의 아들과 만나서 배를 곯고 돌아오다니. 숙모는 고개를 갸웃거리겠지만, 저녁식사를 거르고 대신 빵을 먹는다고는 생각하지 않을 것이었다. '명동빵'은 유명 메이커이기 때문에, 명동에 간 김에 사 온 것이라 생각할 것이었다.

일단 오빠가 있는 방에 빵 봉지와 손가방을 두고 부엌으로 나간 여동생은, 숙모와 두세 마디 이야기를 나누고, 커피를 두 잔 타서 과일과 함께 가지고 왔다.

껍질을 벗긴 감의 과육 빛깔이 전등불에 촉촉하게 반사되어, 매우 아름다웠다.

"오빠도 드실래요?"

유원의 표정은 밝았다. 그녀는 커피를 마시며, 쟁반 위에 옮긴 빵 봉지에서 하나를 하얀 손에 쥐었다.

"난 괜찮아."

이방근은 고개를 흔들고, 과육에 꽂은 포크 끝 주위에 과즙이 배어 나온 감을 입으로 가져갔다. 이방근은 여동생이 빵을 먹고 있는 것이, 왠지 뭔가 비참한 기분이 들었다. 여동생이 최용학과 술과 식사를 함께하지 않아서 다행이라고 생각하면서도, 경과는 어찌 되었건 매우 불쾌했다.

"맛있어?"

"맛있어요."

"음."

이방근은 빵 한 개를 정중앙에서 둘로 나누어, 하얀 팥소가 듬뿍 들어 있는 한쪽을 입에 넣었다.

"어머, 오빠는 하얀 팥소네. 유원이는 하얀 걸 좋아해요."

"천천히 먹어."

"오빠, 저 역시 이야기를 해서 다행이라는 느낌이 들어요. 정말로. 왜냐하면 혹시나 최용학 씨와 결혼하는 거라면, 그런 일 숨기고 하는 거, 정말 싫거든요. 뭔가 너무 파렴치한 것이라도 숨기고 있는 것처럼, 스스로 죄를 인정하고 죄를 만들어 버리는 거잖아요. 하긴 최용학 씨는 매우 충격이었던 모양이지만, 나중에는 정말로 저를 동정하는 듯한 태도를 취했어요. 저는 어이가 없었어요. 내일 한 번 더 만나는 것도, 그가 간절한 부탁이라고 했기 때문이에요. 그런 일을 문제시하는 사람과 그런 집안에 도저히 갈 수가 없어요. 그걸 이야기하고 나서야 알았어요. 스스로도 의식하지 않았는데, 갑자기 마음의 걸림돌이 사라져 버린 것 같았으니까요. 오늘 그와 만나기 전까지는 너무 두렵고 자신이 두려워서. 그 이야기를 하는 것은 목적을 위한 수단으로써, 그래서 상대방을 계략에 빠뜨리는 것 같은 그런 느낌이었지만, 그렇지 않고 나 자신의, 자신을 위한 것이었다는 것을 알았어요. 이야기를 하고 있는 동안에, 나 자신을 위해 이야기해야 한다고. 그랬더니 두려운 마음도 없어지고, 아주 차분해졌어요. 상대를 생각하면 괴로웠지만, 마치 음표처럼 말이 한마디 한마디 울려서 최용학 씨의 귀에 들어가는 것을 느꼈어요. 잔혹할 정도로. 상대에게 미안할 정도로……."

"흠, 넌 오늘 밤 외출해서 배를 곯고 돌아온 보람이 있구나. 넌 오늘 몇 시간 사이에 발전하고 성장한 거야. 자신이 자신의 일로서 생각하고 있는 거야. 오빠가 강제로 시킨 게 아니고, 알겠어? 핫하아……." 이방근은 고개를 끄덕이는 여동생을 앞에 두고 다소 으쓱해지면서 기뻤다. "아버지의 생각과 집안의 입장은 이해하지만, 잘못돼 있어, 일종의 정략결혼, 얘기가 이상하게 튀지만, 오남주의 여동생이 '서북' 출신과 '결혼'을 했잖아, 그것도 본인의 뜻이 아니야, 부모와 친척을 위한 희생, 정략결혼이라는 것이지. 물론 똑같이 견줄 순 없지만, 본질적으로 아버지가 생각하고 있는 건, 정략결혼이나 마찬가지야. 그런데 말이다, 앞으로 얘길 들어 봐야 알겠지만, 만일 상대가 그래도 괜찮다고 한다면, 너는 시집을 갈 생각이냐?"

"하지만 그건 상대 나름이겠죠."

"흐-음……." 소녀처럼 빵을 먹는 여동생이 이방근의 눈에 갑자기 성숙한 여자로 보였다. "수고했어. 그건 그렇고, 그는 약속 시간에 제대로 나왔나. 일전의 성내 식당에서 만났을 때처럼 기다린 건 아닌가. 그 남자는 먼저 약속 장소 옆에까지 와서도, 어딘가에 숨었다가 네가 미리 와서 자신을 찾는 것을 한참동안 지켜보다가 나타나는 남자다. 오늘에야 얘기하지만, 네가 성내의 현해에서 만났을 때 일이야, 가게 맞은편 우체국에서 네가 먼저 들어가는 걸 느긋하게 지켜보고 나서야, 천천히 들어갔다."

"——?"

유원의 표정이 싹 바뀌었다.

"그것을 본 사람이 있어. 남자란 그런 짓을 하고 싶어 하기도 하지만 말야. 핫, 하아, 다만, 이 오빠 그런 적이 없단다."

"오늘은 마침 종각 앞에서 딱 마주쳤어요."

"으-흠, 딱 마주쳤단 말이지. 근처까지 먼저 와 있다가, 네 모습이 보이니까 우연인 것처럼 딱 나타났을지도 모르잖아. 아무튼 알았어. 핫, 하아, 오빠도 짓궂지. 이제 그 다음 얘기를 해 봐."

"잠시 걸어서, 종로가 아닌 남대문 방향으로 걷다가, 도중에 다방에 들어갔어요. 음, 백조에는 가지 않았어요. 아는 사람에게 들키고 싶지 않았거든요. 대학의 음악과 학생들이 자주 가는 곳이니까요. 이미 완전히 어두워졌기에 다행이었지, 전 왠지 그와 나란히 걸으면, 감기에 걸린 것도 아닌데 몸이 떨리고 한기가 느껴져요. 게다가 불안하고. 너무나 기분이 나빠서 다른 날로 바꾸고 오늘은 실례히겠다고 말하려고 했을 정도였어요. 전 어딘가 사람이 없는 밤길을 둘이서 걷다가, 손에 몰래 소지한 칼로, 금방이라도 이 사람의 등을 찌를 것 같은 기분이 들어 무서웠어요. 오싹해서 소름이 돋았는걸요. 이상하게도 전 이 사람에게 아주 나쁜 짓을 하고 있고, 지금부터 돌이킬 수 없는 그런 짓을 이 사람에게 내가 하는 거라고, 전 자신이 매우 죄 많은 인간으로 느껴지는 거예요. 길을 걸으며, 오빠, 문득 전 아버지를 떠올리고 말았고, 지금 함께 서울의 밤길을 걷고 있는 사람이, 아버지가 아닐까 하는 착각에 울음이 날 것만 같아서……."

……두 사람은 전찻길 옆의 어느 다방에 들어가, 보도와 접한 창가에 마주 보고 앉았다. 최용학은 커피를, 유원은 일부러 같지 않은 것으로 홍차를 주문했다. 고급 양복을 말쑥이 차려입은 은행원 스타일의, 변함없이 가슴 주머니에 손수건을 약간 내보인 최용학은, 내년 봄에는 거의 확실히 서울로 영전해 오게 될 테니까, 자신들의 관계는 한층 더 긴밀해질 거라는 것, 자신은 일일천추(一日千秋)의 마음으로 그날이 도래할 것을 기대하며, 그때까지 올해 안에라도 정식으로 우리의 결혼을…… 운운하였다. 그리고 마침 방근 형님이 서울에 계시니 이 기회에 꼭 만나뵙고……라며 유원의 오빠가 예상하고 있던 말을 하고, 이건수 선생님, 머지않아 숙부님, 숙모님이 될 건수 선생님 부부에게도 인사를 드리고 싶다고, 오빠가 싫어하는 서울 인간 이상의 서울말로 점잔을 빼며 이야기를 계속했다.

유원은 마주 앉은 그와 얼굴을 맞대고, 금시계를(오빠의 표현을 빌리면 금딱지인지 금도금인지는 모르겠지만, 언젠가 본인은 묻지도 않았는데 이것은

14K라고 말했다) 와이셔츠 소맷부리에서부터 살짝 드러내 보인 이 청년을, 아버지는 어디가 그렇게 마음에 들어 딸을 억지로 시집보내려고 하는지를 곰곰이 생각했다. 그때 유원은 조금 전까지의 두려움이 사라지고, 매우 차분해진 기분으로, 용학 씨는 학생운동에 대해서 어떤 생각을 가지고 있느냐고, 질문조로 말했다. 그녀의 입에서 그런 말이 나오리라고는 생각지도 않았던 최용학은, 바로 의미를 파악하지 못하는 듯했지만, 학생운동이란 '빨갱이'들의 일을 말하는 거냐고 되묻고는, 지금까지도 학생운동이 존재하는 거냐고 노인네 같은 말을 했다.

"유원 씨는, 어째서 학생운동에 관심이 있는 겁니까. 그들은 우리 한민족의 반만년 역사에서 처음 실시된 민주선거로 성립된 대한민국 정부와, 국가를 전복하려는 공산당 앞잡이에 지나지 않아요. 공산당 뒤에는 흉악한 소련이라는 나라가 있는 것을 알고 계시잖아요. 그것을 아직 젊은, 그런 곳에 치우친 학생 제군은 모르는 겁니다. 자주 이야기하잖아요, 홍역 같은 것이라고. 홍역은 아기가 걸리는 것입니다. 그런 패거리들은 도대체 이 신생 조국 건설에 무슨 공헌을 하고 있는 걸까요. 건설한 것을 하나하나 파괴하는 것밖에 모릅니다. 우리들에게 가장 중요한 건 민족의 화합, 대화합(大和)이죠. 조국 건설에 총력을 기울여야 하는데, 그들은 국민을 선동하고, 화합을 망가뜨리는 망국노, 폭력배입니다."

정부나 정부쪽 언론과 같은 말을 하고 있는 그 말에, 증오가 번지기 시작하고 있었다.

"용학 씨는 제 이야기를 하면, 놀랄까요?"

"……?"

"역시, 한번 이야기를 해 둬야 한다고 생각해서……."

유원은 에둘러 표현하는 것을 피하고, 지난 8월 초에 삐라를 붙이다가 체포되어 종로경찰서 유치장에서 12일간 보냈다는 사실만을 이야기했다. 유원은 이야기가 끝나기 전부터 상대의 표정이 안면근육과 함께 갑자기 크게 일그러지는 것을 보았다. 마치 얼굴 속 어딘가의 커다란 관절이라도 빠진 것처럼.

그 눈에 강한 의심의 빛을 띤 최용학은 멍하니 말을 잃고 있었다.

"……유원 씨가, 뭔가로 체포되어, 그래서 종로경찰서 유치장에 들어가 있었다는 겁니까? 지금 이야기는."

"예—."

"예—라니요? 그럴 리가, 그럴 리는 없겠죠."

그는 자신의 의혹을 부정하고, 가볍게 웃으면서 유원의 얼굴을 응시하며 말했다.

"실제로, 그렇습니다."

"유원 씨는, 엉뚱한 말을, 당치도 않은 말을 하시고, 이유원 양이 삐라를 붙였다고요……? 흠, 오랜만에 만난 저를 놀라게 하려는 거죠. 그걸로 나를 시험해 보려고 말이죠, 하하하하, 저는 속지 않습니다."

최용학은 5분의 1의 희망을 잇는 어조로 말했다.

"아뇨, 사실이에요."

"사실? 정말이라는 건가요……?"

"네."

"아니, 그렇지 않아. 그런 이야기는 그만두세요. 전 믿지 않아요. 생각할 수 없어요. 이건 이유원 양이 아닙니다. 유원 양이, 경찰서 신세를 졌다? 이건 명예훼손입니다. 누가 믿겠습니까."

그는 명백히 충격과 놀라움에 저항하면서 손가락으로 담배를 들었지만, 하얀 담배 끝이 다방의 조명 아래서 확실히 떨리고 있었고, 그는 서둘러 입에 물고는, 이 역시 떨리는 손으로 라이터 불을 붙였다. 그리고는 담배를 피우면서 유원을 힐끗 쳐다보았는데, 그것은 깜짝 놀랄 정도로 갑작스럽게 발견한 경멸의 시선이었다. 유원은 도둑이나 나쁜 짓을 저질러 경찰서에 내던져진 인간에 대한 세간의 시선과 전혀 다를 바 없는 그 경멸의 시선을, 평생 잊을 수도 없을 것이라고 생각했다. 그리고 유치장 생활을 한 사실 그 자체를. 생각할 수 없는 일이었다. 그것은 완전히, 살고 있는 세계가 다르다는 증명이기도 했다. 그것을 오빠에게 반복해서 이야기했던 것이다. 그리고 그녀는 이때, 최용학 앞에서 투옥 사실을 이야기할 수 있게 된 것이 다행이라고 직감했다. 이 경멸 띤 시선의 형용하기 어려운 불결한 빛이, 유원으로부터 그에 대한 스스러움이나 배려를 일소했던 것이다.

"제주에 계신 아버님과 어머님도 그 사실을 알고 계십니까?"

충격을 억누르고 이미 무언가를 따질 듯한 최용학의 공세가 느껴졌다.

"……" 유원은 순간 망설였지만 잠시 한숨을 돌리고 말했다. "예, 알고 있습니다."

"그렇습니까. 하지만 저희 집 쪽에 그런 이야기가 없었는데. 아버님과 어머님으로부터 그러한 이야기가 없었던 것은 아닙니까?"

최용학은 갑자기 태도를 바꿨다.

"그래서, 지금 제가 말씀드리고 있지 않습니까." 최용학이 치사한 말로 유원을 자극했다. 그녀는 오빠가 함께였다면 격노했을 것이라고 생각하면서 말했다. "용학 씨는 제 아버지의 입장을 알고 계시겠죠. 그 딸의 일을 말하지 않았던 것은, 일을 원만히 진척시키기 위한 배려에 지나지 않습니다. 아니면 아버지의 입으로 그 사실을, 용학 씨 집 안 쪽에 이야기하는 편이 나았을까요."

"……그럼, 지금 유원 씨가 제게 이야기하고 있는 것에 대해 아버님은 알고 계십니까?"

"아니요, 저 혼자만의 생각입니다."

"음, 그럼 절대 남에게 말하지 마라, 비밀로 해 두라는 것을, 유원 씨는 지금 이렇게 제게 이야기했다는 것입니까?"

"그게 무슨 뜻인가요. 그런 표현은 그만두세요. 무슨 말씀을 하시는 겁니까. 누가 비밀로 하라느니 말라느니 했다는 것을, 용학 씨는 알고 계신다는 겁니까?"

"……" 하얀 볼을 서서히 붉힌 최용학은, 재떨이 위에서 공허하게 연기를 피우고 있는 담뱃불을 두 손가락으로 비틀 듯 비벼 껐다. "아니요, 일이 일인 만큼 그런 기분이 들었을 뿐입니다. 그렇다면 지금 저와 만나서 이런 이야기를 하고 있는 것을, 유원 씨 오빠는(방금 형님이라고는 하지 않았는데, 무언가 심리적인 변화가 이 말을 머리에 주입시킨 모양이었다), 알고 계신 겁니까?"

"……아니요."

유원은 고개를 작게, 그러나 강하게 흔들었다. 그리고는 가방을 손에 들고 재빠르게 자리에서 일어나, 오늘은 이만 실례하겠습니다, 라고 말했다. 오늘은, 이라고 아직 여운을 남기고 말한 것은 아버지에 대한 배려에서였다.

"앗, 유원 씨……."

유원은 상대가 테이블 너머로 그녀의 팔을 잡으려고 하는 것을 뿌리치고, 자리 밖의 통로로 나왔다. 최용학도 서둘러 자리에서 일어나더니, 그녀의 앞을 가로막듯이 앞질러 계산대에서 계산을 마치고, 거의 동시에 가게를 나왔다.

"아이고, 유원 씨, 이게 도대체 어떻게 된 일입니까? 이러면 모든 게 파멸입니다. 파멸, 파멸이다……. 이봐요, 유원 씨, 좀 기다리세요, 기다려 주세요…….”

보도의 통행인과 부딪치면서 최용학이, 앞에 가는 유원을 바싹 뒤따라 팔을 잡으려고 하는 것을, 유원은 다시 뿌리쳤다.

그는 유원을 놓치지 않으려고 잰걸음으로 그녀의 옆에 나란히 걸으면서, 꼭 할 이야기가 있다며 간청했다.

유원은 최용학의 집요함이 성가셔서 멈춰 섰다. 그는 그녀와 동시에 멈춰 선 반동과, 간청을 핑계 삼듯 하며, 지금까지 잡은 적이 없었던 유원의 손을 잡으려고 했다.

유원은 화를 냈다. 소름이 돋았다.

“그만두세요. 돌아가겠어요.”

“아이고…….”

최용학은 헤매듯이 걸어서 혼잡한 명동으로 들어가, 어디 가서 식사라도, 하고 말했지만, 유원은 고개를 저었다. 최용학 자신도 식사할 상황이 아니었을 것이다. 단지, 유원을 잠시라도 붙잡고 싶었던 것이었다.

두 번째로 들어간 다방에서, 돌처럼 굳어 있는 유원을 앞에 둔 채그는 바로 입을 열지 못하고, 어색한 침묵에 압도되어 초조해하고 있었다. 이미 커피 잔을 눈앞에 두고 있으면서도, 그는 맥주를 주문해도 괜찮은지 유원에게 양해를 구했으나, 여점원에게 맥주는 팔지 않는다는 말을 듣자, 갑자기 여기는 맥주도 없는 다방이냐고 언성을 높이며자리를 일어날 기세였지만, 유원의 시선에 부딪혀 자리에 앉고 말았다.

원망스러운 표정이 얼굴 가득한 그는 담배를 연이어 피워대며, 흐―음, 흐―음…… 하고 중간 중간에 한숨을 쉬었다. 유원은 꼭 할 이야기가 있다는 상대의 말을 기다리고 있다는 식으로, 여전히 입을 다물고 있었다.

최용학은 손뼉을 쳐 여점원을 부르고, 건방진 태도로 두 잔째의 커피를 주문한 뒤 다소 심각한 어조로 믿기 힘든 이 놀랄만한 사실을 자신의 귀에만 남기고, 다른 사람에게는, 부모에게도 일절 입 밖에 내지 않겠다고 해서 유원을 놀라게 했다. 의외였다. 그러나 이 관용은, 믿기 힘든 이 놀랄만한 사실……이라고 말하는 오만으로 지탱하고 있었다.

"……저는, 유원 씨의 과거를 문제 삼지 않겠습니다. 유원 양에 대한 저의 애정은, 그런 것으로 무너지거나 하지 않기 때문입니다. 그러나 중요한 것은 최용학이라는 사람의 아내가 되는, 그리고 최씨 집안의 며느리가 될 여자가 '빨갱이' 같은 사상에 오염돼 있다는 것은 중대한 일로서 방치해 둘 일이 아니라는 겁니다. 그것은 아까 유원 씨 아버님의 입장에 대해 이야기했습니다만, 그것은 서로의 입장이 그렇고, 가문의 명예와도 관계가 있는 문제입니다. 그런데 묻고 싶습니다만, 지금, 그 관계는 어떻게 돼 있습니까?"

최용학은 조금 전 노상에서의 간청과는 전혀 다르게, 거의 고압적인 태도였다.

"……관계는 없습니다."

유원은 상대를 만족시키기 위해서 관계가 없다고 한 것이 아니라, 내심 웃음을 참고 있던 상황과 겹쳐져, 기계적으로 사실을 말했을 뿐이었지만, 말하고 나서 후회했다.

"으-음." 그는 고개를 끄덕였다. "저는 오늘 이 악몽 같은 이야기는 없었던 것으로 하고, 제 마음 속에 영원히 가둬 둘 생각입니다만, 단지, 앞으로는 일체 그러한 일을 하지 않겠다, 정치 활동에 관계하지 않겠다고 저에게 맹세해 주셔야 합니다. 이 일에 대해서는 이방근 형님과도 이야기를 해서, 방근 형님께도 협력을 부탁드리겠습니다."

유원은 상대의 얼굴을 반쯤 넋이 나간 듯 지켜보다가 무심결에 웃었
다. 이 남자는 별세계의 인간이 아닌가. '결혼' 이야기가 어떻게 상대
에게 전해졌고, 어떻게 생각하고 있는 것일까. 그녀는 웃다가 생각하
니, 그 결혼을 해 주겠다는 식의 태도에 부아가 치밀었다. 사정이 뒤
바뀐 것을 이 남자는 모르는 것일까. 어처구니가 없어, 아무 말도 하
지 않고 자리에서 일어나 돌아가는 것도 하나의 방법일 것이었다.

"왜 웃는 겁니까?"

"용학 씨 자신은 이상하지 않겠지요. 용학 씨는 상대에게 명령하시
는 겁니까, 세속적으로 말하자면 마치 사람을 소박데기나 '흠 있는 사
람' 취급을 하시는군요."

"당치도 않아요, 그건 오해입니다……"

"들어 보세요. 남자 쪽의 의사로, 결혼도 그렇고 그 모든 것이 결정
된다는 생각이시겠지요. 게다가 이 일은 비밀로 하신다고 했는데, 그
마음만은 감사합니다. 하지만 그건 괜찮습니다. 부디 악몽 같은 이야
기를 공개해 주세요. 악몽을 영원히 가슴에 담아 두는 건 좋지 않습니
다. 그리고 이런 일은 조만간 밝혀질 일이니, 나중에 반드시 문제가
될 겁니다. 그래서 저는 혼자만의 생각으로, 오빠에게도 상의하지 않
고, 오늘 용학 씨에게 이 사실을 말씀드렸던 겁니다. 나중에 문제될
것 같은 일을 하고 싶지 않기 때문입니다. 저는 기소를 면해서 재판은
받지 않았지만, 그래도 여자답지 않게 경찰서 유치장에 들어갔던 것
이니, 충분히 '전과자'입니다. 결혼할 경우에도 말입니다. 대학에서도
퇴학 문제가 거론되기도 했고……."

"그럼, 퇴학 처분 되었습니까?"

"아니요."

유원은 도도하고 차가운 웃음을, 오싹할 만큼 아름답게 내비쳤다.

"그거 참 다행이군요. 그렇습니까, 감사합니다. 유원 씨는 오빠에게도 상의하지 않고, 오늘 자신의 상처 입은 과거에 대해 이야기해 주었습니다. 저를 생각해서⋯⋯. 그렇다고는 해도, 아아, 유원 씨는 과격한 사람입니다. 저는 좀 더 규중처녀로 생각하고 있었는데⋯⋯."

"어머, 우훗훗후⋯⋯. 당치도 않아요. 실망하셨어요? 소학교를 졸업한 뒤로 쭉 부모 슬하에서 벗어나 생활을 했으니까요. 게다가 숙부의 크지 않은 집의 현관 옆방에서 살고 있는 걸요."

"아니, 제주에 있는 집은 크지요. 저의 집 정도는 되니까요. 저는 자란 환경을, 집안 환경을 이야기하고 있는 것인데, 성장 배경이 중요합니다. 일생을 지배하는 것이지요. 좋은 집안 출신인 유원 씨가 이렇게 과격한 사람일 줄은 몰랐습니다. 그러나 그것은 저 한 사람이 이해하면 되는 것이니까⋯⋯."

최용학은 당황하여 흔들리고 있었다.

유원은 오빠에게 연락해야 한다는 초조함과 배고픔을 참지 못해, 이제 시간이 늦었으니⋯⋯라고 최용학을 재촉하여 자리에서 일어났던 것이다.

"⋯⋯그래서, 내일 또 만나기로 했다는 거야?"

이방근이 말했다.

"용학 씨는 밖으로 나와서 또 끈질기게 식사를 권했어요. 술도 마시자고 했지만. 이제 오늘은 정말 이 이야기는 그만하고 싶다고요. 그래서 저는 아무래도 안 되겠다고 거절하는 데 힘들었어요. 거절하기가 힘든 사람이에요. 너무 끈질겨요. 배는 고파서 꼬르륵꼬르륵 소리가 나고, 그와 함께 있는 것도 기분이 좋지 않았기 때문에, 진짜로 구역질이 날 만큼 상태가 좋지 않았어요. 그렇다고 몸 상태가 좋지 않다고 말하면, 어디가 어떻게 안 좋은지, 여기저기 가렵지도 않은 곳에 손을 대려는 사람이라서. 그렇게 말할 수 없고. 그리되면 바래다주겠다며 집 앞까지 따라올 게 틀림없으니까. 시간도 늦었고, 도저히 안 되겠다며 완강하게 거절했더니 어린애처럼 뾰로통해져서, 매우 원망스러운 험악한 표정을 짓던걸요. 그래서 내일 결론을 내고 싶으니 꼭 만나고 싶다고 해서……."

"결론이라니, 도대체 뭐야?"

"몰라요."

"으음, 만나는 건 괜찮겠지."

"앞으로 어떻게 될까요. 그래도 상관없으니 결혼하겠다는 걸요……."

"아니야. 결혼을 해 준다는 거잖아, 조건부로. 조건부야. 그건 누구 얘기냐. 도대체가, 핫, 핫핫, 뭐라, 앞으로 절대 그런 짓은 하지 않겠다고, 그에게 맹세하라고……. 바보 자식! 짐승 같은 놈이 잘도 지껄여 대는구나. 넌 그래도 잘 참았다. 하늘에 침이라도 뱉을 놈들이……. 헷헤에, 현장을 보고 싶구나. 어이가 없어서, 감히 바보 취급을 하다니. 오빠가 있었다면 때려죽였을 거야. 아버지랑 계모가 그쪽 집안에 대해서 어떤 태도를 취했는지 알 것 같다. 유치장 얘기를 하자마자, 인간의 가치를 깎아내리고, 다른 사람의 그것도 결혼 상대의 약점을 잡다니. 최악의 종족이다. 그놈은 은행에서 대부계장을 하고 있지. 남의 약점을 잡아 고리로 돈놀이를 하는 놈의 근성이 제대로 드러났구나, 젠장. 맹세하라니, 무슨 소리냐. 오빠와도 상의하고 싶다고? 놈은 눈이, 마음의 눈이 보이지 않는단 말이냐. 날 앞에 앉혀 놓고, 그런 맹세의 상의를 할 수 있다고 생각하는 자체가 이상하다는 말이다. ……음, 그래도 말만은 썩 훌륭한 놈이야, 자신만 알고 있고, 다른 사람에겐 입 밖에 내지 않겠다니. 의외다."

"저도 의외였어요."

"그거야. 게다가, 자칫 딴죽 걸고 들어오면 모든 걸 잃게 된다. 그 남잔 영원히 가슴에 묻겠다느니 뭐니 하는 거 같지만, 그때뿐일 게다. 그럴 수 있는 인간이 아니야. 만일 네가 아버지의 명에 따라 결혼을 할 경우, 기다리고 있는 건 큰 불행밖에 없다. 그는 이 문제를 혼자서 처리하지 못하고, 즉 네가 결혼에 응할 마음이 없다는 걸 확실하게 알게 되면, 제주도의 자기 아버지에게 얘기하겠지. 물론, 전화로 말이다. 하나는 '이유원의 과거의 사실'에 대한 아버지 양해와 허가를 받아서, 너에게 그리고 우리 집안에 압력을 가한다는 것, 또 하나는 분풀이다. 당연하지만 딸이 비밀을 털어놓은 사실을 우리 아버지의 귀에 들어가게 한다는 것이다. 그리고 소박맞은 딸의 '흠집'을 짊어진 꼴인 아버지가, 다시 너에게 압력을 가한다. 비열한 방식이지만, 아버지가 과연 거기까지 응할지 어떨지의 여지는 있지만 말이다. 그리고 확실히 파혼이 되면 뭔가 복수를 할지도 모르지만, 그건 이쪽도 계산하고 있는 일이니까. 어쨌든 내일 만나는 건 괜찮아."

"저 혼자요?"

"최용학은 입으로 허세를 부리지만, 오빠가 함께 가면 할 수 있는 말도 못하지 않을까? 상대편에서 오빠를 만나고 싶다고 할 때까진, 오빠가 주제넘게 나서는 듯한 인상을 주는 건 좋지 않아."

"그럼 혼자 만날게요. 그렇지만, 싫은 걸요."

"무슨 소릴 하는 거야. 이제 조금만 더 참으면 돼."

시각은 열 시 반을 지나고 있었다. 여동생은 빵을 먹으면서 한 시간 이상 이야기에 열을 올린 것이었다.

그녀는 방을 정리한 뒤 오빠의 잠자리를 펴 주고 나서 자기 방으로 돌아갔다. 전화벨이 울린 것은 그로부터 얼마 지나지 않아서였다. 혹시……. 문난설은 아니겠지, 그러나 그녀의 얼굴이 머리를 스쳤을 뿐, 음, 최용학이 아닐까 하고 생각한 순간, 그는 일어섰다.

이미 여동생이 방을 나와 현관방의 전화를 받고 있었는데, 상대는 역시 최용학인 듯했다. 유원의 곁으로 가자, 수화기에서 밤의 정적을 누비며 비틀비틀 흔들리고 있는 상대방의 목소리를, 내용은 모르겠지만 확실히 들을 수 있었다. 취해 있는 듯했다. 어딘가에서 혼자 마셨을 것이다.

"……예ㅡ, 약속한 지 얼마 안 돼서 잊지 않았어요. 내일 일곱 시죠. 장소는 최근에 갔던 다방인 '란'. 하지만 저는 말씀드렸던 것처럼 내일은 예정이 있어서 오래 있을 수 없어요……. 차갑다니요, 그것과 이 일은 별개잖아요……." 유원은 수화기에서 주절주절 들려오는 상대의 이야기에 잠자코 가볍게 고개를 끄덕이고 있었다. "네, 오빠는 계세요. 오빠한테 볼일이 있으세요?"

"……지, 지금은, 괜찮습니다. 괜찮습니다만(여동생이 통 모양의 수화기를 댄 그 귀에 얼굴을 가까이 대자, 상대의 말이 이방근의 귀에도 들려왔다), 나중에, 나중에 유원 양의 오빠를 바꿔 주시면……, 바꿔 줄 수 있습니까……."

"나한테도 볼일이 있다는 건가. 음."

이방근은 여동생 옆에서 떨어져 중얼거렸다.

상대는 유원이 귀에 댄 수화기를 향해 계속해서 말을 잇고 있었다.

"……생각이 바뀐 겁니까? 오늘 만났을 때에, 누구에게도 이야기하지 않겠다, 용학 씨 한 사람의 가슴에 묻어 두겠다고 하셨잖아요. 여러 가지 생각을 했다고 해도, 불과 두세 시간 전의 일이에요. 이야기를 하시는 것은 저는 상관없어요. 하지만, 아버님을 설득하시는 일은 괜찮지만, 승낙이라든가 허가라든가 그런 조건부로 이것저것 말씀하시는 것은 실례가 아닐까요?(아무래도 예상했던 대로다, 상대는 입에 침도 마르기 전에 벌써 자신의 아버지에게 이야기할 생각인 듯하다) 집으로 돌아와서 오빠힌데 이야기했더니 매우 화를 냈어요. 사람을 모욕하는 것도 정도가 있다고……."

이방근은 여동생 귓전의 수화기에 다시 얼굴을 가까이 댔다. 옆으로 튀어나온 통 모양이 방해가 되어 제대로 들리지 않자 여동생이 수화기를 귀에서 조금 떼어 틈을 만들어 주었다. 소리가 잘 들렸다. 여동생의 머리카락과 살 냄새가 훅 하고 코로 전해져 왔다.

"……저런, 왜 오빠에게, 유원 양의 오빠에게 이야기했습니까. 그렇잖아요. 유원 씨 혼자만의 생각으로 저에게 말하는 거라고 하지 않았나요? 아, 아닙니까?"

"네, 저 혼자만의 생각으로 말했던 것은 사실이지만, 용학 씨 자신이 그 일로 제 오빠를 만나서 이야기하고 싶다, 상의하고 싶다고 나중에 말하지 않았습니까. 그래서 오빠에게 이야기한 거예요."

"아아, 어떻게 해야 좋을지, 아버지께 말씀드리는 편이 좋을지, 어느 편이 좋을까요. 유원 양이 이렇게, 이렇게 했으면 좋겠다고, 말해주세요……."

이방근은 얼굴을 찌푸리며 웃었다.

"저는 이렇게 했으면 좋겠다……는 생각은 해 보지 않아서요. 그것은 스스로 판단해 주세요……. 어머? 울고 계신 건가요……. 왠지, 울고 있는 것 같아서……."

"……울다니요, 제가? 무슨 말씀을 하시는 겁니까, 누가 운다고!"

"그, 그렇습니까, 그럼 다행이지만……(분명히 이를 악물고 있는 듯한, 오열에 가까운 목소리가 나고 있었다. 갑자기 상대가 전화에서 입을 뗐는지 목소리가 사라졌다가, 곧바로 숨소리가 들리고, 돌연 목소리가, 분명히 반은 울먹이는 목소리가 튀어나왔다)."

"정말 차가운 여자야. 따뜻한 구석이 없어, 빌어먹을."

"그 말투는 뭡니까! 누구한테 하는 말이에요!"

이봐, 이방근은 얼굴을 떼고 작은 목소리로 여동생을 제지했다.

"오빠한테 용무가 있습니까? 오빠를 바꿔드릴까요. ……이제 됐다고요? 좀 전에, 나중에 바꿔 달라고 했잖아요. 그럼, 필요 없는 거죠……."

전화는 곧 끊어졌지만, 최용학의 집착과 기대로 본다면, 분명 여동생은 차갑고 인정미가 없는 여자일 것이다. 이쪽이 모욕을 당하고 있다기보다도, 상대가 완전히 휘둘리고 있는 것이었다.

유원이 오빠의 부탁으로 위스키 병과 안주를 가지고 방으로 들어왔을 때, 다시 전화가 시끄럽게 울렸다. 이방근은 참다못해 자신이 받으려다가, 너무 매정하게 하지 말라며 여동생에게 맡겼다.

"……예―, 무슨 일입니까? 이제 늦었어요. 숙부님이랑 다들 주무시고 계시니까. ……그런 걸 제게 말해도, 그렇잖아요. 내일 만나요. 마음을 진정시키고……. 오빠요? 잠시 기다려 주세요."

전화기 옆을 벗어난 유원은, 방에서 나온 오빠를 보고 말했다.

"오빠를 바꿔 달래요. 오늘 밤은 잠들 수 없을 것 같대요. 정말. 내 탓인 것처럼."

"음, 그의 기분은 이해 못할 것도 없지."

"이 판국에 그렇게 감정적으로 말하는 거 질색이에요. 오빠, 지겹다구요……."

이방근이 전화를 받자, 상대는 분명 취기가 배어나는 목소리로, 아이고, 이방근 형님이십니까, 형님이십니까……라고 반복하며, 꼭 형님을 만나고 싶다고 했다. 무슨 용건이신가? 용건이라기보다 여동생 일입니다. 여동생에게 이야기를 듣지 않았냐고 물었다.

"여동생이 뭔가 자신에 대해 얘기했다는 그 일 말입니까. 들었습니다. 댁이 좀 놀랐다고 하던데……."

"조금이 아닙니다, 형님. 왜, 유원 씨는 그런 일을 저지른 것입니까? 제 미래의 아내가 될 사람인데……."

"뭐야." 이방근은 냉정하게 대응할 생각이었지만, 화가 머리 꼭대기까지 치밀었다. 이봐, 적당히 하라고. "지금, 당신 뭐라고 했소, 그런 일을 저질렀다고? 그래서, 아내가 될 자격이 없다는 말인가. 술이 조금 들어간 모양인데, 당신 착각하고 있는 거 아닌가. 이쪽에서 밀어붙이고 있는 게 아니란 말이오. 그녀는 정직하게 자신의 일을 얘기했을 뿐인데, 그것이 그렇게 문제라면 그만두는 게 어떻소? 이쪽에서 철회해도 됩니다."

"……."

순간, 상대의 숨이 멎은 것 같은 느낌이 수화기에서 전해지고, 말이 팽팽하게 당겨진 실처럼 뚝 끊겼다.

"……여보세요."

"예―. 저기, 형님, 저는, 저보다도 집, 집안 쪽이, 아버지와 어머니, 그리고 친척들이 말입니다, 분명 큰 문제로 삼을 것이기 때문에……, 그겁니다. 형님, 상의할 일이 있습니다. 이제 와서 결혼을 망칠 순 없습니다. 결혼을 순조롭게 진행하기 위해서는 말이죠, 역시 집에는 이야기하지 않는 것이, 아무 말도 하지 않는 것이 좋지 않을까 하고……."

"음, 내가 이래라 저래라 할 만한 일은 아니지만 말이오, 다만, 당신은 결혼이라고 하는데, 그 결혼이란 것에 대해서 아직 최씨 집안과 이씨 집안은 서로 혼약 의식을 진행하지는 않았으니……."

"아니, 아닙니다. 형님, 형님, 잠시만 기다려 주세요. 이미 혼약 성립의 절차는 마련돼 있습니다. 전 제주도지사이자 사촌 형제인 한성주 선생님이 중매인이 됩니다. 그렇지 않습니까? 남은 것은 결혼뿐입니다. 형님, 저희에게 힘을 빌려주십시오. 우리들의 결혼을 위해서는 형님의 협력이 반드시 필요합니다. 저는 정말로 이방근 형님을 존경하고 있습니다. 아부가 아니라, 존경하고 있는 겁니다. ……으-음, 아아, 그러나 역시 사실을 말씀드리고, 아버님을 설득하는 길밖에 없어……. 어차피 이 사실은 알게 될 것이고, 결혼 날짜가 다가와서 들통이라도 난다면 모든 게 파멸입니다……. 형님께서도 저의 아버지에게 그렇게 이야기해 주실 수 없겠습니까. 아무튼 한번 만나 주십시오. 내일 오전 중에는 출장 일로 꽉 차 있으니까, 오후에라도 제 쪽에서 찾아뵈도 상관없습니다. 이번 문제를 해결하는 데 힘을 빌려주십시오. 여동생을 저에게 주십시오……."

저희들, 우리들의 결혼……. 찾아뵈도 상관없습니다……. 상관이 있을지 없을지는 이쪽의 일이다. 어느새 이리도 허물없는 사이가 된 것일까. 이방근은 내일은 약속이 있어 안 되고, 우선 여동생과 먼저 만난 후에 그 다음날에라도, 당신이 광주로 돌아가기 전까지 만나는 걸로 하자고 말했다.

"……유원 씨와 내일 만나도 결론이 나지 않습니다. 싸움이 될지도 모르고……."

"결론은 최용학 씨가 내야 되는 거요. 내일까지 잘 생각해서. 그런데 지금 얘기가 나온 김에 말해 두고 싶은데, 내가 당신 아버님께 얘기하길 바란다는 건 무슨 말이오? 과거에 이러한 사실이 있습니다만, 그 점을 관대하게 눈감아 주시고, 잘 부탁한다……고 말해 달라는 겁니까?"

"……"

"당신은 오늘 여동생과 만나서 여러 가지로 얘길 했던 때 생각이, 지금 나를 대하고도 바뀌지 않은 것 같군요. 한마디로 말하자면, '흠집'을 고개 숙이고 잘 봐달라고 하라는 것이지요, 음……."

이방근은 말을 계속함에 따라 화가 나고 어조가 험악해지는 것을 겨우 자제하며 말했다.

"아니요, 그런 게 아닙니다. 절대로. 그건 형님의 오해, 오해입니다."

"그럼 나한테 당신 아버지께 부탁하길 바란다는 건 무슨 말인가요. 잘못 짚어도 유분수지. 먼저, 당신네들이 그 '과거'의 일을 가지고 '흠집'이라고 생각한다면 어처구니가 없소, 우리 쪽은 달라요, 그렇지 않다는 겁니다(훌륭한 일이다, 부끄러워하기는커녕 나는 자랑스럽게 생각한다……고까지는 말하지 않았다). 그러니까 아버님께 오늘 있었던 사실을 얘기하세요. 그래도 원활하게 혼약으로, 그리고 결혼으로 일이 진척되면 좋소, 문제로 삼을 일은 없을 테니까……."

이방근은 이쪽에서 결혼 문제를 취소한다느니 하는 최종적인 단언은 하지 않았다. 꼬투리를 잡히지 않기 위해서였다. 그리고 그러한 일은 아버지 이태수의 영역에 속한다. 결과적으로 그렇게 되면 좋다. 그렇게 될 것이다.

"문제로 삼을 일은 없을 테니까……?"

최용학은 이방근의 한마디를 되풀이하고 말문이 막혔다.

문제라느니 문제가 아니라느니 한다면, 끝이 없을 것이다. 그와 같이 똑같은 차원에서 언쟁할 성질의 것이 아니었다. 이렇게 이방근은 내일 여동생과 만난 뒤에 하자는 것으로, 최용학의 부탁을 거절했다.

최용학이 내일 여동생과 만난들, 본인의 말처럼 결론은 나지 않는다. 그러면 된다. 그리고 그는 자기 아버지에게 전화를 걸어 사정을 설명할 것이다. 그리고 제주도까지 가서 아버지에게 간절하게 부탁한다. 최용학은 이번 일을 혼자서 가슴에 묻어 두고 오래 견딜 수 있는 인간이 아니었다. 이렇게 해서, 설령 그의 아버지 최상규의 '허가'가 내려진다고 해도, 상대측이 이쪽을 두고 '흠집'으로 취급하는 태도를 개인을 넘어 집안 단위로 고압적이 될 것이고, 그 굴욕에 견딜 필요가 없게 된다. 거기까지 가기 전에 '파혼'에 이를 것이다. 빠른 편이 좋겠지만, 이쪽은 마지막 순간까지 수동적인 자세로 상대방을 유도해야 한다. 남은 것은 아버지에 대해 남매가 연명한 결혼 서약서, 그리고 아버지의 타격이 그야말로 문제였다.

다음날 아침 일단 이방근이 눈을 떠 변소에 갔을 때, 마침 변소에서 나온 건수 숙부가 어젯밤 늦게 전화가 걸려 온 것 같았는데 무슨 일이 있었냐고 물었다.

이방근은 천천히 숙부님과 상의할 생각이었습니다만, 실은 어제 최용학과 만난 자리에서 여동생이 가슴에 묻어 두는 게 싫었던 것이겠죠, 올 여름 삐라를 붙인 사건을 그만 최용학에게 말해 버렸습니다……라고 말했다.

"호오……. 그렇다면 종로서에 들어갔던 일도 말인가? 흐음, 그래서 상대측 인간은……."

"상대는 깜짝 놀랐다고 합니다."

"깜짝 놀랐다, 그렇겠지. 그쪽은 보통 집안이 아니야. 친척 전체가 완전히 정부 쪽일세. 부모에게는 알렸나?"

"어젯밤 일이라서 거기까진 모르겠습니다만."

두 사람은 뒤뜰 툇마루로 나와 있었다.

"음, 태수 형님은 그 일은 절대로 입 밖에 내지 않는데……. 핫핫하, 그러나 본인의 입에서 나왔으니, 어험, 곤란하게 됐어. 그러나 말야, 장래 결혼을 할 상대라면 그런 일은 얘길 하는 게 당연한 거 아닐까. 어쨌든, 상대가 안 좋아. 제주 제일의 부자를 자랑하는 인간들이야. 어렵게 됐구만." 건수 숙부는 골치 아파하는 기색이었지만, 그러나 상대에게 그 이야기를 털어놓은 유원을 꾸짖을 기색은 전혀 없었다. 아버지를 생각해서, 결론다운 말은 아무것도 하지 않았지만, 상대에게 결혼할 의사가 있다면, 그 일에 좌우돼서는 안 된다고까지 말했다. "다만, 상대방 부친의 귀에 들어가겠지. 그러면 이게 무슨 일인가 하고 태수 형님에게 얘기가 갈 것이고, 말하자면 시비가 붙게 된다는 거지. 불온사상의 소유자인 딸의 과거를 숨기고 있었다는 게 된다……는 말야. 게다가, 뭐, 형님이니까 잘 대처할지도 모르지만, 형님 입장이 곤란해진다는 거지. 상대는 아버지에게 알릴지 모르겠지만, 그 여하에 따라 태수 형님으로부터 곧바로 전화가 올 거야. 핫하핫, 벼락이 떨어지겠어. 그것보다 충격으로, 아무 일 없어야 할 텐데……."

"이까짓 일로 아버지가 충격을 받겠습니까."

이방근은 아버지가 충격으로 쓰러지기라도 할까 봐 내심 가장 걱정이었지만, 입 밖에 내지는 않았다.

저녁때 이방근은 나영호와 문난설을 만나기 위해 집을 나왔는데, 여동생과 도중에 동행했다. 아마도 최용학은 이미 그의 아버지에게 연락을 했을 것이다. 그 일을 유원에게 이야기한다……. 몇 시쯤이 될까, 오늘 밤 아버지에게서 노여움의 전화가 걸려 올 것이라고 생각했다. 만일 전화가 일찍 온다면 숙부가 상대하게 된다. 이방근은 아버지가 아닌 계모로부터 아버지가 쓰러졌다는 급보가 들어오지 않기를 빌었다.

5

　이방근은 만남의 장소처럼 된 충무로의 팔러에서 문난설과 나영호 두 사람을 만나, 커피 한 잔 다 마신 후 함께 나왔다. 편집장인 황동성이 명동의 한 요정에서 기다리고 있다고 했다. 때마침 나영호와 문난설이 신문사를 나서기 직전에 이방근과 만나는 것을 안 황동성이, 시간을 내서 동석하고 싶다고 한 것 같았다. 서울에 온 손님에 대한 접대, 말하자면 황동성이 한턱을 내는 것이었다.

　요정에서 한 시간 정도 있다가 나오자, 다른 곳에 용무가 있는 황동성은 차를 잡아타고 사라졌다. 그렇다, 되도록이면 차를 이용해야 한다……. 이방근은 미행을 생각하고 있었다. 황동성은 치안국의 경무관 대우란 신분증명서를 소유하고 경비전화가 딸린 경찰 지프까지 제공받고 있으면서도, 그러나 그가 늘 미행에 최대한 신경을 쓰고 있음은 말할 필요도 없었다. 그와 둘뿐이었다면 아마도, 서울 도착한 다음 날 어떻게 안 것인지, 종로서의 장 사찰계장으로부터 전화가 왔던 일을 이야기했을 것이다.

　문난설은 지난번과 마찬가지로 숄더백에 검은 가죽점퍼 차림이었는데, 그것이 방한도 되는 것 같았고, 나영호도 어디서 손에 넣었는지 갈색 가죽점퍼를 입고 있었다. 다만 맨손의 나영호 쪽은 점퍼 가슴주머니에 여러 개의 만년필과 연필이 아무렇게나 꽂혀 있었고, 양쪽 호주머니는 메모장과 문서 등으로 불룩해져 있었다. 그의 굳어 불편한 가죽점퍼의 팔 부분이, 두꺼운 막대기가 흔들리는 것처럼 거북한 인상을 주었다. 두 사람 모두 가죽점퍼 차림이라니. 어느 쪽이 먼저 입기 시작한 것일까. 이방근은 가죽점퍼의 탁한 빛의 반사 앞에서 다소 압박감을 느꼈다. 어째서 서울로 온다면서 코트를 잊은 것인가. 생각하니 우스웠다. 옆 동네에 가는 것도 아니고, 며칠이나 걸려서 남쪽 끝에서 북쪽으로 올라오는 여행을 하는 건데. 아깝지만 내일이라도 코트를 마련해야 했다.

세 사람은 종로 쪽으로 어슬렁어슬렁 걸었다. 종로로 간다고 정한 것은 아니었지만, 반 시간이면 갈 수 있었다. 이방근은 어딘가 장소를 정해서 택시를 잡으려고 했지만, 한잔 들어간 나영호가 조금 전의 취재 이야기를 시작하면서 자연스레 걷게 된 것이었다.

익명을 조건으로, 과거 조선총독부 하급 관리이자 현 서울시 경제 관계 담당 중견 공무원인 남성(연령 30)이 반민족행위처벌법 제정반대를 당당히 밝혔다고 했다. 그는 내선일체는 반드시 실현되고 영구히 계속될 것이라고 믿었지만, 그것은 당시의 교육의 결과이고, 자신들은 일본 통치하에서 같은 조선인을 위해서 애썼기 때문에, 그것이 '친일 행위'라고 여겨져도 조금의 꺼림칙함도 양심의 가책도 없었다. 입만 열면 친일파 추방을 외치고 있지만, 현실적으로는 그 친일파가 새로운 국가를 위해 전문을 살려서 일하고 있고, 그들이 없으면 이 나라는 성립될 수 없다며, 그 남자는 해방 후 3년이 지난 지금 친일파 운운하는 것은 뜻밖이라고 열변을 토했다. 물론 그 정도로는 반민족행위처벌법에 걸릴 걱정도 없었지만.

"친일파 처단하라! 라는 여론은 대단하지만, 당사자인 친일파들은 전혀……. 실제 처벌이 된다면 무섭겠지만, 마음속은 전혀, 개구리 낯짝에 물 붓기라고나 할까……. 저것 봐, 세상이 왜색 범람이야……. 쳇."

나영호가 내뱉듯이 말했다. 스쳐 지나간 좁은 골목의 레코드 가게에서인지 일본의 유행가가 거리에 흘러나오고 있었다.

나영호는 팔러에서 소설 이야기를, 원고지 백 수십 매의 탈고가 가까웠음을 알렸다. 아, 역시 쓰고 있는 것이었다. 제목은 「기로(岐路)」. 단 제1부라고 했다. 문난설 여사가 읽어 주지만 이방근 동무도 꼭 읽어 줘야 한다. 이번에는 필시 자네도 만족할 것이다. 봄에 발표한 「방황의 거리」는 일단 일제하의 대일 협력자, 친일파의 고뇌는 묘사하고 있지만, 대일 협력은 어쩔 수 없었다고 합리화하는 지금의 시대 풍조에 타협하고 있다는 것이 자네의 의견이었어. 자네는 내게 지금의 체제 측인 친일파 작가와 같은 거 아니냐고도 말했었지. 이번에는 달라. 해방 후 친일파 지배체제가 안착된 현 시세에 편승하는 구 친일지식인과 친일을 극복하고 새로운 조선인으로서 민족정기를 되찾으려는 지식인 사이의 갈등이 축이 되고 있어. 친일 극복, 전향의 문제는, 거의 어떤 작가도 쓰지 않았지. 자네가 그렇게 말했다구. 그렇다네. 한두 편을 제외하면 그렇지. 그러나 난 쓸 거야. 발표할 수 있냐고? 내용 말인가? 아아, 할 수 있고말고. 작가가 쓰지 않기 때문에 발표할 수 없는 것뿐이지. 쓸 만한 문학자들은 거의 '북'으로 가 버렸어…….

이제는 친일 문제를 쓰지 않는 것이 시류이니, 조만간 쓸 수 없게 된다는 것일 게다.

요정에서는 국제신문에 연재 중인 반민족행위처벌법 특집에 대해서, 친일파, 극우반공세력을 배경으로 한 반공신문, 대동신보가 정면에서 반론을 해 오고 있다는 이야기가 나왔다.

그것은 '반공 애국'을 모토로 하는 분별없는 그들의 상투수단이지만, 급기야 국제신문을 공산당의 앞잡이라고 몰아붙이기 시작한 것이었다.

나영호가 점퍼 주머니에서 한 장의 문서와 함께 꺼낸 신문 사설은 "신질서가 생기고 있는 현재, 소급법을 작성해서 친일파, 민족반역자를 처단하려 하는 것은 공산당을 기쁘게 할 뿐이다……"라고, 반민족행위처벌법 제정의 선두에 선 소장파 무소속 의원들을 공산당이라고 집요하게 공격하여 "길거리를 배회하는 민중들은 추위와 배고픔에 견디지 못해 울고 있는 것이지, 친일파, 민족반역자가 있기 때문에 울고 있는 것은 아니다. 사회질서가 다져지고 있는 현재, 친일 문제를 다시 들고 나와서 법 제정을 하는 것은, 사회의 분위기를 험악하게 만드는 것이다. 경제 재건과 민생 해결이 선결문제……"라는 류의 반대파 의원의 주장을 싣고 있었다. 그리고 연일, 반민족행위처벌법 제정에 동조하는 국제신문은 공산당의 앞잡이라고 캠페인을 벌이고 있다고 했다. '동조'하고 있는 것은 국제신문만이 아니라, 대부분의 중앙지가 겨우 국회에서 성립된 반민족행위처벌법을 적극 지지, 친일파 처단을 요구하고 있었다. 따라서 국제신문을 특정해서 공격하는 것은, 창간 초기에 충분히 운신을 못하는 동안에 싹을 잘라 버리려는 의도가 있는 것이었다.

신문과 함께 꺼낸 문서는 반민족행위처벌법 제정의원들에 대한 협박장이었는데, 똑같은 내용이 삐라와 벽보로 시내에 뿌려지고, 전신주 등에 붙어 있었다. "대통령은 민족의 신성이다. 절대 순응하라. 민족을 분열시키는 반민족행위처벌법 안을 철회하라. 완전실시를 주장하는 놈은 공산당의 앞잡이다. 인민은 그에 속지 말고 가면 의원을 타도하라. 한인(韓人)은 지금이야말로 단결해야 한다……."

대동신보 주최의 반민족행위처벌법 반대 반공대회에서는 수당을 받고 동원된 데모가 반복되었지만, 그 자금은 구 재벌로 해방 후 이미 그 기득권을 확립한 화신이나 동화백화점 등의 친일파 사장이, 뒤에서 제공하고 있다는 것은 공공연한 비밀이었다.

그런데 이번에는, 국제신문 편집장 황동성이 일제강점기 언론계의 친일파, 일본의 대신문의 경성(서울) 특파원으로서 일본 황도선양에 공헌한 민족반역자가 아닌가 하는 개인 공격을 해 왔다. 과거의 친일파가 해방 후에도 친일파여야 한다는 의무나 도리는 없지만, 말하자면 친일파였던 주제에, 친일파 처단 법률에 찬성할 자격이 있는가라는 논법은, 상당히 견강부회하는 경향이 있었다. 황동성 자신이 반민족행위처벌법의 처벌 대상이 되기에 충분한 존재이고 보면, 더욱 그럴 것이었다.

친일파일지라도 스스로 과거의 친일 행위를 명확히 밝혀 뉘우치는 인사도 나오고 있었고, 모처럼 신정부의 고급 관리에 임명되었지만, 반민족행위처벌법의 국회 심의를 지켜보는 과정에서 잘못을 뉘우치고 사직하는 인사가 나오는 상황에서 친일 문제, 민족 반역을 추궁하는 것은 민족의 정도(正道)인 것이다. 게다가 황동성은 한편으로는 정부 여당과 관계가 깊고(과거의 유력 친일파가 지금도 그러하듯이), 특히 무소속이면서 여당계 장로의원으로 반민족행위처벌법을 찬성한 서운제 회장하에서 숨은 힘을 가지고 있었기 때문에, 그에 대한 개인 공격에는 한계가 있다.

이에 대해 지금으로서는 전부 묵살하고 있지만 곧바로 흐지부지될 것이라고 했다. 어쨌든, 반공 애국투사, 대동신보 사장인 이재완이란 남자는 전쟁 전에 만주에서 일본 특무를 하고 있었고, 조선 독립운동 투사의 암살을 청부하고 있었던 사실이 밝혀졌기 때문에, 이야기가 복잡하게 되었고 이치에 맞지 않게 되었다. 도끼로 제 발등을 찍게 되기 쉬웠지만, 그런 것에는 개의치 않는 것이 지금의 '반공 애국'이었다.

한편 독자의 반응은 더할 나위 없이 좋아서, 전화와 투서로 찬동 격려의 메시지가 창간 이래 일주일 남짓 끊이지 않는 것이(국제 관계기사로 미국의 통신뿐 아니라, 타스 통신을 싣고 있다는 점이 독자에게 호평을 얻고 있는 모양이었다), 합해서 십여 명인 편집국원들의 힘이 되고 있다고 했다. 술에 취해 퇴물 작가가 될 것 같았던 나영호도 좋은 직장을 얻게 된 것이었다. 그 스스로 자신의 소설 팬이라고 하는 문난설의 권유로 이루어진 일이었다.

그런데 나영호는 세 사람이 나란히 걷는 그 한가운데에 끼어 있었는데, 전방에서 다가온 행인과 부딪칠 뻔해 열이 흐트러진 뒤에도 어느 사이엔가 여전히 한가운데에서 걸었다. 예전에 도쿄에서의 대학 시절에, 셋이서 걸으면 반드시 가운데가 아니면 만족하지 않는 조선의 문학청년이 한 사람 있었다. 이방근은 사진을 찍더라도 반드시 한가운데로 억지로 비집고 들어오던 그 '자긍심 많은' 청년을 떠올렸지만, 그것과는 달랐다. 지금까지의 나영호에게서는 그런 기억이 없었다. 문학청년 쪽은 특별히 남녀의 일과 관계가 있는 것은 아니었지만, 이쪽은 어쩐지 자신과 문난설이 어깨를 맞대는 것을 떼어 놓으려 한다는 것에 생각이 미쳤다. 이런 곳에서, 설마, 아니 그렇다, 그는 술이 확 깨는 기분이었다. 이 녀석, 눈치를 챈 것이 아닐까. 뭔가 냄새를 맡고서. 그러나 이런 방식은 노골적이며 마치 어린애 같았다. 이방근의 입가에 떠오른 미소가 사라졌다. 웃을 일이 아니었다. 이방근은, 자, 해 보라구, 라는 식으로 일부러 떨어져 걸었다.

번화가를 벗어나, 근처에 국제통신사가 있는 을지로 2가 사거리를 건너자, 사람의 통행이 드물어졌다.

이방근은 아무렇지도 않은 듯이 뒤를 돌아보고, 한순간 시야에 들어온 도로와 건물 등의 그림자, 제법 떨어져 걸어오는 서너 명의 사람 그림자, 자신이 돌아본 찰나의 그 반응을 눈으로 다시 확인하고 걷기를 계속했다.

"나 동무는 미행에 주의하는 일이 있나?"

"미행……?" 나영호는 걸음을 멈춘 뒤, 뒤를 돌아보고 나서 말했다.

"왜 그러나, 뒤에서 누가 쫓아오나?"

"이봐, 일부러 돌아볼 건 없잖아, 가자구."

세 사람은 걷기 시작했다.

"신문의 특집연재를 쓰기시작하고부터, 일단 신경은 쓰고 있어. 으
-음, 그, 이 동무가 말하는 건 경찰의 미행을 가리키는 건가?"

"이를테면 그런 것인데. 그러나 그건 같은 것이겠지. 이 사회에선
다 한패니까. 길을 걸으며 반민족행위처벌법에 대해서 큰 소리로 얘
기하고 있었으니까 말이야. 제주도에서는 당치도 않는 일이지."

"여기는 서울이야. 그건 현재 국민들의 끓어오르는 여론이라구. 그
런 것을 무서워해서야 기사를 쓸 수 있겠나. 안 그렇소, 난설 씨."

나영호는 이쪽의 손이 닿지 않는 저쪽 끝, 그의 오른쪽을 걷고 있는
문난설을 향해 말했다.

"그렇겠죠."

문난설은 입가에 가벼운 웃음을 보이며 말했다.

"왠지 마음에도 없는 대답 같군."

"그럴까요. 그렇지? 라고 하셔서 그렇겠죠, 하고 맞장구를 쳤는데.
영호 씨는 오늘은 아까부터 모든 게 마음에 들지 않나 봐요."

"아까부터?"

그는 오른손으로 덥수룩한 머리를 쓸어 올렸다.

"그렇지 않을까요."

"뭐가 그렇지 않느냐는 거지?"

"그런 느낌이 들어요."

"난설 씨 자신에게, 그런 느낌이 드는 게 있는 것 아닐까."

"싫어요. 그런 말투. 저 자신에게 뭔가 있다는 거예요? 그만둬요,
그런 얘기."

"아, 그만두지. 그래, 지하로 가자구, 지하로 바로 갑시다."

나영호가 앞장서서, 종로 뒷길 지하의 바로 들어갔다. 오늘은 내가 한턱내겠어. 카운터와 서너 개의 테이블 및 소파가 있는 어두컴컴한 조명의 술집이었다. 라틴음악이, 탱고가 흐르고 있었다. 칙칙한 벽에 유화가 두세 점 걸려 있었는데, 족자가 있는 것이 재미있었다. 게다가 '천자문'의 첫머리인 천지현황(天地玄黃)이라니, 사람을 무시하는 것 같아 놀랐다. 대나무를 쪼갠 듯한 강직한 필치였다.

아직 젊고 동그란 얼굴을 한 아름다운 마담이 두 사람에게 인사를 했고, 테이블에 나란히 앉은 몇 명의 남자들 사이에서, 오―라는 소리가 들렸지만, 문난설에게는 허리를 굽히고 엉덩이를 들어 올린 엉거주춤한 자세로 인사를 했다. 문난설은 밝게 웃는 얼굴로 가볍게 인사를 했다. 이 여자가 며칠 전 자신에게 안겨 밤을 지낸 것에 이방근은 만족하고 있었다. 세 사람은 플로어 테이블 하나로 갔다.

나영호는 소파의 한쪽을 가리키며, 자, 앉게 라고 이방근에게, 그리고 맞은편 소파를 문난설에게 권하더니 자신은 그 곁에 앉았다.

나영호는 위스키를, 문난설도 가볍게 한 잔만이라며 위스키를, 그리고 이방근은 맥주를 주문했다.

"주호가 언제부터 맥주를 마신 거야. 맥주는 차 대신에 마시는 것, 위스키로 하라구, 음. 이 동무는 아까부터 뭔가 우울한 얼굴인데 어찌된 일인가? 응?"

"내가 우울한 얼굴을 하고 있는 거 같나?" 아까부터라는 것은, 그야말로 아까부터 문난설과의 '언쟁'이 돼 있는 일이다. 위험한 일은 가까이 하지 않는 게 좋다. 이방근은 정직하게 말했다. "제주의 아버지로부터 숙부에게 전화가 올 때가 돼서 말야. 집안 사정이 좀 있어. 그러나 우울한 얼굴을 할 정도의 일은 아닌데……."

제22장 123

"그럼, 뭔가 다른 이유가 있는 건가?"

"……"

뭐야, 이 녀석. 이방근은 나영호를 똑바로 쳐다보았다. 또 한 사람의 여자가 술을 가지고 왔다. 이방근은 아무 말도 하지 않았다.

시각은 아홉 시였다. 이미 유원은 최용학과 헤어져 집으로 돌아왔을 것이었다. 이방근은 아버지의 전화가 신경 쓰였지만, 만일 최용학이 오늘도 그의 아버지에게 유원의 일로 연락하지 않았다면, 아버지로부터 전화가 걸려 올 리는 없었다. 아버지의 분노, 그리고 절망의 전화, 혹시 아버지가 쓰러졌다는 계모로부터의 전화가 있었는지 어떤지. 전화가 없었다고 해도 최용학이 그의 아버지에게 이야기를 했는지 어떤지는, 지금은 여동생에게 물어보면 알 수 있는 일이었다. 거의 틀림없이 이야기를 했을 것이다. ……오빠, 오늘 밤은 빨리 돌아와……. 오늘 밤은 외박하지 않고, 들어오는 거죠. 아버지에게 전화가 오면 어떻게 해요. 불안해. 아버지가 무서워……. 너무 죄송한 걸요……. 저녁 때 집을 함께 나와 잠시 동행했을 때 여동생이 한 부탁이었다. 화제를 바꿔서 이런 말도 했다. ……오빠는 정말 차가운 사람이에요. 난설 씨는 오빠가 상경하기를 계속 기다리고 있는데……. 오빠는 지금 문난설과 나영호 두 사람을 만나러 가는 중이라고, 자못 서울로 와서 오늘 처음으로 그녀와 만나는 듯한 오빠의 말투에 대한 그녀의 고언이었다. ……아아, 알고 있어. 전화로 분명히 연락하고 있으니까. 계속 기다리고 있다니, 그런 걸 네가 어떻게 알아? 음…….

실제로, 이방근은 문난설과 만나면서도 자유롭게 둘만 이야기를 나눌 수 없는 것이 화가 났다. 극단적으로 말하자면, 오늘 나영호는 훼방꾼이어서 다른 날 만나도 상관없는데, 그렇게는 되지 않았던 것이다. 게다가 잠깐 동석하는 것이었다고 해도, 황동성도 그렇지만 무엇보다 눈앞에 있는 나영호가 알아차리지는 않을까 하고 신경 쓰는 것 자체가 유쾌하지 않았다(애초에 두 사람은 연인도 아무것도 아니다. 적어도 그녀는 그렇게 단언했다. 나영호도 그렇겠지만, 그녀와의 관계에서 종종 질투라는 감정이 솟아오르는 모양이었다). 어찌 된 일인지, 지금 다른 사람이 섞인 틈에서, 둘만의 비밀을 문난설과 함께 즐길 마음의 여유는 없었다. 번거로웠다.

오늘 며칠 만에 그녀와 만나기까지, 이방근은 계속 마음이 흔들리고 있었다. 마치 눈앞에 있는 그녀 자신이 흔들리고 있고, 자신으로부터 애정이 다른 곳으로 쏟아질 때 흔들림이, 이쪽으로 전달되는 듯한 느낌이었다. 어쩐지 불안했다. 그것이 이상하게, 나영호와 함께이긴 했지만, 그녀와 만난 순간 사라진 것이었다.

이방근은 자리에서 일어나, 문 근처 카운터에 있는 탁상전화 수화기를 들고 숙부의 집으로 전화를 걸었다. 잠시 후, 대여섯 번 벨이 울리고 나서 격식을 차린 어조의 건수 숙부가 전화를 받았다. 아버지로부터 온 것이라고 생각했을지도 몰랐다.

"아, 숙부님이시군요. 유원이는 아직 들어오지 않았습니까?" 틀림없이 유원이 받을 것이라고 생각하고 있던 이방근은, 무얼 하고 있는 걸까, 벌써 아홉 시인데라는 식으로 말했다. "아, 들어왔습니까. 아버지한테는 전화가 있었습니까? 안 왔어요? 으―음, 어떻게 된 일이지 (그는 한순간이지만, 안도한다). 나중에 숙부님과 다시 통화하기로 하고, 유원을 불러 주십시오."

여동생이 나왔다.

"……오빠? 지금, 어디에요?"

"종로야. 어째서 바로 전화를 받지 않은 거지?"

"아버지한테 온 거라고 생각했어요. 갑자기 전화받는 게 무서워서……."

"아까 최용학과 만났겠지? 음, 그래서, 어떻게 됐어. 돌아가서 천천히 듣기로 하겠지만, 그는 이번 건을 그의 아버지에게 알리지 않은 건가?"

"아니요, 전화를 했대요. 그리고 사정을 이야기했다고 했어요."

유원은 냉정하고, 목소리는 안정되어 있었다.

"으후후. 역시. 사정을 얘기했단 말이로군……. 사정이란 건, 녀석의 말인 게냐? 빌어먹을, 무슨 사정이라는 거야, 음, 그래서 뭐라고 하더냐?"

"……" 유원은 한마디, 간격을 두고 이야기했다. "자신이 아버지를 설득할 테니, 잠시만 기다려 달래요."

"핫, 핫하아. 잠시 기다릴 시간 같은 건 없다." 불필요한 말이 입에서 튀어 나왔다. "설득하고 나서 그 다음에 어떻게 한다는 거냐. 숙부님께는 최용학과 만난 일을 얘기했고?"

"예ㅡ."

"아버지로부터 전화가 오지 않는 게 이상하구나. 아직 모르시는 것인지, 전화를 신청했지만 복잡해서 연결이 안 된 것인지……. 뭐? 전화는 오고말고. 아버지는 반드시 전화하신다. 건수 숙부님을 바꿔줘."

"오빠, 언제 들어올 거예요?"

"아직 모르겠다. 나중에 전화할 테니까."

"그런 말 하지 말고, 빨리 들어와요. 지금이라도. 이제 전화가 올지도 몰라요."

"그래, 알았어, 빨리 들어가마. 만일 네가 직접 아버지와 얘기하게 되면 말이다, 너도 잘 알고 있겠지만, 마음에 숨기고 있는 게 괴로워서 그만 입 밖에 내버렸다는, 그 한마디를 빼먹지 마. 그 외에는 아버지가 말씀하시는 걸 가만히 듣고만 있으면 돼. 지금 바로 자리를 뜰 순 없으니까, 조금 이따가 다시 전화할게. 아무튼, 숙부님 바꿔줘, 숙부님께 얘기해 둘 테니까……."

"난설 씨가, 같이 있어요?"

"그래, 나영호 동무도 함께."

문득 플로어 쪽으로 고개를 돌리자, 블루스로 바뀐 멜로디를 타고, 나영호와 문난설이 그다지 넓지 않은 곳에서 춤을 추고 있었다. 흐-음. 어둑한 조명 아래에서 문난설과 시선이 마주쳤다고 생각했을 때, 그녀는 분명히 이쪽으로 신호를 보내오는 것 같았다. 문난설은 어찌되었든, 나영호가 춤을 잘 추는 것에는 놀랐고, 감탄했다. 녀석은 어느새 댄스 같은 것을 배운 걸까, 아니, 문난설의 리드였다.

"여보세요……."

이방근은 수화기를 든 숙부를 향해서, 만일 아버지한테 전화가 오면, 이야기를 들어 본 후에, 이미 아들인 최용학이 유원을 홈이 있는 여자 취급을 하고 있다, 그 불손한 태도를 용서할 수 없다는, 그 점을 강조해 주십시오. 상대의 부친이 나오는 태도를 보고 나서 결정할 일이겠지만, 그것은 숙부께서도 말씀하신 것처럼 상상할 수 있는 일. 우리 가문의 명예에 관계되는 일입니다. 제가 집에 있어도, 필시 아버지는 전화로 저를 부르지 않겠지만, 불렀을 때는 결렬이란 표시입니다. 만일 전화를 받아도 이야기가 통하지 않을 것이고, 끊어지고 말 겁니다. 본인도 그렇겠지만, 저는 결코 최씨 집안에 시집을 보내지 않겠습니다. 아무튼 잠시 뒤 들어가겠습니다. 핫, 핫하, 숙부님이 걱정하고 계시지만, 만일 아버지가 몸져눕지 않고 직접 전화를 거신다면, 그것만으로도 횡재가 아니겠습니까……. 아아, 오늘 밤은 아무래도 문난설과 단둘이 밤을 지새울 순 없겠군.

이방근이 자리로 돌아온 것과, 한 곡 춤이 끝난 두 사람이 돌아온 것은 거의 동시였다. 음악은 계속해서 울렸다. 술기운으로 조금 상기된 듯한 문난설이, 선생님, 춤춰요……라고 촉촉한 목소리로 청해 온다. 이방근이 고개를 가로저었다.

"난 춤을 못 춥니다."

"선생님 같은 분이 춤을 못 추신다니 정말 신기한 일이네요. 괜찮아요. 제가 천천히 리드해 드릴 테니까요. 아니면 이런 여자는 싫은 건가요?"

"또 엉뚱한 말을 하시고. 송구스럽습니다." 다른 사람 앞이라 데면데면한 태도인가. "핫핫, 그게 안 된다는 말입니다."

"이 동무, 한번 추지 그러나."

문난설은 그 이상은 권하지 않았지만, 맞은편의 자기 자리로 돌아가지 않고 그대로 이방근 옆에 앉았다. 그리고 이방근에게 맥주를 따랐다. 그것을 나영호가 힐끗 보았다. 이방근은 그녀의 허벅지가 자신의 그것에 살짝 닿는 것을 느꼈다. 문난설이 거기에 앉은 것은 의도적이었을지도 모르지만, 그녀의 몸짓은 매우 자연스럽게 그리고 대담하게, 접대부처럼 행동했다.

"영호 씨, 제 위스키 잔 좀 주세요……."

나영호가 분한 듯이 입을 일그러뜨리며, 문난설이 마시다 남은 위스키 잔을 테이블 너머의 그녀 앞에, 탁 하는 소리를 내며 놓았다. 그리고 머리카락을 뒤로 쓸어 올리더니, 위스키를 한 모금 꿀꺽 마셨다.

"문난설 씨……."

카운터에서 젊은 취객 한 사람이, 스카프로 목 언저리를 두른 반듯한 얼굴의 청년이 새 맥주병과 빈 컵을 들고 다가와, 문난설에게 잔을 올리며, 한 곡 같이 추지 않겠냐고 말했다.

"어머, 퉁명스런 말투네요. 그래도 괜찮아요. 마음이 자상하니까……. 하지만, 난설 여사는 지금 매우 피곤해요. 잠시 쉬자구요."

"그럼, 어깨를 주무르겠습니다."

"다리를 주무르고 싶은 거겠지." 나영호가 말하고 껄껄 웃었다. "지금, 그녀 앞에 무릎을 꿇고, 다리를 주무를 수 있겠나?"

"아아, 물론이죠." 청년은 양손을 펼치며, 과장된 표정을 지었다. "하지만, 바지를 입고 계셔서."

"바보 같긴, 바지 위로 말야. 안에 손을 넣어선 안 되지……."

"영호 씨는, 무슨 쓸데없는 소리를 하는 거예요? 자아, 서툰 연극 그만하고, 저쪽으로 가요!"

"연극이 아닙니다."

"저쪽으로 가세요."

"그럼, 나중에……"

순진한 것인지, 시치미를 떼는 것인지, 청년은 그녀에게 가볍게 한번 목례를 하고, 맥주병을 테이블에 둔 채 물러가려고 했다.

"에잇, 이놈! 거기 무릎 꿇어!" 느닷없이 나영호가 소리쳐서, 사람을 놀라게 했다. 그리고 소파에 앉은 채, 어리둥절하여 돌아본 청년을 향해 한쪽 다리를 쑥 내밀었다. "이 구두를 핥아! 특제 장화를!"

청년이 히쭉 웃었다.

"수도청!"

카운터에서 목소리가 났다.

"에잇, 내 자지를 핥아!"

청년은 카운터 자리로 돌아갔다.

나영호가 다리를 내리고 껄껄 웃었지만, 입술 끝에서 군침이 빛났다. 이방근도 나영호의 말이 불경스럽다고 생각하면서도, '수도청!'

이란 소리에 웃음을 자아냈다.

수도청이란 수도경찰청을 말하는데, 그 수사국장이(일제하에서 20여 년간, 사상 담당, 고등계 형사를 해 온 남자다) 좌익을 직접 심문할 때, 특히 학생에 대해서는 반드시 무릎을 꿇게 하여, 쑥 내민 장화를 핥아! 라 고 고함치는 것으로 소문이 나 있었다.

이방근은 웃으면서 고개를 끄덕였지만, 남승지가 했던 말을 떠올리 고, 지금 눈을 배경으로 한 산속의 남승지가 머릿속에 나타나는 것을 보았다. 학생이었던 그가 서울에서 체포되었을 때의 이야기를 떠올린 것이었다. 심문을 거의 하지 않고 토론을 걸어왔던 조사국장은 갑자 기 상대를 무릎 꿇게 하고 그 코끝에 장화를 쑥 내밀며, 핥아! 라고 외쳤다. 엉덩이를 핥아! 와 같은 것이었다. 남승지는 무릎을 꿇었 지만, 장화를 개처럼 핥는 일은 할 수 없었다. 죽어도 할 수 없었다.

"수도청, 정답! 내 팔을 보여 줄까. 고문당한 팔이야. 조선 놈 형사 에게 당했지……."

"영호 씨, 그만하세요!"

취기가 빨리 퍼진 것인지, 핏발이 선 눈의 나영호가 점퍼를 벗으려 는 걸 문난설이 제지했다.

"아, 그만두지. 그러고말고, 숙녀 앞에서 알몸을, 추한 흉터 덩어리 같은 것을……."

나영호는 고분고분 말을 들었다.

이방근은 문득 그녀의 왼손이 테이블 아래에서 자신의 오른손에 포 개지는 것을 느끼고, 지그시 마주 잡아 주었다. 그녀의 부드럽고 차가 운 감촉의 손이 이방근의 손바닥 안에 머물렀다.

그때 무슨 일이 있었는지 카운터에서 다시 남자들의 웃음소리가 났다.

돌연, 나영호가 취한 얼굴에 분노를 드러내며 일어나자마자, 그것은 결코 카운터의 웃음소리 탓이 아니었는데, 뭐야, 너! 라고 외치고는 갑자기 손바닥으로 이방근의 뺨을 한 대 때렸다.

"그게 무슨 짓이야. 손 따위를 잡아대고, 꼴불견 아닌가!"

그는 헝클어진 머리칼을 불편한 왼손까지 사용하여 양손으로 쓸어 올리고는, 분연히 소파를 떠났다. 그리고 상반신을 흔들면서 성큼성큼 입구로 가더니, 문을 열고 밖으로 사라져 버렸다.

이방근은 한순간 머릿속에 펼쳐진 눈의 경치를 의식하면서도 무슨 일인지 의미를 파악하지 못하고, 아니 문난설과 손을 잡은 것을 그가 봤기 때문이지만, 그래도 영문을 모른 채 멍한 느낌으로, 얼얼한 뺨을 문지르며 웃었다. 아아, 난 멍청하게 웃고 있구나, 하는 생각을 하자, 그럭저럭 그럴듯한 웃음이 되었다.

"이게 무슨 일이람, 선생님, 죄송해요. 괜찮으세요? 어떻게 하죠. 아이고, 이게 무슨 일이람, 저 야만인이!"

조금 취한 듯한 문난설의 입에서 의외의 말이 튀어나온 것에 이방근은 놀랐다. 왠지 모를 신선한 느낌을 받으면서.

"녀석은 어디로 간 거지?"

"내버려 두세요, 어린애도 아니고. 돌아갔겠죠. 선생님, 마셔요. 자, 드세요……."

문난설이 맥주를 따랐다.

이방근은 그렇게 말하면서도, 이대로 나영호가 돌아오지 않기를 바라고 있었다. 그는 문난설의 허벅지에 손을 대고, 그리고 그녀의 손을 세게 잡았다. 그녀의 손가락은 긴장으로 단단하게 굳어진 느낌이었다. 요 며칠간 터무니없게 긴 날들이어서, 같은 서울에 있으면서도 만날 수 없다는 것이 믿기 힘든 기분이었다. 용케도 참아왔다. 이방근은 테이블 아래에서 그녀의 땀이 밴 손바닥을 만지며 욕정을 느꼈다.

술기운에 엷은 핑크로 물든 흰 살결을 안고 싶다. ……돌아오지 마라. 흔히 돌아오는 법이지만, 나영호여, 돌아오지 마라. 그러면, 내가 뺨을 한 대 맞은 값어치가 생기는 것이다. 머릿속에 눈의 경치가 펼쳐지면서 선뜩 의식이 돌아오자, 아니, 안국동 집으로 돌아가야 해, 아버지에게 전화가 걸려 올지도 모른다. 돌아가야 한다. 오빠……. 이방근은 유원의 말이 눈 위에 발자국을 남기고 달리듯이, 뚜렷하게 떠오르는 것을 본다. 오빠, 빨리 돌아와요. 그런 말 하지 말고, 지금이라도 돌아와서……. 그래, 알았어.

"그래, 알았어……."

"선생님, 무엇을 알았다는 건가요?"

"핫핫하. 아니……." 이방근은 웃음으로 얼버무렸다. "들렸나요, 나영호의 마음을, 알았다는 거지요……."

그래, 알았어. 빨리 돌아가고말고……. 설마, 밖에 눈이 오는 건 아니겠지. 아까 나영호가 문을 열고 나간 순간, 밖은 온통 밤의 설경처럼 느껴졌고, 게다가 그것이 문 저편에 잠깐 보였던 것 같아 이상했다. 아직 10월. 거리에 눈이 내릴 계절은 아니었다. 그렇지만 지금 문이 열렸던 저 밖은, 눈이 내려 쌓인 것처럼 느껴져 견딜 수 없었다.

불과 순식간의 상황이었지만, 난처한 장면을 들킨 것은 사실이었다. 나영호에게 어쩌면 충격이었을지도 모른다. 가로채였다거나 배신당했다고 생각하고 있는 것일까. 이방근은 그럴 생각은 없지만, 혹시 가로챘다고 한다면, 난 돌려주겠어…….

"선생님, 무엇을 생각하고 계신 거예요."

맞은편에 원래 자리로 돌아간 문난설은 다시 이방근에게 맥주를 따랐다.

이방근은 컵을 비우면서 역시 돌아가야 한다고 생각했다. 오늘 밤,

그녀와 밤을 함께할 수는 없었다. 어떻게든 돌아가지 않고 해결할 방법은 없을까. 아홉 시 반이 지나고 있었다. 어쨌든 전화를 걸어 봐야 한다. 아아, 제주도 저편으로부터의 전화. 이방근은 자리에서 일어나 입구 쪽 카운터로 가더니, 전화 수화기를 들었다.

전화를 받은 것은 건수 숙부였는데, 아직 전화가 없었다고 했다. ……음, 오늘 밤은 전화가 오지 않을지도 모르겠군요. 아니, 모르지, 태수 형님이 이번 일을 알게 된 이상, 전화를 하지 않을 리가 없어, 음. 이 시간이라면, 귀에 들어가지 않았을 리가 없어, 그쪽에서 전화를 신청했겠지만, 아직 이쪽으로 걸리지 않은 것뿐이야, 라며 숙부는 전화가 올 것이라는 걸 강조했다. 마치 이방근의 내심이 동요하는 줄을 알고 나서 도망갈 길이라도 막는 것처럼.

바로 옆에 서 있었던 것으로 보이는 유원이 전화를 바꿨다. 그리고 소녀처럼, 갑자기 어린 여동생으로 돌아간 것처럼, 뭐하고 있어요, 빨리 들어와요……라고 졸라댔다. 오늘은 다른 곳에서 자지 말고(이방근은 철렁하고 심장에 심한 통증을 느꼈다). 최용학 씨와 만난 이야기도 있으니까. 숙부님도 기다리고 계세요, 아직 같은 곳이에요……. 짧은 통화 사이에, 여동생의 어조가 성숙한 여자로 변모했다. 이방근은 아직 모르겠다……고는 말할 수 없었다. 아, 알았어. 잠시 후에 돌아갈 테니까…….

두 사람은 자리에서 일어났다.

문난설은 이방근이 억지로 계산을 마친 것 때문에 기분이 상했다. 하지만 두 사람은 함께 밖으로 나왔다.

문을 나온 곳은 의외로 바깥세상의 공간이 아니라, 지상으로 통하는 꾀죄죄한 느낌의 계단이었다. 아, 여기는 지하였군, 하고 이방근은 떠올렸다. 까맣게 잊고 있었던 것이었다. 좁은 계단을 빠져나온 밖은 밤공기가 금속처럼 차갑게 드리운 어두운 거리였다. 거기에 눈은 없었다. 문을 열자 바로 바깥 세계에 온통 펼쳐져 있던 설경은 무엇이었던가. 어두운 하늘에 춤추는 달빛의 물보라. 지면에 깨끗한 눈을 빈틈없이 깔아 놓았던 달빛도 하늘에는 없었다.

계단을 올라 한길에 선 이방근은 돌아가야 했지만, 어떻게 해야 할지 망설였다. 이대로 둘이서 가고 싶었다. 아무튼 잠시 둘이서 걷자. 종로 거리까지 나가자. 어째서 문을 나서자마자 아무도 없는 계단 앞에서, 옆으로 패인 공간에서 포옹을 하지 않은 것인가. 이방근은 후회를 했다. 설마 계단이 있다고는, 설경이 아니라고는……. 그래서 단지 계단을 눈이 있는 곳으로 가기 위해 올라온 것이었다.

어라……? 이방근은 움찔했다. 맞은편에서 행인에 섞여 비틀비틀 다가오는 것은.

"핫하아, 불편한 한 손을 흔들며 나영호가 다가온다!"

이방근은 신기한 것이라도 발견한 것처럼 소리를 냈다.

10미터 전방에 가로등 불빛 안에서 가죽점퍼와 덥수룩한 머리의 남자가 두세 명의 행인 사이에서 이쪽을 향해 걸어오는 것이 보였다. 행인은 그의 일행이 아니었다.

"정말로 영호 씨. 어떻게 된 거죠?"

"당신이 그리운 거야."

너스레를 떨 생각이었지만, 혓바닥에 독기가 남았다.

"그런 식으로 말하지 마세요."

"아니, 아까 나에게 한 방 먹이는 걸 봤잖소. 난 그런 생각이 들고 말았는데……."

솔직하게 말한다는 것이, 혓바닥에 독기가 섞인 것을 이방근은 의식했다.

"선생님, 그런 생각이 들고 말았다……니요, 어째서요, 선생님의 지나친 생각이라니까요."

"오, 돌아가나, 이방근!" 재빠르게 이쪽을 발견한 나영호가 몇 걸음 앞까지 다가와 멈춘 상태로 상체를 크게 흔들며 외쳤다. 눈 위였다면 분명 넘어졌을 것이다. "미남, 미녀가 어디로 같이 가는 거지, 응?"

취한 얼굴에 웃음을 띤 나영호는 이방근에게 다가와 그의 어깨를 두드렸다. 어디선가 한잔 걸치고 왔을 것이다. 술 냄새가 다소 취기가 오른 이방근의 코를 찔렀다.

"나 동무는 어딜 다녀온 건가?"

"어디에 다녀왔냐는 말인가? 우-웃, 푸-웃. 일부러 자리를 비워 준 거야. 그랬더니, 아니나 다를까, 내가 없는 사이에 둘이서 어디로 가는 거지?"

"내가 없는 사이라는 건 또 뭐야?" 이방근은 발끈했다. 내가 도둑질이라도 했다는 건가, 라고 말이 나오려는 것을 입술이 막았다. 도둑질, 도둑질……. 아니나 다를까, 아니나 다를까. "난, 돌아갈 거야."

"난, 돌아가? 어디로."

"어디로? 이봐, 취했나."

"내가 취한 걸 자넨 모르겠나? 으-음, 하지만 정신은, 말, 말, 말짱해." 나영호는 이방근을 기대듯이 껴안았다. 그리고 귓가에 술 냄새 나는 숨을 불어넣으며 말했다.

"이봐, 너, 앗핫하아, 웃홋홋, 너희들, 언제 눈이 맞은 거야?"

"이봐, 적당히 해!"

이방근은 상대를 떼어 놓았다.

"적당히 하라고? 난 축복해 주는 거야."

"이봐, 그만해. 무슨 축복 말인데? 다시 한 번 말해 봐. 머리통을 부숴 버릴 테니까."

"헷헤엣, 머리통을 부숴……? 자네도, 으, 으-음, 저속한 말을 하는군. 나의 이 머리를(그는 불편한 쪽 손으로, 다소 어색하게 자신의 덥수룩한 머리를 두드렸다), 묵사발로 만든다는 건가. 오호, 어디 해 봐, 해 보라구, 그래. 그렇지, 자네 유도 몇 단이었나, 응, 푸-웃, 우-홋, 완력의 소유자라는 걸 난 알고말고. 그걸 그렇게 과시하고 싶은 건가, 여자 앞에서. 으-응, 해 봐, 해 보라구……."

여자 앞에서. 이 한마디로, 이방근의 일격이 하마터면 상대의 광대뼈를 박살낼 뻔했다.

이방근은 이상했다. 순간 자신이 완전히 감정이 없어져 버려 무감동한 인간이 돼 버린 것을 느꼈다.

"그렇게 해 주길 바라나."

그는 분노의 폭발과 증오의 충동이 없는 상태로, 그렇게 해 주길 바라나, 라고 자신의 입에서 튀어나온 말에 이끌린 듯이, 잽싸게 상대의 오른손을 잡고 가볍게 오른쪽 어깨를 넣어 등에 업듯이, 완전히 무방비 상태에다 무저항인 나영호의 몸을 지면에 내던졌다. 기계적인 움직임이었다. 머릿속에서 무언가 사발이 깨지는 것 같은 격렬한 소리가 났다. 조절을 했지만, 나영호의 몸은 실제로 땅바닥에 둔탁한 소리를 내며 떨어졌다. 나영호는 벌렁 자빠져서 눈을 감은 채 한동안 움직이지 않았다.

가만히 서 있던 이방근은 눈 속의 스크린에 슬로모션처럼, 나영호가 땅바닥에 뉘인 몸 오른쪽을 아래로 하고 움직이더니, 이윽고 비틀거리면서, 비틀거리는 것은 취기 탓이다. 혼자서 천천히 일어나는 것을 보았다. 어라? 이방근은 동시에 주위를 둘러보았다. 문난설의 모습이 눈에 띄지 않았다. 조금 떨어진 곳에서 바로 조금 전까지 두 사람의 말씨름을 보고 있었을 그녀가 어느새 사라져 버렸다.

"헷헷, 헤헷……. 자, 잘도, 이 몸을, 비행기에 태웠군, 대단한 걸, 음." 그는 비틀거리면서도 한 곳에 중심을 잡고 똑바로 섰다. "이봐, 이게 무슨 짓인가, 내가 누구라고……. 아아, 고문으로 병신이 된 팔을 매달고 다니는 나를, 헷헤엣, 그러고도 네가 인간이냐, 악당이지……." 그는 쓰러지듯이 이방근에게 몸을 부딪치더니, 그 목덜미를 넥타이의 매듭과 함께 잡고는, 슬프게 일그러진 무서운 형상의 취한 얼굴을 이방근의 코끝에 들이댔다. "잘도 날 내던지는군. 이봐, 다시 한 번 해 봐. 난 이방근에게 당한 게 슬퍼. 이봐, 다시 한 번 날 내던져 봐."

이상하게도, 이방근은 이때, 조금 전의 무기적이고 무감동이던 순간과는 전혀 다르게, 감정의 파도가 거칠어지면서, 이 자식! 다시 한 번 정말로 패대기쳐 줄까 하는 생각을 했던 것이다. 그는 숨이 답답해져서, 취기에서 나오는 괴력으로 콧물을 흘리며 으음, 으음, 하는 신음소리와 함께 목을 죄어오는 나영호의 손을 풀려고 했다.

"아아, 통행인이, 멈춰 선 채 보고 있군. 법원 판사 같은 얼굴을 하고 말이지, 아이고……."

통행인이 사라졌다.

"아, 그 여자는, 어, 어디로 갔지?" 나영호는 이방근의 목덜미에서 손을 떼고 외쳤다. "없잖아, 이봐, 문난설, 문난설 여사……."

그는 멈춘 순간의 팽이처럼 우뚝 서서 상체를 흔들흔들 점점 크게 흔들더니, 그대로 맥없이 쓰러져 풀썩 땅바닥에 주저앉아 버렸다.

"이봐, 괜찮나?"

이방근은 다가가서 그 어깨에 손을 얹고 말했다.

"손대지마. 나의 애국의 피가 스며든 어깻죽지에서 손을 떼! 아이구ㅡ, 아아, 잘도 날, 이 힘없고 갈대 같은 날, 바위와 같은 야만적인 등에 태워 잘도 던졌겠다." 나영호는 통곡하는 여자처럼 한 손으로 땅바닥을 두드렸다. "아아, 이 세상이 한심하다. 친일파의 세상이 한심하다. 문난설은 어디로 갔지? 어디로 갔어……. 잘도, 이 날, 야만적인 등에 없어……. 아이구ー."

나영호는 한순간 우는 소리를 냈다.

이방근은 친일파…… 운운하는 것이 엉뚱한 느낌이 들어, 무심코 웃음이 나왔다.

"이봐, 가자구."

이방근은 주저앉은 나영호의 오른팔을 잡고 끌어올리려 했다.

나영호는 갑자기 우는 소리를 거두더니, 이방근의 손을 뿌리치며 소리를 내어 웃었다.

"돌아가! 네놈은 돌아가. 난 소설을 쓰겠어."

"함께 우리 집에 가자구."

"바보 같은 자식, 돌아가! 난 소설을 쓸 거야, 왓핫핫하……."

나영호는 슬픈 웃음소리를 내면서, 다시 바람에 흔들리듯이 일어서더니(두 번 반복해서 일어서는 것을 보면, 허리 주위에 직접적인 큰 타박상은 없는 것 같았다. 분명히 힘을 조절하면서 던졌을 터였다), 비틀거리면서 혼자 걷기 시작했다. 가슴에 상처를 입은 인간처럼 상체를 오른쪽으로 기울인 나영호의 양쪽 발은, 바로 조금 전에 나왔던 10미터 정도 앞의 지하 바로 향하고 있었다.

우두커니 서서 그 뒷모습을 보고 있던 이방근은 나영호의 뒤를 따라갔다.

계단 입구의 벽에 일단 손을 대고 조심스럽게 내려 간 나영호는, 일고여덟 계단 아래쪽 두세 단쯤 되는 곳에서 발이 걸린 듯 넘어지면서 보기 좋게 옆으로 한 바퀴 굴러 계단참에 벌러덩 자빠졌다. 서둘러서 계단을 뛰어 내려간 이방근은, 움직이지 않고 가만히 있는 나영호의 옆구리에 팔을 넣고, 물속에서 인양하는 물건처럼 취한의 묵직한 몸을 안아 올려, 눈앞의 문을 열고 음악이 울리고 있는 안으로 들어갔다.

마담이 카운터 밖으로 나와 테이블이 정리된 조금 전 소파로 안내했다.

이방근이 소파에 나영호를 내려놓는 순간, 갑자기 잠이라도 깬 것처럼, 돌아가! 라고 한마디 소리를 지른 그는 그대로 누워 버렸다.

이방근은 마담에게 잠시 재우고 나서 차를 불러 돌려보내달라고 부탁하고, 만일 그에게 무슨 일이 있으면 알려 달라며 전화번호를 적은 메모를 건넸다. 마담은 일부러 계단 위에까지 배웅을 나왔다가 다시 지하의 바로 돌아갔다.

지상에 문난설은 없었다. 어쩌면 현장을 피했던 그녀가 어디에선가 모습을 나타내, 계단 입구 근처에서 기다리고 있는 것은 아닐까 하고 생각했던 것이다.

지상으로 나온 이방근은 멈춰 선 채 담배에 불을 붙여 피우며 주위를 둘러보았다. 어딘가 근처에 있다가 불쑥 나타나지는 않을까. 으─흠, 돌아갔단 말인가. 조금 납득이 가지 않았다. 난설 씨, 난설 씨……하고 소리를 내어 불러보고 싶었지만, 해변이나 숲 속도 아니고, 그렇다고 해도 이상했다. 그는 걷기 시작했다. 구두 소리를 타고, 가슴에 공허함이 생겨났다. 조금 전 그녀와 함께 걸었던 것처럼 종로 거리쪽으로, 도중에라도 혹시…… 하고 생각하면서 걸어갔다.

이방근은 도중의 청계천 다리난간에 상반신을 내밀고, 수면을 향해 구토를 했는데, 위가 조여드는 듯한 구역질이 매우 나서 기분이 좋지 않았다. 술 탓은 아니었다. 쓴 침이 입에 고여 흘러 떨어지고, 그 뒤를 술과는 반대로 식도에서 목구멍을 태우며 올라오는 위액이 덮쳤다. 청계천이란 이름뿐이고, 낮에는 질척질척한 쓰레기로 혼탁한 수면과,

양쪽 기슭에 길게 달라붙은 함석지붕의 빈민가를 드러내고 있지만, 지금도 어두운 수면에서 메탄가스가 섞인 냄새가 올라왔다.

그 취한 얼굴의 무서운 형상 치고는 거슴츠레하게 슬픈 두 눈. 나는 무슨 짓을 한 것인가. 마치 어린애를 내던지는 것이나 마찬가지 아닌가. 왜 그랬을까. 지금은 마치 그런 일이, 정말로 있었던 것인지 어떤지 현실감이 없었다. '바위 같은 야만적인 등에' 그를 올려 공중으로 내던진 일……. 그는 자신의 전신이, 자신의 토사물이 코를 찌르는 냄새와 혀에 스며드는 그 맛의 확산 속에 잠긴 것 같았고 그 불쾌한 기분을 견딜 수 없었다.

종로로 나왔다. 모습이 보이지 않았던 그때는 이미 그녀가 떠난 후였던 것이다.

그는 길에서 택시를 기다렸다. 추위가 느껴졌다. 술기운이 깨기 시작할 정도로, 오늘 밤은 그다지 마시지 않았다.

"아이고, 오빠. 마침 잘 왔어요……."

차에서 내렸을 때 구역질은 가라앉아 있었다.

현관문을 열자 동시에 얼굴을 내민 유원이 목소리를 낮추고 말했다. 집 앞에 멈춘 택시의 엔진 소리를 들었던 것이다. 그녀는 지금 숙부와 이야기 중이라고 했다.

"누군데? 아버지 말인가."

"예-."

"음……."

이방근은 고개를 끄덕였다. 핫하아, 쓰러지지 않았던 것이다. 그는 왠지 낙관적인 생각이 들었지만, 현관 가까이의 숙부가 수화기를 들고 이야기하고 있는 방으로 올라가자, 심장의 고동이 격렬하게 뛰는 가슴을 감싸 안는 느낌으로 그 자리에 우뚝 멈춰 섰다.

숙모도 걱정스러운 듯 서 있었지만, 이방근이 모습을 보이자 곧 옆의 거실 쪽으로 돌아갔다.

"……예―, 예―(사촌 형에게는 거의 고개만 끄덕이는 것이 숙부의 버릇이었다), 유원은 오늘 밤에도 그쪽 청년과 만났습니다만, 제주도로 가 그의 부친과 얘기해서 반드시 허가를 받겠다……고 유원에게 얘기했다고 합니다. 형님이 말씀하신 대로 아버지 쪽이 난색을 표하고 있는데, 그럼에도 결혼하겠다고 하는 그 마음가짐은 평가할 만하지만, 그, 그럼에도라는 건 무엇입니까. 이것은 상대방이 사용한 말입니다. 그럼에도라는 것은, 세간의 표현을 빌리자면 '흠집'을 말하는 겁니다. 형님, 아시겠습니까? 그런 말버릇이 어디 있습니까? 유원의 말로는 예의 그 얘기가 나온 뒤로는 상대방의 태도가 돌변해서, 결혼을 해 준다는 식이라고 합니다. 그쪽 부친이 다시 생각하고 싶다는 건, 재고를 해서, 설령 결혼하게 되더라도 이번엔 부친 쪽이, 그러니까 상대방 집안이 그러한 태도로 이쪽을 대하게 되는 거 아닙니까. 예―, 예―. 그렇습니다, 전화만으로 그런 얘기를 해 왔다는 것은 실례가 아닙니까, 예―……. 설사 내일이나 모레 다시 만나게 되더라도, 얘기가 중요하니까, 전화를 해 온 이상은 당장이라도 찾아오든지 해야 하는 거 아닙니까, 전 그렇게 생각합니다만. 이건 그저 단순히 유원의 일이 아니라, 최씨 집안으로 낭자를 시집보내는 우리 가문의 권위와 명예에 관계되는 일이고말고요. 전 유원의 얘기를 듣고 이번 일을 다시 생각해 보게 됐습니다. ……. 그건, 그 일을 얘기한 건, 유원이 거짓말을 할 수 없는 아이이기 때문에, 결혼을 할 상대에게 그 사실을 숨겨둘 수 없었던 겁니다. 그래서 그만 말을 해 버리고 말았다고나 할까, 그보다도 이리저리 생각하다 못해 한마디 얘기한 것이겠지요. 전 그 아이의 성격을 잘 알고 있으니까……. 그 일에 대해서는 더 이상

본인을 나무라지 마세요. 아무튼, 그쪽이 한 번 더 생각해 본다고 하니, 상대의 얘기가 있을 때까지, 그건 아들이 제주도로 가서 아버지에게 상담하고 난 뒤의 일이 되겠지만, 그때까지 기다리기로 하더라도, 전 주제넘지만, 이쪽의 태도를 확실히 해 둘 필요가 있다고 생각합니다. 만일 낭자를 받아 준다는 식의 기색을 보이기라도 한다면…… 말입니다. 형님, 듣고 계십니까, 예ㅡ……. 경우에 따라선, 그쪽에서 친족회의를 열어 상의해 주세요. 예ㅡ, 예ㅡ, ……, 나중에 유원을 바꾸겠습니다만, 마침, 지금 방근이 돌아왔습니다만……. 그렇습니까. ……그렇다 하더라도, 침소봉대도 정도가 있는 겁니다. 여자대학의 학생운동 책임자라는 식의 말을 유원이 할 리가 없지 않습니까. 도대체, 언제 어디에서 그런 얘기가 튀어나온 걸까요. 아들이, 그런 자신에게 불리한 말을 할 리도 없는 것이고. 전 아무래도 우리 가문의 약점을 잡힌 것처럼 느껴집니다만……."

건수 숙부는 최씨 집안과의 혼인에 대해서 완전히, 아버지와의 전화 통화가 진행됨에 따라 점점 비판적으로 돼 가고 있었다. 이방근은 의외로 자신의 기분을 대변해 주고 있는 것 같아 속이 후련해졌다. 그가 같은 이야기를 해도 아버지는 받아들이지 않을 것이다. 숙부가 이렇게까지 확실히 이야기를 하다니, 적잖이 놀라기까지 했다. 아버지의 대변자이어야 할 그가, 어느새 여기까지 생각하고 있었단 말인가.

"아버지? 건강하시죠. 걱정을 끼쳐 죄송합니다……."

유원이 전화를 받았다.

"……"

잠시 말이 끊겼지만, 서로 말이 막힌 것 같았다.

"……아니요, 그런 게 아니에요. 과거의 잘못을 너그러이 봐주고, 할 수 없이 거두어 주기라도 하는 듯한 태도였어요. 제가 삐라 사건을 이야기하자 갑자기 그렇게 변했어요. 뭔가 더러운 것이라도 내려다보는 것 같은 태도로 돌변해, 불쌍한 저를 동정이라도 하는 것 같은…….
아버지, 들어주세요. 저는 인형이 아닙니다. 제가 뭔가 그렇게 더러운 일을 한 것일까요. 더러운 인간인가요. 저는 아버지가 최씨 집안에 대해서 어떤 식으로 결혼 이야기를, 그리고 저에 관한 이야기하신 건가 하는 생각을 하고 있습니다. 어째서 최씨 집안사람들은 그렇게 거만한가요. 후계자인 최용학 씨는 은행원이고, 모범적인 청년이라고 소문이 나 있고, 이씨 집안의 이방근은 직업도 없이 빈둥빈둥하고 있다고 바보 취급하는 건가요. 하지만, 유원이는 오빠를 존경하고 있습니다. 최용학이라든가 하는 부류의 사람들과 다릅니다. ……용학 씨와 오늘, 불과 두세 시간 전에 만났을 때, 부모에게 전화했다는 말을 들었습니다. 부친의 허가를 얻기 위해 제주도에 다녀올 생각인데, 그것이 모두 저를 위해서라는 듯한 말투였습니다. 말로 확실히 표현하지 않을 때에도, 그와 같은 발상으로 일관하고 있어요. 그래서 저는, 저를 위해서 그런 수고를 하실 필요는 없으니까, 이제 필요 없다고 말했습니다. 부친의 허가란 말을 반복해서 하고 있지만, 특별히 허가를 받아야 할 정도로 저에게 뭐가 있다는 겁니까. 그렇잖아요, 아버지, 저는, 이유원은, 아버지 딸입니다. 그런 제가 그 정도까지 업신여김을 당해야 하나요. 여자이기 때문인가요. 저는 두 번째 결혼도 아니구요. 그러면서 어떻게 결혼을 하고 싶다고, 정말이지 사람을 깔보면서 모순된 말을 하는지 모르겠어요. 저는 그렇게 하면서까지 결혼을 바라지 않는다고 했습니다. 저는 유치장에 들어갔던 일을 이야기하길 잘했구나, 결과적으로 이야기해서 다행이라 생각하고 있습니다. 절대 입 밖에 내지 말라고 하셨던 아버지의 분부를 어겼지만, 이번 일로 용학 씨와 그 집안의 사정, 최씨 집안의 인간을 잘 볼 수 있었습니다.

전, 확실히 알았습니다. 세상에는 전혀 다른 세계의 사람이 있다고……. 그런데도 어쩔 수 없는 사정으로 결혼을 해서……. 아버지, 죄송합니다. 유원이는 아버지에게 걱정만 끼치고 불효한 딸이라고 스스로 생각하고 있습니다. 가엾은 아버지……. 멋대로 혼자 말한 것을 부디 용서해 주세요. 아버지는 지금, 몸은, 괜찮으신가요. 예―……. 부디 건강하시고……. 예―, 예―……. 아버지, 죄송해요. 저, 왠지 슬퍼서……."

유원은 말을 잊지 못했다. 전화함의 나팔 모양 송화기에 입을 가까이 댄 채 오열했다.

여동생이 귀에 대고 있는 수화기에서 아버지의 목소리가 흘러나왔다.

"숙부님 바꿔라."

이방근이 말했다.

숙부가, 네가 받아보라고 턱으로 재촉했지만, 이방근은 응하지 않았다.

유원은 숙부에게 수화기를 건네고 손등으로 눈물을 닦으면서 자신의 방으로 뛰어 들어갔다. 지금, 몸은, 괜찮으신가요, 부디 건강하시고……. 이방근도 깜짝 놀라며, 가슴에 뭉클 와 닿는 것을 느꼈는데, 유원의 아버지에 대한 전화상의 작별인사이기도 했다.

숙부가 다시 수화기를 들고 있었다.

이방근은 통화하는 소리가 울리는 방에 우뚝 서 있었다.

통화는 한동안 계속되었다.

아무래도 이씨 집안에서 여자인 주제에 빨갱이가 나왔다, 이런 불명예스러운 수치가 있을까, 라는 것 같았다. 그에 관한한 최씨 집안의 생각과 일치한다고 할 수 있었다. 아버지는 소문이 퍼지는 것에 공포를 느끼고 있는 것 같았다.

소문의 당사자인 유원이 자신의 방에서 나왔다. 그녀는 오빠 옆으로 다가와 나란히 섰다.

6

어젯밤 아버지로부터 걸려 온 전화는 건수 숙부와 통화한 뒤, 다시 유원을 바꾸지는 않았고, 아들인 이방근도 아버지와 말 한마디 나누지 않은 채 끊겼다.

물론 아버지 쪽은, 아버지……, 부디 건강하시고……라며 말을 잊지 못하고 오열한 딸의 말에 이별의 인사가 담겨 있다는 것을 알 리가 없기 때문에, 전화로 딸을 부르지도 않았지만, 유원 자신도 전화 근처에 우두커니 선 채로 숙부가 수화기를 내밀어도 받으려 하지 않았다. 그리고 그녀는 일단 울음을 그치고 방에서 나오면서, 또 얼굴에 양손을 대고 울기 시작해, 오빠에게 혼이 났다. 그러나 오빠의 울지 마! 라는 기백이 담긴 그 한마디에, 이상하게도 유원은 울음을 뚝 그치고 말았다.

아버지의 전화는 끝날 때까지 태도가 불확실했지만, 평소에 자기주장을 하지 않는 사촌 동생이, 상대방의 거만함과 가문의 권위…… 운운을 축으로 해서 결혼을 반대하는 의견을 내고, 아버지에게 결혼 서약을 한 유원 자신의 굴욕적인 결혼에 대한 거부에 꽤 충격을 받은 모양이었다. 선옥이 아니라, 아버지 자신이 전화를 걸어온 것이 이방근으로서는 의외였고 고마운 일이었지만, 아버지가 전화 중에라도 졸도하지 않고 참을 수 있었던 것은, 제주 재계의 라이벌이라고도 할 수 있는 상대측이 혼사를 통해 드러낸, 남의 약점을 잡는 듯한 태도에 충격을 받았기 때문인지도 모른다. 사촌 동생과 딸의 전화로 아버지는 그 굴욕적인 사실을 분명 확인한 것이다.

그러나 이씨 집안의 딸이 '빨갱이'라는 사실이 드러난 것은 더할 나위 없는 불명예이며, 강도 살인범이라도 나온 것처럼 치욕적으로 생각하고 있었는데(적어도 그 사회적 입장에서 그러한 자세는 필요하기도 했다), 그러한 점에서는 최씨 집안의 생각과 일치하고 있었다. 살인범이 문제가 아니라, 그보다도 중대한 죄악이 반국가범죄, 즉 '빨갱이', '공산주의'가 되는 반공, 멸공입국의 나라, 사회가 대한민국이었다.

딸이 '빨갱이'이고, 게다가 극히 최근의 전력인 종로경찰서에 유치되었던 사실을 지금까지 숨겨 왔다고 해서 '흠집'으로 취급당하고 트집 잡힌다 하더라도, 그 사실을 부정할 수 없는 한, 아버지 이태수에게는 항변의 여지가 없었다. 상대 가문의 거만한 태도, 앞으로도 일어날 수 있는 굴욕적인 요구를 받아들일 것인지, 아니면 거절하는 것 외에 이태수에게는 방법이 없었다. 게다가 소문의 확산에 어떻게 대처할 것인가. 그는 공포마저 느끼고 있었고 곤혹스러워했다. 단지 유리한 점이 있다면, 상대방 당사자인 최용학이 유원에게 홀딱 반했다는 것이었다.

전화가 끝난 뒤, 제주 밤의 거친 바다 소리가 귓전에 들려오는 듯한 전화였지만, 이방근은 서울의 밤의 정적 속에서 위스키 병을 자신의 앞에 두고, 숙부와 둘이서 이야기를 나누었다. 숙부는 술을 마시지 않았지만, 이방근의 상대가 돼 주면서, 지금 제주도는 전투가 재개되어 쉽게 출입할 수 있는 상황이 아니지만, 일이 진행되는 형편에 따라서는 자신이 제주도로 건너가 친족회의를 열어서, 아버지를 설득하고 상대방과도 대처하고 싶을 정도라고 했다. 이방근이 앞에 나서면 유원 자신의 결혼 거부 뒤에 여전히 오빠의 영향이 있다고 아버지는(그리고 결혼 상대방도) 의심할 것이기 때문에, 바람직하지 않다는 것이 숙부의 생각이었다. 숙부는 오히려 상대가 거만한 태도로 나온 것에, 그리고 그 계기를 만든 유원의 '고백'에 이제 와서 갈채를 보내고 있는 것 같았다. 일이 묘하게 되고 말았다. 이방근은 숙부를 자신의 대변자로 만들거나 어떻게 한 것은 아니지만, 지금 스스로 그와 같은 역할을 맡으려고 하는 숙부를 눈앞에 두고, 일종의 송구스러움이 뒤섞인 전율이 취기와 함께 몸에 퍼지는 걸 느꼈다.

다음날은 일요일이었으므로 숙모와 유원이 참석한 가운데 이야기를 나누는 작은 '가족회의'를 가졌다. 그러나 그것은 결혼 문제보다도 파혼을 전제로 한 유원의 진로를 결정하는 중요한 장이 되었다. 이른바 아버지를 배제한 상태에서 '쿠데타'적 결정을 했다고 해도 좋았다. 단지 파혼이라고는 해도 정식으로 약혼이 성립돼 있었던 것은 아니다. 혼담은 분명히 있었기 때문에, 그것의 중지 혹은 백지화라는 것에 지나지 않는다.

가족회의에서는 새삼 유원의 일본행 이야기가 다루어졌다. 새삼스럽다는 것은, 이미 8월말 단계에서 숙부 부부는 아버지에 대한 해명은 어찌 되었건, 유학에는 찬성하고 있었던 것이고, 유원에 대한 갑작스런 소환과 성내 집에서의 '감금', 그리고 결혼 이야기의 진행 때문에 그것이 중단돼 있었던 것이었다.

출발은, 아직 한대용으로부터 연락이 오지 않았기 때문에(이번 달 중순, 일본에서 제주 도착) 확실히 정해지지는 않았지만, 배는 대략 20일경에 제주도에서 부산을 경유해 일본으로 향할 일정을 짜고 있었다. 유원은 부산에서 승선한다.

20일경 출발, 20일이란 날짜가 이방근의 입에서 나왔을 때, 숙모는 거의 비명에 가까운 소리를 내며 충격을 감추지 못했다.

"……아이구, 20일이란 건 이번 달 20일 말인가?"

"예―."

이방근이 대답했다.

"이런 일이 있을 수 있는가. 내일, 모래, 글피……. 아이구, 어찌 된 일이람. 오늘이 10일, 앞으로 열흘이면 20일이에요. 아이구, 당신 정말로 20일에 이 아이를 일본으로 보낼 생각입니까?"

"……" 숙부는 무뚝뚝한 표정으로 말했다. "어차피 갈 길이잖아. 옆에서 너무 이러쿵저러쿵 말하지 않는 편이 좋아. 태수 형님이 계시지 않은 자리에서 이런 일을 결정하는 것만으로도 난 마음이 괴로워……."

물론 아버지에게는 출발 예정일이 확정된 시점에 알릴 것이다. 반작용이 어떠하든 간에, 출발하고 난 뒤 사후보고를 할 수는 없었다. 상황을 봐서 이방근이 제주도로 돌아간다. 아버지에 대한 변명, 설명의 포인트는 유원의 사상 문제, 즉 이대로 두면 서울에서 다시 학생운동에 참가할 위험이 있고, 다시 체포된다면 재판, 형무소에 가게 된다…… 등이 구실, 일종의 협박적 재료였다. 게다가 어디에서 헛소문이 돌았는지 유원이 여자대학의 학생운동 책임자라는 딱지가 붙어서 상대측으로부터 아버지 귀에 이야기가 들어갔기 때문에, 이 구실은 음악공부와 함께 충분히 성립하는 것으로, 이른바 '골칫덩어리'의 '해외추방'인 셈이었다. 마침 아버지가 아들을 골칫덩어리로 여기고, 서울에라도 가서 살라……고 넌지시 '섬 밖 추방'을 꾀했던, 그 확대판이라는 생각을 하게 될 것이었다.

이방근은 숙부에게 뒷일은 자신이 책임진다고 했지만, 기정사실화하는 것 외에 방법이 있는 것은 아니었다.

숙부는, 아니, 내가 형님에게 말해야지……라며, 너는 나설 계제가 아니라는 듯이 말했다. 나는 서울에서 유원을 맡고 있는 아버지 대신의 후견인, '감독' 역이기도 하잖아. 일이 이렇게 되면 나도 뒤로 물러설 수 없어, 일이 진행되는 형편에 맞추는 게 제일이야. 무엇보다도 그런 곳에 유원이를 시집보내서는 안 돼. 그렇잖아, 안 그런가. 나는 이번 경우, 절대로 시집을 보낼 수 없어. 내게도 딸이나 마찬가지야. 형님에게 딱 잘라 그렇게 말씀드리겠어. 형님, 그것은 잘못입니다라고…….

얽은 얼굴인 숙모가 다정한 눈에 눈물을 글썽이며, 남편의 얼굴을 믿음직스럽다는 듯이 쳐다보며 수긍하고 있었다.

아버지는 어젯밤 전화로는, 최종적인 결단을 아직 내리지 않고 있었지만, 만일 어젯밤 그럼에도 불구하고 여전히 최씨 집안과의 혼인을 고집하고 있었다면, 아마 유원을 일본에 보내자는 오늘의 결정은 불가능했을지도 모른다. 그래도 이방근은 좌우지간 끝까지 밀고 나갈 작정을 하고 있었다.

일이 자신의 계획대로 움직여 감에 따라, 이방근은 어젯밤에도 그랬지만, 아버지만이 아니라 숙부 부부까지도 본의 아니게 속이고 있다는 생각에 사로잡혔다. 결코 악랄한 짓을 하고 있는 것은 아니지만, 속이고 있는 것임에는 틀림없었다.

여동생도 '공범자'인데 지금 여기까지 와서 탈락하는 일은 없을 것이다. 탈락이라는 것은 최용학에 대한 '고백'을 포함해서 이번의 파담에 이른 경위가 당초부터 계획된 것이라는 사실을 숙부에게 밝히는 것이다.

그 '고백'에 대한 최용학의 반응에 충격을 받은 유원은 이미 스스로의 판단으로, 아버지가 어떻게 강요를 하든, 그리고 오빠와 연명으로 쓴 아버지에 대한 계약서가 어떠하건, 스스로의 의사로 결혼을 거부, 파담선언을 하기에 이르렀다. 그녀는 최용학에게 '고백'을 함으로써,

그 결과 결혼 문제로부터도 자유로워진 것이었다.

그러나 조국을 뒤로 하고 떠나는 그녀는 사실상 파담에 성공을 했으면서도, 이것이 숙부까지 말려들게 한 자신들의 속임수의 결과라는 것에서는 자유롭지 못했다. 제주도에 있는 아버지는 차치하고, 적어도 숙부 부부에게 지금까지의 사정을 이야기하여 마음의 부담을 없애고 싶었는데, 말하자면 고백과 참회의 유혹에 사로잡혀 죄책감으로부터 벗어나지 못하고 있었다. 그녀는 출발하기 전에 지금까지 보살펴 주신 숙부 부부에 대한 감사와 함께 거짓말에 대한 용서를 구하고 싶다며 괴로워했지만, 이방근은 그것은 조만간 자신이 숙부 부부에게 이야기할 테니까 오빠에게 맡기라며 여동생을 막았다.

이방근은 문난설로부터 올지도 모를 전화를 기다리고 있었다.

가족회의가 한창일 때도, 어젯밤 어느 틈엔가 모습을 감춰 버려 사람을 깊은 공허에 빠뜨린 그녀의 모습이 머릿속 공간을 넘나들고 있었다.

난 그런 생각이 들고 말았어……라는 건 무슨 말인가. 그걸 입 밖에 내다니. 이방근은 어젯밤 숙부와 이야기가 끝난 후에는 제법 취해서 바로 잠들고 말았지만, 아침에 눈을 뜬 뒤 몇 번이고 지하 바를 나와 돌아오던 밤길에서 나눈 문난설과의 대화를, 대본의 대사처럼 반복해서 의식에 떠올려 중얼거렸다.

그렇다고 하더라도 아무런 말도 없이 가 버리다니. 어디 근처의 건물 뒤에서라도 기다리지 않고……. 부르면 멈출 거라고 생각한 것인가. 납득이 가지 않았다. 이방근은 어젯밤 나영호를 '바위 같은 야만적인 등'에 올려 내던진 사실에, 개천 위에서 토해 낸 자신의 토사물을 전신에 처바른 것 같은 자기혐오 속으로 머리가 거꾸로 박혔지만, 그녀가 모습을 감춰 버린 것이 한층 더 자신을 추악하고 비참하게 만들었다.

아니, 납득이 가지 않는 것은 아니다. 내가 좀 너스레를 떨 생각으로 한 말의 독이 그녀의 마음을 찌른 거야. ……당신이, 그리운 거야. 그런 식으로 말씀하지 마세요. 이런 것도 나영호에 대한 질투심의 그림자를 드리우고 있는 셈이다. 그리고 나영호의 거듭된 도발에 말려들어, 말려들었다기보다 응했다고 하는 편이 보다 그때의 상황에 가까웠다. ……웃훗훗, 너희들, 언제 눈이 맞은 거야……? 무슨 말을 하는 거야! 완력의 소유자라는 걸, 그렇게 과시하고 싶은 건가, 여자 앞에서. 해 봐, 응, 해 보라구……. 그를 내던진 자신의 모습……. 지금, 어젯밤에는 보이지 않았던 그것이 지금 보였다. 그때 문난설의 눈 속에서 움직이고 있던 자신의 모습이 보인다. 그렇다고 해도, 전화 정도는 해 줘도 괜찮은 것 아닌가.

아직 간 적은 없지만, 그녀의 아파트에는 전화가 없었다. 관리실도 관리인도 없어서 호출을 할 수도 없었다. 보통의 아파트보다는 고급인 듯했지만, 문난설의 방에 조만간 전화가 들어오게 된다는 말은 들었다. 내버려 두려고 생각했지만, 그녀의 집에 전화가 있었으면 아마 이방근 쪽에서 전화를 걸었을 것이다. 어젯밤에라도.

오후에, 이방근은 나영호와 문난설이 일전에는 일요일 출근이었기 때문에 오늘은 비번이라는 것을 알면서도 국제신문에 전화를 걸어 보았다. 전화를 받은 당직 기자로부터 나 기자는 밤에 출근한다는 대답을 들은 것만으로도 전화가 완전 허탕은 아니었다. 밤에 전화를 하면 그를 잡을 수 있다는 말이 된다. 전화로 문난설의 이름을 말한 순간 가슴이 덜컹했지만, 그녀도 역시 나오지 않았다.

이방근은 아침부터 그녀의 연락이 없으면, 주소에 의지하여(일부러 수첩에 그 주소가 기재되어 있는지를 확인까지 했다), 서대문우체국 근처인 그 아파트로 찾아갈지 어쩔지 망설이고 있었다.

전화가 없다면 없는 대로 내버려 두면 된다. 그쪽에 전화라도 있어서 이쪽에서 거는 거라면 몰라도, 일부러 직접 찾아가는 것은 아니지 않는가. 자존심 때문에? 그 자존심이란 무엇인가. 일일이 자존심에 지배를 당해서는 사랑이 성립되지 않는다. 아니, 여자와의 관계가 성립되지 않는다. 그런 걸 억제할 수 없다면, 잠시 옆쪽으로 밀쳐 두어야 한다. 그저 만나고 싶기 때문에 간다. 그녀는 나를 만나고 싶지 않은 것인가, 전화를 하고 싶지 않은 것인가. 거짓말을 하는 것도 자존심에 상처를 입지 않는 방법의 하나였다. 필요 이상으로 상대를 치켜세워, 반하지도 않았는데 반했다고 되뇌면서 여자에게 구애하는 방식. 그러나 이방근은 아무래도 문난설에게 반해 있었다. 단지 그에게는 그녀도 자신에게 반했다는 담보가 필요했다. 갑자기 사라져 버렸기 때문에, 엊저녁부터 난설 씨가 걱정돼서……. 그저 만나고 싶기 때문에 간다. 문난설이 끌어당기고 있는 것이다. 저항하기 힘든 힘으로.

으一음, 난설의 아파트로 찾아갈까. 아무튼 밖으로 나가자. 밖으로 나가 하늘 아래를 걸으면, 이 초조한 마음도 진정되겠지 하고 생각하면서 방으로 돌아왔을 때, 갑자기 뒤에서 전화벨이 울렸다. 이방근은 무심코 뒤를 돌아볼 만큼 가슴이 철렁했다.

유원이 전화를 받았다.

문난설은 아닌 것 같다. 여동생과 어젯밤에 만났을 뿐인 최용학이었다. 여동생과 만났을 때 최용학은 제주도의 부친에게 유원이 유치장 생활을 했다고 말한 '고백'의 내용을 전했다고 이야기한 모양이지만, 유원은 그것은 상관없다. 그런데 당신은 영원히 가슴에 혼자 간직해 두고 부모에게도 결코 누설하지 않겠다고 해 놓고서는 어째서 몇 시간도 비밀을 지키지 않은 것이냐고 되물었다. 그에 대해 최용학은 유원이 앞으로 일체 정치 활동을 하지 않을 것을 자신에게 맹세하지 않았기 때문이라고 했다는데, 이것도 사람을 깔보는 이야기였다. 유원은 그래서 자리에서 일어나 돌아온 것이었다. 그런데도 지금 이렇게 전화를 걸어왔다.

이방근은 방을 나와서 전화를 받고 있는 유원의 옆에 섰다.

여동생은 이번 일에 대해서는 이것으로 끝내고 싶다고 반복했지만, 상대가 물고 늘어지고 있었다. 어젯밤 제주도의 아버지로부터 전화가 왔었고, 아버지의 이야기에 따르면 최용학의 아버지가 이번 혼인 문제를 다시 생각하고 싶다고 전화로 이야기한 것 같은데, 전화로 그러는 것은 큰 실례가 아닌가. 말하자면 흠집 있는 물건을 취급하듯이 딸을 받아 주겠다는 태도, 최용학 자신이 그렇기는 하지만, 말도 안 되는 일이었다. 무엇보다 최용학의 집은 파담이라도 하고 싶은 의향인가 본데, 당사자가 그래서는 이상한 거 아닌가……라고, 유원 본인이라기보다 건수 숙부나 오빠인 이방근이 이야기하는 듯한 어조로 말하고 있었다.

"아니요, 오해 같은 게 아닙니다. 예? 뭐라고요……. 계엄령? 제주도에 계엄령이, 오늘부터……." 유원의 어조가 바뀌었다. 수화기를 귀에 가만히 대고 있었다. "예ㅡ, 통행금지라고요? 흐ㅡ음(유원은 반신반의하는 표정으로 옆에 있는 오빠를 바라보았다), 그것은 야간의 일이겠죠……. 예ㅡ, 하지만, 괜찮습니다. 계엄령이 아니라도 최용학 씨는 이번 일로 일부러 제주도까지 갈 필요는 없으니까요. 그렇지 않습니까. 요전에도 말씀드린 것처럼 절 위한 일이라고는 말하지 마세요. 저는 매우 귀찮고 마음도 상했으니까요. 모욕입니다. 아버지를 설득한다느니, 그런 이야기는 이제 이걸로 끝내 주세요. 누굴 위한 설득입니까? 딱 잘라 거절하겠습니다."

유원은 수화기를 손으로 막았다. 오빠를 바꿔 달라고 한단다.

"끈질긴 인간이군. 오빠는 전화를 안 받겠다고 한다고, 분명히 말하면 돼."

"여보세요, 오빠는 계시지만 전화는 받고 싶지 않다고 합니다……."

"바보, 받고 싶지 않다고 합니다는 뭐야. 상대가 무서워서 그러는 거냐. 분명히 받지 않겠다고 한다는 말을 했어야지. 이제 됐어. 핫, 핫하아……."

이방근은 소리를 내어 웃었다. 상대에게 들리는 것을 꺼리지 않는 웃음소리였다.

"……내일 돌아가신다는 인사는 제가 전할 테니까요. 아니요, 이쪽으로 오셔도 저도 오빠도 곧 외출해서, 아무도 없습니다. 네? 뭐라고요, 어디로 외출하냐고요? 당신 지금 무슨 생각을 하고 계신 겁니까? 적당히 좀 하세요."

유원은 찰칵 하는 소리를 내며 전화를 끊었다. 그녀 자신이 아버지에 대해 결혼을 거부하고, 그리고 숙부도 결혼 반대를 표명하고 있었기 때문에, 유원은 이제 자신감을 가지고 상대에게 쐐기를 박는 느낌이었다.

"오빠, 무슨 생각으로 전화를 한 걸까요."

"계엄령이라니, 무슨 말이지? 제주에 계엄령이 내렸다는 건가?"

"예―, 오늘 그가 제주에 전화를 했을 때, 전투가 격해진 '새로운 국면에 대처'해서, 오늘 계엄령이 선포되었다고 해요. 정말일까요. 자신은 특별허가를 받아서 제주건 어디건 갈 수 있지만, 부친이 당분간 오지 말라고 해서 갈 수 없을 것 같다고 했어요……. 그런 일, 이쪽은 관계가 없는 일이지만. 계엄령이 선포되면 어떻게 되는 거죠. 설마 낮부터 통행금지라는 것은 일체의 외출금지잖아요. 버스도 운행을 중지하고. 그런데도 일반 장거리전화 같은 것이 가능할까요……."

전화벨이 울렸다.

"후후. 최용학이군. 이거 정말 사람을 바보 취급하는군. 그게 아니면 완전히 파렴치한이든가. 전부터 그런 인간이었지만 말이야……."

이방근은 어쩌면 문난설일지도 모른다고 생각했지만, 전화의 목소리가 최용학이면 갑자기 폭발할 것 같은 자신을 억제하며, 수화기를 들지 않았다.

"……" 전화를 받은 유원은 아무 말도 하지 않았다. 수화기에서 남자 목소리가 흘러 나왔다. "아니, 아닙니다."

유원은 다시 전화를 끊었다.

잠시 뒤 다시 전화벨이 울려 유원을 진절머리 나게 했지만, 그대로 내버려 두자 이윽고 지칠 대로 지쳐서 끊겼다. 이방근은 감탄하고 말았는데, 이건 일종의 편집광이 아닌가.

"오싹해. 마치 진드기 같아요. 정말로, 어떻게 하죠. 집까지 찾아올지도 몰라요……."

"이제 오지 않을 거야. 뭘 하러 오겠어. 폭탄이라도 안고 찾아올까? 외출한다고 했잖아. 후후, 너로선 아주 잘된 일이다. 찾아온들 너 혼자도 아니고, 숙부 부부가 계시니까."

"오빠는? 오빠는 없어?"

"아아, 오빤, 잠깐 나가야 해."

"어디로?"

"너도 참, 핫, 핫하, 최용학 식인가. 오빤 볼일이 있어서 말야."

건수 숙부가 즉시 건국일보 편집국에 전화를 넣어 제주도 계엄령선포 건을 문의했지만, 미확인. 제주의 한라신문에 통신망을 두고 있는 국제통신, 그 외의 관계기관에 알아봤지만, 일요일인 탓에 어느 것도 확인할 수 없었다.

숙부는 우선 아버지 이태수에게 장거리전화를 신청했다. 교환수가 전화를 접수했다. 계엄령이라면 일반 전화를 간단히 접수하지는 않을 것 같은데. 어쩌면 제주 현지에서 연결되지 않을 가능성도 있었다. 전화는 어젯밤 아버지와의 통화 후의 과정과 경과, 전화가 연결될 시간인 오늘 저녁 현재의 상황을 듣고, 상담할 목적도 있었다.

그런데, 이방근은 외출할 때가 돼서 생각났지만, 코트가 없었다. 어쨌든 코트를 한 벌 사야겠지만, 어떻게 할까. 종로 근처의 양복점이나 화신백화점까지 걸어서도 30분 정도 걸리기 때문에 들러도 괜찮겠지만, 가게에 들어가 점원과 이런저런 이야기를 나누면서 몸에 맞는 코트를 정하는 것이 귀찮고 내키지 않았다.

밖은 날이 개어 있었고 바람도 없어 일요일의 행락에는 알맞은 화창한 가을 날씨였다. 바람이 많은 제주도라면 흔치 않은 날일 것이다. 쾌청한 하늘 아래 전모를 드러낸 한라산의 광대한 산자락이 머릿속에 펼쳐졌다. 백록담 주위의 정상은 머지않아 눈으로 덮인다. 어젯밤, 그 지하 바의 문 밖에 펼쳐졌던 설경의 빛은 무엇이었던가. 착각이라고 하기에는, 지금도 눈 속에 뚜렷하게 새겨져 있었다. 코트는 필요 없다, 적어도 오늘에 한해서라면. 10월이라도 서울의 밤공기는 차갑다, 밤에 기온이 뚝 떨어진다고 해도 특별히 코트 없이 걸을 수 없는 것은 아니다. 어젯밤에도 제법 차가운 기운이 지상을 덮었지만, 점퍼와 상의만 입은 통행인도 많았다.

문난설의 전화를 은근히 기다리고 있는 이방근은 어쨌든 밖으로 나가는 것이 먼저였다. 마음이 진정되지 않았다. 외출한 직후에 전화가 걸려 올지도 모르지만, 그래도 상관없었다. 그녀 쪽에서 전화를 걸어 온 것이니까. 안국동 언덕을 내려가서 그대로 쭉 종로 쪽을 향해 어슬렁어슬렁 걸어갈까. 행선지는 서대문 방향이지만, 종로 1가 사거리까지 갔다가 마음이 내키면 백화점에라도, 그 혼잡함과 냄새가 싫으면 다른 곳을 들러 보면 된다. 번거로운 생각이 들었다.

어쨌든 그 부근까지 갔다가 마음이 내키지 않으면, 거기에서 남대문을 경유해, 용산행 노면전차를 타기로 하자. 서울역 앞에서 내려 서대문 방면으로 갈아탄다. 먼 거리는 아니었다.

"만일 난설 씨한테 전화가 오거든, 지금 두 시가 지났구나, 볼일이 있어 외출 중이지만(불필요한 설명이 입에서 나온다. 이방근은 그렇게 생각했다. 이것은 전화를 받았을 때의 유원이 할 말이다), 일고여덟 시쯤이 되면 돌아올 거라고 말해 주면 돼."

"난설 씨한테 전화가 오나요?"

"잘 모르겠는데, 올지도 몰라."

"어젯밤에 만났잖아요?"

"아아, 만났지. 친구와 셋이서."

또다시 쓸데없는 말 하나를 덧붙였다. 왜 그저 만났다고만 할 수 없는 걸까. 오히려 이상한 것이다.

"저도 그녀와 만나고 싶어요."

"만나면 되잖아."

차가운 말투였다. 모든 게 문난설을 의식하고 있는 탓이다. 난설 씨가 아니라, 그녀라고? 이방근은 미소를, 자비를 담은 듯한 미소를 지었지만, 그것은 매우 의식적인 것임을 자신의 볼에서 입가에 걸친 근육의 움직임으로 깨달았다. 혹시 여동생에 대한 애정이 옅어진 것이 아닌가 생각하며 그는 가벼운 전율을 느꼈다. 아니, 여동생과 난설이는 전혀 별개다. 여동생은 여동생, 난설이는 난설이.

밖으로 나오자 완만한 언덕을 빠져나가는 부드러운 바람이 볼에 상쾌했다. 높은 가을 하늘의 햇빛이 눈부시다.

아이들의 목소리가 울리고 있었다. 조그만 아이들이 각자 세발자전거를, 출발선으로 정한 언덕 위로 끌고 와서, 일제히 늘어섰다. 재차 지면에 출발선을 정성들여 곱돌로 하얗게 긋거나, 그 외 두세 명은 우뚝 서서 지켜보고 있었는데, 세발자전거를 가지고 있지 않은 아이들이었다. 어쩌면 교대로 번갈아 타고 있는 세발자전거의 주인일 수도 있겠지만, 어느 쪽이든 자전거가 절대 부족했다. 두세 명은 밀려나 있었다.

땅! 하고 권총의 발사음을 흉내 낸 귀여운 목소리가 어린아이 입에서 튀어나옴과 동시에 돌아보니 빨간색과 녹색의 서너 대가 좁은 길 언덕의 내리막을 향해서 내달리기 시작했다. 앞바퀴 페달에서 뗀 양다리를 크게 벌린 채, 필사적인 표정을 하고 뒤쪽에서 언덕을 내려왔는데, 이방근이 길가로 피해 있음에도 불구하고, 조종을 실수해서 벌린 다리 한쪽이 이방근의 바지에 걸려 하마터면 구를 뻔하면서도, 그래도 멋지게 언덕 아래를 향해 달려갔다. 아이들의 환성과 세발자전거가 회전하면서 내는 작은 바퀴의 울림, 그리고 구르는 바람에 무릎 등이 까져 흐느껴 우는 소리……. 떠들썩한 언덕을 다 내려와, 중앙정청 앞을 달리는 넓은 광화문 거리로 나왔다.

세발자전거 대신 갑자기 날카로운 자동차의 경적이 귓전을 울리고 지나갔다. 일요일이지만, 중앙청이 가까운 탓인지 지프가 눈에 띄었다.

맑게 갠 하늘에 은백색으로 빛나는 구름이 천천히 움직이고 있었다. 이런 날씨에 과연 그녀가 아파트 방에 머물러 있을까. 어젯밤 일로 기분이 언짢아서(나영호를 땅바닥에 내던진 나에게 크게 실망했을 것이다), 마치 지금의 나처럼 어디론가 나간 것은 아닐까. 어디로? 그렇다 하더라도 서로의 포옹 속에서 그렇게 불타오르던 여자가, 당장이라도 전화를 해 오지 않다니…….

백화점 입구 근처에 모인 구두닦이 소년 하나가 길을 막았다. 구두 닦이 상자를 들고 잽싸게 원숭이처럼 달려들더니, 어느 사이엔가 구두 앞쪽을 잡고 닦기 시작했다. 급할 것도 없는 이방근은 스스로 행인의 방해가 되지 않도록 백화점 건물 구석 쪽으로 몸을 붙였다.

"아저씨는 서울 사람 아니죠?"

"뭐? 음, 잘도 아는구나. 어디 냄새라도 나는 거냐?"

"히잇, 알 수 있어요. 신사니까요. 깨끗이 닦을게요. 서울이란 곳은 사람들이 모이는 곳이라, 교활한 사람이 많죠. 전 여러 가지로 다 알고 있어요……."

콧물을 닦은 소년의 작은 손등은 더럽고 까칠까칠했다. 콧물이 햇빛에 반사되어 손등이 빛났다.

"흐-음."

옆 쇼 윈도우의 몇 개나 되는 여자 마네킹이 모두 이쪽을 향하고 있다는 걸 깨달았다. 참으로 멍한 표정이라서 순간 가슴에 틈새바람이 지나가는 느낌이었다. 코트를 입었는데도 죽은 생선 같은 눈을 한 마네킹의 가슴 언저리가 불룩한 것도 묘한 일이었다. 윈도우를 들여다보는 여자들의 뒷모습이 이방근의 시선을 방해했다. 힐끔 옆을 본 여자의 얼굴에 문난설의 얼굴이 스쳐 가슴이 덜컥했다.

쇼 윈도우 앞을 지나자, 곧바로 한 양복점 간판이 눈에 띄었다. 인도 전신주에 찢어진 흔적이 생생한 삐라. 어젯밤에 나영호가 주머니에서 꺼내 보여 준 삐라와 비슷한 '반민족행위처벌법 안을 철회하라……'라는 것이었다. 제주도에 계엄령이란 것은 사실인가. 현재도 비상 계엄태세에 있고, 그야말로 전투가 격화되면 계엄령이 나와도 이상할 건 없지만, 그것은 본격적인 전투, 철저한 토벌전의 전개를 의미할 것이었다. 설마 최용학의 말이 거짓은 아니겠지.

이방근은 어느새 YMCA회관의 젊은이들이 모여서 무엇인지 격론을 벌이고 있는 현관 앞까지 와 있었다. 나는 도대체 뭘 하러 여기까지 와 있는 것일까.

성난 목소리. 근처의 마이크에서 터져 나오는 절규하는 목소리가 들렸다. YMCA 옆의 인사동 쪽으로 들어간 노상에 두 대의 유세 트럭이 세워져 있었고, 한 대의 트럭 위에서 청년 한 사람이 주먹을 휘두르며 공산주의 타도……를 외치고 있었다. 트럭 두 대에는 모두 열 명 남짓 타고 있었는데 청년이 외치고 있는 쪽의 트럭은 서북청년회, 다른 한 대는 반공신문인 대동신보의 선전차였다. 트럭의 적재함에 빙 둘러친 빨간 페인트의 문자 슬로건은, '친일'과 처단을 책동하는 반민족특위는 공산주의의 앞잡이다! 반민족행위처벌법 안을 철회하라! 라는, 전신주나 벽의 삐라와 같은 것이었다. 엿새 전날 밤 문난설과 함께 택시로 이 길을 들어가, 순수한 한정식 식당에서 식사를 마치고 함께 걸어 나온 것도 이 길이었다. 그날 밤, 그녀와 하룻밤을 함께 밝힌 것이었다. ……제주도 폭도…… 운운하며 외치고 있다. 마음에 날이 섰다. 공비 폭도들이 다시 공세를 개시하여 부락을 습격, 양민을 학살하고 있다. 서울, 인천, 그 외 각지에서 빨갱이 도당이 권총으로 경관들을 사살, 주재소 폭파……. 적색혁명 타도, 민족혼 사수…….
2, 30명의 군중이 멀리서 트럭을 에워싸고 있었다.

"가자, 서울 대운동장으로. 참가합시다, 반공 애국 국민총궐기대회……". "멸공애국으로 대한민국건설을……". "공산주의자의 망언에 속아서 조국을 망치지 말라……". "민족 대화해"……. 트럭 위의 사람이 손에 든 플랜카드 슬로건. 남자들 뒤에 몇 명인가 여자의 모습도 보였다.

저것은? 뒤쪽에 서 있는 한 사람의 큰 몸집의 여자. 이방근은 거의 기겁할 듯이 놀라, 문난설이 저기에……라며 몸을 앞으로 내밀었다. 그녀가 설마. '서북'의 트럭이었다. '서북'과 관계가? 이방근은 뛰는 심장을 억누르고 군중들 뒤에서 그 트럭 쪽으로 다가가 가까운 거리에서 그녀를 확실히 보았다. 아니다. 다른 사람이었다. 전혀 다르지 않은가. 추녀이기까지하다. 도대체, 어찌 된 일인가. 양어깨에서 힘이 한꺼번에 빠지는 느낌이 전신을 돌고, 이마에 손을 대니 싸늘하게 식은땀이 번졌다.

그는 서둘러 그 장소를 벗어나 전찻길로 나와, 오른쪽으로 꺾어 화신백화점 쪽으로 돌아갔다. 쫓기듯 파란 신호의 교차로를 맞은편으로 건너 종각 옆에 섰다. 남대문 방면행의 노면전차를 타려는 것이었다. 서대문이라면 종로 거리를 서쪽으로 빠져 달리는, 환승이 필요 없는 전차가 있었다. 그 전차가 좀처럼 오지 않을 때도 있지만, 이방근은 남대문 방면행을 기다렸다. 그 트럭 위에 있던 여자는 뭔가. 마치 낮도깨비 같았다. 분명히 문난설인 것 같았는데, 옆에 다가가 보니 전혀 닮지도 않은 여자라니. 도대체, 그런 여자와 착각했다고 하면 난설이는 화를 낼 것이다. 난설이, 난설이. 나는 그녀의 얼굴을 분명하게 기억하고 있는 것인가. 지금 또렷이 머릿속에 떠올릴 수 있는가. 이 손으로 끄집어낼 수 있을 만큼.

그는 마치 시선을 자신의 머릿속 공간으로 옮기듯이 하며, 필사적으로 문난설의 상을 붙잡으려 하고 있었다. 선과 형체가 모자이크처럼 흩어져 하나로 이어지지 않았다. 의식하면 도리어 상을 맺지 못했다. 고통스러웠다. 공중에 문난설의 환상의 파편이 흩어져 있는 것인가. 그는 한순간 이전처럼 그녀의 상이 머릿속에서 툭 끊어져 사라져 버릴 것 같은 공포에 휩싸였다.

갑자기 한 대의 지프가, 경찰 지프가 눈앞에서 브레이크를 밟고 인도에 아슬아슬하게 차체를 붙여 세웠다.

"아이구, 이 선생 아닙니까."

신사 한 사람이 뒷좌석에서 상반신을 드러내 보이며 말을 걸어 사람을 놀라게 했다. 황동성이었다.

이방근은 경찰 지프와 황동성의 조합에 일순 멈칫하며, 눈앞의 지프 안에 그의 모습을 확인하자, 이윽고 뭔가 차가운 것이 등줄기를 타고 곧장 아래를 향해 관통하는 걸 느꼈다. 운전석에서는 현직 경관이 핸들을 잡고 있었다.

"아이고……." 이방근은 적잖이 당황하며 소리를 질렀다. "황 선생님……."

"거기에서 왜 멍하니 있습니까?"

"멍하니? 멍하니 있는 게 아닙니다." 지프 옆으로 다가선 이방근은 상대의 악수에 응하면서 말했다. "전차를 기다리고 있는 중입니다."

"전차를? 그런 곳에서. 전차는 저기 정류장에서 기다려야 하는데. 그게 아니라, 길 위에서 철학적으로 사색 중이신데 공연한 참견을 했군요. 전차가 오는 걸 보고 나서 타려는 것이겠죠. 어디로?"

"예ㅡ, 서대문 쪽으로요."

이방근은 조금 망설이면서, 서대문이라고 말했다.

"서대문?, 음, 아니, 이걸 타시오. 모셔다 드리지요."

"아니, 전 전차로 천천히 가려고요."

이방근은 사양하는 것이 아니라, 마음이 내키지 않았다. 게다가 서두를 필요가 없었다. 지금 바로 10분이나 2, 30분 내에 그녀의 아파트를 찾아갈 생각은 없었다.

이방근은 뒷좌석에 경무관 대우인 황동성과 나란히 앉았다. 경비전화가 딸려 있었다. 지프는 용산 방면을 향하고 있었지만, 도중에 남대문로로 빠져 의주로에서 서울역을 지나 북서쪽으로 달리면, 그다지 돌아가는 것은 아니었다.

이방근은 처음부터 운전석의 백미러를 무시했다. 제복에 모자를 쓴 젊은 경관과 시선이 얽히는 걸 피했던 것이다. 이방근은 황동성에게 서대문 어디 근처냐는 질문을 받고, 아니, 정확히는 서대문이 아니라, 조금 멀어지지만 서대문을 경유한 현저동까지 갔으면 한다고 대답했다. 서대문 근방에서 내리면 혹시 문난설의 아파트에라도 가는 것이라고 의심받을 것을 염려했다. 현저동은 서대문에서 좀 더 달려야 하지만, 고병삼 의원을 떠올린 것이었다.

"핫하아, 서대문형무소에라도 가 볼 생각입니까?"

황동성은 농담을 하며 웃었는데, 필요 없는 농담이었다.

이방근이 서대문형무소는 저의 옛 보금자리라고 농담을 받아치지 않았기 때문에, 서대문형무소라는 이름은 그것으로 사라졌다.

지프는 서대문 사거리를 지나, 전찻길을 조금 서쪽으로 북상해 달렸다. 곧 서대문형무소의 끝없이 이어진 튼튼한 콘크리트 담장이 차 왼편으로 나타났다. 지프는 포장되지 않은 도로의 메마른 흙먼지를 연기처럼 일으키면서, 꽤나 흔들리며 달리다가 전차 정류장 근처에서 멈췄다.

이방근은 인사를 하고 지프에서 내렸다.

"조만간에 꼭 신문사에 들러 주세요."

황동성이 말했다.

하얀 흙먼지를 날리면서 달려가는 지프의 뒷모습을 전송하면서, 이방근은 입술과 혀 위에 까칠까칠하게 마른 모래 먼지의 감촉과 맛을 느꼈다. 손수건으로 입 주위를 닦으며, 혼잣말을 했다.

"이거 참 낭패로군. 먼 곳까지 와 버렸어. 참으로 달갑지 않은 친절입니다, 황 선생님……."

종점에 막 도착한 전차가 방향을 바꾸어 정류장으로 다가왔다. 그는 그 서대문 방면의 전차를 기다렸다. 일요일은 평일보다 석방되는 사람이 많았다. 이 정류장은 출소하는 자와 마중 나온 가족, 친구들로 붐비는데, 대개는 이른 아침, 늦어도 오전 중에 출소자가 나오는 것이었다.

차가 지날 때마다 체로 걸러낸 듯한 미세하고 마른 흙먼지가 일어, 사람 몸 위에 떨어지고, 주위로 날아 흩어져 민가의 처마나 낮은 지붕을 덮었다. 연도의 민가 유리문은 죄다 흙먼지가 달라붙어 흐려져 있었다. 바람이 강한 날은, 하늘 높이 불어 올라간 흙먼지가 형무소의 높게 솟은 담장에 가로막혀 되돌아와서는 구름처럼 부풀어 올라 주위의 민가 위에 춤추며 떨어졌다. 비가 오는 날은 지붕 등의 흙먼지가 씻겨 내려가지만, 도로는 진창이 되곤 했다.

이방근은 담배를 입에 물고, 높아서 결코 넘을 수 없는 형무소의 거대하고 검붉은 벽돌 벽을 올려다보았다. 점점이 검은 것은 여러 마리의 까마귀였다. 벽 너머로 광대한 공간과, 부채꼴로 펼쳐진 옥사의 좁은 감방, 창 아래를 자주 지나는 관(棺), 병동, 교수대가 있는 건물……. 그곳으로 끌려가는 자는 대개 건물 입구에서, 어머니! 하고 불렀다. 이방근은 9년 전, 거대한 벽 맞은편에 있는 11사(舍)의 벽 안의 또 다른 벽 안에 있는 상자 같은 벽 속에서, 1년 가까운 미결 기간을 보냈다. 11사 1층, 옥사 건물 끝에 가까운 15방(房). 먼지가 많은 지역이었다. 이미 세 시, 문난설을 찾아갈까, 어떻게 할까? 서대문 근방을 지나쳐 와 버린 것이, 망설이면서도 아파트를 찾아가려고 마음먹었던 처음의 기세를 꺾어 버린 것 같았다. 문득 고 의원에 들러

볼까 하는 생각이 머리를 스쳤지만, 전차가 바퀴를 삐걱거리며 정류장에 멈췄다.

두세 명의 승객이 정류장에 나타났고, 이방근도 그 전차에 올랐다.

한쪽 차창 밖은 사람의 시야를 가로막는 성벽처럼 벽돌 벽의 빛바랜 핏빛이 우울한 풍경으로 이어졌다. 일제강점기의 사상범 감옥이라는 별칭을 가진 거대한 형무소. 지금도 그랬다.

이방근은 창밖의 담장 쪽을 등지고 좌석에 앉았다.

황동성은 왜 경찰 지프 안에서 말을 걸어온 것인가. 그대로 지나쳐도 좋을 일이었다. 게다가 일부러 지프에 동승시켜 행선지까지 데려다 주다니. 그는 결코 원칙을 벗어나서 정에 움직이는 인간이 아니다. 지하당 간부의 철칙이다. 아니면 실제로 자신의 비밀생활의 일면을 보여 주려고 한 과시욕인가. 이것도 철칙에 어긋난다. 이방근은 생각해 봐도 의미를 파악할 수 없었다. 그렇지 않으면 일반적인 친절인가. 어렵게 생각할 것 없이 그저 단순하게 우연히 눈에 띈 지인에게 말을 걸었다, 그리고 행선지를 묻고 데려다 준 것일 뿐, 원칙이라든가 철칙과는 관계없이 솔직하고 자연스러운 마음의 발로였……고 하는 것이 자연스럽다. 자신감, 일종의 여유에서 나온 연기라고도 할 수 있었다.

이방근은 서대문 정류장에서 일단 하차했다. 내리고 볼일이다. 서울역 근처까지 갔다가 되돌아오지 않기 위해서. 왜 이방근답지 않게 이렇게도 아파트에 가는 걸 망설이는 것인가. 여자 뒤꽁무니를 쫓아다니는 것 같아서 아무래도 한심한 생각이 든다. 그렇다면 구실을 만들 일도 없이, 도중에 하차하지 말고 곧장 귀로에 올라야 했다. …… 만일, 아파트를 찾아냈을 때는, 그 방문을 노크할 생각인가. 당연히 할 것이다. 그 때문에 찾아가는 것이니까.

그는 교차로를 서쪽의 서대문 우체국 쪽으로 건너, 눈에 띈 공중전화 박스에 들어가 집에 전화를 걸어 보았다. 전화를 받은 여동생에게 어디서 전화가 없었냐고 물었지만, 없다고 한다. 음……. 그녀는, 난설 씨한테도 없었다……고, 문난설의 일을 묻지도 않았는데 멋대로 덧붙여, 조금 쓸데없이 오빠의 기분을 상하게 했다. 이런 때야말로 문난설의 집에 전화가 있다면 얼마나 도움이 되겠는가.

그런데, 그 뒤로는 최용학으로부터 전화도 없고, 찾아오지도 않는다고 여동생은 다소 불안하지만 밝은 목소리로 말했다. 최용학의 정열은(그것이 정열이라는 것인가?) 보통사람과 다른 것인가. 내 경우 저렇게 여자가 싫어한다면 도저히 못 견디고, 즉시 물러날 것이다. 그렇다면 정열적이라고는 할 수 없는 것인가?

전화를 끊은 이방근은 박스 밖에서 담배에 불을 붙였다. 지금 막 건너온 전찻길 맞은편 인도에 가방 같은 것을 든 중학생들의 모습이 무리지어 보이는 것은, 연도 바로 옆에 있는 도서관에서 나오는 것일 게다.

으-흠……. 이방근은 마음이 평온치 않은 구석이 있었고 그것이 결의를 재촉한 것처럼, 학생들로부터 등을 돌려 걷기 시작했다. …… 그런데 어찌 된 일일까. 뭔가가 있는 것이다. 그럴 리가 없다. 그런 여자가 아닐 것이다. 잠깐 기다려. 설마, 번개가 정수리를 관통한 것처럼 그 자리에 멈춰 서서, 아직 우체국 건물 앞인데 그곳에서 잠시 움직이지 않았다. 설마, 설마, 이미 방 안에 누군가가 있어서, 대낮부터 그 남자의 팔에 안겨 있는 것은……. 나는 정말로 이 일을, 지금 상상하고 있단 말인가. 아니, 지금 실제로 이 머릿속에서 일어난 일이다. 무서운 악몽, 그는 충동적으로 앞으로 나아갔다. 그러나 곧 멈춰 서서, 발을 동동 구르며 자기 자신에게 화를 냈다. 도대체 무슨 생각을…… 망상, 망상, 망상.

그는 서대문우체국에서 서쪽으로 들어간 곳이라고 들은 것과, 상의 안주머니에서 꺼낸 수첩의 주소에 의지하여 우체국 옆길로 들어섰다.

잠시 걷자, 길은 약간 오르막이며 전방에 보이는 구릉 기슭의 언덕으로 이어져 있었다. 주위는 주택가이고, 그 한 모퉁이에 있는 명성아파트는 곧 찾을 수 있었다. 충정로 서쪽의 깊숙한 곳이었다.

수목에 둘러싸인 작은 공원이 아이들의 소리와 움직임으로 채색되어 있었는데, 그 수목의 그림자 맞은편에 꽤 크고 산뜻한 양옥풍의 이층건물이 보였다. 비슷한 창문이 돌출창과 함께 몇 개나 숙소처럼 늘어선 것은, 그것이 개인 저택이 아니라 집합주택이라는 표시였다. 저것이 명성아파트라고 근방의 사람이 가르쳐 주었다.

그는 올봄, 숙부의 집까지 마중을 온 검은 색 외제 승용차에 반강제적으로 끌려갔던 중구 M동, 남산의 동쪽 끝에 가까운 북쪽 기슭 주택가에 있는 '서북' 간부숙소를 떠올렸다. 해방 전에 일본인 고급 관리나 자산가가 살고 있던 저택이었다. 설마, 눈앞에 보이는 저 아파트 건물이 '서북'과 관계가 있는 것은 아니겠지.

공원 옆을 빠져나가 맞은편으로 나오자, 도로 쪽에 나무를 심은 정원을 갖춘 아파트의 흰 벽 건물이 보였다. 그는 공원 옆에 서서 도로 너머로 볕이 들고 있는 건물을 바라보았다. 1, 2층 모두 대여섯 개의 방이 자리 잡고 있는 듯한 아파트의 창문이, 바람도 없고 날씨가 좋은 탓인지, 몇 개인가는 열려 있었고, 그중에는 창밖으로 이불이 널려 있는 곳도 있었다. 절반가량은 창문이 닫혀 있었다.

기재된 주소는 단지 명성아파트 2층이라고만 돼 있을 뿐, 몇 호실이라고는 나와 있지 않다. 본인도 분명히 2층이라고 했던 것을 생각해 냈지만, 이방근은 두세 개의 창이 열려 있는 공간에, 문난설로 보이는 모습은 없는지 찾아보았다. 갑자기 지금 그녀가 창밖으로 상반신을 내밀면 어떻게 될까. 가슴이 심하게 고동치고 있었다.

　도로 너머 공원의 나무 그늘에서 연인이 있는 아파트의 방 창문을 올려다보는 남자. 그것을 여자가 창문에서, 문난설이 발견하고 엉겁결에 말을 걸든가, 아무 말 없이 방을 뛰쳐나와 계단 아래로 달려온다. 그리고 서양 영화에서는 뜨거운 포옹을 한다. 혹은 마침 외출했다 돌아오는 길에 바로 눈앞 도로를 건너는 그녀와 딱 마주쳐, 아이구, 선생님…… 하고 여자가 소리치며 달려온다…….

　이방근은 도로를 공원 쪽에서 아파트가 있는 쪽으로 건너, 관목류의 정원수가 끊긴 건물 끝에서 밖으로 노출된 2층으로 가는 계단이 있는 걸 확인했다. 이 아파트에는 전체적으로 출입구라 할 만한 건물 1층 중앙 주변에 위치한 현관은 없는 것 같았다. 특정한 관리실이 없고, 전업 관리인이 없는 탓일 것이다.

　이방근은 이유도 없이 뭔가 무서운 것이 숨어서 기다리고 있는 듯한 불안에 가슴을 조이면서도, 그러나 태연함을 가장하고 철제 계단에 구두 소리를 천천히 울리며 2층으로 올라갔다.

　층계참의 왼쪽에 난간이 있는 복도가 뻗어 있었고, 모두 문이 잠긴 방이 늘어서 있었다. 도로 쪽의 창문이 몇 개인가 열려 있던 것 치고는, 썰렁하고 어둑하게 느껴지는 응달인 탓도 있지만, 인기척이 없는 무인 아파트와 같이 음침하고 조용했다.

　복도 전체에서 시선을 거둔 그는, 건물 뒤쪽 언덕 건너편, 민가 지붕 너머로 넉넉히 펼쳐져 있는 낮은 산기슭을 천천히 수렴하면서 북서로 우뚝 솟아 있는 안산(鞍山)을 보았다. 그리고 더 북쪽의, 함께 서울 서쪽 교외를 꿋꿋하게 지키고 있는 인왕산.

　그는 심호흡을 하고 나서, 되도록 구두 소리를 죽이고 그러나 자연스럽게 콘크리트 복도를 나아가 왼쪽으로 늘어선 방의 문패를 확인했다. 마치 뭔가의 범죄인 같은 기분이 들었다. 지금 어딘가의 문이 갑자기 열리고 사람이 나오면 어떻게 할까. 겨우 계단에서 네 번째, 한가운데쯤 방문 귀퉁이에, 문난설이란 이름을 발견했을 때, 주소가 부합하는 현실감에 안도하고, 동시에 가슴이 아플 정도로 무섭게 고동쳤다.

어쨌든 노크를 해야 한다. 만일 다른 사람이 있다면? 아니, 여자친구라든가, 특이한 손님이 아니라면 서로 상관없는 것이다. 어쨌든 부재중인가 집에 있는가를 확인해야 한다. 초인종이 있었다.

이방근이 버튼을 누르려고 할 때, 이야기 소리가, 낌새가 다른 느낌의 목소리가 들렸다. 남자 목소리? 이방근은 머리에서부터 냉수를 뒤집어쓴 것처럼 전신이 오그라드는 느낌으로 소름이 돋았다. 남자 목소리는 아니더라도 누군가가 있었다.

이방근은 순간 현기증을 느끼면서 문에서 떨어져 다시 한 번 문난설이란 문패를 확인했다. 틀림없었다. 문난설의 집이다. 어떻게 한다? 숨이 막힐 것 같았다. 이방근은 그대로 물러설 수가 없었다. 문에 귀를 댈까, 어떻게 할까. 복도에는 아무도 없었다.

그가 다시 문에 몸을 바싹 붙이는 순간, 그 안쪽에서 인기척이 다가와, 갑자기 밖을 향해 문이 열렸다. 이방근은 비켜설 틈도 없었다. 갑자기 열린 문에 머리를 부딪치지 않은 것만도 다행이었다.

복도를 달려 나갈 수도 없었다. 복도 난간 쪽으로 물러선 이방근의 눈에 들어온 것은, 의외로 나영호였다. 그리고 뒤에 문난설이 서 있었다.

나영호는 뒤로 자빠질 듯이 크게 놀랐지만, 문난설은 얼굴을 확 붉히면서도 당황하는 기색은 보이지 않았다.

"오, 뭐야, 자넨가!"

나영호가 외쳤다.

"오, 뭐야, 자넨가!"

재미있게도, 갑자기 같은 감탄사가 섞인 똑같은 말을 서로 간에 토해 냈지만, 그 뒤가 달랐다.

"역시 그렇구만, 놀랄 거 없어." 나영호가 토해 낸 입김에 희미하게 술 냄새가 났다. "외나무다리에서 원수를 만난 격이로군. 헷헷헤, 어느새 이렇게 가끔 왕래하는 사이가 됐나."

"뭐라고!"

이방근은 적당한 말이 나오지 않았다. 어젯밤, 그녀가 도중에 사라졌기 때문에……. 이건 말도 안 된다. 망상이 아니었다. 불길한 예감이 적중한 것이다.

"이 선생님, 거기 서 있지 마시고, 자, 두 분 모두 안으로 들어오세요."

"난설 씨, 여기 눈앞에 계신 분이 살아 있는 증거 아닙니까." 문 밖으로 나온 나영호가 말했다. "이방근, 자네도 개같이 여자 냄새를 맡고 찾아온 겐가. 세상으로부터 초연한 자네도 여자만은 예외인가. 이봐, 이방근, 저 여자가 어떤 여자인지 알고 있나. 난, 가겠네."

이방근은 자신에게 퍼붓는 매도를 되받아치듯이 반사적으로 상대의 볼에 일격을 가하려다 겨우 참았다. 어젯밤 일이 있었기 때문이다.

"이봐, 기다려, 지금 한 말 취소해."

"뭐라, 그건 누가 할 말인가?"

"안으로 들어가세."

"속 편한 소리 하는군. 난 갈 거야. 둘이서 잘 해 보라고."

7

이방근은 어젯밤 지하 바에서 안면에 일격에다가 더블 펀치를 먹은 것 같아, 거의 멍하니 분노의 순간을 잊고 있다가 문득 정신이 들었을 때는, 눈앞에 의외의 광경이 펼쳐지고 있었다. 무슨 일인가 일어났다고 생각했을 때는, 이미 한 장면이 무서운 기세로 진행되고 있었던 것이다.

샌들을 신고 현관에 우두커니 서 있던 문난설이 무슨 말인지 비명에 가까운 소리를 지르며 복도로 뛰어나오자마자, 난 갈 거야, 둘이서 잘 해 보라고, 라는 막말을 내뱉은 것 치고는 아직 등을 보이지 않고 있는 나영호의 가죽점퍼 한쪽 옷깃에 손을 뻗어 잡더니, 다짜고짜 자신 쪽으로 있는 힘껏 잡아당겼다.

"자, 안으로 들어오시라고요!" 갑작스런 일에 몸의 중심을 잃은 나영호는, 정말 간단하게 저항도 못하고 현관 안으로 질질 끌려 들어와 버렸다. 이것이 아름다운 여자의 소행이라고는 도저히 생각하기 어려웠고, 허를 찔린 나영호는 마치 목 뒷덜미를 잡힌 고양이와 다름없는, 정말 어이없는 존재라고밖에 할 수 없었다. "어디서 그런 비겁한 말이 나오는지, 자아, 내가 어떤 여자인지, 당신이 알고 있는 대로 알려 주세요. 저도 모르는 그 여자를 알려 달라고요. 어떤 여자인지 말하세요. 겁쟁이 주제에!"

그녀의 서슬에 놀란 이방근은 잠자코 뒤를 따라 현관에 발을 들여놓고 손을 뒤로 돌려 문을 닫았다. 나영호의 폭언에 곧바로 대응하지 못했던 자신에게 부끄러움을 느끼면서. 동시에 그녀에 대해서 단편적으로 듣고 있던 소문, 아무개의 첩이라느니 하는 의심이 (지금까지 분명하게 확인한 적도 없었지만), 등줄기로부터 전신을 뒤덮어 왔다. 도대체 어떤 여자란 말인가? 그는 무의식적으로 나영호에게 묻고 있었다. 그렇다고 해도 비겁한 말, 문난설이 말한 대로 비겁한 말, 속마음을 반영하고 있었다.

"아이구, 죄송해요. 이 선생님, 자, 들어오세요. 정말이지, 추한 꼴을 보여 드려서……."

현관의 작은 복도로 들어선 곳은 바로 검게 칠한 자개장롱 같은 세간이 있는 서양식 방으로, 햇빛이 들고 있었다. 나영호는 소파의 한쪽에서 뿌루퉁한 얼굴을 하면서도, 그녀가 앉으시라……는 말에 순순히 앉았다. 하얀 레이스 커버를 한 타원형의 테이블에는 마시다 남은 커피 잔과 담배, 그리고 담배꽁초가 몇 개나 뭉개진 재떨이가 있었다. 문난설은 우두커니 서 있을 수도 없는 이방근이 나영호 옆에 앉자, 두 사람과 마주 한 소파에 바지 차림으로 앉았다.

미닫이가 닫힌 옆방은 침실일 것이다. 방은 두 개인가. 서양식 방은 4, 5평으로 좁은 편은 아니었다. 오랜만에 소파에 앉은 느낌을 엉덩이에 느끼면서, 조금 전 현관 밖에서 들었던 실내의 기척에, 불길한 예감이 맞았다고 생각했던 것은 착각이었음을 깨달았다. 넉넉한 스웨터 차림의 상반신에 흐트러진 흔적이 있는 것도 아니고, 이 두 사람 사이에는 아무 일도 없었다고, 무언가 서로 이야기를 나눈 여운을 남기고 있는 테이블을 보면서 생각했다. 적어도 오늘 만큼은. 나영호는 어젯밤에 찾아와서 묵은 것이 아니었다. 이방근은 살았다는 생각이 들면서, 무엇인가에 감사했다. 예고도 없이 찾아와 공교롭게도 그 자리에 있게 된 자신이 역겨워서, 대낮부터 술을 한잔 마시고 싶은 충동에 사로잡혀 큰 숨을 내쉬었다.

"나영호 씨, 아까 뭐라고 하셨어요. 둘이서 뭐라고 말씀하셨지요.

게다가 저 여자가 어떤 여자인지 알고 있냐고. 마침 이 선생님이 여기 계시지만, 아까 눈앞에 계신 분이 살아 있는 증거라고 한 것은 무슨 뜻이죠?" 손질을 하지 않은 머리카락을 뒤로 아무렇게나 묶은 문난설의 하얀 볼이 취기를 띤 것처럼 희미하게 물들고, 눈에서는 새파랗게 분노의 불꽃이 튀고 있었다. "나영호 씨, 왜 말이 없는 거예요? 이야기하세요, 이야기하라고요!"

문난설은 벼르고 있었다. 날개 소리를 내며 새가 날아오르기만 하면 한방에 쏘아 떨어뜨리는 포수처럼, 말이 튀어나오기만 하면, 즉시 때려눕힐 아름다운 손톱을 세운 채 그녀는 벼르고 있었다.

조금 전 기세는 어디로 갔는지, 나영호는 거세당한 것처럼 힘없이 고개를 숙이고 말이 없었다. 이방근 앞이라고는 해도 뭔가 한마디 할 법도 한데, 여검사 앞에 선 피고처럼, 아니 그 옆에 나란히 앉은 이방근조차도 완전히 문난설의 기백에 압도 된 느낌이었다. 게다가 그녀에게 나영호의 폭언을 되받아치는 대역을 맡긴 듯한 모양새가 된 이방근은, 불편한 기분과 동시에 다소 우스꽝스러운 느낌에 사로잡혔다. 왜 남자들이 이리도 겁쟁이로 느껴지는가. 적어도 지금 두 남자는 예기치 않게 아름다운 여자 앞에서 온순하게 보였다.

나영호는 어금니를 깨물면서 손을 테이블의 담배로 뻗더니, 한 개비를 뽑아 입에 물었다.

"담배는 나중에 피우세요. 그렇게 얼렁뚱땅 넘어가서는 안 돼요."

"담배 정도 피워도 괜찮잖아."

나영호는 성냥불을 붙이고는 다리를 떨면서, 유유히 한 모금을 빨았다. 그리고 또 다시 한 모금, 두 모금……

"왜 아무 말도 안 하는 거예요. 말하세요."

"……"

"말을 못하겠어요? 입을 꿰맸나 보군요. 아까 그렇게 기세 좋게 나오더니, 참으로 무기력하네요. 영호 씨는, 그러고도 남잔가요."

문난설은 불쑥 소파에서 일어났다.

"그래, 남자고말고. 그 남자의 맛을 본 적이 없었던가."

나영호는 입가에서 담배 연기를 내뿜고, 고개를 숙인 채 히죽 웃었다.

"이봐, 나영호."

이방근이 반사적으로 자리에서 일어났다.

그 순간 나영호의 뺨에서 손바닥의 날카로운 소리가 울렸다. 문난설이 친 것이었다.

"나가, 당장 나가!"

이방근은 우두커니 선 채로 멍하니 있었다. 둘이서 잘 해 보라는 막말에 대해 되받아칠 기회를 잃었던 이방근은, 또 다시 문난설에게 선수를 빼앗긴 꼴이 되었다.

볼에 한쪽 손을 대면서 노려보는 나영호를 향해, 문난설이 한 걸음 다가가 독설을 퍼부었다.

"뭐 이런 짐승 같은 남자가 있어. 빨리 나가!"

"자네는 안 나가나."

나영호는 이방근에게 험악한 시선을 던지며 한마디 내뱉고 일어섰다.

문난설은 몸을 떨면서 나영호를 현관으로 내몰았다. 그리고 바깥으로 내쫓듯이 하고는 문을 쾅 닫자마자, 갑자기 옆에 와 있는 이방근을 껴안았다.

"아이구, 무슨 남자가 저럴까, 저런 비열한 것이 남자라니. 저런 자가 소설가라고……."

그녀의 우물거리는 목소리는 울고 있었다.

이방근은 일순 문난설의 몸에서 발하는 강렬한 냄새 속에서 그녀를 다시 꼭 안은 뒤 얼굴을 떼며 말했다.

"난설 씨, 잠깐 갔다 올 테니……."

"어디로요? 왜 그러세요, 어디 가시려고요?"

"나영호와 만나야겠소……."

"나영호? 무엇 때문에요. 제가 지금 막 쫓아냈잖아요. 뭐 하러 가는 거예요, 뭐 하러요……? 아니요, 가지 마세요, 가면 안 돼요. 선생님, 안아 줘요, 꼭, 더 꼭 안아 주세요……."

문난설은 마치 강한 취기에 흔들리듯이 격렬하게 이방근의 입술을 찾더니, 딱딱해진 혀를 들이밀었다.

이방근은 잠시 서로의 혀를 입 속에서 휘감으며 당혹해하고 있었다. 당혹이라기보다도, 왠지 나영호를 내버려 두어서는 안 된다는, 이대로 돌아가게 해서는 안 된다는 생각이, 결의에 가까운 충동에 사로잡혀 양분된 마음이 혼란스러웠다. 아니, 그가 그대로 돌아갔다고는 생각되지 않았다. 아파트 계단 아래나, 주변에, 아니 바로 문 밖에 그대로 멈춰 서서, 방 안의 기척을 살피고 있을지도 모를 일이었다. 실내에서의 두 사람의 포옹을. 그 상상의 그물에 몸이 걸린 그는, 지금 이 아파트에서 멀리 벗어날 수가 없다.

"난설 씨, 녀석은 문 밖에 있을지도."

"……."

문난설은 이방근의 목에 감고 있던 한쪽 팔을 떼서 문으로 뻗더니 철컥하는 소리를 내며 자물쇠를 채웠다.

이방근은 이대로 문난설을 소파 위에, 아니 미닫이를 열고 침대 위에 쓰러뜨리고 싶은 욕망에 사로잡히면서도, 용케 이를 자제하고 틀림없이 곧 돌아오겠다며 그녀의 몸을 떼어 냈다. 한쪽 손바닥에 그녀의 엉덩이 살로 파고들었던 감촉이 살아남아, 열을 발하고 있는 것을 확실히 알 수 있다.

문난설의 얼굴에 실망과 뒤섞인 분노의 표정이 번지고, 도대체 이 선생님은 무엇 때문에 그 정도로 그 남자의 뒤를 쫓고 싶은 것인지, 저뿐만 아니라 선생님도 모욕을 당한 것입니다, 라며 뿌리치듯 말했다.

"자, 가세요. 이쪽으로 돌아오시지 않아도 돼요. 신경 쓰지 마세요."

"무슨 말을 하는 거요."

이방근은 거부하려는 그녀의 몸을 끌어당겨 볼을 맞추고는, 금방 돌아오겠다는 말을 남기고, 현관문의 자물쇠를 풀고 열었다.

복도에는 나영호의 모습이 보이지 않았다. 이방근은 서둘러 복도를 지나, 계단을 내려갔다. 계단 아래에도 없었다. 설마 돌아가지는 않았을 것이다. 건물과 정원수 사이를 걸어서 도로 가장자리로 나가 보았지만, 나영호의 모습은 눈에 띄지 않았다. 음, 정말로 돌아가 버린 것인가. 그녀에게 완력으로 내쫓긴 굴욕이 무서운 질투의 유혹을 이겨 낸 것이다.

이방근은 왜, 지금 나영호를 뒤쫓아 온 것일까 생각해 본다. 그것은 막연하지만, 명백했다. 명백한 이유가 느껴졌다.

이방근의 머릿속에 어젯밤 지하 바에서의 광경이 뚜렷하게 떠올랐다. 나영호와 문난설의 댄스. 나영호의 자신에 대한 손바닥의 일격. 나영호는 당신이 그리운 거요……. 이 한마디가 분명 문난설을 화나게 했지만, 나영호는 역시 두 사람 사이를 의심하고, 분명히 질투를 하고 있는 것이었다. 둘이서 잘 해 봐. 자넨 안 가나……. 이런 것들이 모두 하나로 이어지고 있는 것이었다. 나영호는 문난설의 부정에도 불구하고, 그녀를 사랑하고 있는 것이다. 음, 이것이다. 이것이 문제다.

그는 그녀를 사랑하고 있는 것이다……. 이방근은 마음속으로 중얼거리다 가슴이 덜컥하여, 자신도 모르게 그 자리에 우뚝 멈춰 서버렸다. ……그 남자의 맛을 본 적이 없었던가. 저 여자가, 어떤 여자인지 알고 있나……. 이방근은 아파트의 2층을 향해 오른쪽에서 네 번째인 문난설의 방 창문을 올려다보았다. 창은 닫힌 채로 옅은 레이스 커튼 너머로 사람의 움직임은 없었다. 어째서 창문에 모습을 보여주지 않는 것인가. 혼자 소파에 앉아서 담배를 피우고 있는 것인가.

도둑질, 가로채기……. 나영호를 뒤쫓아 간 이유는 무엇인가. 그 막연하지만 명백하다고 직감했던 그 이유가 분명하게 떠올라왔다. 나는 녀석으로부터 난설을 빼앗은 것이다. 적어도 나영호는 그렇게 생각하고 있을 것이다. 으흠, 언짢은 일이다, 이건. 나는 훔치지 않았다는 것을 증명하기 위해 뒤쫓아 온 것이었다. 이방근은 자신에게 그렇게 설명하고 있었다. 그럼, 나영호에게 그것을 어떻게 설명할 것인가. 설명이 아니다, 그리고 해명도 아니다…….

그는 어느새 아파트 앞의 도로를 공원 쪽으로 건너고 있었다. 공원을 둘러싼 수목의 맞은편에서 나는 아이들 소리와 공을 차는 소리를 들으면서, 스스로 대답을 내놓고 있었다. 도둑질이라는 것을 나영호가 증명하고, 이방근 자신이 그것을 인정한다는 것이다. 어쨌든 그것이 과정으로서 필요했다. 말하자면 뭔가의 절차로서, 그렇지 않으면, 그것은 본의 아닌 결과가 되어 심히 기분 나쁜 일이 된다……. 유달리 세게 공을 차는 소리가 울렸는데, 순간 공이 머리 위를 포물선을 그리며 날아가, 도로 맞은편 아파트의 정원수 옆에 떨어져서 굴렀다. 다소 터무니없는 아니, 의식해서 찼을 것이다. 물론 공원에서 떠들고 있는 아이들의 다리 힘은 아니었다. 분명히 어른이었다. 이윽고 소년들이 공을 주우러 뛰어왔다.

나영호가 돌아가 버린다고는 도저히 생각할 수 없었다. 돌아가는 것도 아닌 이방근이 도로를 건너서 공원 쪽으로 발길을 옮긴 것은, 거의 무의식중에 나영호가 거기에 있을 것 같은 느낌 때문이었다. 왜, 공원 같은 곳에……? 어쩌면 그 공을 찬 주인공은 나영호가 아닐까. 묘한 연상에 이끌려 공원 울타리 옆으로, 아이들이 튀어 나온 도로 쪽 출입구로 다가갔을 때, 한 사람의 남자가, 아니 나영호가 아파트 쪽을 슬픈 듯이 노려보면서 나왔던 것이다. 그 표정이 이방근의 가슴을 쳤다.
　이방근이 말을 걸기 전에, 상대가 이쪽을 보고 움찔하고 고개를 세웠지만, 갑자기 히죽하고 의미를 알 수 없는 미소를 띠우며 말했다.
　"이런 곳에 웬일인가?"
　"자네를 찾고 있었어."
　"나를 찾다니……? 흐-음, 그건 또, 무슨 일이야. 하지만 용케도 나올 수 있었군, 이렇게 빨리……."
　"그게 무슨 소리야. 감옥이라도, 나올 땐 나올 수 있는 거지."
　"자기 멋대로는 나올 수 없을 텐데."
　"아무튼 어디 가서 좀 앉자고. 벤치가 있겠지."
　이렇게 빨리……. 무언가 불쾌하게 빈정거리는 가시 돋친 한마디가 이방근을 자극했지만, 그는 그것을 묵살하고 말했다.
　"벤치에 앉아서 무얼 할 건데?"
　"할 얘기가 있어."
　"얘기를, 무슨 얘기야. 그 여자가 어떤 여자인지 알고 싶다는 건가……?"
　"그런 게 아니야. 그런 말투는 그만두라구."
　이방근은 순간적으로 중요한 일, 내심 자신이 충격을 받고 있는 일에 대해, 말이 나오는 대로 입을 놀려서 부정하고 말았다.

"그런가. 벤치에 앉지 않으면 할 수 없는 얘기인가?"

"그렇지는 않지만, 여기서 선 채로 얘기할 순 없지 않은가."

힐끗 눈길을 보낸 문난설의 아파트 창문의 얇은 커튼 너머로 사람의 그림자가 움직이는 것이 보였다.

"저 여자가 이쪽을 보고 있군." 계속 2층 창문에 신경을 쓰고 있었던 것 같은 나영호는 밉살스럽게 말했다. "자넨 도대체 뭘 하러 여기에 온 건가?"

"……여기, 라는 것은?"

"역시, 깊게 생각하고 있군. 여기라는 건 내가 지금 있는 곳 말야."

"깊게 생각하고 말고도 없어. 할 얘기가 있다고 했지 않나. 벤치가 싫으면 잠깐 걷기로 하자구."

이방근은 앞장서서 걷기 시작했다. 나영호도 같이 걸었다.

이방근은 담배를 한 대 물었고, 담배가 떨어졌다는 나영호도 이방근의 담배를 한 대 물었다. 바로 돌아오겠다며 뜨거운 포옹을 뿌리치고 방을 뛰쳐나왔지만, 바로 돌아가는 것은 어려울 것 같은 기분이 들었다. 아니, 나영호따위 내버려 두고 저 방 안에서 지금쯤 알몸의 그녀를 안고 있다면……. 괴롭다. 설령 돌아가더라도, 다시 그녀와 포옹을 할 수 있을지는 의문이다. 이방근은 그녀의 아파트까지 찾아와서 결국에는 스스로 기회를 놓친 기분이었다.

"어험." 이방근은 가벼운 헛기침을 하고 말했다. "저기 말야, 단적으로 묻는데 자넨 저 여자를, 난설 씨를 사랑하고 있는 건가? 음."

"뭐라고?" 나영호는 순간 멈춰 서려고 했다. "내가 저 여자를 사랑하고 있냐고……. 헷헤, 바보 같은 소리하지 말게, 저런 여자를, 이제 와서, 아니, 느닷없이 무슨 말이야, 그건."

이방근의 귀에 그 목소리가, 떨어지기 시작한 낙엽을 밟는 구두 소리처럼 공허하게 울렸다. 그는 마음속으로, 거의 준비를 하고 있었다. 저런 매춘부가······라는 말이 상대의 입에서 튀어나올 것을 두려워했던 것이다. 갈보, 이 한마디로 어쩌면, 아니 거의 확실하게 일격이 상대의 볼에 파고 들어갈 것이다. 어젯밤의 일은 잊고서. 이방근은 다행이라고 생각했다. 그 한마디가 나오지 않은 것 자체에 감사하고 있었다.

"솔직히 말해 줘. 그렇지 않으면 난 진심으로 받아들이겠어."

"그렇지 않으면 진심으로 받아들이겠다는 건 무슨 말이야? 응? 이방근, 자넨, 이미 그녀와, 아니 그 여자다, 그 여자와 이미 사귀고 있잖아. 제주에 있을 때부터."

가볍게 마신 듯했지만, 말투는 만취했을 때의 나영호의 모습이었다.

"호옷, 그야말로, 말도 안 되는 소리 그만하라구." 이방근은 고개를 가로저었다. 호옷······은 또 뭔가. 이왕이면, 뭐라고? 라면서 당당하고 고압적으로 딱 잡아떼지 않고. 그러나 상대의, 제주에 있을 때부터······라는 보기 좋게 과녁을 빗나간 한마디가 그에게 여유를 주고, 부정에 힘을 보태준 것은 사실이었다. "그러나 사귀게 될지도 몰라. 그래서 묻고 있는 거야."

이것은 충분한 반격이었다. 사귀게 될지도 몰라. 이 말로, 이방근은 거짓말을 한 마음의 밸런스를 잡았다.

"······" 나영호는 공원 모퉁이에서 멈춰 섰다. "사귀게 될지도 모른다? 미래형이로군. 그럼, 지금은 아직 아무 일도 없다는 건가?"

나영호의 어투에는 사실 여하를 넘어 상대에 대한 힐문의 울림이 있었다. 마치 자신에게 일종의 '기득권'이 있고, 그것에 대한 침해 여하를 묻듯이.

"자넨 날 비난하고 있는 건가?"

"비난한다고? 헷헷, 왜 비난하나. 저 여자의 부정함에 대해서 말인가. 아무 일도 없었냐고, 말했을 뿐야. 있다고 한들 저 여자가 내 아내도 아니고, 아내라도 때로는 어쩔 수 없는 거 아닌가."

두 사람은 공원 모퉁이를 동쪽으로 돌아 아파트와는 반대 방향으로 걸었다. 낙엽이 하나 둘 춤추며 떨어져 머리 위를 스치면서 내려왔다. ……뭘 하러 가는 거예요. 무얼 하러. 아니요, 가지 말아요……. 음, 이래서는 금방 돌아갈 수 없을 것 같군. 이방근은 생각과는 반대로, 그녀의 아파트에 발목을 끌리면서도, 그곳에서 멀어지는 방향으로 향하고 있는 자신을 견딜 수 없이 초조했다.

"핫하아, 자넨 아내가 없으니까, 그건 나도 마찬가지지만, 그런 말을 하는 거야. 실제로 아내가 있으면 어쩔 수 없는 것……이라는 말은 못하지. 그러니까 아내 얘기는 아니지만, 단적으로 묻고 있는 거야. 솔직하게 말해 달라고."

"뭘 솔직하게 말하라는 건가, 음. 그 얘긴 그만하라구, 도대체, 나에게 뭘 추궁하고 싶은 거야. 자네야말로 나를 비난하고 있는 게 아닌가. ……어라, 저기 있군, 잠깐만 기다려." 나영호는 갑자기 멈춰 서더니, 길 대각선 맞은편에 늘어서 있는 상점 중의 술집 하나를 가리키며 소리를 높였다. "마침 잘됐어, 가세, 한잔만 하자구. 이제 그 얘긴 그만하고."

"낮부터 너무 마시는군. 이미 조금 마시지 않았는가."

이방근은 당혹, 낭패에 가까운 당혹감을 느꼈다. 술집에 발을 들였다 하면 그것으로, 한동안은 나올 수 없을 것이다. 발이 움직이지 않았다.

"낮부터? 이방근도 그런 말을 하는군, 음. 한낮인 정오에도 술잔을 기울이는 게 습관인 이방근, 지금 네 시 반이야, 보라구, 해가 서쪽으로 크게 기울고 있어, 서산으로 지는 해야."

"네 시 반? 음, 벌써 그 시간인가."

네 시 20분이었다.

"왜 그래, 가자구."

"그러니까……. 자넨 오늘 밤 신문사 당직이잖아."

"뭐라고, 어떻게 알고 있지?"

"신문사에 전화를 했었어. 어젯밤 일이 마음에 걸려서. 그랬더니 저녁에 나온다고 해서 안심했지."

설마 이렇게 맞닥뜨리리라고는 꿈에도 생각할 수 없었지만 말이다.

"한잔 가볍게 마시고 가면 돼."

이방근은 술집을 향해서 걸었다. 아파트로 돌아가야 한다고는 말할 수 없었다. 그렇다고, 자네를 데리러 왔다고 둘러대고 둘이서 아파트로 돌아갈 수도 없었다. ……선생님, 자, 가세요. 이쪽으로 돌아오시지 않아도 돼요. 신경 쓰지 마세요……. 이런 때 문난설 집에 전화가 있다면 얼마나 도움이 될까. 이제는 그녀 방에서의 포옹 미수 같은 건 문제가 아니었다. 어젯밤 이래의 그녀에 대한 불만, 아니 불신의 마음도 풀리는 걸 느꼈다. 어쨌든, 어떻게든 궁지에서 벗어나야 한다. 그녀는 지금 틀림없이, 바로……란 말대로, 내가 돌아오기를 기다리고 있다.

두 사람은 도로를 가로질러 식사를 겸한 술집으로 들어갔다. 김치와 마늘 냄새가 코를 찔렀다.

테이블 서너 개가 있는 작은 가게로, 안쪽 테이블에 점퍼 차림을 한 두 남자가 마주 앉아 사발의 국물을 먹고 있었는데, 사발에 닿는 숟가락 소리가 잘 울렸다. 컵 바닥에 얼마 남지 않은 투명한 액체는 물이 아닌 소주였다. 혹하고 열기를 띤 몸을 감싼 듯한 냄새는, 국물을 내기 위해 돼지 뼈와 닭 뼈를 삶고 있는 가마에서 나오는 것일 게다.

"술은 무엇으로 할까?"

테이블을 사이에 두고 앉자 이방근이 말했다.

"아, 맥주가 좋겠지."

모습을 드러낸 50줄의 몸빼를 입은 여주인 같은 여자에게 맥주를 주문했다.

잠시 뒤 마른안주 대신에 김치와 콩나물, 그 밖의 채소 무침과 미역 초무침을 맥주와 함께 쟁반에 내왔다. 약간의 술을 마시는 데는 그것만으로 충분해서 달리 안주를 주문할 필요가 없을 정도였다. 주택가 근처였지만, 번화가 풍이었다.

서로의 컵에 맥주를 따라 주고 각자가 손에 들었다.

"그럼 목을 축여 볼까."

이방근이 말했다.

"오오, 목마른 소가 물을 찾는 것처럼, 난 술을 원하는가, 이건 이방근 자네를 가리키는 말야."

"내가 소 같다면 자넨 뭔가, 취한이 또 술을 원하는 것처럼……, 아니 원하는 것처럼이 아니야, 원하는……인가. 핫핫하아."

안쪽 테이블의 두 사람 중 이쪽으로 등을 돌린 사람이 돌아보았는데, 그 입가가 일그러져 있었다. 노동자 같지도 않았고, 일정한 직업이 있는 것으로도 보이지 않았다. 거리에 넘치는 실업자일지도 몰랐다.

다 비운 컵에 서로 맥주를 따랐다. 이방근은 지금 이렇게 술집에서 서로 마주 앉아 있는 것 자체가 다행이라고 생각했다. 이미 조금 전

문난설의 방문 밖에서 충돌했던 때의 험악한 기색은 사라져 있었다. 적절하게 나영호가 말로 표현했던 '외나무다리에서 만난 원수끼리'라는 적개심은 누그러져 있었다. ……자넨 가지 않나. 그때 내쫓긴 채로 나영호를 내버려 두는 것은 역시 좋지 않았던 것이다.

맥주 한두 병으로 자리를 일어날 수 있을 것 같지 않았다. 클로즈업된 문난설의 얼굴이 테이블 위를 가로질러서 흔들렸다. 이방근은 해물류 찌개를 주문했다. 숙직인 나영호는 어차피 저녁밥을 먹을 필요가 있다. 이제 30분 정도로 나갈 수는 없게 되었다. 일단은 한 시간일까……. 아, 이 무슨 일인가! 빤히 알면서도 스스로 시간을 늦추고 있었다. 그녀가 기다리고 있는 걸 생각하면 머리털이 곤두서는 것을 느낄 정도로 머리가 뜨거워졌다. 어쨌든 빨리 자리를 뜨도록 하자. 안쪽의 두 사람이 자리에서 일어나 계산을 마치더니, 바지 주머니에 양손을 찔러 넣고 등을 굽혀 헛기침을 한 차례 하고는 가게를 나갔다.

"이보게 이방근." 나영호가 컵을 크게 기울이며 말했다. "자넨 내가 그 여자를, 문난설을 사랑하고 있는 것인지 어떤지, 이상한 걸, 게다가 솔직히 고백하라고까지 했는데 말야, 그런데 자넨 무얼 하러 여기까지, 그 여자 집까지 온 건가?"

"……" 이방근은 마시던 맥주가 한순간 돌덩어리가 되어 목구멍을 막는 것 같았다. 그는 컵을 테이블에 놓고 말했다. "어젯밤 일이 있지 않은가. 그녀가 도중에 행방불명이, 모습을 감춰 버린 게 원인이지. 게다가 내가 저지른 어젯밤 일에 대해서 자네가 한 말을 기억하고 있는가. 난 바위처럼 야만적인 등을 가진 남자야. 그 뒤로, 난 내 자신이 싫어져서 견딜 수 없었어. 여기서 이런 얘긴 하고 싶지 않지만, 어젯밤 일을 생각하면 지금도 나 자신이 시궁창에 빠진 것처럼 화가 치밀어 올라. 어젯밤 청계천 개골창에 토했을 정도야. 그런 일도 있었고,

어젯밤에 무사히 돌아갔는지 확인하고 싶기도 해서, 신문사에 전화를 한 거야. 자네 하숙집에 전화가 있다면 직접 했겠지. 문난설도 마찬가지야. 자네의 나에 대한 질문은, 왜 여기까지 찾아온 거냐는 거지만, 어쨌든 그녀가 걱정돼서 그래서 주소를 실마리로 찾아서 온 거야."

이방근은 컵을 손에 들고 맥주를 목구멍에 흘려 넣었다. 대답이 될 수 있는 것은 아니었지만, 이렇게 말할 수밖에 없었다. 절반은 분명 그런 것이었고, 그것은 그녀를 찾아온 자신에 대한 구실이기도 했다.

"흐─음, 아니, 오늘이 처음이라는 말인가?"

"뭔가, 그 말투는……."

이방근은 숙취가 완전히 사라지지 않은 나영호의 일그러져 무너질 듯한 표정의 얼굴을, 그리고 조금 충혈된 눈을 노려보면서 말했다. 그러나 자넨 도대체 무얼 하러 온 것이냐고 반문하지는 않았다. 왠지 그렇게는 말할 수 없었다. 은연중에 상대의 '기득권'을 인정하고 있었기 때문이다.

"처음이냐고 묻는 거야. 그렇다면 그걸로 됐네. 하지만 자네의 지금 얘긴 진심으로 들리지 않아. 그리고 자네처럼 솔직히 말하라고도 요구하지 않겠어."

"으─음, 관대하군. 그럼 왜 내가 여기에 온 목적을 묻고 있는 건가. 그저 묻는 것이 아니라, 뭔가 날 추궁하는 것처럼 들리는데 말야. 마치, 내가 라이벌이라도 되는 것처럼."

"라이벌?" 나영호는 표정을 확 바꿔, 무너질 듯한 표정을 갑자기 고치며, 말에 날을 세웠다. "그만두게, 자네, 어? 핫하아, 내가 자네 라이벌이 될 인간이겠는가, 이방근 선생."

"말을 얼버무리지 말라구. 그러니까 난 아까부터 묻고 있는 거 아닌가."

"이상하리만큼 자넨 진지하군. 진지해. 라이벌이라느니, 뭐라느니……."

나영호는 각진 턱에 엷은 미소를 띠우며, 자존심 때문인지, 좀처럼 문난설을 사랑하고 있다는 말을 토해 내지 않았다.

"나영호, 자넨 솔직하지 않군. 라이벌이라느니 뭐라느니 하는 문제는, 그러니까 그녀와 벌써 사귀고 있을 거라고 한 건 자네야. 그래서 사귈지도 모른다……고 대답한 거고. 자네가 말하는 미래형. 미래는 현재의 형태가 된다. 그것으로 좋다면 됐네. 그것이 자네의 대답이 되는 거라면, 그것을 묻고 싶은 것뿐이야."

"정말이지 훌륭한 협박이군. 미래가 이미 현실로 바뀐 것 같아." 나영호는 한순간 고통으로 어두운 표정을 지으면서, 이마에 흘러내린 덥수룩한 앞머리를 천천히 쓸어 올리고는 말했다. "선생님이라고 할 때 그 여자의 달콤한 어조는 어떤가, 응? 자네에게 말하지만, 내가 그 여자에게 손대지 말라고 한다면, 자넨 고분고분 따르겠는가?"

"……"

과연. 내 여자라고 말할 듯한 어투였다. 후후……. 찌개가 나왔다. 생선과 조개류, 새우와 채소가 듬뿍 들어가고, 고춧가루가 새빨갛게 뜨는 뜨거운 찌개가 왔다. 맛있는 냄새를 실은 김이 먼지 많은 바깥 공기에 건조해진 얼굴을 촉촉하게 해 주었다.

이방근은 맥주를 비웠다.

"음, 자네의 '여자'라면 말일세."

"자네의 여자라. 난, 그 여자와 잤네."

"……" 이방근은 가슴에 푹 꽂히는 것을 양손으로 막아냈다. 아아, 듣기 싫은 말이다. 왜, 이런 말을 해야 하는 것인가. 이런 말을 들어야 하는 것인가. 굳이 내 여자라고 말할 수 없는 애매한 도피 방식이었다. "그건, 아까 그런 말을 하는 걸 들었지만, 그 일이겠지. 잔 것이라면, 지금까지 아마도 자네만이 아닐 거야. 그걸로 자네 '여자'라고 할수 있는가?"

이방근은 자신의 말에, 그리고 상상에 혐오를 느꼈다. 불쾌하다……. 어떤 자태로 나영호와 알몸을 섞고 있었을까. 불쾌하다……. 이방근은 컵에 맥주를 따르고, 마셨다.

"내 여자라곤 하지 않았잖아."

"……손대지마, 라고……."

"손대지 말라곤 하지 않았네." 나영호는 이방근의 말을 막았다. "그렇겠지. 그 여자에게 손을 대지 말라고 한다면, 이라고 가정해서 말한거야."

"……내 여자라느니, 자네의……라느니 하는 말투는 그만두자구. 마치 폭력 세계의 말투 같아."

이방근은 말이 이어지지 않았다. 나영호가 갑자기 창을 거둔 것처럼, 예상한 태도를 명확히 하지 않았기 때문이다.

나영호는 갑자기 입을 다물고, 맥주를 마시고, 찌개를 먹는 일에 입을 계속 움직이고 있었다.

이방근도 숟가락을 손에 들고 적당히 식은 국물을 입으로 옮겼다. 혀에 감칠맛 나는 국물의, 시원함을 넘어 고추의 아주 매운 맛이 퍼지며 이윽고 마비를 일으키고, 그것이 진정되기 시작하면서, 입 전체에 시원한 쾌감이 되살아났다. ……틀림없이 바로 돌아오겠다고 말하고 아파트를 나온 지 30분이 지나고 있었다. 이방근은 초조했다. 그러나 나영호의 그 여자와 잤다는 한마디가, 그의 마음의 조바심에 물을 끼없는 작용을 했다. 아파트에서 문난설에게 쏘아붙인 그 순간, 그녀에게 따귀를 맞은 추잡함을 연상시키는 한마디. 그 남자의 맛을 본 적이 없었던 것인가, 난설이, 나의 맛을 보지 않았던 것인가. 이방근은, 지금 본인에게서 직접 잤다는 이야기를 듣자 그 한마디는 이방근의 몸의 공동 속에 깊은 여운을 남기고 울리며, 문난설에 대한 혐오감으로 변했다. 그것은 아마 이전의 일, 나와 문난설이 서로 알기 이전의 일이겠지만(그렇게 바라고 있었다), 그러나 지금, 문난설의 육체에 흔적을 남긴 과거에 대한 질투가, 마음에 고통의 소용돌이를 확산시켰다. 이런 일은 한두 번으로 끝날 일이 아니다. 역시 소설의 '팬'이라고 그 자신이 소개한 나영호와는 거기까지 갔던 것이다.

입안에 솟아오르는 쓴 침이 검은 액체가 되어 몸 전체로 퍼져 가는 것이, 눈 안쪽의 공간에 투시할 수 있을 것 같았다. 그 여자는 나와 함께했던 일을 다른 남자, 아니 남자들과도 하고 있었던 것이다. 서울로 찾아온 다음날, 동대문의 여관에서 함께 하룻밤을 밝혔던 일이, 일순 마치 솔로 털어 낸 것처럼 시야에서 사라졌다. 아니다, 그만두자. 취기와 뜨겁고 매운 찌개 탓도 있지만 땀이 났다. 나영호도 코끝에 땀을 반짝이고 있었다. 내가 모르는 남자라면 몰라도, 나영호라니. 그러나 나와 서로 알기 전의 일이다. 이방근은 담배를 물고 일어섰다.

"가는 건가?"

나영호가 말했다.

"아니, 잠깐 밖에서 바람을 쐬려고. 자넨 일이 있잖아, 천천히 먹어."

"벌써 다섯 시야. 슬슬 가야지."

천천히가 아니다. 그러나 아파트로 돌아가는 것은 이제 반쯤 포기하고 있었다. 그녀의 분노가 마음에 전해져 왔다.

가게 밖에서 담배를 한 대 피우면서, 혹시 기다리다 지쳐서 뛰쳐나온 문난설이 이 길을 찾아오는 건 아니겠지, 하고 아파트 방향으로 눈을 돌렸다.

역시 나영호 이 녀석은 문난설을 포기할 수 없다. 나와의 관계를 안다면 갑자기 질투의 불꽃이 타오르는 것은 아닐까. 내가 처음에 두 사람의 관계를 육체적인 것과 결부시키는 망상을 하면서, 질투로 불이 붙은 가슴의 열기에 괴로워했던 것처럼. 이방근은 깜짝 놀라 왜 그가 여기로 찾아온 것인지, 정면에 놓고 생각했다. 문 밖에서 나영호와 맞닥뜨렸을 때의 문난설과의 언쟁. 그렇다, 그는 어젯밤 일을……. 그게 무슨 짓이냐, 손 따위 잡아대고……. 지하 바에서, 테이블 아래로 포개진 두 손. 나에 대한 따귀 한 대. 그리고 그는 분연히 화를 내고 자리에서 일어나 나가 버렸다.

나영호는 오늘 나와 문난설의 관계를 규명하기 위해 숙취를 무릅쓰고, 땅바닥에 내팽개쳐진 몸을 다잡고 찾아온 것이다. 그렇다면, 그녀와의 관계가 명확해진다면, 그는 나에게 '여자'를 빼앗겼다고, 도둑맞았다고 생각하게 되는 것인가? 음, 불쾌하다, 그건 싫다. 이방근은 피우다 만 담배를 손가락으로 튕겨 버리고, 땅바닥에 침을 칵 뱉었다. 그럴 마음은 털끝만큼도 없다, 없었다…….

결국 이방근은 나영호의 문난설에 대한 사랑의 고백, 그리고 '넌 내 여잘 빼앗은 것이다'라는 언명을 얻지 못한 채, 두 사람은 자리에서 일어났다.

이방근은 나영호로부터 '도둑질'하지 않았다는 증명을 위해(이미 문난설과의 관계는 이루어졌지만, '도둑질'이란 의식은 없었던 것이다), 필사적으로 만류하는 문난설을 뿌리치고 나영호를 쫓아온 것이었다. 그러나 그의 문난설에 대한 마음은 심증으로써 충분히 알 수 있었다. 이것은 발견이었다. 뭐, 싫지는 않다고 하더라도, 문난설과는 서로 식어 버린 관계라고 생각하고 있었는데, 나영호의 마음이 거기까지라고는 알지 못했다. 생각해 보면 어젯밤 지하 바에서, 따귀를 한차례 날린 것도,

질투의 발작, 문난설에 대한 사랑의 표현이었던 것이다.

"오늘은 내가 내지."

나영호가 말했다.

"그만둬."

"여전하군……."

두 사람은 가게를 나왔다.

"밖은 아직 밝군. 좀 취했네. 숙취가 다시 도진 것 같아. 어젯밤의 알코올 가스가 지금 합체되어, 코크스처럼 부지직 타기 시작해서……."

"당직은 괜찮은가?"

"내일부터 그 여자와 얼굴 마주치는 게 싫군……."

음, 정말로 그런 것인가. 오늘의 반작용이겠지. 지금은 내 쪽이 그녀와 얼굴을 마주하고 싶지 않다.

곧 다섯 시 반, 한 시간이 지나고 있었다. 여기에서 나영호와 헤어지고 이제 와서 문난설의 집에 갈 수는 없었다. 지구가 한 바퀴 회전한 느낌이었다. 이방근의 마음에 절망적인 정열이 꿈틀거리고 있었다. 앗 하고 무릎을 치며, 난 물건을 잊고 왔다! 순간 무언가를 떠올려서, 아니, 구실을 만들어서 아파트로 뛰어가고 싶었다…….

두 사람의 발걸음은 당연한 일이지만 귀로의 방향으로, 문난설의 아파트와는 반대 방향인 서대문우체국 쪽으로 향하고 있었다. 서대문까지 나와, 노면전차나 택시를 탈 것이다. 이방근은 미련이 남은 정도가 아니라, 확실히 두 다리를 뒤에서 끌어당기고 있었다. 다리가 버텼다. 아니 이거, 아아, 이 무슨 일인가. 시시각각, 점점 그녀의 아파트에서 멀어져 간다. 아아, 틀림없이 돌아올 테니까……. 이방근은 취기 탓인지 다리가 무겁고, 신발바닥이 지면에 딱 붙어서 떨어지지 않는 느낌이었다. 그래도 미친 것처럼, 놓아 버린 화살이라도 되는 양

반대 방향으로 날아가고 싶은 충동이 치밀어 올랐고, 그것을 겨우 억제하고 있었다.

서대문 교차로에서 택시를 잡았다. 이방근이 먼저 타고, 두 사람이 탄 택시는 교차한 레일 위를 덜컹거리는 바퀴 소리와 함께 달리기 시작했다. 이제 돌이킬 수 없는 거리까지 문난설로부터 떨어져 나간다, 아니 스스로가 떼어 놓고 가는 것을, 거의 차의 진동에 몸을 띄우면서 느꼈다.

"을지로, 국제통신사 앞에서 한 사람 내려 주시오."

"자넨, 어떻게 할 건가?"

취기가 밴 목소리로 나영호가 말했다.

"돌아가야지."

택시는 달리기 쉬운 일직선의 전찻길을, 남대문 방면을 향해 달리고 있었다.

두 사람은 한동안 말이 없었다. ……난 그 여자와 잤네. 이 한마디가, 얼룩처럼 이방근의 마음속에서 지워지지 않았다. 자넨 그 여자와 벌써 사귀고 있겠지. 두 개는 정반대로 성립되는 말이었다. 지금 차안의 두 사람은 한 사람의 여자를 사이에 두고, 각각의 관계를 서로 뒤적거리고 있었다. 이방근은 사귈지도 모른다고 말을 받았지만, 나영호는 이미 그 이전에 한발 들여놓고 있었고, 오늘 문난설에게 관계를 밝혀내기 위해 찾아온 것이었다. 그리고 이방근은 베일에 가려 꿈틀거리는 복수의 남자들에 대한, 반년 만에 이혼했다는 그 상대도 포함해서, 질투의 감정이 멀어져 가는 문난설을 축으로 부풀어 올라, 뒤에서 전신을 덮어 오는 것 등으로 느꼈다. 남자들과 관계가 있었을지도 모른다, 있었겠지만, 그것은 그렇다고 결론을 내리고 있었던 일이, 나영호의 한마디에 튀어 올라와, 생생하게 현실감을 띠며 눈앞으로 다가온 것이었다. 잠에서 깬 것처럼 벌떡 일어나. 이제 만나고 싶지 않다고 마음 한편으로 생각하면서, 실제로 막연한 것에 대한 질투의 감정이라는 축에 문난설의 모습이 불씨를 품고 앉아 있는 것은, 그녀에 대한 연정의 증거일 것이었다. 나영호와 마찬가지로.

모두 과거다. 현재가 아니다. 현재형은 나와의 관계만이 아닌가. 지금까지의 일은 일일이 신경 쓰는 것이 이상하다고 인정하면서도, 그것이 감정에서 현재형으로 다가와, 자신과 동시진행이라는 착각을 초래하고, 그 순간 마음에 고통의 파란 불꽃이 켜졌다. ……여자는 익은 음식, 불을 가할 필요가 없는, 언제라도 먹을 수 있게 되어 있는 음식. 이방근은 움찔 놀라며 무심코 커다란 한숨을 쉬었다.

차창 밖은 오른쪽에 서울역 건물이 보이는 사거리의 커브를 왼쪽으로 돌아 남대문 쪽으로 들어갔다.

"후후, 도대체가, 그 여자를 봐, 그 여자를……." 조는 듯 아무 말 없던 나영호가 갑자기 입을 열어 이방근을 놀라게 했다. 그는 차창 밖으로 보이는 여자를 가리키는 것이 아니고, 고개를 숙인 채 내뱉듯이 말한 것이다. "따귀를 때리다니……." 그는 운전수가 듣든 말든 개의치 않는 듯, 게다가 갑자기 고통이 되살아나기라도 한 것처럼, 한 손으로 왼쪽 뺨을 가볍게 문지르기까지 했다. "헷헤, 그건 말야, 어젯밤 내가 자네에게 먹인 따귀에 대한 앙갚음이 아닌가, 음, 그건 복수야……."

나영호는 술에 취해 눈을 감고 있었고, 마음속에서 떠오른 문난설을 보고, 그 여자라고 말했다.

"바보 같은 소리 하지 마."

"아니, 뭐가, 바보 같다고……, 음."

넘실거리는 취기의 파도를 뒤집어쓴 것인지, 그는, 음…… 하고 중얼거리며 말을 끊더니, 고개를 푹 숙였다. 마치, 잠이 덜 깬 듯한 한 장면이었다. 한쪽 입가에서 한줄기 침이 드리워져 있었다.

남대문에서 한국은행 쪽을 한 바퀴 빙 돌아 큰길을 달리다가, 을지로로 우회전, 곧 국제통신사의 앞에서 택시가 멈췄다.

"다음은, 안국동."

"정말 집으로 가는 건가."

"돌아갈 거야."

나영호를 내린 차는 다시 달리기 시작했다. 택시는 을지로로 돌아가, 남대문로로 향했다. 혼자가 되자, 이방근은 갑자기 가슴이 두근거리고 심장의 고동이 심하게 울려, 마음이 초조해졌다.

그는 남대문로 앞에서 운전수에게, 안국동이 아닌, 지금 왔던 서대문 쪽으로 가 달라고 했다.

"서대문 우체국 옆을, 충정로 안쪽으로 가서, 계속가면, 공원이 있소, 작은 공원인데."

시각은 여섯 시에 가까웠고, 북악산 정상이 황혼 빛으로 물들기 시작하고 있었다. 이방근은 담배를 물고 불을 붙였다. 집으로 돌아간다고 했으니, 녀석은 나중에 확인하기 위해 전화를 할지도 모른다……. 상관없다. 그래, 완전히 잊고 있었지만, 건수 숙부가 제주로 신청한 전화는 지금쯤 연결됐을지도 모른다.

전방에 공원 울타리의 나무 그림자가 보였다. 아이들의 환성이 사라져 인기척이 없어진, 시내의 한구석인 그곳에 정적 그 자체를 껴안은 듯한 공원 옆에서 택시를 내리자, 이방근은 빠른 걸음으로 아파트를 향했다.

바로 돌아온다는 것이 두 시간을 경과하고 있었지만, 어쨌든 그녀와 얼굴을 맞대고 사과해야 한다. 지금은 그것만으로 족하다. 그럴 생각은 없었다고 해도 통하지 않겠지만, 그래도 늦어 버렸다며, 얼굴을 내밀어야 한다.

황혼 속에 떠오른 하얀 벽의 아파트 2층, 오른쪽에서 네 번째 방, 아파트의 다른 몇 개인가의 방 창문에 전등불이 비추고 있는데, 문난설의 방 창문에는 하얀 레이스 커튼이 희끄무레하게 붙어 있을 뿐이었다.

아아, 없다. 없어……. 아니, 아직 전등을 켜지 않아도 방에 빛이 남아 있을 것이다.

그는 아파트 계단을 내려오는 향수 냄새가 나는 젊은 양장을 한 여자와 스치며 2층으로 올라갔다. 복도에 사람 그림자가 없었다. 문난설의 방 앞까지 간 그는 숨을 죽이고, 똑, 똑, 문을 노크하고, 생각이 나서 초인종을 울렸다.

응답이 없었다. 소파에서 자고 있는 것일까. 그는 차가운 문에 한쪽 귀를 가져다 댔다. 인기척이 없는 것 같다. 초인종을 반복해서 눌러본다.

무응답. 이방근은 그 장소를 떠났다. 계단을 내려온 그는 아파트 건물 앞에서, 땅거미에 사라져 가는 커튼이 희미하게 보일 뿐인 문난설의 방 창문을 올려다본 뒤, 아파트를 등지고 걷기 시작했다. 주인이 없는, 공동(空洞)의 아파트 방이었다.

조금 전, 상점이 늘어서 있는 가게 중의 하나인 술집 앞을 지나서, 우체국 옆까지 나왔지만, 혹시나 하고 기대했던 돌아오는 길의 문난설과 마주치는 일도 없었다. 허무함이 취기의 파도를 타고 가슴에서 소용돌이치며 가슴에 공동을 만들었다.

우체국 앞의 공중전화 박스가 눈에 들어왔지만, 숙부가 있는 곳에 전화를 해서 제주도와의 연락 여부를 물어볼 기분도 아니었다.

자, 그런데……. 어떻게 할까. 왠지 망연자실한 느낌이다. 그는 교차로 한쪽 모퉁이에 멈춰 서서, 어딘가의 분기점에라도 선 것처럼 발을 한 걸음도 내딛지 못하고 있었다.

시내의 가로등 불빛이 또렷해지기 시작했다.

지금 당장 할 일이 없다면, 집으로 전화라도 해야 하지만, 역시 지금 지나쳐온 전화박스로 발을 움직일 기분은 아니었다. 취기는 사라지고 없었다. 남은 취기는 몸 안에 가라앉고 있었지만, 밀려오는 땅거미가 취기에 녹아들어, 그 취기가 몸과 바깥 세계와의 경계가 걷힌 밤의 공간으로 끌려나와 있었다. 밤의 어둠과 개체를 넘은 취기의 화합이 찾아온 것이었다. 그러나 지금 술집에 들어가 취기를 북돋을 마음은 없었다.

그는 한동안 우두커니 선 채 정차 중인 노면전차에서 내려오는 사람들을 가만히 바라보고 있는 자신을 의식하였다. 그 눈은 문난설을 찾고 있는 것이었다. 그녀는 어디로 간 것일까. 단순히 예정되어 있던 일 때문에 외출한 것인가, 그렇지 않고 기다리다가 바람 맞은 화풀이로 집을 나간 건 아닐까. 어딘가에서 다른 사람을 만나 식사를 하고, 술을 마시고, 취해서, 결국은 어딘가에서 남자와……. 떼를 짓는 남자들. 여자는 익은 음식……. 숨이 멎을 정도로 미모인 여자……. 아아, 숨이 막힌다. 그만둬!

이방근은 침을 뱉었다. 걸으면서 머리를 흔들었다. 두개골 안쪽이 타고 있었다. 얼굴을 마주하고 싶었다. 아까, 이제 만나고 싶지 않다고 생각했던 기분은, 어딘가로 사라지고 없어졌다. ……그 여자를 봐! 내게 따귀를 때린 건 어젯밤 내가 자네한테 먹인 따귀의 복수가 아닌가. 나영호가 갑자기 차 안에서 잠이 덜 깬 듯한 상태에서 한 말이, 왼쪽 귀에서 분명하게 되살아났다. 그 맞은편에서 메아리치는 문난설의 목소리……. 아이고, 이 무슨 짓을, 저 야만인이! 어젯밤, 지하 바에서 일격을 먹이고 가게를 뛰쳐나간 나영호를 가리켜 한 말이었다. 그것은, 자네를 위한 복수야……. 설마 거기까지의 인과관계는 생각하지 않았지만, 거기에 어떤 필연성을 느끼고 있는 나영호는, 그녀에게 어떤 식으로 따지고, 어떤 식의 이야기 전개, 어떤 과정이 있었단 말인가. 결말은 현관 앞에서 목격한 대로였지만. 그 정도로 나와의 관계를 신경 쓰고, 따져서 밝혀냈다고 한다면, 나영호와 그녀의 관계는 아주 최근까지 혹은 지금도 계속되고 있다는 것인가.

거기까지 생각이 미치자, 마음이 편하지 않았다. 머리에 서서히 피가 올라왔다. 아니, 아니다, 망상……. 문난설은 그와의 관계를 반복해서 딱 잘라 부정하지 않았던가……. 어째서 이 정도의 일로 오체가 흔들리는 것인가. 이 마음은 죽지 않았다.

이방근은 택시로 막 왕복했던 전찻길인 의주로를, 서대문교차로에서부터 계속 걸었다. 오가는 차와 노면전차의 라이트가, 거의 지상에 내린 밤의 빛을 밀어내고는 땅거미의 확산을 짙게 하고 있었다. 서울역까지 20분이면 갈 수 있다.

이윽고 서울역 건물이 보이는 주변까지 이르러 남대문로로 향했다. 집으로 가는 방향이었지만, 지금 갈 곳이 있는 것은 아니었다. 문난설이 없는 방의 공동이 가슴의 공동이 되어, 발이 땅에 닿지 않는 느낌으로 계속 걷고 있었다. 코트가 없는 목덜미에 촉촉이 땀이 배어들고, 차가운 밤공기가 스미는 것을 느꼈다.

이방근은 도중에 발견한 공중전화 박스에서, 숙부 집으로 전화를 걸었다. 유원이 받았다. 제주와 전화가 연결되었다고 했다. 아버지와는 숙부가 통화를 했는데, 계엄령이 아니라, 비상경계 태세가 취해져, 내일 11일에 제주도 경비사령부가 설치될 것 같다는 것이었다. 이는 이미 예측하고 있던 일이었다.

"……빌어먹을, 최용학 그 자식, 어디서 계엄령 얘기를 지어낸 거야. 연극일지도 몰라. 무책임한 놈이다. 놈이 집으로 찾아온다고 했었잖아. 별일 없었어?"

여동생은, 그 뒤로 전화도 없었다고 했다.

"오늘은 포기했겠지만, 아직 물러나지 않을 거야."

어디선가 전화가 없었느냐는 물음에, 여동생은 없다고 대답했다. 음, 나영호로부터도 없었던 것이다. 그리고 어쩌면 하고 기대하고 있던 문난설로부터도 없었다. 전화가 왔다면 일부러 묻지 않아도 동생은 전화가 왔노라고 말했을 텐데, 이방근은 문난설의 이름을 꺼내는 것은 꺼리면서도, 그녀에게서 전화가 없었는지를 다시 물었다.

"아직 난설 씨와 연락이 되지 않은 거예요? 오빠가 외출할 때, 난설 씨한테 전화가 오면…… 하고 말씀하셔서 기다리고 있었지만, 전화는 없었어요……."

여동생 탓은 아니지만, 참으로 무정하고도 당연한 느낌의 대답이었다. 기다리다가 바람을 맞은 그녀지만, 혹시 뭔가 생각이 나서 전화나 전갈이라도, 하는 생각을 했던 것이다. 그녀의 자존심에 상당한 상처를 준 것이겠지. 음, 그렇다고 해도……. 아니, 그렇다. 외출 예정이었다면, 두 시간이나 기다릴 순 없었을 것이다. 그는 문난설이 화를 내며 외출한 것이 아니기를 바랐다.

유원은, 오빠, 이제 돌아오시는 거예요? 라고 물었다. 아니, 아직 돌아가지 않아……. 오빠는 난설 씨한테 전화가 오면 일곱 시나 여덟 시쯤에 돌아온다고 전하라 했잖아요. 혹시, 전화가 오면 그렇게 말하면 돼. 아직 일곱 시도 되지 않았잖아…….

이방근은 전화박스를 나왔다.

나영호 덕분에 그녀와의 사이가 꼬여 버린 것 같지만, 그렇다고 해도 문난설은 내게 어떤 해명도 하지 않는단 말인가.

저 여자가 어떤 여자인지 알고 있나.

그 남자의 맛을 본 적이 없었던가…….

나는 그 여자와 잤네!

간이음식점이 늘어선 남대문로의 보도를 따라 완만한 언덕을 올라가자, 번잡한 가게 안에서 따뜻한 고기 삶는 냄새가 밤공기에 흘러나왔다. 누각을 얹은 남대문 성문의 검은 그림자를 왼쪽으로 바라보면서, 아까 나영호와 함께 택시로 지나갔던 한국은행 앞의 터미널 쪽으로 걸어갔다. 네온이 밝은 일대가 나왔다.

담배를 한 대 입에 물고 불을 붙이고 있자, 부랑자로 보이는 한 남자가 다가와 고약한 냄새를 풍기며, 담배를 주지 않겠느냐고 머리를 숙였다. 이방근은 두세 개비를 뽑아 주었다. 순간 왠지 다정한 친구 같은 기분이 들었다. 몇 걸음 함께 걷던 남자는 다시 머리를 숙이고 사라져 갔다.

난 그 여자와 잤네. 그런 일은 확인할 수도 없지만, 틀림없을 것이다. 나영호가 문난설에 대한 사랑의 고백은 하지 않았지만, 그녀에게 미련이 있는 것은, 아니 지금 현재, 강하게 집착하고 있는 것은 분명했다. 나와 그녀의 관계가 확실해지면, 그는 '여자'를 빼앗겼다고 생각할 것이다. 불쾌하다, 핫핫, '도둑질'은, 친구로부터 '여자'를 가로채는 것은, 내 취미가 아니다. 그런 식이 된다면, 그건 불쾌한 일이다……. 핫하, 불쾌하다…….

이방근은 명동 안으로 들어갔다. 그는 어슬렁어슬렁 걸어서, 언덕 위의 대성당 주변의 정적에 한동안 몸을 멈춰 세웠다. 그리고 남쪽으로 빠져 충무로로 나와, 팔러 근처 술집에 들어가 옅어지기 시작한 취기에 취기를 더했다.

그는 걸으면서, 그리고 술집에서 천천히 술잔을 거듭 기울이면서, 끝까지 나영호가 문난설에게 집착한다면, 음, 거기에서 손을 뗀다, 문난설을 떠나야겠다고 반복해서 생각했다. 반복이라는 것은, 아직 결의에 이르지 않은 생각의 애매함 때문이었다. 겨우 서울로 찾아와, 단 한 번 안은 그녀다…… . 떠난다? 그녀의 의향과는 관계없이, 손을 떼려고 생각하는 것은, 그녀에 대한 사랑의 부족, 사랑이 없기 때문인가…… . 취기가 멀리서 파도치며 다가오고, 문난설을 태운 배가 밀려오는 것이 눈의 바닥에 비쳤다.

이방근은 밖으로 나오자, 가능한 천천히 걸어 시간을 보내며, 남대문로의 터미널로 나왔다. 그리고 택시를 잡아타고는 다시 서대문으로 달리게 했다.

택시에서 내려 아파트 앞에 섰을 때, 문난설 방의 창문은 암흑으로, 절망의 빛을 띠고 있었다.

그는 2층 문난설의 방 앞으로 가 초인종을 한 번 눌렀다. 그리고는 수첩 한 장을 뜯어서, 간단히 사정을 메모하고 문 아래로 밀어 넣었다.

제 23 장

1

　다음날 아침, 제주도로 향하는 이방근의 갑작스러운 출발은 집안사람들을 놀라게 했다.

　서울발 아홉 시 열차를 타고 밤 아홉 시쯤 목포 도착 예정. 1박을 하게 되지만, 하룻밤 지나고 과연 제주행 배편이 있을지 없을지는 가보지 않고서는 알 수 없었다. 여객선이 아니기에, 지금 상황에선 운행을 쉬는 일은 절대로 없다 해도, 2, 3일 기다려야 할지도 몰랐다.

　어젯밤 배달된 발송인 불명의 수상한 봉서, 그러나 내용은 제주의 양준오가 보내온 편지로, 이방근은 급거 제주행을 결심한 것이었다. 문난설이 집을 비운 아파트를 뒤로 한 이방근은, 명동의 술집에 들렀지만 도무지 술이 받지 않아 적당히 마시고 건수 숙부의 집으로 돌아왔다. 집에 돌아와 얼마 지나지 않아, 유원이 현관문 밖으로 나가는 듯한 발소리가 났는데, 곧이어 문이 닫히고, 한통의 봉서를 들고 오빠 방으로 들어왔다. 종로구 안국동 ××라는 주소, 그리고 눈에 익지 않은 필적으로 이방근 선생 앞이라고 쓰여 있었지만, 봉서의 뒤쪽은 백지 그대로였다. 무언가 현관 문 주위에서 바스락바스락 하는 묘한 소리가 나서 가 보니, 봉서가 당장이라도 떨어질 듯한 상태로 자물쇠가 걸려 있는 문과 문틀 사이에 끼어 있었다고 했다. 현관 옆인 그녀의 방에선 소리가 곧바로 들렸을 것이었다. 이방근은 문난설의 방문 아래 틈으로 밀어 넣은 메모를, 그리고 전화를 걸어오지 않는 문난설을 떠올리자 가슴이 아팠다. 인기척이, 구두 소리도 나지 않았어? 뭔가 그런 느낌도 들었어요. 그래서 바로 나가 봤지만, 아무도 없었어요. 뭐하는 사람일까요? 기분이 나빠요……. 그럴 때는 혼자서 밖으로 나가지 마.

그리 두껍지 않은 봉서를 뜯어 내용물을 꺼내보자, 그것은 손수 만들어서 작게 봉한 봉투이고(뭐야, 공을 많이 들였군), 그 안에 편지지 한 장의 서신이 들어 있었다. 의외로 필적 자체가 양준오의 편지였다. 누군가 오늘 밤 기차로 제주에서 서울에 도착한 사람에게 양준오가 맡긴 것이 틀림없었다. 서울에서 우편함에 넣으면 될 것을, 필시 한시가 급한, 말하자면 비밀 속달우편인 것이었다. 양준오의 편지를 현관 앞까지 가져올 정도의 사람이라면 말을 걸어와도 좋았을 것이고, 제주도의 정세에 대해서도 들을 수 있었을 텐데, 어째서 그대로 가 버린 것일까. 아아, 요즘 같아선 서로 아무것도 모르는 편이 나을지도 모른다. 필요 없으면 연루되지 않는 일이, 만일의 경우에 필요하게 된다……는, 그런 것인가.

편지는 간단한 내용으로, 이 형이 제주도를 출발하고 일주일이 경과했는데, 언제쯤 귀향 예정인지. 소생, 사정에 의해 사직하게 될 것 같으니, 형편이 되면 조속히 만나고 싶다……고 쓰여 있었고, 구체적인 것은 아무것도 적혀 있지 않았지만, 그것이 언외의 긴박한 뭔가가 담겨 있었다. 이러한 일을, 자신의 개인적인 일로 곧바로 돌아오라……고 함부로 쓸 양준오는 아니었다. 날짜는 10월 8일, 이틀 전이었다.

9월이 되어 제주도 출신의 한(韓) 지사가 경질된 후에도 경리과장은 유임되긴 했지만, 비서 격인 지사실 소속에서 해임되어 이전처럼 기밀정보를 접할 기회는 없었다. 그러나 왜 갑자기 그만두는 것인가, 그만두고 어찌 할 것인가. 어디로 갈 것인가? 이방근은 불길한 예감이 들었다. 비밀당원인 그의 신변에 무슨 일이 일어나고 있는지도 몰랐다.

이번에 한대용이 일본에서 귀환하는 것은 이달 중순쯤이고, 다음 짐을 싣는 일과 기타 준비가 되는대로 서울로 연락하기로 돼 있었기 때문에, 설령 제주도로 가더라도 양준오의 일이 없다면, 그 뒤로도 시간은 충분했다.

배는 대략 20일쯤에 부산에 기항, 다른 밀항자도 태우고 일본으로 향하게 되는데, 이방근은 그때까지 서울에 남아 여동생을 데리고 부산으로 가든지(당초에는 여동생과 함께 일본으로 갔다가 돌아오는 것도 생각했지만, 그것은 어려웠다), 그렇지 않으면 역시 제주도로 가서 아버지와 만나야 했다. 서울에서 일방적으로 아닌 밤중의 홍두깨 격이 되는, 그야말로 '파혼'보다 더 심한, 아버지가 졸도할지도 모를 충격적인 일을 알리기보다, 역시 여동생을 대신해서 다시 이야기를 꺼내고 아버지의 '허가'를 받는 게 타당하다고 생각되었다. 게다가 이번 파혼에 의한 상대방 최씨 집안과의 문제도 있었다.

건수 숙부도 나름대로 유원의 일에 대해서 아버지와 이야기하겠지만, 역시 이방근이 제주도로 돌아가서 직접 사전에 알리고, 한 번 더 아버지를 설득하는 것이 도리다. 아버지에게 전화 한 통으로 유원을 일본에 출발시키겠다……고 해서 끝날 일인가, 라고 했다. 그것은 당연한 의견이었고, 이방근도 그 도리를 모르는 바는 아니다. 충분히 알고 있으면서도 이제는 기정사실화 하는 것 외에 방법이 없다고 생각하고 있었고, 이제 와서 다시 아버지와 이야기를 나눌 생각은 없다. 아버지로서도 피차일반, 이미 의절한 것이나 다름없는 아들이 아닌가. 그러나 제주도의 정세를 직접 살펴볼 필요가 있었다.

10월로 접어들면서, 그것은 이방근이 서울로 온 뒤의 일이지만, 게릴라와 토벌대의 전투가 재개되었고, 그리고 섬 밖으로부터의 증원부대와 현지 토벌대, 경찰대 등의 통합지휘부인 제주경비사령부의 설치는, 정부 측의 게릴라 토벌을 위한 전면적인 조치였다. 남해의 고도라고는 해도, 같은 국내이면서 정보 조작 탓도 있어서, 서울에는 정확한 정보가 전해지지 않았다.

양준오의 편지를 손에 들고, 내일 아침이라도 출발하려고 생각한 이방근 앞에, 문난설의 그림자가 가로막고 있었다. 결국은 그녀 자신이 결정할 일이지만, 나영호가 끝까지 그녀에게 집착한다면(아니, 현실로서 집착하고 있는 것이다!) 손을 떼야 한다고 생각하면서도, 그래도 역시 한번은 그녀와 만나야 했다. 이것은 헤어지기 싫은 구실일지도 모르지만, 이대로 제주에 가 버리는 것은 도저히 견딜 수 없었다. 아무리 그렇다고 해도 이른 아침, 기차를 타기 전에 그녀의 아파트로 뻔뻔스럽게 찾아갈 수는 없었다. 누군가 남자를 데리고 들어가 자고 있을지도 모른다……. 아아, 이 무슨 망상인가! 어떤 남자를? 아아, 불쾌하다, 너처럼 불쾌한 남자를 말인가, 이런 천벌을 받을 놈! 이방근은 무심코 주먹으로 자신의 머리를 두세 번 강하게 꽝꽝, 머리도 주먹도 아플 정도로 쳤다. 그는 일어나서 유리창을 열고 어둠 속으로 침을 내뱉고는 방을 빙빙 돌았다.

열 시 가까운 시각이었지만, 아직 아파트로 돌아오지 않았다면 메모를 보지 못했을 것이다. 아니, 이미 귀가했지만 구두로 짓밟아 버리고 알아채지 못한 것이다. 그러나 문을 연 순간, 콘크리트 바닥의 하얀 종잇조각이 보이지 않을 리가 없었다. 아니, 그렇지 않다, 이방근은 섬뜩해지며 고쳐 생각했다. 문을 연 순간은 아주 캄캄했을 것이다. 현관의 전등 스위치를 켰을 때는 이미, 한 걸음 들어선 구두창에 메모가 찰싹 붙어서. 아아, 어떻게 한다, 으흠, 이건 곤란하다……. 그러나 설령 메모를 보지 못했더라도 오늘 일과 관련해서 뭔가 전화를 해도 좋지 않은가.

이방근은 화가 나면서도 동시에, 전화 한 통 하지 않는다면(저 여자가 어떤 여자인지 알고 있는가. 그 남자의 맛을 본 적이 없었던가……. 이런 나영호의 말에 대한 명확한 답이 아니라도 좋다. 해명, 혹은 변명 같은 한마디가 있어야 마땅한 게 아닌가), 이대로 만날 필요도 없겠지, 연연할 필요가 없다고 혼자서 생각을 바꾸었다. 하지만 마음이 차분하게 진정되지 않아 어떻게 해야 할지 망설이면서, 그래도 내일 아침의 출발을 연기할 생각은 없었다.

아니, 그런데 최종적으로 출발을 결정한 것은, 거의 포기하고 있던 그녀로부터 전화가 걸려 왔기 때문이었다. 겨우 전화가 걸려 왔다. 전화를 받고나서 생각한 일이지만, 그녀에게 연락이 없었다면, 역시 출발은 하루쯤 연기되었을 것이다.

그렇다 하더라도, 그녀의 전화가 양준오로부터 편지가 온 뒤, 제주행을 결심한 후에 걸려 온 것은 얼마나 다행스러운 일인가. 만일 그녀의 전화가 양준오의 편지보다 빨랐다면, 제주도행을 그녀에게 말할 수 없었을 것이다. 거의 포기하고 있던 그녀에게서 전화가 걸려 오고, 결코 모나지 않은 부드러운 목소리를 접한 순간, 그녀에 대한 많은 응어리, 괘씸한 생각이 녹아 버리는 기쁨을 느꼈다.

문난설은 메모를 읽었다고 말하고, 지금 밖으로 나와 공중전화로 걸고 있는데, 벌써 '통금' 시간이 가까우니 내일 밤이라도 만나고 싶다, 오늘은 모처럼 찾아와 주셨는데, 정말로 그때는 놀랐다, 너무 기뻐서……라고, 응어리 없는 목소리로 말해 이방근의 마음을 뜨겁게 했다. 아니, 어찌 된 일인가. 이렇게 일이 부드럽게 진행될 리 없지 않은가. 그는 순간, 방금 전까지도 그녀에게서 손을 떼려 했던 결심이 어디론가 사라져 버리고, 지금 당장이라도 그녀의 아파트로 차를 달리고 싶은 충동에 휩싸였다. 아마 시간이 늦지 않았다면 그랬을 것이다. 그리고 머물게 된다…….

이방근은 미안하다고 사과했지만, 문난설과 만나고 있는 것을 모르는 유원의 귀에 들어갈 걸 염려해 낮의 일에 대해서는 언급을 피했다. 그리고 꼭 만나고 싶지만, 실은 내일 아침 제주도로 출발하게 돼서……라고 말해 상대를 놀라게 했다.

"이 선생님, 농담이시겠죠? 짓궂은 농담을 하시고……."

의아해하는 목소리였다.

"아니요, 정말로 내일 아침 아홉 시발 열차를 탑니다."

"내일 아침 아홉 시발, 아이고, 정말로 가시는 거예요?"

"예ㅡ."

"왜 그렇게 갑자기 제주도로." 문난설은 정말로 놀라고, 당황해하는 것 같았다. "아아, 어떻게 하죠. 어떻게 하지, 선생님, 왜 그렇게 갑자기 제주도로(그렇게 먼 곳으로……라는 한탄의 울림이 담겨 있었다). 뭔가, 오늘 낮의 일로……?"

"아니오, 그런 게 아니고," 이방근은 웃으며 말했다. "내 개인적인 일입니다. 갑자기 일이 생겨서요."

"고향집에요?"

그녀는 이방근의 말을 뒤좇았다.

"아니, 친구 일로 좀……."

일부러 친구라고 하지 않아도 될 것을. 문난설은 그녀의 아파트에서 일어난 트러블로 인해 서울을 떠나 버리는 것은 아닐까 염려하는 것 같았다. 어떻게 하죠, 어떻게 하지. 당황하여 흐트러진 순간의 감정 표출이, 마치 내 여자라는 느낌으로 이방근의 몸을 전류처럼 때리고, 멀어지려던 그녀를 단숨에 가까이 끌어당기게 만들었다. 그것이 그녀를 껴안고 싶은 동물적인 본능을 자극했다.

"난설 씨. 실은 말이오, 난 당신과 작별하려고 생각했었소."

이방근은 목소리를 낮춰, 의도적으로 상대가 어떻게 나오는지 떠보기라도 할 것처럼 입을 놀렸다.

"뭐라고요?" 그녀의 목소리는 단단한 금속을 치듯이 반응했다. "작별……이라니, 무슨 말이에요?"

"아니, 그냥, 문득 말이죠."

"말을 흐리지 마시고……. 제주로 가서, 이제 이리로는 돌아오지 않겠다는 건가요?"

"아니, 그렇지는 않지만, 핫하아, 아무것도 아니오, 무심코 쓸데없이 그렇게 생각한 것뿐이오."

"이 선생님." 문난설은 깊게 추궁하지 않았다. "저도 제주도로 함께 가고 싶어요……."

이방근의 몸속에 던진 이 한마디가 성적 쾌감의 파문까지 불러일으켰다.

문난설은 역으로 배웅하러 나오겠다고 했다. 아침 여덟 시발과 아홉 시발의 급행을 제외하면, 오후의 대전행 급행이 있어서, 오늘 밤 목포에 도착하는 것은 불가능했다. 출발 한 시간 전인 여덟 시에 서울역 구내의 다방에서 만나기로 하고 전화를 끊었다. 전화의 그 목소리는 이방근의 예상 밖의 동향을 듣고, 뭔가 그녀의 마음에 상당한 동요와 파문이 일어나고 있는 것 같았다.

이방근은 그녀로부터 전화가 오더라도, 그것이 오히려 거북해질 것을 염려하고 있었지만, 그녀가 한껏 이쪽으로 굽혀 오는 전화 맞은편의 숨결은 그의 마음을 지극히 만족시켰다. 아아, 이래서는 연애를 할 수 없겠군. 정체를 알 수 없는 자존심인지를 죽이는 일. 오늘 밤 전화가 없더라도, 내일 아침 서울역으로 가는 도중에 그녀의 아파트로 '뻔뻔스러워도' 좋으니까 찾아가는 것이, 설령 실패하더라도 사랑을 성공으로 이끄는 길이다. '자존심', 이거야말로 사랑의 적이군.

유원의 출발은 이방근이 제주도에서 한대용의 배가 도착하기를 기다린 후에 연락, 지시하기로 하고, 그때는 이방근 자신이 부산까지 밀항선에 동승할 생각이었다. 서울에서 부산까지는 숙부 부부가 동행하게 되지만, 가는 김에 그곳에 있는 자식들을 만난다는 것이, 혼자 가겠다는 유원에 대한 구실로 삼고 있었다. 부산에서는 배의 형편에 맞춰 2, 3일 머물게 될 것이다.

아침저녁은 추웠다. 이방근은 회색 양복에 말끔히 넥타이를 매고 있었지만, 코트는 결국 살 기회를 놓쳤다. 그러나 이제 남쪽 바다를 향해서 남하하는 것이고, 제주로 가면 코트를 사지 않아도 된다.

서울역 정면의 큰 시계가 곧 여덟 시를 가리킬 무렵이었다. 역 앞 광장을 건너, 이미 혼잡한 역 구내로 들어가려던 차에 뒤에서, 이 선생님…… 하고 귀에 익은 목소리가 뒤쫓아 왔다. 그래, 그건 분명히 문난설의 목소리……. 돌아보자마자 멈춰 선 그의 눈에, 점퍼가 아닌 다갈색 코트를 입고 숄더백을 옆구리에 끼고 달려오는, 한층 여성스러운 문난설의 아름다운 모습이 날아 들어왔다.

"아이고, 선생님, 다행이에요."

문난설은 밝게 웃고, 숨을 헐떡이며 멈춰 섰다. 팔짱은 끼지 않았지만, 어깨와 어깨가 서로 닿을 듯이 바짝 다가서서 구내를 걸어갔다.

"어젯밤에는 잘 주무셨어요? 오늘 아침은 일찍 일어나셨을 텐데."

"아직 취기가 남아 있어서, 숙취입니다."

"숙취로 길을 떠나시는군요."

날카로운 기적의 우렁찬 소리가 혼잡 속을 뚫고 왔다. 여덟 시발

급행의 정각 발차일 것이다.

대합실 옆 다방으로 들어갔다. 대합실은 소용돌이치듯 혼잡하고 불쾌한 냄새가, 순간 메슥거리는 심한 악취가 웅성거리는 소리와 섞여 코를 찔러 왔는데, 구내와 대합실 한쪽 구석에 방치된 인분 탓일 것이다. 벽과 바닥의 콘크리트에 스며든 소변 냄새는 말할 것도 없었다. 독립국의 현관, 서울역.

아침의 커피향이 나는 다방은 비어 있었다.

"역의 커피는 맛이 없어요."

창가 테이블에 마주보고 앉은 문난설이 말했다.

"음, 괜찮아요. 난 졸음을 쫓으려는 거니까."

문난설은 어제 나영호를 뒤쫓아 이방근이 방을 뛰쳐나간 뒤, 한 시간 정도 지나 친구의 아기가 태어난 것을 축하하러 외출했었는데, 금방은 돌아올 수 없으리라 생각했노라고 말했다. 그보다 그때 어째서 나영호의 뒤를 필사적으로 쫓아간 것인지 모르겠다, 남자의 행동을 여자로서는 이해하기 어렵다고도 했다. 그리고 선생님은 어젯밤 왜 그런 말씀을 하셨습니까? 어젯밤에는 공중전화였기 때문인지도 모르지만, 작별할 생각을 했다는 것을 깊게 추궁하지 않았지만, 지금 다시 따지듯 물어 왔다. 어젯밤의 이방근은, 그저 문득……이라고 말을 얼버무렸지만, 지금 한마디 확실히 해 두는 편이 좋겠다고 생각해, 나영호가 당신에게 상당히 마음이 있는 것 같아서……, 술집에서도 꽤 집착하고 있었다고 이야기했다.

"그는 나의 친구예요."

"……" 문난설은 이방근을 가만히 이상한 듯 바라보며 고개를 끄덕여 보이면서도 의아하다는 듯이 말했다. "나영호 씨는 혼자서 멋대로 말하고 있는 거예요. 나와는 상관없는 일인데도, 분해서. 선생님의 친구라도, 전 나영호 씨와 아무 일도 없어요. 그 사람은 그 사람, 저는 저이고, 그 사람이 저를 어떻게 생각하든 저와는 상관없는 일이잖아요. 저는 그에게 속박당하거나 할 일은 없습니다. 저의 자유니까요. 정말 싫어요. 오늘 신문사에서 그의 얼굴을 보고 싶지 않아요."

이방근은 나영호가 어제 술집에서, 내일부터 그 여자와 얼굴 마주치는 게 싫은데…… 하고 말했던 것을 떠올렸다. 그러나 두 사람의 말은 형태가 같을지라도, 의미는 반대일 것이다.

"난설 씨와의 교제는, 나보다 나영호 쪽이 오래되었소. 게다가 그가 당신을 소개해 주었고."

"아니요." 문난설이 매력적인 미소를 머금은 얼굴을 옆으로 살짝 흔들었다. "그 전에, M동에 있는 서청 숙소에서 만나 뵀지요. 아주 짧은 순간이었지만……. 안 그래요?"

"아아, 그렇군. 나는 그때 일을 잊지 못해요. 영원히."

영화 같은 대사다. 다소 저항을 느끼면서도 의식적으로 덧붙였는데, 정말 영원히 잊지 못할 것이었다.

"저도요……. 지금 생각하면, 정말로 이상한 만남이에요. 하지만 선생님, 선생님은 왜 그러시는 건가요. 저와 나영호 씨와는 아무런 관계도 없다니까요. 좋아하면 남의 아내라도 빼앗는다던데." 문난설은 이 얼마나 사랑이 없는 것이냐고 말하듯이, 진지한 얼굴로 말했다. "그 사람은 선생님과 저를 질투하고 있는 거예요. 정말로 어린애 같다니까요. 그저께 밤, 지하 바에서 갑자기 선생님의 뺨을 때리고 밖으로 나갔잖아요. 어제 낮에 집으로 찾아온 것도 정말 불쾌한 일이었지만, 그저께 밤의 일로 온 거예요. 그래서 저는 그에게 일절 간섭하지 말라고 내쫓은 거구요. 그때, 문을 연 순간 선생님이 계셔서, 아이고, 벼락이라도 맞은 것 같아 얼마나 놀랐는지. 선생님, 알아주시겠어요? 그 사람 일은 정말로 신경 쓰지 말아 주세요, 정말로⋯⋯. 선생님, 언제 서울로 돌아오시는 거예요?"

"글쎄, 가 봐야 알겠지만⋯⋯."

아니, 어떻게든 빨리 오겠다고 말하려다 그만뒀다. 언제 서울로 돌아오시냐고? 또 언제 오시냐? 가 아닌가.

"선생님, 이대로 함께 제주도로 가고 싶어요⋯⋯." 문난설은 눈을 내리깔고 커피를 한 모금 마셨다. "저, 도저히 오늘은 서울을 비울 수가 없어요. 친구의 결혼식이 있어서⋯⋯. 매우 중요하고 급한 일이겠지만, 하루만 연기할 수만 있다면, 하긴 정기편이 있는 것도 아니니, 목포에서 배가 내일 떠날지 어떨지도 모르잖아요. 이전처럼 야간열차가 있으면, 내일 아침까지는 충분히 갈 수 있는데. 하루 출발을 연기할 수 있다면, 저, 오늘 안에 도항증명서를 받아서⋯⋯."

이방근이 웃었기 때문일까 그녀의 말이 도중에 끊겨 버렸다. 거 참, 마치 어린애, 아니 꿈꾸는 소녀.

"왜 웃으시는 거예요?"

"그거, 진심인가 해서."

아니, 어젯밤에도 전화로, 선생님, 저도 제주도에 함께 가고 싶어요, 라고 했던 것이다. 그러나⋯⋯.

"선생님은 좀 짓궂고 무례해요. 결혼식이 없다면 지금부터 하다못해 목포까지라도 같이 가고 싶어요."

"목포? 무얼 하러."

"⋯⋯."

문난설은 순간 분하다는 듯이 입술을 깨물며 이방근을 쳐다보았다. 처음으로 보는 애처로운 표정이었다.

"아, 알았소. 아니, 난 도대체 무슨 말을 하는 건가. 하지만 목포에서 문난설을 혼자 서울로 돌려보내는 게 괴롭다오. 견디기 힘든 일이지. 그렇잖소."

"출발을 내일로 하시겠어요? 그러면 제주까지 함께 갈 수 있어요."

"어? 아니, 아니오." 이방근은 거의 수동적인 자세로 쩔쩔맸다. 참으로 변덕스런 여자다. 놀리지 말아 줘……. "그렇게 한다면, 전과는 달라서, 그야말로 모두 기절초풍해 버릴 거요. 하지만 기뻐요. 그 말은 내게 용기를 주고 있소."

아아, 내가 이 여자의 말에 맞장구를 치며, 용기라는 둥……. 이건 지나친 말인가.

"용기……?"

역시였다.

"그렇소, 용기와 힘을 말이오."

이것은 잇따른 사족이다. 그는 내심 자신에게 쑥스러워하고 있었다.

이방근은 고개를 가볍게 끄덕였지만 다시 웃음이 나왔다. 그래, 웃은 것은 그녀의 엉뚱한 생각과 자기 자신의 겸연쩍음 탓도 있겠지만, 그 때문만은 아니었다. 그의 조금 전 웃음은 가슴이 덜컥할 만큼 스스로를 향한 독기를 품고 있었다. 그 자신이 그녀와 똑같은 것을 생각하고 있었던 것이다. 그녀와 제주도로 동행하는 것뿐만이 아니라, 내일 배편은 그때가 되지 않으면 알 수 없는 일이고, 그대로 2, 3일 기다리는 일도 있기 때문에, 만약 '관계'가 회복된다면 출발을 하루 연기해서라도, 오늘 밤 그녀의 아파트에서 묵고 싶다는 욕망이 솟구치고 있었다. 어젯밤부터, 그녀의 전화를 받은 뒤부터, 그 일을 생각하고 있었던 것이다. 지금, 눈앞에 있는 그녀의 전류가 계속 흘러들어 몸부림치는 육체를 안지 못하고, 이대로 기차를 타고 멀리 떠나 버리는 것은 견디기 힘들 거라는 생각이 들었다. 아니, 의식할수록 지금이라도 그

녀와 함께 아파트로 돌아가 그녀를 안고 싶다. 출발은 내일 아침이라
도 상관없다. 어젯밤, 그녀가 없는 아파트에서 서울역까지, 그리고 명
동으로 걸었던 일을 말하려다 그만두었다. 이방근은 자리에서 일어
나, 문난설의 팔을 잡고, 자아, 나갑시다, 가자고요, 출발은 내일 아침
이오! 라고 외치면서 역 밖으로 뛰쳐나가는 자신의 모습을 역 앞 광장
의 북적임 속에서 보고 몸서리를 쳤다.

이방근은 문난설의 눈 속 깊이 촉촉해진 당황스런 표정 속에서, 자
신의 욕정의 눈빛을 의식하고, 자리에서 일어나면서 손목시계를 보았
다. 심중을 꿰뚫어 보는 듯한 문난설의 시선을 볼에 뜨겁게 느꼈다.
불의의 일격을 당했을 때처럼 심장이 미덥지 못하게, 상대에게 들릴
것처럼 세차게 울리고 있었다.

여덟 시 반. 아직 조금 시간이 있지만, 슬슬 자리를 뜨는 편이 좋다.
표를 사는데 줄을 서거나 하면, 그야말로 하루 연기하게 된다. 출발을
내일로 하시겠어요? 이 얼마나 고혹적인 울림인가. 개찰구에서 줄을
설 필요는 없었다. 이미 좌석은 구할 수 없겠지만, 발차 시간에 맞추
면 되었다. 갈아타는 대전에서는 앉을 수 있을 것이었다. 어쨌든 지금
은 자리에서 일어나는 것 말고 방법이 없었다.

"갈까요."

이방근은 목소리가 흐트러지는 것을 억제하며 말했다.

"예-."

이방근이 등을 굽혀 보스턴백을 손에 들자, 그녀는 앞장서서 계산
대에서 돈을 내고 있었다.

두 사람은 다방을 나왔다.

"표는 아직 사지 않았겠죠."

"그래요, 아직 안 샀소."

표는 아직 사지 않았겠죠. 그렇다, 이방근은, 역시 출발하시는 거예요? 라고 말하는 그녀의 마음의 소리를 듣고 있었다.

"제가 그만 깜박했어요. 먼저 표를 사 뒀으면 좋았을 텐데."

"괜찮을 겁니다."

문난설과 함께 걷고, 함께 중앙계단을 올라가면서, 출발을 내일로 하시겠어요? 출발을 내일로 하시겠어요……? 라고 그녀의 몸에서 끊임없이 내뿜는 발신음이 이방근의 다리를 계단 아래쪽으로 집요하게 끌어당겼다. 그녀는 결코 일시적인 변덕이 아니었다.

몇 분 기다려 표를 손에 넣고, 문난설은 입장권을 사서 개찰구부터 장사진을 이룬 아홉 시발 대전행 급행 승차손님 마지막 줄에 둘이서 나란히 섰다. 지정석은 이미 매진돼 있었다. 하루 연기하는 것은 간단했다. 그러나 내일 배가 없으면 모레는 있겠지만, 내일 배가 있는 경우에는 모레 연달아 있을 수 없다. 오늘 제주경비사령부가 설치된다고 하니, 단속은 한층 강화될 것이다. 어쨌든 내일 아침 목포경찰서에 얼굴을 내밀고 도항증명서에 검인을 받을 때 알게 될 일이었다. 내용을 얼버무린 양준오의 편지는, 이방근이 서둘러 제주도로 돌아오기를 기다리고 있었다. 역시 만에 하나 내일을 놓치지 않기 위해 지금 출발할 결의를 해야만 했다.

이방근은 그래도 담배를 피우면서 역내 시계를 가만히 관찰하듯 바라보고 있었다. 여덟 시 45분. 앞으로 15분, 이윽고 14분이었다.

줄이 움직이기 시작했다. 개찰구를 통해 홈으로 내려와서도, 출발 직전까지는 아직 결단의 시간이 남아 있었다. 도항증명서가 있다면 이대로 함께 제주로 가고 싶었다. 하다못해 목포까지라도 함께 가고 싶다. 아니, 정말이지 지금은 내가 그녀를 제주로 데리고 가고 싶다. 뭐가, 사람들이 모두 기절초풍해 버릴 거요, 란 말인가. 문난설만 상관없다면.

문난설이 천천히 행렬의 뒤를 따라 걸으며, 숄더백을 열더니 작은 고급 스카치위스키 병을 꺼내 이방근에게, 가방 여세요……, 미안해요, 가방 안을 들여다보게 돼서, 라고 말하며 소중하다는 듯이 충분히 여유가 있는 가방 옆쪽에 조심스레 넣었다. 이별이었다.

"도중에 조금씩 드세요. 이 선생님께는 말씀 드리는 것도 촌스러운 일이겠죠." 문난설은 웃었다. 행렬이 바삐 움직이기 시작했다. "다음에는 언제 서울에 오시는 거예요? 꼭 오시겠죠."

돌아오는 것이 아니라, 오시는 것이 되었다. 그래, 그거면 된다. '돌아오다'와 '오다'의 차이, 거리감이 크게 달랐다.

"물론이오. 20일 지나서는, 이번 달 중엔 올 수 있을지도 모르겠소. 금방이오. 왕복하는 사이에 시간이 지나가 버릴 거요."

20일 지나서라는 것은, 부산에서 유원을 일본으로 보내고 나서, 그 길로 서울로 오려고 생각한 것이었다. 설마, 여동생과 함께 일본으로 가 버리는 일 따윈 없을 것이다.

"기다리고 있겠어요. 하지만 함께 제주로 가고 싶어요……. 죄송해요. 이제 곧 출발인데. 하순에 오시지 않을 때는 제가 제주로 갈 테니까요. 정말로."

문난설은 제주로 갈 테니까요, 라고 웃으며 말했다. 농담으로 혼동하기 쉬운, 웃음을 가시게 만드는 뉘앙스의 '정말로'였다.

개찰구에서 홈을 향해 계단을 내려갔던 사람들이 열차의 좁은 승강구에서 소리를 지르고 서로 밀쳐 대는 바람에, 큰 짐을 든 농촌 여자와 남자들은 앞에 줄을 서고도 새치기를 당해 좀처럼 승차하지 못하고 있다. 먼저 타 여분의 좌석을 확보한 사람이 창문을 열고 그곳으로 일행을 끌어올리기도 했다. 한 명의 마른 남자가 그 창으로 짐을 던져 넣고 마치 원숭이처럼 창으로 들어가려 하자, 차 안의 남자가 그 짐을 홈 아래로 집어던지고 창을 닫아 버렸다.

이제 곧 아홉 시였다.

이방근은 승강구의 발판 앞에 멈춰 서더니, 일단 보스턴백을 홈 바로 곁에 두고, 방금 전의 위스키 병을 꺼냈다. 그리고 병을 개봉하더니, 의아해하는 눈빛의 문난설에게 가볍게 고개를 끄덕여 눈으로 신호를 하고 작은 병뚜껑에, 쇠〔鐵〕와 기름 냄새가 나는 홈의 공기에 좋은 향이 풍기는 위스키를 따라 꿀꺽 하고 단번에 들이켰다. 얼굴을 정면으로 향한 이방근은 카아! 하고 숨을 내쉬며 웃었다. 넘쳐흐른 위스키 방울이 콘크리트 홈을 적셨다.

"자아 문난설 씨, 잠깐의 이별을 위한 건배요."

그는 자신의 손에 든 뚜껑에 술을 따라서, 그녀에게 건넸다. 발차를 알리는 방송이 계속되고 있었다.

"재회를 위하여."

문난설은 다소곳한 표정으로 천천히 비웠다.

"선생님, 한 잔 더……."

그녀는 이방근에게 뚜껑을 건네고 거기에 양손으로 술을 따랐다. 황금빛의 술이 아침 햇살에 반짝반짝 빛났다. 이방근은 위스키를 다 비우고 다시 뚜껑을 그녀에게 건네 술을 따랐다.

발차 벨이 울려 퍼졌다. 마지막 결단의 기적은 일어나지 않았다. 이방근은 기차에 오른다. 그는 위스키 병을 가방에 넣으면서, 서양인이 하는 것처럼 그녀를 힘껏 포옹하고 싶다는 생각을 했다.

두 사람은 악수를 나누고, 이방근은 덜컹덜컹 움직이기 시작한 열차의 발판에 뛰어 올랐다.

문난설이 손을 흔들며 열차와 나란히 홈을 걷다가 바로 달음박질이 되었다.

이방근도 가볍게 손을 흔들고 있었다.

순식간에 열차가 긴 홈을 뒤로 보내고 열차가 달리는 방향을 향해 멀어져 가는 문난설의 찢어지는 표정이, 이방근의 가슴을 도려냈다.

이방근은 가슴에 날카로운 통증을 느꼈다. 그는 발판에서 만원 열차 안으로 들어갔다. 그는 문난설의 사랑을 느꼈다.

그녀는 역내 다방에서, 선생님은 어젯밤 어째서 이별할 생각을 했다는 말씀을 하신 거예요? 라고 따져 물었지만, 어제 아파트에서의 나영호의 폭언에 대한 해명다운 말은 한마디도 하지 않았다. ……저 여자가 어떤 여자인지 알고 있는가. 그 남자의 맛을 본 적은 없었던 가……(나는, 그 여자와 잤네!). 그거면 됐다. 한마디도 하지 않아 다행이라고 생각했다. 실은 말야, 난 당신과 작별하려고 생각했어……. 지금은 자신의 그 말에 대해 취소해야 할 것이다. 나는 다시 그녀와 만난다. 그러나 문난설에 집착하는 나영호로부터 가로채기……? 나영호가 아니라, 이것이 만약 양준오였다면, 난 그녀에게서 손을 뗐을 것이다. 뗄 수 있을 것이다.

열차는 문 밖까지 흘러넘치지는 않았지만, 차 안은 사람들로 통로가 꽉 막혀 있었다. 이방근은 문 바깥쪽에 서서, 발판 너머로 멀어져 가는 햇빛으로 서울 근교의 희뿌연 산줄기에 눈길을 주다가 문득, 자신이 나영호에게 질투를 느끼지 않는 것을 깨달았다. 어라, 이상한 감정, 뭔가 마음의 응어리가 풀린 듯한, 공기처럼 아무것도 없는 느낌. 질투의 감정……. 질투는 반드시 이미지가 되어 나타나서는 마음을 괴롭히고 견디기 어렵게 만든다. 질투라는 감정의 움직임과 동시에 이미지는 형형색색으로 모양을 바꾸며 종횡무진 움직인다. 그 이미지가, 확 사라져 없어진 것이었다.

지금 질투라는 감정의 너울로 나영호를 끌어들여 얽히게 해 보지만, 물과 기름처럼 분리되는 것이 보였다. 어제까지 똬리를 틀고 있었을 터인 질투의 그 참을 수 없는 감정의 움직임은, 어떻게 되었단 말인가. 이건 나를 구원한다. 그는 마음이 사르르 녹아 가벼워지는 느낌이었다. 문난설을 나영호가 있는 서울에 둔 채 떠나가는 내가, 그에게 질투하지 않고 있다는 현실. 그는 지금 내게 질투를 일으키는 대상이 아니다……. 그녀의 마음이 나영호에게 없다는 것을, 내가 지금 실감하고 있기 때문이다. 그는 문난설의 사랑을 느꼈다.

밤 여덟 시쯤 제주항에 도착하자, 화물선의 트랩을 내린 부두에서 무장 경찰들이 승객들의 가방과 소지품을 검사하고 있었다. 목포 부두에서 승선할 때 소지품 검사를 했기 때문에 두 번째였다. 지금까지 산지 항에서는 없던 일이었다. 경찰대 1개 분대가 조사하고 있는지, 십여 명 정도의 경찰이 죽 늘어서서 부두를 굳게 지키고 있었다. 예전의 관부(關釜)연락선에 오르내릴 때 부산, 시모노세키 선창에 깔렸던 일본군 헌병과 경찰, 사복형사, 수상경찰 등의 삼엄한 경계 광경이 머리를, 고약한 취기에 욱신거리는 머리를 스쳐 갔다.

대부분의 승객이 공무로, 군 관계자거나 경찰의 도항증명서 소지자였고 일반인은 없었다. 이방근은 아버지의 남해자동차에서 보낸 출장으로 돼 있었다. 즉 서류상 명목뿐인 출장이었지만, 그것을 알면서도 제주경찰은 이방근에게 허가의 검인을 해 준 것이다.

이방근은 배에서 만난 제주읍장과 트랩을 같이 내렸기 때문에 체크 없이 통과했다. 황동성이 준다고 했던 권총을 숨기고 있는 것도 아니고, 제지당할 일은 아무것도 없었지만 번거롭고 때로는 화가 치밀었다.

안(安) 읍장의 자택이 동문길 다리 바깥쪽이었으므로 도중에 헤어졌는데, 그는 섬 출신의 독실한 사람이라 신망이 높았다. 아버지 이태수와도 해방 전부터 친했다. 이방근도 전쟁 전부터 알고 있었다. 그는 도쿄에서 고학으로 전문부(專門部) 법과를 졸업하고 나서, 본토의 군청 등에서 봉직하다가, 나중에는 해방 때까지 경찰직에 몸담고 있었는데 해방 후 미군정청하에서 제주경찰서장이 된 것도, 그 경력을 인정받았기 때문이었다. 용케도 청년들에게 맞아 죽지 않았는데, 일제 강점기에 그다지 악질적인 행동을 하지 않은 덕분이었다. 유치장 간수 시절, 몰래 조선인 정치범의 편의를 봐주었던 일 등도 해방 후에 알려져, 그만큼 점수를 땄다. 그러나 일제 치하의 경찰관으로서 그 나름의 일은 해 왔으므로, 친일 분자인 것은 틀림없었다. 그는 반일 독립사상의 소유자였던 이방근을 지금도 인정하고 있었다.

"읍장이라면 군용 비행기도, 한가할 땐 부탁해서 탈 수 있을 텐데요."

"난 지사가 아니야. 뭐 그런 일로 성가시게 머리를 숙인단 말인가. 전시의 군이란 예전부터 기세가 대단한 법이야. 급한 공무가 생겼지만, 배가 없는 그런 사태라면 모를까."

"배가 없어집니까?"

이방근은 일부러 묻는다.

"그것도 모를 일이지. 사태의 추이에 따라선 말야……."

두 사람은 배 안에서부터 일체 시국에 관한 이야기는 나누지 않았다. 읍장은 물론 게릴라 찬성파는 아니었지만, 본토의 군·경찰력이 지배하는 가운데 몇 안 되는 도민파였다.

배가 심하게 흔들려서 드물게 뱃멀미를 했는데, 제주 근해까지 와서야 술을 마시며 달래보았지만, 다소 고약하게 취한 탓인지 편두통이 났다.

이방근은 가능하다면 우선 산지 언덕에 있는 양준오의 하숙집으로 곧장 가고 싶었지만, 아버지께 귀향 인사를 하는 것이 먼저였다. 게다가 하선하자마자 집과는 정반대 방향인 양준오의 집으로 향하는 것은, 도중까지 읍장도 함께였고, 눈에 띄는 행동이라 그만두는 편이 좋다고 생각했다.

성내 거리는 사람의 왕래는 적고, 바람이 온화한 밤의 정적에 잠겨 있었다. 그러나 섬에서는 이미 게릴라와의 전투가 시작되고 있었다. 어딘가 멀리서 총성이라도 울려 퍼질 것 같았다. 금목서의 향이 흐르는 골목 구석구석에 조수가 스며드는 듯한 파도 소리가 울려왔다. 핫하아……. 그날 밤, 동대문 여관에서 문난설과 하룻밤을 보내기 전 종로 뒤쪽의 한정식당에서 돌아올 때였다. 돌이 깔린 골목의 어두운 구석에서, 금목서가 풍기는 달콤새콤하고 관능적이기까지 한 꽃향기의 바다에 두 몸을 가라앉히고 나눈 뜨거운 포옹의 감각이 되살아났다.

어제 아침, 서울역에서 문난설과 만나 이별한 것이 꿈만 같았다. 그녀와의 사이에는, 거친 제주의 밤바다가 새까맣게 가로놓여 있었다. 하루 연기를, 마지막 플랫폼에서 결단하지 않고, 발판에 뛰어올라 타버린 것이 다행이라고 생각했다. 그렇지 않았다면, 제주 도착이 2, 3일 늦어졌을 것이다. 다만, 그녀의 아파트로 함께 돌아가지 못한 것이, 동대문 여관에서의 하룻밤을 다시 한 번 되풀이하지 못하고 와버린 것이 견딜 수 없을 만큼 몸이 쑤셨다.

집이 가까웠다. 필시 놀랄 것이다. 아니, 부엌이는 놀라겠지만, 아버지는 지금쯤 서울에 있을 거라고 생각하고 있던 참에 불쑥 얼굴을 내미는 것이니, 뭐야…… 하고 신기한 물건이라도 쳐다보듯 하겠지만, 제주와 서울이라는 장거리임에도 아들과 서로 통화를 하지 않는 아버지니 만큼, 특별히 놀랄 일도 없었다.

집의 초인종을 누르자 바로, 부엌이가 나오는 것 같았다. 쪽문 바로 맞은편에서 부엌이로 보이는 느리고 무거운 발소리가 멈췄다. 누구신 지……라고 물었다.

이방근이라는 것을 알자, 부엌이는 마치 죽은 인간이 소생이라도 한 것처럼 놀란 모양이었다. 하숙집으로 이사하고 나서도 거의 집에 출입하지 않는, 그리고 서울에 있을 터인 이방근이 아무런 예고도 없이, 게다가 늦은 밤에 나타났기 때문에, 그것은 그녀가 이방근의 목소리를 거듭 문 안쪽에서 확인한 만큼, 순간 현실이라고는 믿을 수 없었던 것이다.

집 안으로 들어선 이방근은 부엌이를 통해 아버지가 지금 집에 있다는 것을 확인하고는 아버지가 계신 거실로 가기 전에 부엌이를 양준오의 집으로 심부름을 보냈다. 지금 막 도착했는데, 가능하면 이쪽으로 와 달라고. 부엌이는 방으로는 돌아가지 않고, 그대로 밖으로 나가 쪽문을 닫았다.

"뭐야, 부엌이가 나가기에 누군가 했더니, 너였느냐."

거실에서 뭔가 글을 쓰고 있던 아버지는 만년필을 덮은 노트 위에 놓고, 돋보기 너머로 치뜬 눈으로 지그시 아들을 쳐다보았다. 아니나 다를까, 예상했던 대로였다. 마치 옆집이나 안뜰 너머 예전의 서재에서 얼굴을 내민 것처럼. 놀라기는커녕 눈썹하나 까딱이지 않았다.

이방근은 장판에 양손을 대고 절을 했다.

"몸은 좀 어떠십니까?"

단순히 상투적인 인사말로 한 것은 아니었다. 그렇게 생각해서인지 아버지는 수척해진 것처럼 보였다.

"별일 없다. 뭐 하러 온 거냐? 다시 서울로 갈 생각으로 임시로 온 것이냐?"

그다지 친절한 물음이 아니었다.

"예, 형편에 따라서는 서울로 갈지도 모릅니다만." 그 형편을 아버지가 알 리가 없지만 적당히 대답했다. "이번에 유원의 일로 여러 가지 심려가 많으셨습니다. 여동생 일은 내일이라도 천천히 말씀드리고 싶습니다만(그렇다고 해서, 일본행 출발에 대해서 이야기할 생각은 없었다. 한대용의 배가 돌아오고 나서 제주도를 떠날 준비가 갖추어진 후에 하는 편이 좋다), 최씨 가문과는 그 후에 어떻게 되고 있습니까?"

"너는 유령처럼 나타나선, 갑자기 아닌 밤중에 홍두깨도 아니고 최상규 집 얘기를 꺼내는데, 그걸 처리하기 위해 왔느냐?"

"……" 이방근은 말문이 열리지 않았다. 경우에 따라서는 아버지 한 사람에게 맡길 것이 아니라, 필요하면 최씨 집안과 의논하고, 어쩌면 논쟁에 자신이 나서도 좋다고 생각하고 있었던 것이다. 갑자기 입안에 시큼한 신물이 고여, 이방근은 침을 삼켰다. 머리가 지끈지끈 울리는 게, 이명의 조짐이 있었다. 이럴 때에는, 오히려 술을 마셔 버리는 편이 좋은 법이다. "제가 처리할 수 있는 일은 아니지만, 필요하다면 저도 상대방과의 이야기에 얼굴을 내밀 생각입니다. 물론, 그것은 아버지가 판단하시기 나름입니다. 특별히 주제넘게 나설 생각은 털끝만큼도 없으니까요. 건수 숙부은 이씨 가문의 명예 문제로 발전한다면, 친족회의를 열어야 한다고 했을 정도입니다."

"음, 이제 와서 의논할 일은 없을 게다. 난 돈으로 딸을 팔고 있는 게 아니야. 건수는 전화로도 친족회의 얘기를 했지만, 상대방과 가문 흥망의 묘지 다툼을 하고 있는 것도 아니다. 약은 먹어 봐야 쓴맛을 알고, 말은 타 봐야 힘을 안다고 하는데, 사람은 길게 사귀어 봐야 알 수 있다고 한다. 이태수의 딸이 서울 종로경찰서에서 유치장 신세를 진 건 틀림없지 않느냐. 넌 그 애 오빠다." 아버지는 돋보기를 벗고 눈을 끔벅이고 나서, 담배를 입에 물고 불을 붙였다. "……넌 밥을 먹은 게냐?"

"아니요, 아직 안 먹었지만, 뱃멀미를 해서."

"뱃멀미를 했다고?" 아버지는 너 같은 제멋대로인 불효자도, 뱃멀미는 하는 것이냐는 듯이 말했다. "부엌이는 없는 것 같은데, 어디 간 게냐?"

"예―, 양준오 집으로 심부름을 보냈습니다. 가능하면 이쪽으로 오지 않겠냐고."

"도착하자마자 심부름을 보냈다니, 무슨 급한 일이라도 있는 게야?"

"아니요, 오랜만이기도 하고, 친한 친구니까요."

도무지 대답이 되지 않았다. 제주도를 떠난 지 열흘 정도밖에 지나지 않았다. 친한 친구라니, 이제 와서 속이 빤히 들여다보인다. 아니, 그렇지 않다. 친한 친구이고 술친구이기에 도착하자마자 부르러 보낸 것이다. 이방근의 이 실없는 한마디에는, 아버지에게 한 단순한 변명이 아니라, 무의식중에 용의주도한 경계심이 깔려 있었다. 누가 봐도, 이 집의 식모가 불러서 친구가 찾아오고 한잔하는 것은 이상한 일이 아니다.

안쪽 방문이 열리고, 계모 선옥이 한층 눈에 띄는 배를 내밀며, 일본의 씨름꾼 같은 안짱다리 걸음으로 아버지의 서재를 지나 이쪽으로 다가왔다. 태아는 건강히 자라고 있는 듯했다. 저 불룩한 육체의 속에 있는 씨, 내 동생……. 씨, 씨받이, 씨받이인가, 나의 씨받이, 나는 종마, 씨를 뿌린다. 이번에 맞선을 보게 될 처녀는 열아홉 살. 젊고 건강한 여자가 아니면, 훌륭한 아이가 태어나지 않는다……. 친족회의에서 장로의 빠진 이 사이로 공기가 새는 소리. 문난설의 사랑, 아니, 그런 걸 모른다……. 여자는 익은 음식. 열을 가할 것 없이 즉시 먹을 수 있는 익은 음식…….

부엌이가 돌아온 모양이었다. 복수의 인기척이 나고, 혹시나……
하고 걱정하던 양준오가 함께인 것은 하나의 기쁨이었다. 각별한 기
쁨이라고까지 할 건 없지만, 그가 목소리와 함께 모습을 나타냈을 때,
이상하게 작은 감동이 파문을 동반했던 것이다. 내심 무언가 긴박한
마음이 서로에게 닿아 작용하고 있었다. 하루를 연기하지 않고 서둘
러 와서 다행이라는 실감이, 방으로 오른 그와의 굳은 악수, 지금까지
와는 확실히 다른 감촉으로 솟아오르는 것을 이방근은 느꼈다.

아버지 부부에게 인사를 마친 양준오가 이방근과 함께 거실에 있는
사이, 부엌이가 맞은편 바깥채의 이방근 방에, 서재가 아닌 온돌방에
탁자를 꺼내 놓고 술과 음식을 준비했다. 이방근이 온돌방을 지시한
것은, 서재 불빛이 뒤뜰의 정원수 너머 담장 밖으로 새어 나가기 때문
이었다. 온돌방은 장지문 바깥쪽의 문을 닫으면, 불빛이 차단된다. 불
이 켜졌다고 해서 특별히 이상할 건 없지만 오랜 기간 캄캄했던 담장
안이, 세라도 들어온 것처럼 눈에 띄게 할 필요는 없었다.

"일부러 건넛방에 상을 차리지 말고, 여기에서 해도 좋았을 텐데,
응? 양 군…….”

아버지는 양준오에게 말을 건넸다. 지금 아들과 둘이서는 내키지
않지만, 마음에 드는 그가 찾아온 김에, 아버지도 한잔 기울이고 싶어
진 모양이었다. 양준오가 웃으면서 이방근을 돌아보았다. "아니, 됐
어. 젊은 사람들끼리 마시는 편이 눈치도 안 보이고 맛도 있겠지. 가
끔 늙은이 욕도 하면서, 핫핫하아…….”

두 사람은 곧 맞은편 온돌방으로 자리를 옮겼다. 사용하지 않는 방
이었지만, 부엌이가 거르지 않고 청소하고 있는 모양이었다. 어느새
30와트로 바뀐 전구의 어둑어둑한 빛이 온돌 장판에 반사되고 있었

다. 아무것도 없는 텅 빈 방 한가운데에 음식을 차린 상이 떡하니 앉아 있는 느낌이었다.

옆 서재에는 오랜 기간 같이 생활해 온 소파와 테이블이 위치도 바뀌지 않은 채 그대로 놓여 있었다. 뒤쪽 창가의 서양식 책상도, 유리문이 온돌방 불빛에 빛나고 있는, 커튼을 단 채 그대로 달랑 하나 남겨진 벽 쪽의 책장도, 주인이 돌아오기를 기다리고 있는 모양새였다.

그러나 이미 오랫동안 사람의 숨결에서 멀어진 벽도 마루도, 소파도 책상도 껍데기만 거기 있을 뿐이었다. 이방근은 정겨운 마음으로 서재를 바라보았지만, 그것은 어딘가 폐허에 서 있는 기분과 통했다. 온돌방의 문지방 앞에 선 자신의 모습을 비추고 있는 서재 유리문의 빛 모양은, 폐허 속의 샘물인가, 연못물의 반사인가.

온돌방 문을, 서재 사이의 미닫이도 전부 닫고, 두 사람은 탁자 앞에 마주 앉았다. 그리고는 우선 서로 맥주를 따른 컵을 들고 쨍하고 울리며, 잔을 크게 기울여 목으로 흘려보냈다.

그것이 인사였다.

"이 형, 이렇게 빨리 만날 수 있다니. 정말 고맙습니다. 물론 제 편지는 받고 오신 것이죠?"

"당연한 거 아닌가. 설마, 꿈에서 계시가 있었던 것도 아닐 테고 말이야. 그런데 무슨 일인가, 갑자기. 자세한 건 아무것도 모르지만, 그, 갑자기 도청을 그만두게 됐다는 건?"

"으-음……."

대답은 있지만, 양준오의 입에서 바로 말이 나오지 않는 모양이었다.

"양 동무의 개인적인 일인가?"

이방근은 양준오가 개인적인 일로 요즘 같은 때에 일부러 서울에서 사람을 불러들일 인간이 아니라는 건 잘 알고 있었다. 혹은 본토 출신

지사가 부임한 뒤라서, 도청의 직책에서 제외되어 일본에라도 갈 마음이 생겨 작별인사를 하는 것이라면, 사정은 또 달라질 것이다. 그러나 이방근이 개인적인 일인가? 라고 물었던 것은, 그런 게 아니라, 상대방의 말문을 열기 위해 덧붙인 것이었다.

"으-음. 뭐라고 하면 좋을까, 아니, 이 형, 이건 좀 이상하지만 분명 나에 대한 입산 지시입니다."

양준오가 이방근을 정면으로 응시한 눈과, 뭐? 라며 반사적으로 되물은 이방근의 시선이 마주치며 한 점에서 얽혔다.

"이봐 양 동무, 뭐라고……?" 혹시나…… 하는 생각도 들긴 했지만, 갑자기 그것이 지시, 입산 지시라니 의외였다. 사태는 긴박한 것이다. 소생, 사정에 의해 사직하게 될 것 같아서……. 왜 갑자기 그만두고, 어떻게 하려는가, 어디로 가는데? 뭔가 불길한 예감이 들었지만, 그것이 입산 지시가 되어 나타나다니. 이방근은 상대도 입이 무거워 보였지만, 스스로도 이미 내비친 놀라움의 기색을 애써 억제하고 있었다. "음, 자, 마시는 게 어떤가. 나는 뱃멀미에다가 술에 잔뜩 취해 있긴 한데, 지금 이렇게 맥주를 한잔 마시면, 두통도 날아가 버릴 것 같군."

이방근은 지금 한 말의 이면에, 그것은 언제, 왜, 누구로부터…… 라고 내심 소리를 내면서, 묘하게 당황하고 있는 자신을 의식하고 있었다.

"의외입니까?"

양준오가 다소 남의 일을 대하는 듯한 어조로 말했다.

의외입니까? 라니 무슨 말인가. 이방근은 화가 치밀었다. 이것이 도대체 누구의 일인가?

"아니, 의외는 아니야. 모든 게, 양 동무의 편지도, 그리고 뒤따른 지금의 얘기도, 갑작스러워서 그렇지. 어떤 일이라도 그렇잖나, 갑자기란 것은, 의외성과 결부되는 것이니까."

양준오는 이방근의 의외에 대해 설명하려는 마음을 간파했다는 듯 다정하게 웃었다.

이방근은 상대에게 맥주를 따르고 다시 자신의 컵을 들어올려, 상대도 이어서 허공에 든 컵에 대고 쩽하는 소리를 냈다. 이방근은 투명한 유리가 서로 닿은 울림을 듣고, 왜 반복해서 건배를 하고 있는지, 이 기계적인 동작에 스스로 의아해했다. 아마도 기운을 내라는 의미일 것이다. 의미가 없는 격려였다. 그는 순간 뒤가 켕기는, 공언하고 싶지 않은 마음에 사로잡히면서, 이것은 축배가 아니라고 마음속의 날카로운 중얼거림을 듣고 있었다.

양준오의 입산을 결코 예상하지 못한 것은 아니었다. 서울에서 인편으로 전달된 편지를 받았을 때, 왠지 불길한 예감 같은 것이, 어쩌면 입산일지도……라는 직감과 아마도 한 점에서 교차한 것이다. 축배가 아니라는 마음속 중얼거림은, 입산을 불길한 예감이라고 감지한 사실과 관계된다. '반혁명'적인 생각이 될 수도 있다. 아니, 반혁명이다. 지금 눈앞에서 무겁게 입을 닫은 양준오를 향해서도 이것은 축배가 아니라고 단정할 수는 없었다.

알코올이 스며들자, 빈속의 위장을 자극하여 겨우 위액과 침이 입안에 솟아나는 것처럼 분비되기 시작했는지, 식욕을 느꼈다. 먹다 남은 것이라도 괜찮다고 했지만, 서울처럼 가스가 있는 것도 아니라서, 새로 불을 지펴 생선을 굽고, 무침이나 김치, 굴 등의 젓갈류, 그리고 옥돔국을 데워 큰 사발로 내왔다. 국과 부드러워 부스러지기 쉬운 흰살 생선도, 고약하게 취한 위장을 달래는 데는 좋았다. 욱신욱신 혈관이 뛰는 것 같던 두통도, 알코올이 스며듦에 따라 점차 사라진 것 같왔다.

"양 동무는 어떻게 할 생각인가?"

이방근은 스스로 생각해도 당돌한 말을 했다. 그러나 이 질문은 그 자신의 생각으로, 특히 게릴라와 정부군의 교전이 실제로 재개된 이후, 서울에서부터 줄곧 생각하고 있던 것의 표출이었다.

"어떻게 하다니, 무얼 말입니까?"

양준오는 젓가락을 놓고 진지한 얼굴로 되물어, 이방근으로 하여금 어라? 하는 생각을 하게 만들었다. 무엇을 말입니까라니……? 이방근은 쓸데없는 것을 물었다고 생각하면서도, 다시 말했다.

"그, 입산 말야."

아아, 나는 지금, 도대체 뭐하는 사람인가. 이따위 질문을, 나는 진심으로 하고 있단 말인가.

입산 지시는 남승지가 했을 것이다. 명령 계통은 양준오 위에 남승지, 그 위에 도당 조직부장 강몽구로 돼 있을 것이다. 그러나 이방근은 따져 묻거나 하지는 않았다.

"아아, 입산 말입니까?"

양준오는 그것이 뭐가 어떻다는 거냐고 말하듯이 이방근을 돌아보았다. 어찌 된 일인가. 처음에는 입산 지시 운운하며 무겁게 겨우 말을 꺼낸 양준오가, 입산 자체를 당연시하는 듯한 어투로 말했다. 오히려 이방근 쪽이 그의 입산 사태에 당황하고 있었다. 뭐야 이 녀석, 꽤나 태연하군……. 이방근은 맥이 빠지는 기분이 들어 갑자기 웃음이 새어 나왔다. 그리고 그는 자신이 양준오의 입산에 반대하고 있다는 사실을 확인했다.

"그래, 그 입산 말야. 입산해서 어떻게 하겠다는 건가."

이것은 어리석은 질문이었지만, 말을 하다 보니 그렇게 되었다.

"무장 게릴라에 합류할지, 비전투그룹이 될지, 그것은 명확하지 않습니다."

"언제 결행하는 거지?"

양준오는 그에 대해서는 2, 3일 안에 지시가 올 것이라고 했다.

"그럼, 도청에서 어느 날 갑자기 없어져 버린다는 말인가."

"아니, 조금 여유가 있다면 사직서를 제출해 두고, 공식적으로 일본으로 밀항한다곤 할 수 없더라도, 넌지시 소문을 흘려 두는 편이 좋겠지요. 갑자기 사라지면, 하숙집 가족들에게 폐를 끼치게 될 겁니다. ……이 형, 이 형은, 저의 입산에 반대하십니까?"

"……" 이방근은 양준오를 가만히 응시하면서 한동안 잠자코 있다가 분명하게 말했다. "그렇다네. 난 반대야."

2

"반대……?"

"음." 이방근은 고개를 끄덕이며 말했다. "반대야."

양준오는 이방근의 망설임 없는 입산 반대의 언명에 놀란 것 같았다. 깡마른 얼굴 근육이 의외라는 표정을 보이며 한순간 파도를 쳤다.

이 형은 저의 입산에 반대하십니까? 라며 정색하고 묻는 양준오에게, 이방근은 반대라고 확실하게 대답하면서도, 내심 거의 기가 막혔다. 위화감, 양준오답지 않은 위화감을 그에게 느낀 것이다. 이방근은 게릴라 전투를 정면에서 부정하는 듯한, 아니 분명히 부정하는 입산 반대에 양준오가 충격을 받은 것 같다고 생각했다. 그는 양준오가 입산에 상당히 태연하게 대처하고 있는 것이 의외였던 만큼, 자신의 반대에 대한 상대의 충격을 잘 알 것 같은 기분이 들었다.

갑자기 입을 연 서로의 간극에 두 사람은 당황하고 있었지만, 이제와서 어쩔 수 없는 문제를 두고, 이런 식으로 입장이 상반되리라고는 두 사람 다 생각지도 못한 일이었다. 이것은 단순한 의견 차이를 넘어서 게릴라 전투의 시비와 직결되는 문제였다.

양준오가 이방근의 컵에 양손으로 맥주를 따르고 자신의 컵에도 술을 채웠다.

이방근은 맥주의 금빛 거품이 이는 컵을 손에 들었지만, 서로 건배하지 않고 바로 입으로 가져갔다. 양준오도 술잔을 비웠다.

"고약하게 취했다더니 좀 어떻습니까, 괜찮아졌습니까?"

"고약하게 취해……? 아아, 뱃멀미에다가 술까지 취했다는 거 말인가. 핫하아, 난 또, 양 동무가 무슨 명대사라도 읊었나 생각했어. 독설을 말야."

"제가 무슨 독설을 했다고 그러십니까?"

"내가 입산 반대를 했으니, 나의 '사상성'이 고약한 취기로……. 핫하아, 취기는 이상한 거야. 지끈지끈 울리던 편두통도, 알코올에 진정돼서 어느새 사라진 느낌이니 말야." 고약한 취기는 어떻습니까? 라고 물은 것은, 양준오가 충격을 감추기 위해서 화제를 바꾼 것이 아니었다. 배려가 온화한 어투에 나타나고 있었는데, 충격에 의한 동요 같은 것이 아니라, 여유조차 느껴지는 태도는 상대에 대한 신뢰 때문이라는 것을 이방근은 느꼈다. "양 동무, 자넨 내 말에 놀란 거 같은데, 난 오히려 양 동무가 입산한다……, 음, 이런 말투 그만두세. 양 동무가 놀랐을 정도라면, 다른 사람이 옆에 있으면 어떻게 될까. 아무리 나라도, 이런 일을 경솔하게 입에 담진 않는데 말야. 반혁명, 반동,

배신이란 게 되겠지. 혁명 세력을 꺾어 버리는 듯한, 마치 대한민국 정부의 앞잡이나 마찬가지로 말야. 동무는, 입산에 왜 반대하는지 나에게 묻지 않는가?"

아아, 나는 침착함을 잃고 상대의 말을 빼앗아 계속 지껄이는군…….

"아니, 이유를 묻는다기보다도, 그 전에 전 놀라지 않았습니다." 양준오는 고개를 가볍게 옆으로 흔들며 말했다. "분명히 순간적으로, 이 형이 반대라고 단호하게 말한 것에 반사적으로 놀랐던 것은 사실이지만, 지금은 그렇지 않습니다. 저는 이해합니다. 갑작스러웠기 때문에, 뭔가 칼날에라도 찔린 것처럼 움찔했지만, 지금 다시, 아니 새롭게 들러붙은 베일을 한 장 벗겼더니 바로 알 수 있었습니다. 처음부터 알고 있었으니까. 원래 알고 있던 것이 도중에 필름이 끊긴 것처럼 사라진 것뿐입니다. 제가 한동안 잊고 있었던 것뿐이고, 그것은 생각해 보면 요 며칠 사이의 일입니다."

양준오는 뾰족한 턱에 손을 대고 웃었지만, 표정은 냉정해서 움직이지 않았다. 거무스름한 얼굴의 나영호도 턱이 뾰족한 편이라서, 덥수룩한 머리와 더불어 그 표정이 항상 초조한 듯 움직이고 있었는데, 백석 같은 이마의 양준오는 물과 불에 비유하자면 물이었다.

"요 며칠 사이라는 건 입산 지시에 응한 이후라는 건가. 으흠, 이건 응할 수밖에 없겠지. 아아, 난 또 쓸데없는 말을 하고 있군. 거슬리나?"

"아니요, 거슬리다니요……. 그럴 리가 있나요. 지금 이 형의 이야기에 섬뜩했던 것은, 입산 지시의 절대성에 대한 하나의……, 말하자면 야유 같은 걸 느꼈습니다만, 그것은 이 형의 입장이 객관적이고, 객관적이 될 여유가 있어서 그렇다고 생각합니다. 적어도 입산을 눈앞에 둔 사람이 아니라는 점에서 오는 객관성이, 이 형에게는 있습니다."

양준오는 차분하게 말했다. 어떤 가능성이 있다는 것인가. 단지 조직의 지시에 따른다는 것인가. 스스로의 입산을 앞두고 있으며, 게다가 사람을 서울에서 불러들여 놓고도, 흥분하는 기색을 볼 수 없었다. 노기를 띤 비장한 결의를 피력하지도 않는다. 이방근 쪽이 다소 흥분하여, 마치 양준오를 여러 모로 부추기고 있는 것 같기도 했다.

"객관적이라. 그렇겠지, 양 동무에 비한다면 여유는 있겠지. 핫핫, 원래 여유가 있는 신분이라서. 게다가 난 조직원이 아니야. 객관적이라는 말 대신에 방관적이라고 하지 않아서 다행이야."

"농담처럼 말씀하시지 않았으면 좋겠습니다. 여유가 넘친다는 증거겠지요. 객관적이라는 것은 객관적인 안목이라는 것이니까요."

"어쨌든 양 동무는 내가 반대하는 이유를, 묻지 않아도 알고 있다는 것이로군."

"그래요, 그런 셈이지요. 그러니까 대략적인 이유를 알면서도 저는 무심코, 입산에 반대하십니까? 라고 물은 것입니다. 무심코라기보다도, 제 뒤에 따르는 아니 제 안에 있는 조직이 그렇게 물은 겁니다."

"조직이?" ……제 안에 있는 조직, 당. 조직……. 다름 아닌 양준오의 입에서 나온 '조직'에 이방근은 움찔하며, 실로 조직의 날카로운 힘의 편린이 자신을 겨누고 있는 듯한 기분으로 말했다. "음, 그래, 조직이야. 내게, 입산에 반대냐고 물은 건 조직이야. 그러나 양 동무는, 개인적으로는……, 음, 개인도 조직도, 개인이면서 조직이 되는 것이겠지만, 적어도 동무가 조직원이 되기 이전엔 말이지, 그 후에도 그렇지만, 아마 나와 공통된 인식이 있을 터, 있었을 터인데."

공통이라는 것은, 조직의 절대지상성에 대한 비판이었다. 무슨 일에나 반대자에게는 머리에 '반'을 붙여서 반혁명이라 단죄하는 그 절대성과 교조성이었다.

"으―음." 양준오는 고개를 끄덕였다. "아니, 그렇습니다. 지금도 그렇기는 하지만, 동시에, 또한 다르기도 합니다. 적어도 지금, 이 형에게 입산을 알린 현재는……."

"그렇겠지, 지금 현재는 말야. 알고 있어, 다르다는 건. 즉, 조직이지. 입산을 앞둔 조직으로서 양 동무의 입장이야. 그렇다면 두 사람은 지금 큰일을 앞에 두고, 적대적인 관계에 서게 되는 게 아닌가. 따지고 들면 그렇게 되는 거야. 내가 입산에 반대하는 한은. 이런 일은 단적으로 말해선 안 될지도 모르지만, 난 서울에서 일부러 양 동무의 일로 찾아왔어. 어쩌면 입산할지도 모른다고 생각하면서 찾아온 거지. 만일 입산이라면……? 반대는 이미 제주 상륙 전에 정해져 있었어."

이방근은 맥주는 그만두고, 오지 주전자의 소주를 양준오 앞의 질그릇 잔에 따랐다. 그리고 자신의 잔에도 따라 거의 반사적으로 잔을 들어 올리더니, 상대를 재촉하여 서로 가볍게 잔을 부딪친 뒤, 꿀꺽하고 목구멍을 태우는 술을 위장으로 흘려보냈다.

양준오는 아무 말 없이 고개를 끄덕이며 잔을 기울였다.

"산으로 들어가면 술은 못 마실 거야. 승리의 날까지는……." 승리의 날! 이방근은 자신의 이 거짓말에 소름이 끼쳤다. "양준오와 만나자마자 정면으로 반대라니, 내가 생각해도 이건 좋지 않군. 핫하아, 어찌 된 일인가. 이유도 말하지 않고, 반대, 반대……. 고약한 취기가 사라지지 않은 탓이야. 아니, 그만하세. 여담은 그만두자구. 그건 그렇고, 지금 이쪽 정세는 어떤지, 얘기해 주지 않겠나. 내가 서울에 있던 최근 열흘 정도 사이에, 상당히 달라진 거 아닌가? 오늘 새로 제주경비사령부가 생겼다는 얘기가…….

"통합 지휘 계통입니다. 게릴라 토벌을 위한 전체적인 작전수행사령부이고, 당면한 제1차 전개병력으로서 수천은 밑돌지 않을 것입니다. 제주의 제9연대, 본토의 제5, 6연대에서 각각 1개 대대, 그리고 해군함정, 이것은 해상봉쇄를 위해서입니다. 도중에 정선(停船) 명령, 임검(臨檢) 같은 것은 없었습니까?"

"아니, 없었어. 해상봉쇄치고는 미덥지 않더군. 제주도 바로 근해에 와서야 두 척의 경비정 같은 걸 보았지만 그대로 지나쳤어."

"그 외에 여수 제14연대의 1개 대대 증원이 있습니다. 10월 20일에 제주 상륙 예정이랍니다."

"뭐라고, 10월 20일……?" 이방근은 말을 끊고, 둘러댔다. "으―음, 10월 20일에 제14연대가 상륙, 1개 대대라는 것은 8, 9백 명의 병력이겠지."

이방근은 어찌 된 일인지, 10월 20일, 여수 제14연대……라고 들은 것만으로, 왠지 귀가 번쩍 뜨이는 걸 느꼈다. 유원의 부산 출발 예정이 10월 20일쯤이라는 그 날과 겹치기 때문이었는데, 그것이 묘하게 불안하고, 뭔가 분명치 않지만 불길한 예감이 들었다.

"10월 20일이 무슨 문제라도 있습니까?"

"아니야, 뭔가를 생각하고 있던 그 날과 바로 겹쳐서, 순간 아차 하고 생각했을 뿐이야. 음, 10월 20일에는 여수에서 온단 말이지."

"며칠 전에 사라봉 맞은편의 S리 마을 주재의 국민학교를 점거하고 있는 토벌지휘소가 게릴라에게 습격당해, 유치장 대신에 사용하고 있는 건물이 파괴, 소각되었습니다. 심야에 산지의 제 하숙집 주변까지도 격렬한 총성이 들렸으니까요."

"그럼, 여기저기에서 전투가 꽤 진행되고 있다는 말인가? 서울의 신문으로는 막연해서 알 수가 없어."

"산발적이긴 하지만, 제주경비사령부 설치로 정부군의 총공격 의지는 확실히 보입니다. 저의 입산, 물론 저만이 아니겠지만, 그것도 적의 총공격 태세와 관계가 있습니다. 저의 경우는 직장조직세포에 속해 있지 않습니다. 따라서 횡적인 관계가 없기 때문에, 유사시에는 서로 동지간의 연계를 유지하면서 방위태세를 취할 수 없습니다. 종적인 선이 완전히 개인이기 때문에……. 아니, 조금 이야기가 벗어났지만, 게릴라 토벌지휘소 습격 이틀 뒤에는, 성내 토벌대 본부에서 병력이 증원되어 S리의 중동(中洞)을 포위, 습격하여 주민 160명을 체포했고, 타다 남은 학교건물에 잡아 두고, '서북'들도 합세한 고문지옥이 현재 벌어지고 있다는 정보입니다. 대낮에도 젊은 부녀자는 '서북'이 무서워 길을 다닐 수 없고, 아침저녁 해안에서 물을 길을 수도 없어서, 노모들이 대신하고 있다 합니다. 어제, 하숙집 아주머니의 친정 오빠가 S리에서 성내로 온 김에 들러 그렇게 이야기했다고 하더군요."

담배를 피우고 있던 이방근은 술 냄새 나는 긴 한숨을 토하고 일어서더니, 옆 서재와의 사이에 있는 맹장지문을 열었다. 실내에는 담배 연기가 가득 차 있었다.

"S리의 중동이라면, 마침 선창이 있는 주변입니다. 그곳의 해안을 따라 도로 옆 쑥 들어간 곳에 해신사(海神祠)라는 조그만 사당이 있잖습니까?"

"음, 있지, 해신사를 본 적이 있어."

"옛날부터 마을 여자들이 거기에 참배를 하여 멀리 출어한 마을 남자들의 무사귀환을 기원했는데, 이번 토벌대의 중동습격은 거기에서 산에 들어간 마을 청년과 남편들, 인민유격대의 승리와 무사를 기도 하는 제사를 거기에서 지냈다는 이유를 들고 있습니다. 그러나 이건 날조된 구실이고, 모친이나 아내들이 해신사에서 입산한 자식이나 남편들의 무사를 몰래 기도했다는 것은 사실이겠지만, 그래도 중동의 주민이 모여서 제사를 지냈다는 것은, 탄압을 위한 구실입니다. 그걸 구실로 삼아 주민 160명을 체포, 감금하고 있는데, 머지않아 죽는 자도 나오게 될 것입니다."

"예전에, 예전이라고 해도 올 초봄, 양 동무가 미군정청의 통역을 할 때쯤인데, 지프로 멀리 나갔다가 돌아오는 길에 둘이서 들렀던 적이 있었지? 음, 그 남승지의 고모 부부가 살고 있는 곳은, 거기가 S리의 서동(西洞)이었지. 그 고모 부부는 어떻게 되었을까."

"괜찮은 것 같습니다."

"오, 그거 다행이군. 그 고모라는 사람은, 남승지 동무를 양반가의 적자, 외아들이라고 매우 중요하게 여기고 있었지. 후후, 필요하면 아들과 교환이라도 할 거야."

"그러나 앞으로는 알 수 없습니다. 동, 중, 서동의 세 동 중에, 습격의 대상을 해신사가 위치한 중동의 주민만으로 압축한 것은, 해당 면의 촌민 분단작전이라서 말입니다. 해신사는 모든 마을 사람들의 사당이기 때문에, 중동에 한정되는 것이 아닙니다. S리에 대한 토벌대의 대대적인 습격은, 이번이 처음이지만, 이렇게 되면 또 가까운 시일내에 주민을 구출하려는 게릴라 측의 보복공격이 일어날 것이 틀림없습니다. 그러면 그에 대한 토벌대의 보복이 점점 대규모로 발전할 것은 불 보듯 뻔한 일입니다. 그것도 게릴라 협력이라는 이름 아래 S리 주민에 대한 보복이기 때문에, 이제 와서 적의 감시하에 마을 사람이 집을 버리고 산으로 들어갈 수도 없고, 섬 밖으로 탈출할 수도 없습니다. 몇몇 사람은 마을을 빠져나와 밀항할 방법을 찾고 있겠지만 말입

니다. 마을 사람은 아니, 모든 도민이 그렇겠지만, 우리는 적을 타도
할 수밖에 없습니다."

탈출, 섬 밖으로의 탈출! 탈출……. 이 말의 울림이, 작은 소용돌이
를 이루고, 소용돌이를 넓혀, 이방근의 텅 빈 마음의 벽에 튀었다. 탈
출, 도망…….

"적을 타도한다……."

그렇겠지. 이방근은 겉으로만이 아니라, 진심으로 수긍했다. 그러
나 자넨 그게 과연 가능하다고 생각하나? 라고 생각하면서 이방근은
양준오의 취기로 희미하게 물든 얼굴의 세모난 눈을 응시했지만, 입
밖에 내지는 않았다.

정말로 이 남자는 그렇게 생각하고 있는지, 그것은 의문이다. 제주
도민이 본토에서 온 군·경 무장세력에 몰리고 있는 상황에서, 적을
타도하는 길 밖에 없다는 것은 당연하지 않은가. 성내의 바로 근처
마을에서 이미 일어나고 있는 일이다. 이방근은 술잔을 입술에 대더
니, 부르르 하고 오한 같은 전율을 느끼며 자리에서 일어났다. 적을
타도할 수밖에 없는 것이다. 냉정한 남자 양준오가 아니더라도, 비장
감에 사로잡히지 않을 수 없었다. 그래, 그 길밖에 없을 것이다. 이미
화평의 길은 없어졌기 때문에. 그러나, 그러나 말이다…….

이방근은 옆 서재로 나오자, 담배 연기에 더럽혀진 공기를 갈아 넣
기라도 하듯이 안뜰과 마주한 미닫이를 좌우로 크게 열었다. 차가운
밤공기의 흐름이 뺨에 닿아 상쾌했다. 상공에 바람이 있다. 새까만
밤하늘에서 떨어져 내리는 듯한 바람이었다. 눈에 보이지 않는 바람
의 행방에 끌리듯이 잠시 귀를 기울이자, 파도 소리가, 방파제와 바위
에 부딪치는 파도 소리가 전해져 왔다. 총성의 굉음은 없다.

맞은편 건물 거실 장지문의 희미하게 밝은 반사가, 어두운 건물의

툇마루에 둘러싸인 안뜰의 연못처럼 움푹 파인 곳에, 빨려들 듯이 흐 릿한 빛을 떨어뜨리고 있었다.

미닫이를 닫은 이방근은 인간의 숨결이 완전히 사라진 소파, 원래 자리에 그대로 있는 소파에 오랜만에 앉았다. 어둠 속에서 엉덩이를 압박하는 낡은 소파의 감촉은 반가운 느낌보다도, 문득 뜻 모를 슬픔 의 감정을 불러일으켰다.

오른쪽 벽에 달랑 놓여 있는 책장 커튼이 드리워진 유리문에, 온돌 방의 열린 장지문의 윤곽으로 구분된 광경이 희미하게 비치고 있었 다. 30와트의 약한 촉광의 반사. 탁자 위의 술병 등, 이쪽을 향한 양준 오의 얼굴 생김새가 확실하지 않은 그림자가, 그리고 가까이에 자신 의 그림자가 얼룩무늬로 비쳐 보였다. 현실이 아닌 물속의 폐허와 같 은 빛. 아니, 서재 자체가 옆방 빛의 반사 속에 가라앉은 저승의 그림 자 속이었다. 좌우의 꿈과 생시 같은 빛이 교차하는 틈새에, 이방근은 다소 취한 듯하면서도 기묘한 느낌으로 앉아 있었다.

"이봐, 양 동무." 이방근은 책장 유리문 안의 온돌방에 있는 양준오 를 향해, 먼 곳에 있는 사람을 부르듯이 말했다. "이쪽으로 오지 않겠 나. 술 가지고."

유리문 속 양준오의 그림자가 일어섰다. 바람이 뒤쪽 정원수 가지 와 잎을 울리며 소란을 피웠다.

양준오는 탁자 옆에 있던 쟁반에 소주가 담긴 질 주전자와 술잔을 담아 서재로 왔다.

어두운 서재에서, 한쪽에서 오는 빛의 투사에 떠오른 두 얼굴이 깊 은 음영을 띠었고, 두 사람 모두 짙은 그림자를 걸친 채 마주 앉아 있었다.

"아홉 시 반이야. 이미 늦었어. 오늘 밤은 나와 함께 여기에서 묵고

가. 당분간 이런 기회는 없을지도 몰라." 이방근은 당분간이라고 했지만, 이것은 의식적인 주석이었고, 당분간이 아닐 것이다. 이제, 그런 기회는 없다. "난 아까 입산에 반대하십니까? 하고 묻는 양 동무에게 그렇다고 대답했네. 그리고 동무는 반대 이유를 묻지 않고도, 처음부터 알고 있다. 나와의 공통인식으로 알고 있다고도 했어. 하지만 현실이, 지금 현재 동무가 놓여 있는 입장이 다르다고 했지. 허나 커다란 현실, 자네와 나를 에워싸고 있는 현실은 똑같은 것이야. 여기에서 말을 해야 할지 말아야 할지 아까부터 망설이면서, 지금이 아니면 결국 내일이라도, 내가 자네에게 말해야 될 일이라서, 얘기를 꺼내는 것이야. 그 반대 이유는 차치하고, 지금의 정세를, 결전이 다가오는 현실을 어떻게 보는지, 즉 정부군의 총공격에 대한 수동적인 방어전인데, 으—음, 무엇을 위해 싸우고 있는 건가? 확실히 말하겠네, 승산은 있느냐 하는 것이야. 그렇지 않은가?"

승산은 있느냐? 라는 말이 나온 순간, 이방근은 후회하고 있었다. 결론적인 것을, 결정적인 것을 지금 말해서는 안 되는 것이었다. 그렇지 않은가? 라고 쐐기를 박는 말은 그 후회로 동요하는 마음을 억제하고 있었다. 이방근은 천천히 잔을 입으로 옮겼다.

"그건 알 수 없죠."

빛이 닿은 오른쪽 절반 얼굴의 쑥 들어간 세모진 눈을 계속 치켜뜨고 양준오는 굳은 목소리로 말했다.

"그렇지, 나 역시도 알 수 없어. 알 수 없지만……." 이방근은 이야기를 딴 데로 돌렸다. "그래, 공통인식이라는 건 혁명당의 도그마성에 대해서였어. 거의, 아니 절대 신성불가침, 신앙과 다름없는 일방적인 공포를 드리운 권위. 좌익만능의 시대, 일제 지배하의 고난에 대한 대가라고 하더라도, 특히 해방 직후에는 그러했지. 다시 전향의 시대가 다가오고 있는데, 혁명을 짊어진 유일한 당, 혁명을 말로만 할 뿐 아무런 생각을 하지 않아도 되는 머리, 용감한 혁명적 언사, 원칙론을 내세울 뿐이고, 그것이 모든 것을 대신할 수 있다는 의식구조에 관한 것이야. 그리고 거듭해서 말하지만, 혁명 앞에 '반'을 붙이는 것만으로 상대를 단죄하고, 반혁명이라는 낙인을 찍어서 자기의 입장을 절대화할 수 있는 머리의 소유자들, 이 얼마나 편리하고 간단한 정신……. 과학이 아닌, 종교적 권위라구. 난 산에서 싸우고 있는 게릴라들을 가리키고 있는 게 아니야. 조직 자체의 생리, 의식구조가 그렇다는 거지. 내가 지금 이런 얘길 하는 건 무서운 반혁명이겠지. 산에선 이런 말을 입에 담을 수가 없어. 처형감이라구. 자네 앞이니까, 자네도 나와 비슷한 생각의 소유자니까 말하는 것이야. 산에선 함부로 입을 놀리지 말게. ……음, 양 동무가, 이런 당 조직에 왜 들어간 것일까? 단지 남승지의 강한 권유가 있어서, 정의감의 발로 때문이라곤 하지 않겠지. 그런 것으로 좌우될 인간이 아니라는 걸 난 알고 있어. 남승지는 어찌 됐든, 양준오가 어째서 이제 와서(이방근은 밤의 정적에 귀를 기울이며, 목소리를 낮추었다) 비밀당원으로서 조직에 들어간 것인지. 그걸 알 것 같으면서도 모르겠어. 그러나 그건 아무래도 좋아. 양 동무 자신이 생각하고 결정한 일이니까. 아니, 난 어떤 의미에서 당 조직에 비판적인 양준오가, 거기에 들어간 일에 존경심마저 느끼고 있다네. 모순되는 거 같지만, 모순되면서도 현실 문제로서, 조직원이 되었다…….''

"이 형, 그만두세요. 존경은 뭐가 존경이라는 겁니까." 쓴웃음이, 어두운 그림자에 숨겨진 그 얼굴의 절반 쪽으로 사라졌다. "저는 좌익지상, 유행의 격류 속에서 반혁명이다, 부패 타락한 부르주아적 사상의 소유자다……라고 비난, 비판을 뒤집어쓰면서도 동요하지 않고, 게

다가 권력 쪽에 서지도 않은 이 형을 훌륭하다고 생각하고 있으니까요. 초목조차도 공산당에 복종하는 시대 속에서는 지극히 어려운 일이고, 저는 이 형을 반혁명적이라고 생각하지 않습니다. 제가 조직원이 된 건 유행의 영향을 받은 것입니다……."

"유행의 시대는 지났어. 그 여파도 사라졌고. 그럼에도 동무는 들어갔지. ……내가 언젠가 자넨 인생의 무(無)를 알고 있다……고 말한 적이 있을 거야. 나는 그때 자네의 입당과 그 무를 연결시켰는데, 동무는 웃으며 얘길 얼버무렸네. 그건 좋아, 존경한다고 한 건 그걸 말하는 거야."

"모두가 혁명을 믿고 있어요. 믿고 있단 말입니다."

"양 동무도? 아니, 그렇지 않아(이방근은 양준오를 대신하여 도망쳤다. 그럴 작정으로 말을 바꿨다). 양 동무는 제주도에서의 혁명, 이것이야말로 우리 도민에게 있어서 가장 중요한 과제지만, 요컨대 투쟁의 승리를 믿고 있나?" 이방근은 애써 어조를 누그러뜨리며, 앞서 승산이 있는가? 라고 했다가 이내 말을 돌린 이야기를 꺼냈다. 이야기는 핵심 부분으로 들어갔다. "그런데, 지금 10월 중순이 되었지만, 난 한동안 서울에 있기도 해서, 이쪽 사정에 어둡지만 한마디 하지. 아마도 양 동무나 조직원에게 다분히 상처를 줄 만한 애길 굳이 하겠네. 게릴라 사령관이던 김성달과 안(安) 도당위원장 등 조직의 간부 여섯 명이 '북'으로 간 건 8월, 이미 2개월이 경과했지만 여전히 소식이 없어. 그들은 지금 현재, 제주도로 돌아오지 않은 거 아닌가?" 양준오는 미동도 하지 않고, 새우처럼 등을 웅크린 채 말하는 이방근의 입가를 쳐다보고 있었다. "그들은 '남'쪽의 지하 선거를 통해 선출된 최고인민회의(국회)의 남측 대의원인 동시에, 제주 게릴라에 대한 원조 요청의 역할을 담당하고 있었던 게 아닌가. 그러한 그들이, 왜 아직까지, 시간이 지금에 이르렀는데도, 돌아오지 않는 건가. 난 조직원이 아닌데도, 이런 말을 한다는 게 괴롭구만. 하물며 동무들이 이 문제를 언급하는 건 금기시되고 있겠지. 난 지금 제주도민으로서 얘길 하고 있는 거야. 왜, '북'의 당국은 그들을 제주도로 돌려보내지 않는 건가. 사해고도의 게릴라 투쟁이 외부의 지원 없이 지속되기 어렵다는 건 자명한 일이라 할 수 있는데, 으-음, 죽게 내버려 두는 것……이라 해야 할지도…….”

“이 형…….” 양준오가 한 손을 움직여서, 이방근의 말을 막았다. “그건 이상합니다. 단정적입니다…….”

“이상해? 죽게 내버려 둔다는 말이 그런가, 아니면 내 판단이?”

“……”

양준오는 입을 다물고 말을 잇지 못했다. 그에게는 이야기가 의외의 방향으로 전개된 것 같았다.

“말하자면, 그들이 귀환하지 않는다는 결론이 전제이지만, 그러면 죽게 내버려 두는 게 아니고 무엇이라는 말인가. 결론이고 뭐고, 이제 돌아오지 않는다고 봐야겠지. 동무는 단정적이라고 했지만, 그래, 확실히 단정적이겠지. 그렇지 않으면, 단정을 뒤집을 '북'으로부터의 지원이 있을 거라고 아직 희망을 걸고 있단 말인가. 현실적인 원조는 제쳐 놓더라도, 뭔가의 메시지는 얼마든지 보낼 수 있지 않은가. 평양방송이 아니라도 상관없겠지. 지하당원이 38선에서 비밀리에 밤낮으로 위험을 무릅쓰고 왕래하고 있으니까, 평양에서 서울이나 제주도로 얼마든지 지시의 전달은 가능할 거야. '북'에 그 의사만 있다면 말일세. 그렇지 않은가. 죽게 내버려 둔다는 말이 싫다면, 말을 바꿔서 묵살이라고 해도 되겠지.”

“그 얘기가 지금 필요한 겁니까?”

"……난, 양 동무에게 동요나 타격을 주려고 얘기하는 게 아니야. 현실 인식을 해야 한다고 말하는 것이지. 격동하는 현실을 기성관념에 적용하지 않도록 말이네." 그래, 필요하다, 자네의 입산을 반대하기 위해서. 자네를 산으로 보내지 않기 위해 필요한 것이다. 내심, 이방근은 예리한 혼잣말을 하면서 말을 이었다. "그래, 얘기는 지금 필요하지. 지금이 아니면 언제 얘길 하나? 양준오와 이렇게 얘기할 기회는 이제 없을 테니까. 조직원으로서 이런 얘기를 비조직원인 나에게 듣는 건 괴롭겠지만, 나 역시 마음이 편치는 않아. 조직과 게릴라 투쟁에 관한 비난조의 부정적이고 반조직적인 발언에 대해 양 동무가 침묵하고 있는 건 당원의 책무방기이며 반조직적 행위이니 반박해야 할 것이야. 반론하여 내 발언의 반혁명성, '통적' 사상을 때려 부숴야 하겠지. 그렇지 않은가."

"……"

양준오는 이방근의 이야기에 놀라기보다도, 거의 어이가 없어 말을 잇지 못했다.

이방근은 이유도 없이 양준오를 몰아붙이는 자신을 의식했다. 아아, 왜 나는 이렇게도 열심히 양준오의 입산에 반대하고 있는가. 무언가가 폭발한 것처럼, 이방근은 스스로 놀라고 있었다. 분명 나야말로 혼자서 날뛰는 것이 아닌가.

이방근은 참다못하겠다는 듯이, 아니 어떤 내적 충동이 치밀어 오르는 것처럼 일어나 소파를 벗어나더니, 어두운 서재 안을 심해어처럼 천천히 왔다 갔다 했다. 그는 한동안 그렇게 하는가 싶더니, 제기랄 하고 입 속으로 중얼거리며 멈춰 서서, 뒤뜰과 인접한 창가의 책상 앞에 앉았다. 4·3무장봉기의 비밀을 사전에 알리려고 재삼 찾아와, 소파 주위를 빙빙 유영하는 상어처럼 돌아다니면서, 봉기의 역사적의의, 조선 혁명의 의의에 대해 장황하게 늘어놓던 유달현을 떠올리고, 갑자기 기분이 상해 버렸다. 소파에서 일어나……. 이방근은 소파에서 일어날 거야……. 제기랄.

"유달현은 아직 성내에 있겠지?"

이방근은 어둠 속에서 말했다. 옆방의 빛이 닿지 않아 그늘진 창가는 어두워서, 양준오의 위치에서는 이방근의 모습이 거의 보이지 않았다.

"옛, 유달현……? 아아, 있겠죠. 2, 3일 전에 길에서 봤으니까요."

"음, 있단 말이군."

"이 형." 양준오가 잠시 사이를 두고 말했다. "이 형은 4·3봉기를 실패라고 생각하고 계신 겁니까?"

"핫하아, 거기에서 내 모습은 보이지 않겠지. 왜 어둠을 향해서 질문을 하나? 동무는 내가 보이지 않아도 여기에 있다는 걸 알고 있기 때문이겠지. 역시 이 방은 사람이 살지 않아서 먼지 냄새가 나는군. 이 구석에 쉰 냄새가 쌓여 있어. 아까운 일이야, 집 없는 사람이 넘쳐나는 세상에……. 양 동무, 어려운 질문이로군. 어렵다는 건 적이 아닌 이상 봉기에 대해 부정적인 말을 할 수 없기 때문이야. 어쩌면 나의 사상성이 의심받는 일이 되겠지. 그러나 난 이미 금기를 건드리는 그런 말을 해 왔으니 얘기하겠네. 지금 동무에게서는 보이지 않는 어둠에 앉아 있는 난, 술이 깬 것처럼 눈이 맑아지고 있어. 난 봉기를 부정하지 않아. 4·3 봉기가 일어난 날 아침, 그건 새벽 두 시, 심야였지. 난 전날 밤부터 거기 소파에서 혼자 술을 마시며 게릴라 측이 제9연대에 소속된 반란 병사들과 함께 성내로 돌입해 오기를 기다리고 있었어. 물론 집안사람들은 아무도 몰랐네. 성내의 경찰서나 관공서 건물이 점거되고, 함께 폭동을 일으킨 민중이 이 집 대문을 부수고,

불을 지르며, 일가가 참살당하는 광경을 생각하고 있었지……. 어이구, 무서운 얘기지만, 식모인 부엌이까지 민중 편에 서서……. 망상, 망상, 망상……이란 놈이야. 망상은 실없는 것, 망상은 빗나가는 게 당연하지만, 망상이 없는 곳엔 아무 일도 일어나지 않아. 아아, 빛 속으로 나가세, 30와트의 빛 속으로……."

이방근은 어둠에서 나와 옆 온돌방의 빛의 투사 속으로 들어가더니, 소파 테이블의 담배를 집어 들고 불을 붙였다. 그리고 초조한 한숨을 크게 토해 낸 뒤, 다시 방을 왔다 갔다 하기 시작했다.

"……봉기 당일의 성내 점령은 불발로, 계획만으로 그친 채 오늘에 이르렀고, 게다가 모든 섬의 농촌지역을 해방 지구로 만들어 성내를 포위한다는 중국식 혁명의 도식과 계획도 성공하지 못했지. 무엇보다도 이 땅은 내륙부가 아니라 섬이라네. 게다가 말이야, 어디까지 계획을 세웠는지 모르지만, 어중간해서, 어쨌든 게릴라 투쟁을 일으킨 사령관이나 간부들이 섬을 떠나 싸움을 포기해서야 도리가 없잖은가. 음, 양 동무, 내가 이런 말을 하면 기분이 나쁜가?"

"이 형은 흥분하고 있는 것 같습니다."

"뭐, 흥분이라고? 왜 그런가, 자네가 냉정하게 있으니까 그렇게 느끼는 거지."

"아까부터 제가 잠자코 있는 것은 반조직적 행위, 당원의 책무를 방기하는 것이라면서, 반박, 반론하라든가……. 너무 공격적입니다, 공격, 야유가 섞인……. 계속하십시오."

양준오는 꽤 화가 난 듯한 어조로 말했다.

"공격? 공격일까. 야유가 섞인? 그럴 생각은 없네. 양준오를 공격하고 있는 게 아니지만, 그렇게 들린다면 그래도 좋아. 얘길 계속하지. 얘길 하면 흥분도 하는 법이야. 그러나 그 때문에 흥분하고 있는 건

아닐세. 내가 흥분하고 있다면 그건 곧 알 수 있어. ……알다시피 4·
3사건은 일어날 만한 필연성이 있었네. 그렇잖나. 그렇지 않다면 모
든 도민이 봉기, 지지하질 않았을 거야. 하지만 말야, 승패에 관한 한,
모순되지만 난 부정적이네. 즉 승산이 없는 싸움을 시작했다는 것이
지. 결국은 실패라는 말이야. 여기서 언급할 필요도 없겠지만, 작년
3·1독립운동기념일의 데모대에 대한 미군의 사살 사건. 또한 모든
도민을 적으로 돌린 관헌 측의 거듭된 탄압이 4·3봉기에 이르는 계기
가 되었다는 건 경찰 수뇌나 도경의 전신인 제주감찰청장조차 인정하
고 있는 일이야. 3·1데모 사건 후에 '빨갱이' 사냥의 특공대로서 섬에
들어온 '서북'과 본토 출신 경찰들의 횡포. 제주도민은 모두 '빨갱이'
다, '정어리도 물고기인가, 제주 새끼도 인간인가…….' '서북'들에 의
한 약탈, 강간, 살인……. 음, 일제 지배하에서조차, 이런 터무니없는
일은 없지 않았던가. 제주도민은 버러지인가. 이런 일들만으로도 '폭
동'이나 봉기는 일어날 만해서 일어난 거라구. 그리고 남조선만의 5·
10단독선거, 조국 분단에 반대하는 전국적인 투쟁 속에서 제주도의
무장봉기. 제주에서의 5·10단독선거 실시의 실패……. 자위, 스스로
의 생존을 위한 봉기였으니, 그걸 난 부정하지 않아. 그러나 승산 없
는 모험적인 방식과 싸움을 지속할 장기적인 전망이 없는, 무계획적
인 방식이 아닌가. 게릴라 사령관의 탈출에서 볼 수 있듯이, 뒷수습을
하지 않는 무책임한 투쟁이 아닌가. 하다못해 그들이 무기탄약과 원
조물자, 그리고 앞으로의 투쟁 전망을 가지고 고향 사람들이 애타게
기다리는 이 땅에 하루라도 빨리 돌아왔다면, 난 이런 말을 하지 않았
을 거야, 그럼, 안하고말고. 결국 큰 빚을 남기고 지도층은 도망쳐 버
린 꼴이 되었어. 지도자들이 적 앞에서 도망친 게 아닌가. 세상이 이
런 일이 어디 있나. 이제 남은 건 강대한 정부군에 포위당해, 막다른

골목에서 싸울 수밖에 없어. 게다가 미군이 뒤에서 대기하고 있잖나. ……어떻게 하면 좋은가. 으-흠, 무슨 사정인지는 모르겠지만, 난 용서할 수가 없네. 도민으로서 용서할 수 없는 일이야, 김성달 무리를……. 승리의 귀추는, 외부에 있는 사람 눈엔 당연한 일처럼 보이는 법이야. 물론 조직에선 이러한 생각과 발언은 비관주의나 패배주의로서 단죄하겠지. 양 동무는 입산하네. 그리고 게릴라와 합류하겠지만, 동무는 최후의 승리를 믿고 있나?"

소파 앞에 멈춰 서서 역광을 받은 이방근의 커다란 그림자가 양준오를 덮자, 한순간 어둠에 녹듯이 그 모습이 사라졌다.

"온돌방에 갈 텐가?"

"여기 소파가 편하고 좋습니다."

양준오는 책상다리를 하고 앉았던 다리를 풀고 소파에 다시 앉았다.

이방근이 양준오와 마주 보고 있던 원래의 자리에 앉았다.

"그것은 모릅니다." 양준오는 풀었던 다리를 다시 책상다리로 바꾸어 앉고는, 거기에 받쳐 세운 양손에 턱을 괸 모습으로 혼잣말처럼 중얼거렸다. 자세 탓인지 목소리가 잠겨 있었다. "솔직히 말해 거기까진 깊이 생각해 보질 않았습니다."

양준오는 말을 끊고 잠시 눈을 감았다.

"생각하지 않은 건 아니겠지." 이방근은 상대를 위로하는 듯한 부드러운 어조로 말했다. "생각하고 싶지 않은 것일 테지. 그건 양 동무만 그런 게 아닐 거야."

"이 형, 아까도 비슷한 이야기를 했지만, 그걸 되풀이하는 것은 잔인한 질문입니다." 양준오는 턱을 괸 손을 풀며, 소파에서 두 다리를 내리고는 담배를 물고 불을 붙였다. "그래서 아까도 모르겠다고 대답한 겁니다. 그러나 모두 승리를 믿고 있습니다."

"그러고 보니 이건 반복되는 말이었군. 승산이 있나, 라고 비슷한 얘길 했었어." 그러나 모두는 승리를 믿고 있습니다. 이방근은 잠깐 한숨을 돌리고 말을 계속했지만, 그것에 대해서는 언급하지 않았다. "지금 잔인한 질문이라고 양 동무는 말했지만 그럴 생각은 털끝만큼도 없어. 이 얘긴 그만두기로 하세."

"그런 게 아닙니다. 모른다는 겁니다. 그것이 지금 알 수 있는 일인가요?"

"마지막에는 어떻게 될지, 돼 보지 않으면 모르겠지. 마지막에는 어떻게 될지, 그때가 되면 이미 늦는 일도 있겠지. ……난 결코 동무를 몰아붙이는 게 아니야, 소중한 친구인 자네를 몰아붙여서 뭘 어쩌겠는가? 음, 잠깐 기다리게……." 이방근은 혼자 고개를 끄덕이면서, 가볍게 느껴지는 오지 주전자를 손에 들고 자신의 잔에 술을 따랐지만, 술잔을 다 채우기 전에, 바로 주둥이에서 방울이 되어 떨어지는데 그쳤다. 그는 그것을 입에 댔다. "난 지금 자네를 몰아붙이는 게 아니라고 말했지만, 역시 난 내심 자네를 의식적으로 몰아붙이는 듯한 기분이 들어서 견딜 수 없네. 어떤 내적 충동이 그렇게 만들고 있는 게 느껴져. 그것이 왜 그런지, 지금 확실히 알았어. 핫핫, 이유가 있어, 앗, 앗하아, 아무래도 자네를 반혁명적 행동으로 끌고 가기 위해서 말이지……." 이방근은 자리에서 일어나 소파 옆을 우왕좌왕하면서 무언가 장단이라도 맞추듯, 아니 어찌할 바를 몰라 너무 초조한 나머지 나오는 동작으로, 양손을 몇 번이나 반복해서 쳤다. "그래, 그 얘길 해야겠어. 그 때문에 자네를 이렇게 몰아붙인 거니까. 그리고 잔인한 질문까지 하고. 그러나 말이 나온 김에 해야겠어. 최후의 승리는 기적 이외에 없다는 걸……. 이렇게 자네를 절망으로 몰아넣으려고, 난 반혁명적인 언사를 늘어놓고 있어. 핫핫, 이것을 나의 어리석고 주관적인 생각, 관념론이라고 생각한다면, 양 동무는 일시적으로는 구원받 겠지…….”

“이 형, 적당히 좀 하세요!”

양준오는 소파에서 반사적으로 일어나더니, 양손을 기세 좋게 펴고 항변하는 자세로 말했다.

“적당히 하라니…….” 이방근은 양준오에게 한발 다가서며 말했다. “오, 드디어 우리 양준오 동무가 인간답게 화를 내는군. 난 기쁘네.”

“마치 정신이 나간 것 같은 언사입니다.”

“자넨 그렇게 생각하나? 아직은 일러. 정신이 나간다면, 앞으로 일이야.”

“이 형은 정신이 어떻게 된 것 아닙니까, 농담은 그만두세요. 이 형은 이른바 자유인, 조직의 구속을 받지 않는 사람입니다. 저는 조직원으로서, 주관적인, 개인적인 자유가 아니라, 새삼스럽게 말할 것도 없지만, 조직의 결정에 따라 행동할 의무가 있습니다. 자신의 의사로 선택한 의무. 이 형 자신이 알고 있는 것처럼, 조직원이 아닌 이 형과 조직원인 제가 다른 것은 그 점입니다. 이 형의 이야기는 내용이야 어찌 되었든, 처음부터 그 입장차를 무시하고 있는 것이어서 이야기가 성립될 리가 없겠지요. 저도 이 형처럼 되어, 그렇게 무엇이든 자유롭게 이야기하고 싶을 정도입니다. 하늘을 나는 새처럼……. 제가 오늘 밤 이 형을 만날 수 있어서 얼마나 기쁜지. 이렇게 함께 술을 서로 나눌 수 있어서 얼마나 행복한지. 저 같은 우둔한 동생을 위해 급거 서울에서 날아와 주셔서 얼마나 고맙게 생각하고 있는지. 친형도 그렇게까진 할 수 없을 겁니다. 아니, 눈물이, 흘, 흘러내릴 것 같아요……. 헷헤, 도대체가……. 언제 다시 만날 수 있을지는 모르겠지만, 저는 지금 산에 들어가도 여한이 없습니다. 그런데 이 형은 왜 그런 이야기를, 농담인지 뭔지 알 수 없는 말까지 섞어서 열심히 하시는지 모르겠습니다. 모르겠다구요. 마치 자학하듯이……."

양준오는 팔걸이에 팔꿈치를 대고, 한 손으로 이마를 끌어안듯이 했다.

"……"

이방근은 테이블에서 빈 오지 주전자를 들고 자리에서 일어났다.

"술은 이제 필요 없어요."

"내가 마실 거야."

이방근은 방의 미닫이를 열고 손을 뒤로 해 닫고는, 어두운 툇마루에 서서 크게 숨을 들이마셨다 내쉬었다. 어둠, 어둠, 어둠의 공간……. 자학 같은 게 아니다. 바람이 회오리바람처럼 안뜰을 스치고, 어딘가로 춤추며 올라가 사라졌다. 상공에서 윙 하는 바람 소리가 갑자기 들려왔다. 바다를 스친 바람이 하늘에 메아리치는 소리일지도. 빛이 사라진 뒤의 맞은편 건물의 땅딸막한 그림자가 어둠에 잠겨 있었다.

건물이 이어진 왼쪽 부엌 쪽에서 희미하게 남포 불빛이 새어 나오고 있는 것은, 아직 부엌이가 거기에 있다는 것일 게다. 온돌방의 뒷정리를 하려고, 이것저것 부엌일을 하면서 술자리가 끝나기를 기다리고 있는 것이다.

이방근은 항아리에서 오지 주전자에 술을 따르는 부엌이에게, 양준오가 묵게 되어 두 사람의 침상을 준비했으면 하는데, 지금 이불을 준비할 수 있냐고 물었다. 없다면 한 이불에서 같이 자려고 생각했던 것이다. 유원의 방에 그녀의 이불이 있다고 해서 그것을 이방근이 사용하기로 했다. 아아, 문난설……. 난설이. 아아, 냄새여. 서울역 플랫폼의, 그녀의 찢긴 듯한 표정……. 유원의 방에서 그녀가 묵었던 날 밤, 거기서 둘이 포옹하고, 서로 육체를 나눌 수 없는 괴로운 애무를 했던 것이다. 동생의 냄새와 문난설의 냄새가 스며있는 이불…….

이방근은 술이 든 오지 주전자를 들고 도중에 잠시 툇마루에 우두커니 서 있었다. 갑자기 생각난 것처럼 바람이 세차게 불어왔다. 싸늘한 밤기운을 맞은 탓인지, 갑자기 취기가, 아니 의식 자체가 끌고 가는 취기처럼 술이 깨는 걸 느꼈다.

오오, 나는 분명히, 아까는 무언가에 홀린 것처럼 지껄였던 것이다. 처음부터 계획적으로 이야기를 그렇게 끌고 간 것은 아니었다. 무심코 말이 말의 기세를 타고, 제멋대로 움직여, 아직 마음속에 간직하고 있던 부분을 흔들어 깨우고, 그곳으로 수로를 열며 나아간 것이나 다름없었다. 그래, 수로의 행선지가 있는 것은 배, 배 이야기…….

분명 말이 지나쳤다. 확실히 그것은 말이 지나쳤다. 이방근은 바람소리가 울리는 어두운 하늘을 올려다보며 어떻게 해야 할지 고민했다. 수로가 열려 당도한 배의 이야기를 해야 하는지 어떤지. 지금이 아니라 내일, 내일 이후에……. 거듭 만나는 것은 되도록 피하는 쪽이 좋을 것이다. 서로를 위해서 말이다. 아니면, 일체 이 이야기를 그만둘까. 그렇다면 무엇을 위한, 앞으로 무엇을 위한 배란 말인가. 배……, 양준오와 남승지를 방치한 채 무엇을 위한 배인가. 그렇다면 왜 양준오에게 분명하게 입산 반대를 표명한 것인가? 그저 책임이 없는 의견이라면, 처음부터 입에 올릴 필요도 없었던 것이다.

탈출…… 음, 두렵다. 탈출은 곧 도망. 조금 전 양준오의 면전에서 김성달 무리의 탈출과 도망에 대해 분노와 증오까지 담아서 매도하지 않았던가. 그것과의 차이를 어떻게 증명할 수 있는가? 양준오의 입산에 반대하고, 현실로서 그것을 막아 양준오를 섬에서 내보낸다……. 이방근은 심호흡을 하면서, 불규칙한 심장박동의 엄습에 거의 숨을 쉴 수가 없었다. 그는 크게 재채기를 했다. 재채기가 어두운 안뜰에, 눈에 보이지 않는 맞은편 대문에 메아리치듯 울렸다. 재채기의 메아리……. 어쩐지 묘한 울림이다. 양준오를 제주도에서 내보낸다! 무엇을 위해…….

서재의 문이 열리는 소리가 나고, 희미한 불빛의 여파가 어둠에 스미듯 새어 나오는 것이, 양준오의 그림자가 그것을 막고 서 있는 것 같았다.

"이 형, 이 형은 어디 계신 겁니까?"

낮게 속삭이는 듯한 목소리였다.

"아─, 여기에 있네."

이방근은 응접실 앞 툇마루에 서 있었다.

"거기서 뭘 하고 계십니까?"

"……"

이방근은 말없이, 발밑이 어둡고 불안정한 툇마루에서 양준오의 목소리에 이끌리듯 서재 쪽을 향해 걸어갔다. 으─음, 이 이야기를 꺼내야 할지 말아야 할지. '반혁명'적인 행동의 이야기를…….

서재로 들어간 이방근은 소파에 되돌아가지 않고, 그대로 온돌방으로 갔다.

"양 동무, 여기서 한잔 더 하자구. 음식을 먹으면서. 거긴 너무 어두워. 잔을 가져 오게나."

양준오가 쟁반에 잔과 재떨이를 얹어 온돌방으로 들어왔다.

"자아, 한잔하자구." 이방근은 양준오의 잔에 술을 따르고, 상대가 그 오지 주전자를 이방근의 손에서 받아 들려고 하는 것을, 이제 괜찮다며 제지하고 스스로 잔을 채웠다. "그래, 양 동무가 말한 대로야. 내가 이러쿵저러쿵 제멋대로 말을 한 거야. 하지만 정신이 나간 건 아니니 안심해." 그는 잔을 들고 양준오의 잔과 가볍게 부딪히고 나서 입으로 가져가 꿀꺽 마셨다. 카― 하고 숨을 토해 냈다. "향기가 좋은 술이군. 이건 제주도 술이야. 가까운 시일 내에 오메기술을 한잔하자 구. 양 동무, 지금부터 내가 하는 말을, 미쳤다고 생각하지 말고 들어 주게. 술에 취해서 그러는 게 아니야. 둘이서 맥주 두 병, 소주 두세 홉, 취하기보다 깨는 게 빠를 거야. 내가 어떻게 된 것일까. 뭔가 범죄 라도 저지르고 있는 걸 거야. 어째서 내 마음이 진정되지 않는 것인 지. 난 마음속에서, 여기엔 없지만 남승지와 양 동무, 친한 벗들을 배 신의 길로 이끌어 가는 듯한 께름칙함을 느끼고 있어……."

"무슨 말인지 잘 모르겠습니다. 배신의 길이라느니, 도대체 뭡니까?"

"그렇겠지, 그렇고말고. 조만간, 아니 이제 알게 될 거야……."

양준오가 천천히 김치와 깍두기를 아삭아삭 씹어 먹었다. 왠지 그 밤의 정적에 선명하게 울리는 씹는 소리가 귓전을 기분 좋게 울려서 마음에 어떤 평안을 주었고, 양준오에게 보다 친밀한 감정을 느끼게 했다. ……양준오를 섬에서 내보낸다! 무엇을 위해……. 청년 한 사 람의 생명을, 한 사람이라도 생명을 구하기 위해서다. 양준오뿐만이 아니다. 이러한 일에 간단히 응할 양준오가 아님을 이방근은 잘 알고 있었지만, 그것이 지극히 어렵다는 것을 조금 전에 깨달았던 것이다.

양준오가 오지 주전자를 손에 들고 연장자에 대한 정중한 태도로 술을 따라 이방근의 빈 잔에 채웠다.

"양 동무, 들어주게나……." 이방근은 지금 막 비운 한 잔의 술로 갑자기 취기가 팽창하는 것을 느꼈다. 말이 나오지 않는다. 이상하게 도 말이 나오지 않았다. "핫핫, 말이 안 나오는군. 이상하네, 이렇게 목소리는 나오는데, 말이 나오지 않아. 마치 갑자기 기억상실증에라 도 걸린 것처럼 말야."

"몸 상태가 안 좋은 거 아닙니까. 피곤하신 겁니다. 기차를 탔다가 화물선을 타기도 하고, 제 탓입니다. 이 형, 꼭 오늘 밤에 이야기해야 되는 건 아니잖아요? 내일 이야기하는 게 어떨까요? 오늘 밤은 일찍 쉬시는 게 좋겠습니다."

"내일 할까 하다가 지금 얘기하고 있는 거야. 걱정할 필요는 없어. 지금의 한 잔이, 이것만 특별한 술이 아닌데 급소를 찔린 것처럼, 휙 비행기가 공중제비를 돌듯이 취하고 말았어. 그래서 말이 도망갔나 봐. 도망갔어, 도망친 거라구. 비행기, 비행기라는 게 있지. 고문의 하나야. 알고 있잖아. 지금도 여기 제주경찰서에서, 이것저것 비행기도 섞어서 마구 실시하고 있는데, 경찰만이 아니지만 말야, 난 일제 때 경찰서에서 당했지. 양손을 등 뒤로 묶어서 천장에 매다는 공중곡예야. 그것도 나체로. 곤봉으로 후려갈겨 기절하면 양동이물을 뿌리지. 똥을 싸게 된다구. 그러면 형사들이 코를 막고 도망가기 시작한다네. 핫핫핫……. 심한 고문을 당하면 누구나 똥을 싸는 법이지. 똥투성이의 오욕에 빠지는 것이지. 육체만이 아니라 정신을 파괴당하게 되는 거야. 아ー, 지금 취기가 진행, 진군을 시작하고 있네. 으ー흠, 조금 취하는군. 양 동무, 자넨 아까 내 얘기에 대해서, 냉정하게 대응하면서 원칙론을 말했네. 당연한 일이지만 조직의 입장에서 나오는 주장일 거야. 이른바 주전론(主戰論), 주전론이라기보다는 게릴라 투쟁의 계속론인 게지. 난 비조직원으로서의 내 입장, 내 견해가 있네. 난 조직에 어느 정도 협력을 해 왔고, 지금도 하고 있어. 어느새 그렇게 돼 버렸는지, 나 자신도 모르겠지만, 동조자라는 것이겠지. 난 제주도민으로서 게릴라 투쟁을 계속하는 것에 반대일세. 패배에 이르게 될 싸움을, 일본 제국 말기의 그 죽창, 옥쇄(玉碎)가 떠오르는군. 그 누구도 실제로 최후가 되어 보지 않으면, 그 최후는 몰라……."

"이 형, 잠시만 기다리세요. 이 형은 조직의 투쟁방침을 오해하고 있습니다. 아무도 게릴라 투쟁이 좋아서 계속하는 것은 아니잖아요. 4·28정전 협상을 파괴하고, 빨갱이 섬 소탕이란 명목으로 탄압을 계속하고 있는 것은 적입니다. 게다가 이 또한 모두 외적. 태평양 너머에서 온 외적과, 제주해 너머에서 온 같은 조선인이라는 외적들. 아닙니까? 화평의 길이 막혀 있기 때문에, 그저 굴복할 것인지 철저히 항전해서 거기에서부터 최후의 살 곳을 찾을 것인지가 아닙니까! 이방근의 논리는 주객이 전도된 것입니다."

"으—음, 그래, 주객전도, 그것도 좋겠지. 그러나 현실 자체는 그대로일세. 승패의 귀추를 초래하는 피아간의 역학 관계라는 현실은 여전히 뒤집히지 않아."

"그래서 어떻다는 겁니까? 그러면 싸움 외에 뭘 할 수 있다는 겁니까? 전원 하산해서 투항이라도 하라는……. 설마, 웃훗훗훗……. 다른 길은 그것밖에 없으니까요. 그렇겠지요, 싸움이냐, 항복이냐. 게다가 항복하면, 거기에 생이 남아 있기라도……."

양준오는 고약하게 취하기라도 한 것처럼 얼굴이 창백해지고, 그 두 개의 움푹 파인 눈은 취기를 뿌리치듯 날카롭게 빛을 발하고 있었다.

이방근은 분위기가 험악해진 것을 피부로 느끼면서도, 그러나 여기까지 와서 이야기를 그만둘 수는 없다고 생각했다.

"싸움이냐, 투항이냐, 그렇겠지. 화평의 길이 없는 한은. 난 투항이라곤 하지 않았네……."

"투항이라곤 하지 않았다는 그 말은 뭡니까!" 양준오는 어조에 노기를 담아, 이방근의 말을 가로막았다. "마치 투항에 가까운, 투항의 범위 안에 있다는 듯한 말투입니다."

"들어 봐! 다른 사람 얘길 좀 들어." 이방근은 상대를 매섭게 쏘아보며 말했다. "지금, 얘길 하고 있잖아……." 투항의 범위 안……. 이방근은 말문이 막혔다. 고통스러울 정도로 가슴의 고동이 크게 울리고 있었다. "침착해지자구. 양 동무도 흥분하고 있는 것 같은데, 어찌 된 일인가. 양준오와 대립할 이유는 없잖아, 응. 그래, 자네의 말처럼 화평의 길은 이미 닫혀 있어. 그걸 모르는 게 아니야. 흐―음, 이 화평을 대신할 길은 없을까? 이미 불가능한 일을, 망상 같은 걸 난 생각하고 있지. 아니, 망상이 아니야. 결론부터 먼저 말하지. 산중의 게릴라 전원을 조직적으로 섬에서 탈출시키는 길……. 진정하고 들어 보게. 관헌의 블랙리스트에 실려 있는 건 수백 명이라고 하는데, 그들을 적에게 넘길 순 없잖아. 부녀자, 아이, 노인 등의 피난민은 하산해서 마을로 돌아오고. 배를 동원하는 거야. 나에게도 한 척, 한대용에게서 사들인 어선이 있지만, 밀항선을 봐도 알 수 있듯이, 몇 톤에서 10톤급의 배 한 척에 수십 명은 쉽게 실을 수 있네. 20톤급이면 백 명은 실을 수 있어. 단순계산으로, 20톤급이 다섯 척이면 5백 명이야. 다만이를 위해선 적과 일종의 정치적 절충은 필요하겠지. 왜냐하면, 게릴라 토벌전이 장기화됨으로써, 적에게도 사상자가 나오기 마련이니, 탈출을 보고도 못 본 체하는, 어느 정도의 정치적 타협이 생길 여지도 있으니까……."

"이 형, 자세한 이야기는 제쳐 두고, 그 결론, 즉 이 형이 생각하는 요점은 알겠습니다." 분노보다도 어안이 벙벙해진 듯한 양준오는, 그래서 오히려 지금 차분해져 있는 것 같았다. "오오, 그러나 그것은 투항과 얼마나 다르다는 겁니까? 그렇다고 해도 어떻게 그런 일을……." 그는 굳은 표정을 지우고 미소를 띠우며 자리에서 일어섰다. "저는 돌아가겠습니다. 지금은 더 이상, 여기 있어도 즐겁지 않습니다……."

"이봐!"

이방근이 자리에서 일어나, 돌아가려는 상대의 팔을 잡으려 하자, 양준오가 뿌리쳤다.

"오늘 밤은 돌아가겠습니다."

"기다려! 사람을 뭘로 보고 이러나. 기다리라면 기다려."

"돌아가겠습니다. 이 형은, 제가 존경하는 이방근 형은 무서운 말을 하는 사람입니다."

"뭐라고! 무서운 말……이라고. 아무것도 모르는 주제에, 이 자식, 거기에 앉아!"

순간, 뺨을 때리는 커다란 손바닥 소리가 양준오의 왼쪽 볼에서 울렸다.

3

양준오의 왼쪽 볼에서 이방근이 뺨을 때리는 소리는 재차 울리지 않았다. 한 번뿐이었다. 손바닥에 날카로운 마비가 올 듯한 한 번. 눈에 보이지 않는 커다란 바람이 두 사람을 휘감고 지나간 느낌 속에, 이방근은 상대를 친 오른손을 힘없이 내린 채, 한쪽 무릎을 가늘게 떨며 우뚝 서 있었다. 그리고 털썩 어깨를 떨구듯이 시선을 떨어뜨렸다.

양준오는 거의 멍한 상태로 한동안 손바닥을 왼쪽 볼에 대고, 가만히 뜨거운 눈빛으로 이방근을 쳐다보고 있었다. 이 자식, 거기에 앉아! 뭔가가 작렬한 후 몇 초간의 무거운 침묵. 이방근은 열이 나는 오른손을 움켜쥐면서 견딜 수가 없었다.

양준오의 그림자가 움직였다. 그는 거기에 앉지 않았다. 아아, 돌아간다, 음, 돌아갈 테면 돌아가라, 도리가 없다……. 어라, 온돌방의 문지방을 넘어 서재로 나간 양준오는 복도로 난 출입구가 아닌 소파 쪽으로 가더니, 거기에 천천히 앉았다. 그리고는 소파에 몸을 던져 팔걸이를 베개 삼아 눕더니, 으―흠…… 하고 한숨을 크게 토해 냈다. 그 한숨 소리가 이방근의 가슴을 찔렀지만, 동시에 아아, 그는 후유하는 구제된 느낌과 함께 입가에 희미하게 웃음이 새어 나오는 것을 의식했다.

휘청하고 상반신이 기울어지며 중심을 잃으려던 이방근은, 양손을 늘어뜨린 채 계속 서 있는 자신에게 생각이 미쳤다. 그는 탁자 앞에 앉아 잔을 들고 전등 빛에 흔들리는 반쯤 남은 술을 단숨에 비웠다.

어두운 서재 소파에서 머리를 이쪽으로 향해 누운 양준오는, 물속의 석관(石棺), 아니 바위 위에 누운 것처럼 보였다. 이방근은 잠시 소파 맞은편 책장의 유리문에 비치는, 온돌방 불빛에 반사된, 자신의 모습을 보고 있다가 그 자리에 벌러덩 드러누웠다. 딱딱한 장판 위는 따뜻했다. 한숨이 천천히 새어 나왔는데, 이것은 마치 양준오를 그대로 흉내 내는, 같은 원숭이끼리 나자빠진 꼴이었다.

그는 머리 밑에 베개 삼아 양손을 깍지 끼고 똑바로 누웠다. 약한 촉광의 전등갓에 가려진 어둑한 천장이 희미하게 구름 낀 것처럼 보이는 것은, 조금 전 양준오에 대한 일격으로 술기운이 날아가 버린 듯하면서도 취한 눈 탓이었다. 취기는 진행 중이었고, 머리 한쪽 구석이 지끈지끈 쑤시는 것처럼 울렸다. 취한 눈 깊숙한 곳에, 아니 갑자기 천장이 흔들려 움직이는 구름 사이에서, 생각지도 않던 문난설의 얼굴이 뚜렷하게 보여 깜짝 놀랐다. 꿈의 단편이 밖으로 잘못 나온 듯한 그녀의 말없는 하얀 얼굴은 곧바로 사라졌지만, 도대체가, 난 지금 깨어 있단 말이다……. 설마, 천장이 뚫려서 밤의 어둠에 연결된 것도 아닐 테고.

이방근은 가슴 위에 양손을 포갰다. 왼손가락을 오른손바닥에 대고 만져 보았다. 양준오의 딱딱한 광대뼈의 감촉이 아직 열을 띠고 남아 있었다. 아아, 이 무슨 짓을, 손이 떨렸다. 양준오의 뺨을 후려치고 무언가가 작렬한 순간, 이방근은 서울의 지하 바에서 나영호에게 갑자기 뺨을 맞았던 때의 광경이 머릿속에 번득이는 걸 확실히 보고 있었다. 굴욕, 이유에 관계없이 그것은 본능적으로 육체에 수렴되는 굴욕감이었다. 테이블 아래에서 문난설이 뻗어온 손에 손을 포갠 것을 발견한 순간의, 나영호의 갑작스런 폭발이었는데, 그것은 그 나름대로 납득은 하면서도, 굴욕이외 아무것도 아닌 것이다. 나영호가 뺨을 때린 여세를 몰아 그대로 바에서 나가 버렸기 때문에 그것으로 끝났지만, 그렇지 않았다면 어떻게 되었을까……. 아니, 난 꾹 참고 있었을 것이다. 양준오처럼.

이방근은 상반신을 일으켜 장판에 다시 앉았다.

"이봐……."

그는 소파 쪽을 향해 양준오를 불렀다. 그가 대답을 하면 그에 맞춰, 아팠나? 하고 말을 걸 생각이었다. 양준오에 대한 친한 감정이, 우정의 구름처럼 차오르는 것을 느꼈다. 사랑하는 친동생의 뺨을 때린 것과 마찬가지였다. 친근감의 표현 외에는 아무것도 아니었다. 친근감이란 것은 이런 것인가. 그때 나영호가 뺨을 때린 것과 이것은 다른 것이다. 그는 상대를 친 자신의 손바닥이 따끔따끔 열을 발하는 여운에, 그 전에는 없던 뜨거운 감정이 담겨 있음을 느꼈다. 잘못했다는 생각이 들었다. 그러나 후회는 하지 않고 있었다. 양준오는 대답이 없었다. 들리지 않았던 것인가?

"이봐, 양 동무."

소파 위에 그림자처럼 누워 있는 양준오는 움직이지 않았다. 뭐야, 이 녀석, 토라진 건가. ……어라, 뭔가 희미하게 코를 골고 있는 것 같았다. 정말인가? 그는 일어나 조용히 소파 옆으로 가 보았다. 이런, 어이가 없다. 이건 마치 오남주나 마찬가지다. 아직 5, 6분, 나에게 따귀를 맞고 나서 10분도 지나지 않았다. 그는 방금 전까지 양준오로부터 정신이 나간 것 아니냐는 말을 들으면서까지 한 이야기가 전부 무시당한 것 같은 생각에 사로잡혔다. 내가 일을 너무 중대하게 생각하고 있는 건가? 아니, 결코 그렇지 않다. 양준오는 이미 단단히 각오를 하고 있는 것이었다. 그렇다고는 해도…….

이방근은 옆방으로 돌아가, 벽장 침구 안에서 모포를 꺼내 양준오를 덮어 주었다. 발밑에서 가슴 언저리께로 살짝 덮어 주려 했는데, 모포의 움직임이 일으킨 바람을 들이마신 것인지, 양준오는 웃웃, 우 −음…… 하고 신음하더니, 모처럼의 잠에서 눈을 뜨고 말았다. 어둠 속에서 자신의 위로 덮친 커다란 그림자를 보고 놀란 모양이었지만, 이방근임을 깨닫자, 모포를 밀어내고 일어나 소파에 앉았다. 그리고 거의 기계적으로 맞은 쪽 볼에 손을 가져다 댔다.

"깜빡 잠이 든 모양입니다…….

그는 중얼거리듯이 말했다. 거의 한순간의 잠이었음에도, 잠에서 깼을 때 가라앉은 목소리로 변해 있었다. 술 탓이기도 했다.

"양 동무, 몇 분도 안 잤어. 신기한 일이군. 이불을 펴자구."

이방근은 서재의 미닫이를 열고, 어두운 툇마루를 따라 부엌 쪽으로 발걸음을 옮겼다. 남포등 불빛이 새어 나오는 부엌 입구가 사람 그림자로 그늘지더니 부엌이가 나왔다.

바람이 윙윙거리는 하늘은 흐린 듯, 별의 반짝임 하나 없는 어둠이었다. 이방근은 도중에 서재로 되돌아갔고, 뒤따라 들어온 부엌이가 탁자를 치우기 시작했다. 두세 번 왕복하고 나서, 마지막에는 두 개의 쟁반에 새로 술을 담은 오지 주전자와 술잔, 그리고 물병의 물이 남겨졌다.

온돌방에 두 채의 침구가 나란히 준비되고 이방근이 그곳으로 간 후에도, 양준오는 소파에서 일어나지 않았다.

이방근은 중단된 이야기를 계속해야 할지 말아야 할지, 계속해야 한다는 마음속의 목소리를 끊임없이 들으면서도 망설이고 있었다. 일고의 가치도 없다는 듯한 양준오의 태도인데, 녀석은 정말로 정신 나간 인간이나 할 만한 이야기라고 생각하고 있는 걸까. 그렇다면 더욱, 이미 시작했으니 중단해선 안 된다. 저 사내는 아직 모르고 있다. 정의감이 앞서서.

"이보게, 양 동무, 잠이 덜 깼나? 한잔 마시고 자는 게 어떤가."

"아ㅡ, 그렇군요, 마실 거라면 이쪽이 좋지 않습니까?"

"그렇게 할까. 거기는 어두워. 물론 잔은 보이지만."

이방근은 오지 주전자와 잔이 놓인 쟁반을 들고 소파로 갔다. 양준오가 일어나 그것을 받아 테이블 위에 놓았다.

이방근은 오지 주전자를 들고 상대의 잔과 자신의 잔에 따르고, 즐기듯이 술을 입에 넣었다.

"볼은 아픈가?"

순서를 기다리고 있던 말이었다.

"예? 뭣하면 이쪽도 때리겠습니까."

양준오는 조금 얼굴을 일그러뜨리고 웃으며 말했다. 그가 맞은 왼쪽 뺨은 온돌방에서 나온 불빛의 투사로 그늘져서 전혀 보이지 않았지만, 조금 부어 있을지도 몰랐다. 힘 조절을 하지 않았던 것이다.

"그런 소리 하지 말게. 빈정대는 건가. 후후, 한 번 더 때리면 되받아치기라도 할 텐가. 그리하면 난 가만히 있겠네. 핫하아, 난 오히려 자네가 복수해 주기를 바라고 있어. 실컷 맞고 싶네. 두 번이고 세 번이고. 때리고 싶다면 지금 때려도 좋아. 아까 맞은 복수로 말야. 어때, 때리겠나?"

이방근은 양준오를 똑바로 쳐다보고 자세를 취하듯 고개를 똑바로 세웠다.

"농담 그만하세요. 이 형은 취했습니다. 형님을 때릴 수 있겠습니까?"

"후후, 형님이 아닌 친구로서 말야. 그럼 내가 한 번 더 때릴까?"

이방근은 거의 진심으로 말했다.

"진심이세요? 그만두세요. 이쪽은 맞으면 손해니까요. 도대체 왜 그러십니까, 어린애처럼……."

"아아, 그렇고말고, 그렇지. 아무리 양준오에게 맞고 싶어도, 내 사랑하는 동생에게 두 번이나 손을 댈 수 있겠나 이 말이야. 어떤가? 볼은 부었나?"

"괜찮습니다. 잠시 아팠지만, 이 형의 손은 크니까요."

"아아, 이 손을 잘라 버리고 싶군." 이방근은 분한 듯이 그 손목을 강하게 흔들었다. 그리고 그 손으로 다시 잔을 들어 상대방을 재촉한 뒤 입으로 옮겼다. "그런데, 양 동무. 아까 내 얘길 양 동무는 일고의 가치도 없다는 식으로 전혀 받아들이지 않았는데 말이야, 나는 주정을 하고 있는 게 아닐세. 얘길 들어 보겠나? 술은 좀 취했지만, 기분은 차분해졌어. 자네도 흥분하지 말고 들어주게. 돌아간다는 말은 하지 말고, 음."

"이야기해 주세요. 일고의 가치도 없는, 그런 것은 아니죠. 이 형은 그 때문에, 나를 위해 서울에서 와 준 겁니다. 다만, 의외……, 의외였습니다."

"의외? 음, 그렇겠지. 이야기의 내용이 비현실적이라는 건가, 아니면 나의 '사상', 사고방식 그 자체가 의외인 건가. 내 머리 속에 있는 생각이야. 이것이 이방근인가 하고 놀라 실망했다는 거겠지. 무서운 말을 하는 사람이라고 했을 정도니까 말이야. 그러나, 브루투스, 너마저, 라고는 생각지 말아 주게. 그건 결코 무서운 일이 아니야. 그걸 실현할 수 없는 게 무서운 거고, 이 섬의 현실이 무섭다는 거야. 자네 자신이 잘 알고 있는 일이야."

입산을 매우 태연하게 생각하고 있는 듯한 양준오가 이방근에게는 의외였지만, 지금은 그 자신이 의외 쪽으로 돌아서고 말았다.

"지금, 브루투스…… 운운은 뭡니까. 이방근답지 않습니다. 이 형 자신이 그렇게 생각한다면 그것이야말로 당치도 않습니다. 적어도 제가 입을 잘못 놀리는 일이 있더라도, 이 형을 그렇게 본다고 생각하는 겁니까. 정말로, 그건 송구스러운 이야기입니다. 저 같은 존재가, 어떻게 이방근을 그와 같은 눈으로 봅니까? 저는 이 형에 대해 절대적인 신뢰를 가지고 있기 때문에 말입니다. 존경과……. 그렇습니다. 일제 때 오사카, 오사카부청 지하에 있는 오사카경찰서 유치장에서, 여기저기 끌려 다니다온 이 형과 만났을 때부터……. 그때는, 지옥에서 부처를 만난 심정이었습니다. '노예민족은 노예로 있는 한 인간이 아니다, 독립을 위해 반항하기 때문에 인간이고, 그것은 자유다'라고 말입니다. 지금도 뚜렷하게 기억하고 있습니다. 언젠가 이야기했더니, 이 형은 전혀 기억하지 못했습니다만. 그 말은 일제 때 제 좌우명이 돼 왔습니다."

양준오는 그리운 듯 웃었다.

"뭐야, 노인네처럼, 옛날이야기를 다하고. 벌써 10년이나 지난 일이야. 그러고 보니 자넨 까까머리 야간중학생이었지……. 어험, 난 양동무를 신뢰하고 있으니까, 그래, 자네가 말한 것처럼 정신 나간 얘기일지도 모르겠지만, 지네이기 때문에 얘기를 하는 기야. 요점은 알겠다고 하면서, 설마 이방근이 이런 일을…… 하고, 의외였다, 배신당한 느낌이다, 라는 것이겠지. 내겐 자네가 화를 내고 돌아간다고 했던게 의외였네. 얘기의 대강을 알겠다는 것과, 그것의 본질과는 달라. 무서운 일을……이라고 자넨 말했지만, 그것은 전혀 달라, 자네의 잘못이야. 무서운 일은 따로 있어. 자네가 나를 두고 무서운 말을 한다고 했던 것은, 반혁명적이라는 것인가? 즉 적대자(敵對者) 말이야."

"……"

예상 밖의 이야기였다. 양준오는 입을 다물었다.

"적대자라는 건, 자네 개인이 아닌, 조직원으로서의 이야기이야."

이것은 이상한 이야기다. 눈앞에 있는 사람은 다른 누구도 아닌 조직원 양준오다. 이방근은 취기 탓도 있겠지만, 서울에서 온 피로 탓인지, 공격적인 자신을 의식했다. 거기에는 양준오가 이제 돌아갈 일은 없다는 안도감도 한몫 거들고 있을 것이다.

"이야기가 단정적이라 저는 꼼짝도 할 수 없는 느낌입니다. 지금 이형은 '적대자'라고 했지만, 이건 그저 말일 뿐이고, 여기서는 실체가없는 겁니다. 저는 단순한 말로 받아넘기겠습니다. 제가 이 형을 적대자로 생각한다고, 정말로 그렇게 생각하고 있는 겁니까?"

"조직에서 보자면 적대자, 반조직분자, 반혁명분자가 된다는 거지."

"그렇겠지요. 조직에서 보면……."

양준오는 고개를 끄덕였다.

"그렇겠지요, 가 아니라, 그런 거라구. 그렇고말고. 그러나 난 적대자도 반혁명도 아니야. 그럼에도 불구하고 반혁명이 된다는 것이지. 그래서 조직자, 혁명가로서의 양 동무는 화를 내고 돌아가려고 했네. 핫핫, 동무는 어느새 원칙적인 혁명가가 되었어. 자네의 분노는 나에 대한 조직자로서의 단죄라는 것인가……."

"그렇지 않습니다. 정말로 단정적이네요. 돌아가려고 한 것은 화가 나서가 아닙니다."

"그럼 뭐지?"

이방근은 필요 이상으로 집요했다.

"여기에 있어도 마음이 편하지 않다고 생각했기 때문입니다."

"같은 말이잖아. 마음이 편하지 않다는 건, 양 동무 안에서 어느새 완성된 조직과 내 얘기가 충돌했기 때문이야. 그것은 조직원으로서 올바른 행동이겠지. 철저한 반격, 그렇지 않으면 떳떳하게 동석해서 는 안 되는 원칙적 입장이 필요한 거지."

"……" 양준오의 그늘진 얼굴에 불쾌한 표정이 솟아올랐다. "충동이 라는 것도 있잖습니까. 자리에서 일어난 건 그겁니다. 어떤 반동이지 요. 다만, 하나 말할 수 있는 것은, 상상할 수도 없었다는 것입니다. 상상할 수도 없었다……그런 점이 있습니다."

"음, 상상할 수 없었다. 내 얘기가. 그럼, 지금도 그런가?"

"지금도가 아니라, 좀 전에 이야기를 들었을 뿐입니다."

"상상할 수도 없었다고 자넨 말했지만, 상상할 수도 없는 일을 생각 할 수 있듯이, 즉 필요한 일이야. 현실이 그렇게 만들 거라구. 양 동무 는 우리의 게릴라 투쟁이 패배할 거라곤, 생각도 못하는 건가. 어쩌면 승리를 생각하고 있는지도 모르겠지만, 그렇다면 얘기는 별개이고, 내 얘긴 모두 없었던 것으로 하면 돼. 내 얘기는 우리의 패배를 전제 로 하고 있는 거니까. 난 내 자신을 포함해서 굳이 우리라고 말하고 있는데, 자네가 무서운 패배를, 자네 자신이 실제로 은신하게 될 산에서의 투쟁의 패배를 생각하게 된다면, 내가 했던 말을 생각해 볼 수 있게 될 거야. 그러나 자넨 패배에 대해선 생각할 수 없어. 생각하려고 하지 않아, 일부러. 두려운 일에 눈을 감고……. 동무는 그 정도로 로맨티스트인가? 입만 열면 혁명적 낙천주의라고 하는데, 이 말조차 이젠 슬로건일 뿐야. '반혁명'을 단죄할 때에 어느 정도 위력을 발휘하는 것일까. 내가 말하는 건 틀림없는 패배주의, 비관주의야. 그러나 눈을 감고 현실에서 도피한다면 낙천주의도 아무것도 아닌 게지."

양준오는 잔을 입술에 대고 한 모금 머금고 나서, 천천히 꿀꺽 삼켰다.

"그러니까, 패배를 전제로 한 얘기라고 이 형은 말하지만……. 화평이 성립하지 않는 이상은 승리 아니면 패배밖에 없는 것이고, 이것은 게임처럼 적당히 어느 쪽인가를 선택할 수는 없는 겁니다. 패배가 전제라는 것은 어디까지나 가정이고, 그렇지 않으면, 처음부터 싸울 필요 같은 건 없습니다. 그렇지 않습니까."

"그렇고말고. 잘 얘기했네. 그러나 싸움을 시작해 버렸어. 그렇잖아. 이미 싸움이 한창이야. 그러나 계산 착오라는 말야. 계산 착오를 저지른 장본인들은 멀리 북쪽 끝으로 가서 돌아오지 않고, 그들도, 그리고 '북' 당국도 의지할 수가 없어. 혁명기지, 민주기지여야 할 '북'을 지칭하는데, 지금 가슴이 욱신거리고, 내심 일종의 공포마저 느끼고 있다구, 음. ……그러니까, 그 청구서가 이제야 돌아온 거지. 나중에라도 계산 착오를 알아챘다면, 그 나름의 대책, 근본적인 대책이 필요한 게 아닐까."

"음, 그건 저로서는 대답할 수 없습니다. 할 수 없다기보다는 모르겠습니다. 이 형이 말하는 '계산 착오'는 저도 인정합니다. 결국, '북'에서 간부들이 돌아오지 않고 있는데, 이건 '북'으로부터의 원조 가능성이 없다는 것이니까, 그건 확실히 '계산 착오'입니다. 그러나 저는 '근본적 대책'이라든가, 그런 것들에 대해서 어떻다고 말할 입장이 아닙니다. 저는 세포조직원이 아니기 때문에 지금으로서는 토의의 장이 없습니다. 개인적인 의견을 상부에 전달할 수는 있어도, 조직원으로서 조직의 결정에 따를 뿐입니다."

"그래서, 입산한다는 것이로군."

"그렇습니다."

"으—음, 그에 대해 아무런 의심도 없이 말이지."

"아아, 이 형은 어째서 이야기를 그런 식으로 하는지 모르겠군요. 이제 이 이야기는 그만두는 게 좋겠습니다. 왠지 영문을 알 수 없게 되었습니다."

양준오는 잔을 손에 들고 기울였다.

"모른다고 했지만, 자넨 내가 자네의 입산에 반대하는 걸 알고 있을 거야. 내가 자네의 입산에 반대하고, 다 큰 사내인 자네에게 간섭하여 실제로 무슨 의미가 있을까 싶군. 얘긴 아무래도 막바지에 온 것 같아. 아까 난 반혁명, 반조직적 행동에 동무를 끌어들이기 위한 얘길 하려고, 거의 농담조로 하늘을 두려워하지 않는 말을 했는데, 나의 입산 반대는 양 동무의 입산을 저지하는 데 있어, 음."

이방근은 입산을 저지한다……고 말했을 때, 한순간 머리털이 거꾸로 서는 느낌으로, 모근 전체에 오싹하고 차가운 경련이 내달리는 걸 느꼈다.

"입산을 저지하는 데 있다……? 무슨 말씀입니까, 그건?" 양준오는 정말로 뭔가 의미가 확실히 파악되지 않는 것인지, 아니, 확실히 들었으면서도 이해할 수 없다, 믿을 수 없다는 듯이 말했다. "다시 한 번 말씀해 주세요."

"다시 한 번? 그래, 입산을 저지하는 데 있다는 말야, 양준오의. 다시 말해 입산을 그만두게 한다는 거지."

커다란 쇠망치로 내리친 것 같은 울림이, 이방근의 몸에 전해졌다.

"……" 양준오의 표정이 털썩 하고 얼굴에서 미끄러져 떨어지듯이, 어둠 속에서 확실히 움직이는 것이 보였다. "입산 저지, 조직의 결정을, 제가 입산하는 걸 어떻게 이 형이 저지한다는 겁니까?"

양준오의 목소리가 떨리고 있었다.

"양 동무에게 그런 반문을 받으면, 난 괴로워." 이방근은 마음이 뜨거워지면서도 지극히 차분해져 있었다. "단적으로 말하겠네. 양 동무에 대한 우정일세. 이런 표현은 이상한가. 난 조직의 결정에 반항하고 있는 게 아니야."

"……저는 할 말이 없습니다. 이야기가 왜 이런 식으로 전개된 겁니까? 지금, 우리는 무슨 이야기를 하고 있는 걸까요." 양준오는 으ー음, 하고 큰 숨을 토해 내며 일어서더니, 소파를 벗어났다. "이 형, 저는 할 말이 없어요. 정말입니다. 정말이지, 서울에서 일부러 이 형을 오게 한 게 잘못이었어요. 이건 상상할 수 없는 일입니다. 상상할 수 없어요……."

"일부러 서울에서 찾아와 미안하다고 말하고 싶어지는군. 서울에서 온 건 원래 이쪽으로 돌아와야 할 일이 있었던 걸, 자네를 위해 며칠, 날을 앞당긴 것뿐이니 신경 쓸 것 없어." 신경 쓸 것 없다는 이 한마디에 불쾌감이 전해졌다. "게다가 상상할 수 없다, 생각할 수 없어……이제 할 말이 없다, 없어……라고 하다니, 마치 이성을 잃은 낭자의 발광이 아닌가. 남승지라면 그래도 이해 못할 것도 없지만, 양준오까지 이렇다니 놀랍군."

"이 형, 당신이 우정이란 말을 쉽게 입에 담는 사람이 아니라는 것을 저는 잘 알고 있습니다. 그 둘도 없는 소중한 우정과 신뢰를 제 자신이 느끼고 있는 이 형을, 무엇과 바꿀 수 있을지. 이 형은 저더러 어떻게 하라는 겁니까? 우정을 믿고 조직에 등을 돌려라, 확실히 적들의 논리와 같은 구조입니다. 음, 아까, 이 형이 배신의 길……이라느니, 남승지와 저 같은 친한 벗을 배신의 길로 유도하는 그런 께름칙함을 느낀다고 묘한 말을 했는데, 그건 진심인가요. 비유가 아니라 진심으로 그렇게 생각하고 있는 겁니까. 정상적인 마음으로 이 형이 말하고 있는 것이라면, 발광까지는 아니어도 듣는 쪽이 어떻게 되어 버리지 않겠습니까." 양준오는 한숨을 돌리듯이 말을 끊었다. 이방근은 담배를 입에 물고 잠자코 있었다. 양준오가 소파 옆에 우뚝 선 채 계속했다. "이 형이 말한 것처럼, 저 역시 누구보다도 더 우정을 택할 의지를 가지고 있다고 생각합니다. 그러나 이상합니다. 이 형이 문제를 일으키는 방식이 이상합니다. 우정과 조직, 우정이 중요한가 조직이 중요한가의 문제가 아니라, 전혀 성질이 다른 것을 나란히 세워 놓고, 양자택일을 강요하는 듯한 그런 방식은 구조가 이상합니다. 이것은 어떤 의미에서는 배신을 강요하는 것과 마찬가지 아닙니까?"

"오오, 분명히 이상하겠지. 그러나 난 우정이냐 조직이냐 하나를 택하라는 말을 하는 게 아니야. 두 개를 나란히 세워 놓고 양자택일을 강요하고 있다고 했지만, 음, 뭐랄까, 얘기의 핵심적인 얘기가 형태를 갖추고 대두되었으니, 오늘 밤은 이것으로 얘길 그만둬도 좋다고 생각하지만, 같은 평면에 나란히 세워 놓고 있는 건 양 동무 쪽일세. 자넨 두 개를, 예를 들면 선악으로, 흑백으로 나누고 있지 않은가. 조직이 선, 그에 반하는 쪽이 악이란 식으로 말야. 조직도 선, 그러나 그에 반하는 쪽도, 여기에서는 '우정'이라고 하세, 즉 '우정'으로 대변되는 다른 행위 말야. 내가 아까 말했던, 이른바 '반조직적 행동'이라는 것도 선이 된다면 어떻게 될까, 음."

"저의 입산을 대체할 그 선이 되는 반조직적 행동이란 건 뭡니까?"

"제주도를 떠나는 것, 이 땅을 벗어나는 거야."

이방근은 조용히 말하고, 재떨이에 담배를 비벼 껐다.

자리에서 일어나 바지 주머니에 양손을 찔러 넣고, 미닫이 쪽 소파 주변을 왔다 갔다 하고 있던 양준오가 갑자기 멈춰 섰다.

"……"

양준오의 긴장하고 있는 듯한 순간의 침묵, 아니, 침묵조차도 아닌, 단지 찰칵하고 시간을 새긴 찰나에, 눈에 보이지 않는 바람벽이 섰다.

"제가 제주도를 떠난다……. 그리고, 그리고 나서……."

"그 뒷일은 이차적인 일. 우선은 이 섬을 떠나는 거야."

이방근은 취중에 숨이 막힐 정도로 숨을 죽이고, 그러나 담담하게 말했다.

"아아, 핫핫, 이 형, 오늘은 이 이야기 그만하시죠." 양준오는 소파로 돌아와 앉았다. "'북'으로 가서 돌아오지 않는 조직 간부들을 비판하면서 다른 한편으로, 제게는 탈출하라고 권하는 것은 정말 이상합니다. 어떻게 다른지, 저로서는 모르겠습니다. 이 형이 분열을 일으키고 있다고 밖에 달리 표현할 길이 없습니다."

양준오는 어조를 억제하고 말했지만, 입술을 깨물고 있었다.

"아아, 얘긴 그만하세. 나올 얘긴 다 나왔으니까. 남은 건 행위, 행동을 위한 길이야." 두 사람 모두 이야기를 그만하자고 하면서도 이야기를 계속했다. "지금, 자넨 '북'으로 간 간부들과 자네의 탈출이 어떻게 다른 것인지, 내 안에서 분열을 일으키고 있다고 했는데, 그것은 달라, 같지 않아. 왜 다른가, 그들이 섬을 나갔을 때의 상황과 그 동기가 지금과는 달라. 적어도 그때는 4·3봉기, 그 직후 5·10단독선거

파괴라는 승리의 여세를 타고, 때마침 '북'에서의 회의 참가라는 기회를 얻어 '북'으로 갔지만, 지금은 '북' 당국과 함께 게릴라 투쟁의 패배를 생각하고 있는 게 아닌가. 자신들이 지도해 일으킨 투쟁의 패배를 죽게 내버려 두는 형태로. 그렇지 않으면, '북' 당국은 그들을 귀환시키고 원조물자 등을 보내야 되는 것이지. 아니면 뭔가의 구출작전을 생각해야 한다구. 원조가 과연 승리에 이르게 할지 어떨지는 별개로 하더라도, 그러나 절대적인 힘을 북돋을 수 있는 것이고, 그리되면 새로운 화평 교섭도 불가능하지 않겠지. '북'은 제주도 빨치산의 영웅적 애국 투쟁에 무한한 지지와 찬사를 표명하면서도, 제주도의 투쟁을 '남'쪽 땅에서의 반미, 반정부 게릴라 투쟁의 선동에 이용하고 있는 거나 마찬가지야……."

"이 형, 이용이란 표현은 맞지 않습니다."

"그렇지 않아. 혁명에 도움이 된다면 뭐든지 이용해야 하지 않나. 가장 중요한 제주도를 죽게 내버려 두고 있으니, 그렇게밖에 말할 수 없다네. 이런 일이 어디에 있겠는가. 아니면 그들은 원조물자를 싣고 돌아오기라도 한단 말인가. 사태의 중심에 있는 '북' 당국이 돌려보내지 않는 거라구……."

"어째서 그렇습니까?"

"어째서? 가령 김성달 무리가 제주도로 돌아오는 게 싫다고 해도, 당의 명령은 절대적이지 않은가. 제주도 귀환을 명령받고, 그걸 반대할 수 있겠는가. '북' 당국이 돌려보내지 않는 거야."

"……"

양준오는 이방근의 얼굴을 돌아보았지만, 어째서냐는 말은 하지 않았다. 이방근은 '북'이 제주도 게릴라 투쟁의 패배를 예측하고 있기 때문이라고 생각했지만, 굳이 입 밖에 내지는 않았다.

"으−음. 아까도 얘기했듯이 난 패배를 전제로 하고, 그래서 자네의 탈출을 생각하고 있어. 좀 기다려……." 이방근은 담배를 물고 불을 붙였다. "내가 자네의 입산에 찬성까진 아니더라도, 반대는 하지 않는, 즉 자네의 생각대로 어쩔 수 없는 일이라고 내버려 두는 것도, 하나의 방법이겠지. 그러나 그것이 뻔히 양 동무의 생명을 빼앗는 일로 이어진다는 걸 예상하면서도 내버려 둔다는 건, 나로선 도저히 용납할 수 없는 일이야. 우정이 그렇게 내버려 두지 않아. 난 패배를 예상하는 싸움에서의 죽음을, 혁명적인 죽음이라곤 생각하지 않아. 적어도 개죽음이라는 것은. 뭔가 다른 방법을 찾아내야만 한다구. 방침의 전환, 희생을 최소화하면서 전원 구출, 탈출, 퇴각이라는 건 말의 미화가 되겠지, 탈출의 길을 꾀해야 해. 이건 망상적일지도 모르지만 필요한 거야. 생각해 봐야 해. 난 강몽구와 만날 기회가 있다면, 그는 조직의 도당 부위원장이니까, 위원장이 돌아오지 않는 현재 조직의 책임자 아닌가, 그와 마주 앉아 의견을 듣고 싶을 정도야. 전원 탈출이 불가능하다면, 한 명이라도 두 명이라도……."

"아니……."

소파 팔걸이에 받친 팔꿈치에 턱을 괴고, 처음으로 고개를 끄덕이고 있던 양준오가, 고개를 옆으로 흔들며 고쳐 앉았다. 무엇에 수긍한 것인가. '전원 탈출'에 고개를 끄덕이고, 한 명이라도 두 명이라도…… 에는 고개를 흔든 것인가.

"자, 양 동무, 들어 봐. 내가 우정, 우정이라고 하는 걸 자넨 아니꼽게 받아들이지 말게. 자랑거리도 아니고 나 역시 무턱대고 사용하고 싶지도 않아. 뭔가 생색이라도 내려고 말하는 게 아니야. 개인적인 관계를 넘어선 하나의 '방법'일세. 난 자네도 알고 있는 것처럼, 조직에 원한을, 적의를 품고 있는 인간이 아니지 않은가. 동조자이기도 하니까. 그런 나에게, 조직에, 원칙에 대해서 반대하는 마음을, 정열을, 패션(passion) 말야, 패션을 뒷받침하는 건 무엇인가. 음, 왜, 연애가……. 음, 후후, 연애인가(이방근은 머릿속 공간에 문난설의 얼굴이 나타나는 것을 보았다. 문난설, 난설이다. 난, 아니 그녀는, 두 사람은 연애를 하고 있는 건가? 그래 연애를……). 사람은 연애를 망상이라고도 한다. 그렇겠지. 식은 뒤 사랑의 공허함. 불꽃이 다 타버린 후에 남겨진 재의 잔해. 그러나 연애는 살아서 움직이고 있는 것. 연애의 현실에선, 그건 결코 망상이 아니다. 육체와 함께 정신적인 현실이 진행되는, 이건 변화를 일으킨다……. 오, 양 동무, 내가 도대체 무슨 말을 지껄이고 있는 건가. 이런 관계도 없는 얘기를……."

이방근은 어울리지 않게 어둠 속에서 볼이 붉어지는 것을 느꼈다.

"아니, 그렇지 않습니다. 이야기를 계속해 주세요."

양준오는 이야기를 재촉했다.

"그래, 탈선이 아니야. 관계가 없는 얘기가 아니라고. 취하면, 얘기의 연결을 까맣게 잊어버릴 때가 있는 법이지. 지금 막 얘기한 말꼬리를 잡을 수가 없어서 말이야. ……연애가, 강한 사랑이, 어떤 근본적인 것에서 '질서'와 충돌을 일으키고, 오히려 그걸 더욱 넘어서려고 한다. 그리고 비참한 결과가 되거나……. 이 기성의 '질서'와의, 현실과의, 세속과의 마찰을 일으키는 게 패션이야. 패션은 곧 수난(suffering)이고, 고난을 의미하지. 그리스도의 수난 말야. 즉 패션의 강도가, 술은 아니지만 도수가 강하면 강할수록 현실과의 마찰이 격해지고, 보다 많은 수난과 고통이 초래되는 거지. 사랑이 '질서'가 가진 모순을 가장 잘 느끼고 꿰뚫어 볼 수 있기 때문이야. 느끼기 쉽고 상처를 입히기 쉬운 감수성, 그건 보통 사람에겐 보이지 않는 걸 보고, 느끼지 않는 걸 느끼게 하지. 예술가들이 그렇지 않은가. 물론,

진짜야. 패션이 고난을, 특히 그리스도의 수난을 가리키는 건 의미심장하다네. 정욕 역시 패션이야. 동양에선 금기시되는 것으로, 그런 개념은 하나의 단어로 나란히 존재하지 않아. 격해져선 안 되며, 극단으로 치달리는 일이 없이, 중용의 덕을 존중한다. 중용 자체에 패션이 크게 작용하고 있겠지만, 분별없이 감정을, 희로애락을 밖으로 드러내선 안 되는 게 선비, 사대부의 길이지. 우정은 남자끼리의 사랑, 붕우상신(朋友相信)의 믿음이야. 신애(信愛), 우정이 원칙이지만, 조직이 갖는 모순, 지금 놓여 있는 상황에서의 모순을, 다른 사람보다 잘 분별할 수 있는 것이지. 사랑이야, 사랑……. 궤변을 늘어놓고 있는 게 아닐세. 패션 즉 수난, 이 말은 마음에 드는군. 흠, 허무주의자가 사랑 타령을 하는 게 이상한가?"

"아니, 이 형이 사랑에 대해 이야기하는 것은 신기한 일이지만, 이럴 땐 허무주의자가 아닙니다."

"뭐라고, 핫, 핫하, 건방진 소리 말게. 이럴 때가 아니라는 건 어떤 때인가?"

"이 형은 최근에 조금 변했습니다."

"이봐, 준오, 그만둬. 누군가의 대사가 생각나는군. 기분 나빠진다구……. 세계는 허무하기도 하고, 허무하지 않기도 하다는 건가. 완전히 기분에 따라서 달라지는 거 아닌가."

"살아 있는 한, 존재하고 있는 한은 그렇겠지요. 그렇지 않다면 그 자리에서 자살하고 세상과 작별하게 됩니다. 자살은 분명 그때의 기분에 의한 것이지만, 그것은 그저 계기일 뿐입니다."

"자살은 그만둬. 아니, 자살 얘긴 그만두자는 말야. 오, 살아 있는 한은……. 그리고 사랑을 얘기하라, 핫, 핫하……. 내가 사랑에 대해 얘길 한 건가. 이런 정도로는 사랑 타령을 하는 축에도 못 껴."

"이 형은 이상해요, 오늘은. 연애라도 하고 있는 거 아닙니까?"

"뭐, 내가 연애라니. 이 얼어붙은 마음에. 어디서? 서울에서? 바보같이. 그런 얘긴 탈선이야."

아아, 언젠가 문난설과의 관계에 대해 양준오에게 어쩌면 말할 때가 있을지도 모르는데, 그때는 그는 내 앞에 없을지도…….

"이 형의 마음은 동토가 아닙니다. 동토 밑 깊은 곳에 지열이 있고, 마그마가 있는 것처럼, 지금 이야기에 나온 패션이 있는 겁니다. 이 형은 사랑을 믿고 있는 것 같군요."

"패션 말인가. 이것이 위대한 사랑이라고 믿고 싶네. 모든 힘의 원천이라고……."

"사랑의 영원은?"

"무엇을 말하고 싶은 건가? 인간의 사상 안에는 있어도, 그 어디에 영원이 있는가. 불타고 있는 한 사랑은 존재하고, 영원히 불탄다면 영원히 존재하는 셈이 되겠군. 불타면 재가 된다……. 오오, 도대체 우리는 무슨 얘길 하고 있는 건가? 본래의 주제에서 이탈했군."

"본래의 주제? 본래의 주제보다 지금 이야기가 근사합니다. 이 형이 사랑을 이야기하는 것은 신기한 일이지만, 별로 이상하지는 않습니다. 이상한 것은 역시 조금 전 이야기입니다. 전 이 형의 생각에 찬성할 수 없습니다. 그럼에도 이 형의 후배를 생각하는 뜨거운 우정이 전해져서……. 아까, 이 형이 이 왼쪽 뺨을 때렸지만." 양준오는 볼에 손을 대면서 계속했다. "저는 지금 정말로, 사라진 볼 통증의 흔적에서 우정을 느끼고 있습니다. 뭔가, 아까 맞았을 때의 화끈거림이, 마치 따뜻하게 보존해 둔 것처럼 지금 뜨겁게 되살아나 이 형의 우정으로 달아오르는 느낌입니다. 정말로……." 양준오의 목소리가 조금 촉촉해졌다. "저는 감사하고 있습니다. 오늘 밤의 이야기는 대강 나올

것이 다 나왔으니까, 그렇겠죠, 이제 어떻게 할 것인지. 이 형이 말한
것처럼 구체적인 행동만 남았으니까, 오늘은 이것으로 이야기를 끝내
기로 하시죠. 그것이 좋을 것 같습니다."

"음, 그렇게 하지. 특별히 지금 이 자리에서 곧바로 결론을 내자는
건 아니야. 자네가 상상할 수 없는 일이라고 재삼 놀라움을 표명했듯
이, 난 자신의 머릿속에 있는 생각을 내비침으로써, 양 동무는 그게
어떤 것인지, 구체적으로 오늘 밤 그걸 보고 알게 된 거야. 지금은
그것으로 됐네. 끝난 건 아니지만, 그것으로 좋아. 시간이 늦었군. 곧
열두 시야. 자기로 하자구. 어험, 자네의 볼에 열이 되살아났다고 했
는데, 내 손바닥에도 우정의 열이 되살아나는 것 같군……."

이방근은 웃으면서 그 오른손을 자신의 볼에 대어 보았다.

두 사람은 변소에 갔다가 곧 온돌방에 깔린 각자의 잠자리에 들었지
만, 이불에 엎드려 담배를 피우거나 하며, 둘 다 바로 잠들지는 못하
는 듯했다.

발아래 쪽 뒤뜰의 정원수들이 생각난 듯이 바람에 술렁이고, 안뜰
을 크게 스쳐 지나가는 바람이 장지문 밖의 널문을 일격하고 사라져
갔다. 무겁게 깊어가는 밤은 서로의 가슴에 다투고 있던 마음의 삐걱
거림을 가라앉혔다.

"……이 형." 양준오가 아직 소등 전인 불빛 아래에서 어둑한 천장
을 바라보며 말했다. "설사 지금 이야기하는 것은 어디까지나 가정이
고 농담이지만, 만일 제가 섬을 떠난다면, 어떤 방법을 생각할 수 있
습니까?"

"가정이라는 건, 나에 대한 설문의 형식이로군. 모의시험 같은 건
가." 이방근은 엎드려서 담배를 피우며 말했다. "섬을 떠나는 건 특별
히 어려운 일은 아니겠지. 설사 탈출이라는 섬을 나가는 형태가 같다

고 하더라도, 문제는 그 이유겠지. 마음가짐의 문제야……."

"아니, 그 일은 상관없습니다. 탈출은 탈출이고, 그것 외에는 아무 것도 아닙니다. 마음의 준비고 뭐고……. 그래서 저는 가정으로서 이야기하는 것이고……. 한때는 유달현 역시, 밀고라도 하고 섬을 탈출할지도 모른다고 경계하여, 송 선주 등에게 부탁해서, 섬에서 도망치지 못하게 손을 쓰지 않았습니까. 탈출의 이유라고 하지만, 예를 들어 유달현의 도망과 어떻게 다릅니까? 그밖에도 밀항선으로 섬을 빠져나가는 다양한 인간들이 있을 겁니다……."

"잠깐만 기다려 주게. 문제를 모두 동일시해선 안 돼. 그건 달라. 차이를 모르겠나? 어쨌든 자네의 설문, 가정으로서의 얘길 계속하지. 탈출에 특별한 방법은 없어. 잠수함을 타는 것도 아니고, 현재도 매일 어느 해안에서 출입하고 있는 밀항선을 미리 수배해서 올라타면 되는 일이야. 양 동무의 경우는, 내가 배를 띄우겠네. 한대용의 배야. 바다는 경계가 있는 듯하면서도 없는 것, 아무리 경계(警戒)해도, 제주 근해 정도에선 얼마든지 그물망을 빠져나갈 수 있고, 게다가 경비정에 타고 있는 자들은 어떤 형태로든 눈감아 주고 대가로 돈을 받지. 음, 잠수함이라는 건, 밀항선의 별명이기도 해. 별장이 형무소인 것처럼. 그 잠수함으로 탈출할 거야."

"저는 요 며칠 안으로 지시가 오면, 산을 향해 성내를 탈출해야 합니다."

양준오는 일어나 이불 위에 앉으며 말했다.

"남승지가 입산 명령을 가지고 오는가 보군."

"그렇습니다. 이것은 가정이 아닌 엄연한 현실의, 실제로 행동을 일으키는 겁니다. 가령 제가 섬 밖으로 탈출할 경우, 그 일시는 언제가 되는가 하는 겁니다. 입산 지시보다 늦을 때는, 즉 지시가 오고 나서 그때까지, 가정이라고는 해도 어떻게 하라는 겁니까? 생각할 수 있는 건 지시 그 자체를 거부하는 일, 이 형의 말대로 입산 거부입니다. 거부함으로써 그 후에 예정된 탈출에 대비하게 되겠지만, 입산 거부 이유는……? 설령 거부라는 사실은 있을 수 있어도 그에 합당한 이유 는 있을 수 없겠지요. 제게는 이유가 없습니다. 아니면 또 하나는, 지 시가 와서 거부하기 전에, 그 사태를 피해 제가 성내에서 모습을 감추 는 겁니까? 이것은 현실입니다, 가정이 아닙니다. 문제는 구체적으로 제기되는 겁니다. 아까, 유달현 이야기를 했지만, 만일 그가 섬을 빠 져나갔을 경우 이 형은 그의 행동을 이유 운운하며 비난할 수 있습니 까. 이 형은 할 수 있다고 해도, 저는 자신이 만약 섬을 빠져나갈 경우 어떻게 유달현을 비난할 수 있겠습니까? 할 수 없는 겁니다."

양준오도 베갯머리의 담배를 하나 물고 성냥을 그었다.

이방근은 담뱃불을 재떨이에 끄고, 이불을 덮은 엎드린 자세로, 다 소 답답한 듯 말했다.

"……음, 그래, 분명히 그렇지. 양 동무의 경우에 입각해서 일이 구 체적으로 진행되면, 과연 그럴 거라고 생각해. 거기까지 충분히 생각 이 미치지 못했지만, 그건 때가 되면 곧 알게 될 일이야. 어쨌든 그렇 기 때문에 이방근의 얘기는 공론이고, 현실적으로 불가능하다는 것이 겠지. 그러나 그건 나무를 보고 숲을 보지 못하는 것과 마찬가지고, 난 간단히 실현될 거라고는 말하지 않았어. 필요하다는 것이지. 이건 양 동무 혼자만의 문제가 아니라 전체적인 문제로서, 그것을 자네의 경우만으로 끊어서 생각하면, 일은 그것만으로 끝나 아무 일도 생기 지 않게 될 걸세. 그건 커다란 전제하에서 개별적으로 해결돼야 해. 자네가 지금 가정이 아닌, 임박한 현실 문제로서 얘기한 입산 지시는 말하자면 조직적인 문제야. 자넨 설사 거부라는 사실은 있을 수 있어 도 그에 합당한 이유는 없다고 했지만, 거부라는 사실이 이유가 된다네. 궤변이 아니야. 양 동무는 이유가 없다고 믿고 있는 것이지. 일종의 도피야. 이유에서 얼굴을 돌리고 있을 뿐인……."

"이야기가 마치 난파선 같군요. 관념적인데다 현실을 무시하고 있습니다."

양준오는 다문 입술에 웃음을 띠고 있었다.

"난파선이 아닌 주정뱅이 배인가. 동무가 말하는 현실은 동무들만의 조직이 처한 현실이야. 음, 조직적인 문제는 내가 얘길 매듭짓지. 자네가 조직의 선을 연결해 준다면 내가 해결하겠네……."

"뭡니까, 도대체. 얘기를 매듭짓는다느니 해결한다느니, 마치 폭력 집단의 거래 같습니다."

"아, 그건 얘길 해 보겠다는 거 아닌가. 말꼬리 잡지 말게."

"말꼬리가 아니잖습니까. 게다가 그런 특례는 절대 사양합니다. 조직 위에 개인을 두고. 조직의 원칙이고 뭐고 무시하는 무원칙입니다, 정말로. 천진난만한 건지, 그렇다고 해도 정도가 있습니다. 이방근은 무원칙적인 인간이 아닙니다, 무섭도록 원칙적인 인간이 아닙니까."

"지금은 원칙론이 아니야. 난 천진난만한 인간이 아닐세. 큰일을 할 땐 좋든 싫든 특례나 예외가 나오는 법이지. 적어도 지금 자네가 말한 그런 문제는 내가 책임을 지겠네……."

이방근은 계속해서, 취기도 한몫 했겠지만, 단적으로 말하자면 내가 자네를 매수하겠다는 거야……라고 해서 깜짝 놀랐을 때는, 양준오가 노성을 지르며 일어나 있었다. 전 노예매매와 같은 상품이 아닙니다. 책임을 진다든가, 그런 것을 부탁하기 위해 이야기한 것이 아닙니다…….

이방근은 과연 실언을 사과하고, 이른바 인수받는다……는 말이라고 변명했지만, 양준오는 받아들이지 않았다. 이미 통행금지 시간은 훨씬 전에 지나 여기를 나갈 수도 없었으므로, 그는 이불을 둥글게 말아 옆구리에 끼고 옆방의 소파로 가더니, 사이에 있는 맹장지문을 닫고 거기에 누워 버렸다.

무심코 입을 잘못 놀렸다고는 해도, 양준오를 매수한다……니. 그래, 말꼬리 운운이 아니다. 자신의 내부 어느 회로를 통해서 나온 말이었나. 정말이지 탈선이었다. 아니 이런, 도대체가, 유곽의 여자를 인수하는 것과 같은 문맥의 말. 조직에 자금을 대고, 배를 제공한다……. 오오, 이방근은 고개를 세게 가로저었다. 그렇다고 해도 생각지도 않은 일, 뭔가의 여세로 나온 말실수다. 트림과 함께 위장 바닥에서 불쾌한 냄새가 올라왔다. 아니 그것은 마음 저 밑바닥에서 올라오는 추악한 냄새였다. 오만, 어딘가에서 나는 우쭐해하고 있던 것이 아닌가. ……이 형은 유달현을 비난할 수 있습니까? 설사 할 수 있다고 해도, 저는 자신이 만일 섬을 떠날 경우에는 그를 비난할 수 없습니다…….

친척도 아무도 없는 고향 땅이지만, 해방된 조국이기에 난 돌아왔어. 육친을 일본에 남기고 온 자네도 그렇겠지. 그걸 지금 조금도 후회하지 않아. 좋든 싫든 돌아와야 하니까. 그러나 그 현실이 가치가 없다고 생각할 때는, 또 얼른 섬을 떠나야 한다……. 당장이라도, 그러니까, 그 가치 없는 현실을 변혁해야 한다는 자네의 말이 튀어나올 것 같은 기분이 드는군. 나는 고향에 의리(義理)가 없어. 멋지고, 의의가 있는 현실이라도 나에게는 하찮은 경우가 있다네. 자네나 이방근이라는 존재는 내 인생에 대한 의리를 느끼게 하는 점이 있어…….

이것은 양준오가 4·3봉기 이전에 남승지에게 했던 말인데, 남승지에게 다시 들을 것도 없이, 이방근도 그의 그런 생각을 알고 있었다. 인생의 '의의'가 아니고 인생에 대한 '의리'라고 한 것이, 이방근으로 하여금 양준오는 인생의 무(無)를 알고 있다고 말하게 한 이유였다. 인생에 의의가 없더라도 의리로는 살 수 있을지도 모를 일이다. …… 내게는 본래 출생의 조건이란 게 없습니다. 적어도 사생아인 저는 다른 사람의 경우와는 달리 계약에서 벗어나 있어서, 그만큼 자유롭습니다. 그만큼 본질적으로 자유로운 내적 동기를 가지고 있습니다. 살인을 할 동기마저 가지고 있을지도 모릅니다. 단 그것은 동물이 동물을 죽이는 경우와 같은 동기를 말하지만……이라고도 이야기했는데, 이방근은 내심 동감하고 있었다.

일제를 대신한 미군의 남조선 통치에 의문을 품고, 조선인을 야만인이라고 생각하는 미국인 고용주의 입장에 자신을 두는 것이라면, 거기를 나와야 한다면서 제주 미군정청 재무국을 그만둔 양준오가, 당시부터 조직원이 되기를 주저한 이유 중의 하나는, 무장봉기에 대해 비판적이라는 것이었다. 봉기 전부터 고도의 무장봉기에 과연 승산이 있을지 의심한 현실주의자이기도 했다. 독립 조국의 현실에 절망하여, 다시 일본으로 혹은 한때는 미국에라도 가 버릴까 생각하고 있었던 그가, 봉기 후에, 아마 7월인가 8월쯤에 비밀당원이 돼 있었다. 그는 지금 만일 탈출할 만한 이유가 생겼다고 해도 섬을 떠나는 일은 없을 것이었다. 그는 아마 게릴라의 승리 역시 단순하게 믿고 있지는 않을 터였다. '북'으로부터 원조가 올지도 모른다고, 여전히 실낱같은 희망을 품고 있는 것인가……. 어라? 뭔가의 소리, 바람 소리 때문에 지워지긴 했지만, 바람 소리가 아닌, 인기척이 났다고 느꼈다.

맞은편 안채에서 아버지나 계모가 변소에라도 간 것인가. 어지간하면, 요강으로 일을 볼 것이다. 이방근은 변소라면 툇마루를 따라 이쪽 건물로 다가올 발소리에 귀를 기울였다. 취기로 빨라진 맥박 소리가 확실히 귀에 들려왔다. 시각은 열두 시에 가까웠고, 부엌이는 벌써 부엌일을 마치고 대문 옆의 식모 방으로 돌아갔을 터였다. 응접실 앞 툇마루를 지나 이쪽 건물에 있는 변소를 향해 오는 인기척은 없었다. 자신의 머릿속에서 달그락…… 하고 울린 소리. 취기의 흐름이 사소한 변덕을 일으킨 기분 탓일지도……. 이방근은 잠시 이불에 몸을 누이고 있었지만, 분명히 귀가 포착한 인기척은 바깥의, 안뜰 쪽에서 났다고 고쳐 생각했다.

부엌이가 뭔가를 떠올리고 부엌으로 드나든 것인가. 이방근은 이불에서 기어 나와 일어나서는 슬그머니 맹장지문을 열었다. 온돌방의 불빛이 비쳐 들어, 어둠을 밀어내고 길을 열었다. 양준오는 자고 있는 것 같았다. 이불에 비하면 답답하겠지만 잠자리는 그다지 불편하지 않을 것이었다. 자고 있다면 깨우지 않고 내버려 두는 편이 좋을 것이다. 이방근은 온돌방의 전등을 끄고, 아무것도 보이지 않는 칠흑 같이 어두워진 방 안을 손으로 더듬어, 미닫이, 그리고 서재의 벽을 따라 취기에 발목이 잡히지 않도록 주의하면서 안뜰 쪽 출입구까지 와서는, 바깥 기척에 귀를 기울이고 나서 소리 나지 않게 미닫이를 열었다. 바람이 방 안으로 불어 들었는데, 마치 어둠의 기세 좋은 이동 같았다. 변소에 갔던 것이라면 툇마루의 오른편 안쪽에서 회중전등이나 남포등 불빛이 새어 나올 터인데, 주위는 캄캄하고 아버지의 방에도 불빛은 없었다.

하늘을 올려다보았지만 지상과 분간할 수 없었고, 머리 위니까 거기가 하늘이겠거니 하는 식이어서, 발밑 인력의 확실성을 실감했다. 겨우 눈이 적응된 듯 방 안보다는 어쩐지 어둠이 부드러워진 느낌이 들었고, 인간의 육안으로는 보이지 않지만 고양이 눈이라면 포착할 수 있을 빛이 잠재한 것처럼 느껴졌다. 그렇지만 손으로 더듬지 않고서는 미닫이도 툇마루도, 건물의 윤곽도 알 수 없는 어둠이었다. 무언가 착각, 바람 소리였나. 왜, 바람 소리에 뭔가를 착각한 것일까. 그 착각이 마음속의 뭔가를 일깨운 듯했다. 분명치 않지만, 기억 속의 뭔가를 스친 것이었다.

방파제에 부서지는 파도 소리가 울려왔다. 아, 구두 소리가…….복수의 구두 소리가 나고, 집의 대문 밖 길 위를 지나갔다. 흐물흐물 취기에 꼬부라진 느낌의 탁한 웃음소리가 났다. 경찰일 것이다. 경찰일거야……. 어라, 경찰들에게 쫓겨서……. 누가? 남승지가, 오오, 그리고, 이 집 벽을 넘어 들어왔다……. 정말로, 그런 것인가.

깊은 어둠의 밑바닥에 잠겨 우뚝 서 있는 이방근의 머릿속에, 밝은 공간이 열리고, 서재에서 그의 발밑에 온몸을 내던져 넙죽 엎드린 채 한탄하던 부엌이의 모습이 나타났다. ……서방님, 이 부엌이를 어떻게든 해 주십시오……. 그리고 추궁당한 부엌이가, 벽을 넘어 뛰어내린 남승지를 뒤쪽 별채에 몰래 숨겨 주었다던 앞서 한 말을 뒤집어, 저는 죽어도 시원치 않은 년이우다……라고 한 것이다. 제가 뒤쪽으로 들였수다……. 주인님을, 서방님을 배신한 지옥에 떨어질 년이우다……. 그건, 내가 이사하고 얼마 안 된, 그래, 여동생이 여기를 출발하기 전날 밤의 일이었다. 남승지는 그날 밤, 여동생의 방에서 유원과도 만났던 것이다. 뒤쪽에서……. 벽을 넘은 것이 아니라, 뒤쪽에서……라는 것은, 변소 옆의 뒷문을 가리켰다. 뒷문의 자물쇠를 미리 풀어 둔 것이었다. 아직 한 달도 되지 않은, 입에 침도 마르기 전에. 아니, 설마. 이방근은 오늘 밤 부엌이의 모습에서 어딘가 이상한 점은 없었는지, 집에 도착한 바로 직후부터의 일을 다시 생각하기 시작했다.

이방근은 미닫이를 닫고 발밑을 조심하면서 일단 온돌방의 이불 위로 돌아왔지만, 전등을 켜는 것이 망설여졌다. 만일 부엌이가 안쪽에서 뒷문의 자물쇠를 풀어 놓았다고 한다면……. 누구지? 남승지를 위해선가. 왜, 부엌이가 계속……. 어쩌면, 부엌이년, 저 여잔 조직의 연락원일지도. 흐-음, 설마. 아니, 으-음…….

"이 형……."

양준오의 쉰 목소리가 느닷없이 들렸다. 어둠 속에서 들려오는 형체가 없는 목소리는 이상하다. 소파의 삐걱거리는 소리가 나고 양준오가 일어난 것 같았다.

"오, 양 동무 일어나 있었나? 내가 깨워 버린 것 같군."

"이 형은 안자고 있었습니까. 무슨 일 있습니까?"

"아니야."

"캄캄하군요. 전등을 켜시죠."

"그렇군."

이방근은 일어나서 벽의 스위치를 손으로 더듬어 전등을 켰다. 불빛이 안면에 일격을 가하듯 튀어, 방에 흘러넘쳤다.

"그런데, 오늘 내일 중으로 남승지와 만날 예정은 없는가?"

"남승지? 갑자기 무슨 일입니까." 양준오는 소파에 앉은 자세로 온돌방 쪽을 향해 말했다. "모르겠습니다. 그러나 오늘 내일은 없겠지요. 게다가 입산을 지시하러 남 동무가 올지, 어떨지는 모르겠습니다."

이방근은 입산 지시 이야기가 아니라고 말하려다 그만두었다. 그럴 것이다. 남승지가 성내로 오는 것을 예정하고 있다면, 아까부터 해온 이야기 도중에 양준오가 잠자코 있었을 리가 없다.

이방근은 망설였다. 양준오가 깊이 잠들어 있다면 눈치 채지 못하게 뒤뜰로 나가, 뒷문 자물쇠가 채워져 있는지 풀려 있는지 확인해볼 생각이었다. 이 어둠에서는 불빛이 있어야 했지만(그래, 그렇지, 부엌에 가면, 쓰다 남은 양초가, 게다가 남포등이 있을 터였다), 이방근은 꽤나 녹슨 자물쇠의 감촉에 생각이 미치자마자, 덜컥하고 가슴이 삐걱거리는 듯한 소리를 들었다.

만일 자물쇠가 풀려 있다면, 음, 심야, 누군가 뒷문으로 이 집에 침입해 있다는 것인가. 이미 침입해 있더라도, 자물쇠는 풀려 있는 그대로가 아닐 것이다. 원래대로 되돌려져 있을 터였다. 자물쇠가 풀려 있다면, 아마 아직 침입하지 않았다는 뜻이 된다. 그럼, 몇 시에? 그때를, 그리고 침입해 온 뒤의 움직임을, 어둠에 싸여 보이지 않지만, 지켜봐야만 한다. 음, 안뜰 구석의 부엌이 방도 어둠에 잠겨 분간할 수 없었지만, 그녀는 아마 자고 있지 않을 것이다. 조금 전에 안뜰 쪽에서 났던 인기척은 착각이 아닐 것이다.

이방근은 일어났다. 서재 뒤의 툇마루에서 정원수 사이의 좁은 뜰로 내려와, 뒷문 쪽으로 가 볼 생각이었다. 자물쇠가 풀려 있다면 다시 걸어 버릴까. 내버려 둘까……. 가슴의 고동이 거세졌다.

"양 동무, 자넨 쉬게나. 이쪽 방에서 자는 게 좋을 거야. 난 잠깐 뒤쪽을 살펴보고 올 테니……."

"……"

양준오는 이불 위에 우뚝 선 이방근을 의아하게 쳐다보았다.

4

서재의 뒤뜰과 접한 문을 열자, 정원수의 어두컴컴한 부분이 온돌방 맹장지문 사이로 서재 소파에 투사된 불빛, 부드러운 솜처럼 거의 눈에 보이지 않는 반사의 팽창에 감싸여 있었다. 이방근은 그 덕분에, 겨우 좁은 툇마루에서 발을 헛디디지 않고 움직일 수 있었다.

그렇다, 생각을 해 보면, 주인이 떠나고 없는 서재 뒤뜰에 슬리퍼를 그대로 방치해 둘 리가 없었다. 방으로 돌아온 이방근은 안뜰 쪽 미닫이를 열자마자 기세 좋게 소리를 내며 뒤뜰로 빠져나가는 바람 속을, 손으로 더듬어 부엌이가 꺼내 놓은 슬리퍼를 손에 들고 뒤쪽 툇마루로 다시 나갔다. 양준오는 소파에 앉은 채 이방근의 행동을 잠자코 보고 있었다.

동굴인가, 해저인가, 시야가 어둡게 차단된 공간 안에서의 움직임. 발밑이 불안한 작은 툇마루에 우두커니 선 이방근은 망상의 어둠 속 공간에서, 꿈속 어딘가 회로를 양준오와 함께 천천히 돌고 있는 듯한, 회로 끝의 터무니없이 무서운 함정에 빠져들 것 같은 느낌에 사로잡혀 소름이 돋았다.

그는 지면에 내려놓은 슬리퍼를 신고 왼쪽 여동생의 방 뒤쪽으로, 툇마루의 가장자리에 왼손을 짚고 천천히 나아갔는데, 시야는 이미 단절되어 어둠에 삼켜진 느낌이었다. 게릴라들은 이런 어둠에서도 고양이 눈처럼 길을 분간한다고 했다.

집 안에 뭔가 폭발물을 품고 있는 듯한 어둠이다. 꿈의 회로 저편의 뒷문 자물쇠는 풀려 있는 것인가. 혹은 잠긴 채로……, 아니, 이미 누군가가 지금 이 집에 침입해 있고, 다시 잠겨 있는 것인가. 침입했다면 어디에? 남승지처럼 별채인가. 아니면 집 어딘가에……. 부엌이의 방? 조금 전 슬리퍼를 가지러 갔던 안뜰은, 부엌이의 방 주위도 캄캄했다. 지금 내가 이렇게 어둠 속을 헤치며 나아가고 있는 순간에도, 누군가가 이 집에 침입해 숨어 있다고는 믿기 어렵다. 분명히 외부에서 들려온 인기척은 상공에서 소용돌이치며 으르렁거리는 바람 탓이었나……. 이방근은 점차 머리끝이 쭈뼛 서면서 분노가 살의로 바뀌는 걸 느꼈다. 오, 만일 그렇다면 난 부엌이를 목 졸라 죽일지도 모른다. 저 여자를.

이방근은 변소 냄새를 맡으면서 겨우 욕실 뒤의 벽을 타고 변소 건물의 모퉁이까지 올 수 있었다. 으―음, 칠흑 같은 어둠에 냄새가 난다는 것은, 어찌 된 일인가. 이 어둠이 발하는 악취……. 그는 주위의 소리에 귀를 기울이고 발소리를 죽여 몇 걸음인가 천천히 발을 앞으로 옮기고 나서 멈추었다. 그리고 전방에 한 손을 뻗어 보았다. 또 한 걸음 나아간 곳에서 손에 닿은 것은 벽과 널문 사이 문틀 주변인 것 같았다.

그는 마치 어둠 속에서 여자 몸의 은밀한 부분을 더듬어 손을 뻗듯, 까칠까칠한 널문을 손바닥으로 만지작거리며 반대편 문틀의 자물쇠 있는 곳으로 향하다가, 밤공기에 차가워진 쇠붙이를 찾았다. 이방근은 숨을 죽여 손가락으로 자물쇠의 형태를 따라가듯이 더듬어 보았지만, 철제 축은 빠져 있지 않았다. 자물쇠는 걸린 채, 아니 걸려 있었다. 이방근은 순간이지만 묘한 실망감이 가슴을 적시는 걸 느꼈다.

잠깐만……. 만일 자물쇠가 걸려 있지 않았다고 한다면, 그건 어떻게 되는 것인가. 어젯밤 이후 계속 풀려 있었다고 한다면, 그것은 의심할 여지도 없이 외부로부터의 침입을 인도하기 위한 소행임에 틀림없었다. 울타리 밖을 청소한 후, 잠그는 것을 잊어버린 게 아니다. 그러나 자물쇠는 확실히 걸려 있었다. 어떻게 된 일인가. 처음부터 잠겨 있었고, 아무도 침입한 흔적이 없다는 말인가.

그는 자물쇠에서 손을 떼고 널문에 등을 기댄 채 잠시 어둠 속을 응시하였다. 눈에는 보이지 않지만, 전방은 부엌 쪽 뒤뜰이고 오른쪽은 남승지가 숨어 있던 별채가 있다. 음, 어떻게 할까. 침입자가 이 집에 있다면, 그걸 찾아내야 한다. 어떻게 찾아낼 것인가. 이 밤중에 부엌이를 불러 증거도 없이 추궁할 것인가. 여기에 우뚝 서서 불침번

이라도 서라는 것인가. 그것은 도저히 무리다. 취기가 몸의 3분의 1
을 차지하고 있는데 말이다……. 음, 이미 대담하게 잠들어 버린 건
가, 그게 아니라 만약 이 집에 숨어 있다고 한다면, 그리고 숨을 죽이
고 집안사람들의 기척에 귀를 기울이고 있다면, 도대체 어떤 자일까.
조직과 관계가 있는 누군가이다. 그래, 여기는 긴급 피난 장소, 조직
의 긴급 도피처, 아마도 그중의 하나일 것이다. 내가 알고 있는 사람
인가. 혹시, 강몽구……? 강몽구. 이방근은 입 속에서 그 이름을 중얼
거렸다. 음, 강몽구…….

"이 형……. 이 형 어디에 계십니까?"

바보 같은 놈이. 양준오가 목소리를 낮추면서도 사람을 부르고 있
었다. 저런 바보 같은 놈, 저래가지고 잘도 입산한다는 말을 하고 있
다, 도대체가. 이방근은 어둠 속을 몇 걸음 헤쳐 나가, 뒷문 옆의 바스
락바스락 닿는 정원수를 지나 냄새에 의지해 변소 근처로 나왔다. 희
미한 빛이 떠 있었다. 서재 뒤 정원수 주위에 걸쳐 마치 옅은 안개와
같은, 뿔뿔이 흩어진 빛의 입자가 부유하는 듯한 반사가, 온돌방에서
서재의 소파로 투사한 빛의 반사가 보였다. 겨우 희미하게 눈에 띨
정도의 환상적이고 신기한 느낌이었지만, 분명 빛임에 틀림없었다.
몇억 광년 저편의 우주에서 도달한 듯한 별빛의 표류…….

거기에 어렴풋이 어둠에 절반은 침식된 것처럼 가려진 것은 양준오
일 것이었다.

이방근은 변소 주위에서 통로로 들어와 멈추었다.

"이봐, 나야, 이봐……."

이방근은 숨소리를 죽여 소리를 냈다.

"아, 이 형……."

목소리만 들리고 서로 어디에 있는지 모습은 보이지 않는다.

"이 형이라고 하지 마. 안에 들어가 있어. 바로 돌아갈 테니까 날 부르지 마."

"……"

이방근은 다시 뒷문 쪽으로 돌아가더니, 조금 전과 마찬가지로 거기에 등을 기대고 섰다. 만약 강몽구라고 한다면……. 거의 동시에 입가의 근육이 움직이며 미소가 새어 나오는 걸 이방근은 의식했다. 강몽구라고 한다면……. 이상하게 이방근은 분노를 잊고 있었던 것이다. 그는 성내로 찾아올 가능성이 있었다. 날은 아직 이르지만, 한대용의 배가 싣고 올 짐과도 관계가 있을 터였다. 내버려 두자. 내버려 두는 게 좋다. 게다가 자칫, 아버지나 계모에게 발각되면 어찌 되는가. 침입자가 있어서 그것을 찾는 데 눈치 채지 못할 리가 없었다. 음, 하지만 부엌이년이, 이년은 그대로 두지 않겠다. 오, 그냥 내버려 둘 수 없다. 강몽구와 만나고 싶군……. 이방근이 조금 전에 양준오를 향해 바로 돌아가겠다고 말했을 때, 이미 내버려 두자고 무의식중에 마음이 움직였던 것 같았다.

그때, 전방의 왼쪽 어둠 속에서 엷은 빛의 띠가 쓱 나타나 옆으로 하나, 둘…… 비쳐오더니, 그것은 흔들리는 것처럼 강약을 보이고 중복되며, 점차 빛의 강도를 더했다. 부엌 문짝 몇 개의 틈으로 새어 나오는 빛이었다. 어험……. 문짝 바로 옆에서 난 듯한 헛기침은 부엌이었다. 이방근은 가슴이 덜컥하여 어둠 속에서 무심코 몸을 숨기려했다. 곧 문짝에 건 빗장을 달그락 달그락 잡아 빼는 소리가 났고, 문짝이 삐걱거리며 양쪽으로 열림과 동시에 남포등의 빛이 넘쳐 나와 주위를 적셨다.

남포등을 손에 든 부엌이가 부엌 밖으로 나왔다. 멀리서도 투명하게 닦인 남포등 속의 흔들리며 타오르는 불꽃 형태가 확실히 보였다.

그 불꽃이 검은 치마저고리의 부엌이를 아래에서 비추고 있었기에, 거의 얼굴만 어둠에 떠 있는 것 같았다. 이 밤중에 무슨 일이 일어난 것인가. 설마? 저 대담함은……. 이방근은 순간 혼란스러웠다. 부엌이는 남포등을 손에 들고 주위를 물색하듯 돌아보면서 뒷문 쪽으로 다가올 낌새였다. 아무래도 수상하다. 수상해……. 이방근은 정원수 그늘에 몸을 숨겼는데, 남포등의 밝은 불빛은 이윽고 벽에 도달하더니, 뒷문의 형태마저 희미하게 떠올리고 있었다.

이방근은 발소리를 죽이고 이쪽까지 반사되는 불빛에 의지하여 서둘러 서재의 뒤뜰까지 와서는, 뒷문 주위로 다가가는 빛을 주시하면서 상황을 살폈다. 어라, 또다시 양준오가 소파에서 일어나 툇마루로 나왔던 것이다. 이거야 원, 먼저 자면 좀 어떤가. 꽤나 참견을 하는군…….

"이봐, 신경 쓰지 말고 저쪽으로 가."

남포등 불빛이 뒷문 주위의 어둠을 쫓아내듯 크게 다가왔는데, 방 안에서 비추는 어둑한 남포등의 불빛이 이리도 어둠을 압도할 수 있는가 하고 이방근은 감탄했다.

이방근은 슬리퍼를 벗고 툇마루로 올라갔다. 설마 이쪽까지 오는 일은 없겠지. 뒷문까지 온 부엌이는 정원수 그림자에 가려 보이지 않았지만, 자물쇠에 손을 대고 있는 듯하여 이방근을 움찔하게 만들었다. 자물쇠를 풀고 있는 것이 아니라, 아무래도 채워져 있는지 어떤지를 확인하고 있는 것 같았다. 그녀는 무언가를 중얼거리면서 남포등 방향을 바꾸고는, 어라? 이번에는 이쪽을 향해 정원수 사이의 통로로 들어왔다. 이방근은 놀라서 방 안으로 뛰어들었다. 그는 방문을 살며시 닫으며, 아아, 아뿔싸, 슬리퍼를 잊고 왔다는 걸 깨달았지만, 이미 늦었다.

"무슨 일입니까, 무슨 일 있습니까?"

"쉿……."

책상이 있는 창가가 밖으로부터 밝게 물들어 오고, 부엌이의 묵직한 발걸음이 성큼성큼 다가왔다. 이방근은 자신의 자리인 뒤뜰을 등진 쪽의 소파에 앉아 있었다. 음, 슬리퍼가 눈에 띄겠군……. 이방근은 격에 맞지 않게 하녀의 접근에 긴장하고 있었다. 예상대로 그녀의 발소리는 정확하게 서재 뒤 근처에서 멈췄다. 배후 쪽인 방 밖에서 부엌이의 기척이 났다. 슬리퍼를 발견한 것일 게다. 그녀는 그것을 손에 들고 점검하고 있는 것 같았다. 안뜰 쪽 툇마루의 디딤돌에 놓여 있어야 할 슬리퍼가, 어느새 뒤뜰 쪽에 이동해 있으니, 신발이 혼자 걸어왔을 리도 없고 이상한 일일 것이다. 이방근은 자신도 모르게 상반신을 비틀고 손을 입에 대면서 재채기를 하고 말았다. 젠장, 아까도 대문으로 가면서 재채기를 크게 했는데, 감기라도 걸렸나. 오늘은 아무 때나 재채기가 나왔다……. 부엌이가 움직임을 멈추고 우뚝 서 있는 것 같았다.

"……서방님, 부엌이이우다." 그녀의 황송해하는 목소리가 뒤쪽에서 들렸다. "아직, 주무시지 않으셤쑤꽈?"

"음, 이제 자려고 하는 참인데, 이 시간에 무슨 일이지?"

이방근은 뒤뜰을 등진 채, 양준오와 마주 본 자세로 말했다.

"주무시려는 데 죄송하우다, 무슨 수상한 기척이 나지 않았수꽈?"

"수상한 기척? 수상한 기척이라니……." 이방근은 웃음이 터져 나오는 걸 참았다. "특별히 아무 일도 없었던 거 같은데. 무슨 일 있었나? 수상한 사람이라도 들어왔다는 건가."

"아니요, 아무것도 아니우다. 바람 탓이우다. 안녕히 주무십서."

"아아, 잘 자, 부엌이."

오오, 그렇고말고, 바람 탓이고말고. 바람 탓이야. 양준오가 의아하게 이방근을 보았다. 그 양준오의 그늘진 얼굴을, 웃음을 참은 이방근은 매우 진지한 표정으로 돌아본다.

창에 비친 불빛이 이리저리 흔들리며 차츰 어두워지고, 부엌이의 발소리와 함께 주위는 본래의 어둠으로 되돌아왔다. 그녀는 온돌방 뒤쪽으로 사라졌는데, 헛간이 있는 대문 옆에서 안뜰로 빠져나와 집을 한 바퀴 돌 생각인 것 같았다. 아니, 이런, 이건 입장이 역전되어 버렸다. 이쪽이 도망치는 처지가 되다니. 불침번은 부엌이 쪽이었다. 음, 지금, 이 집에는 아무 일도 없다는 것이겠지. 침입자는 나의 머릿속에서 나온 환영일 뿐이다.

이방근은 후유 하는 안도감을 느꼈다. 망상, 나의 망상……. 나는, 지금 어둠 속에서 어디를 갔다 온 것인가. 어라, 이 방이 있는 건물을 한 바퀴 빙 돌아서 안뜰로 나온 듯한 부엌이의 발소리가 서재 앞에서 멈추었다. 툭하고, 무언가를 단단한 돌 위에 던져 놓는 소리가 났다. 아아, 슬리퍼, 슬리퍼를 일부러 가지고 와서 디딤돌 위에 놓아둔 것이었다. 주인의 신발을 평소의 부엌이답지 않게, 툭하고 던져 버리듯 아무렇게나 두다니. 그것이 조금 마음에 들지 않았다. 어둠 속 공간의, 꿈의 어딘가의 회로를 지나서, 그 회로의 끝 쪽에 입을 벌린 어마어마한 함정……이, 툭하고 디딤돌 위에 다시 놓인 슬리퍼였다. 부엌이의 발소리가 사라졌다. 헛수고. 이방근은 술 탓도 있었지만, 실제보다 피로가 부풀어 오른 느낌이었다. 이방근은 담배에 불을 붙여 천천히 한 모금을 빨아들인 순간, 목구멍 아래에서 솟아오른 웃음이 터져 연기를 뿜어내고 말았다. 어떻게 된 여자인가. 슬리퍼는 뒤뜰에 그대로 내버려 두면 되지 않는가. 일부러 가지고 올 필요는 없는데.

"그럼, 양 동무, 시간이 늦었어. 자야지."

이방근은 왜 웃고 있는지 영문을 모르고 있는 양준오를 향해 말하고는, 소파에서 일어났다. 양준오도 자리에서 일어났다.

"그런데, 아까 이 형이 비판하던 김성달이 무기를 가득 싣고 제주도로 들어왔다는 소문이 항간에 퍼져 약간 공황을 일으키고 있습니다."

양준오가 꽤나 졸리는 듯한 목소리로 말했다.

"공황……? 뭔가, 그건."

"본토로 소개(疏開)를 시작하고 있다는 겁니다. 요즘 들어 전투가 재개된 일이나, 오랜만에 봉화가 오름에 오른 것도 김성달 등의 상륙 탓이고, 이제 곧 큰일이 일어난다는 겁니다. 물론, 대부분은 여유가 있거나 권력 쪽에 빌붙어서 뭔가를 한 인간들입니다."

"음, 그렇구만. 죽은 공명이 살아 있는 중달을 달아나게 만든다는 건가. 평양에 있으면서도 대단하군. 죄가 무겁네. 설마, 정말로 돌아온 건 아니겠지."

"아니요."

양준오는 고개를 옆으로 흔들었다.

"정부 측이 의식적으로 흘리는 경우도 있겠지. 토벌의 구실이나 뭔가에 이용하기 위해서 말야……."

두 사람은 온돌방으로 들어갔다. 전등이 꺼졌다.

숙취는 남아 있었지만, 아침에 일어나는 것은 어렵지 않았다. 다만 잠을 깼을 때는, 어젯밤 양준오가 누워 있던 옆 자리의 이불이 납작해져 있었고, 텅 빈 잠자리를 확인한 순간 공연히 허무한 무언가가 마음을 스치는 느낌이었다.

양준오는 아침 일찍 하숙집으로 돌아갔다고 부엌이가 전했다. 식사를 준비했지만 하숙집에서 먹는다고 부엌이는 덧붙였다. 어젯밤 슬리퍼 이야기는 일절 언급하지 않았다. 그러고 보니, 어젯밤 이불에 들어간 후에도, 질식할 듯한 어둠 속에서 좀처럼 잠들지 못하고 늦어진 탓도 있었지만, 시각은 아홉 시에 가까웠다. 양준오는 자전거 페달을 밟으며 도청으로 출근하고 있을 터였다. 아버지 이태수도 집을 나간 뒤였다.

이방근은 안뜰 쪽과 뒤쪽 널문도 장지문도 전부 열어 두고, 아침 햇살을 방에 가득 채웠는데, 그는 지금까지 없던 안도감을 느꼈다. 오늘 아침 눈을 떴을 때, 거기에 햇살이 깃드는 것이 이상한 기분이 들었고, 이미 새들의 지저귐은 없었지만, 새벽녘의 빛을 쬔 새라도 된 듯한 기쁨을 느꼈다.

만일 어젯밤 어둠 속에, 외부로부터의 침입자가 실제로 숨어 있었더라면 어떻게 되었을까. 그것이 누구든지, 설령 강몽구일지라도, 이방근은 부엌이를 그대로 둘 수 없었다. 아니, 부엌이 스스로 어떤 조치를 취했을 것이다. 저는 죽어도 시원치 않은 년입니다……라고 한 여자다. 아무 일도 없었던 것만으로, 이방근은 아침이 되어, 커다란 어둠의 옷을 벗은 기분이었다.

이방근은 조직원이 아닌데도, 조직원 이상으로 조직의 문제에 신경 쓰고 있는 자신을 의식했다.

상세한 정세, 그리고 군사상의 전략 전술적 전개에 대한 지식이 있는 것은 아니었지만, 수백 명은 될 터인 게릴라는 소부대 편성이라는 행동원칙 이상으로, 몇 명, 많아도 열 몇 명의 그룹으로 분산돼 버린 것 같았다. 이방근은 상식적으로 생각해도 그런 정도의 병력으로 수천, 머지않아 필요에 따라서 1만을 넘게 될, 박격포까지 갖춘 중무장한 정부군에 저항할 수 있다고는 생각할 수 없었다. 비행기로 폭격도 할 수 있다. 어떻게 그렇게까지 혁명적 낙천주의가 될 수 있는가.

머지않아 그 결과가, 올 6월의 박경진 토벌대장에 의한 일부 지역에서의 초토작전과 살육(그는 그 잔학 행위로 부하에게 암살당했지만)이 대규모로 확대되어 이 섬을 뒤덮는 것은, 뭔가 기적이 없는 한, 눈에 뻔히 보이지 않는가. 이것이 비관주의든 패배주의든, 피할 수 없는 한 시간 한 시간, 하루하루 시간의 진행과 함께 다가오는 현실, 머릿속의 관념 조작, 소원만으로는 아무것도 되지 않는 현실이었다.

어젯밤 양준오는 잠들기 직전 잠자리에서, 만약 확실한 승산이 있을 경우에만 싸움에 응한다면, 세계사를 만드는 건 매우 편안한 일일 것이다……라고, 마르크스가 파리코뮌에 즈음하여 친구에게 보낸 편지에 썼던 구절을 이야기했다. 그렇다, 나도 그 말은 좋아한다, 그건 잘 알려져 있는 말이지만, 그게 전부는 아니다, 그건 승산이 없더라도 싸우라는 말은 아닐 것이라고, 이방근은 말했다.

기계론적인 운명론이 아니다. 역사는 기계처럼 움직이는 것이 아니라는 통찰을 담은 말이다. 마르크스는 역사 발전에서의 우연한 사건의 작용을 중시하여, 우연한 일이 아무런 역할도 하지 않는다면 세계사는 신비로운 것이 될 것이라고 했다. 예를 들어 운동의 선두에 선 인간들의 성격도 우연의 하나라고 했다……. 그러니까 정말로 승산이 없는 경우에도 싸우라는 것이 아니다. 과학적으로나 현실적으로, 그러나 정의와 용기를 가지고 실행하라는 것이 아니겠는가. 처음부터 지는 싸움을 하라는 것이 아니다. 그리고 보니, 돌아오지 않은 게릴라 사령관 김성달의 오만하고 영웅주의적인 성격도 싸움에서 하나의 우연적 요소, 다분히 마이너스 작용을 미치고 있다고 할 수 있었다. 게릴라의 승리로 이어지는 뭔가 우연한 일은 있을 것인가. 있다고 한다면 기적, 기적뿐이다…….

아침식사를 막 마친 시각에, 라고는 해도 점심때가 가까웠지만, 유원의 중매인이 될 뻔했던 변호사 한성주에게서 전화가 걸려 와, 잠깐 집에 들르지 않겠느냐고 했다.

이방근은 격조했던 것을 사죄하며 병세를 물은 뒤, 저는 어젯밤 막 돌아왔습니다만, 삼촌은 어떻게 제가 아버지 집에 있는 걸 알고 계십니까? 아무럼 어떤가, 자네가 있다는 걸 알고 전화를 한 거야, 함께 점심이라도 먹을까. 상의할 게 있네……. 식사는 점심을 겸해서 지금 막 끝냈지만, 어쨌든 찾아뵙겠다며 전화를 끊었다.

한성주는 제주 정계에서 중요한 존재였다. 오랫동안 교분이 있었기 때문에 그는 평소 아버지 이태수를 형님이라 불렀고, 이방근도 공적인 자리 외에는 한 선생님이라고 하는 일은 거의 없었다. 양준오는 이방근의 아버지에 대해 가끔 선생님이라고도 불렀는데, 선생님이라고 불린 이태수, 누굴 보고 선생님이라는 건가…… 음, 삼촌이지, 하고 웃곤 했었다. 혈연에 관계없이 이웃이나 같은 마을, 혹은 친한 사이에서는, 연장자가 젊은이에게 이봐, 조카, 잘 지내나, 하고 말을 걸기도 하고, 젊은이나 처녀는 삼촌, 이모, 하며 친척 관계와 같은 호칭을 한다. 젊은이들에게 한정된 것은 아니지만, 이것이 섬의 풍습이었다.

이방근은 잠시 후에 고깃간 송 씨를 방문하고 나서, 셋방에 얼굴을 내밀 작정이었다. 이방근은 전화로 제 여동생 일입니까……? 라고 물으려다 그만두었는데, 정색을 하고 상의라니 무슨 일일까. 한성주는 최용학과 유원의 결혼 중매인이 될 뻔했기 때문에, 이번 '파혼' 문제의 수습을 자청하고 나선 것인가. 어차피 이야기가 나오겠지만, 그렇다면 마침 잘된 일이 아닌가.

잠시 뒤에 응접실에서 전화벨 소리가 들렸는데, 부엌이가 전화를 받았는지 방으로 와, 서울에서 온 문난설 님의 전화라고 전했다.

문난설은 하숙집(그녀는 그렇게 말했다)이 아니라 집에 계셔서 다행이라며 안도하는 목소리로, 그저께 아침 헤어졌는데도 그녀는 선생님이 제주로 가 버리자, 서울에서 만난 일이 꿈만 같다며, 갑자기 어두워진 슬픈 목소리로 말했다. 서울을 출발해서 목포에서 1박 하고, 이튿날 아침에는 마침 배가 있었던 거지요. 그래서 지금 선생님이 전화를 받고 계신 거예요. 그녀는 웃었다. 그렇지 않았다면, 지금쯤 배를 타고 계시든지, 아직 목포에 계시든지, 둘 중 하나겠죠. 아이구, 오늘 전화를 하면서도 어쩌면 아직 제주에 도착하지 않았을지도 모른다고 생각해서……. 보고 싶어요, 선생님 보고 싶어요……라고, 무리한 말을 했다. 이방근은, 나도……라고 대답했다. 거기, 어딥니까. 혼자입니까? 예―, 그래요. 신문사, 아니 같은 건물이지만 통신사의 회장실에 있어요. 임시로 사무실을 지키고 있거든요. 회장……? 국제통신의 회장실? 서운제, 국회의원 서운제 선생 말이군요. 그래요, 왜 그러세요? 아니오……. 선생님, 사랑해요. 엇, 아아, 나도……. 뭐야, 나도, 나도……라니. 대사가 완전히 뒤바뀐 게 아닌가. 아니, 피차일반이다. 이방근은 가슴이 뜨거워지는 걸 느꼈다.

"……선생님은 그쪽에 도착한 순간 저를 잊어버리신 거 아니에요? 선생님은 저에게 전화하실 생각이 있었나요?"

"국제신문사론 내키지 않아요. 난설 씨 집에, 아파트에 직접 걸 수 있다면……."

셋방에는 전화가 없기 때문에, 일부러 집까지 와야 한다……고 하려다 그만두었다.

"그렇겠지요. 그렇고말고요. 실은 4, 5일 뒤에는 전화가 들어오게 되었어요. 어제 전화국에서 통지가 와서, 전화번호도 정해졌어요. 오늘은 그것을 알려드리고 싶었어요. 선생님 목소리도 듣고 싶고."

"나도(또, 나도다), 난설 씨 목소리를 들을 수 있어 기뻐요."

이방근은 수화기를 귀에 댄 채 전화함의 송화기에서 떨어져, 부엌 쪽의 부엌이를 불러, 연필과 메모용지를 가져오게 했다.

"저도 제주로 가고 싶어요, 지금 당장이라도. 선생님, 저를 사랑해 주세요……."

문난설의 거나하게 취한 듯한 목소리였다.

"아아, 사랑해……." 이방근은 적잖이 당황하여, 응접실에서 부엌의 출입구를 보면서 말했다. 사랑해 주세요. 아아, 사랑해……. 정말인 가. 아아, 일주일 남짓 서울에 있으면서, 단 한 번밖에 그녀를 안지 못했다니. 동대문의 여관에서 포옹한 후, 서로 옆으로 마주 바라보면 서, 그녀는 아름다운 홍조를 띤 웃는 얼굴에 치열이 고른 하얀 이를 보이며, 사랑해 주세요……라고 말했던 것이다. 그것을 마지막으로, 사랑의 말을 속삭일 기회가 없었다. "어젯밤에도, 잠자리에서 천장을 바라보고 있는데, 술을 마셨지만 말이오, 하하, 갑자기 천장이 열리 고, 밤의 어둠이, 하늘이 서울로 이어진 것처럼, 그 순간에 난설 씨의 얼굴이 뚜렷하게 보이는 바람에, 정말 놀랐소. 꿈속에서 눈앞에 튀어 나온 것처럼."

"계속 저를 생각하고 계셨던 거예요? 기뻐요. 선생님도 참, 소설가 같은 말씀을 하시는군요."

"소설가……."

"……기분이 상하셨어요?"

이방근은 나영호를 떠올린 것인데, 소설가……? 라고 반문한 목소 리가 그녀에게 불쾌하게 들렸을지도 모른다.

"아니오."

"선생님, 보고 싶어요. 언제 서울에 오시는 거예요?"

"어젯밤에 도착한 참이라, 머리가 어수선해서, 어떻게 될지……(순간, 힐문하는 것 같은 분위기가 전해져 왔다). 아니지, 참 그렇지, 서울역에서도 얘기했지만, 20일 지나서……. 이번 달 중에는 가게 될 거라고 생각하오만……."

이방근은 며칠 뒤에 그녀의 아파트로 직접 전화를 걸기로 하고, 번호를 확인한 후 전화를 끊었다. 선생님, 술 너무 드시지 마세요……. 그녀의 전화 속 작별인사였다.

순간적인 사랑의 고백과 확인……. 전화는 끊어지고 나면 참으로 싱거운 것이다. 귓전에 여운이 남아 있을 뿐 구체적으로 붙잡을 데가 없는 탓에, 오히려 여운 때문에 한층 더 허무했다. 문난설이 말한 것처럼, 전화는 편지와 달리 통화가 끝나면 모두 사라지기 때문에 허무했다. ……이 형은 사랑의 영원을 믿습니까? 어젯밤의 패션 논의에서 불쑥 나온 양준오의 말이었다. 나는 정말로 불타고 있는 것인가. 그리고 문난설도……. 불타고 있는 것이라면, 불타고 있는 동안은 영원하지…….

하늘은 흐렸지만, 이방근은 이미 출구가 없어 보이던 어젯밤의 어둠에서 해방된 느낌인지라, 아침 햇살이 어느 때보다도 감동적이었다. 햇볕이 구름에 가려 지상에 도달하지 못했지만, 그래도 한낮의 흰 빛은 넘치고 있었다.

이방근은 한낮의 읍내를 걸으면서, 혹시 게릴라 사령관 상륙 때문에 소개의 공황이 일어나고 있다면(전쟁 말기 미군기의 제주 폭격 후, 미군 상륙에 대비해 특히 일본인이나 유지들이 육지로 소개했던 것처럼), 제한된 짐을 옮기는 리어카나 달구지 등의 모습을 상상하고 있었지만, 관덕정 광장으로 가는 도중에 그렇게 눈에 띄는 광경은 없었다. 그는 가는 방향은 아니었지만, 경찰서 앞의 상황을 보기 위해 일단 관덕정 광장으로 나와, 훌쩍 한 바퀴 돌고 나서 C길로 들어갔다. 광장에 인접한 도청이나 경찰서가 있는 구내 입구의 돌문 앞에 바리케이드가 높게 쌓여 있었고, 좌우에 보초를 서는 두 사람의 모습이 보였다. 보초라고 해도 밤이 되면 모를 일이다. 술을 돌려 가며 마시거나, 자리를 뜨는 일이 다반사여서, 그다지 믿음직스럽지 못했다.

이방근은 고깃간으로 가기 위해 C길로 향했는데, 마침 한라신문사 주변까지 왔을 때, 신문사에서 나온 편집장 김문원과 딱 마주쳤다.

"아이고, 이방근 선배, 언제 돌아오셨습니까?"

김문원은 우유병 바닥을 도려낸 것 같은 강한 도수의 안경을 쓰고 있어서, 보는 사람이 현기증을 일으킬 만큼 번쩍이며 말했다.

"어디에서?"

어젯밤이라고 하면 좋을 것을, 이곳에 부재했다는 것을 잘 알고 있다는 식의 어투로 말을 걸어온 것이, 그만 매우 심술궂은 대답이 되고 말았다.

"쭉 서울에 가 있었던 거 아닙니까. 이쪽에 한참 계실 겁니까?"

"음, 확실하진 않지만, 한동안은 있게 될 거 같아."

"조만간 꼭 뵙고 싶은데, 시간을 내주시지 않겠습니까."

"무슨 일인가?"

"아닙니다······."

김문원은 고개를 가볍게 흔들고, 두꺼운 안경 속에서 신중하게 주위로 시선을 보내면서 곧바로 말을 되돌렸다.

"할 이야기가 있습니다."

할 이야기? 이방근은 입가에 올라온 반문의 말을 삼켰다.

"조만간이라면 언제인가?"

"2, 3일 중에······."

이방근은 고개를 끄덕이고, 헤어졌다.

이 고장의 유일한 한라신문도 지금은 거의 놀고 있는 것이나 다름없었다. 두 페이지짜리 신문은 중앙지와 그다지 다르지 않은 국제 뉴스, 그것도 중앙지의 재탕이고, 공적인 기사가 대부분이어서 지방색은 오래 전부터 찾아볼 수 없게 돼 있었다. 제주도 현지의 게릴라와 정부군의 전투재개에 대해서도 중앙지 쪽이 그나마 기사가 되었다. 한라신문을 보는 한, 제주도의 정세는 알 수 없었고, 무사평안, 전투 같은 건 거의 없다고 착각할 정도였다. 이처럼 제주도에서는 제대로 쓴다는 것이 불가능했다.

이방근은 걸으면서, 살갗이 흰 작은 체구로 높은 도수의 근시 안경이 소용돌이치는 듯한 빛 때문에 표정이 흩어져 버리는 김문원의 얼굴을 생각해 내고, 웃음을 흘렸다. 그의 근시는 '인공근시'였던 것이다.

'인공근시'의 배후, 즉 김문원을 근시로 만든 인간은 그의 친척에 해당하는, 해방 다음 해에 죽은 통칭 홍 '판관' 홍대효였다. 서문길에 살고 있던 홍 판관은 성내에서는 이씨 집안에 뒤지지 않는 명문가 출신으로, 판관이라는 것은 그 선대가 임관한 정5품의 관직이었는데, 아들 대가 돼서도 사람들이 부르기 편하다는 이유로, 홍 판관의 자식도 '판관'으로 통칭하게 되었다. 그에게는 이태수도 고개를 들지 못했다. 홍 판관은 일제하의 전시 중에도 창씨개명을 하지 않았는데, 일본식으로 리모토(李元)로 개명한 이태수를 향해, 신성한 조상의 성씨를 왜놈 식으로 바꾸다니, 양반가에서는 있을 수 없는 짐승 같은 짓이라고 면전에서 욕을 해댔다. 무위무관(無位無冠)인 그는 선대의 광대한 토지 등의 유산으로 생활하고 있었지만, 인망이 두텁고 사람을 돌볼 줄 아는 노인이었다.

홍 판관은 지금은 일본에 있는 그의 아들, 그리고 징병 적령기였던 성내의 청년 두 명을 위해 읍사무소 호적계에 이야기해서, 각각 연령을 두세 살씩 적게 정정하도록 징병을 면하게 만들기도 했다. 대체로 예전의 호적 기재는 부정확한 것이 많았다. 태어나서 몇 년이나 지나, 어떤 필요성에 의해 신고하거나, 처음부터 생년월일을 의도적으로 조작해서 신고하는 경우가 꽤 있었다. 게다가 '생년월일'의 월일은 모두 음력으로 돼 있었다.

읍사무소의 관리라 하면, 모두 홍 판관과 잘 아는 사이였고, 성내 출신자인 경우에는 코흘리개 시절부터 사정을 꿰고 있었다. 그는 강직하고 대쪽같이 곧은 성격으로, 옛 양반의 자부심을 잃지 않은 인물로서, 청년들로부터 존경을 받고 있었다. 그는 호적 담당자에게, 예전 출생신고는 부모가 신고할 때 잘못한 것이니, 이 기회에 정정해 두는 것이 좋겠다……, 라는 식으로 이야기를 유도했다. 예－, 삼촌, 그렇군요, 삼촌의 말씀 대로입니다. 알겠습니다……라는 식으로, 정정 절차가 이루어져 두 청년이 징병으로부터 구제된 것이다.

전쟁 중에 학생이었던 김문원도 학도병 동원에 대비해서 근시도 아닌데 높은 도수의 안경을 홍 판관이 억지로 쓰게 해서, 실제로 근시가 돼 버렸지만, 그래도 그렇게 해서 일본 제국을 위한 전쟁에는 가지 않고 지낼 수 있었다. 그렇지만, 전쟁이 끝나고 보니, 이번에는 그 덕분에 평생 근시로 살아가게 된 것이었다.

C길을 따라 산지의 하천가를 향한 도중에 오른쪽으로 꺾은 골목에, 간판이 없는 송 씨의 고깃간이 있었다. 그 바로 앞 사거리를 건너면서 오른쪽으로 옛 일본인 여관 이층건물인 '서북' 사무소에 시선을 던진 이방근은, 사거리를 건너 그저 몇 초쯤 멈추었다. 시선의 끝에 어떤 광경이 얽혀든 것이었다. 서너 명의 '서북'임을 바로 알 수 있는 사냥

모와 점퍼 차림의 남자가 서 있는 사무소 앞에 트럭이 정차해 있었다. 그 적재함에는 꾸린 짐이 몇 개나 쌓여 있었고, 이쪽을 향한 앞유리 너머로 운전석에 앉은 운전수 얼굴이 보였다. 엔진이 걸려 있고, 어딘 가로 출발하려는 모양이다. 어딘지 모르게 '서북'과 어울리지 않는 느 낌이 들어, 이방근은 곧바로 그 자리를 떠났다.

날씨가 흐린 탓에 더욱 침침한, 고기 냄새가 코 속으로 침입해 오는 가게에 들어서자, 카운터에서 칼질을 하던 주인이, 아니 이거, 서방님 은 언제 돌아오셨지……라고, 방금 김문원과 비슷한 말을 하며 맞이 했다. 사촌 형인 송래운 선주가 지금 성내에 있는지 묻자, 있다고 했 다. 이방근은 오늘 내일 중에라도 만나고 싶으니, 그쪽에 뜻을 전하 고, 상황을 알려 달라고 주인에게 부탁했다.

"예─. 그렇게 하지요. 서방님은 집에 계실 겁니까. 저녁에 돼지고 기를 댁으로 배달하기로 돼 있으니, 그때까지는 반드시 연락을 해 두 지요."

이방근은 그런데……라며, 김성달이 제주에 상륙했다고 하는 것 같 은데, 정말인지 물어보았다.

"소문에 밝으시군요. 음, 이번 달 들어 산부대의 공격이 시작되었기 때문에, 김성달이 '북'에서 무기를 배에 가득 싣고 섬에 들어왔다는 이야기가 퍼지고 있지만, 저는 모르겠습니다. 확실한 이야기가 들어 오지 않아서 말이죠. 서방님은 어떻게 생각하고 계십니까?"

"나라고 알 수 있겠나. 산부대 일은 원래 잘 알 수 없는 거잖아. 아까 이쪽으로 오는 도중에 보니, '서북' 앞에 트럭이 서 있고 뭔가 짐이 많이 쌓여 있던데, 아무래도 '서북'에는 어울리지 않는 광경이었어. 뭘 까. 그들이 그런 식으로 이사할 리가 없을 텐데. 장사인가? 일본에서 밀수해 온 물건이라도 몰수했다 팔아 치우려고 하는 건가?"

"장사임에는 틀림없지만, 다른 물건입니다, 그건. 소문이 무서워 그러는지, 서방님, 게릴라가, '북'에서 돌아온 김성달 등이 총공격을 해 온다고 해서, 켕기는 데가 있는 자들이 섬에서 도망가기 시작한 거예요. 트럭의 그 짐들은 그자들 것입니다. 축항의 선박회사에 맡기는 것인데, 그곳으로 직접 가지고 가는 사람도 있고, '서북'이 돈벌이로 돌아다니며 짐을 한데 모아 선박회사까지 운송하고 있는 거지요. 그곳에서 수속을 밟은 뒤 선적하는 하역 작업 전부는, 알고 계신 대로 부두왕국인 '서북'의 백(白) 씨가 독점해서 관리하고 있습니다. 서방님, 거기에 앉으세요."

주인은 날카롭게 번득이는 식칼을 내려놓고, 카운터 너머로 잠시 이야기한다는 게 그만 길어졌다.

"앉으면 얘기가 길어져. 지금 갈 곳이 있네."

"그런데 말입죠. 토벌대 쪽에서는 이번에 경비사령부란 게 위에 생긴다는 것 같은데(같은데라는 간접화법을 사용했다), 김성달이 섬에 들어온 것에 대해서는, 그렇다는 건지 그렇지 않다는 건지 아무런 발표도 하지 않아, 산부대장의 상륙은 점점 사실처럼 굳어지고 있습지요. 조천으로 상륙했다느니, 모슬포에서라느니, 타고 온 것은 소련의 잠수함이라느니, 상륙을 도운 인간을 직접 만났다는 사람까지 나오고 있는 상황인데, 이게 어떻게 된 일일까요. 저도 모르겠습니다. 봉화가 여기저기에서 오르고 있어요. 저기 사라봉에서, 설마 눈앞에서 오를 리가 없다고 해도, 다른 오름에서는 계속 봉화가 오르고 있는 걸 저도 이 눈으로 보았습니다. 서방님, 무슨 일일까요. 서방님은 대단한 선생님이시니, 어떻게 생각하시는가요?"

"난 어젯밤 막 여기에 도착했네. 자세한 얘긴 지금 들었을 뿐이고. 김성달이 상륙하지 않아도 봉화는 올라가잖나."

"예-, 그건 그렇죠. 그런데, 새끼회는요?"

"지금 식사를 하고 나오는 참이야. 사촌 형 쪽 일은 잘 부탁하네."

고기 냄새에 익숙해질 무렵 이방근은 가게를 나왔다.

밖으로 나온 그는 묘한 기분에 사로잡혔다. 어쩌면 정말로 김성달이……. 설마, 아니, 돌아올 거라면 지금이어야 한다. 지금이 섬으로 돌아올 마지막 기회라고 생각한다면, 충분히 가능성이 있는 게 아닌가. 사실이라면? 그는 불어오는 바람에, 이마의 식은땀이 서늘하게 배어나는 걸 느꼈다. 어젯밤에 양준오를 향해 김성달을 마구 비난했던 일을 후회하지는 않지만('북'에 머무는 한 비난은 당연하다), 마음에 걸렸다. 그것은 그것이고, 이것은 이것이다. 돌아오지 않는 것보다는 얼마나 훌륭한 일인가. 음, 사실이라고 한다면……. 이방근은 자신도 모르게, 오오! 하고 입속에서 외쳤다. 나의 '비관주의'는 잠시 보류다. 사실이라면, 어떻게든 일단의 국면 타개는 될 것이다. 그리고 화평 교섭의 길을 열 가능성이 생긴다……. 이방근은 쾌재를 부르고 싶었지만, 글쎄 믿어지지 않았다. 김성달이 상륙했다면, 어젯밤 양준오는 나의 김성달 비판에 더욱 반론을 해 왔을 게다. 그리고 항간에 떠도는 소문이라는 식으로 객관적인 말투는 하지 않았을 것이다. 김성달이 정말로 돌아온 것이 아니냐고 물었을 때, 그는 아니라고 분명하게 고개를 가로저었던 것이다. 아직 그에게도 정확한 정보가, 조직적인 전달이 들어오지 않았다는 것인가.

이방근은 어느새 C길을 곧장 올라와 냇가를 보면서 다리를 건넌 뒤, 하천을 따라 길을 오른쪽으로 꺾어 동문교 쪽으로 나왔다. C길 도중에 동문교 곁으로 비스듬히 뻗은 길로 가면 지름길이었지만, 김성달 상륙설에 정신이 팔려 눈앞에 보이기 시작한 산지 언덕의 기상대 위의 하늘과 맞닿은 다리에 이끌린 채로 곧장 걸어온 모양이었다.

흐린 햇살에 빛나는 맑은 냇물 속으로 암반이 들여다보이는 물빛이, 이미 차가운 빛의 이빨을 드러내고 있었다. 바로 근처 물 가게 주인과 소년이, 물을 가득 채운 몇 개의 석유통을 실은 리어카를 끌고 땅바닥에 물을 뚝뚝 흘리며 다가왔다. 물은 돈이지만, 그래도 흘러내렸다.

동문교에서 뻗은 신작로(일주도로)를 왼쪽으로 들어가, 건너편에 파출소 건물을 바라보면서, 한약방 모퉁이를 다시 돌아 산 쪽으로 들어간 곳에 한성주의 집이 있었다.

정원 한쪽에 커다란 팽나무가 있어 답답할 정도로 무성한 그늘을 만들고 있었지만, 건물은 보통의 제주도식 돌담에 둘러싸인 초가지붕의 민가였다. 정원의 정면에 안채, 대문 좌우에 각각 헛간과 방이 있는 건물이었는데, 이태수 집의 3분의 1도 되지 않았다. 대문 오른쪽의 응접실에는 소파와 탁자가 놓여 있었다.

이방근은 한복 차림인 한성주와 응접실에서 마주 앉았다. 식모는 없었다. 부인이 직접 인삼차와 말린 대추를 옻칠한 작은 나무 접시에 담아 내왔다. 뒤쪽에 대추나무가 있어 매년 이맘때쯤이면 제법 대추를 따는 모양인데, 그것을 이웃에 조금씩 나누어 주기도 하고, 이씨 집안에도 보내오기도 했다.

반백의 머리를 깔끔하게 빗질한 중키에 둥근 얼굴인 '육십 노인'은 시골 선비, 어딘가의 촌장 같은 타입으로, 꾸밈이 없고 기개 있는 인물이었다. 눈빛이 날카로웠다. 전 도지사를 포함해 제주 정계에 유지를 배출하고 있는 한씨 집안의 한 사람이었다. 올 여름 서울의 고 의원에서 열린 동향인 모임 자리에서, 한성일보 기자 윤봉으로부터 친일파라고 날카로운 비판을 받은 예전의 전남도회 의원, 한성규와도 가까운 친척이지만, 정치적 입장은 정반대다.

일제강점기에는 민족파 변호사로서 반일활동가들의 변호를 맡아 대처하다가, 스스로도 사상범으로 몰려 변호사 자격을 박탈당하고 대전형무소에서 1년을 보냈다. 1년형이란 것은 미결이지만, 서대문형무소에서 1년을 보낸 이방근과 같았기 때문에, 한성주는 자네와 나는 '1년' 친구라고 친근감을 담아 말하곤 했다.

해방 후에는 변호사로 복귀, 한씨 일족의 종손인 사촌의 제주인민위원장 취임에 즈음해서는, 그의 오른팔 같은 존재로서 집행위원회 중도파에 이름을 올렸고, 민주화운동의 선두에 섰다. 하지만 올 1년은 병이 잦아 도지사가 된 사촌에게 어쩌다 조언하는 정도이고, 외부와의 접촉을 피하며 요양생활을 하고 있었다.

한성주는 자신이 중매인 역을 수락한 양가의 혼사에 대해서는 최씨 집안과도 이태수 형님과도 이야기하고 있지만, 나중에 자네한테도 이야기를 듣고 싶다고 말해 놓고, 갑자기 전투가 재개된 제주도의 현황을, 어떻게 생각하는가? 하고 물었다.

"전화로 상의할 게 있다는 말씀을 하셨는데, 상의라는 게 그 일입니까?"

"음, 그렇다네."

"아, 예……."

의외의 이야기에 이방근은 긴장감을 느꼈다.

"자넨 김성달 상륙 얘길 들었는가?"

"예―."

"음, 그걸 자넨 어떻게 생각하고 있는가?"

한성주는 탁자 위의 문자가 기입된 용지를 집어 들었다.

"……" 이방근은 순간 말이 나오지 않았지만, 대답이 궁한 것은 아니었다. 아까는 고깃간의 주인, 지금은 한성주의 입에서 같은 이야기가 나온 것에 어떤 당혹감과 함께 가벼운 충격을 받았다. 이쪽이 묻고 싶은 일이다. "저는 어젯밤에 막 도착했기 때문에 판단하기 어려운데요, 글쎄요, 성주 삼촌은 어떻게 생각하고 계십니까?"

"뭐야, 앗핫하, 하, 하아, 내게 창끝을 돌리는 건가. 확실한 생각이 있다면, 자네에게 묻진 않겠지. 그런데 이런 게 있네……." 한성주는 겹친 용지를 이방근에게 건넸다. "이건 자네에게 전화를 한 직후에 도청 안의 친구가 보내 준 당국의 발표 사본인데, 읽어 보게. 2, 3일 중에, 이르면 내일 중앙 석간지에 나올지도 모른다네. 또 괴잠수함이 제주 근해에 출몰했다는 거야……."

한성주는 담배를 물었다. 문서는 세로로 된 제주도청 용지였다. 이방근은 달필인 펜글씨의 흐름을 쫓았다.

"제주도 미국 민사청장 노엘 소위는 10월 10일 오전 열한 시 50분경, 성산포 앞바다 5마일 해상에서 모 나라의 잠수함 한 척이 부유하고 있는 것을 비행 중인 정찰기가 발견하고, 또 같은 날 오후 한 시경, 같은 20마일 해상에서 ××방면으로 항해 중인 잠수함 한 척을 발견했다. 그 잠수함의 번호는 'C53', 함미에 인민공화국기가 걸려 있는 것을 비행기에서 확인할 수 있었다고 말했다.

한편, 같은 날 오후 제주항의 북방 50마일 해상에서 잠수함 한 척을 모 기관원이 발견했다고 알려졌지만, 지금으로서는 미확인이다. 단 주목할 만한 사실은, 잠수함의 출현과 때를 같이해서, 제주도내 각처에서는 다수의 인민공화국기가 일제히 살포, 혹은 게양되었다는 것이라고 말했다……."

이방근은, 으-음……하는 신음소리를 내며 한성주를 보더니, 긴장한 표정의 아래쪽을 웃음으로 무너뜨렸다. 말미 쪽의, 때를 같이해서 인민공화국기…… 운운하는 것이, 웃음을 자아냈던 것이다. 이것이 주목할 만한 사실인가. 게다가 함미에 인민공화국기…… 운운은 어떤가.

"전 서울에 있었기 때문에 사정은 잘 모르겠습니다만, 잠수함이 발견되었다는 2, 3일 전에, 때를 같이해서 도내 각처에서 인민공화국기를 살포하거나 게양했습니까?"

"깃발을 살포한 건지, 깃발이라고 해도 종잇조각에 국민학생의 그림 같은 것이고, 그림 모양의 삐라 정도라고 할 수 있겠지. 삐라 살포는 자주 있는 일이지만, 때를 같이해서라는 것은, 음, 주목할 만한 사실이라는 것은, 이미 사실로 있었다고 단정하는 수법이로군. 그러나 잠수함의 출현은 사실이야."

"그렇습니까."

이방근은 고개를 갸웃거리며 반신반의했다. 미군정이 끝난 현재, 미군 관계자의 언명이라는 것이, 지금까지와는 달랐다. 사실이라면, 어찌 되는 건가?

"난 미군정하의 인민위원회에서 일을 하고 있었기 때문에, 미군 당국의 수법을 어느 정도는 파악하고 있네. 지금까지도 잠수함 발견의 신문 기사가 났던 적이 있지만, 그것은 토벌대 사령부의 발표였고, 사실무근인 걸 알고 있지만, 미군은 처음부터 날조하지는 않아. 정부 측은 아무렇게나 있지도 않은 일을 필요에 따라 있는 것처럼 날조해서 발표하지만, 미국은 그렇지 않네. 사실 조사의 데이터를 기초로 해서, 거기에 어떤 조작을 하는 수법이지. 그때를 같이해서 라든가……는, 확실히 의문이 남아. 그러나 잠수함이 출현했다고 한다면, 이미 잠수함으로 김성달이 상륙했다는 이야기도 나돌고 있는 참에, 설령 그것이 사실이 아니고, 지금까지의 상륙설을 부정한다고 해도, 최근 며칠 사이에 발견된 잠수함으로 상륙했을 가능성도 무시할 수 없는 게 아닌가."

"아니, 그건 알 수 없는 일입니다. 그러나 잠수함 출현이 사실이라
고 해도 함미에 인민공화국기라느니, 물론 'C53'은 무슨 기호인지 모
르지만, '북'과 관련된 잠수함이라고 할 수 있습니까? 어쨌든 문제는
상륙설을 부정할 재료가 지금으로선 없기 때문에, 잠수함보다 그쪽이
중요합니다."

"음, 바로 그거야. 이 발표가 이대로 신문에 나서 공공연한 사실이
되면 곤란해지네. 게릴라들이 확실하게 '북'의 공산주의 지령으로 움
직이고 있다고 국민들이 생각하게 될 거야. 토벌대의 방침에 대의명
분을 주는 역할을 하는 거지. 곤란하군. 곤란하게 됐어⋯⋯."

"뭐가, 그렇게 곤란합니까?"

이방근은 진지한 얼굴로 물었다. 그래, 그렇다고 뭐가 그렇게 곤란
하단 말인가.

"아니, 곤란하다면, 만사가 곤란한 일뿐이지만, 이 군, 모처럼 와 준
자네 앞에서 뜻밖의 잠수함 얘기가 나왔지만, 할 얘기라는 건 그런
게 아닐세. 음, 한마디로 말해서, 우리의 사랑하는 이 고향에 다시금
전쟁에 의한 참화가 없도록 하고 싶네. 이미 전투는 재개되었지만,
이제 막 시작되었을 뿐이야. 그 일에 대해 얘기하고 싶다는 걸세."

"예―."

이방근은 감동의 떨림으로 소름이 확 돋았다.

"쌍방 간에 화평의 방법을 찾을 수 없을까 하는 것이네."

"예―."

이방근은 고개를 크게 끄덕이며, 무릎을 앞으로 내밀고 다가앉아
한성주를 쳐다보았지만, 아무 말도 하지 않았다. 도대체 이것은 어찌
된 일인가. 한성주의 입에서 직접 이런 이야기를 듣게 되다니. 전투가

계속되면 필시 심각한 사태에 이른다고 판단한 것이겠지.

"……4·28화평협상의 실패는 분명히 경찰 측의 음모로 파탄이 난 것이었네. 미 중앙군정청이 선동을 한 것이지만 말야. 이번 일은 만만한 일이 아닐세. 어렵다네. 그러나 4·3 이후 현재까지 아름다운 우리 고장은 황폐해지고, 이전에 실행한 초토작전으로 집과 토지가 불탄 사람들과 다수의 농민이 집과 토지를 버리고 입산해서, 굶주림과 처음 겪는 추위 속에 피난생활을 하고 있는 상태라네. 앞으로 전투가 본격적으로 전개되면 이 섬은 어떻게 되겠는가. 난 인민위원회의 중심에 있던 한 사람으로서 책임을 느끼고 있네. 작년 여름 병을 얻은 이래, 특별히 구체적인 행동은 할 수 없었지만, 다행히 소강상태야. 아니, 일이 이 지경에 이르렀는데, 몸 걱정을 할 때가 아니지. 전투 재개를 보고만 있을 수가 없어. 으ㅡ음……."

한성주의 눈빛이 희미하게 어두워졌다.

"아니, 지금 가슴이 메는 기분으로 삼촌의 얘기를 들었습니다만, 어째서 저에게 그런……."

"어째서가 아닐세. 힘이 돼 주었으면 하네. 물론, 자네 한 사람만이 아니야. 많은 인사의 힘이 필요하네. 오늘도 오전 중에 태수 형님과 만나고 왔어. 자네가 어젯밤 이쪽으로 돌아왔다는 것도 아버님께 들어서 안 것이고, 그래서 급히 전화를 걸었던 것일세."

"핫하아, 아버지에게 제가 돌아온 걸 들으셨습니까. 삼촌은 아버지와 만났다고 하셨는데, 뭔가 지금 얘기하신 일과 관계가 있습니까?"

"그렇다네. 태수 형님과 우리 고향의 화평 문제에 대해 서로 얘기하고 있는 중일세."

"뭐라고요? 아버지가 화평 문제에……?"

이방근은 놀라서 되물었다.

"그래. 혼사 문제가 있지만, 상대방인 최상규 사장과도, 그 밖에, 제주도의 유력 인사들과도, 지금 사태를 조기에 타개하기 위해 마음을 합치려 움직이고 있다네. 우리 사촌도 물론 알고 있고."

"거기에 아버지가 협력하고 있는 겁니까?"

"음……."

한성주는 왜 그렇게 이상한 눈으로 아버지를 보고 있는 것이냐고 말하듯 고개를 끄덕였다.

이방근은 믿을 수 없었다. 하하, 이태수가 말이야. 어젯밤, 아버지의 거처에서 오래 있지 않은 탓도 있겠지만, 전혀 그러한 기색을 보이지 않았던 것이다. 이태수가 화평을 위해 움직이고 있다. 이방근은 찡하는 감동을 느꼈다. 철저한 '반공주의'인 아버지가…….

유력 인사들의 연판장을 생각하고 있는데, 거기에는 제주 재계의 쌍벽인 제일은행 이사장 최상규와 이태수가 서명하게 될 것이라고 한성주는 말했다. 그리고 이방근의 조력이 필요하다며, 우선 도당 부위원장인 강몽구에게 연락을 취할 수 없냐고 말했다.

"강몽구?"

"자네라면, 할 수 있지 않은가."

"예―. 강몽구……."

5

이방근은 변호사 한성주에게 갑자기 강몽구와 연락을 취할 수 없냐며 게릴라 측에 다리를 놓아줄 것을 부탁받은 일도 물론이거니와, 아버지와 제주도의 화평 문제에 대해 서로 의논하고 있다는 이야기가 놀라웠다. 공산당을 싫어하는 철저한 '반공주의'이고(그것은 사상이라기보다 보신을 위한 몸짓이기도 했다), 아들이 전쟁 전에 형무소에 들어간 것은 제쳐 두고, 해방 후에는 공산당에 관계하지만 않으면 무엇을 해도 상관하지 않겠다고 부탁하던 아버지였다. 그런 아버지가 화평 문제에 깊이 관여하고, 깊이 관여하는 것까지는 그렇다 치고 그에 관해 입을 연 한성주와의 이야기에 응하고 있다는 것 자체가, 세상에는 이해하기 힘든 일도 일어나는구나 하는 생각을 이방근에게 불러 일으켰다.

아버지로서도 제주도에서의 사태 전개가, 게릴라나 공산당 운운으로 끝나지 않고 모든 도민과 관련이 있다는 것, 앞으로 있게 될, 아마도 불가피한 고향 땅의 참상에 대해, 그 나름의 생각이 작용하고 있을 터였다. 이미 눈앞의 현실로 나타나 있는 것은 아니었지만, 토벌전의 결과에 따라 초래될 일은 극락이 아니라, 화평 외에 그 중간은 있을 수 없는 지옥이라는 것은 분명했다. 그것이 어떤 모습의 지옥이 될지 지금으로서는 상상할 수 없었다. 이 무서운 결과를 예상하면서, 여전히 토벌전을 편드는 것은, 사정이야 어찌 되었건 제주도 사람으로서는 있을 수 없는 일이고, 이 섬의 멸망을 노리는 외부 침입자의 앞잡이에 불과했다.

한 가지 말할 수 있는 것은, 아버지가 관헌에게 찰싹 들러붙지 않는 구석이 있었고, 그것을 이방근은 높이 사고 있었는데(정말로 높이 사고 있다면, 자신의 아버지이면서도 어지간히 평가할 구석이 없는 것이다. 그렇지 않으면 그 자신이 싫어할 터인 가족의 편을 드는 것이 된다), 원래 완고한 사람이기 때문일 것이다. 아버지는 과거 자신의 친일 행위에 대해, 누구나 다 그렇게 하면서 여러 가지로 합리화시키고 있지만, 자신이 행한 친일 행위는, 명백한 친일 행위 사실을 부정하는 인간이 많은 가운데, 사실대로 인정하고 있었다. 자신이 한 일을 하지 않았다고는 말하지 않았다. 다만, 일정한 합리화와 의의를 거기에 부여하면서.

그러나 버스·화물운수회사의 경영은 차치하고라도, 조선총독부 발행의 보통학교용 모든 교과서의 제주도 독점판매, 제주도에 하나뿐인 농업학교용 교과서의 독점판매를 행한 사실은 어떻게 되는가. 거실에 일본 천황황후의 사진을 걸어 두었던 것은 예삿일인가. 일본인 브로커와 짜고 한 도자기류의 도굴은 어떤가……?

시대가 그랬었다고 해도 3·1독립운동이나 제주해녀사건(1931년 봄, 어획물 판매의 부당한 제한에 항의한 해녀들에 대한 경찰의 검거를 계기로 일어난 대규모 해녀들의 반일봉기) 등등, 제주도에는 민족 독립의 반일 투사, 혁명가가 다수 있었지만, 하필이면 이 이씨 집안은 친일을 한 일가였던가. 친일파에 둘러싸여 있었다고 해도 좋다. 아버지 이태수, 이혼한 아내의 친정, 동경에 있는 형 하타나카 요시오(畑中義雄). 친척의 경우에도 반일 투쟁을 한 사람은 거의 없었다. 외가 쪽에는 정세용까지 있다. 반일 사상으로 형무소에 들어간 것은 자기 하나 정도라고나 할까.

아버지를 의심하는 것은 아니지만, 왜일까. 뭔가 있는 게 아닐까 하는 생각이 들었다. 여동생의 체포와 유치장 수감이 세간에 알려지는 것에 극도의 공포를 느낄 뿐 아니라, 딸을 '빨갱이'로 단정하고, 이씨 집안의 명예를 더럽혔다고 욕설을 퍼붓던 아버지가, 이태수가……? 흐-음, 무슨 변덕인가. 믿을 수 없는 일이었다.

그 이태수가, 화평을 향해 움직인다니 어찌 된 일인가. 화평 성립의 경우에는, 친일 행위 처벌에 어떤 참작의 여지가 있는 것인가. 그렇지 않으면 진정한 애국, 애향의 기분 때문인가. 알 수 없다. 그러나 그렇다 치더라도 이방근은 생각하지 못했던 일. 음, 그는 가슴이 약간 뜨거워지는 것을 느꼈다.

이방근은 강몽구와 연락은 취할 수 있을 것이라고 대답해서 한성주를 기쁘게 했다. 해방 후 제주도인민위원회의 집행위원으로 자리를 나란히 하고 있던 한성주와 강몽구가 화평 문제로 협력하는 것은 어렵지 않을 것이다. 그러나 느닷없이 강몽구를 부를 수는 없다. 그러기 위해서는 논의의 전제가 될 확실한 것이 있어야 한다. 한성주가 한쪽의 당사자, 토벌 측의 총책임자가 아니기 때문이다. 이야기는 아직 시작되지도 않았을 것이다. 그저 한성주의 생각 단계일 뿐으로, 어디에 있는지도 모르는 상대를 위험한 적의 구역으로 불러낼 순 없다.

"강몽구 씨는 군사면 이외의 당 조직 책임자입니다. 김성달 등과 함께 '북'으로 간 도당위원장의 대행을 부위원장인 그가 하고 있기 때문입니다만, 그와 만나려면, 그 연락을 할 때엔 명확한 목적이 필요할 겁니다."

"얘기의 내용을 확실히 하라는 말이로군. 근거를 말이지. 그건 알고 있네. 어제 오늘의 문제가 아니니까." 한성주는 담배를 피우면서 고개를 크게 끄덕였다. 그의 머릿속에서 모든 것이 지금 막 움직이기 시작한 것이다. "또 상대는 내일 연락을 취하면 모레 만날 수 있는 그런 사람이 아니지. 연락조차 닿을지 어떨지도 모르는 불확실한 세계라는 것도 난 알고 있어. 이쪽은 이제 막 움직이기 시작했고, 수중에는 아무것도 없는 것과 마찬가지야. 토벌전도 이제 시작되었지만, 이미 경비사령부를 설치해서 통합작전을 전개 중인 당국이, 우리의 연판장 청원에 응할지조차 알 수 없다네. 설령 천만다행으로 응한다고 해도, 화평까지는 시간이 걸릴 거야. 그러나 응하기만 한다면 아마 사태의 파국은 피할 수 있겠지. 필시 게릴라 측도 이런 점을 고려할 것이라고 생각하지만, 음, 이것도 알 수 없는 일이라네. 산 사람들은 사상이 확고해서 게릴라로서 싸우는 것만이 혁명, 혁명이란 게릴라 활동뿐이라고 생각하는 사람이 많네. 난 강몽구를 옛날부터 아는데 그 남자는 그렇지 않아. 하긴 조직 내의 인간은 다 마찬가지겠지만, 그래도 달라. 김성달도 전쟁 전, 그가 일본의 학도병이 되기 이전부터 알고 있지만 말야. 그의 장인은 자네도 알고 있듯이 지금 입북해 있는 당중앙의 중요 간부야. 비전향 출옥 투사지. 원래 오만한 구석이 있는데다, 장인의 존재를 등에 업고 극단적인 '혁명'주의, 조직적 능력은 있지만, 늘 혁명적 언사를 입에서 떼지 않는 청년이야. 요즘 좌익에 속하는 인간은 누구나 그렇지만 말야. 김성달에 비하면 지금 게릴라 사령관이 된 이성은 아주 성실하고 수수한 청년이지. 김성달은 화려했네. 이성운은 그도 학도병이었지만, 일본에서 돌아와 조천의 중학교 교원을 하고 있던 무렵에도, 4·3사건이 일어나기 전에는 이 집에도 자주 찾아오곤 했었지. 그의 형 동운도 도당 간부로 지하활동을 하고 있을 거야. 나는 중개 역할을 하는 것이고 당사자가 아니기 때문에, 지금은 수중에 그 확실한 전제나 교섭재료가 있을 리 없잖나. 앞으로의 일이야. 문제는 토벌 측, 정부 측에 있지. 우리가 그것을 움직이려고 하기 때문에 일은 까다로워. 하지만 말야, 전투가 막 개시된 지금이, 마지막 기회가 아닌가 생각하고 있네. 내가 강몽구와 만나고 싶다는 것은, 지금 우리는 이러이러하게 움직이고 있으니까, 정부 측이 응해서 화평 교섭의 조건이 성립됐을 때는 게릴라 측도 즉각 호응해 주었으면 한다는 걸 타진하기 위해서라고 할 수 있겠지. 그리고 게릴라 측의 일방적인 공격은 일정 기간 절대 감행하지 않는다는 약속을 받고 싶네⋯⋯. 먼저, 우리 자신의 의사를 조속히 정리해서, 청원서의 형태가 되겠지만, 그 문안 작성, 그리고 서명과, 연판장의 형식을 갖추게 되지. 앞으로 일주일 안에 강몽구를 만날 수 있다면 좋겠는데, 어떻겠나? 성내로 오라는 건 아닐세. 내가 산속으로 들어갈 순 없겠지만, 적당한 장소를 지정하면 내가 나가는 건 상관없네."

"성주 삼촌이 나가는 것까지 생각하는 것은 아직 너무 이르다고 생각합니다만, 어쩌면 성내에서 만날 수 있을지도 모릅니다."

"오호, 성내?" 한성주는 왠지 감동한 것처럼 이방근을 보고 말했다. "강몽구는 지금도 성내에 드나들고 있는 건가, 음."

"거기까진 저도 모르겠습니다." 이방근은 가슴이 철렁하며 말을 이었다. "삼촌은 어떻게 제가 강몽구 씨와 연락이 닿는다고 생각하셨는지 모르겠습니다만, 지금 말씀하신 연락은 가능하다고 봅니다. 다만 저로선, 병상의 한성주 선생님께서 그렇게 마음고생을 하시는 것에 대해 감사한 마음으로 가득합니다. 제가 할 수 있는 일이라면 하겠습니다."

이방근은 화평의 성패는 어찌 되었건(아니, 안 돼, 불가능하다. 이런 일 자체가 기적에 가깝다. 역시 탈출 계획은 필요한 것이라고 내심 중얼거리면서), 한성주의 결의에 동지적인 감정의 울림을 느꼈다.

"아이고, 내 조카, 자네한테 그런 말을 들으니 눈시울이 뜨거워지는 것 같구먼. 내가 예전부터 자네를 높이 사고 있었던 걸 자넨 알고 있겠지. 악명 높은 자네의 무례함에서 난 깊은 걸 보고 있었지. 아들 일로 걱정하고 있던 태수 형님에게도 그렇게 말해 왔다네. 저리 보여도 자네의 아버지는, 내심 아들을 자랑스러워하는 사람이야. 아아, 어쨌든 알맞은 때에 자네가 제주도로 돌아와 줬어. 고맙네."

"그런데 강몽구 씨와 만나시면, 그때는 아버지도 아시게 될 거라 생각하는데, 제가 중개한 걸 알게 되지 않을까요?"

"거기까지 일일이 말할 필요는 없고, 강몽구와 만나는 일도 얘기할

제23장 **319**

지 말지 아직 몰라."

"으-음, 그것보다는 얘기하는 편이 좋지 않겠습니까. 다만 제가 중개하고 있다는 것만큼은 절대 아버지가 아시지 못하도록 해 주십시오."

"그런가. 얘기 하는 편이 좋을까. 과연 그렇군."

무엇을 납득한 것인지, 한성주는 미소를 짓고, 과연 그렇다며 고개를 끄덕였다.

한성주는 강몽구와 성내에서 만날 수 있을지도 모른다는 말을 듣고, 오호……라고 감탄하고 있었는데, 지금 강몽구와 연락을 취하는 것은 어렵지만 어떻게든 될 것이다. 실은 무엇보다도 이방근 자신이 지금 그를 만나고 싶었다. 양준오에 대한 입산 지시를 누가 가지고 올지 모르지만, 설령 남승지라 해도 그를 통할 수도 있고, 본인 자신이 앞으로 며칠 안에 성내로 찾아올 가능성이 있다. 다른 방법은 조직의 영역에 들어가는 것이기 때문에, 이방근의 손이 미치지 않는 부분이었지만, 성내의 세포 책임자를 통한 릴레이 연락, 주로 중학생들이 맡고 있는 방법이 있을 것이다. 부엌이도 그 연락원 중 한 명일 가능성이 충분했다. 그러나 이방근은 그 권외에 있었다.

그런데 연판장 운동에 참가하는 유지들의 구성, 그 밖의 이야기가 끝났다고 생각했을 때, 한성주가 '서북'에 대한 대책 여하를 제기해 오는 바람에 깜짝 놀랐다. 이방근 자신은 언급을 하지 않은 채로, 어느덧 이야기가 끝나가고 있었지만, 그도 머리 한쪽 구석에서 그 일을 생각하고 있었던 것이다.

빨갱이 섬, 제주도 섬멸을 신조로 삼은 반공조직 '서북'이 화평 교섭에 찬성할 리는 없지만, 있을지도 모를 테러 외의 방해를 사전에 막을 방법은 없느냐고 한성주가 물었다. 이방근은 자신도 비슷한 생각을 하면서 그냥 지나치려고 했던 만큼 순간적으로 낭패에 가까운 당혹감을 느꼈다. 역시 보고만 있을 수가 없었다.

"제주도 빨갱이 섬멸. 이게 말이 되는가. 아무리 '빨갱이'라고 해도, 30만 제주도민을 몰살한다는 얘기가 세상에 어디 있는가. 생각할수록 무서운 세상이 아닌가. 으음." 한성주는 가벼운 한숨을 삼키고 나서 담배에 불을 붙였다. "우리의 움직임이 표면화되면 반드시 '서북'이, 갑작스런 테러는 아니더라도 경고성 의미의 데모를 할 거야. 관덕정 광장에서 반공집회를 열고, 우리를 공산주의에 동조하는 자들이라고 규탄의 대상으로 삼으면서 무언가 저지를 가능성은 충분히 있네. 그렇게는 생각하지 않는가. 그러면 말야, 이미 그 단계에서 서명한 사람은 모두 연판장에서 이름을 빼 버리는 일도 생각할 수 있네. 한심하지만 이런 사태가 발생하는 게 두려워. 벌써부터 그런 일을 두려워한다는 생각을 할 수도 있겠지만, 그것도 무리는 아니야. 서울이나 부산, 그 밖의 지역에 살고 있는 제주 사람들이 미 중앙군정청 앞으로, 4·3사건 수습을 위한 청원서를 제출하는 것과는 사정이 다를 걸세. 이곳은 전투 현장이고, 정부군의 지배 지역이야. 서울 같은 곳처럼 안전하다고는 할 수 없지. 그렇지만 우리가 일치단결하여 태세를 무너뜨리지 않는다면, 도민이 지지의 목소리를 내준다면, 감히 폭거는 할 수 없을 거라고 생각하는데, 방근 군, 자네 생각은 어떤가? 음."

"그들이 하는 일이라, 무슨 짓을 저지를지 모릅니다. 다만, 그들은 항상 배후에 강력한 권력의 지지가 없으면 아무것도 할 수 없습니다. 요컨대 대단히 흉포하지만 전 동시에 매우 겁쟁이 집단이라는 것입니다. 그래서 한층 더 무섭습니다. 하지만 저는 그들이 이번 일로 갑자기 폭력을 휘두르거나, 크게 조직적인 폭력행동을 할 수는 없을 거라고 생각합니다. 작은 개인 단위의 폭력은 별개로, 지금도 그들은 일상적으로 자행하고 있지만요. 게다가 지금 전투가 막 재개되었기 때문에 '서북'이라도 게릴라에 대한 공포심은 보통이 아닐 겁니다."

"음, 과연 그렇군. 듣고 보니 그런 거 같아. 그들은 경찰력이나 '서북' 조직력이 미치지 않는 곳에 간혹 홀로 남겨졌을 땐 아무것도 할 수 없는 나약한 자들이지. 언제나 반드시 두세 명씩 소집단으로 다니는 것도 그런 이유겠지. 확실히 습성화 돼 있어. 그건 그렇고, 이번 일을 추진하는 데 있어서 '서북'을 경계할 필요는 있겠지?"

"예―, 그건 당연합니다."

"그런데 조카, 상황을 보면서 자네가 '서북'을 상대해 주지 않겠나?"

"뭐라고요? 제가……?"

이방근은 한성주를 똑바로 쳐다보았다.

"그렇다네."

그렇다네……. 이방근의 머릿속 공간에서 한성주의 말이 울렸다.

"상대를 하라는 건 테러를 일으키지 말라고 교섭하라는 겁니까?"

"테러를 일으키지 말라……는 직접적인 사항보다도, 지금 얘기가 나온 그런 내용에 대해 자네가 '서북'과 사전에 논의를 해 줄 수 없을까라는 것이네."

그래, 그렇지, 테러를 일으키지 말라는 직접적인 사항보다도. 이렇게 말했어야 했다. 이방근은 자신이 부자연스럽고 어색한 말투를 썼다는 걸 깨달았다.

"흐―음." 이방근은 숨을 토해 내고, 잠시 말을 끊었다. 아니, 이건 성가신 일이다. 왜 또, 내게……. 성가시다기보다도 지극히 어려운 일. 자행할지 어떨지 모르는 테러를 일으키지 마라, 반공대회를 하지 말라는 등, 게다가 그들이 확실히 테러를 한다는 걸 알고 있더라도, 그들 조직 행동에 말참견 따위를 할 수 있는 게 아니다. 할 수 없다.

"왜, 저를 '서북'에 대면시키려는 겁니까. 저 말고도 유력한 분이 잘 얘기할 수 있을 텐데요."

"유력한 분? '서북'은 돈만으로는 움직이지 않네. 그들은 자신들을 반공격멸성전의 '사상투사'라고 생각하고 있지. 명분이 그렇다는 것이지만, 돈으로 움직이려 하면 오히려 반발을 사서 경직되고, 나중에 일이 틀어지는 원인이 된다네. 그러니까 '서북' 제주도 지부장인 함병호와 '사상적'으로나 인간적으로 충분히 논쟁할 만한 인물이어야 한다는 것이지. 자넨 그들의 입장에서 보면, 고도의 '반공이론'의 소유자라네. 자네가 함병호와 얘기한다면 그건 가능한 일일세. '서북'과 대립하는 게 아니야. 잠시 방해만 하지 않으면 되는 거라고. 함이라는 자는 자칭 '반공사상가'라네. 부회장인 마완도라는 인물은, 올 봄에 자네 어머니 제사에도 왔었지만, '서북' 깡패의 우두머리와 같은 자로, 함병호의 뜻에 따라 움직이는 인간이지. 돈은 서로 상의한 후에 '애국성금' 형식으로 '기부'하면 될 걸세. 필요할 땐 준비하겠네. 자네라면 할 수 있어. 달리 사람이 없고, 또 '서북' 쪽이 상대를 해 주지 않을 거야. 음, 조카, 당장 오늘 내일 일은 아니지만, 생각 좀 해 보지 않겠나. 그에 따라 자네 아버지나, 아니 태수 형님은 차치하고라도, 다른 유력 인사들도 일단 안심하고 연판장 서명에 참가할 수 있게 될 걸세. 내가 하는 말에 잘못된 곳이 있는가?"

"……지당하신 말씀이라고 생각합니다."

그러나 설령 '서북'을 잠시 막는다고 해도, 그것은 임시방편의 미봉책에 불과한 것이 아닌가. 설사 이야기가 이루어지더라도, 본질을 호도하는 방식이 아닌가. 그러나 달리 어떤 방법이?

"그럼, 고려해 주겠는가? 음. 서두를 건 없지만, 너무 느긋하게 있을 수도 없네."

"......"

이방근은 말없이 고개를 끄덕였다. 그리고 알겠다고, 나중에 말을 덧붙였다.

"오오, 이해해 줘서 고맙네."

한성주는 소파에서 일어나 엉거주춤한 자세로 손을 뻗어, 이방근의 손을 잡고 악수를 했다. 푹신하고 부드러운 느낌의 손이었다.

"삼촌, 핫하아, 악수는 왜 하십니까? 너무 송구스럽게 만들지 마세요. 젊은 사람에게 도망갈 길은 만들어 주셔야지……."

이방근은 상대에게 맡긴 손을 곧 거둬들였다.

"젊은이에겐 도망갈 길이 없네." 소파에 앉은 한성주는 이방근의 황송해하는 한마디를 교묘히 전용하고 웃으며 말했다. 그리고 덧붙였다. "방근이, '서북' 일을 부탁하네."

이방근은 그 손에 남아 있는 악수의 감촉에, 한성주는 어쩌면 스스로 테러를 각오하고 있는 것이 아닐까 하는 생각이 망상처럼 머리를 스쳐, 깜짝 놀라 상대의 얼굴을 쳐다본 순간, 그 시선이 이쪽을 보는 그 눈동자 속에서 초점을 맺었다. 테러는 없을 것이다. 연판장 운동의 중심에 있는 한성주의 신변에 그것이 원인이 되어 무슨 일이 일어난다면, 새로운 폭동이 일어난다. 그러나 알 수 없는 일이었다.

"어젯밤……." 이방근은 가슴이 저리는 걸 느끼면서 말했다. "어젯밤, 아버지 방에 오래 있진 못했지만, 최씨 가문과의 일은 어떻게 되었는지 물었습니다. 아버지는 유령같이 눈앞에 나타났다 했더니, 그 처리를 위해서 찾아온 거냐고 비꼬듯 말씀하셨습니다만, 최상규와 아버지 사이에 뭔가 여동생 일로 논의가 있었던 겁니까?"

"그렇지 않네." 한성주는 천천히 고개를 가로젓고 말했다. "두 사람이 직접 만나 논의할 성질의 사안이 아니라서 말일세. 둘이서 만날 일도 없겠지만, 설령 직접 만나서 얘기가 틀어지기라도 한다면, 양쪽 가문이 불화와 대립으로 이어지기 쉬울 것이야. 여기까지 온 혼사인데, 그 성취 여하에 따라선 그리 된다네. 있어선 안 될 일이야. 이번 연판장 일로 사전에 태수 형님과 최상규 씨도 개별적으로 만나, 혼담의 경과나 사정을 들었네. 내가 중매인 역할이라서 말이야. 태수 형님으로선 딸이 경찰에 체포되어 유치장에 들어간 사실이 큰 충격이었던지, 마음의 상처가 깊은 것 같았네."

"마음이 아프든 뭐든, 아버지는 극단적입니다. 마치 가문에서 강도 살인범이라도 나온 것처럼 야단이시거든요. 견딜 수가 없습니다. 도대체, 유치장에 들어간 게 어떻다는 겁니까? 그러고도 용케 화평 교섭 연판장에 서명할 생각을 하셨다니까요."

"그런 말을 하는 게 아닐세. 그것은 본인보다도 주위에서, 그리고 결혼 상대방이 그렇게 본다는 얘기겠지. 여자가 사상 문제로 경찰 신세를 진다는 건 큰일인 거야. 알고 있잖나."

"전 이번 혼사는 파혼한 것으로 생각하고 있으니, 결혼이라는 말씀은 하지 말아 주십시오. 어떻습니까. 아버지는 아직도 결혼 운운하며 상대방과 일을 추진하고 있습니까?"

이방근은 다소 난폭한 말투를, 마치 유원의 결혼 문제의 결정권은 자신에게 있다는 듯한 말투를 했다.

"……" 조금 의아하다는 듯이 이방근을 바라본 한성주는 잠시 틈을 두고 말했다. "자넨 지금 결혼이라는 표현을 하지 말라고 했는데, 결론부터 먼저 얘기하면, 그 결혼은 중지됐네."

"옛?" 이방근은 괴상한 소리를 질렀다. "양자의 합의하에 말입니까? 즉, 삼촌의 입회하에 말입니까? 으―흠……."

그의 입가에 뜻밖의 미소가 새어 나왔다.

"문제는 딸의 유치장 건도 그렇지만, 그것을 알리지 않고 숨겨 왔다는 걸 최씨 집안 쪽이 문제 삼아 거만한 태도를 보인 것 같더군. 최상규 씨로선 사돈이 될 이씨 집안에 여자 '빨갱이'가 나왔다는 건 보통일이 아니었을 텐데, 이 부분에 대해선 입장은 다르지만, 태수 형님도 생각을 같이하고 계셨어. 양가의 혼사를 다시 생각하고 싶다는 최상규의 의향에, 태수 형님은 그러면 그렇게 하자고 순순히 응해서, 혼사는 우선 취소하기로 되었네."

"오오, 이건 정말, 깨끗이 결정되었군요. 유치장에 들어간 사실을 숨겼다고 하는데, 사실은 숨기지도 감추지도 않았습니다. 종로경찰서에 체포되기 이전부터 혼담인지 뭔지를 진행하고 있었으니까……. 그런데 아버지가 순순히 응했다……니, 정말입니까? 뜻밖입니다. 순순히 응해서 혼사를 취하해 준 건 고마운 일이지만, 서울에 마구 전화해서 건수 숙부와 여동생에게 이것저것 얘기하면서, 딸의 결혼 추진에 급급했으니까요. 아니, 그래도 순순히 응하다니 고마운 일입니다. 아버지 나름의 각오가 있었던 모양입니다. 상대측의 얘기를 한마디로 말씀드리죠. 이거야말로, 도대체가, 뭐가 하품을 한다……고나 할까. 아아, 삼촌 앞에서 이거 죄송합니다(뭐가란 '자지'를 말하는 것인데, 죄송하다고 하면서, 이방근은 거의 의식적으로 어처구니없는 표현을 하고, 굳이 한성주 앞에서 '자지가 하품을 한다'고 말했던 것이다). 한마디로 말해 여동생의 2주가 채 안 되는 유치장 생활에 대해 결혼 당사자부터가 더럽혀진 '흠진 물건' 취급을 하면서, 여동생을 받아 준다, 결혼을 해 준다는 식으로 태도가 돌변한 것이지요. 참으로 맹랑한 일입니다, 말이 됩니까? 게다가 여동생이 여자대학의 학생운동 책임자라는 식으로, 사실무근의 얘기를 하고 있는 것 같은데, 어디서 굴러먹던 개뼈다귀인지도 모를 놈들이, 어떻습니까. '흠진 물건'이니까 동정심으로 결혼을 해 준다.

짐승 같은 놈이! 핫, 핫하앗. 어처구니없는 패거리들입니다. 게다가 이태수가 굴복한다……?" 이방근은 크게 고개를 옆으로 흔들었다. "음, 최상규가 연판장 서명에 찬동하고 참여한다는 건 솔직히 말해서 놀라운 일이고, 경의를 표하기에 충분한, 상대를 재평가하고 싶은 마음이 없는 것도 아닙니다. 하지만 그것은, 저의 아버지도 마찬가지겠지만, 한 선생님이 앞장서서 선두에 나섰기 때문입니다. 그걸 거절할 명분이 있겠습니까? 없습니다. 무엇보다, 그건 삼촌의 인덕, 힘에 의한 것이지요. 헷헷, 정말로……. 그건 그렇고, 방금 전에 우선 취소한다고 말씀하셨지 않습니까? 그렇지요? 그 우선이라는 건 뭡니까. 어떤 유보 조건이라도 있는 겁니까?"

"음, 그건, 우선이라 한 건 일단은 취소된 것이……."

"잠시만 기다려 주세요. 일단……이란 건 무엇입니까?" 이방근은 한성주의 기선을 제압하듯이 말했다. 우선……, 일단? 어처구니가 없다. "우선, 일단도 같은 것이겠죠. 그걸 묻고 있는 겁니다."

약간 불쾌한 표정이 된 한성주는 이방근의 이야기에 이끌려 말을 더듬었다.

"그, 아들 쪽이 큰일이라네. 아버지의 의향으로 취소된 것이라서, 그 결과를 알게 된 후, 부자 사이에, 어머니도 얽혀서 말하자면 가정 안에서 소동이 일어난 것 같네. 부자간의 인연을 끊겠다고까지, 아들 용학이 말을 꺼내는 바람에 다시 결혼 얘기가 재연되고 있는 모양이야. 우선이라는 것은……."

"부자의 연을 끊겠다……? 최용학이. 핫, 하아, 대단하군요. 이거 다시 봐야겠는데요. 그래서 다시 결혼 얘기가 나왔다니, 이것도 참 무책임한 얘기로군요. 그가 제주도에 와 있는 겁니까?"

"온다는 것 같아."

"하하, 얼굴을 보고 싶군요." 바보 같은 놈이, 내가 성내에 와 있다는 것을 안다면 얼굴이 시퍼렇게 질려서 광주로 도망칠 것이다. "결국은 아버지의 의향과는 다르게 '흠진 물건'인 딸과 결혼하기 위해 그 부모의 '허가'를 받으러 온다는 것이네요. '허가'를 말이죠. 불량품 구매를 위해. 제 여동생에게 뻔뻔스레 그런 말을 했으니까요. 이런 자들이야말로 파렴치하기 짝이 없는 종족입니다. 유치장에 갔다 온 여동생의 발치에도 미치지 못하는 자들이지요. 삼촌, 아시겠습니까. 절대로 안됩니다. 오빠인 제가 시키지 않습니다. 아니, 본인이 절대로 하지 않습니다. 여기에서 단언해 두지요. 그녀는 이미 아버지의 영역 밖에 있습니다. 그야말로 이 이상 아버지의 권위로 강제한다면, 여동생을 죽음으로 몰아넣는 일이 됩니다. 오히려 딸에게 죽음을 명하면 그녀는 순순히 응하겠지요. 그렇다고 죽거나 하진 않겠지만 말입니다. 그런 애는 부모에게 있어 골칫거립니다. 제가 책임지고 어딘가로 추방하든가 해야지……. 삼촌, 죄송하지만 이 혼사에서 손을 떼 주세요. 이미 취소하지 않았습니까. 저도 조만간 여동생의 일을 아버지와 의논해야 하는데, 어젯밤에 막 돌아왔기 때문에, 성주 삼촌이라면 지금 여기서의 일을 말씀해 주셔도 괜찮습니다. 제발 부탁드리는데, 그, 우선이라거나 일단이라는, 물에 물 탄 듯한 그런 영문 모를 보류는 깨끗이 없애 주십시오. 최용학 부자는 아니지만, 저와 삼촌과의 관계가 곤란해집니다. 아니, 정말로 그렇습니다."

이방근은 웃었다.

"호오, 이방근이 나를 협박하는 건가. 관계가 곤란해지면 어떻게 되나. 나의 힘이 될 수 없다는 얘기가 아닌가. 이것과 그건 다른 사안일 텐데."

한성주는 거의 웃으며 말했다.

"지당하십니다. 다르고말고요. 그러나 일이 어떻게 되어 가는가에 따라 달라지겠지요." 이방근은 웃었다. "그러니까 양가의 혼사에선, 말씀하신 것처럼 이미 취소된 것이니까, 손을 떼 주시라는 겁니다. 삼촌, 아시겠지요……."

그는 말이 나온 김에 여동생의 일에 대해, 그리고 최용학과의, 아니 최씨 집안과의 이른바 가문끼리의 혼담에 대해서, 이것은 완전히 본인의 의사를 무시한, 가차 없는 부권의 강제에 의한 것이고, 아들과 아버지 사이에 견해차에 따른 대립이 있었던 일 등을 이야기했다.

한성주는 중매인 역이면서도, 속사정을 거의 모르고 있었다. 자신은 기꺼이 중매를 내락한 것이고, 어차피 양가의 사정을 감안하면서 정해질 두 사람의 혼약, 납채(納采) 기일이 오기를 즐거운 마음으로 기다렸다고 했다. 즉, 남들과 같은, 아니 그 이상으로 양갓집 자녀의 행복한 결혼을 상상하고 있었던 것인데, 그것이 유원의 체포와 유치장 생활이 알려지면서 꼬이고 파탄에 이르렀다는 식으로 알고 있었던 것이다.

"어험, 이런 얘긴 처음 듣는군. 그랬었군, 놀랐네. 난 몰랐어……."

한성주로서는 무리가 아니었다. 유원이(오빠를 등지고) 결혼을 계속해서 거부하고, 결혼 상대인 최용학에 대해서 지독하게 혐오하고 있다는 사실을 모른 채 중매를 받아들이려고 했기 때문에, 그 놀라움은 충격에 가까웠다. 유원의 생각이나 마음의 고통을, 아버지로서도, 그리고 상대인 최상규로서도 한성주에게 이야기할 리가 없었던 것이다.

한성주는 계속 담배를 피워 순식간에 재떨이를 꽁초 더미로 만들어 놓았다.

"음, 알았네. 얘길 해 줘서 고마워. 자네 여동생은, 유원은, 성주 삼촌이……라면서 나를 원망하고 있지 않을까. 내가 좀 더 사정을 알고 있었더라면, 지금처럼 꼬이기 전에 어떻게든 다른 취소 방법을 생각했을 텐데. 이 문제는 내 나름대로 생각을 해 보겠네. 중매인을 수락하고 나서 아무것도 모른 채 여기까지 와 버렸어. 난 몰랐네. 알고 있었다면 그렇게는 하지 않았을 거야. 달리 무언가 방법이 있었을 터인데. 방근 군, 이 일은 날 믿어 주게."

한성주는 화평 교섭의 연판장 일은 제쳐 두고, 크게 느끼는 것이 있는 모양이었다. 이방근은 한성주의 이러한 점에 호감을 가지고 있었다. 일반적으로 변호사까지 된 남자는, 내심은 어찌 되었건 조금 꾸며서 두세 마디 정도로 끝내는 법이다. 아버지 이태수였다면 이런 반응은 하지 않는다. 좀 더 마음속에 담아 둘 것임에 틀림없었다.

아아, 이것으로 유원의 일은 정리되었다는 생각으로, 이방근은 한숨을 돌리며 엉겁결에 크게 안도의 숨을 토해 냈다. 남은 일은 일본으로 출발. 출발일이 결정되면 아버지에게 그 일을 밝히는 것만이 남았다.

이방근은 잠시 뒤 한성주의 집에서 나왔다.

신작로로 나온 그는 곧바로 동문교를 건너서 구름 낀 하늘 아래 사람들이 왕래하는 서문교 쪽을 향해 걸었다. 비워 두었던 하숙집에 들러 어젯밤에 도착했다고 인사를 하고, 당분간은 아버지의 집에 묵겠다는 걸 알리고 올 생각이었다. 한동안은 전화가 있는 집에 머무는 것이 여러 가지로 필요하다고 생각했기 때문이다.

이방근은 중매인 역인 한성주가 몰랐던 혼담의 속사정에 대해 폭로조로 이야기한 걸 마음에 두지 않았다. 속사정이라고는 해도, 한마디로 요약한 큰 줄거리의 이야기이고, 이것저것 이야기한 것은 아니었다. 예를 들어 아버지가 일부러 딸을 서울에서 불러들여 '감금' 상태로 만들고 나서, 오빠와 연명으로 결혼서약서를 쓰게 한 사실을 밝히면 어떻게 될까. 한성주는 흐릿한 두 눈을 비비며 번쩍 눈을 뜰까. 아니면 옛날사람은 다 그런 법이라고 할까. 이방근은 필요하다면 그런 류의 이야기를 해도 좋다고 생각하고 있었다. 이미 다행스럽게 약혼 이전에 양가의 혼담이 취소되었고, 이참에 속사정을 밝혀 버리는 쪽이, 혼사 그 자체를 단번에 분쇄하고, 우리 집에서 여동생과 최용학의 결혼에 얽힌 일체를 한순간이라도 빨리 일소해서 다시 대두될 혼담을 털어 버리는 데에 도움이 될 것이다.

정말이지, 이건 참 잘 됐다. 아버지와 이래저래 번거롭게 서로 언쟁할 필요도 없고, 경우에 따라서는 상대방인 최씨 집안으로 쳐들어가서라도……라고 생각했던 일이 필요 없게 되었다. 유원의 문제는 기본적으로 끝났다.

4·3봉기 이래 서울, 광주, 부산, 대전 등 몇 개의 지방에 거주하는 제주 출신 학생과 주민들에 의해서, 게릴라 토벌에 대한 청원서가 미 중앙군정청과 정부 앞으로 보내졌다. 그러나 이 제주도 지역에서 현 중앙정부, 현지 경비사령부 앞으로 연판장 형식의 청원서를 제출하는 것은 처음 있는 일인 만큼, 결과는 어찌 되었건 그 영향은 클 것이었다. 따라서 이 움직임이 구체화되면, 한성주나 섬의 경제계 거물들이 참여하고 있기 때문에, 신중을 기하며 군·경 당국에 의한 어떤 대책, 강경책과 유연책을 번갈아 가며 각개격파식의 압력이 있을 가능성이 충분했다. 아버지 이태수에게도 얼마간의 압력이 있을 것이다.

한성주의 이야기에 의하면 대상자는 경제, 문화, 교육, 사회단체 관련 인사들이고, 관공서 직원은 포함되지 않는다. 인원은 약 50명. 2, 3일 중에라도 사무국을 설치해서 오는 10월 20일을 목표로, 일주일 후인 그때까지 대부분 인사의 참가를 얻어낸다. 아아, 20일, 20일쯤이라는 것은 유원의 부산 출발 예정일, 아버지가 모르는 유원의 출발

일, 난 바빠지겠군. '골칫거리'는 '해외추방'이다……. 20일, 운명의 20일, 왜 20일인가.

연판장의 문안은 한성주 자신이 작성한 뒤 고문 격인 최상규나 이태수 등이 훑어보고 나서(우선 두 사람의 동의를 얻지 않으면, 그 서명 참가가 위태로워진다. 최상규는 화평 교섭의 조건으로서, 게릴라 측의 공산주의자 처벌을 언급했다고 한성주는 말했다. 그러나 연판장 자체에는 관계가 없는 일이었다), 그 것을 더욱 수정하고 성문화한다는 것이었다.

이방근은 한성주가 스스로 몸을 내던지는 열의에 감동을 받으면서도, 이것은 유토피아 건설의 꿈이 아닌가 하는 생각이 들어 견딜 수 없었다. 4·28화평협상, 정전협정을 파괴한 것도 미군정부하의 당국과 경찰이다. 4·28협상의 성립은 당시 국방경찰대(국방군) 제9연대장 김익구 자신이 화평주의자였다는 점, 더욱이 4·3봉기 직후의 미군정 당국의 충격과 당황, 게릴라 자신들의 봉기 여세를 살린 위신과 힘, 전도민의 지지라는 도내의 객관적 조건이 작용하고 있었다. 지금은 다르다. 당시의 게릴라 측이 군의 중립을 교묘하게 이용하여 공격적이었다면, 지금은 군이 토벌의 주력이고. 게릴라 측이 완전히 수세로 돌아서서, 궁지에 몰린 쥐가 고양이를 무는 상황에 지나지 않았다.

적측이 화평 교섭에 응한다고 한다면, 단 하나의 가능성, 적어도 당국의 예상 이상으로 전투력의 뒷받침이 게릴라 측에 있다는 전제가 필요하다. 그 때문에, 지금 일부에서 패닉을 일으키고 있는 김성달의 제주도 상륙설이 사실이어야 한다. 혹은 일시적이라도 당국 역시 흑백을 단정하지 못하는 상륙설 그 자체를 배경으로 이용해야 한다. ……음, 김성달 등은 실제로 상륙한 것인가. 그것이 사실이라면, 화평 교섭의 계기는 생길 가능성도 있다. 결코 유토피아 건설의 꿈이 아니다. 게다가 괴잠수함의 출몰은 또 무엇이란 말인가. 국적 불명의 잠수함이, 가령 소련 잠수함이 동해로 남하해서 조선해협을 통과하는 것은 있을 수 있는 일인가. 그러나 그렇다고 해도, 그게 왜 제주 근해인가.

어쨌든 지금 시작되고 있는 한성주 등의 움직임이, 이방근의 머릿속에 있는 게릴라 탈출 계획에 하나의 탄력을 주었다. 천만다행으로 꿈과 같은 화평 교섭의 조건이 성립만 된다면, 그것이 탈출 계획을 대신해 줄 것이다. 그러나 화평 교섭의 실마리를 잡을 수 없을 때는…….화평 교섭에 관계없이, 게릴라 측이 궁극적으로 승리를 할까. 으흠……. 이방근은 한숨이 나왔다. 이것도 망상의 한 종류일지는 모르지만, 탈출 계획의 실현이 필요한 것이다. 그는 구름을 잡는 듯한 막연한 기분으로, 김성달 상륙설이 사실로 뒷받침되기를 바랐다.

음, 그건 그렇고 '서북'이다. 이 무슨 성가신 일을 떠맡은 것인가. 떠맡은 것이나 다름없었다. 음침하고 비린내 나는, 마치 무언가의 피냄새가 스며있는 듯한 '서북' 사무소의, 구불구불한 미로나 다름없는 복도로 이어진 방들. 그 한참 안쪽에 위치한 방에 진을 치고 있는 '반공사상가' 함병호의, 코는 묘하게 작지만 반듯한 얼굴을 떠올렸다. 그들에게 데모를 하지 마라, 반공집회를 하지 마라, 이건 알코올중독자에게 술을 마시지 말라는 거나 다름없고, 게다가 테러를 한다, 반공대회를 열겠다고 하는 것도 아니어서, 생트집도 이만저만이 아닌 간섭이었다. 그것만이 아니었다. 문답 무용의 세계. 그들의 '반공정신'을 조금이나마 건드린다면, 이방근도 사무소 건물 안의 어딘가 어두운 방 하나에서 나올 수 없게 될 것이다. 경우에 따라서는 영원히.

"아이고, 선생님, 어딜 보고 걸어 다니시는 거예요?"

이방근은 갑자기 눈앞에 나타난 두 사람의 아름다운 여인의 모습에 놀라 멈춰 섰다.

"놀라기까지 하시고, 선생님, 무슨 생각을 하고 계셨던 거예요?"

갑자기 나타난 것이 아니었다. 확실히 눈앞에서 스쳐 지나면서도, 상대방이 말을 걸 때까지 이방근 쪽에서 알아채지 못했을 뿐이었다.

"깜짝 놀랐네……."

바로 눈앞은 관덕정 광장이었다. 그 오른쪽 앞에, 광장 입구의 신작로와 C길이 합류하는 삼각지형 모퉁이의 이발소가 보였다. 이방근이 발길을 멈춘 곳은 마침 가느다란 통나무 전신주 옆이었다. 여자들은 명선관의 여주인인 명선과 단선이었다. 두 사람 모두 하얗고 청초한 느낌의 비단 치마저고리 차림이었기 때문에, 앞에서 스쳐 지나간 그녀들의 모습에 눈이 가지 않았던 것은 이상하다고 할만했다.

"아아, 이건 단선이, 오랜만이군." 이방근은 조금 눈부신 느낌으로 말했다. 날씬한 단선은 작고 둥근 몸매인 명선의 등 뒤에 숨듯이 몸을 뒤로 붙이고, 슬쩍 눈을 위로 떠 이방근을 보더니, 그 심한 근시의 눈을 내리깔았다. 마치 낯가림하는 아이처럼. 하얀 볼에 희미한 홍조를 띠었다. 그 눈매는 항상 뭔가 겁에 질려 약간 수줍어하는 듯한 인상을 주었다. "단선이, 마치 결혼을 앞둔 처녀 같구나. 마담 뒤에 숨고 말야……핫, 하아."

"선생님, 숨지 않았어요."

단선이 대답했다.

"아이고, 선생님, 이 아이가 처녀가 아니고 뭐라는 거예요? 선생님을 계속 기다리고 있는 아이인데. 정말로 선생님은……."

남자는……이라고 할 작정이었던가.

"이런, 나의 실언. 그런 의미가 아니야. 요즘 이쪽에선 대피 소동이 난 것 같은데, 뭔가 상륙했다는 건 정말인가?"

"이런 곳에서 큰 소리로 말하지 마세요, 선생님." 명선은 목소리를 낮춰 말했다. 그리고 정색한 말투로, 아이고…… 하며 말을 이었다.
"제가 그런 걸 알 리가 없잖아요."

"가게에 오는 군·경 당국자들은 뭐라고 하지?"

"모르겠어요. 선생님, 길에서 그런 얘긴 그만하세요."

"오오……. 그래. 마담은 대피하지 않나?"

"어머, 정말 싫어요. 선생님도 참, 오랜만에 만났는데, 그것도 길가
에서 그렇게 매정한 이야기만 하시고……. 달팽이처럼 가게를 짊어지
고 딴 데로 갈 수는 없잖아요, 바다를 건너서. 여기에서 찰싹 붙어 살
아가야죠. 선생님, 언제 오셨어요. 차라리 선생님 계신 서울에라도 갈
까요. 어때요, 선생님. 홋홋호……. 선생님, 언제 오신 거예요……."

명선은 같은 말을 다짐하듯이 반복해서 물었다.

"어젯밤의 배. 왜 그러나. 여기 사람들은 누구나 언제 돌아온 거냐
고, 꼬치꼬치 캐묻는군."

"어머, 그렇다면 안심. 오늘 밤, 오실 생각이었죠. 캐묻는 것이 아니
라 선생님에 대한 인사니까요. 왜 그런 일을 신경 쓰세요. ……선생
님, 이쪽으로 좀 오세요, 어서……."

명선은 전신주와 주위의 민가 옆에 쌓여 있는 귤 상자 사이의, 약간
들어간 느낌이 나는 공간으로 이방근을 불러들이자마자, 양손으로 이
방근의 손을 잡았다. 그는 단선을 의식해서 슬며시 손을 빼려 했지만
놓지 않았다.

"선생님, 서울에 좋은 사람이 생겼다면서요?" 손을 놓은 명선이 한
쪽의 하얀 새끼손가락을 치켜 올리며 말했다. 그 발돋움하듯 이방근
을 올려다본 그녀의 눈이 갑자기 반짝거리며 촉촉이 빛났다. 향수가
아닌, 화장수의 냄새가 이방근의 코끝을 감싸고 떠돌았다. 향수, 향
수……. 향수 한 방울. 으흠…….

"선생님, 요전날 밤의 일, 있잖아요, 쉬는 날 밤의, 잊지 않으셨겠죠. 잊지 않으셨죠. 오늘 밤에 와 주세요. 꼭 와 주세요……."

"응, 응……."

이방근은 애매하게 고개를 끄덕였다. 바로 옆에서 단선이 저쪽을 향해 모르는 척하면서도, 귀를 기울이고 있었다.

이방근은 그날 밤의 강렬한 정경이 머릿속에 확 피어올라, 얼굴이 붉어질 것 같았다. 도땅, 도땅, 땅땅땅, 따땅따……. 불능. 하늘과 땅의 차이! 그녀는 노성인지 고함인지 알 수 없는 무서운 소리를 질렀던 것이다. 아이구, 이게 무슨 일이람! 도대체가, 하늘과 땅이다……. 기대에 어긋난 그녀는 분한 나머지, 베개를 손에 들고 힘껏 이불에 집어던졌던 것이다. 일본에서 말하는 달과 자라(천양지차−역자)! 향수한 방울이 떨어진 이방근의 몸 한 점 주위를, 그녀는 입술을 바싹 대어 애무하고……. 천상의 쾌락을 기대한 여자에게, 그는 땅을 치는 탄식을 주었다……. 아아, 그러나 새소리에 잠을 깬 새벽에 눈을 뜨자마자, 천상의 쾌락의 울림이, 거듭 반복해서 그녀의 몸을 떨게 만들었던 것이다.

"선생님, 오늘 밤에 꼭 와 주세요."

명선은 이방근에게서 떨어져 단선과 함께 이발소의 모퉁이까지 조금 되돌아가, C길로 들어갔다.

"아아, 이런……. 그 베개! 무서운 여자다. 평생 저 여자에게 고개를 들지 못할 뻔했다. 아아, 도땅, 도땅땅, 도땅땅땅땅……."

이방근은 몸서리를 쳤다.

지게에 높이 짐을 얹은 몇 사람의 지게꾼 무리가, 굽은 허리의 균형을 지팡이로 지탱하면서, 다부진 발걸음으로 광장에서 북국민학교 쪽으로 들어갔다. 짐을 가득 실은 리어카를 자전거가 끌고 있었는데,

어디에도 짐의 주인으로 보이는 사람의 모습은 없었다. 리어카는 작은 배달가게의 것이었다. 바다 쪽으로 향하는 것은, 고깃간 주인에 따르면, 부두의 하역회사로 가는 것이라 했다.

오후 세 시, 어젯밤 도착한 배는 오늘 밤 출항할지도 모른다. 공황 상태는 아니었지만, 밀려오는 파도처럼 김성달 상륙설의 영향이 퍼지고 있는 것 같았다. 무엇보다도 소개하는 자들의 출도를 경찰에서 허가하고 있는 것 자체가, 당국이 김성달 상륙설을 부정하고 있지 않다는 뜻이었다. 그렇다고 해도 명선관 여주인은 상륙설에 상당히 유연하게 대처하고 있는 느낌이었다. 그녀가 말처럼 굳이 가게를 접고 갈 곳이 없기 때문인지, 가게에 출입하는 관헌의 소식통으로부터 그만한 위기감을 느끼지 않고 있다는 것인지.

보름 만에 돌아온 이방근을 맞이한 하숙집 여주인은 반가워하고 기뻐했다. 그래, 집 입구에서 문득 떠오른 것이지만, 서울에서 선물 사 오는 것을 까맣게 잊고 있었다. 서울에서는 아침 일찍부터 문난설과의 밀회의 장이 서울역이었던 탓에 그럴 상황이 아니었다. 긴박하고 '극적'인 이별까지 하지 않았던가.

그러고 보니 조금 전 두세 채 이웃집 앞을 지나고 있을 때, 그 집 안에서 굿을 하고 있는 듯한 격렬한 꽹과리와 장구를 치는 소리가 나고 있었는데, 그것이 하숙집 마당까지 들려오고 있었다.

여주인에 의하면, 그 집 주인 고 씨는 도청 직원인데, 병으로 누워 있는 노모의 부탁으로 삼일 밤낮 굿을 하고 있다 한다. 그런데 일본으로 밀항한 것으로 돼 있는 고 씨의 동생이 실은 게릴라에 가담해서 입산했는데, 그것이 지금 굿판에서 표면화되어 문제가 될 것 같다고 했다.

굿에서는 죽은 자와의 교신, 혹은 행방불명이 된 자의 영혼까지 불

러내 살아 있는 자와의 교신이 행해지거나 하는데, 그 샤먼 역을 제주
도에서는 신방(神房)이라고 불리는 무당이 하게 된다. 이 굿판에서는
병자나 그 관계자들이 빙의되어 입신 상태에 들어가는 경우는, 대개
여러 가지 비밀이 밖으로 드러나게 된다.

그 신방들의 조합이 성내에 있었다. 비밀리에 이루어졌지만, 당국
에서 그 신방조합에 엄격한 시달이 있었는데, 각 가정에서 굿을 할
때 나오는 비밀, 예를 들어 가족과 친척 중에서 게릴라에 참가하고
있다는 사실을 알았을 때에는, 반드시 당국에 보고할 것, 즉 밀고의
스파이 행동이 그것이었다.

여주인은 그 일을 걱정하고 있었다. 아무쪼록 경계하도록 고 씨에
게 이야기해 둔 모양이지만, 굿판에서 빙의 상태가 되었을 때는 거의
손을 쓸 방법이 없으며, 특히 노모의 경우는 어찌 될지 알 수 없었다.
만일 무서운 사실이 드러나 버린 후에는, 굿을 한 신방이 굳게 입을
다무는 수밖에 없지만, 후에 은닉한 사실이 발각되었을 때 해당 신방
은 무사히 넘어가지 못한다.

굿에서 몰래 김성달의 제주도 상륙을 점친다고 했다. 여주인은 상
륙설에 기대를 걸고 있는 듯했지만, 확신이 있는 것은 아니었다. 그녀
는 이방근의 생각을 물었지만, 그도 모른다고 할 수밖에 없었다.

이방근은 당분간 집에 있을 것이라 이야기하고, 신문 등의 쌓인 우
편물을 가지고 하숙집을 나왔다. 집 앞에 서자 굿판의 떠들썩한 꽹과
리와 방울, 장구의 울림, 신방의 내용은 알 수 없지만, 기도 소리까지
골목을 빠져나가듯 들려왔다.

아버지 집에 당도하자, 출입구의 쪽문을 향해서 안뜰을 건너오는
고깃간의 애꾸눈 주인과 마주쳤다. 고기를 배달하러 온 것이리라.

"아아, 서방님, 마침 잘됐구먼요."

“이른 거 아닌가. 아직 네 시 전이야.”

“부엌을 지키는 여자분들은 벌써 저녁 준비를 시작하고 있어서 말이죠. 서방님은 가만히 있으면 되지만요…….” 쓸데없는 말을 했다, 이 남자는. 송 주인의 몸에서는 날고기 냄새가 났다. 문득 ‘서북’ 사무소의 어두운 미로나 다름없는 복도가 머리를 스쳤다. “게다가 내운 사촌형 일로 서방님이 기다리실 것 같아서요.”

“오, 어떻게 되었나?”

“아아, 연락이 돼서요.”

“그래서.”

“내일이면 시간이 있다고 합니다.”

“알았네. 고맙군.”

6

저녁 무렵, 양준오가 도청에서 돌아오는 길에 이방근이 있는 곳에 들렀다. 전화로 있는지 없는지 확인도 하지 않고, 없으면 그대로 하숙집으로 돌아갈 생각이었다고 했다. 도청에서 전화를 한다고 해도 주위에 사람들의 눈이 있어 돌아가는 길에 잠시 들르는 게 낫다는 것이었다.

어젯밤 입산과 관련된 이야기의 결론이 지금 당장 나오는 것은 아니었지만, 그것보다 오늘 아침 일찍 이방근이 자고 있는 사이에 양준오가 일어나 가 버렸기에 얼굴을 내민 것이었다.

“점심때가 지나서 한성주 변호사를 만났어.” 이방근은 서재 옆 온돌방에서 양준오와 저녁식사를 함께하면서 말했다. "전화가 와서 점심 식사를 같이 하자고 했는데, 무슨 상의할 일이 있다고 해서 동문길 자택으로 찾아갔지."

"예—, 그렇습니까. 역시 대단하군요. 바로 이 형에게 연락했으니."

"뭐가 바로란 말인가, 자넨 알고 있었나?"

"한 전 지사로부터 이방근이 언제 이쪽으로 돌아오냐고, 몇 번이나 질문을 받았습니다."

"으흠, 난 한성주 선생의 입에서 화평 교섭을 위한 연판장 운동 얘기가 나와서 솔직히 놀랐고, 감동도 했지만, 양 동무는 전 지사의 비서 격이었으니 전 지사의 사촌 형제가 진행하는 화평 교섭 얘길 알고 있겠지?"

"성주 선생님도 만나 뵈었고 전 지사에게서도 들었습니다. 여러 가지로 협력해야 되겠지만, 아직 구체적인 움직임까지는 이르지 않아서 말이죠. 무엇보다 저는 운동에 관여할 수 없지 않습니까. 조만간 도청에서 모습을 감춰 버릴 인간이 그런 일에 관여할 순 없는 일이라, 골치가 아픕니다."

"자넨 성주 선생의 화평 교섭을 어떻게 생각하나? 즉 가능성에 대해서 말이네."

"어렵습니다, 정부 측은 이미 만전의 전투 준비 태세를 갖추고 토벌전에 임하고 있으니까요. 다만, 오늘도 도청에서 김성달 상륙설이 사람들 사이에 제법 현실성을 띤 이야기가 돌고 있었습니다. 실제로 '북'에서 돌아왔다면, 그것은 모르겠습니다. 결국 힘의 관계라서……."

오오, 그렇고말고, 힘의 관계다. 자네는 거기까지 힘의 관계를 계산하면서, 궁극적인 게릴라 측과 토벌군 측의 힘의 관계에는 눈을 감고 있어.

"그 '북'에서 돌아왔다는 게 사실인지 어떤지가 큰 문제야. 어쨌든 자네 말대로 어려운 일이지만, 만일 화평 교섭이 잘 되면 자넨 입산할 필요도 없지 않은가."

"그것과 이것은 다릅니다……."

"알고 있어. 입산은 이제 며칠 안으로 다가온 것이고, 화평 교섭은 앞으로의 일인데다 그것도 오리무중이지. 다만 원칙적인 의미로 말하는 거야. 말하자면 입산이 절대적이진 않다는 말이 되겠지. 난 말야, 이 연판장 운동이 세상에 공공연하게 알려지기 시작하면, 당연히 방해 공작을 할 '서북'들을 막아 주었으면 한다는 지시를 받았네."

"흐음, 그건 또……." 양준오는 코를 킁킁거리며 이방근을 쳐다보았다. "'서북'을 막다니 어떤 식으로요?"

"'서북' 회장, 제주도 지부장을 만나 연판장 운동을 빨갱이 취급하지 말고, 반공대회나 데모를 하지 않게 움직여 달라는 건데, 그만 거절하지 못하고 말았어. 헷헤, 도대체가, 이건 골치 아픈 일이야."

"'서북'에 반공집회를 하지 말라는 건 터무니없는 이야기입니다, 이건. 이 형도 여러 곳에 관여하게 되었군요. 그러나 '서북'은 당연히 떠들어 대기 시작할 테고, 그들을 막는다면 이 형밖에 없겠군요."

"이봐, 자네까지 이상한 소리를 해서, 사람을 몰아붙이지 말라구. 어째서 내가 이런 일을 떠맡아야 한단 말인가. 나로서도 일이 묘하게 된 느낌이야. 도대체 이게 무슨 일인가. 정말로 무슨 만물상도 아니고……."

"혁명가입니다."

"오호, 혁명가? 자네도 원칙적인 말을 하게 되었군. 내가 혁명가인가? 적어도, 자넨 혁명가지만, 난 당원도 아닐세. 으흠, 알고 있네. 자네가 하는 말은 알고 있어. 하긴 혁명인 거지……."

아버지가 돌아온 모양이었다. 구두 소리, 그리고 부엌에서 나오는 부엌이의 소리가 났다. 시각은 일곱 시 반.

양준오는 하숙집에 폐를 끼치게 될 것을 우려했다. 갑작스러운 행방불명, 도청이야 어찌 되었건, 하숙집 주인 부부에게 미칠 후환을 걱정했다. 거기에는 올 봄 우체국 안에서의 삐라 살포 사건으로 경찰에 쫓긴 중학생 조카를 일본으로 밀항시킨 사정도 있었다.

도청에서는 동료 한 사람에게, 한 전 지사의 경질로 '사직'하는 것은 아니지만, 도청을 그만두고 일본으로 밀항할지도 모른다……고 섬을 떠난다는 것을 넌지시 암시해 두었다고 양준오는 말했다. 그리고 오늘 밤, 이제 하숙집으로 돌아가 비슷한 이야기를 주인 부부에게 한 뒤, 슬슬 짐을 정리할 것이라고 했다. 겨울의 산중생활에 대비하기 위해 몇 벌의 의류를 가지고 가는 것 외에, 쓸 수 있는 물건은 거의 없겠지만, 필요하다면 하숙집에 줘 버릴 것이다. 그런데 옆방 서가에 있는 상당량의 서적 처리가 곤란하다고 했다.

가령 주인 부부에게 입산하는 것을 털어놓는다면, 갑작스런 일이라 크게 놀라겠지만, 그 사실을 밖에 누설할 사람들은 아니었다. 행방불명 이후에 경찰이 찾아올 경우, 입산한 사실을 모르는 편이 무서운 심문에 견딜 수 있을 것이다.

양준오가 이렇게 일본행의 소문을 흘리고 있는 것은, 어젯밤 이방근의 '입산 저지' 반대에도 불구하고 임박한 입산을 예정대로 결행할 생각이라는 표현이었다.

부엌이가 방으로 와서는 아버지가 부르신다고 했다.

"아버지가 부르신다고? 흐-음, 알았어." 부엌이가 물러가고 나서, 이방근은 양준오의 얼굴을 보며 말했다. "아버지가 돌아오자마자 이 아들을 부르는 일은 없었는데(서울에서 돌아온 날 밤의 아버지 대응은 어땠

나. 뭐야, 누군가 했더니 너냐. 몸은 어떠신지요? 별 탈 없다. 무얼 하러 온 게냐? 또 서울에 갈 생각으로, 임시로 온 게냐? 유령같이 나타나서는……). 무슨 용건일까. 잠시 기다려 주지 않겠나. 상황을 살피고 올 게."

"아니, 오늘은 이만 돌아가겠습니다."

"음, 무슨 애기일까……."

이방근은 중얼거리듯이 말하며 일어섰다. 양준오도 자리에서 일어났다. 그는 아버지에게 인사를 하고 돌아가겠다고 했다. 두 사람은 툇마루를 따라 아버지의 거실로 갔다.

아버지는 탁자에 놓인 인삼차 찻잔을 앞에 두고, 담배를 피우고 있었다. 식사는 밖에서 해결하고 온 모양이었다.

"음, 양준오가 와 있었나."

양준오의 장판에 양손을 댄 절을 받은 아버지는 일어선 양준오에게 거기에 함께 앉으라고 말했다.

"차라도 한잔하고 가게."

"예ㅡ. 저쪽 방에서 이제 막 식사를 마쳤습니다."

"그런데, 준오는 일본에라도 갈 생각인가?"

"옛?"

양준오는 자신의 일이면서도 마치 놀란 것처럼 엉뚱한 반응을 보였다.

이방근도 자신에게 무언가 무서운 질문이라도 들이댄 것처럼 덜컥해서 아버지를 쳐다보았다.

"예, 아직 확실하지는 않지만 그렇게 생각하고 있습니다."

양준오는 그럭저럭 그 자리를 얼버무리고, 아버지를 내려다보는 자세로 서 있을 수도 없어서, 장판에 무릎을 꿇고 정좌를 한 채 말했다.

"왜 갑자기. 그것도, 이런 시기에 그러나."

"갑자기가 아니라, 실은 이전부터 생각하고 있었던 일입니다."

"음, 어쨌든 만일 제주를 떠나게 되면, 이리로 인사하러 들러야 해."

"예—……."

입산의 인사가 아닌, 섬을 떠나는 인사라는 성가신 짐을 짊어진 양준오는 곧 자리에서 일어나, 이씨 집안을 떠났다.

"준오는 정말로 일본에 갈 생각으로 있는 게냐?"

아버지의 질문은 양준오의 밀항 소문에 대한 첫 반응의 하나로 받아들여야 할 것이었다.

"예—. 그런 것 같습니다. 전 지사인 한 선생도 9월로 사직하였고, 외부에서 온 본토 출신 새로운 지사 밑에서는 좀 그렇겠지요. 게다가 뭐 여러 가지로 제주도가 마음에 안 드는 모양입니다."

이방근은 적당히 얼버무리면서, 아버지의 그것도 이런 시기에, 라고 한 말이 마음에 걸렸다. 어째서 갑자기, 그것도 이런 시기에 그러나……. 이런 시기란, 무엇을 의미하는 것인가. 아버지의 어떤 의식의 변화와 관계되는 것인가.

"마음에 안 든다고? 자신의 고향이 마음에 안 들면 살 수 없다는 건가?"

"제가 그렇게 생각했을 뿐이고, 그런 건 아니겠지만, 아버지는 어디서 그런 얘길 들으셨습니까? 그런 소문이 퍼져 있나요."

"퍼진 것이 아니다. 우연히 전 지사와 만났더니, 그런 얘길 들었다고 하더구나. 직접 준오 본인한테 들은 건 아닌 것 같다. 일본으로 간다는 얘기는 그다지 신기한 일은 아니지만, 갑자기 준오가 그런다면……. 그런데, 넌 한성주와 만났다면서."

"예—, 전화가 있어서, 자택으로 찾아뵈었습니다."

부엌이가 이방근의 차를 가지고 왔다.

"음, 그건 좋은 일이지(흠, 그건 좋은 일이지. 아버지의 입에서 이런 평가의 말이 나오는 일은 드물다). 그런데, 한성주는 본인이 중매 역을 맡고 있었기 때문이기도 하겠지만, 이번 혼담에 대해 상당히 충격을 받은 모양이더구나. 오늘 네가 성주 댁에서 돌아온 뒤의 일이지만, 내가 있는 곳으로 전화가 왔었다. 자신이 전혀 몰랐던 속사정을 너한테 들었다는 게야. 상대방인 최상규도 나도, 중매 역인 한성주에게 얘기하지 않았던 걸 처음으로 알았다고 했다."

"네에, 그 때문에 한 선생님 댁으로 간 건 아니지만, 얘길 했습니다." 이방근은 뜨거운 차를 한 모금 마시고, 목을 축였다. "속사정이 아니라 대략적인 사정을, 사실을 얘기한 것뿐입니다. 그것도 간단히 말했지만, 너무나도 명료한 일인 만큼, 한 선생님은 분명 놀라고 있었습니다. 문제는 본인이, 유원이 절대로 최용학과 결혼하지 않겠다고 하는 것 아닙니까. 이제 아버지도 충분히 알고 계시는 일입니다. 반복할 필요도 없을 만큼. 부권으로 강제한다면, 유원을 죽음으로 몰아넣는 일이 될 것이라고까지 전 말씀드렸습니다. 이제 더 이상, 게다가 상대 가문으로부터 굴욕을 당하면서까지 유원의 결혼에 대해 얘길 꺼내는 건 좋지 않습니다. 이제, 올 때까지 왔으니까요."

어쩌면 여동생의 이야기일지도 모른다고 생각한 이방근은 단호하게 말했다. 이제는 최씨 집안과의 혼담에 관한 한, 그것은 아버지와의 충돌을 피하거나 두려워할 단계를 넘어선 문제였다. 만일 아버지가 일단 취소되었다는 혼담에 재차 미련을 갖고 억지로 진행시킨다면, 이방근은 저녁식사 때 조금 들어간 술기운과는 관계없이, 호로자식이라고 호통을 듣더라도, 아버지에게 맞설 생각이었다.

"뭐라, 올 때까지 왔어? 마치, 막말을 하는 것 같구나."

"아버지는 아직 미련이 있으십니까?"

"미련? 나에게 무슨 미련이 있다는 게냐."

순간의 시치미였다.

"최씨 집안과의 혼담에 대해서 말입니다."

"그런 거 없다."

"예ㅡ." 그런 거 없다……? 이방근은 다소 의외라는 기분이 들고, 조금 야윈 듯한 기색이지만 그래도 혈색은 나쁘지 않은 아버지의 불그레한 얼굴을 쳐다보았다. "한 선생님께 그 얘긴 들었습니다. 이씨 집안에서 '빨갱이'가 나왔기 때문에, 양가의 혼사를 다시 생각하고 싶다는 상대의 의향에, 즉 혼사의 취소에 아버지는 순순히 응하셨다고 하더군요. 이 무슨 괘씸한 의향입니까. 유원을 흠이 난 물건 취급을 하는 상대방 말입니다. 저는 그 얘길 기쁘게 듣고 있지만, 자식인 최용학이 그 아버지와의 연을 끊겠다느니 소란을 피우면서, 갑자기 다시 결혼 얘기가 도졌다지 않습니까."

"나는 미련이 있어서 그런 게 아니다. 상대방 측이 굳이 그렇게 나온다면 하고, 머리를 숙여 온 것뿐이다."

"아버지, 도대체 누가 결혼을 하는 겁니까. 부모 쪽이 거절해서, 저희로선 천만다행한 일이었습니다만, 자식이 뒤에서 소란을 피니까 재차 얘기를 꺼내다니, 한 선생님이 중매를 서면서, 아니 한 선생님이 중매인이기 때문에 그렇게 되는 것이겠지만, 그 집은 자식을 어떻게 교육시켜 온 건지, 떼를 쓰는 아이나 마찬가진데, 이쪽은 그 호로자식의 도구라도 된다는 겁니까."

"이제 취소된 일이다. 난 그 일에 응한 게 아니야."

"하지만 아들이 제주도로 온다는 거 아닙니까?"

"그것은 그쪽 사정이지. 부엌아ㅡ." 거나하게 취한 아버지는 거실 입구 쪽을 향해 부엌에 있는 부엌이를 불렀다. "그 얘긴 됐다. 한성주는 아무것도 모르고 중매 역을 수락한 것을 후회하고 있었다. 나이 먹은 남자가 이 혼사의 추진 역을 맡아, 유원에게 미안하다고 했다. 변호사인 한성주가 그렇게 말했다. 음, 이 무슨 일인지. 부끄럽다고까지 하더구나."

"유원의 일은 제게도 그렇게 말씀하셨습니다……."

부엌이가 왔다. 아버지는 약간의 술과 술잔 두 개를 가져 오라고 일렀다.

"따라서 재차 들어온 혼담도 한성주가 중매를 그만뒀으니, 성립할 리가 없겠지. 상대방에 대해선 한성주가 매듭짓는다는 것이고."

"예─……."

아아, 역시 끝난 것이다. 이방근은 후유 안심하고, 순간 가슴이 뜨거워지는 것을 느끼면서 고개를 크게 끄덕였다. 아버지의 처음 이야기가 힐문조였기 때문에 어떻게 될까 생각했던 일이, 아버지 자신의 입에서 하나의 결론(하나이면서, 아마도 전부가 되는 결론)이 나온 듯했다. 무엇을 위한 부름이었던가. 한성주에게 결혼의 '속사정'을 이야기한 것에 대해 나무랄 생각이 아니었던가. 어쨌든 이것이 결론이 된다면 기쁜 일이고, 유원의 혼담에 간신히 종지부를 찍게 되는 것이 아닌가.

부엌이가 소주 향이 나는 술병과 김치, 그리고 오늘 저녁에 막 배달된 돼지고기 편육을 접시에 담아 왔다.

이방근은 술병을 손에 들고 아버지의 잔에 술을 따르고 나서, 자신의 잔에도 투명하고 걸쭉한, 시루에 붙인 반죽이 타 눈는 냄새로 향기가 나는 액체를 채웠다.

아버지는 잔을 입술에 대고 얼굴을 천천히 뒤로 젖히면서, 술을 목구멍으로 꿀꺽 삼켰다. 입안을 확 찌르는 자극에 참기 힘들 정도의 상쾌한 느낌의 숨을 토해 내고, 손바닥으로 가볍게 입을 쓸어내렸다.

이방근은 아버지를 따르듯, 잔을 천천히 약간 숙인 입으로 옮겼다. 한 모금 머금고 꿀꺽. 그러나 숨을 죽이고 입안의 자극을 음미할 뿐 숨을 토해 내지는 않았다.

"넌 한성주에게 사실을 간단히 얘기한 것뿐이라고 했지만, 한성주 앞에서 상당히 격한 표현을 한 것 같더구나. 여동생 자신은 물론, 오빠인 네가 절대 결혼을 시키지 않겠다고……. 그건 처음부터 그랬다. 넌 한성주에게, 이번 혼사에서 손을 떼라고도 했다더구나. 음, 한성주는 너에게 그 말을 듣고 정신이 번쩍 들었다고 했다. 마치 어떻게 돼도 상관없고, 상대와 싸움이라도 할 듯한 기세였다고 하더구나."

"핫, 하아, 한 선생님이 그런 말씀을 하셨습니까." 한성주는 꽤 솔직히 이야기를 한 것이다. "아버지, 죄송합니다. 예의에 어긋난 점이 많다는 건 알고 있지만, 이번만큼은 어쩔 수 없다는 생각이었습니다."

이방근은 솔직하게 말이 나왔다.

"그런데 넌 여동생의 일에 모든 책임을 진다고 했다는데, 그건 무슨 말이냐. 이태수의 딸이 서울 한복판에서 유치장 생활을 했다는 게 알려져 버렸다. 전화로 댁의 따님은 대단하다고 조롱하는 놈들이 있다고 한다. 난 들은 적이 없지만 부엌이도, 선옥도 들었다. 물론 이름을 밝히지 않았지만, 비열한 놈들이다. 최상규의 말처럼 이태수의 딸이 빨갱이라는 건 사실이겠지, 음. 난 애비로서, 내 자신도 사회적인 책임을 져야 한다. 이씨 집안엔 사직을 위험하게 하는 빨갱이 따위는 없다."

"여러 가지로, 혹은 세간에 대한 체면이 있다고 해도, 부모는 부모, 딸은 딸이 아닙니까."

"뭐라고, 세간에 대한 체면이라고? 너의 인식은 그 정도인 게냐. 세간에 대한 체면이 아니다. 우리나라의 국시(國是)와 우리 가문의 일이다. 반공입국의 국시. 빨갱이보다 강도 살인 쪽이 낫다고 하는 게, 단순한 우스갯소리가 아니라는 걸 너도 알고 있겠지. 우리 집에 공산주의자는 딸이라도 발을 들여놓아선 안 된다."

국시? 반공입국, 8월 15일, 대한민국 성립에 의한 국시다. 정부 수립 이래 처음으로 듣는, 자식 앞에서의 아버지의 애국적 발언이다. 친일파들, 일본 제국의 국시는 무엇이던가. 황국신민의 맹세. 하나, 우리들 황국신민은……. 이방근의 가슴에 씁쓸한 것이 내달리며 스며들었다.

"아버지, 유원은 공산주의자가 아닙니다."

이방근은 웃으며 말했다. 갑자기 술기운이 머리 한쪽 혈관 속의 혈류를 타고 달리는 듯한 취기의 마비를 느꼈다.

"이씨 집안에서 빨갱이가 나왔다는 건, 이미 숨길 수 없는 사실이다. 부모는 부모, 자식은 자식이라는 게 통하지 않는다. 게다가 그 애는 양갓집 딸이다. 그런 딸답지 않게 유치장 생활이라니. 더구나 일제 때부터 그 이름이 널리 알려진 서울의 종로경찰서에서 말이야."

"그건 체포된 장소가 종로경찰서의 관할이라는 것뿐이지 관계없는 일입니다."

"체포? 체포라고! 이제 됐다. 그런 꺼림칙한 말은 여기서 하지 말거라. 이태수의 딸이 경찰에 체포되었다고, 핫핫하아, 도대체가, 세상에, 어처구니없는 일이 일어난 게야."

이방근은 두 홉 정도 들어간 술병의 술을 아버지 잔에 따르고, 이어서 자신의 잔에도 다시 채웠다. 가벼운 취기가 의식되면서, 찌푸린 얼굴의 아버지 앞에서 손에 든 술은 마치 여동생을 강제적 결혼에서 해방시킨 축배와 같았고, 강한 술이 입술의 점막을 마비시키는 자극이 유쾌했다. 승리였다. 아버지에 대한 승리가 아니라, 지금까지의 부당한 가문끼리의 혼사에 대한 승리였다. 이방근은 내심 여동생에게, 그리고 건수 숙부에게 전화로 알려야겠다는 생각을 하고 있었다.

"난 유원이를 그대로 둘 수 없다."

아버지는 잔을 천천히 기울이며 말했다.

"……?" 그대로 둘 수 없다. 이방근은 눈을 크게 뜨고 아버지를 쳐다보며, 마치 깡패 같은 말투의 의미를 좇았다. 술맛이 달아난 느낌이다. "유원을 그래도 둘 수 없다는 건 무슨 말씀입니까?"

"양가의 혼사는 실질적으로 이쪽이 거절한 것. 상대방은 구실을 위한 구실을 내밀며, 그걸 사회적으로 이태수의 딸이 빨갱이고, 게다가 유치장에 들어간 걸 이제까지 숨겨 왔다는 식으로 얘길 펼쳤다는구나. 좁은 사회이니, 소문은 금세 퍼진다. 의도적인 건 아니라고 하겠지만, 상대방 가문 일동이 이태수의 딸은 공산당에 관여하고, 여자대학 학생운동의 책임자이며, 게다가 그걸 숨겨 왔다고 문제시하여 떠들게 되면, 얘기가 곧바로 세간에 알려지는 건 당연한 일이야. 이쪽은 혼약이 성립된 것도 아니니, 숨기고 자시고가 아니라, 일부러 공개할 필요가 없었던 것뿐이다, 음. 그러나 결과가 이렇게 돼 버리면 사실은 사실이니까, 난 당사자인 딸의 아버지로서, 나의 사회적 입장과 책임으로 볼 때 빨갱이와는 전혀 관계가 없다는 걸 증명을 할 필요가 있다."

"증명……? 그건 너무 수동적이고, 마치 이쪽에서 도망치는 꼴이 되지 않겠습니까?"

"도망쳐? 내가 어디로 도망쳐. 이건 네가 알 수 없는 일이다. 내 자신이 결백하다는 증명이야. 게다가 한편으론, 나에 대한 최상규의 공격이기도 하다."

"공격……? 최상규의 공격이라니요. 그건 도대체 무슨 얘기입니까?"

"이번 일로, 나의 그리고 이씨 집안의 사회적인 명예는 실추되었다. 나라에 대한 나의 충성도를 의심받고 있는 것이다. 이태수의 딸은 빨갱이, 혼담의 진행 중에도 그 사실을 계속 숨겨 왔던 건 무슨 이유에서인가? 음, 관헌 쪽에서 나를 보는 눈이 이미 달라졌다. 최상규로서는 나의 세력을 꺾는데 알맞은 자료가 될 것이다. 아버지는 아버지, 자식은 자식으로 일이 수습되지 않는다. 그대로 둘 수 없다는 건 뭔가의 조치를 취한다는 것이야."

"빨갱이라고 하시지만, 빨갱이도 아닌 사람이 빨갱이 취급을 받고 수난을 당하는, 특히 제주도에서 당해 온 건 아버지가 잘 알고 계시지 않습니까. 아까, 유원이 공산주의자, 공산당이라고 말씀하셨지만, 정말로 터무니없는 말씀입니다. 그 아이는 아직도 공산주의자의 자격이 없습니다."

"뭐, 공산주의자의 자격이 없어? 아직도……?"

"……" 이방근은 가슴이 철렁하며 입을 잘못 놀린 것을 깨달았다. "즉, 유원이는 사소한 계기로 삐라를 붙였을 뿐이라서, 공산주의와는 관계가 없다는 말입니다."

"아직도라는 말은, 부족분을 채우기 위해 좀 더 노력하라는 게 아니더냐? 공산주의는 그렇게 노력할 가치가 있다는 말이냐?"

"이거 참, 아버지, 저의 사소한 말실수였습니다. 어쨌든 공산당과는 관계가 없다는 걸 말하고 싶었을 뿐입니다."

"종로경찰서에 열흘 이상이나 잡혀 있던 일은 사실이야. 이면공작을 해서 가까스로 12일 만에 석방되었다. 그렇지 않았다면, 음, 재판까지 갔을 것을, 내가 모른다고 생각하는 게냐. 이 나라에서 사상범이 징역 1년이나 2년 받는 건 간단한 일이다. 아이구, 이씨 집안의 딸이, 이태수의 딸이 징역 1년, 2년……. 우리 집안에 범죄자가 나오다니,

어찌 된 일이냐."

"잠시만 기다려 주세요. 어디에 범죄자가……. 도대체 왜 그렇게 과장하십니까. 아버지는 저에겐 아무 말씀 하지 않으시지만, 성주 선생님의 화평 교섭 연판장운동에 찬동 서명을 하신다고 듣고 감동을, 이런 표현을 하면 예의에 어긋날지도 모르겠지만, 전 감동하고 있었습니다. 그러나 그 운동도 '서북' 주변에서 빨갱이 운동으로써 반대 움직임이 나올 것이라 생각하는데, 아버지 자신이 거기에 참가하신다는 건……."

"입 다물거라. 내가 빨갱이에게……. 그건 빨갱이 운동 같은 게 아니다. 한성주 변호사가 빨갱이인가. 난 한성주를 신뢰하고 있고, 게다가 고향 땅에 초래하게 될지도 모르는 최악의 상황, 무서운 참상을 사전에 방지한다는 대의명분이 있다. 개인적인 일이 아니다. 그러나 유원은 내 딸, 개인적인 책임으로 돌아오는 게 문제야. 정부는 제주도민은 전부 빨갱이라고 말해 왔지만, 난 그렇게는 생각하지 않는다. 대부분의 도민은 양민이며, 그 날의 생활과 생명의 불안에 떨고 있는 게 현실이다."

아버지는 잔을 입으로 옮긴 뒤, 돼지고기 편육에 김치를 올려 입에 천천히 넣고 나서 잠시 동안 계속 씹었다.

이방근도 편육에 새빨간 김치를 올려 입에 넣었다. 왠지 모르게 그렇게 했다. 입안에서 돼지고기 비계와 김치의 신맛이 녹아들어, 절묘한 맛을 자아냈다. 흐음, 이방근은 아무 말 없이 술잔을 입으로 가져갔다.

"유원의 일은 우리 가문의 일이고, 아버지로서 개인적인 일이다. 공산당 쪽에 몸을 담고 있으니 무슨 대의명분이 있겠느냐. 난 부끄럽기보다도, 무엇을 하러 대학까지 보냈는지, 딸 교육을 잘못시킨 자신이 한심하고 부끄럽다. 음, 바보 같은 놈이! 유치장에 보내기 위해 지금까지 고생해서 교육시켜 왔다고 생각하느냐. 도대체, 여학생의 신분으로, 무슨 일이야. 이게 자식의 아버지에 대한 처사란 말이냐, 응, 아이구, 기가 막힌다. 넌, 그 애의 오빠다. 오빠! 오빠……."

아버지는 퉁방울눈을 크게 뜨고 이방근을 노려보며 신음했다. 그리고 잔에 얼마 남지 않은 술을 꿀꺽 마시고, 술잔의 바닥을 치듯 소리를 내며 탁자에 내려놓았다.

"……"

이방근은 엉겁결에 시선을 아래로 떨어뜨렸다.

"알겠느냐. 빨갱이 물이 든 딸을 가족으로서 집에 둘 순 없다. 난 딸과 의절할 생각이다. 앞으로 절대로 이 집에 들어선 안 된다. 의절이다. 절에서도 파계승에겐 파문 조치가 있는 것과 마찬가지라고 생각하면 된다."

이방근은 한 차례 가볍게 고개를 끄덕이고는, 아버지의 빈 잔에 양손으로 술병을 내밀고 기울였지만, 소주는 도중에 방울이 되어 떨어지고, 잔을 채우지 못한 채 끊겼다.

그는 술병을 탁자에 다시 올려놓고, 진심인지 어떤지 반복된 의절이란 한마디에 가슴을 깊이 찔린 느낌을 받으면서, 한편으로는 거의 웃음이 터져 나오려는 걸 억제하고 웃음을 지웠다. 집에 드나들고 싶어도 곧 일본으로 가 버릴 텐데…….

이방근은 술병을 들고 일어나, 부엌을 향해 방을 나갔다. 잠깐이라도 자리를 벗어나고 싶었던 것이다.

부엌이가 송구스러워하며 바로 술을 넣어 온다는 것을, 괜찮다며 항아리의 소주를 술병에 넣게 한 뒤 그것을 들고 툇마루로 나왔다.

그는 잠시 툇마루에 우뚝 서서 바람이 스치는 어두운 하늘을 바라보며, 이윽고 귀에 와 닿는 바다 소리를 들었다. 방의 약한 촉광의 불빛에 희미하게 비치는 움푹 들어간 연못과 같이 어둑한 안뜰을 내려다 보았다.

예전에는 안뜰을 끼고 마주한 아들의 서재가 있는 바깥채와 아버지가 있는 안채는 하천을 사이에 둔 맞은편 냇가처럼 서로 닿는 일이 없었다. 황색 연못. 파가저택(破家瀦宅), 큰 죄인의 집을 부순 그 자리를 파고 물을 채워서 만든 무서운 연못에 가로막힌 듯한 느낌으로 마주한 건물. 한쪽 건물이 비어 있는 탓도 있었지만, 지금은 황색 연못이 사라진 것 같았다.

이방근은 크게 심호흡을 하면서 무의식적으로 양손을 크게 펼치는 순간, 앗 하고 소리를 지르며, 손에서 미끄러져 떨어지려는 두 홉의 무거운 술병을 가까스로 허공에서 움켜잡았다. 분출하듯 크게 넘친 술이 주먹을 적시고, 증발하듯이 열을 빼앗으며 흘러내렸다.

술이 든 병을 들고 기지개를 켜다니……. 의절……. 음, 의절. 의절은 어찌 되었든, 아아, 이것으로 유원의 결혼 문제는 평온하게 해결되었다. 이방근은 부엌이가 무슨 일인가 하고 얼굴을 내민 부엌으로 돌아가서, 수건으로 손을 닦고 부엌이에게 쏟은 만큼 술을 다시 채우게 했다.

"무슨 일이 있었던 게냐? 뭐야, 방금 전의 그 소린."

방으로 돌아와 정중히 술을 따르는 이방근을 보며 아버지가 말했다.

"제 소리가 들렸습니까? 음, 아버지 귀는 밝으시군요. 술병을 손에 든 채 팔을 치켜드는 바람에 술이 넘쳐 버렸습니다."

"뭐라고, 술이 든 술병을 들고 팔을 치켜들었더니 술이 넘쳤다고……. 오호, 그건 도대체 무슨 얘기냐?"

아버지는 찌푸린 얼굴에 웃음 띠며 말했다.

"송구스럽지만, 옛말에 파가저택이라는 게 있지 않습니까."

"파가⋯⋯. 음, 대역죄인의 집을 때려 부수고 그 자리를 연못으로 만들어 버리는 옛날의 형벌 말이구나. 그게 어쨌다는 게냐?"

아버지는 표정을 누그러뜨리고 흥미를 보였다.

"발칙한 놈이라고 아버지께 꾸중을 들을지도 모르겠습니다만, 전 가끔 이 집의 이쪽 안채와 맞은편 바깥채 사이의 안뜰에 우묵한 곳이 그 연못처럼 느껴져서, 그게 아버지와 저를 가로막고 있는 것처럼 느꼈던 적이 있습니다(느꼈던 적이 아니라, 느끼고 있는 것이다)⋯⋯."

아버지는 기묘한 표정으로, 취기가 돌아 붉어진 눈을 지그시 아들의 움직이는 입에 맞추며 다음 말을 기다렸다.

"아버지, 노여워하지 마십시오. 부모에게 이런 말씀을 올리는 무례를 용서해 주십시오. 전 제 마음속을, 사실을 말씀드리고 있습니다. 조금 전, 술병을 들고 잠시 툇마루에 서서 안뜰을 보고 있었습니다만, 그 황색 연못이 제 눈에 아니, 그렇게 느끼는 마음이 사라진 것 같았습니다. 그 순간 전 술병을 든 양손을 치켜들었는데, 그때 술을 안뜰에 흘려버려서, 아니 그런 게 아니라, 무서운 연못이 사라진 흔적에 술을 뿌린 것이라고 지금 생각하고 있습니다."

즉 일부러 술을 안뜰에 뿌렸다는 말인데, 그러나 약간 각색은 있었다 하더라도, 결코 거짓말은 아니었다. 반주와 소주 한 홉이라는 취기의 영향도 있겠지만, 황색 연못의 환상이 사라졌다는 생각이 작용하여 양손을 크게 펼친 것이었고, 떨어지려는 술병을 잡기는 했지만, 뭔가 무의식중에 무서운 황색 연못의 흔적에 술을 뿌리고 있었는지도 몰랐다.

"으음, 처음 듣는 얘기구나. 파가저택보다도 그렇게 생각하는 네 쪽이 더 무섭다는 기분이 든다. 잘도 그런, 상상도 못한 일을⋯⋯." 너무나 의외였던지, 아버지의 표정은 험악해 보이지 않았다. 이방근의 마음에서 안뜰의 황색 연못이 사라졌다고 들었기 때문이기도 할 것이다. "오호, 도대체가 세상엔 알 수 없는 일도 있는 법이구나. 넌 마음속에 뭔가 보통 사람과 다른 망상 덩어리리도 가지고 있다는 게냐. 도대체 무슨 일이냐. 엉, 우리 집 안뜰이 파가저택의 연못으로 보이다니. 파가저택이 아니라, 다른 것이라도 좋다. 안뜰이 연못이라니……. 옛 시인이라도 그런 말은 하지 않을 게다. 안뜰이 연못이라면, 툇마루에 앉아 낚싯줄을 늘이는 풍취도 나오겠구나. 네 눈은 어떻게 생긴 게, 안뜰이 연못으로 보인다는 게냐. 네겐 인간이 돼지로도, 돼지가 인간으로도 보이는 게 아니냐. 사실 얼굴은 인간이지만 돼지나 다름없는 인간이 얼마든지 있지만 말이다. 도대체 네 머릿속엔 무엇이 들어 있는 게냐? 흐ー음, 그게 사라지고 안뜰이 안뜰로 보였다고 하니, 마귀가 사라진 것이나 마찬가지……. 난 마귀 같은 건 믿지 않지만, 그와 같은 것이라는 말이다. 오호, 파가저택의 연못에는 몇 대의 원한이 깃드는 법……. 오호."

아버지는 어이없다는 듯이 웃었지만, 갑자기 일어서더니 이방근이 이제 막 술을 채워 들고 온 술병을 탁자 위에서 꽉 움켜쥐고, 큰 걸음으로 자리를 떠 장지문을 열고 툇마루로 나갔다.

어험……! 아버지는 뭐라고 소리를 내며 영문을 알 수 없는 말을 했는데, 술병의 술을 모조리 뿌리고 있는 것 같았다. 땅 위로 액체가 줄줄 떨어지는 소리가 났다. 도수가 센 술 냄새가 열려 있는 장지문 사이의 안뜰을 채운 차가운 밤공기를 타고 방으로 흘러 들어왔다. 술 냄새가 퍼져 향기로웠다.

이방근은 코를 찌르며 비강 안쪽까지 확 풍겨 오는 소주 냄새에 끌리듯 자리에서 일어나 툇마루로 나왔다. 부엌에서 나온 부엌이가 멍하니, 주인의 동작을 보고 있었다.

"부엌아―!"

아버지의 목소리는 취기를 띠고 거칠어져 있었다.

"예―."

송구스러워 넙죽 엎드린 듯한 부엌이의 목소리.

"국자 가득, 독한 술을 가지고 오너라."

"예―."

서둘러서 부엌으로 돌아간 부엌이가 두 홉은 족히 들어갈 국자에다 반이 넘도록 소주를 들고 와, 조심스레 내밀고 나서 빈 술병을 받아 들었다.

대문 옆의 쪽문이 열리고 사람 그림자, 아니 그것은 이 집의 여주인, 즉 계모 선옥이었는데, 하얀 치마저고리의 그녀가 어둑어둑한 안뜰로 들어오는 것과, 아버지가 국자의 술을 멀리 기세 좋게 뿌린 것은 거의 동시였다.

"아이구, 이게 무슨 냄새야? 도대체 무슨 일이람, 여기까지 술 냄새가, 무슨 일에요?"

선옥이 커다란 배를 흔들며 잰걸음으로 이쪽을 향해 다가왔다.

"아이고, 마님……."

부엌이가 외쳤다.

"모두가 툇마루에 나와서. 당신, 무얼 하고 계신 거예요? 아이구, 이 냄새……." 선옥이 코를 잡았던 터라, 목소리가 갑자기 질식할 듯 괴롭게 들렸다. "술에 취하신 겁니까. 아이고, 이 무슨 일이, 술을 안뜰에 잔뜩 뿌리시고……."

"어험, 시끄러워. 파가저택이야. 저택의 연못이 사라졌다구."

"아이고, 당신, 뭐라고 하시는 거예요. 연못이라니, 어디의 연못이 사라졌다는 겁니까? 방근이, 왜 가만히 있는 거야, 아버지를……. 제가 없는 사이에 무슨 일이 있었어요?"

아버지가 술에 취해 실성이라도 했다고 생각하는 것 같은 선옥은, 고무신을 벗어던지듯이 무거운 몸으로 부엌이의 도움을 받아 툇마루로 올라와서는 아버지의 팔을 잡았다. 그러자 그녀는 거기에서 기침을 하기 시작했는데, 우욱, 우욱 하며 구역질이 났는지 입에 손을 대고 등을 구부려 웅크렸다. 입덧을 일으킨 모양이다.

"아이구, 이 냄새, 부엌아ー, 안뜰에 물을 뿌리고 이 냄새를 없애거라. 걸레로 닦아낼 수 있으면 걸레가 될 만한 걸 모두 꺼내 닦아내고. 이런 아까운 일을……. 욱, 우욱, 우욱, 아이구, 이 냄새, 난 죽을 것 같아. 우욱, 우욱!"

놀란 아버지가 아내를 안듯이 부축해서 방으로 들였다. 선옥을 따라 방으로 들어간 부엌이가 장지문을 닫았다.

이방근은 안뜰의 강한 도수의 소주가 발산하는 냄새 속에서 한동안 멍하니 서 있다가 선옥의 구토하는 소리를 어렴풋이 들으며 자신의 방으로 돌아갔다.

식사를 끝낸 온돌방의 탁자는 깨끗이 정리되어 있었다.

부엌이가 맞은편 건물의 방에서 나온 것 같은데, 물을 뿌리거나 걸레로 닦는 기색은 없었다. 임산부라서 그렇기도 하겠지만, 허풍이었다. 걸레로 닦아내라니……. 이 무슨 바보 같은 소리를 늘어놓는단 말인가. 조금 있으면 땅속으로 흡수되어 버릴 것을. 물을 뿌리면 냄새가 퍼져 부풀어 오를 뿐이다. 젖은 땅 냄새를 머금고 붉은 싱거운 술 냄새가. 그것이야말로 구역질이 날 것이다. 걸레로 닦아내라……는 말과 같은 정도로.

이방근은 다시 안뜰의 술 냄새 나는 툇마루로 나와 부엌까지 가서,

술과 말린 대추라도 조금 곁들여서(한 변호사댁에서 얻은 것) 가져오도록 이르고는 방으로 돌아왔다.

핫하아, 일이 묘하게 되었다. 아버지의 엉뚱한 저 행동은 무엇인가. 국자에 담긴 술을 뿌리는 걸 목격한 선옥이 놀라는 것도 무리는 아니다. 의식도 아무것도 아닌 돌발적인 생각, 무언가 살풀이 같은 걸 한 것이었다. 나의 말에 휩쓸린 행동이었다.

어찌 된 일인지, 이 기묘한, 게다가 우연히 스스로 만든 장치에, 스스로 그 장치에 말려든 것 같은 사건이, 이상하게도 마귀가 사라진 것처럼 순간 아버지에 대한 응어리를 풀어낸 것이었다. ……앗, 잊고 있었다. 지금 몇 시지, 여덟 시 반……. 선생님, 오늘 밤, 꼭 와 주세요……. 명선관에 가기로 했었다.

아차차……. 중요한 것을 잊어버리기라도 한 듯이, 이방근은 장판에 엉덩이를 데울 틈도 없이 일어났다.

부엌이가 쟁반에 술을 든 오지 주전자와 술잔이 아닌 유리컵, 그리고 접시에 말린 대추 안주를 담아 열려 있는 서재 방에서 들어왔다. 한가하게 명선관을 생각할 때가 아니다. 그는 서울에 장거리전화를 신청해야 한다는 사실을 떠올린 것이었다. 지금 시간이라면, 한 시간 정도 걸릴지도. 늦어도 열 시까지는 연결될 것이다.

지금 아버지는 스스로, 취소된 혼담 이야기가 재차 불거지고 있음에도 불구하고 한성주가 중매인 역할을 그만두었다고 말하고, 양가의 혼사에 결말이 난 것을 인정했다. 설령 당사자인 최용학이 이쪽으로 온다 한들(필시 그의 집에서 그 뜻을 전해서, 아들이 섬에 오는 것을 사전에 제지할 것이다), 이미 어떻게 될 일은 아니었다. 지금, 서울에 전화를 신청하는 것을 미리 아버지에게 허가받을 필요도 없었다.

어쨌든 어떤 방식이건 간에, 딸을 제주도로 불러 '감금'하고, 남매에게 서약서를 받기까지 해서 최씨 집안과의 결혼을 강요했던 아버지가 파혼을 인정한 것은, 이 집안에 박혀 있던 커다란 가시 하나가 제거된 셈이었다.

응접실에서 서울로 전화를 신청한 이방근은 툇마루로 나와, 서재에서 나온 부엌이를 불러 세웠다.

"새어머니의 상태는 어떤가?"

"누워 계시우다."

"아픈 건가?"

"구역질이 나는 것은 아픈 게 아니우다."

"그건 알고 있어. 술 냄새 소동은 어떻게 되었나?"

"주인마님이 바로 앞에서 뿌리셨기 때문에 가장 안쪽인 마님 방은 아무 냄새도 나지 않수다."

"흐―음, 그럼 다행이군."

아무 냄새가 나지 않더라도 말을 꺼낸 이상, 물을 뿌리라고 할지도 모른다. 구역질이 진정되고 어디의 연못인지 모를 그 연못에 대해서, 파가저택, 아버지의 이야기를 듣고 있을 것이다. 아이고, 이 집의 안뜰이 황색 연못으로 보인다니……. 그리고 그 순간, 다시 구역질이라는 발작을 일으킬지도 모른다.

선옥에게 이번 파혼은 바라던 바가 아니었다. 술 냄새에 발작을 일으킨 것도 임신 탓만은 아니었다. 특히 최용학의 모친과는 혼약 성립 전부터 사돈을 자처하며, 애국부인회 등의 모임을 비롯하여 장도 같이 보러 다니던 사이였다. 파혼이 표면적으로 유원의 사상 문제와 결부된 것은 계모로서도 충격이었고, 정부를 편드는 부인들의 '애국'단체 같은 곳에도 얼굴을 내밀 수가 없게 되었기 때문이다.

아버지는 조금 전에, 넌 여동생 일에 모든 책임을 지겠다고 했는데,

그건 무슨 말이냐? 라고 말참견을 하는 정도로 밖에 캐묻지 않았는데, 어쨌든 선옥은 물론이거니와, 유원의 배후에 오빠가 있다는 건 누구나가 아는 일이었다. 넌 그 애의 오빠다, 오빠라고 아버지가 격한 반응을 보일 때도 있었지만, 그때의 오빠라는 것은 그 애의 '배후'라는 말이 함축돼 있었다. 결국 파혼의 배후에는 이방근의 그림자가 따라다닌다는 것이었다.

이방근은 탁자를 앞에 두고 혼자서 술을 마셨다.

조용하고 어두운 안뜰의 흙은 때 아닌 소주를 빨아들였다. 눈앞에 있는 컵의 술 탓인지, 안뜰로부터 냄새는 풍기지 않았다. 일종의 술주정이었을지도 모르지만, 아버지는 그래도 꽤 진심이었던 것 같았다……. 본래 난 마귀 같은 걸 믿지 않는다고 하면서도, '살풀이'의 흉내를 내었으니까.

한대용의 배가 돌아오는 것이 기다려졌다. 앞으로 일주일 앞으로 다가온 10월 20일에 부산에 갈 수 있을까. 서울에도 사전에 확실한 일정을 연락해야 한다. 이제 여동생에 관한 기본적인 문제는 해결되었고, 남은 일은 출발 일정이 잡히는 대로, 기정사실로서 추진해 온 일본행에 대해 아버지에게 이야기하는 것이다. 아버지는 또 다시 놀라겠지만, 이야기의 결과에 좌우될 일은 아니었다. 따라서 일방적인 보고의 형태가 될 것이다. 결혼을 강제하는 것이 도리에 어긋난 억지라면, 일본행도 무리한 억지였다. 그러나 이방근은 이상하게도 술을 마시면서 계속, 안뜰의 황색 연못이 사라졌다는 느낌에 왠지 장난처럼 휩쓸렸던 '살풀이' 때문은 아니겠지만, 아버지에 대한 지금까지의 감정이 미묘하게 변화한 것을 깨달았다. 잠깐 사이에 일어난 미묘한 변화. 지금까지는 없던 일이었다.

이제 유원은 아버지와, 아버지도 유원과 만날 수 없다. 만날 수 없을 것이다. 그래, 지금 이 순간의, '만날 수 없다'에서 '없겠지'로의 이행, 이 '없겠지'가 이미 이방근의 감정 변화를 나타내고 있었다. 얼마 전에 제주를 출발한 여동생이, 집 대문 앞에서 헤어질 때, 지금까지와 달리 아버지를 껴안아 아버지를 당황하게 했는데, 그것이 이미 그녀의 마음속에서 마지막 이별이었던 것이다. 남은 것은 그저 전화로 출발, 이별의 비탄에 잠긴 인사.

숙부인 건수조차, 출발 직전에 서울에서 전화 인사로 끝내는 것은 당치도 않다, 제주에 가거든 반드시 출발 예정을 아버지에게 말하라고 했지만, 유원은 부산에서 오빠와 만날 뿐(그곳에는 숙부 부부도 서울에서 내려온다), 아버지와는 만나지 않고 일본으로 떠나 버리는 것이다.

이방근은 아버지께 이야기해서 그 허락을 구하고, 승낙을 받는다면(아니, 받지 않을 수 없다), 어떻게든 아버지와 유원을 만나게 할 방법이 없을까 하는 생각을 했다. 이상하게도, 아버지에 대한 응어리가, 그 정도의 상상력조차도 방해하고 있었던 것이다.

음, 그렇지, 아버지의 사정에 따라 달라지겠지만, 부녀가 만날 수 있는 길을 만들자. 지금은, 일본행——탈출 밖에 달리 길이 없다. 그래, 섬 밖으로 추방, 아버지가 골칫거리인 아들에게 섬 밖으로의 이주를 넌지시 요구했듯이, 골칫거리의 국외 '추방'으로, 그야말로 아버지가 말하는 '충성'의 증명도 되는 것이 아닐까. 이제는 제주에 들를 수 없는 유원이도, 그것으로 마음의 부담을 어느 정도 덜게 될 것이다.

아버지와 유원이 만난다. 어디에서? 아마 부산에서. 바로 반 시간 전까지는, 이방근의 머리에 찾아올 리 없었던 생각, 그리고 감정의 변화였다.

아버지와의 사이에 황색 연못이 사라지고, 이방근 자신이 의식한 아버지에 대한 미묘한 감정의 변화는 최용학, 이유원 부부라는 구도의 파탄에 호응하고 있었다. 생각해 보라. 이게 실제로 있을 수 있는 일이었던가. 이 무서운 일을 실현시키고자 아버지는 꾸준히 움직였던 것이다. 최용학 부부, 최 부인 유원! 이방근은 천천히 일어나, 방 안을 걷기 시작했다. 그걸, 부부라고. 최용학 부부가 어떤 것인지, 아버지는 알아야 한다. 그 여동생의 배후에 분명히 오빠의 그림자가 있었다. 그렇지 않았다면 유원이조차 결국, 이 결혼에 응해서, 그 녀석의 팔에 안겨, 아이를 배고……, 그 녀석의 아내가 될 뻔했다. 이 무슨 짓을! 두개골 내부가 소리를 내며 탔다. 씨받이, 씨받이. 파혼, 아버지의 파혼 승인. 당연한 일이었다.

이방근은 취했다고 생각했다. 그는 현실의 대상이 아닌 증오와 분노에 몸을 떨었지만, 그것은 지금 마음에 솟아오르는 일종의 승리감과, 승리자가 내뱉는 침과 같은 것으로 관념상의 분노이자 증오였다. 이미 그 대상의 실체는 없었다.

이방근은 기분이 충만해 있었다. 그는 취기를 의식하고, 어느새 탁자 옆에 벌렁 누워 잠에 빠져들었다.

이방근은 누군가가 깨웠을 때, 순간적으로 검고 커다란 그림자 같은 검은 치마저고리 차림에 놀라, 마치 무언가로부터 자신을 보호하려는 것처럼 한 손을 치켜 올리며 상대를 쏘아보았다.

"아이고, 서방님, 무슨 일이세요?"

"아아, 부, 부엌인가……."

물론, 어느새 잠들었는지 전혀 몰랐던 그는 눈을 뜨고, 그 자신이 잤다는 사실에 놀랐지만, 동시에 뭔가의 꿈을 꾸고 있었던 것이다. 꿈이었다. 그는 꿈에서 살인을 범했다.

어떻게 된 일인가, 꿈속에서의 사건의 경위는 바로 생각해 낼 수 없었지만, 선명하고 강렬한 이미지. 최용학의 목을, 어딘가에 있던 일본도로 잘라 떨어뜨린 순간 뿜어져 나오는 무서운 피의 비말. 주위에 피가 흩뿌려지며 새빨갛게 페인트처럼 물들고 있었는데, 이방근 자신은 전혀 더럽혀지지 않았다. 그리고 눈앞의 피바다 속에 구르고 있는 목은 최용학이기도 하고, 그리고 뭐야, 자네인가라는 느낌의 유달현이기도 한, 제각각 좌우로 절반을 차지한 두 사람이, 입을 벌리고 조용히 눈을 뜬 얼굴을 하고 있었다.

"서방님, 서울에서 전화가 왔수다."

"오, 빨리 말하지." 이방근은 장판에서 일어났다. 몸이 무겁다. "서울에서가 아니야. 이쪽에서 신청했어. 서울에선 누가 전화를 받았지?"

"예. 유원 아씨가 받으셨수다."

"오오, 유원이가……."

이방근은 큰 걸음으로 서재에서 툇마루로 나온 뒤, 응접실로 들어가 수화기를 들었다.

"여보세요……."

"아이고, 오빠, 저예요, 유원……. 건강하세요? 아버지와 새어머니도……."

"건강하고말고, 너도, 숙부랑 숙부모도 잘 있지?"

"예—. 오빠, 오늘은 무슨 일이세요?"

여동생의 목소리에 그리운 느낌이 들었다.

"아무 일도 아니야. 한대용의 배는, 아직 이쪽에 도착하지 않았지만……."

"오빠, 오빠 목소리가 많이 잠겨 있는 것 같아요."

"별일 아니야. 술을 마시다가 잠깐 잠들어 버렸는데, 지금 막 깼어. 잠에서 깬, 자다 일어난 목소리야. 유원아, 오늘은 기쁜 소식을 너에게 전하마."

"기쁜 소식? 오빠가 그런 표현을 하다니, 정말 신기해요."

"그게 말이지, 아버지가, 이번 결혼의 취소에 대해, 전면적으로 승인하셨다. 이번 혼사는, 평화적으로 해결되었어. 한성주 삼촌도 중매인을 그만두셨고."

한성주가 유원에게 미안하다고 사과했던 일은 말하지 않았다.

"……"

여동생은 말을 잊은 것 같았다. 전화의 잡음 사이로 희미한 숨결이 새어 나왔다.

"모든 게 끝났다. 잘됐다. 잘됐어……."

"오빠, 오빠, 아아, 어떻게 하죠. 고맙습니다. 아버지가 허락해 주시다니, 아버지, 감사합니다……."

"아, 저쪽에 아버지가 계신다."

"저쪽에……?"

"아니, 아버지가 이쪽으로 오신다……."

아버지가 부엌 쪽 응접실 출입구에 서 있는 것을 몰랐는데, 아버지는 이방근과 시선이 마주치자, 잠자코 응접실로 들어와 이방근의 옆으로 왔다.

"유원아, 잠깐 기다려……."

이방근은 아직 취기가 가시지 않은 것 같은 아버지를 향해, 실은 오늘 아버지가 혼사의 취소를 양해해 주신 것을 서울에 알리고 있는 중이라고 말하고, 지금 전화로 유원이 아버지에게 감사하고 있습니다, 전화로 말씀하시지 않겠습니까…… 하고, 이방근치고는 응어리가 없는 어조로 말했다.

아버지는 알았다고 하고, 오늘은 남매끼리 얘기해라, 나는 내일 다시 건수에게 내 쪽에서 전화할 테니까……라며, 전화를 받지 않았다.

건수 숙부는 아직 돌아오지 않은 모양인데, 이방근은 여동생과 잠시 이야기를 하고, 다시 연락을 하겠다며 전화를 끊었다.

이방근은 아버지와 함께 부엌 쪽 출입구에서 툇마루로 나왔다.

"어험……." 아버지가 멈춰 서서 말했다. "넌 한성주에게, 여동생같이 부모를 속 썩이는 골칫거리는, 자신이 책임을 지고 어딘가로 추방해 버려야겠다고 말을 했느냐. 한성주는 네 앞에선 아무 말도 하지 않은 모양이지만, 신경을 쓰고 있더구나. 그건 무슨 말이냐? 음."

"예―, 그렇게 말씀드렸습니다. 특별히 의미가 있는 건 아니고, 그때 다소 감정이 격해져서 그렇게 말한 것뿐입니다."

"음……. 뭐가, 그렇게 감정이 격해 있었던 게냐."

그러나 그건 질문이 아니었다.

"뭔가, 하실 말씀이 있으신가요?"

"오늘은 됐다."

"그럼, 전 실례하겠습니다."

"음."

이방근은 응접실의 툇마루를 따라 서재 쪽을 향해 걸었다.

7

강몽구와 연락을 취할 수 없을까, 자네라면 할 수 있겠지……. 갑작스런 한성주의 부탁이었다. 오늘이 15일이니까 그저께다. 이방근은 박산봉과 양준오에게 말을 해 두었지만 하루 이틀로 간단히 될 일은 아니었다.

그런데 우연이라고 해도 좋겠지만, 점심때를 지나, 지난 밤 늦게 제주읍 동쪽에 인접한 조천면의 T리 축항으로 귀항한 한대용이, 일본에서 돌아온 귀국 보고를 한다며 방문해, 성내에 강몽구가 와 있다고 알려 줬다.

이번 화물은 교토 니시진(西陣)의 재일조선인 업자에게 발주한 견직물과 기타 양복감, 의류, 고무장화, 운동화, 문구용품 등이고, 이 중에 의류와 운동화 일부는 조직으로 들어간다. 강몽구는 전날 밤에 물품 확인을 마치고 오늘 아침 일찍 성내로 이동했다고 전했다. 한대용은 조만간 배를 이방근의 명의로 매도하고, 그 이후에도 조직 소속 배의 대리선주로서 계속해서 일본을 왕래하게 된다.

그에게 강몽구와 만나고 싶다는 전언을 해 두었는데, 뜻밖에 저녁에 집으로 돼지고기를 가지고 온 고깃간 주인으로부터, 강몽구가 사촌 형인 송 선주 집에서 기다리고 있다는 소식을 들었다. 송래운과는 바로 어제, 주인 송 씨의 중개로 산지에 있는 그의 집을 방문해 만났었다.

송 씨 집은 산지 언덕의 변두리에 있었고, 뒤쪽 솔숲 맞은편은 사라봉 기슭으로 이어져 있었다. 안뜰 안쪽이 안채로 되어 있는 보통의 초가집 민가였지만, 대문 옆의 방까지 포함하여 방이 많은 편이었다.

이방근은 대문 옆 객실에서, 일본 녹차와 일제 비스킷을, 왠지 옛날이 그리운 느낌으로 먹었다. 녹차는 그저 아무 말 없이 내온 것이 아니었다. 일본 녹차가 있는데 어떠신지……라는 한마디가 그 전에 있었다. 일반적으로 차를 마시지 않는 조선인 가정에서는 녹차가 고급품일 뿐만 아니라, 입에 맞지 않는 경우가 많았다.

제주도의 밀수와 밀항 관계를 좌지우지하는 송래운은, 사십 중반의 알맞은 몸집과 적당한 키, 제법 바닷바람에 단련된 구릿빛 피부의 다부진 몸으로, 목소리는 쉰 것처럼 위협적이었지만 말수는 많지 않았다. 옆방에서는 복수의 인기척이 나고 있었는데, 선원이나 배 관계자일 것이었다.

이방근은 자신이 하려는 말이 상대방에게 엉뚱한 느낌을 줄 수도 있는 내용인 만큼, 쉽게 말을 꺼내기가 어려웠다.

상대방은 처음에 뭔가 밀수에 관한 상담이라도 있나 하고 생각했던 것 같았다. 내가 밀수를……? 나도 모르겠다, 필요하다면 해 볼지도 모를 일이다. 한대용과의 관계로 송 선주는 그런 생각을 했을 것이다.

한대용과의 배 매매 건이라도 되는 줄 알았던 모양인 송래운은, 그게 아니라는 걸 알자, 누가 일본에 가는 건가? 라고 물었는데, 그것이 이야기의 실마리를 제공했다. 그래, 가고말고, 여동생이 곧 갈 겁니다, 단 부산에서……라고 말하고 싶었지만, 그 이야기는 별개였다.

"아니요, 그런 일이 아닙니다."

"호오, 그렇습니까……."

이방근은 사전설명도 없이 현재 제주도에 관한 자신의 생각을 말하고, 넌지시 상대를 이야기에 끌어들였다. 가령 입장이 어떻든 간에, 이 일에 무관심한 도민은 없다. 그의 손아래 처남도 입산했을 터였다. 아무튼 도민 중에서 일가친척이 게릴라와 관계없는 사람은 거의 없었다.

송래운은 화제가 게릴라 투쟁으로 옮겨 가자 자신의 견해를 정면으로 밝혔지만, 딱히 전망을 가지고 있는 것은 아니었다. 즉 게릴라가 승리할지 어떨지 모르겠다는 것이었는데, 그것은 잘 모르지만 승리의 확신이 없다는 쪽으로 비중이 기울어져 있었고, 송 선주는 오히려 어떻게 될 것인지 이방근의 생각을 물었다.

이방근도 모르겠다고 대답했다. 모르겠다고 말하면서도 머릿속에서 뭔가 비참한 광경이 소용돌이치면서 사라지는 걸 보았다. 그래, 앞으로의 일은 누구도 모른다. 아마도 강력한 무력을 배경으로 한 정부군만이 게릴라 섬멸의 겨냥도를 앞에 두고 승리를 전망하고 있을 것이다. 적어도 그들이 비관적이지 않은 것만은 사실이다.

결코 밝은 결론이 없는, 도민으로서 나름대로 낙관적이지 않은 상상을 동반한 대화는 서로의 마음에 고통을 불러일으킬 뿐이었다. 이야기가 이방근의 게릴라 구출과 탈출 계획에 이르렀을 때, 이방근은 상대에게서 의외의 반응을 보았다.

이방근의 이야기 내용을 확인한 송래운은 네모난 얼굴의 한가운데서 빛나는 가느다란 눈을 가만히 고정하고, 기묘한 것이라도 보는 것처럼 이방근을 뚫어지게 바라보았다. 그는 눈앞에 대면하고 있는 이방근의 입에서 방금 나온 말을 믿지 못하는 것 같았다.

이방근은 양준오의 마음을 아프게 하면서도 시간을 들여 그의 입산 반대에서부터 선박으로 탈출——구출의 이야기, 반혁명, 도망, 패배주의 등등, 많은 말이 오가는 격론을 벌였지만, 송래운에게는 그런 이야기를 할 수는 없었다. 그러나 송래운은 생략된 이야기의 줄거리만을 듣고 그에 찬성을 표하면서도, 어째서 이방근이 그런 장사도 안 되는 모험을 하려는 것인지, 거의 어이가 없다는 듯이 반문했다.

"……실은 나도 만일의 경우엔 말이오(그의 이야기에 의하면, 게릴라 측이 이기든가, 아니면 패배함으로써, 그리고 언젠가 다시 큰 학살이 시작된다면……이라는 내용이었다), 똑같은 생각을 하고 있었소. 우리는 섬에 살면서, 배를 가지고 있는 섬사람으로선 당연한 생각이지만, 그런데 댁은 다르오. 댁은 신기한 사람이군요. 어떻게 그런 생각이 댁의 머릿속에 떠올랐을까요. 예?"

이방근은 송 선주의 의외라는 태도에 허를 찔린 느낌이었다. 송래운은 이방근의 생각에, 아니 그런 생각을 하고 있는 이방근 자신에 대해서 놀라워했지만, 이방근은 그 반대였다. 의외라고 할 수밖에 없다. 이렇게 즉각적으로 반응하리라고는 생각지도 못했다. 가령 찬동한다고 해도 조금 굴절된 경과를 거치든가, 혹은 생각해 보자며 즉답을 피하고 시간을 끌 수도 있을 것이다.

악수를 싫어하는 이방근이 방석에서 엉덩이를 들어 올려 탁상 너머로 손을 내밀고, 그 손을 받아들인 송래운의 나무 혹같이 울퉁불퉁한 손가락을 잡았다. 이방근은 그 울퉁불퉁한 손의 촉감에 어떤 감동을 느꼈다.

"송 선생, 감사합니다."

이방근은 눈이 부신 듯 상대의 얼굴을 쳐다보며 말했다.

"감사하느니 안하느니 그런 얘기가 아니오. 안 그렇습니까. 난 놀랐소. 성내에 그런 일을 진지하게 생각하고 있는 사람이 살고 있다니……. 도대체가 알 수 없는 일이오."

송래운은 눈을 반짝이며 웃었다. 그리고 왜 게릴라 구출계획을 생각했는지 물었지만, 이방근은, 핫하, 글쎄요…… 하고 웃었을 뿐 대답하지 않았다. 멋진 대답이 바로 나오지 않았다. 어떻게 될지 모르는 비현실적인 게릴라 탈출 계획. 설령 비현실적이지 않더라도, 훌륭한 대답이 바로 나올 만한 일은 아니다. 이방근은 마음속에서 단지 친구를 위해, 친구를 죽게 하고 싶지 않아서……. 그것이 계기라고 중얼거리고 있었다.

송래운은 이방근에게 찬성의 뜻을 나타내면서도, 그처럼 전체적인 계획을 세우고 있는 건 아니었다. 계획 이전의, 섬의 앞날에 대한 걱정과 두려움, 일종의 불안감의 표현이었고, 수동적인 대책이었다. 다만, 만일의 경우, 밀려오는 피난민을 배에 싣는다는 것이다. 이방근으로서도 구체적인 계획은 지금부터이고, 송 선주와 만나는 것도 구체적인 행동을 위한 첫 걸음이다. 송 선주가 움직이면 아마도 배를 동원하는 건 문제가 없을 것이다. 단순하게 계산해 보면 10톤급이 5척만 있어도, 5백 명은 실을 수 있으니까……. 배 이외의 일이 문제가 된다.

몇 명의 게릴라가 산속에 있고(경찰의 블랙리스트에 올라 있는 사람이 약 5백 명 정도 되는데), 그들을 어떻게 구출할 것인가. 도망이나 투항과 마찬가지로, 탈출에 모든 게릴라가 응한다고는 할 수 없다. 도망자나 비겁한 자들에게만 탈출의 구실, 탈출의 길을 열어 주는 것인지도 모른다. 어떤 조직적인 지시나 명분이 필요하다. 패배주의, 투항주의, 반혁명, 배신……. 가령 조직적인 탈출이 지시되더라도 게릴라들이 한 곳에 모여 있는 것도 아니고, 대부분 소부대, 서너 명에서 2, 30명 단위로 분산해서 움직이는 그들을 어떻게 포착할 것인지, 정부군 측의 동향 등등…….

송래운의 생각은 밀항자를 배에 태워 섬 밖으로 내보낸다는 감각의 단순한 연장선상에 있는 것으로, 아직은 막연했다. 일단 유사시에, 산속의 게릴라뿐만 아니라, 탄압이나 학살을 피해 도망치는 도민을 섬 밖으로, 그것도 일본으로 내보낼 수 있는 건 배만큼 좋은 게 없었고, 배의 주인이 그 역할을 완수하는 건 당연하다고 생각하고 있었다.

그때는 당연히 한 사람당 7, 8만 원에서 10만 원 하는 보통 밀항자의 알선과는 사정이 달라진다(짐을 실은 배의 사정에 따라 행선지가 쓰시마(對馬島) 시마네(島根) 현 연안, 규슈(九州), 혹은 규슈 남단을 빙 돌아서 간사이(關西), 와카야마(和歌山) 현 등으로 결정되지만, 악질 선주가 아닌 이상 일본으로 실어 나르는 것은 틀림없었다. 제주도의 밀항업자에게는 거의 없는 일이지만,

본토의 부산 주변에서 선불을 받고 출발한 밀항선이, 어둠을 틈타 근해를 빙빙 돌다가, 부산 근처의 작은 섬에서 여기가 일본이라고 속여 밀항자를 내려 주고, 배만 도망쳐 버리는 경우가 많이 있었다. 이방근이 부산에서 여동생을 밀항시키는데, 배를 신경을 써서 선택하는 이유이기도 했다). 장사는 아니지만, 어떠한 대처가 필요할 것인가. 설령 모든 준비가 갖춰졌다고 해도, 이건 큰 문제였다. 그러나 그것은 나름대로 대응이 나올 수밖에 없을 것이다.

……이런 나도 만일의 경우에는 말이오, 똑같은 생각을 하고 있었소. 우리는 섬에 살면서, 배를 가지고 있는 섬사람으로선, 이건 당연한 생각이오……. 그 배를 가진 자라면 당연하다는 송래운의 생각은, 그럴듯한 논리도 이데올로기도 아닌, 가족의 일원인 게릴라들과 함께 이 섬에서 생활하는 도민의 감정에서 나오는 것이라고 이방근은 생각하면서 내심 감명을 받았다.

이방근은 게릴라 탈출 계획의 하나인 구체적인 단서를 잡고, 송 선주 댁을 나왔다. 예기치 않은 큰 수확이라 해도 좋았다. 게다가 송래운을 통해 새로운 도민감정을 발견했다는 기쁨이 있었다.

그리고 다음날, 즉 오늘 저녁이었지만, 집으로 고기를 가지고 온 고깃간 주인의 연락을 받고, 밤이 되기를 애타게 기다렸다는 듯이, 이방근은 강몽구가 기다리고 있다는 산지 언덕의 송 선주 댁을 다시 방문했다. 거기에서 이방근은 송래운이 선주를 생업으로 하면서, 이미 예전부터 배와 관련된 여러 가지 일로 강몽구와 알고 지내는 사이라는 걸 알았다.

이방근은 사람을 잘못 본 건 아닐까 하고 놀랐지만, 가죽점퍼를 입은 강몽구는 콧수염을 기르고 있었다. 벽에 걸려 있는, 어제는 보지 못한 중절모는 강몽구의 것인 모양이었다.

이방근은 올 봄, 목포 부두에서 우연히 만났을 때의 검은 테 안경을 끼고, 사냥모자에 단정히 넥타이를 맨 스프링코트 차림의 강몽구를 떠올렸다. 그때는 옅게 자란 자연스러운 수염이었는데, 조금 느낌이 다른 짙은 지금의 수염은 붙인 것일지도 모른다. 음, 가짜 수염이다. 목포에서는, 얼핏 어느 건설회사의 사장님 같은 느낌이 들던 그가 말을 걸 때까지도 강몽구라고는 거의 눈치를 채지 못했지만, 안경을 쓰지 않은 지금은 중개업자나, 그 날카로운 눈매로 인해 형사로 보였다. 아니, 실제로 그는 고일대라는 이름 외에, 또 다른 김 모라는 이름으로 서귀포경찰서의 경찰수첩을 지니고 있다고 했다.

고문대장이라고 하면 고문자, 오직 고문을 일로 삼는 패들을 가리키는 것이지만, 강몽구는 고문당하는 쪽이면서도 고문대장으로 불렸다. 이제까지 몇 번이나 체포되어 무서운 고문을 당했지만, 어떤 고문에도 자백하지 않아, 경찰에서는 애를 먹는 인물이었다. 고문대장도 그를 못 이겼던 것이다. 이방근은 남승지에게서 들었는데, 강몽구의 등은 고문으로 살점이 움푹 파인 자국의 도랑이 종횡으로 가로지르고 있어서, 무수한 지렁이가 기어 다니는 것 같은 처참한 모습이라고 했다.

강몽구는 송래운에게, 이방근과는 4·3사건이 일어나기 이전의 이야기지만, 제주경찰서 유치장에서 같은 감방의 동료였다고 웃으면서 다시 소개했다. 그때, 카바레에서 싸웠던 '서북' 패거리들을 내던져서 체포되었는데, 이 동무, 그렇죠? 냄새나는 감방 문이 열리고 들어온 순간 술 냄새가 확 풍겨서……. 음, 아니, 기억하고 있어요. 송 선주가 말했다. 이방근이 '서북' 패거리를 내던졌다는 소문이 성내에 쫙 퍼져서, 어험, 여자들이 떠들고 다녔지…….

강몽구는 이방근을 통해서 한성주로부터 만나자는 제안을 듣더니,

어렵게 생각하는 기색도 없이 흔쾌히 좋다면서, 성주 선생은 대선배라고 말하고, 그러나 시간이 없으니 내일이라도……라며 응했다. 그리고 한성주가 진행하고 있는 연판장운동에 대해 찬성하면서도, 적측이 평화를 바라지 않기 때문에 성공은 기대하기 어렵다며, 낙관적인 견해는 보이지 않았다. 그렇지만 우리의 무장투쟁 이외에 그러한 운동은 평화에 대한 압력이 될 수 있다. 적에게 탄압의 구실을 주지 않도록 하면서 운동을 진행시켜야 한다고 강조했다.

이방근은 강몽구에게, 어제와 같은 장소에서 송래운과 나눴던 게릴라 탈출에 대해서, 혁명조직의 간부에게 반혁명적이 될지도 모르는 이야기를 한다는 것은, 설사 개인적인 견해라도 일종의 내적 전율을 동반하는 공포심조차 느끼게 했다. 하지만 작정하고 단도직입적으로 말을 꺼냈다. 가능하면, 조직 책임자인 그로부터 이 일에 대한 견해를 묻고 싶었던 것이다.

강몽구는 송래운으로부터 이미 이야기를 들었는지, 그렇다고는 말하지 않았지만, 우선, 앗핫핫…… 하고 웃었다. 말도 안 되는 소리다……고 일축하지는 않았지만, 그건 심각한 문제라서……라고 한마디 한 뒤, 탁자 위의 잔을 들고 천천히 기울여 소주를 입에 머금었다. 음, 만약에 그 이야기가 사실로서 소문이 난다면, 조직은 혼란해지고 분열이 되어, 전선이 와해될 수도 있다, 그겁니다, 이 동무. 이방근은 말없이 고개를 끄덕이면서, 등에 차가운 한기가 내달리는 걸 느끼고 있었다.

강몽구는 앞으로의 구체적인 투쟁 전망에 관해서는 언급을 피하면서, 우리는 침략에 대한 투쟁에서 승리해야만 한다, 패배하는 일은 있을 수 없다고, 생각해 보면 당연한 말을 했다. 게릴라 탈출 계획은, 게릴라의 조직 붕괴와 패배를 전제로 하고 있다, 즉 탈출 그 자체가 패배가 되는 것이었다.

"우리는 이겨야만 합니다. 이 동무."

"예ㅡ." 이방근은 침을 삼키며 대답했다. "저도 당연히 그렇게 생각하고 있습니다."

이 이상 어떤 대답이 나올 수 있겠는가. 강몽구 자신이 우리는 절대로 승리할 것이라고 말하지는 않았지만, 이방근 또한 이긴다고는 말하지 못해도, 이겨야만 한다……고, 강렬한 소망을 말할 수는 있는 것이었다.

이방근은 양준오와의 게릴라 탈출에 대한 대화를 떠올리고, 지금 눈앞에 강몽구를 보면서도 제삼자가 되어 있는 자신에 깜짝 놀라 정신이 번쩍 들었다.

강몽구는 그 이상은 말하지 않았지만, 그의 완곡한 발언은 결국 게릴라 탈출 계획의 부정이었다. 이것이 다른 간부였다면 어떻게 되었을까. 물론 이방근 자신이 화제로 삼지도 않았겠지만, 우리들 인민유격대의 혁명 투쟁은 반드시 승리한다. 게릴라 탈출 계획은 혁명 투쟁을 근본적으로 파괴시키고, 반혁명적 음모에 직결되는 것이다……라며 무서운 단죄의 장면이 연출되었을 것이다.

강몽구는 4·3무장봉기에 비판적인 소극파였다. 무장투쟁을 강경하게 주장하고 봉기로 이끈 군사부 책임자, 게릴라 사령관 김성달 등의 도당 간부는, 투쟁의 큰 짐을 남기고 '북'으로 그야말로 탈출한 상태였다. 그리고는 김성달 상륙설이 상륙해 왔다. 이방근은 일부러 물어보았는데, 강몽구는 김성달의 상륙을 부정했다. 이방근은 반신반의하면서도 상륙설을 믿고 있지는 않았지만, 그래도 혹시나 하며 걸었던 기대가 컸던 만큼, 가슴을 도려내듯 실망감도 컸다. ……우리는 승리해야만 한다. 그렇다면, 어떻게 승리할 것인가? 그것은 결여되어 있었다. 그곳은 함몰돼 있었다. 그 함몰은 어두운 구멍이고, 그 어둠의 구멍에서 탈출 계획이 생겨났다. 무엇이 승리인가? 패배가, 죽음이 승리인가. 때로는 그런 일도 있을 수 있다. 그렇지만, 그렇지만…… 이방근은 머릿속에서 아직 구체화되지 않은 게릴라 탈출 계획이, 상륙설의 부정을 뒤쫓아 오듯이 와르르 무너져 내리는 느낌에 휩싸였다. 어제 송 선주와의 의견 일치로 맛본 기쁨은, 강몽구의 한마디에 갑자기 암전된 것 같았다. 그렇고말고, 게릴라 탈출……. 가당찮은 생각이다. 이것은 조직의 영역이며, 일개 개인인 이방근이 관여할 수 있는 일이 아니다…….

이방근은 송래운 집을 나와 돌아오는 도중에 깨달았는데, 사실 강몽구의 많지 않은 발언은 분명히 탈출 계획을 간접적으로 부정하고 있는 것이었다. 그러나 실제로는 어떻게 될지도 모르는 이 계획을, 그것은 비현실적이고 도저히 실현 불가능하니까……라는 이유로 부정하지 않은 것은 왜일까. 너무나 비현실적이어서 언급할 필요도 없었기 때문일까. 혹은 반대로, 비현실적이라고 생각하지 않은 것일까. 설령 탈출 가능성이 있어도 그것을 선택하지 않겠다는 뜻이 된다.

조직 책임자가 게릴라 탈출을 부정하는 것은 당연한 일이고, 도망, 항복, 조직해체, 파괴로 이어지는 그와 같은 일을 인정할 리가 없었다. 그것은 양준오와의 대화에서도 여실히 드러나 있었다. 양준오조차, 아니 조직원이기 때문에 더욱 그런 것이다. 따라서 강몽구의 부정에 직면한 것은 충격이었지만, 부정을 당연하게 받아들여야 되는 것이지, 충격은 있을 수 없었다. 그것은 안이한 인식으로 인한 결과일 것이다. 적이 아닌 한, 누가 쌍수를 들고 탈출 계획에 찬성할 것인가. 그것을 기대하고 있는 쪽이 더 이상한 것이었다.

이방근은 김성달 상륙이 환상으로 끝나고 화평 교섭의 성립도 한층 불확실해진다면, 이대로 정세는 혼돈으로 향하고, 함몰의 어두운 밑바닥으로부터의 탈출은 현실의 요구로서 닥쳐올 것 같은 예감이 들었다. 실현 가능성 여부는 차치하고라도, 게릴라 탈출 계획은 역시 필요하다고 재차 생각했다. 그것은 단순한 희망이 아니다. 어떤 방법으로든 사태의 전개에 대비해야 한다. 투쟁의 소용돌이에 있는 강몽구의 머릿속에는, 이제 곧 입을 열게 될 무서운 화염 속 지옥도의 전개가 보이지 않는 것인가.

양준오와 남승지 등의 목숨을 빤히 보고도 내버릴 순 없다. 만일 그 가능성이 컸던 유원의 입산이 현실화되었다면, 지금쯤 한라산 중에 여동생이 있다면……. 여동생을 방치할 것인가. 여동생과 친구들만의 일이 아니다. 명예로운 전사? 혁명을 위한 죽음……. 그렇겠지, 그러나 동시에 개죽음이라는 생각이 든다. 영웅주의, 모험주의를 위한 죽음. 양준오가 입산해도 상관없다. 그러나 죽지 마라. 조만간, 그때가 되면 반드시 내 배로 구출해 내고 말겠다…….

아버지와의 화해가 시작된 것 같았다.

커다란 앙금이 사소한 오해에서 생겨나서, 오해가 풀림과 동시에 얽혀 있던 응어리가 풀려 버리는 일이 있는데, 이방근은 아버지에 대한 나무뿌리의 혹처럼 부풀어 있던 감정이 사라진 게 신기했다. 옅어졌다고 하는 편이 정확하겠지만, 혹이 여러 개였다면 그 하나가, 하나의 덩어리였다면 그 일부분이 사라진 것은 분명했고, 다만 그 앙금의 혹은 두 사람 사이에서 생긴 무언가를 오해한 데서 기인한 것은 아니었다.

양가 사이의 파혼을 아버지가 양해한 것이 계기가 되었고, 오해 같은 것과는 관계가 없었다.

혼담 취소, 이 당연한 결과가 어떻게 이렇게까지 굴절된 과정을 거쳐 온 것인가.

최용학 부인, 이유원. 아무리 생각해 봐도 이것만큼 불쾌하기 짝이 없는 상상의 원형은 없었다. 이방근은 문득 이 일이 머리에 떠오를 때마다, 마치 그것이 사실로 착각할 정도의 이미지가 덮쳐와, 거의 숨이 막힐 것처럼 두개골이 타는 듯한 느낌에 소리를 지르게 된다. 그것이 이제는 단순한 망상이며 현실이 아니라는 사실을 재확인했을 때의 해방감. 유원이 놈의 성욕을 탐하는 상대가 되지 않고 끝난 것만으로도 이방근은 더할 나위 없는 기쁨을 느끼고 있었다. 아버지는 도대체가 이해할 수 없는 일일 것이다. 최용학이란 놈이 위로 아래로 앞뒤로 유원의 육체 깊숙이, 아아, 최 가의 종마, 놈의 정액을 방사해서 그 씨를 뿌린다……! 있어서는 안 될 일인 그 '행위'를 딸에게 강제하는 아버지, 이태수를 결코 용서할 수 없었다. 그것은 아버지이면서도 아버지가 아니다. 승리, 파혼은 승리였다.

지금 이 변화를 '화해'의 제일보라고 한다면, 그것은 아버지보다도 이방근 자신의 아버지에 대한 응어리가 풀린 데서 비롯되었을 것이다.

아버지와의 불화의 원인은 여동생의 문제만이 아니었다. 대를 이을 의사가 없는, 가문을 무시한 이방근의 방종한 생활이, 아버지 입장에서는 큰 원인이 된다는 것을 아들 자신은 알고 있었다. 그러면서도 젊은 시절부터의 아버지의 여자관계, 오랜 세월 지속된 아버지와 어머니의 불화, 입원 중인 어머니를 방치하고 후일 후처가 될 선옥을 집으로 데리고 들어온 일……. 아버지의 친일 행위와 반일적인 아들과의 대립 등등, 복잡하게 얽혀 있었다.

아버지는 애당초 소학교 학생인 아들에 대해, 반일의 '흉내'를 냈다고 해서, 뭔가 못마땅한 증오에 가까운 감정을 품고 있었던 것 같았다. 아버지가 아들을 보는 눈초리 등을 통해서도, 이방근은 어린 마음에 그와 같이 아로새겼다. 소학교의 봉안전 방뇨 사건으로 일본인 교무주임에게 죽도로 구타당하고, 소학교 학생임에도 불구하고 3일간 유치장에서 지낸 뒤 학교에서 추방, 전학을 위해 목포소학교로 아버지에게 끌려가는 도중 배 위에서도, 병원 치료까지 받은 아들에게 상처는 아프지 않느냐……는 말 한마디 없었던 아버지를, 이방근은 지금도 묘한 감정으로 떠올렸다. 그때 갑판에서 먼 바다를 바라보면서 아버지가 운 것 같았는데, 이유는 몰랐다. 나이 들면서 생각해 보니, 혹 울고 있었다 해도 그것은 사나이의 눈물은 아닐 것이다. 20년 이상 지난 일이니까, 아버지는 마흔 살 전후였다.

서대문형무소에서 미결로 지낸 1년 동안, 아버지는 몇 번인가의 경성 출장 중에 딱 한 번 면회를 온 적이 있었다. 면회시간이 끝나기도 전에 자리를 뜬 아버지는, 차입물은 잔뜩 넣었지만 거의 말을 하지 않았다. 아들 쪽이 건강하십니까, 걱정을 끼쳐서 죄송합니다……라고 한두 마디 말을 걸었는데, 무뚝뚝해서 그렇다고 하면 그만이지만, 이상하게 서먹서먹했다. 이방근은 소학생 때부터 아버지에게는 불효자였던 것이다. 그렇게밖에 말할 수 없을 것이다.

일본식으로 리모토(李元)라고 창씨개명을 하다니 어찌 된 일인가, 양반가에 있을 수 없는 짐승 같은 일이라고 '판관' 홍대효 노인으로부터 면박을 당하면서도, 자존심이 강한 아버지가 고개를 숙이고 있었다고 하는데, 지금은 작고한 신(申) 선생에게는 냉담했었다. 신 선생은 서당에서 아이들 상대로 한문을 가르치고 있었지만, 원래부터 술을 좋아해서 생활이 빈곤했다. 이방근이 아직 어릴 때, 길에서 신 선생과 스쳐 지나가면, 깍듯이 예의를 갖춰 인사를 했다. 신 선생은 어린아이의 머리를 다정하게 쓰다듬으며 주머니에서 5전짜리를 꺼내 이방근의 작은 손을 펴서 그것을 쥐어 주고, 아아, 똑똑한 아이구나……라며 그 어린 주먹을 다시 큰 손바닥으로 부드럽게 감싸주던 생각이 난다.

신 선생은 술집에서 안주를 믹지 않았다. 술민 한두 진 마시고 떠났다.

어느 날, 취객이 그에게, 왜 술만 마시고 안주를 먹지 않느냐고 조롱하듯이 말했다. 신 선생 왈, 술은 주(酒)니까 마시고, 안주는 안 주니까 안 먹는다고, 어조를 맞춘 즉흥적인 대구(對句)로 취객을 감동시켰는데, 지금도 그것이 이야깃거리가 되고 있었다.

신 선생에게는 대여섯 살 연하의 남동생이 있었는데, 그 동생이 일제 치하의 경관이 되어, 평생 형제간 교류를 끊은 채 세상을 떠났다. 집안에 경찰과 공무원이 나오면, 특히 가족의 유대가 강한 조선에서는 그것은 명예이며, 여러 가지 편의를 받을 수 있는 일이 많았다. 하지만 신 선생은 동생에게 그런 신세를 일절 지지 않았다. 동생은 긴 칼을 허리에 차고 이씨 집안에 자주 출입하곤 했지만, 바둑의 명수이기도 한 형 쪽은, 옛날부터 안면이 있던 이태수로부터 바둑 상대로 초청을 받아도 찾아가는 일이 없었다.

이태수에게는 아들이 소학교 5학년 말, 일제 치하의 제주경찰서에서 유치장 생활을 하고, 커서는 '빨갱이'가 되어 형무소 출입을 한 것이, 부모인 그의 뜻에 부합하지 않았던 것이다. 그 무렵부터 이미 서로의 사이에 틈이 생겼던 것이고, 이방근의 방탕은 해방 이후부터였다.

시대가 변해서 조국은 독립했지만 (미군정하의 친일파 지배 아래에서, 본질적으로 변하지 않았다), 해방 전과 변함없는 아버지의 생각은, 이번에는 자기 딸에 대한 '빨갱이' 취급을 통해 드러났다고 할 수 있었다. 일제강점기에는 아들을 '빨갱이' 취급하고, 대한민국 치하에서는 딸이

'빨갱이'다. 아버지의 생각 이전에, 일본 제국의 국시가 있고, 대한민국의 국시가 있어서, 묘하게도 이것들은 이어지고 있었다.

그런데 어찌 된 일인지 이런 이태수에게 이변이 일어났다.

다음날은 토요일이었지만, 이방근은 강몽구의 대답을 가지고 점심때가 지나 찾아간 한성주의 집에서 믿기 어려운 이야기를 들었다. 그와 이야기를 하면서 마침내 알게 된 것인데, 아버지가 강몽구와 한성주가 만날 장소를 제공하겠다는 말을 한 모양이었다. 이방근은 그 이야기를 듣고 놀랐다.

"정말입니까?"

"……?" 한성주는 이방근의 말에 고개를 갸웃했다. "태수 형님이 아무 말도 하지 않았나? 음, 그랬군. 태수 형님에겐, 날짜가 좀 이르지만 여차여차한 사정으로 강몽구와 만나게 될 거라고 얘기했네. 내 말에 자네 아버지는 반대는 하지 않았어. 결론부터 말하면, 찬성이었지. 그리고 얘기가 장소를 어떻게 할 것인지에 이르렀을 때, 태수 형님은 집의 별채를 사용하면 될 거야……라고 말했네. 간단히 입에서 나올 말은 아니지. 난 놀라서, 아니, 다른 장소가 있겠죠, 라며 거절했지만, 성주가 하는 일에 그 정도는 해야겠지, 강몽구라는 것만 모르면 돼, 미행만 당하지 않고 집으로 잘 들어온다면, 우리 집이 가장 안전하다고, 자네 아버님이 말씀하시더군. 정말 훌륭한 분이시네."

"……"

이방근은 한동안 말문이 막혔다. 뭔가 잘못 들은 게 아닐까 하고 손가락으로 귓구멍을 파려 했는데, 한성주 앞에서 놀란 기색을 감추지 않았다. '빨갱이' 물이 든 딸을 절대로 이 집에 들이지 않는다, 의절하겠다고 아버지가 말했던 것이 불과 2, 3일 전이었다. 그런 아버지가 하필이면 '빨갱이'의 중심인물인 강몽구를, 그것을 알면서도 회합 장

소로 우리 집 별채를 내주다니, 이것은 천변지이(天變地異)의 징조인
가. 어디서 뭔가의 착오라도 생긴 건 아닌가 하고, 이방근이 오히려
불안한 생각을 품을 정도다. 설마, 요전날 밤, 취기에 이끌리듯 안뜰
에 소주를 뿌렸을 때, 이상해진 건 아닐까.

회합 장소의 일로 아버지로부터 사전에 아무것도 듣지 못한 만큼
놀라움은 컸다. 부자간에 응어리의 매듭이 하나 풀린 건 아버지도 자
각하고 있는 것 같았지만, 여전히 아들에게는 입이 무거웠다.

이방근은 자신이 강몽구와의 회담의 중개 역인 걸 아버지에게 새어
나가지 않도록 양해를 부탁해 두었는데, 그러나 강몽구와 만나는 일
자체는 말해 두는 편이 좋겠다고, 한성주의 질문에 응하고 있었다.
그것이 장소 제공으로까지 발전되었다고 할 수 있을 것이다. 음, 미행
만 당하지 않고 제대로 집에 들어온다면 우리 집이 가장 안전……하
다는 말이지. 강몽구라고 알려지지만 않으면 된다. 미행만 당하지 않
고 집에 잘 들어와……. 이것은 강몽구를 집에 들이는 아버지의 조건
이다.

이방근은 한성주 댁 소파 위에서 내심 감탄했다.

강몽구와의 회담을 원하는 한성주는 10월 20일을 기일로 잡은 연판
장의 서명을 끝내지 못하고 있었다. 따라서 당국과의 공식적인 절충에
이르지 못한 단계에서, 한성주로서는 강몽구와 대면하는 것이 조금 이
른 감이 있었다. 그것은 사정을 모르는 강몽구의 탓이 아니었다.

그러나 원래 알던 사이이기도 했고, 이 시국에 제주정계의 유력자
와 도당 조직의 책임자가 서로 의견교환이 가능한 양자회담은 결코
무의미한 일이 아니었기에, 한성주는 상대가 응하기만 한다면 위험을
무릅쓰고라도 굳이 만나기로 한 것이었다.

강몽구는 송래운과 함께 한대용의 배에 실었던 밀수품 처리를 마치

면, 내일이나 모레라도 성내를 떠나야 했다.

한성주는 강몽구와 오늘 밤 여덟 시에 만나고 싶다, 자신은 그 전에 이태수 집에 가서 기다리고 있겠다는 연락을 이방근에게 부탁했다.

북국민학교 정문 앞의 길과 접한 제주세무서의 20명 정도 되는 직원들은 거의 전원이 세포조직원이고, 강몽구는 직원들이 지켜 주는 숙직실에 있을 터였다. 강몽구는 한성주와의 만남을 승낙하고 장소를 어떻게 할지는 이방근에게 일임했지만, 연락 방법은 세무서 출입이 사람들의 눈에 띄기 쉽게 때문에 강몽구 쪽에서 이방근의 집으로 직원 한 사람을 보내기로 돼 있었다.

시각은 오후 세 시나 다섯 시쯤에 연락원이 이쪽으로 찾아올 것이다. 저녁 여덟 시까지는 충분히 시간이 있었다.

아버지는 맞은편 안채에 있는 것 같았다. 이방근은 한성주로부터 오늘 밤의 회합 장소 제공 이야기를 듣고 돌아온 후, 아직 아버지와 얼굴을 마주치지 않고 있었다.

이방근은 두 사람의 회담에 기대는 하지 않았다. 지금까지 본토에서 있었던 4·3사건의 수습을 위한 청원서 운동과는 다르게, 사건 현장인 제주도에서 연판장을 첨부한 청원서를 무시할 수 없다 하더라도, 과연 그것이 화평 공작을 위한 계기가 될지 의문이었다.

요 며칠 사이 한림면의 한라산 기슭, 남해안의 중문면 그 외 여러 곳의 산기슭에서, 게릴라와 토벌군 간의 격렬한 전투가 있었다는 정보가 흘러나왔고, 김성달 사령관 상륙으로 게릴라 측이 별안간 활기를 띠었다면서 피난 소문을 부추기고 있는 경향도 있었지만, 중앙 정부는 제주도 정세는 거의 안정돼 있다고 발표하였다. 그러나 제주경비사령부는 정세가 여전히 험악하다고 강조하고, 내일 17일 부로 20

일 이후 실시될 새로운 통행금지령을 포고한다는 소문이 이미 나돌고 있었다.

실제로 화평 공작이 진행되면 그것이 게릴라 구출로도 이어지는 것이고, 화평 공작의 여하에 관계없이 이방근의 게릴라 탈출 계획을 정당화하는 동기가 되기도 했다. 상당한 힘의 역전 관계의 조건이 생기지 않는 한, 화평 공작의 성립은 어렵겠지만, 그러나 남은 건 이 길밖에 없으므로 할 수 있는 데까지 해 보는 거다. 이방근은 '서북'의 함병호 회장과도 하루 이틀 안에 만나기로 했다. 연판장 운동을 방해하는 반공대회를 하지 말라고 당부하기 위해서가 아니었다. 오랜만에 만나서 식사라도 하려는 것이었다.

어쨌든 한성주와 강몽구 두 사람이 만나는 것은 좋은 일이다. 원래 아는 사이에다, 두 사람 모두 우국지사다. 본심이 나올지는 모르겠지만, 한성주 앞에서 강몽구가 게릴라 투쟁과 차후 제주도 정세의 전망을 어떻게 제시할 것인가.

이방근 개인은 무엇보다도, 아버지가 두 사람을 위해서 장소를 제공한 것에, 의의라고 한다면 의의를 인정하고 있었다. 동기는 모른다. 이러한 아버지의 변화 요인은 무엇일까. 해방 전부터 기골이 있는 인물로서 입장을 초월한 정평이 난 한성주에 대한 신뢰와 동정. 그리고 화평 공작이 진전할 것이라고 생각하고 있는 것일까. 공작이 성공한다면, 설령 나중에 알려지더라도, 장소 제공 같은 건 문제가 되지 않을 것이다.

아버지는 충분히 계산해서가 아니라, 한성주와의 이야기가 계기가 돼 반사적으로 자청한 것 같다는 느낌이 들었다. 아버지는 스스로 표면에 나서지는 않았지만, 연판장의 서명뿐만 아니라, 남해자동차의 택시를 한성주의 운동용으로 사용하는 배려도 있었다. 자택을 회담장소로 대 준 것도 그 결과였다. 지금까지의 아버지 입장에서는, 장소 제공은 무모한 일이었다. 아니다. 그 나름대로 생각이 있을 것이다. ……강몽구라고 알려지지만 않으면 된다, 미행만 당하지 않고 탈 없이 집에 들어온다면, 우리 집이 가장 안전하다.

이방근은 저녁 다섯 시에 방문한 연락원에게 오늘 밤 여덟 시, 장소는 여기 이태수 댁이라는 걸 전했는데, 정각 여덟 시에 대문 옆의 쪽문이 열리자, 어젯밤과 똑같은 중절모에 점퍼 차림의 강몽구가 나타났다.

시간을 적당히 가늠해서 안뜰로 나와, 쪽문 옆에서 기다리고 있던 이방근이 강몽구를 맞이했다. 두 사람은 악수를 나누고 나서, 이방근이 쪽문의 자물쇠를 채웠다.

"혼자 오셨습니까?" 오른쪽 담을 따라서 헛간과 이방근의 방이 있는 건물 사이의 어둡고 좁은 통로로 걸어가면서 이방근이 말했다. "발밑을 조심하십시오."

"그래요, 혼자 왔소. 단 젊은 동료 두 사람이 뒤쪽에 떨어져 따라와 줬지만."

강몽구는 필요 없는 일이었다는 듯이 작게 웃으며 말했다.

집 앞 길에 두 사람, 집 정면을 향해 오른쪽 모퉁이에서 들어간, 아까 그 뒷문 쪽 길에 한 명, 그밖에 합해서 여섯 명의 청년이 근처의 어둠에 섞여 망을 보고 있고, 순찰 경관 두 사람은 경찰 내의 조직원으로, 해안에서부터 이 지역을 중점적으로 돌고 있다고 했다. 아버지가 '조건'으로서 말한 미행은 확실히 없었다.

"흐음."

이방근은 조직의 힘에 감격해 마음이 떨리는 기분이 들었다.

"태수 선생은 집에 계십니까?"

"예, 집에 계십니다."

"아버님은, 음, 훌륭한 분입니다. 전 깊이 감사하고 있습니다. 만나 뵙고 인사드려야겠지만, 안부 잘 전해 주시오."

"손님이 오셨는데, 실례를 용서하십시오."

"난 손님이 아니오. 지금은 그럴 입장이 아니지."

일곱 시쯤에 모습을 보인 한성주와 잡담을 하고 있던 아버지는 집을 비울까 하고 생각한 것 같지만(집에 있으면서 강몽구와 만나지 않는 것은 실례가 된다고 생각한 것 같았다), 그것은 오히려 부자연스러웠다. 가령 목격자가 있다고 하면, 적어도 두 사람의 손님이 한 시간 간격으로 이씨 집안에 들어왔는데, 집 주인이 부재중이라면 두 사람은 누구의 손님인가. 이방근의? 한성주가 이방근의……? 이상하다. 또 한 명의 낯선 사람은? 이태수는 집에 있어야만 했다.

두 사람은 온돌방과 서재의 빛이 반사되고 있는(의식적으로 두 방의 전등을 켜 두었다) 뒤쪽 정원수 사이의 통로를 통해 뒷문 쪽으로 나왔다.

이방근이 앞장서서, 어두운 변소 건물 모퉁이를 왼쪽으로 돌자, 전방의 널문이 양쪽으로 모두 열려 있는 부엌에서, 낮은 촉광의 전등 빛이 밖으로 흘러나오고 있었다.

빛이 희미해져 어두컴컴한 곳에 서 있던 사람의 그림자가 움직이더니, 다가오는 강몽구를 맞이했다.

"아—이고, 강 동무."

"아—이고, 한 선생님. 저는 고일대입니다."

"아아, 고 동무."

두 사람은 갑자기 가볍게, 그러나 크게 두 팔을 벌려 서로 감싸는 듯한 포옹을 했다.

희미한 빛을 반사하는 된장과 간장을 담은 몇 개의 큰 항아리에서 나온 냄새가 어둠에 떠다니는 곳을 지나, 두 사람은 이방근의 안내로 바로 옆 별채로 들어갔다.

세 평이 채 안 되는 온돌방은 아직 그다지 춥지는 않았기에, 장판을 데워 놓지는 않았다. 손님을 맞으려면 온돌을 지펴도 이르지는 않을 것이다. 만일의 경우 뭔가의 흔적을 남기지 않기 위해서였고, 평소 같으면 당연히 나올 술과 음식도 없었다. 단지 귤차가 찻잔에 한 잔씩 나왔다.

이방근은 바로 자리를 떠나 정원으로 나와서는, 일단 부엌으로 들어갔다가 툇마루를 따라 서재로 갔다.

뒷문과 접한 어두운 도로의 돌담 사이 움푹 파인 곳에서 한 사람이 망을 보고 있었다. 경찰이 두세 명이라면, 몇 명이 뒤에서 덮쳐 소리를 못 내도록 겨드랑이 밑으로 양손을 넣어 목덜미를 꽉 죄면서 어딘가로 데리고 갈 수도 있을 것이다.

이방근은 혹시 무슨 일이 생기면, 집 전체가 포위라도 당하지 않는 한, 남승지가 출입한 것처럼, 아마 강몽구도 알고 있을 뒷문의 이용을 생각하고 있었다. 한성주는 그대로 남아 아버지의 방으로 이동하면 된다.

두 사람의 회담은 한 시간 정도로 끝났다. 오랜만에 얼굴을 마주한 정도의, 특별히 깊은 이야기는 없었을 것이다. 앞으로 한성주, 강몽구 사이의 필요한 연락은 이방근을 통해서 송 선주가 취하기로 했다.

이방근은 강몽구가 다시 세무서로 가기 어려울 테니, 여기에서 묵도록 권했지만, 그는 아니 그렇지 않다. 세무서의 숙직실에서 묵고, 내일 아침 날이 밝기 전에 성내를 떠난다고 했다.

세 사람은 서재 뒤의 통로를 통해서 안뜰로 나왔다. 쪽문을 연 이방근은 일단 대문 밖으로 나갔다가 안뜰로 돌아와서 강몽구에게 신호를 한다. 집 앞의 도로 어딘가에서, 지금 이방근이 집에서 나오는 걸, 망 보고 있던 두 사람의 청년 중 한 명은 보고 있을 터였다. 청년들이 없다면 이방근이 동행하게 될 것이다.

강몽구는 어두운 안뜰 너머 아버지가 있는 방을 향해 작은 몸집의 허리를 구부리고, 경의를 표하는 인사를 한 뒤 두 사람과 작별의 악수를 나누고, 열린 쪽문 너머로 모습을 감췄다.

아버지 방에 들어간 한성주는 반 시간 정도 지나서 나왔다. 강몽구가 아버지 방을 향해 인사를 했다고 하자, 오호, 아무 대접도 못해 실례가 많다는 데도……라고 중얼거렸다고 했다.

이방근은 한성주와 동행해서 그를 자택까지 배웅했다. 거리에 사람의 왕래가 거의 없었다.

한성주의 신변을 경계하며 밤낮으로 대기하고 있는 두세 명의 청년들이 마중을 나왔다.

이방근이 집에 돌아가니 시각은 이미 열 시에 가까웠다.

그는 아버지 방으로 갔다. 피곤한지 아버지는 잘 준비를 하고 있었다.

이방근은, 한 선생도 강몽구 씨도 모두 아버지께 깊이 감사하고 있었습니다……라고 한마디 하고 나서, 내일 밤은 일찍 귀가하십니까? 라고 물었다. 내일은 일요일이지만, 저녁에 외출하신다고 했다.

"왜 그러느냐?"

"유원이 일로 드릴 말씀이 있습니다."

"유원이 일? 무슨 일이지?"

"여동생의, 앞으로의 일에 관해서입니다."

"앞으로의 일?"

아버지는 그 이상 묻지 않고 알았다며 고개를 끄덕였다.

"강몽구가 내 쪽을 향해 인사를 했단 말이지."

인사를 하고 자리에서 일어나는 이방근을 향해 아버지가 말했다.

하하, 이런 이야기는 한성주가 말해야 아버지가 솔깃하시지, 내가 말해서는 그다지 효과가 없을 텐데, 라고 이방근은 생각했다. 눈에 보이지 않는 사람을 향해 인사를 한다. 아버지는 일제강점기의 궁성요배(宮城遙拜)를 떠올린 건 아니겠지.

"예―."

"그건 무슨 뜻이냐. 일부러 인사 같은 걸 다 하고……."

"경의를 표하는 겁니다."

"나에게 경의를? 으흠, 멀리서 온 손님에게 전혀 대접도 못하고 무례를 범했는데도."

아버지는 이방근이 한성주로부터 들은 내용과 똑같은 말을 반복했다.

"강몽구는 오히려 그런 점에 더 경의를 표했습니다."

이방근의 입이 움직이는 걸 바라보는 아버지의 퉁방울눈이 사람을 찾는 것처럼 빛났다. 뭐라고? 네가 없는 이야기를 지어 내는 것 아니냐, 라고 말하는 듯이. 이방근이 거짓말을 한 것은 아니었다. 강몽구가 입 밖으로 말하지는 않았지만, 분명히 태도로 보여 주고 있었다.

이방근은 인사를 하고 아버지의 방을 나왔다.

한성주와 강몽구의 회담. 이방근에게는 두 사람의 회담보다도, 생각지도 못한 장소 제공 그 자체에 의의가 있었다.

다음날 17일 부로, 20일 이후의 무허가 통행금지에 대한 제9연대장 포고가 발표되고, 신문 크기의 종이에 붓글씨로 적힌 포고문이 경비사령부와 경찰서 앞에 나붙었다.

「본도의 치안을 파괴하고 양민의 안주를 위협하고, 국권침범을 기도하는 일부 불순분자에 대해서, 군은 정부의 최고사령을 받들어, 매국적 책동에 단호히 철퇴를 가해, 본도의 평화 유지, 민족의 영화와 안전의 대업을 수행하는 임무를 짊어진 군이 극렬분자를 철저히 숙청함에 있어서, 도민의 적극적이고 희생적인 협조를 요망하는 바이다.

군은 한라산 일대에 잠복하여 천인공노할 만행을 감행하는 극렬분자를 소탕하기 위해 10월 20일 이후, 군의 행동임무 종료에 이르는 기간 중에, 전도 해안선으로부터 5킬로 이외의 지점 및 산악지대의 무허가 통행금지를 포고한다.

만일 본 포고에 위반하는 자에 대해서는, 그 이유 여하를 불문하고, 폭도로 인정하여, 총살에 처한다. 단, 특수한 용무를 지니고 산악지대 통행을 필요로 하는 자는, 그 청원에 의해, 군 발행의 특별통행증을 교부하여, 그 안전을 보증한다.」

해안에서 5킬로라고 하면, 예를 들어 성내에서 산천단(山泉壇)에 이르는 노정의 반쯤 되는 지점이었다. 신도들의 관음사 참배도 불가능할 것이다. 특별통행증이라고 해도, 산 중턱의 사찰 참배가 특수한 용무에 해당될 리가 없었다. 산기슭에 가까운 마을은 물론, 산기슭과 해안지대 사이에 위치한 촌락에도 허가 없이는 출입할 수 없게 된다.

중앙 정부의 현지정세에 대한 안정발표에도 불구하고, 군 측의 포고는 새로운 토벌전을 예고하는 것이었다. 섬 전체를 통틀어 해안지대와의 교류를 끊어서 중 산간 부락과 동시에 게릴라를 봉쇄하는 제1차작전의 개시이지만, 이것은 토벌전을 계속하는 한 당연히 예측된 작전이고, 군에는 화평의 의사가 없음을 재차 내보이는 것에 지나지 않았다.

그러나 10월 20일을 기해서 실시된 통행금지와 새로운 작전의 강행은, 연판장 운동을 막 시작한 일주간 전까지는 예측하지 못했다.

포고문 발표는 갓 시작한 연판장 운동에 직접적인 영향을 미치는 힘을 가지고 있었다. 이미 서명자는 관공서 직원을 포함하지 않은 경제, 문화, 교육, 사회단체 관계인사 등 약 50명 목표의 반 정도를 넘었지만, 20일까지 나머지를 채울 수 있을지 불안하게 되었다. 포고문은 연판장 운동과는 상관없었지만, 화평 공작에 대한 경고도 되는 것이었고, 게다가 포고를 발표한 당사자인 군이 4·3사건 수습의 연판장과 청원을 수리할 리가 없었다.

포고문과 관련하여 '서북'과 기타 우익단체의 데모는 일어나지 않았지만, 포고문의 발표만으로 이미 연판장 운동의 보조가 흐트러지기 시작했다.

오후에 성내 거주 서명자 중의 약 열 명이 한성주 댁에 모여(전화로 참가 요청을 받아 이방근도 얼굴을 내밀었다), 사무국 당사자를 포함해서 앞으로의 대책을 함께 이야기했다. 하지만 서명자 중에도 출석자를 대리인으로 바꾼 사퇴자가 나타나고 있었고, 새로운 토벌작전이 강행되는 국면에서 운동은 어렵다는 주장과, 20일을 목표로 서명의 확대를 진행시켜야 한다는 주장으로 나누어졌다. 경제계의 두 실력자인, 이태수와 최상규는 참가하지 않았지만, 서명에 사퇴의 의사표시를 전해오지는 않았다.

결국 하루 전인 19일에는 청원서와 비록 30명에 지나지 않았지만 연판장을 군 당국, 도지사, 그리고 도청을 통해서 중앙정부에 각각 한통씩 제출하고, 한라신문사 내의 국제통신사 제주분국에는 중앙 각지로 보내는 기사를 의뢰하기로 했다. 그리고 사퇴자의 설득. 연판장 운동은 데모와 집회를 하는 것이 아니라, 단순한 서장에 의한 청원이기 때문에, 청원의 실현 여부는 제쳐 두고 어떤 법규에도 저촉되는 않는다는 취지였지만, 사퇴자가 그것을 모르는 것은 아니었다.

이방근은 다음날 저녁, '서북'의 함 회장과 회식을 하기로 돼 있었는데, 데모는 내일이라도 일어날지 모르고, 그것보다도 포고문의 발표로 연판장 운동은 암초에 걸렸다고 해야 할 것이다.

10월 20일, 10·20. 이방근의 머릿속에서 이 숫자가 묘하게 얽혀 있었다. 하루 빨라져서 19일이 되었지만, 연판장의 제출. 통행금지 실시. 그리고 무엇보다도 유원의 일본 출발. 20일로 정한 것은 아니지만 20일쯤. 어느새 삼일 뒤로 다가와 있었다. 한대용의 일본행 화물 싣기 등, 배의 준비가 다 되면, 19일이나 20일에라도 제주에서 부산으로 출발한다.

이 일을 오늘 밤 아버지에게 이야기해야 한다. 그 후에 유원에게 전화를 하고……. 어떻게 될지 알 수 없지만, 아버지를 자극하지 않도록, 그리고 쇼크를 누그러뜨려야 한다. 단, 이전과는 달리 유원의 혼담은 취소돼서, 지금은 어느 정도 받아들일 마음의 준비가 돼 있을 것이다. 아버지가 졸도할 일은 없을 거라는 생각을 했다.

한성주와 만나 밖에서 식사를 마친 아버지는 귀가가 늦어져 여덟 시가 되었다.

이방근은 아버지에게 곧 출발일이 다가오는 유원의 일본행을 언급했다.

8

탁자를 사이에 두고 아버지와 마주 앉은 이방근은 잠시 정좌한 자세로 아버지를 대하고 있었다.

아버지는 거나할 정도로 취해 있었다. 술 냄새는 아버지가 내뿜는 호흡을 타고 술을 마시지 않은 이방근의 콧속으로 부드럽게 스며들어 왔다. 두 사람 사이에는 각각 채워진 술잔이 있었고, 탁자 위에는 말린 명태를 잘게 찢은 무침, 당면과 고기 등을 버무린 잡채, 그 밖에 간단한 안주가 나왔지만, 이방근은 술잔을 들지 않았다. 넌 마시지 않는 게냐? 라는 아버지의 독촉에, 예-, 하고 대답하고, 소주를 한 모금 목으로 흘려 넣었지만, 더 이상 술잔의 위치는 움직이지 않았다. 담배도 아니고, 아버지 앞에서 삼가는 건 아니었지만, 어쩐지 술이 목에 걸려 잘 넘어가지 않았다. 아버지는 천천히 술잔을 입에 댔는데, 잔을 들지 않는 아들을 신기한 듯 쳐다보았다.

이방근은 예정 시간보다 한두 시간 귀가가 늦은 아버지를 기다리면서, 사흘 뒤로 다가온 여동생의 출발을 아버지께 고하는 것에 마음의 고통을 느끼고 있었다. 너무나 갑작스러운 선언, 기습공격과 같은 당치 않은 행동이라는 걸 이제 와서 깨달은 느낌이었다. 여동생의 혼담 취소를 계기로 한 아버지와의 '화해'의 첫걸음, 아버지와의 사이에 나무의 옹이처럼 부풀어 있던 응어리가 이상하게 사라진 지금, 여동생의 출발을 마음에 감춰 두는 일이 예기치 않은 고통이었고, 요 며칠 고백의 충동에 사로잡혀 있었다. 그러나 이보다 더 빨리 아버지에게 말할 기회는 없었던 게 아닌가.

지금 막판에 와서, 지금까지 없었던 죄의식이 이방근의 마음을 괴롭혔다. 그는 아버지를 속여 왔던 것이다. 가부장적인 아버지의 뜻을 거스르며 자신이 의도하는 쪽으로 일을 추진해 왔다. 그리고 거의 그의 뜻대로 된 지금의 자신에 대한, 뭐라고 형용하기 어려운 혐오감과 죄의식……(그러나 여동생은 기계적으로 오빠의 '강압'에 따른 것은 아니다). 게다가 아버지에 대한 승리, 여동생의 혼담 취소는 단순히 상대인 최씨 집안에 대한 승리가 아니라, 명백히 아버지에 대한 승리, 그 강권에 대한 승리, 이방근은 내심 지금 확실히 그것을 의식하고 있었다. 그리고 그것을 의식하는 것 자체가 마음을 괴롭혔다.

아버지 되는 자의 지배권 밖에 있는 일. 절대적 지배의 위치에 있는 가부장의 자리를 축으로 부자의 암묵적 다툼이 있다. 집안을 잇는 것은 가부장의 위치 획득과 동시에, 거기에 이르기까지 가부장적 지배에 편입되고, 지배와 복종의 관계에 자식은 놓이게 되는 것이지만, 집안의 상속 의사가 없는 이방근은, 처음부터 가부장의 자리를 둘러싼 아버지와의 세대교체로 대립하지는 않았다. 그는 그러한 의미에서는 가부장에게 복종하지 않는 위치에, 자유로운 곳에다 자신을 위치시키고 있었던 것이다. 또한 아버지는 가부장으로서의 지배와 상속권을 포기한 자식에게 영향을 미칠 수 없었던 것이고, 그것이 아버지에 대한 더할 나위 없는 불효자인 이유이기도 했다.

그렇다고 해도 왜 이리 떳떳치 못했던 것일까. 결코 비겁한(비겁, 그것이야말로 가장 비도덕적인 것이 아닌가. 설령 선한 자에게 그것이 통한다고 해도) 일을 한 건 아니지만, 그는 지금 깊은 곳에 떳떳치 못함을 숨겨왔다는 것에 생각이 미쳤다. 아니, 인정하는 것이다. 역시 비굴했었나. 비루한 마음.

왜, 이렇게까지 해서 여동생을 일본에 보내야 하는 것일까. 그것은 그렇게 선택되는 것이 당연한 일이다. 음악공부를 계속하기 위해서, 그리고 정치의 소용돌이 속에 말려들지 않고 재능을 펼치기 위해서…… 아아, 부아가 치미는 말! 최용학 같은 남자와 결혼을 하지 않기 위해서……. 그게 어째서 떳떳하지 못한 것인가. 내가 아버지와의 사이에서 해 왔던 일은 선이라 할 순 없겠지만 그러나 떳떳치 못한 일은 아닐 것이다. 떳떳치 못한 것은 결국 아버지를 속였기 때문인가.

아버지를 속였다? 아버지에 대한 승리, 그렇게 의식하는 것이 떳떳치 못한 것인가. 아니, 여동생을 일본으로 가게 하는 것 자체가 떳떳치 못한 일이다.

이방근은 방으로 들어와서도, 지금 아버지와 상대하고 있으면서도, 떳떳치 못한 것이 몸속의 공동에서 감돌고 있는 걸 느끼고 있었다. 몸속 어딘가를 헤엄치고 있는 투명한 해파리처럼, 그것은 부유감(浮遊感)이 있었다. 실체가 확실하지 않은 일종의 불쾌한 감정, 앉아 있기가 불편한 감정의 욱신거림.

이방근은 자신의 심장 고동이 귀에 울리는 것을 의식하면서 술잔 가장자리를 입술에 대었지만, 맛을 보듯 음미했을 뿐이었다.

"아까도 말씀드렸지만, 혼담이 취소된 지금의 유원에게는 예정대로 일본으로 유학을 보내는 게 최선의 방법이라고 생각합니다. 게다가 지금은 상황도 바뀌어, 유원이 빨갱이라며 세상 사람들의 비난과 중상이 아버지에게 집중되고 있는 가운데, 여동생을 해외로 보내는 건 아버지도 말씀하셨듯이, 딸이 빨갱이인 것에 대한 아버지로서의 사회적 입장이나 책임으로 보더라도 딸과 '의절'한 것으로 증명되는 게 아니겠습니까. 적어도 형식상으로는 그렇게 됩니다. 일종의 추방……. 전 아버지가 진심으로 유원과 의절하려 하신다곤 생각지 않습니다. 아니, 그것보다도, 여동생이 앞으로 서울에서 공부를 계속하는 건, 여러 가지 의미에서 위험합니다. 다시 체포될 가능성도 생깁니다. 이 시대의, 우리나라 사회의 움직임이 그러합니다. 체포된다면 이번에는 기소, 그리고 재판. 알고 계시듯이 이 나라에선 빨갱이에 대한 무죄판결은 없습니다. 삐라를 붙인 것만으로 몇 년 형입니다. 아버지 자신이 지적하셨듯이, 재판소로 가는 일이 생기지 않는다고 장담할 수는 없을 겁니다. 아버지는 건수 숙부에게 후견과 감독의 역할을 맡겨 두셨지만, 이미 유원은 독립한 인격이라서 숙부가 어떻게 할 수 있는 게 아닙니다. 하긴, 건수 숙부 자신이 힘에 겨워하는 게 사실입니다. 아버지 앞에서 이런 말씀을 드리는 건 예의에 어긋나는 일이지만, 현실이 그리 됐습니다." 이방근은 어딘지 모르게 수동적인 태도로 아들의 이야기를 가만히 듣고 있는 가라앉은 표정의 아버지 얼굴을 쳐다보았다. "아버지, 제 얘기에 놀라지 말아 주세요. 이제 다 끝난 일이지만, 유원은 어쩌면 아니, 아마도 한라산 산부대에 호응해 입산까지 할 수도 있었습니다. 여동생에게 고향 땅의 4·3사건은 커다란 충격이었고, 지금도 많은 희생자가 나오는 고향의 동란으로 연약한 마음에 상처받고 있습니다. 아버지는 제가 여러 가지로 여동생에게 영향을 주고 있다고 말씀하시는데, 그렇습니다. 분명히 그런 점도 있습니다. 그러나 여동생의 입산 움직임을 막고, 입산을 시키지 않은 건, 넌 그애의 오빠다, 오빠야……라고 저를 책망하시지만, 전 오빠로서 그 애의 입산을 저지했습니다. 실제 행동을 일으킨 건 아니지만, 섬의 많은 젊은이들과 마찬가지로 마음이 크게 그쪽으로 기울었던 것입니다. 놀랐습니다만, 저도 모르는 사이에 유원은 그렇게 돼 있었습니다. 당연한 얘기지만 이미 어른입니다. 제가 왜 그 애를 입산시키지 않았는지? 지금 여기에서 한마디로 말할 순 없습니다만, 그 연장선상에 유원의 일본행이 있었던 건 사실입니다. 아시겠습니까. 유학은 처음에 담당교수의 추천이 있어서 유원이 원했던 일입니다……."

유원의 입산……운운에는 역시 아버지도 놀란 듯했다. 이방근은 아버지의 표정이 가면처럼 얼굴에서 툭하고 미끄러져 떨어지듯이 움직이는 것을 분명히 보았다. 그리고 그 얼굴에서 취기가, 아니 핏기가 가시듯 안색이 잠시 동안 바뀌어 있었던 것이다.

"그 얘긴 정말이냐?"

아버지는 아무렇지도 않은 듯 말했지만, 목소리가 안쪽에서 떨리고 있었다.

"예ㅡ, 왜 제가 지금 아버지께 거짓말을 하겠습니까."

다소 잔인한 대답이었다. ……그 얘긴 정말이냐? 이건 단순한 의문이 아니다. 아버지이면서 자식의 일에는 어두운, 아버지는 이 말을 발화한 것으로, 몹시 놀란 마음을 억누르고 정신적 균형을 유지하고 있었다.

결정적인 일격이라고도 할 만했지만, 그것이 현실이 된 것은 아니었다. 그렇지만 아버지의 마음에 절망적인 공포심을 불러일으키기에 충분한 이방근의 한마디였다. 실제로 젊은 자녀들이 게릴라에 가담하고 있는, 이 섬에서는 흔한, 설마 우리 딸이……가 통하지 않는다는 사실이, 아버지의 공포를 한층 더 부추겼음에 틀림없었다. 앞으로도 딸 주변에서 이러한 현실은 일어날 수 있는 것이다.

아버지는 안도한 듯한, 그것이 섞인 커다란 한숨을 내쉬었다.

"으흠, 해외로 보낸다, 일본에……. 네가 한성주에게 말했다고 하는, 추방이냐? 내가 딸과 연을 끊고, 해외추방……." 그래, 해외추방, 아들의 섬 밖 추방을 꾀했던 아버지라면, 충분히 이해할 수 있는 일이었다. "그래서, 어떻게 한다는 게냐?"

"예ㅡ." 이방근은 아버지의 말에 반사적으로, 아까와 똑같은 말을 되풀이해서 대답했다. "유원을 일본으로 유학시킨다는 것입니다."

"그건 알고 있다. 그러나 그것만으론 말이 안 돼. 구체적인 얘기를 묻고 있는 게야(구체적인 이야기……. 그래, 그건 사나흘 후에 출발이다). 네가 어젯밤에 유원의 앞날에 대해 할 얘기가 있다고 할 때부터, 그런 일일 거라고 생각은 하고 있었다. 넌 부모에게 여동생 같은 골칫거리는, 네 자신이 책임지고 어딘가로 추방해 버리겠다……고, 사전에 한 전 지사에게 얘길 한 모양이지만."

"아니요, 사전에 얘기한 건 아닙니다."

이방근은 아버지의 말을 막았지만, 아버지는 그것이 하나의 복선이라는 것을 알아채고 있는 것 같았다.

"난 한성주로부터 듣기 전에는 너한테 듣지 못했다. 그 얘기를 하고 있는 게다. 요 전날 밤에 네게 물었을 터이다. 넌 감정이 조금 격해진 것일 뿐 특별한 의미는 없다……고 했었는데, 아니냐? (아버지는 말의 미묘한 뉘앙스까지 잘 기억하고 있었다) 그런데 넌 그 추방지가 일본이라는 걸, 방금 전에 네 입으로 분명히 말하지 않았느냐."

"예―, 그랬습니다."

이방근은 솔직히 대답했다.

"음, 달리 방법이 없어서, 딸을 추방한다."

아버지는 가볍게 고개를 끄덕였다.

"형식상의 일입니다."

"같은 일이야."

"……"

"오늘 밤은 왜 술을 마시지 않는 거냐?"

"예―."

여느 때와 달리 부드러운 아버지의 어조였다. 이방근은 이 한마디에 감동을 느끼며, 술잔을 입에 대고 처음으로 꿀꺽 삼켜 목구멍으로 흘려보냈다.

이방근은 바싹 다가온 유원의 출발을 말하지 못하고 있었다. 이미 일본행의 궤도는 깔리고, 아버지는 거기에 타고 있었다. 필시 한 달이나 두 달은 더 남은 일이라고 생각하면서. 그것만으로는 말이 안 돼, 구체적인 얘기를 묻고 있는 게야. 그래, 앞으로의 구체적인 얘기를…….

이방근은 시간을 끌면 끌수록 20일 경에 출발한다……고는 말할 수 없었다. 그러나 이제는 내일이라도 시간을 연기해서 출발 시일을 고할 수는 없는 일이었다. 조금 더 사전에 어떻게 안 되었을까. 지금, 이 자리를 놓쳐서는 안 된다. 게다가 오늘 밤 중으로 서울에 전화를 걸어, 출발에 대한 상의를 해야 한다.

그는 다시 술잔을 천천히 입으로 옮기면서, 아버지가 그 구체적인 일을 다시 묻기 전에, 지금 자신이 먼저 이야기를 꺼내야 한다……고 생각했다.

그는 술을 꿀꺽 마시고 술잔을 놓은 뒤, 아버지…… 하고 불렀다.

"아버지." 한 걸음 물러나서 정좌하고 앉은 이방근은, 두 번 반복해서 아버지를 불렀다. 그리고 양손을 장판에 대고 정중한 자세로 말했다. "제가 지금 아버지께 말씀드리는 것에 대해 어쩌면 격노하실지 모르지만, 아무쪼록 마음을 가라앉히고 저를 용서해 주십시오……."

"어험, 무슨 일이냐? 당돌하게."

아버지는 이방근의 지금까지 없던 격식을 차린 태도에 순간 당혹감을 내비치며 입가에 미소를 띠우며 말했다.

"저는 아까부터 아버지 앞에서 송구스러워 술이 목으로 넘어가지 않았을 정도입니다만, 유원의 일본 출발이 이제 며칠 앞으로 다가오고 있습니다. 그 일에 대해 말씀드립니다."

이방근은 눈앞에 무언가가 날아오더라도, 술잔이 날아오더라도 정면으로 받을 각오로, 아버지의 얼굴을 용서를 청하듯 똑바로 쳐다보며 말했다.

"뭐? 유원의 일본 출발이 어떻다고? 몇 월 며칠로, 다가왔어?"

아버지는 자신의 귀를 의심하듯 되물었다. 그러나 몇 월 며칠이라니, 반쯤 정신이 나간 것이 아닌가.

"아니요, 몇 월이 아닙니다. 이번 20일, 그렇습니다. 이번 10월 20일 경에 출발 예정입니다."

이방근은 이번 10월 20일 경이라고, 확실히 날짜를 구분해서 말했다. 마치 아버지의 유도에 넘어간 것처럼.

"유원이 일본으로 가는데, 10월 20일 경에 출발……. 흐-음, 일본행 얘기는 알겠는데, 10월 20일 경, 내년 10월이 아니라 올 10월, 10월 20일 경이라니, 무슨 소리냐. 못 알아듣겠다. 유원이 일본에 가는데, 친족이 서로 의논이라도 한다는 게냐?"

아버지의 등줄기가 똑바로 펴졌다.

"……" 이방근은 말이 궁했다. 아버지를 자극하지 않도록 충격을 진정시켜야 하지만, 이야기에 시간을 둘 여유가 없었다. 아니, 애매하게 이야기를 끊을 수는 없었다. "아버지, 아무쪼록 마음을 가라앉히고 들어주십시오. 이것은 상의입니다. 지금으로선 20일 경에, 앞으로 며칠 남지도 않았습니다만, 사전에 아버지에게, 유원의 결혼 문제도 있었고 해서, 충분히 말씀드리지 못했습니다만, 이것저것 준비할 것도 있어서, 부산에서 일본으로 떠날 예정으로, 유원이 떠나는 걸로 예정돼 있습니다. 배의 사정에 따라서는 21일이나 22일 이후가 될지도 모르지만, 그 일에 대해서 지금까지의 사정을 아버지께 말씀드리고 싶습니다."

아버지는 거의 멍하니 아들을 노려보듯 하고 있었는데, 간신히 딸과 10월 20일을 현실로 연결시킬 수 있게 된 모양이었다. 아버지는 말장난처럼 월일의 숫자를 늘어놓았지만, 결코 정신이 나간 건 아니었다. 아버지 이태수에게 있어서 일의 경위와 사정이 어떠하든, 이것은 도저히 이해하기 어려운 일임에 틀림없었다. 딸과 10월 20일이 이태수의 머릿속에서 연결되었다고 해도, 그러나 그것으로 일본 출발이라는 등식은 성립되지 않는다.

"……10월, 20일, 유원이 일본으로 떠난다……?" 아버지는 혼잣말처럼, 그리고 왠지 노래하는 것처럼 중얼거리고 나서, 아들을 향해 말했다. "나는 선박 사정을 묻는 게 아니다. 예정이라는 건 뭐냐? 네 얘기는 10월 20일에 유원이 일본으로 출발한다는 말이지."

"예―……."

"예―라고? 바보 같은 놈. 예―라는 건 어디서 나온 말이야!" 아버지는 손바닥으로 탁자의 가장자리를 두드렸는데, 옆에 있는 잔의 표면이 반짝하고 전등을 반사하여 흔들린 정도였다. 입에서 나온 험담에 비해 손이 아프기 때문인지, 힘을 조절하고 있었고, 분노의 폭발이라기보다 일종의 위협적인 울림이었다. 아버지의 손에 있는 술을 얼굴에 뿌리더라도 가만히 있으려던 이방근은 정좌한 다리가 저려 왔지만, 내심 웃음을 흘렸다. "누가 10월 20일로 정했느냐? 앞으로 보름도 안 남았다."

"……" 아버지는 10월 말로 착각하고 있는 것이 아닌가. "예―, 오늘이 17일이니까 앞으로 3, 4일입니다."

"뭐라고, 앞으로 3, 4일이라고? 유원이와 10월 20일인지, 9월 20일인지가 무슨 관계가 있느냐. 누가 일본행을 허가했느냐? 서울에 있는 건수냐?"

아버지는 잔을 기울여 꿀꺽 마시고 탁자 위에 내려놓았는데, 그 눈빛은 순간 증오를 품은 불쾌한 느낌을 동반했다.

"아니요, 그렇지 않습니다." 아버지는 의식적으로 비난의 화살을 서울로 돌렸는데, 이렇게 되면 대답할 도리가 없었다. "허가는 아버지가 하시는 겁니다. 그걸 지금 이렇게 부탁드리며 용서를 구하고 있는 것입니다."

"일본행이 결정되기도 전에 출발일을 정하다니. 안 돼, 뭐가 10월 20일이야. 하늘에서 떨어진 게 10월이고, 구멍에서 기어 나온 게 20일이냐. 호로자식이, 이 나라가 무법천지가 아니라, 이 집이 무법천지다!"

아버지는 갑자기 탁자를 치며 일어서더니, 현기증이라도 나는 것인지, 얼굴을 찌푸리며 이마에 손을 댔다.

"아버지, 왜 그러십니까?"

갑자기 자리에서 일어나 빈혈이라도 일으킨 모양이었다. 이방근은 마비로 거의 쥐가 날 것 같은 양다리를 어색하게 뻗으며 일어섰다.

"시끄럽다. 아무 말도 하지 마라. 서울에 전화를 해. 지금 당장 전화를 하라고. 부엌이, 부엌아ㅡ."

"제가 하겠습니다."

이방근은 고분고분했다.

아버지는 맹장지문을 활짝 열어젖히고 옆방으로 들어가더니, 손 뒤로 쾅 소리를 내면서 문을 닫아 버렸다.

부엌이가 장지문을 열고 얼굴을 내밀었다. 이방근은 그녀에게 서울로 전화를 하도록 이르고 나서, 아직 마비가 가시지 않은 다리를 풀고 원래 자리의 방석 위에 다시 앉았다. 그리고 잔을 들어 단숨에 비우고 (오오, 술이 막힘없이 쭉 흘러 떨어졌다), 탁자 위에 있던 검은 자개 상자에서 담배를 한 대 집어 불을 붙였다. 후우⋯⋯. 연기를 크게 토해 내며 한숨을 쉬었다.

아버지는 이마에 손을 대고 다소 괴로운 듯이 얼굴을 찌푸리고 있었는데, 어쩌면 흥분으로 갑자기 혈압이 오른 것일지도 모른다. 오늘 난 아버지를 절대로 자극하지 않았음에 틀림없다. 조금씩 혈압이 오르고 있었는지도 모른다. 옆이 아니라, 그 맞은편 안쪽 방에서 두통으로 누워 있는 선옥의 목소리가 희미하게 끊기며 들렸다.

전화는 지금 시각이라면 한 시간 정도, 늦어도 두 시간 이내에 연결될 것이다. 자신이 걸려던 전화였는데, 완전히 상황이 달라져 버렸다. 이럴 요량이 아니었다. 어떻게든 될 거라고 생각하고 있었던 것이 안이했다. 아버지가 화내는 것은 당연한 일, 그에 저항할 필요는 없다. 용서를 구하는 것이 늦은 건가.

서울과 전화가 연결되어 아버지가 수화기를 든다면……. 아아, 모처럼 깔아 놓은 궤도가, 거기에 올라타고 있었을 터인 궤도가, 갑자기 뒤집어진 느낌이었다. 음, 전화가 연결되기 전에 어떻게든 대책을 강구해야 한다. 출발 중지는 있을 수 없지만, 한대용의 사정은 어떻게 되는지, 그걸 가늠하면서 며칠 정도 늦어지는 건 어쩔 수 없을 것이다. 어쨌든, 오늘 밤 전화는 아버지가 받지 않는 편이 좋다. 서로를 위해서, 아버지 자신을 위해서도 받지 않는 편이 나을 것이다. 혈압 탓으로 오늘 밤만은 잠시 안정을 취하고, 일어나지 않았으면 좋겠다고 이방근은 바랐다.

그는 도중에 담배를 재떨이에 비벼 끄고 일어섰다. 여기에 혼자 앉아 있어 보았자 소용이 없을 것이다. 일어선 김에 맹장지문을 열어, 몸 상태는 어떻습니까, 하고 방 안쪽에 있을 터인 아버지에게 여쭐 마음도 들지 않았다.

이방근이 방문턱에서 툇마루로 발을 내딛으려고 할 때, 맹장지문 바로 맞은편에서 사람이 왔음을 알리는 선옥의 헛기침 소리가 났다. 뒤돌아보자, 옅은 팥죽색의 치마저고리를 입은 계모가 배를 쑥 내밀고, 열린 맹장지문 사이에서 이쪽으로 나왔다. 화장으로 가린 눈가의 기미가 드러나 있었고, 안색이 좋지 않았지만, 그 용모를 해칠 정도는 아니었다. 뭔가 냄새가 난다. 모유의 냄새가 아닌, 좀 더 원초적인 치마 속에서의, 아니 태반의 냄새, 새끼회…… . 그런 냄새가 날 리 없었지만, 뭔가 계모의 몸에서 날고기와 같은 냄새가 확 풍겼던 것이다.

이방근과 시선이 마주친 그녀는 반사적으로 찌푸린 얼굴에 억지웃음을 지으며, 저어, 방근이……라고 불렀다.

"벌써 일어나려고?"

손에서 반짝 하고 빛난 것은 반지, 다이아반지였다. 임산부와 다이아. 최용학의 모친, 최상규 부인에게 지지 않으려고 끼고 있는 것일지도 모른다. 어머니의 유품에도 비취반지 같은 게 있었지만, 지금은 서울의 여동생 수중에 있을 터였다. 비취…… . 문난설의 길고 아름다운 손가락. 서울의 팔러에서 처음 만났을 때 그녀의 손가락에서 빛나고 있었던 것은 루비였다.

"……예ー." 이방근은 두세 걸음, 방 안으로 발걸음을 되돌려서 마음에도 없는 걸 물었다. "아버지가 부르십니까?"

"아니, 아버지는 몸이 안 좋다며 지금 쉬고 계셔."

"그렇습니까. 혈압 탓일지도, 혈압이 조금 올랐을지도 모릅니다."

이방근은 냉정하게 말했다.

"혈압이 오를 일이라도 있었나?"

"아니요."

"가슴이 답답하다고…… ."

"가슴이 답답하다고요?"

이방근은 움찔해서 되물었다.

"그런가봐. 청심환, 우황청심환을 한 알 먹고, 지금은 심장의 맥박도 안정되어 누워 계셔."

"어째서, 제가 여기 있는데 부르지 않습니까."

"그 정도는 아니라서, 약을 먹고 상태를 본 것뿐이야. 그보다도 언제 발작을 일으켜, 올 봄처럼 쓰러질지 몰라. 아버지와의 사이에 무슨 언쟁이라도 있었나."

"핫하아, 이제 와서 무슨 언쟁을 하겠습니까?" 이방근은 조금 퉁명스러운 어조로 말했다. "아버지는 무슨 말씀 없으셨습니까?"

"바로 이불을 깔라고 해서 꽤나 놀랐지만, 청심환을 드시고 조금 진정된 것 같은데, 이야기할 새가 있어야지."

"예—……. 아버지는, 그대로 안정을 취하시는 편이 좋겠지요." 이방근은 아버지의 용태가 대수롭지 않은 것에 안도하면서, 일단 이 자리의 위기는 모면했다고 생각했다. 만일 아버지로부터 여동생의 출발에 대해 듣고 있었다면, 이번 파혼을 불행이라고 생각하고 있는 계모는, 도대체 무슨 일이냐고 그녀 나름대로 말을 걸어왔을 것이고, 또 그래서 아버지가……라고 연관시킬 것이 틀림없었다. 그것은 지금의 이방근을 극도로 조바심 나게 만들었을 것이다. 영문 모를 폭발을 일으킬 지도 모른다. "아버지와의 사이에 무슨 언쟁이 있겠습니까. 유원의 일도, 새어머니가 아시는 것처럼 됐습니다만, 다만 앞으로의 유원의 일로, 이전부터도 얘기는 나왔던 것이지만, 그 얘기 도중에 아버지는 자리에서 일어나셨습니다."

여동생의 이야기를 더 이상 일체 하고 싶지 않았던 이방근은, 지금은 한시라도 빨리 계모와의 대화에서 벗어나고 싶었다. 내일이 되어, 유원의 출발 이야기가 드러나도 상관없다. 내일은, 내일이다.

"이전부터라면, 일본에 간다는 그 일?"

"……" 이방근은 순간 당황하며 대답했다. "그렇습니다."

"아이고, 그래서 아버지가 갑자기 몸이 안 좋아지셨구먼. 유원의 일로 계속 속을 썩이고 계시니……."

이렇게 이야기가 얽혀온다.

"그 일만이 아니지만(아니, 그것뿐이었다), 내일이라도 다시 아버지와 얘기하면 되는 일입니다. 아버지를 자극, 아니 아버지가 흥분하지 않도록 잠시 안정을 취하게 하면 진정되리라 생각합니다. 전 저쪽 방에 가 있을 테니, 무슨 일 있으면 부엌이라도 보내 주세요."

선옥을 뿌리치듯이 방을 나온 이방근은 툇마루를 따라 서재로 돌아와, 거기에서 전화를 기다리기로 했다.

내일이라도 다시 아버지와 얘기하면 되는 일입니다……. 그때까지, 서울과의 전화로, 3, 4일 후로 다가온 출발에 대해 어떻게 대처하면 좋은 것인가. 아버지가 전화를 받는다면(몸 상태가 나쁘더라도 받고 싶을 때는, 기어서라도 전화함까지 갈 아버지다), 모든 것이 뒤집혀 버린다, 한대용의 다음 배로 출발하는 건 불가능하게 될 것이다. 아니, 유원 자신이 유학을 접어 버릴 것이다. 만일 아버지가 받지 않을 경우는, 적어도 오늘 밤의 파괴로부터 도망칠 수 있는 것이다. 배의 제주 출발이 20일이 될지, 그 이후가 될지, 19일이 될지 20일경이 될지, 아직 정해지지 않았기 때문에, 최종적인 서울에의 연락은 며칠 미루면 된다. 어쨌든 내일, 한대용의 연락을 기다렸다가, 배의 일본으로 가는 화물의 적재 상태, 그 밖의 사정을 봐 가면서 일정을 정해야 한다. 만일 며칠인가 연기할 수 있다면, 유원의 출발을 늦춰, 그 사이에 어떻게든 아버지를 설득해 '허가'를 받아야 한다. 일단은 아버지 자신이 일본행의 궤도에 올랐으니까.

아버지에게는 이것저것 모든 것이 충격, 분노라기보다 충격임에 틀림없다. 아니, 이해한다. 아들과 딸의 아버지에 대한 무시, 배신으로 비춰질 것이다. 서울에서의 후견인인 건수 숙부조차도. 그러나 아버지는 충격을 준 현실을 받아들이면서 충격을 누그러뜨리고 거기에서 일어설 수밖에 없다. 그러기 위해서는 잠시 시간이 필요하다. 이미 화살은 시위를 벗어나 공중을 질주하고 있다. 이미 중지 따위 있을 수 없다. 그렇다고 해도, 최용학과 결혼하지 않고 마무리되었다는 건, 무엇을 의미하는가. 그것을 아버지로서는 알 수 없다. 그것을 안다면 딸의 일본행에 대해서도 조금은 생각이 바뀔 것이다.

이방근은 조금 더 그대로 이야기가 진행되었다면, 이태수 부자에게는 신기한 일이지만, 이방근 스스로 화제를 넓혀, 한성주와의 연판장 운동에 대해 이야기했을 터였다. 그리고 무엇보다도 그와 강몽구의 회담 장소로 자택을 제공한 일에 대해, 지금까지 없었던 아버지에 대한 존경의 마음을 담아 이야기하고 싶다는 생각이었지만, 그럴 상황이 아니었다.

이방근은 부엌이가 가져온 술을 천천히 마셨다. 취기의 엷은 막이 희미한 빛을 발하면서 뇌수를 부드럽게 감싸는 느낌이었지만, 아버지가 다시 일어나 오지 말라는 법도 없기 때문에, 찔끔찔끔 목을 적실 정도로만 술을 입에 머금어 흘려보냈다. 바로 조금 전의 일이지만, 아버지 앞에서 뭔가 고형물을 삼키는 것처럼 목에 걸렸던 술이, 지금은 어떤가? 참으로 유동물 그 자체, 어찌 이리도 매끄럽게 목으로 흘러내려가는 것인가. 그 정도로까지 나는 전에 없이 아버지 앞에서 송구스러워하고 있었단 말인가. 스스로 생각해도 이상한 느낌이 들었다.

전화라면, 내일인가 모레 문난설의 아파트 방에 직접 전화가 들어가는 것이 아닌가. 그녀에게 전화를 해야 한다. 오오, 난설이, 난설, 머리가 아프다, 마음이 아프다. 여동생의 일만이 아니다, 모든 것이……. 아름다운 여자, 문난설이여, 그대는 어떤 여자인가? 그대는 나를 사랑하고 있는가. 만일, 만일에 말이다, 내가 프러포즈한다면,

받아들일 만큼 주객관적인 조건은 갖춰져 있는 것일까.

어쨌든 오늘 밤은 이 이상의 물의는 일으키고 싶지 않았다. 아버지의 분노는 당연한 일. 그러나 미리 아버지에게 그 일을 고할 상황이 아니었던 것도 사실이다. 어쨌든 오늘은 오로지 아버지의 '용서'를 구할 작정이었다. 그 자리에서 아버지가 물건을 던지더라도, 가만히 참고 움직이지 않았을 것이다. 그리고 술이 넘어가지 않았던 것을 생각하자.

경우에 따라서는 유원의 출국과 교환 조건으로, 나의 결혼 약속을 요구할지도 모른다. 딸의 결혼에 대해서 남매의 연명으로 서약서를 쓰게 했던 아버지다. 그런 아버지에게 약속을 하고 이번에는 도망치거나 할 수도 없을 것이다. 어쨌든 여동생을 이 나라에서 내보내야 한다.

문난설과의 결혼? 그런 일은 이쪽 멋대로의 공상이고, 그녀와 이야기해 본 적도 없으며, 그녀의 배경이라는 것도 막연한 정도 밖에 모른다. 지금 두 사람은 사랑하고 있는 것인가? 서로의 사랑과 결혼은 별개……. 핫하아, 난설과의 결혼 따위는 있을 수 없다.

이방근은 일전의 문중회, 친족회의를 떠올렸다. ……새색시치고는 나이가 너무 많지만, 이번에 선을 보게 될 처녀는 열아홉 살, 젊고 건강한 여자가 아니면 훌륭한 아이가 태어나지 않지……. 여자는 씨를 뿌려 수확하는 밭이라는 장로의 말. 음, 친족회의의 결정에 따라 중매결혼을 할지도 모른다……. 그것으로 이 불효자가 최대의 효도를 할까. 나는 재혼, 그렇지만 결혼 생활은 거의 하지 않았다. 아니, 아니지……. 씨받이, 종마, 종마……. 집안 상속 이야기가 나올 것이다. 게다가 지금부터 이 섬의 상황이 어떻게 될지 알 수도 없다. 여동생의 일을 핑계 삼아, 타협? 타협의 미덕을 핑계 삼아, 자유를 팔까……. 씨받이, 종마, 종마……. 이방근은 입안에서 시큼한 것이 솟아오르는 걸 느끼자, 술맛이 떨어졌다.

아버지는 누가 출발을 허가했냐며, 막판이라고 해야 할 지금에 와서, 일전에 그랬던 것처럼 '부권의 침범'을 말하지 않은 건 어찌 된 일인가. 허가 없는 자기 딸의 출국. 이것이야말로 자식에 의한 부권의 침범이 아닌가. ……언젠가 꿈속에서 어머니와 사통했던 일. 새벽녘. 서로 침묵한 채, 하부가 빨려 들어가는 것을 느꼈다. 자궁에 흡수되는 돌아가는 기쁨일지도. 무서운 꿈. 잠에서 깬 뒤, 참으로 무서운 꿈. 꿈속의 무서움의 결여. 그 어머니는 무엇인가. 뭔가의 대리이자 상징인가. 여동생 유원의 일부일지도 모른다. '부권'의 침범. 모자상간. 부친 살해…….

약 한 시간 뒤, 서울과 전화가 연결되었다.

벨 소리를 들은 이방근이 응접실로 가자, 먼저 전화를 받은 부엌이가 수화기를 놓고 전화기에서 벗어나려는 참이었는데, 이방근은 일단 아버지에게 알리도록 이르고 나서 수화기를 들었다.

전화 너머에서, 밤의 바다 저편에서, 유원의 목소리가 들렸다.

이방근은 20일 경의 출발에 대한 아버지와의 논의 경과를, 약간 복잡해진 일까지도 간단히 이야기하고, 어쩌면 아버지가 전화를 받으러 올지도 모른다, 그때는 너만이 아니라 건수 숙부까지 전화로 불러내 출발 중지를 명할지도 모르지만, 거스르지 말고 잠자코 듣고 있으면 된다. 오빠 탓으로 하는 거다. 그러나 동요는 하지 마라, 내일 중에는 해결될 테니까, 내일 밤 서울에서 이쪽으로 전화를 해……라고, 미리 언질을 해 두었다.

출발 예정을 목전에 둔 유원은, 슬슬 부산으로 향하는 서울 출발 날짜를 정해야 하고, 아버지와 계모에 대한, 적어도 전화로의 작별인사(이것은 유원에게 가장 중요한, 그리고 두려운 일이었다) 등으로, 최종적인 결정을 기다리고 있었다. 유원이 오늘 밤의 사정도 모른 채, 지금 아버지가 전화를 받자마자 작별인사라도 한다면, 어처구니없는 일이 될 것이다. 인사는 하더라도, 그것은 조금 더 앞으로의 일, 출발 직전의 일이고, 그보다도 어떻게든 부녀가 만날 수 있도록 해야 할 것이다.

아버지가 오시는 게 아닐까 하고, 응접실의 출입구를 주시하며 통화를 하자니, 부엌이가 혼자 돌아와 이방근을 안심시켰다. 아버지는 누워 있는 모양이었다. 빈혈인지 고혈압인지, 이방근은 과장이 아니라, 하늘이 도왔다고 말하고 싶은 기분이었다. 그러나 그래도 전화를 할 생각이었다면, 부엌이나 선옥의 손을 빌려서라도 왔을 것이다.

"아버지는 안 오시나?"

이방근은 전화함의 송화구에서 얼굴을 뗐다.

"예―. 주무시고 계시우다(오오, 이방근은 내심 쾌재를 불렀다). 내일 밤 전화로, 이야기하시겠다고 말씀하셨수다."

"음, 알았어. 몸 상태는 어떠신가? 별일 없겠지."

"예―."

아버지가 내일 밤 과연 전화를 받을지 안 받을지도 의문이었다. 이방근은 미리 부엌이에게, 전화가 연결되면 아버지에게 그 일을 알릴 것, 만일 전화를 받지 못할 경우에는, 내일 밤 서울에서 전화가 올 테니 그때 이야기하시면……된다고 전하도록 알아듣게 말해 두었다.

이방근은 여동생과 한동안 통화를 계속했는데, 오늘 아버지가 전화를 받지 않은 것은 천만다행이었다, 아마 내일 밤 전화로는 좋은 결과를 알릴 수 있을 것이다. 그리고 아직 아버지와 이야기하지 않았지만, 어떻게든 아버지도 함께 부산으로 가도록 하겠다, 거기서 너와 만나도록 하고 싶다고 말해 여동생을 기쁘게 했다. 하지만 그녀는 기뻐하면서도 목소리는 울먹이고 있었다.

"……아버지는 왜 전화를 받지 않으신 거예요?"

"오늘은 벌써 주무셔. 열 시가 지났으니까. 이쪽은 서울과 달라, 어둠에 덮인 시골이야. 자아, 슬슬 전화를 끊자……."

그렇다, 지금 짙고 짙은 어둠에 쌓인 외딴 섬이다. 어째서 전화로 이런 쓸데없는 말을 하는가. 제주도의 어둠은 깊다.

전화를 끊은 이방근은 잠시 그 자리에 우뚝 서서, 귓전에 되살아나는 유원의 목소리를 들었다. 오빠 보고 싶어……. 오빠, 아버지를 슬프게 하지 마세요……. 자상한 딸. 아버지는 너를 다른 사람으로 만들려 하신 분이다. 유원의 출발을 인정하는 것이 부자 사이의 화해를 성립시켜 줄 것이다.

다음날 아침, 여덟 시에 깨우러 온 부엌이에게 아버지의 상태를 묻자, 건강해지셔서 식사 중이라고 했다. 흐음, 어쨌든, 다행이다. 큰일은 아니었던 것이다. 바라건대 이미 막바지인 지금, 귀찮은 일이 발치에서 일어나지 않기를.

그는 이부자리에서 담배를 한 대 피우고 일어나, 식사가 끝날 때를 적당히 가늠해 아버지 방으로 가서(연속해서, 이러한 기특한 일은 좀처럼 없는 일이다), 어젯밤의 일로 다시 승낙을 구했다. 그리고 저녁에는 함병호 '서북' 지부장과 회식이 예정돼 있었고, 열 시까지는 서울에서 전화가 올 것이기 때문에, 귀가는 아홉 시경이 되겠지만, 유원의 일로 상의할 시간을 할애해 주십사 말씀을 여쭸다. 아버지는 뚱하니 입을 다물고 말을 하지 않았는데, 잠시 뜸을 들이다 오후 두 시에 식산은행 2층으로 오라고만 말하고 나갔다.

오후 두 시, 이방근은 식산은행 2층의 이사장실에서 아버지와 만났다. 올 봄, 4·3사건이 일어나기 직전이었지만, 아버지가 졸도한 곳이었다. 여기에 온 것은, 그때 이후 처음이 아닐까.

선옥이 아버지의 위급함을 전화로 알려와 여동생과 둘이서 급히 달려왔더니, 지금 아버지와 마주 보고 앉아 있는 소파 두 개를 마주 보게 붙여 이불을 깔고 그 위에 아버지가 베개도 없이 천장을 보고 누워 있었다. 뇌출혈이 아니고 빈혈이라는 의사의 진단에, 큰일 없이 끝내긴 했지만 애당초 졸도의 원인은 이방근 남매가 그 며칠 전에 몰래 '공산당 조직이 있는 곳에 다녀왔다'는 정보를 누군가로부터(아마도, 아버지의 졸도 직전까지 이사장실에 있었던 최상화일 것이다. 5·10 단독선거의 강행이 4·3봉기로 파탄난 제주 지구의 국회의원입후보자로, 최상규의 사촌 동생에 해당하는 남자다) 듣고 난 충격 때문이었다.

분명히 강몽구와 남승지의 안내를 받아, 동부의 해안 부락인 Y리에서 아득히 먼 한라산 기슭의 촌락인 '해방구'까지 다녀왔지만, 이방근은 아버지의 그 의심을 인정하지 않았다. '아버지를 속이고 있는 것을 증명해 보이겠다'며, 아버지는 도발적으로 말했지만, 이방근은 그 사실이 '증명'되어 발각될 걸 두려워하기보다, 그 '사실'에 의해 '속은 아버지' 자신이 입증되어, 그것이 오히려 극도의 '공산당을 싫어하는' 아버지에게 이중의 충격을 줄 것이 두려웠다.

반년 전에 '공산당 조직이 있는 곳에 다녀왔다'는 이야기만으로 졸도했던 아버지가, 한성주와 강몽구의 회합 장소로 자택을 제공했으니, 이것은 놀랄 만한 일임에 분명했다. 그러나 어젯밤의 충격은 '공산당 조직이 있는 곳……운운'에 못지않게 충분히 아버지를 졸도시킬 만큼의 힘이 있었음에도 몸이 안 좋아지고 심장이 두근거리는 정도로 끝난 것은 다행이었고, 이방근이 가장 염려하던 일이 일단은 문전을 스치고 지나간 것이다.

아버지도 아버지지만, 아들도 아들이었다.

설사 딸의 출국을 인정했다 하더라도, 출발 며칠 전에, 더구나 서울에서 멀리 떨어지고 교통이 차단된 제주 땅에서 그 일을 알게 되는 것은, 그야말로 청천벽력의 처사였다. 돌연 부녀 사이에 투명한 차단벽이 세워져, 아버지의 말도 손도 닿을 수 없는, 또 언제 만날 수 있을지도 모르는 곳으로 헤어져 버리는 사태에 아버지는 몰리게 된 것이었다. 사정이야 어찌 되었건, 그 배후 조종자는 이방근이었다.

최용학과 딸을 결혼시킨다……. 아버지도 아버지이다. 그러나 생각해 보면, 없는 것이나 마찬가지인 '방탕한 자식'을 포기하고, 사업의 보좌역을 사위에게 맡기고 싶었던 아버지, 선옥의 회임을 하늘이 베푼 더할 나위 없는 행복으로 여기며 모든 희망을 거기에 걸고 있는 아버지지만, 이방근은 그 아버지로부터 자신의 모습을 보았다. 아직 아들인지 딸인지도 모르는 태아에게 요원한 장래를 맡기는 것도 가엾고, 결국은 살아 있는 지금의 아버지인 이태수의 관념이지만, 이것도 아들 탓이라고 할 수 있었다. 어쨌든 생명이 깃들어 있는 것이다.

이방근은 다시, 지금의 유원이 처신해야 할 방도로써 또 가족들에게도 그녀의 일본 유학, 서울(이방근은 이 나라, 한국 땅이라고는 하지 않았다)을 떠나는 것이 최선의 길이라는 것, 그리고 당연한 일이지만 그 기회를 잡지 못해 미리 상의하지 못하다가 어젯밤에 이른 사정을 이야기했다. 이방근이 이처럼 변명하듯 반복해서 일의 경위를 이야기하는 경우가 없다는 걸 아버지는 알고 있었다. 적어도 이방근은, 이번에는 어젯밤부터 오늘에 걸쳐서 아버지 앞에 자신을 죽이고 있었다. 그리고 유원을 일본으로 보내는 대신에, 제 나름의 응분의 대가를 치르겠습니다……라고 말했다. 일종의 교환 조건이었다.

"뭐라고, 네 나름으로?" 가까스로 아버지가 입을 열었다. "유원 대신에 무얼 하겠다는 게냐?"

"결혼을 할 생각입니다."

결혼……? 이방근은 지금 자신의 입에서 밖으로 나온 순간의, 귀에 익지 않은 말의 느낌에 내심 놀랐다.

"결혼……?"

"그렇습니다."

"서울 여자 말이냐?"

"아니요, 그건 모르겠습니다만, 경우에 따라선 문중회의 결정에 따를 생각입니다."

이방근은 어젯밤부터 이것저것 생각하고 있던 일이지만, 입에서 나오는 대로가 아니라, 동시에 여동생에 대한 뜨거운 애정, 말의 여세를 몰아 그렇게 말했다. 그렇게 말해 버렸다는 쪽이 이방근의 기분일 것이다. 조금 기세가 지나쳤다.

"으ー음……."

아버지는 퉁방울눈을 부라리며 이방근을 바라보고 낮게 신음했지만, 그 이상의 말은 없었다. 아들에 대한 불신, 적어도 결혼에 대해서는 아직 온전히 받아들이기 어려운 점이 있을 것이었다. 그러나 여동생의 경우와 같이 결혼의 서약이라든가 말만이라도 다짐을 받으려 하지는 않았지만, 아들의 언질을 받은 것이 된다. 이방근으로서는 아버지 앞에서 이렇게 확실하게 결혼의 의사를 표명했던 적은 없었기 때문에.

어쨌든 아들의 결혼 의사표명은, 그 결과가 지금으로서는 완전하게 보증된 것은 아니라고 해도, 아버지의 마음에 어떤 만족감을 불러일으킬 것은 틀림없다. 문중회의 결정에 따를 생각……. 그것이야말로 이씨 가문의 종손. 그것은 아버지의 권위에 대한 존중, 부권에 대한 복종을 의미하고 있었다. 이것이야말로 아버지가 암묵적으로 아들과의 관계에서 원하고 있던 것이고, 지금 슬쩍 내보인 이방근의 의사표시에, 아버지는 그 진위를 파악하려 했던 것이다.

아버지는 이방근의 결혼 운운에 대해서 마치 무시하듯 그 이상은 언급하지 않았지만, 솔직히 말하자면, 그 한마디에 눌려 있던 부권을 회복하기라도 한 것처럼, 얼굴에 잠깐 온화한 표정이 떠올랐던 것이다.

아버지는, 돈은 어떻게 할 거냐? 고 물었다. 이방근은 아버지와의 충돌이라는 최악의 사태도 감안하여, 여동생을 위해 그 나름의 준비를 하고 있었지만, 지금 단적으로 그와 같은 말을 한다면, '부권'의 대행은 차치하더라도 아버지가 말하는 '부권'의 침범이 될지도 몰랐다. 게다가 자신이 책임지고 여동생을 공부시키겠다고 하면, 반드시, 호호옷, 그것이 병이다. 너에게 돈이 있다는 게 병……이라는 말로 돌아올 것이 뻔했다. 네 어머니의 유산이 없었다면, 네가 일한 결과도 아닌 그 재산이 없었다면, 아버지에게 항복, 즉 자식이 아버지의 지배에서 독립하여 제멋대로 행동할 수 있는 것은 돈의 힘이라는 것이었다. 그것이 병(아버지의 뜻대로 되지 않는)이라는 것이다.

"어라? 뭐지……."

아버지는 귀가 밝았다.

데모인 것 같다. 데모……. 무슨 말인지 구호를 외치는 소리가 났다. 역시 데모가 일어난 것이었다. 17일부로 제9연대장이 내린 20일 이후 무허가 통행금지 포고에 따른 데모다.

아버지가 창밖으로 내다보라고 했다.

이방근은 소파에서 일어나 이사장의 책상이 있는 창가로 다가가, 레이스 커튼을 조금 걷고 유리창 너머 관덕정 광장을 보았다. 데모 집단이 움직이고 있었다. 통행인이 흩어져 버린 광장을, 수십 명씩 두개의 그룹인 듯한 집단이 현수막을 머리 위로 올려 행진하고 있었다. 상당수가 경찰봉과 같은 곤봉을 들고 있었다.

빨갱이를 때려죽여라! 라는 험악한 말이 구호 사이로 들렸다. 빨갱이는 개 같은 짐승, 돼지지 인간이 아니다. 아아, 늦었나. 이방근은 오늘 밤 만나게 될 함병호의 코가 작은, 그러나 반듯한 얼굴을 떠올렸다. 그와 만나는 것은 회식을 위해서이지, 전 지사가 바라듯, 연판장 운동에 대한 반대시위를 하지 마라, 반공집회를 하지 말아 달라는 등의 부탁을 위해서가 아니었다. '서북'에 그런 이야기를 들고 들어갈 수는 없다. 그러나 술자리에서의 움직임을 보면서, 연판장 운동과 화평 공작에 대해 이야기를 해 볼 작정이었는데, 아마 상대로부터도 이쪽의 의견을 물어 올 것이라고 생각했다. 그 이야기를 주고받는 가운데, 데모 등을 화제로 꺼낼지도 몰랐다.

'반공국시 반공입국 대한민국 정부 수립 만세!', '공비공산 극렬분자 완전소탕!', '반공 애국지사를 친일파로 규정, 처단하는 반민족행위처벌법 단연코 분쇄!' 등의 현수막이 보였다. 연판장 운동 반대의 현수막은 쉽게 눈에 띄지 않는다.

데모대가 구호를 외치면서 광장 주위를 달리기 시작했다. 건조한 하얀 지면에서 미세한 흙먼지가 피어오르는 것이 연기처럼 보였다. 경찰서 앞에 쌓아 올린 흙 포대 옆에서, 총을 든 보초가 지그시 시위대를 바라보고 있었다. ……연판장 운동을 중지하라! 중지하라! 빨갱이를 때려죽여라!

아버지가 자리에서 일어나 창가로 왔다.

"'서북'인가?"

"'서북'만이 아닙니다."

"사람을 때려죽이라니, 인간이 아니다. 짐승이야."

이방근은 아버지의 중얼거림에 정신이 번쩍 들었다. '빨갱이를 때려 죽여라'를 '사람을 때려죽여라'로 바꿔 놓고 있었는데, 순간, 빨갱이 즉 인간이라는 등식이 성립하고 있었다.

서로가 바로 옆에 나란히 서서, 창밖의 광경을 내려다보았다. 그리고 아버지의 입 냄새가 나는 숨결을 피부로 느낄 정도로 가까운 거리에서 친근하게 대화를 나누는 것은 거의 없는 일이어서, 순간적으로 이방근은 묘한 기분을 느꼈다. 그리고는 그 장면을 바로 옆에서 바라보고 있는 또 한 사람인 자신의 시선에서 일종의 쑥스러움을 함께 느꼈고, 아버지보다 먼저 그 자리를 떠나는 것이 조금 망설여지면서도 소파로 돌아가 앉았다. 아버지도 이내 소파로 돌아왔다.

잠시 후, 광장 쪽에서 들은 기억이 있는 행진곡의 노랫소리가, 땅을 구르는 발소리와 함께 들려왔다.

우리는 서북청년군
악마의 원수 쳐버리자
나아가자 38선 넘어
매국노 쳐버리자……
우리는 서북청년군
조국을 찾는 용사다……

서울의 큰길을 트럭에 나눠 탄 '서북'들이, 무서운 형상으로 서북청년회 행진곡을 고함치듯 부르면서 사거리의 빨간 신호를 무시하고 달려가는 것을 이방근은 본 적이 있었다.

아버지를 찾아온 손님이 있어서, 그는 오래 머물지 않고 이사장실을 나왔다. 그래도 세 시, 어느새 한 시간이 지났단 말인가.

아버지는 딸의 일본행을 허락했다. 체념한 것 같았다. 그렇다 치더라도 반복하기에 충분하지만, 출발일이 너무 일렀다. 갑작스러운 사태에 대처하는데, 잔혹한 기분의 시간이었다.

출발 일정은 한대용의 화물 적재 등의 준비도 있고, 최종적으로 정해지지 않았기 때문에, 며칠 정도 어긋날 것이라고 시간에 여유를 두었다. 출발을 앞둔 유원이 제주까지 올 수 있는 상태도 아니었고, 더욱이 공공연히 빨갱이 딱지가 붙은 그녀가 성내에 모습을 드러내서 아버지와 만날 수는 없기에, 일의 형편을 봐 가며 아버지가 부산에서 딸과 만나는 것을 제안한 것이었다.

아버지는 즉답을 하지 않았지만, 그때 어찌 된 일인지 아버지의 얼굴에 동요의 빛, 한순간 허를 찔린 듯한 감정의 파도가 어떤 감동을 동반하고 흔들리는 것이 확실히 보였다.

한대용은 저녁때, 자택이 있는 한림우체국에서 전화를 걸어왔다. 출발은 10월 22, 23일이 될 것 같지만 확정적인 것은 내일이 돼야 안다는 말을 듣고, 이방근은 한숨 돌렸다. 23일로 보면, 앞으로 며칠의 시간이 남았다. 빨리 일을 정리하고 싶었지만, 실제로 유원의 유학을 위해서라고는 했지만, 언제 재회할 수 있을지 알 수 없는 상태로 일본에 가 버리는 걸 생각하면, 마음이 아팠다. 불현듯 함께 가고 싶은 기분이 일었다. 그녀 자신도 그렇겠지만, 지금은 하루라도 출발을 늦추고 싶은 마음이 들었다.

밤, 북신작로의 옥류정에서 '서북' 제주지부장 함병호와 만났지만, 결국 기생을 곁에 두고 먹고 마시고 했을 뿐, 상대가 한성주 등의 연판장 운동을 화제로 삼을 리도 없었고, 이방근도 그런 이야기는 아예 입에 담는 것을 피했다. '옛정을 되새긴다'는 식의 만남을 갖은 뒤 아홉 시를 지나 집에 돌아오자마자, 의외로 빨리 서울로부터의 전화가 연결되었다.

전화를 받은 이방근은 여동생에게, 오늘 아버지와의 대화에서 얻은 '좋은 결과'를 전하고, 아마도 내일은 제주 출발 일정이 22, 23일로 정해질 것이므로, 내일 밤 이쪽에서 전화를 걸겠다고 하고, 부엌이에게 일러 불러온 아버지와 전화를 바꾼 뒤, 그 자리를 벗어나 서재로 돌아왔다. 딸과 통화한 다음 건수 숙부와의 긴 통화가 끝나고 나서 알았지만, 아버지는 응접실에 얼굴을 내민 이방근을 향해 2, 3일 중에라도 유원과 만나기 위해 서울로 출발하겠다고 알렸다.

오오, 놀랄 일은 아니다, 이것이 부모라는 증거일 게다. 이방근은 옆 마을도 아닌, 교통이 차단된 상태의 외진 섬에서 서울까지 간다고 하는 아버지에게 감동을 받았지만, 동시에 자신의 이상한 마음의 움직임에 대한 불쾌한 느낌, 여동생을 찾아간다는 아버지에게 어쩐지 묘한 질투를 느끼고 있는 듯한 자신을 발견하고 놀랐다.

다음날인 19일, 한대용의 배의 제주 출항이 22일 밤 열 시, 조천면 T리 축항으로 결정되었다. 일본에서 돌아왔을 때 짐을 내렸던 곳이었다. 22일 밤 출발, 23일 오전 부산 도착. 23일 밤 또는 24일 날이 밝기 전에 부산을 떠나 일본으로 향한다.

오후에, 한성주 등 몇 명이, 사퇴한 사람들을 제외한 30여 명의 제1차 연판장에 4·3사건 수습에 관한 청원서를 지참하고 도청과 중앙정부 앞으로 제출했는데, 합법적인 것으로서 수리되었다.

다음으로 일행은 토벌군 당사자인 남문길 외각의 농업학교에 있는 경비사령부로 향했지만, 거기에서는 예상대로 수리를 거부당했다. 화평 교섭을 전제로 한 청원의 취지는 본도의 치안과 안전에 중대한 위험을 초래하고 있는 폭도, 공산극렬분자의 철저한 소탕을 국가적 임무로 수행하는 군의 방침과 맞지 않는다는 것이었다. 그러나 연판장 운동 자체는 탄압의 대상으로 삼지 않고 방관, 말하자면 무시하는 태도로 임했다. 군의 무언의 압력이었다.

한성주와 그 외 개인들의 집에 대한 우익단체의 협박이 아직은 일어나지 않았지만, 어제의 데모를 계기로 '서북'에 의한 연판장 운동의 지속적인 방해가 예상되었다. 실제로 연판장 운동의 보조가 흐트러지고, 군에 의한 20일 이후의 통행금지, 본격적인 게릴라 토벌작전의 개시와 함께, 화평 교섭의 전망은 상당히 어려워졌다.

한대용의 배의 제주 출발 일정을 연락받고, 아버지 이태수는 내일 밤에라도 제주발 화물선이 있다면, 그것을 타고 목포에 가기로 했다. 없다면 다음 날로 미뤄진다. 21일 밤 승선, 22일 밤, 유원의 출발 전날 밤에 서울에 도착할 것이었다. 아버지는 서울에서 딸을 보내고 나서, 그곳에서 월말 경에 예정하고 있던 볼일을 본 뒤 제주로 돌아올 예정이었다.

저녁에 선박회사에서 목포로 가는 배는 내일 밤 출항한다는 연락이 왔다.

아버지의 출발은 내일 20일 밤이고, 이방근은 늦어져서 22일 밤이 되지만, 그 다음날에는 부산에서 여동생과 만나게 될 것이다. 마지막은 아니더라도, 긴 이별이다.

출발 당일, 아버지는 평소와 같은 시각에 출근했다. 제주 출항 시각은 오후 여덟 시에서 아홉 시경이 되기 때문에, 오후에 도항증명서를 받으면, 저녁때 집에 돌아오고 나서도 출발까지의 시간은 충분했다.

그런데 정오가 다 되어 선박회사에서 전화가 걸려 오더니, 오늘 밤 예정되었던 선박의 출항은 중지되었다고 알려 왔다. 전화를 받은 이방근이 그 이유를 묻자, 당국의 지시라고 대답했다. 당국……? 내일 21일은? 하고 재차 물었더니, 당분간 운항이 중지될 것이라 했다.

하긴, 출발 전까지는 알게 되겠지만, 전화 통보가 없었다면 축항까지 나가서 운항중지를 알게 되는 꼴이 될 뻔했다. 이태수 선생 댁이라 일부러 알려 준 것이었다.

당국의 지시. 당국에 의한 운항중지. 무슨 일인가 생긴 것이 틀림없었다. 유일한 교통수단인 부정기 화물선이 중지되면, 제주 근해는 완전히 봉쇄 상태가 된다.

이방근은 그 소식을 아버지에게 전화로 알렸다. 무슨 일이 있었던 게냐? 라고 같은 말을 아들에게 되물었는데, 아버지의 귀에도 그에 관한 정보가 들어가지 않은 것이다.

열두 시 반쯤, 예고도 없이 양준오가 찾아왔다. 도청에서 오는 길이라고 했는데, 평정을 가장하고 있지만, 묘하게 긴장한 기색이 그 얼굴에 느껴졌다.

"점심은?"

아직 안 먹었지만, 양준오는 괜찮다고 말했다.

서재 소파에 이방근과 마주 앉은 양준오는 약간 흥분한 어조로, 어젯밤부터 오늘 아침에 걸쳐, 여수에서 군에 의한 대규모 폭동, 반란이 일어난 것 같다는 놀라운 정보를 전했다.

제주경비사령부에 들어온 군정보가 도경찰국에 입수된 것으로, 현재 보도금지령이 내려졌으며, 제주 근해는 해상이 전면 봉쇄되었다.

양준오의 말에 의하면, 어제 19일 밤, 여수항에서 LST로 제주도를 향해 출발하기 위해 대기 중이었던 여수 주둔 제14연대, 제1대대의 장병이 명령을 거부하여, 연대의 약 3천 명의 병사가 봉기했다는 것, 제1대대장 등 20명의 장교를 살해되고, 모든 경찰서, 관공서, 그 외 기관을 점령했고, 이른 아침까지 여수시를 완전 장악했다는 것이다. 게다가 철도를 접수한 반란군 2개 대대가 현재 열차에 분승하여 순천으로 진격하고 있다는 것이었다.

지난 10월 11일에 설치된 경비사령부의 통합지휘하에, 제주 제9연대, 외에 제5연대(부산), 제6연대(대구)의 각 1개 대대, 해군함정, 경찰대가 투입되었지만, 거기에 게릴라 토벌의 병력 증강을 꾀하여, 제14연대의 1개 대대를 10월 19일 오후 여덟 시, 여수항에서 제주도로 출동시키라는 명령이 비밀리에 내려져 있었다.

최초의 봉기는 오후 일곱 시경에 일어났다.

"……동족상잔의 제주도 출동에 결사적으로 반대한다."

이것이 반란군의 최초의 슬로건이라고 했다.

아직 상세한 것은 알 수 없지만, 이 폭동의 뉴스는 이방근에게 충격을 주었다.

제주도 출병에, 우리들은 결사적으로 반대한다……?

이방근은 양준오의 입산이 바로 눈앞에 임박했음을 느꼈다.

오늘 밤에 만나기로 하고, 점심을 거른 양준오는 시간이 없는지, 서둘러 도청으로 향했다.

┃ 지은이

김석범(金石範)

  1925년 일본 오사카에서 태어났고, 교토대학을 졸업했다. 〈제주4·3〉을 테마로 한 대하소설 『화산도』를 집필하고, 일본에서 4·3진상규명과 평화인권운동에 젊음을 바쳤다. 1957년 『까마귀의 죽음』을 발표하여 최초로 국제사회에 제주4·3의 진상을 알렸다.

  대하소설 『화산도』로 일본 아사히(朝日)신문의 〈오사라기지로(大佛次郎)상〉(1984), 〈마이니치(毎日)예술상〉(1998), 제1회 〈제주4·3평화상〉(2015)을 수상했다. 1987년 〈제주4·3을 생각하는 모임 도쿄/오사카〉를 결성하여 4·3진상규명운동을 펼쳤다. 재일동포지문날인 철폐운동과 일본 과거사청산운동 등을 벌려 일본사회의 평화, 인권, 생명운동의 상징적인 인물로 추앙받고 있다. 주요 소설로서는 『까마귀의 죽음』, 『화산도』, 『만월』, 『말의 주박』, 『죽은 자는 지상으로』, 『과거로부터의 행진 上·下』 등이 있다.

┃ 옮긴이

김환기
동국대학교 일어일문학과 졸업
(현) 동국대학교 교수/동국대일본학연구소 소장
『시가 나오야』, 『재일 디아스포라 문학』, 『브라질(Brazil) 코리안 문학 선집』,
「코리안 디아스포라 문학의 '혼종성'과 초국가주의」 외 다수.

김학동
일본 호세이(法政)대학 일본문학과 졸업
(현) 동국대학교 일본학연구소 연구원/공주대학교 출강
『재일조선인문학과 민족』, 『장혁주의 일본어작품과 민족』,
『한일 내셔널리즘의 해체』(역서), 「김석범의 한글 『화산도』론」 외 다수.

火山島 ⑩

2015년 10월 16일 초판1쇄
2016년 7월 15일 초판2쇄
2021년 1월 15일 초판3쇄

지은이 김석범
옮긴이 김환기·김학동
펴낸이 김흥국
펴낸곳 보고사

책임교열 유임하(문학평론가/한국체대 교수)
책임편집 황효은
표지디자인 정보환·손정자
제작관리 조진수 **마케팅** 이성은
인쇄제본 영신사 **종이** 한서지업사 **코팅** IZI&B

등록 1990년 12월 13일 제6-0429호
주소 경기도 파주시 회동길 337-15 보고사
전화 031-955-9797(대표)
      02-922-5120~1(편집), 02-922-2246(영업)
팩스 02-922-6990
메일 kanapub3@naver.com / bogosabooks@naver.com
http://www.bogosabooks.co.kr

ISBN 979-11-5516-470-9 04810
      979-11-5516-460-0 04810(세트)

정가 13,000원